테익스칼란
제국 시리즈
2

평화란
이름의 폐허

A DESOLATION CALLED PEACE

by Arkady Martine

Korean translation edition is published by arrangement with AnnaLinden Weller c/o BAROR INTERNATIONAL, INC., Armonk, New York, U.S.A.

through Danny Hong Agency

아케이디 마틴
Arkady Martine

김지원 옮김

테익스칼란
제국 시리즈
2

**A Desolation
Called
Peace**

평화란 이름의 폐허

황금가지

차례

이 책을 모든 추방자에게,
난민, 망명자, 무국적자
버려진 자와 버린 자
외로운 자와 자유를 찾는 자에게 바친다
(그리고 질서에 의문을 제기할 때를 알았던 스타니슬라프 페트로프에게)

첫 번째로 현실이 유예되었다.
잉카 조약의 모든 위반이 한꺼번에 일어났다.
개인 접촉(시각적, 언어적, 육체적), 음주, 식사에 관한 규칙들이 깨졌다.
친퀸차라는 처음 정복자들을 만났을 때 어떤 인디언도
할 수 없었던 것을 하는 허가를 받았고, 이제 입장이 뒤바뀌었다.
그들의 교류를 제한할 중대한 전후사정이 없었기 때문에
관련자들은 끝없는 위험에 노출되었다.
아타후알파는 도살당할 수 있었고,
소토와 에르난도는 독살당할 수도 있었다……

— 곤졸로 라마나, 「이국화와 유사성을 넘어: 식민지의 만남에서 감각의 다름과 생성」, 사회와 역사의 비교연구 48호, no.1(2005): 4-39

거짓된 명목하의 유린, 학살, 찬탈. 이는 제국이라고 불린다.
그리고 사막을 만들고서 그것을 평화라 부른다.

— 타키투스(칼가쿠스를 인용), 『아그리콜라전』 30절

서곡

생각한다, 언어로 말고. 언어로 생각하지 않는다. 생각한다, 우리, 그 맑은 깊이를 위한 혀 소리나 외침이 없음을. 혀 소리는 그것이 적절하지 않은 곳에서 내버렸다. 갈망하는 목소리 말고, 멍한 눈에 굶주린 짐승으로서 말고, 오로지 자기자신이며 그 입으로 동료를 찾는 외침에 지나지 않는 아이의 생각으로서 말고, 한 인간으로서 생각한다. 우리의 스타플라이어Starflyer 중 하나의 두 번째 고리나 세 번째 고리에서 바깥으로 시선을 향해 점 같은 빛 전부를, 핵융합 심장을 가진 별들 전부를 본다. 이 별들이 오래된 행성의 어둠 속에서 우리 눈의 패턴을 반사하며 우리 눈에 만드는 또 다른 패턴을 본다. 흙의 집, 피의 집에서 우리의 눈빛이 얼마나 빛나는지! 눈을 감으면 어둠의 청소부들, 비밀의 사냥꾼들에게 우리가 어떻게 안 보이는지! 우리의 스타플라이어가 우리의 보이드void의 집, 빛의 집 안에서 얼마나 빛나는지! 우리가 옆으로 미끄러지면 감은 눈처럼 어떻게 안 보이는지! 노래하는 프랙털 무리인 우리는 한 인간으로서 생각하고,

의사의 메스처럼 예리한 발톱으로 아직 헤집지 않았고 찢어 벌리지 않은 곳들을 보며 거기 있는 비밀을 탐색한다!

아, 다른 굶주림, 몸과는 아무 상관 없는 우리의 굶주림. 손을 뻗는 우리의 굶주림.

이 몸 혹은 저 몸. 힘과 야만성의 유전자가 가득한 육신, 인내와 패턴을 알아보는 유전자로 가득한 육신. 이 몸은 호기심 많은 몸이자 관찰자의 몸이며, 천체 운항과 조사를 위해 잘 훈련되었고, 금속사金屬絲를 엮은 발톱은 우리를 향해서뿐만 아니라 접촉하는 어떤 스타플라이어를 향해서든 노래한다. 이 몸은 우리가 되지 못하고 대신에 고기가 될 뻔했던 몸이지만, 이제는 우리이고, 우리를 노래하고, 다른 몸들을 고기로 만들고 또한 다른 몸들을 그 자신으로 만드는 몸이다. 이 몸은 장비로 가득하며, 스타플라이어의 에너지포 방아쇠를 당기는 손은 영리하다.

이 몸들은, 우리 안에서 노래하고, 우리가 아니지만 스타플라이어와 에너지포를 만드는 육신들과 함께 노래한다. 고기이기에 노래할 수 없는 몸! 언어로 생각하고, 입으로 울부짖고, 눈으로 물을 흘리고, 발톱이 없지만 그들 나름의 굶주림에 손을 뻗는 사나운 몸들. 이미 보이드의 집을 수도 없이 건드렸고, 그 안에 살고, 우리의 새롭고도 오래된 피의 집들이 전부 있는 점프게이트 맞은편에 아주 가까이 온 것들.

이 몸들은 노래한다. 영리한 고기는 다른 모든 고기처럼, 우리가 그러듯이 죽지만, 그것은 죽은 고기가 알던 것을 기억하지 못한다. 그래서 우리는 우리 형제들의 몸을 그들의 행성 한 곳으로 가져와서, 피의 집이 아니라 써 댈 자원이 넘치는 흙의 집에 내놓고 그것들을

을 고기와 자원 양쪽으로 활용했다.

노래한다, 굶주림이 채워진다. 노래한다, 이해한다. 예외는.

또 다른 몸이 대위법을, 불협화음을 만든다. 이 몸은 호기심 많은 몸, 관찰자의 몸, 고집스럽고 돌아다니는 몸, 수많은 주기 동안 똑같은 보이드 섹터에서 시야의 안팎으로 슬쩍 빠져나갔고 그러면서 호기심 많은 몸으로 남아 있다. 이 몸은 우리 안에서 노래하고, 그들의 죽은 고기가 알던 것을 기억하는 몇몇 영리한 고기 몸에 대해 노래한다. 하지만 그들 전부는 아니다. 전부를 똑같이 아는 것은 아니다. 우리가 노래하는 것과는 다르다.

우리를 하나로 된 조각들로 생각한다! 모여들지 않고, 집단의 형태를 기억하지만 유지할 수 없는 것들. 우리는 소란을 노래하고, 손을 뻗는 것에 대한 굶주림을 노래하고, 조각냄에 대해 생각한다! 우리는 노래도 한다. 이 영리한 고기는 우리가 갖지 못한 무엇을 가진 걸까? 그들의 노래가 무슨 노래길래 우리는 들을 수 없는 걸까?

우리는 우리의 스타플라이어를 선회시키고, 선회시켜 가까이 보낸다. 맛볼 만큼 가까이.

1장

……**금지 명령 유예**—넉 달의 기간 동안(위원회 명령에 따라 연장 가능) 테익스칼란 군대의 스테이션 우주 이동 금지 명령이 유예된다. 테익스칼란 군대 콜사인을 가진 모든 함선은 안하메마트 게이트의 통과가 허가된다. 이 유예가 군 소속이든 아니든 테익스칼란 함선이 사전 비자, 승인과 세관의 허가 없이 르셀 스테이션에 정박하는 것을 승인하지는 않는다. 광부협회 의원(다지 타라츠)이 승인한 유예—메시지 반복……

— 바르츠라반드 섹터에서 외교, 상업, 공통 주파수로 보낸 긴급 메시지, 테익스칼란 제국 황제 열아홉 개의 자귀의 제1인딕션 1년 52일

폐하, 당신은 저에게 온 세상을 남겨 주셨습니다만, 저는 상실감에 빠져 있습니다. 저는 당신의 별에 저주받고 사로잡힌 유령이라도 받아들이겠습니다, 여섯 방향님, 저에게 잠을 자지 않는 법을 가르쳐 준다면요.

— 열아홉 개의 자귀 황제 폐하의 개인 메모, 날짜 미상, 잠김, 암호화 상태

아홉 송이 부용은 지도로 지난 한 주간 기록된 진행 상황을 세 번

째로 보고서 전원을 껐다. 점 모양 별빛과 함대 이동을 표시하는 빛의 호弧가 없으니 바퀴의 무게호 함교의 전략 테이블은 그저 광택 없는 큰 검은색 평면으로 돌아가서 함대 사령관과 함께 새로운 정보에 애를 태웠다.

아무런 응답도 없었다. 지도를 볼 필요도 없이, 행성을 표시하는 점들이 처음에는 재난의 빨간색으로 깜박이다가 통신 두절의 검정색이 되었다가 이윽고 조수가 집어삼키듯 사라지는 것이 뇌리에 선했다. 새로 도착하는 테익스칼란 함선들이 지도에서 아무리 두꺼운 선으로 나타나도, 그 어느 것 하나 텅 빈 침묵의 홍수 속으로 파고들지는 못했다. 이 지점 너머는 우리 모두 보는 걸 두려워하고 있어. 아홉 송이 부용은 떨리는 예감 속에서 생각했다.

그녀의 바퀴의 무게호는 긴 통신 불가 구역에서 두 번째로 가까운 함선이었다. 그녀는 부하들을 배치한 곳에서 딱 한 척의 함선만을 더 안쪽까지 보냈다. 칼끝의 아홉 번째 개화호라는 하이브리드 정찰용 포함砲艦으로, 거의 눈에 보이지 않는 조그만 그 기체는 기함旗艦, 함대 군함 가운데 지휘관이 탄 배의 열린 구멍 같은 격납고에서 자유롭게 빠져나와 고요한 어둠 속으로 들어갔다. 그것을 보낸 건 위대한 열아홉 개의 자귀 황제의 새로운 야오틀렉(휘하에 여러 테익스칼란 군단을 거느린, 함대 사령관 중의 사령관)으로서 아홉 송이 부용이 저지른 첫 번째 실수였는지도 모른다. 인과의 법칙처럼, 황제가 전쟁을 하기로 결심하면 새로운 야오틀렉들을 임명하는 법이다. 아홉 송이 부용은 그 오랜 격언을 사관 후보생 때 처음 들었고, 그것이 절대적 진리인지 확인하지는 못했으나 거의 일주일에 한 번씩 그 말을 떠올렸다.

새로 대관한 열아홉 개의 자귀는 굉장히 절실하게 전쟁을 하고 싶어 했다.

이제 그 전쟁의 최전선에서, 아홉 송이 부용은 칼끝호를 보낸 게 실수가 아니었기만을 바랐다. 자신이 얼마나 갓 임명된 야오틀렉인지를 고려할 때, 실수는 없는 편이 좋을 것이다.(어떤 실수든 없는 편이 좋겠지만, 아홉 송이 부용은 전쟁에서 실수는 불가피한 것임을 알 만큼 여섯 개의 쭉 뻗은 손바닥, 즉 손을 사방으로 뻗은 제국 군대의 장교로 근무해 왔다.) 지금까지 칼끝호는 앞쪽에 있는 죽은 행성들처럼 조용히 움직이는 중이었고 지도는 네 시간 동안 업데이트되지 않았다.

그러니까 이 수는 성공이든 실패든 어느 쪽으로나 갈 수 있다.

아홉 송이 부용은 전략 테이블에 팔꿈치를 올렸다. 나중에 팔꿈치 자국이 생길 것이다. 팔의 부드럽고 폭신한 살이 무광택 표면에 기름기를 남길 테고, 나중에 스크린클리너 천을 가져와서 그 자국을 지워야 할 것이다. 하지만 그녀는 자신의 함선을 만지는 걸 좋아했다. 그저 명령을 기다리는 것뿐임을 알 때도 말이다. 엔진 코어에서 이렇게 멀리 떨어진 곳에서도 그녀가 뇌로 다루는 거대한 기계의 웅웅 소리가 느껴졌다. 아니면 최소한 신경 군집, 중심점이라도. 함대 사령관은 결국에 함교로 오는 모든 정보의 필터였다. 그리고 야오틀렉은 더더욱 그렇다. 야오틀렉은 사방으로 더 많은 손을 뻗고, 더 멀리까지 닿았다. 더 많은 함선에 닿았다.

아홉 송이 부용은 가진 함선이 전부 다 필요할 것이다. 황제 폐하는 자신의 통치라는 이를 박기 위해서 전쟁을 원할지도 모르지만, 그녀가 아홉 송이 부용에게 이기고 오라며 내보낸 전쟁은 이미 흉측했다. 흉측하고 어리둥절했다. 테익스칼란의 가장자리를 적시고 있는 유독한 파도. 그것은 이야기로 시작되었다. 경고나 요구 하나 없이 공격하고, 파괴하고, 사라지고, 뭔가를 남긴다면 보이드 속에 부서진 함선의 잔해뿐인 외계 종족에 대한 소문. 하지만 어둠 속에서는 항상 유령이 나오는 공포 이야기가 있는 법이다. 그걸 듣고 자란 모든 함대의 병사들은 신입 사관 후보생들에게 그 이야기를 들려주었다. 그리고 바로 이 소문은 제국의 이웃인 버라쉬크-탈레이와 르셀 스테이션에서, 중앙과 동떨어져 있으며 전혀 중요하지 않은 곳에서 흘러나온 거였다. 그런데 전 황제, 영원히 태양빛을 받으실 **여섯 방향** 폐하께서 승하했고…… 그는 세상을 떠나며 모든 소문이 사실이라고 선언했다.

그 이후 전쟁은 불가피해졌다. 어차피 일어날 일이었다. 파르츠라완틀락 섹터의 점프게이트 반대편에 있는 다섯 곳의 외딴 테익스칼란 콜로니, 만약 그 공포스러운 이야기가 정말로 별들 사이의 검은 우주에서 기어 나온다면 바로 그 원천이 될 이 콜로니들이 돌처럼 조용하고 침침해지기 전부터도. 다만 좀 더 느리게 일어났을 수도 있었을 텐데.

위대한 **열아홉 개의 자귀** 황제가 제위에 오른 지 이제 두 달이 됐고, **아홉 송이 부용**은 그 기간의 절반 동안 이 전쟁의 야오틀렉으로 있었다.

그녀 주위로 함교는 대단히 번잡하고 대단히 조용했다. 모든 위치에는 그 자리에 적합한 장교들이 앉아 있었다. 항해, 추진, 무기, 통신. 클라우드후크를 사용해 호출할 수 있는 단단하고 커다란 버전의 홀로그래프 워크스페이스처럼 모든 것이 그녀와 워크스페이스 주위를 둘러싸고 배치되어 있었다. 오른쪽 눈을 덮은 유리와 금속 재질의 물체인 클라우드후크는 테익스칼란 제국의 가장자리인 여기에서도 그녀와 제국 전체를 묶는 데이터와 이야기의 거대한 네트워크를 연결한다. 함교의 각 위치마다 전부 사람이 있었으며, 자리에 앉은 이들은 뭔가 할 일이 있는 것처럼 보이려고 애썼다. 실제로는 쳐부숴야 하는 이 외계 세력이 방심한 사이에 그들을 사로잡아, 행성 통신 체계를 진공 속의 불길처럼 쉽게 꺼 버린 것과 같은 짓을(그게 뭔지는 모르지만) 저지를까 봐 고민하며 기다리고 있을 뿐이지만. 함교의 장교들은 전부 긴장했고, 전부 인내하는 것에 질려 있었다. 그들은 테익스칼란의 여섯 개의 쭉 뻗은 손바닥 소속 함대였다. 정복이 그들의 스타일이지, 전함 여섯 군단이 최전선에서 불가피한 현실을 앞에 두고 단체로 걱정스러운 침묵에 잠겨 기다리는 게 아니었다. 위험에서 가장 가까운 최전선에 있는데 여전히 움직이지 않고 있다니.

열아홉 개의 자귀 폐하가 이 전쟁을 지휘하라고 야오틀렉으로 임명했을 때, 최소한 아홉 송이 부용은 자신의 배를 기함으로 삼을 수 있었다. 이 장교들은 전부 그녀가 함께 일하고 함께 충성을 바치며 지휘한 테익스칼란인들이었다. 그들 하나하나를 카우란 행성계에서 승리로 이끌었던 게 아직 석 달도 지나지 않았다. 장교들은 그녀의 것이었다. 그러니 신뢰는 좀 더 이어질 것이다. 활동하기에 충분한 정보를 칼끝호가 갖고 돌아와 제약을 조금 더 풀어 줄 수 있을 때까지. 외계 함선의 종말에서 피어오르는 약간의 피와 약간의 먼지, 불길을 맛보게 되리라. 함대는 오랫동안 버티며 설탕물 같은 폭력을 들이마실 것이다. 야오틀렉이 뭘 하는지 잘 안다고 믿는 한은.

아니, 그게 함대 사령관 아홉 번의 추진 밑에서 복무하던 때에 아홉 송이 부용이 느끼던 기분이었다. 아홉 번의 추진은 그 뒤 시티 한구석으로 사무 업무를 하러 가서, 승하한 전 황제 밑에서 전쟁부 장관 자리까지 올라갔다. 아홉 번의 추진과 같은 숫자를 이름에 쓰고, 자신을 문자로 표현하는 방법을 10대 후반 시절에 고른 것을 아직 후회하지 않았던 아홉 송이 부용은 새 황제 밑에서 그녀가 장관 자리를 유지할 거라고 생각했었다. 그러기를 바랐었다.

하지만 그 대신에 아홉 번의 추진은 열아홉 개의 자귀가 황위에 오르자마자 거의 즉시 퇴임했다. 시티를 완전히 떠나, 태어난 행성계로 돌아갔다. 예전 부하들 중 누군가가 들러서 이유가 뭐냐고, 왜 지금이냐고, 그리고 흔한 소문들의 진상은 뭔지 물어볼 기회조차 없었다. 조언자라는 위안을 잃은 아홉 송이 부용은(스스로에게 솔직하자면, 그렇게 오랫동안 조언자가 있었던 게 행운이었다.) 어느 근무 때 황제가 직접 보낸 긴급 인포피시 스틱 메시지를 받고 정신을 차렸다. 임관이었다.

이 전쟁이 이길 만한 거라면, 귀관이 이기고 오게. 황제의 어두운 광대뼈는 칼 같고, 그녀가 앉아 있는 태양-창 왕좌의 불길 모양 가장자리 같았다.

그리고 지금 현재, 바로 왼쪽에서 낮은 목소리가 아홉 송이 부용을 불렀다. 그 거리에 있어도 그녀가 놀라지 않을 만한(그렇게 가까이 몰래 다가올 수 있는 유일한) 사람이었다.

"아직 아무것도 없습니까, 사령관님?"

다른 행정 부서가 아니라 함대 사령관 직속으로 일하는 장교 중에서 가장 높은 직급인 최상급 이칸틀로스 스무 마리 매미였다. 아홉 송이 부용의 부관이자 부사령관이라는 특수한 직급을 십분 활용하고 있는 인물로, 그 자리에 그 말고 다른 사람이 있는 건 상상조차 할 수가 없었다. 그는 시체처럼 마른 가슴 위로 깔끔하게 팔짱을 꼈고, 한쪽 눈썹은 의미심장한 호선을 그렸다. 언제나처럼 제복은 얼룩 하나 없고 완벽한 테익스칼란식으로, 프로파간다 홀로필름에 나오는 병사의 이미지 그 자체였다. 짧게 민 머리와 한 달쯤 굶은 사람 같은 외모를 무시한다면. 그가 움직이거나 숨을 쉬어서 제복이 들썩일 때면 팔목과 목에서 초록색과 하얀색으로 된 문신의 구부러진 가장자리가 살짝 보였다.

아홉 송이 부용이 함교의 나머지 사람들에게도 들릴 정도로 크게 대답했다.

"아무것도. 완벽하게 조용해. 칼끝호는 계속 조용하고, 뭔가 끔찍한 것들로부터 도망치는 게 아니라면 평소 속도로 움직일 때 앞으로 한 시프트 반은 안 돌아올 거다. 그리고 칼끝호가 도망쳐야 하는 상대는 별로 없지."

스무 마리 매미도 다 아는 내용이었다. 애초에 그를 위해 한 대답이 아니었다. 그 대답 덕에 항해장교 열여덟 개의 끌의 어깨가 1인치 내려갔고, 통신장교 두 개의 거품이 지난 5분 동안 머뭇거리던 메시지를 실제로 보내고 나머지 다군단多軍團 함대에 전선은 여전히 비어 있다고 보고했다.

"잘됐는데요. 그러면 저에게 잠깐 시간을 내주셔도 괜찮으시겠죠, 야오틀렉?"

"5번 갑판의 통풍관으로 도망친 애완동물 때문에 여전히 문제가 있는 건 아니라고 말해 줘. 그러면 기꺼이 시간을 내주지."

아홉 송이 부용이 약간 조롱하듯이 눈을 커다랗게 떴다. 그 애완동물이란 카우란 토종인 특이한 고양잇과 생물로, 기분 좋게 몸을 떨고 해충을 잡아먹는 털 달린 작은 동물이었다. 아홉 송이 부용이 야오틀렉이 아니라 아직 제10군단의 함대 사령관이었을 때 마지막으로 그 행성에 상륙한 동안 배에 탔다. 녀석들은 전혀 문젯거리가 아니었고, 아홉 송이 부용은 존재조차 몰랐다. 하지만 녀석들이 번식을 하려 들면서 5번 갑판 통풍관을 돌아다니게 되었다. 스무 마리 매미는 녀석들이 바퀴의 무게호의 환경 항상성을 망가뜨린다고 목소리를 높여 불평했다.

"애완동물 얘기가 아닙니다. 약속드리죠. 회의실 어떠십니까?"

뭔지 몰라도 이야기를 하기 위해 따로 공간이 필요하다면 좋은 내용은 아니리라.

"딱이군." 아홉 송이 부용이 몸을 일으켰다. 그녀는 스무 마리 매미보다 족히 옆으로 두 배는 넓었으나 그는 자신이 상관에 견줄 만큼 탄탄한 듯이 그 주위를 돌아다녔다. "두 개의 거품, 자네가 함교를 맡아."

"알겠습니다, 야오틀렉."

두 개의 거품이 올바른 수순대로 대답했다. 아홉 송이 부용은 이제 자신의 배에, 자신의 함대에 무슨 문제가 있는지 알아보러 갔다.

바퀴의 무게호 함교 바로 옆에 회의실 두 개가 있었다. 큰 쪽은 전략 회의를 하는 곳이고, 작은 곳은 문제 해결을 위한 곳이었다. 아홉 송이 부용은 처음 함대 사령관이 되었을 때 보조 무기 통제실을 작은 회의실로 바꾸었다. 당시 함내에 은밀한 공식 대화를 할 공간이 필요하다고 생각했고, 그 결정은 대체로 옳았다. 작은 회의실은 인사 문제를 해결하고, 함내 카메라로 녹화가 되면서 보이기도 하고 동시에 보이지 않는 최적의 장소였다. 그녀는 한쪽 눈을 아주 작게 움직여서 클라우드후크에 함선의 알고리즘 AI와 이야기하라고 지시하여 문에 열림 신호를 보내고는 스무 마리 매미를 데리고 들어갔다.

스무 마리 매미는 길게 서두를 늘어놓는 남자가 아니었다. 아홉 송이 부용은 그가 효율을 중시하고, 사무적이고, 깔끔하고, 무자비할 정도로 솔직하다는 걸 잘 알았다. 그는 그녀보다 앞서 문으로 들어와서는 놀랍게도 보고를 하려 돌아서지도 않았다. 곧장 방 안의 좁은 전망창으로 가서 그의 몸과 진공을 갈라 놓는 플라스티스틸plastisteel에 한 손을 얹었다. 아홉 송이 부용은 그 친숙한 행동에 따뜻한 기분을 살짝 느꼈다. 하지만 온기는 불편한 두려움과 뒤섞였다. 그녀처럼 스무 마리 매미도 함선을 만지지만, 마치 우주가 들어와서 자신의 손을 잡기를 바라는 듯한 움직임이었다. 아홉 송이 부용이 알았던 기간 내내 그는 그런 행동을 했고, 두 사람이 만난 건 제일 첫 번째 배치 때였다.

지금 돌아보면 상당히 오래전이라서 아홉 송이 부용은 딱히 햇수를 세어 보고 싶지도 않았다.

"스웜." 그것은 첫 번째 배치 때 스무 마리 매미가 얻은 별명이었고, 아홉 송이 부용은 장교 서열 때문에 대체로 그를 그렇게 부르지 않았다. "말해. 무슨 일이야?"

"각하."

그는 여전히 어둠을 내다보면서 카메라를 의식해 살짝 위치를 바로잡았다. 이 방의 기록은 오로지 아홉 송이 부용 혼자밖에 보지 않는데도. 야오틀렉보다 더 높은 사람이 누가 있겠는가? 하지만 그는 대단히 올곧은 함선 장교, 테익스칼란인 중의 테익스칼란인, 최상급 이칸틀로스이자 부관 역할에 완벽하게 들어맞고, 『영토확장사』나 『변경 개척의 노래』 같은 데에서 튀어나온 것 같은 인물이었다. 단지 그의 민족이 온 행성계는 그 두 작품이 쓰였을 때에는 아직까지 테익스칼란에 흡수되지 않았었다.(그는 아직까지 그 행성계의 기묘한 문화적 종교 행위를 계속하고 있는데…… 하지만 우유부단함은 그 행위에 들어가지 않았다. 최소한 그녀가 아는 한은 그랬다.)

"자, 이칸틀로스? 보고해."

마침내 그가 몸을 돌리고 씁쓸해하면서도 체념한 듯 실소하는 기색으로 눈을 크게 뜨고 말했다.

"두 시간 안에, 제24군단 포물선 압축호의 함대 사령관 열여섯 번의 월출이 특별히 지명하여, 각하는 이 연합 함대의 지휘를 맡은 야오틀렉으로서 공식 통신문을 받으실 겁니다. 전투가 지연되는 이유에 대한 설명을 요구할 테지요. 여기에는 제17군단의 함대 사령관 마흔 개의 산화물과 제6군단 함대 사령관 두 개의 운하도 연서連署할 겁니다. 문제가 될 겁니다."

"제17군단에 제6군단까지? 그들은 서로를 아주 싫어해. 그 경쟁의식은 200년이나 된 건데. 어떻게 열여섯 번의 월출이 그 둘 모두에게서 연서를 받았지?"

이건 확실히 문제였다. 아홉 송이 부용의 연합 함대는 여섯 군단을 합친 거였다. 그녀 자신의 제10군단과 그녀의 권위에 새롭게 종속된 각각의 함대 사령관을 둔 다섯 군단으로 이루어졌다. 전통적인 야오틀렉의 여섯 군단은 전략적으로 효율적이고 상징적으로도 견고했지만, 전쟁에 이기기에는 인력이 좀 제한적이기도 했다. 하지만 전쟁을 시작하는 데에는 충분했고, 아홉 송이 부용은 자신이 여기 있는 목적을 잘 알았다. 테익스칼란의 중심에서 어떤 자원이든 필요한 것이 있으면 징발해서 전쟁을 시작하고, 그리고 이기는 거였다.

하지만 함대의 선봉인 여섯 군단 중 셋이 이미 야오틀렉으로서 그녀의 권위에 일제사격을 퍼붓는 데에 기꺼이 동의한다면…… 그다음은 말할 필요도 없다. 그녀와 스무 마리 매미 모두 이런 통신문이 무엇을 의미하는지 아니까. 이것은 약점을 찾기 위한 압박이자 시험이었다. 집중 공격을 퍼붓기에 가장 좋은 지점이 어디인지 찾으려는 가벼운 사격. 제6 및 제17군단 둘 다를 휘하에 두게 된 것부터 상당히 골치 아팠는데, 이후 만약 충돌이 생긴다면 그들 사이에서 벌어질 거라 예상했고 그러면 최상의 임무를 똑같이 나누어 줌으로써 신중하게 조정할 생각이었다. 불만을 바탕으로 한 정치적 통합이라는 이런 깜짝 쇼는 전혀 예상하지 않았더랬다.

"그쪽 함선에 있는 제 동료들에게서 받은 정보에 따르면, 열여섯 번의 월출은 한편으로는 야오틀렉과 비교해 마흔 개의 산화물의 경험이 길다는 점을 호소하고 있고, 또 한편으로는 두 개의 운하가 사령관님 대신 야오틀렉이 되고 싶어 했다는 강력한 소망을 들고 있습니다. 둘 다 메시지를 보내는 데에 동의하기 바로 직전까지도 상대방이 동의했다는 걸 몰랐다고 하더군요."

스무 마리 매미가 스웜Swarm, 무리이라는 별명을 가진 데에는 이유가 있었고, 이것은 특이한 이름 때문만은 아니었다. 물론 적절한 사물이나 색깔, 식물 대신에 살아 있는 생물을 이름으로 쓰는 것은 드물었다. 하지만 스웜이 스웜인 것은, 그가 동시에 여기저기 나타나기 때문이었다. 스웜은 모든 함대에서 누군가 한 명쯤은 알았고, 그 사람들은 그에게 정보를 상세하게 전하곤 했다. 아홉 송이 부용은 이를 딱 맞부딪치며 생각에 잠겼다.

"정치란. 좋아. 우린 전에도 정치 문제를 상대해 봤어."

아홉 송이 부용은 몇 번쯤 정치에 발목이 잡힌 적이 있었다. 함대 사령관이 된 사람이라면 누구나 그럴 것이다. 함대 사령관이 되어 그 자리를 유지하며 군단을 위해서 승리를 가져오려는 사람은, 음, 그런 테익스칼란인은 적을 만든다. 질투하는 적들을.

(하지만 전에 정치가 관련된 때에는 매번 전쟁부에 아홉 번의 추진이 최후의 위협으로 자리를 잡고 있었다. 새 전쟁부 장관 세 개의 방위각은 누군가와 딱히 친구가 아니었다. 적어도 아홉 송이 부용의 친구는 아니었다.)

"어쨌든, 두 개의 운하와 마흔 개의 산화물이 핵심이 아니에요. 열여섯 번의 월출입니다. 선동자죠. 사령관님이 진정시켜야 하는 건 그 사람입니다."

"우리가 행동하면 앞으로 나서려 들지도 모르겠네."

스무 마리 매미는 처리를 거친 함내의 공기처럼 건조하게 말했다.

"아주 직접적이시네요, 각하."

아홉 송이 부용은 웃어 버리고 말았다. 야만인처럼 이를 드러낸 사나운 웃음이었다. 그런 표정을 지으니 기분이 좋아졌다. 기다리고 기다리고 또 기다리는 대신에 행동할 준비가 된 느낌이었다.

"그 자식들은 내가 지나치게 망설인다고 돌려 말하고 있는 거야."

"그럼 제가 명령서를 작성할까요. 원하신다면 제24군단의 근무를 변경하여, 우리 행성들을 집어삼키고 있는 보이드를 향해 고함을 질러 대게 할 수 있습니다."

스무 마리 매미의 문제 중 하나는 정확하게 아홉 송이 부용이 원하는 바를, 그게 나쁜 생각임을 그녀가 깨달을 정도로 뜸을 들여 제안한다는 거였다. 이런 문제를 비롯한 수천 가지 이유 때문에 아홉 송이 부용은 그를 좀 더 제국에 동화된 행성계에서 온 병사로 대체하겠다는 생각조차 할 수 없었다.

"아니. 더 나은 방법이 있어. 제국을 위해 제일 먼저 죽는 영광은 열여섯 번의 월출에게는 과해, 안 그래? 그러지 말고 그 친구를 저녁 식사에 초대해. 사이좋은 동료처럼, 예비 공동 사령관처럼 접대하자고. 나 같은 새 야오틀렉에게는 협력자가 필요해, 그렇지?"

스무 마리 매미의 표정이 마치 복잡한 시스템의 광범위한 계산에서 몇 가지 수치를 조절하듯이 읽을 수 없게 바뀌었다. 그가 반대하려 한다면 당장 반박할 테니까, 아홉 송이 부용은 계속 말하기로 했다.

"네 번째 시프트, 그때라면 그 친구에게 바퀴호로 건너올 만한 이동 시간이 생길 거야. 그 친구와 부관. 우리 넷이서 전략 회의를 하도록 하지."

"통신문이 공식적으로 도착하자마자 초대장을 보내겠습니다. 그리고 취사장에 손님이 올 거라고 알려 두죠." 스무 마리 매미는 잠깐 망설이다가 말을 이었다. "분명히 말해 두지만, 전 이게 마음에 안 듭니다. 누군가가 이런 식으로 사령관님을 몰아붙이기에는 너무 이릅니다. 예상도 못 했습니다."

"나도 마음에 안 들어. 하지만 그런다고 무슨 차이가 있겠어? 우린 굴하지 않을 거야, 스웜. 우린 이길 거야."

잠깐 그 건조한 유쾌함이 그를 스쳤다.

"우린 그러곤 하죠. 하지만 바퀴는 돌아가는 거고……."

"그래서 우리가 무게추인 거야."

마치 그녀는 식당의 병사들 중 한 명이 된 것처럼 우주선 슬로건을 말하고서 미소를 지으며 생각했다. 게임 시작이야. 열여섯 번의 월출, 나한테서 원하는 게 뭐든 간에, 와서 게임을 해 보자고.

그때 통신장치에서 두 개의 거품의 목소리가 들렸다.

"야오틀렉, 칼끝호의 모습이 잡혔습니다. 세 시간 빠릅니다. 빠르게 오고 있습니다. 빠르게 돌아…… 제기랄."

"피 흘리는 별들이여." 아홉 송이 부용은 자신과 스무 마리 매미에게만 들리도록 빠르게, 본능적으로 욕설을 내뱉고서 통신 주파수를 연결하라고 클라우드후크에 신호를 보냈다. "가는 길이야. 꼭 쏴야 하는지 확실히 알기 전까지는 아무것도 쏘지 마."

✧ ✧ ✧

도시를 활동하는 기계, 서로 얽힌 부분으로 이루어진 유기체, 너무 꼭 붙어 있어서 다른 형태의 삶을 살 수 없는 사람들이라고 본다면 르셀 스테이션은 일종의 도시였다. 르셀에 사는 3만 명은 계속해서 움직였다. 스테이션의 겉껍데기인 얇은 금속 피막 안에서 안전하게, 어둠에 파묻힌 채 중력우물 속을 빙빙 돌았다. 다른 많은 도시들처럼 르셀 스테이션은 어디로 갈지, 어디를 피해야 할지를 잘 안다면 생각에 생각을 거듭하며 지칠 때까지 한참 걸어 다녀도 될 만큼 괜찮은 곳이었다.

〈매혹적인 이론인데. 네가 지금 이 순간에 그 이론이 틀렸다는 걸 입증하는 중이지만 말이야.〉

이스칸드르가 말했다.

마히트 디즈마르가 자신의 지위로부터 떠나 두 달이 걸려서 반토

막 난 평판을 갖고 르셀에 도착한 이래로 한 달이 더 지났으나, 엄격하게 말하자면 그녀는 아직 르셀에서 테익스칼란으로 파견한 대사였다. 그사이에 눈을 굴리는 감각을 머릿속으로 생각하는 기술에도 도가 텄다. 난 아직 별로 많이 걷지도 않았어. 마히트가 자신의 이마고에게 말했다. 나이 든 이스칸드르와 부분적으로 남은 젊은 이스칸드르, 두 이마고 모두에게. 나한테 시간을 좀 줘.

〈암나르트바트 의원이랑 만날 시간까지 20분밖에 안 남았어.〉

그는 오늘 대체로 뭐든 재미있어하며 즐기고, 경험에 굶주리고, 허세와 새로 익힌 능숙한 테익스칼란식 매너와 정치적 지식을 자랑하는 젊은 이스칸드르였다. 이마고 머신에 대한 사보타주로 인해 마히트가 대부분 잃어버린 버전의 이스칸드르. 애초에 이마고 머신이 마히트에게 안겨 주었던 그 이스칸드르는 마히트가 테익스칼란 심장부의 반짝이는 시티에서 르셀 출신의 훌륭한 대사가 되는 데 필요한 생생한 기억과 경험을 가득 담은 채 두개골 아래 자리 잡고 있었다. 아직도 확신은 할 수 없지만, 아마 마히트가 20분 후에 함께 저녁 식사를 할 예정인 바로 그 의원이 머신에 사보타주를 했다.

자신과 이스칸드르가 이미 한 명의 연속적인 인물로 통합되어 여전히 시티에 머무는 다른 삶도 가능하지 않았을까? 마히트는 그렇게 생각했다.

〈절대 없을걸.〉 이번에 말한 건 다른 쪽 이스칸드르였다. 20년 더 나이 들었고, 자신의 죽음을 잘 기억해서 마히트로 하여금 아직도 가끔 심리적 아나필락시스로 한밤중에 숨이 막혀 깨게 하는 인물. 〈다른 세상이라면 몰라도 우리가 있었던 곳은 아니야.〉

망가진 이마고를 20년 연상인 같은 남자의 이마고로 덮어씌운 이래, 마히트는 너무 많은 사람이 되었다. 마히트는 한동안 거기에 대해서 생각했었다. 그게 어떻게 느껴지는지를. 행성의 지질구조처럼 그들 사이의 단층이 서로 밀리는 것에 거의 익숙해질 뻔하기도 했다. 마히트의 부츠가 스테이션 복도의 금속 바닥에서 낯익은 부드러운 소리를 냈다. 그녀는 이 갑판의 가장자리 근처까지 나왔다. 여기서는 굽은 복도가 길게 뻗은 것이 간신히 보였다. 스테이션을 끝없이 빙빙 돌며 걷는 건 다시 익숙해지기 위해 시작한 일이었지만 이제는 습관이 되었다. 이스칸드르는 더 이상 스테이션의 지리를 알지 못했다. 시티에서는 15년 또는 죽은 석 달 동안 뒤떨어졌을 뿐이었으나, 여기 고향에서는 오랫동안 추방되었던 낯선 사람이었다. 15년 동안 인테리어와 비非구조벽이 이동했고, 갑판들은 다르게 바뀌었고, 조그만 가게들이 새로 열리거나 사라졌다. 유산협회의 누군가가 항해 신호의 서체를 전부 바꿨다. 마히트는 거의 기억하지 못하는 변화였다. 그때는 여덟 살이었으니까. 하지만 완벽하게 아무 문제 없는 '의료 구역: 왼쪽' 표지판이 문득 눈을 뗄 수 없이 근사해 보여서 빤히 쳐다보게 되었다.

우리 둘 다 추방자야. 마히트는 그렇게 생각하다가 곧장 그런 생각을 한 자신을 혐오했다. 그녀는 겨우 몇 달 나가 있었을 뿐이었다. 그런 식으로 이름 붙일 아무런 권리도 없었다. 그녀는 집으로 돌아왔다.

아니, 그렇지 않음을 마히트도 알았다.(집 같은 곳은 더 이상 없었다.) 하지만 걷는 감각은 그리 다를 게 없었고, 어디에 뭐가 있는지, 스테이션의 형태와 리듬이 어떤지, 활력 가득하고 사람들이 가득한 게 어떤 건지를 떠올릴 수 있었다. 그녀와 이스칸드르 둘 다 새로운 장소를 찾는 것에서 똑같은 즐거움을 느꼈다. 그 점에서 적성은 그들을 완벽하게 딱 맞췄다.

이 갑판에는 유산협회 사무실이 있고 마히트가 가로지른 거주용 섹션을 지나 계속 걸으면 공용 공간 사이사이로 모두의 개인용 포드pod들이 따뜻한 상아색으로 열을 지어 매달려 있었다. 여기는 그녀가 그리 잘 아는 곳이 아니었다. 아이들이 가득하고, 어른들은 이마고 적성 검사를 4분의 3 정도 마치고 격벽 위에 가볍게 앉아서 가판대 주위로 모여 몇몇 수다 모임을 이루고 있었다. 대부분은 마히트를 완전히 무시했는데 그래서 마음이 편했다. 스테이션으로 돌아오고 한 달, 그 절반의 시간 동안 마히트는 오랜 친구들, 공동보육원 형제, 학교 친구들과 마주쳤고 모두가 테익스칼란에 대해 이야기해 달라고 졸랐다. 거기에 뭐라고 할 수 있을까? 멋졌어. 그곳이 나랑 너희 모두를 거의 잡아먹을 뻔했지. 난 너희한테 단 하나도 얘기할 수 없어.

〈프로파간다는 머릿속에 있을 때나 매력적으로 보이지. 시티가 얼마나 능숙하게 침묵을 강제하는지, 끝없이 놀라게 된다니까.〉

이스칸드르가 중얼거렸다.

넌 돌아와서 네 계획을 스테이션과 공유하는 대신에 거기서 죽었으면서, 나한테 침묵에 대해 잔소리를 하고 싶어? 그렇게 쏘아붙인 마히트는 새끼손가락이 찌르르 따끔거리는 것을 느꼈다. 사보타주의 신경학적 잔상이다. 이 부작용은 사라지지 않았다. 마히트와 이스칸드르가 아직 통합시키지 못한 영역에 이르면 더욱 분명하게 드러났다. 하지만 물러난 그의 존재감이 억제하고 관찰하는 느낌으로 바뀌었다. 이마고와 대화하느라 바빠 어디로 가는지 확인도 못 한 마히트는 어느새 한 가판대 옆에 다다랐다.(어쩌면 이런 일탈에 더 신경을 써야 하는지도 모른다. 몸 안에서, 완전히 그녀 자신이 아니게 되는 거니까.) 그러다 가판대 옆에 멈춰서 물건 사는 줄에 섰다.

그 물건은 손수 만든 책이었다. 가판대에는 '모험/암울 출판사'라는 간판이 붙어 있었다. 매대에는 언제든 바꿀 수 있는 인포피시가 아니라 압착한 넝마 펄프로 만들어진 종이에 그린 그래픽 스토리가 가득했다. 마히트는 손을 내밀어 가장 가까이 있는 표지를 건드렸다. 손가락 아래로 그것은 거칠게 느껴졌다.

"안녕하세요. 그거 마음에 드시나요? 『위험한 변경!』이에요!"

"뭐?"

마히트는 테익스칼란어로 누군가가 그녀에게 처음 질문했을 때처럼 현실에서 동떨어진 느낌이 들었다. 상황 파악의 실패다. 무슨 변경? 변경은 다 위험하지 않나?

"최초의 접촉First Contact, 외계 문명과의 첫 조우 이야기를 좋아하신다면, 5권까지 전부 다 있어요. 난 정말로 좋아해요. 3권의 작가는 캐머런 함장의 이마고가 차드라 마브의 이마고를 좋아하는 걸로 그렸어요. 그들은 반사되는 표면에만 나타나고, 그 선화 작업이……."

점장은 열일곱 살이 넘지 않을 것 같았다. 짧고 고불고불 말린 머리 아래로 이가 드러나는 환한 웃음, 귀 한쪽에 단 여덟 개의 후프형 귀고리. 새로운 패션이었다. 마히트가 그 나이였을 때에는 모두 긴 귀고리를 했었다. 난 늙었어. 마히트는 기묘하게 즐거워하며 그렇게 생각했다.

〈고대인 수준이지.〉

이스칸드르가 건조하면서도 즐거운 어조로 동의했다. 훨씬 더 연상이면서.

난 늙었고, 르셀의 아이들이 뭘 잘 읽는지 전혀 몰라. 내가 르셀의 아이였던 시절에도 사실 잘 몰랐어. 적성검사 전까지는 별로 중요한 것 같지 않았었다. 뭐 하러 신경을 쓰겠나? 그녀가 빠져들 테익스칼란 문학이 이렇게나 많은데. 시로 말하는 법을 배우느라 바쁜데.

"아직 안 읽어 봤어. 1권만 살 수 있을까?"

마히트가 점장에게 말했다.

"그럼요." 점장은 대답하고서 카운터 아래로 몸을 구부렸다가 한 권을 꺼냈다. 마히트가 크레디트칩을 건네자, 소녀는 그것을 기계에 긁었다. "그 책은 이 갑판의 바로 여기서 그려졌어요. 마음에 든다면 내일모레 두 번째 시프트 때 다시 오세요. 작가를 만나실 수 있을 거예요. 사인회를 하거든요."

"고마워. 시간이 있으면……."

〈암나르트바트 의원이 저녁 식사를 대접하기까지 10분 남았어.〉

"네. 시간이 있으면요."

점장은 마치 '어른들이란, 정말이지, 뭐 어떡하겠어.'라고 말하듯 웃었다.

마히트는 손을 흔들고 계속 걸어갔다. 조금 더 빠르게. 『위험한 변경!』은 정치 팸플릿처럼 재킷 안주머니에 딱 맞았다. 정확히 같은 크기다. 그 점 자체가 흥미로웠다. 읽어 보면 끔찍하게 지루한 이야기라 할지라도, 그 사실만큼은 흥미로웠다.

유산협회 사무실은 깔끔하게 명찰이 붙은 빽빽한 구역으로, 갑판 복도 한쪽에 일곱 개쯤 되는 문이 나 있었다. 복도는 널찍한 거주구에서부터 좁아져서 마치 길처럼 느껴졌다. 문들 뒤로는 이 유산협회 일자리에 임명된 사람들의 사무실이 가득한 추가 공간이 있을 것이다. 여기서 일하는 사람 대부분은 분석가였다. 역사적 선례, 예술 창작과 교육의 건전성, 한 섹터의 인구 중 이마고에 매칭되는 인원수를 연구하는 분석가들이 일했다. 분석가와 프로파간다 작성가.

테익스칼란이 마히트를 어떻게, 얼마나 빠르게 바꿨는지. 지난번에 유산협회에 온 건 이마고와 대사 임무를 받기 전에 최종 확정 면접을 받기 위해서였다. 그때는 유산협회가 프로파간다 업무를 한다는 건 생각조차 못 했었다. 하지만 이런저런 나이대 집단의 교육 자료를 조정해 5년간의 적성검사에서 더 많은 조종사나 의료인을 배출하려는 곳이 달리 뭘 하겠는가? 아이들이 되고 싶은 것을 바꾸는 거다.

마히트는 한가운데 있는 문 바깥에서 멈춰서 망설였다. 문에는 깔끔한 글자로(새로운 서체로. 내가 언제쯤 이 망할 새 서체를 알아채는 걸 그만하게 될까, 이스칸드르? 이건 사실 새 서체도 아니야, 너한테나 새 서체지.) '아크넬 암나르트바트, 유산협회 의원'이라고 된 명패가 붙어 있었다. 최종 확정 면접 이래로 암나르트바트 의원을 만나지 못했기 때문에, 그리고 당시에 만났던 여자가 왜 자신의 이마고 머신을 사보타주하려고 했던 건지 여전히 이해할 수가 없어서 마히트는 망설였다. 속하게 된 이마고 라인을 통해 마히트가 올바른 일을 시도조차 하기 전에 그녀를 망가뜨리다니. 심지어 진짜 암나르트바트가 범인이라 해도 마히트에게는 또 다른 의원인 조종사협회의 데카켈 온추가 한 말밖에는 증거가 없었다. 그리고 마히트는 테익스칼란 황실에 파견된 동안에 받은 편지로 그것을 알게 되었다. 온추가 이스칸드르 앞으로 보낸 편지로.

흉측하고 갑작스럽게 감정이 치솟으면서 마히트는 담담한 야만인이 어울리지 않는 경험을 할 때 좀 더 이해할 수 있게 도와줘야 했던 여자, 전 문화 담당자인 세 가닥 해초가 그리워졌다. 세 가닥 해초는 그냥 문을 열어 주었을 것이다.

마히트는 손을 들어 문을 두드렸다. 르셀식 약속 확인법대로 자신의 이름, "마히트 디즈마르입니다!"를 외치면서. 여기에는 눈을 아주 미세하게 움직여서 문을 여는 클라우드후크가 없으니까 말이다. 그저 그녀뿐이고, 스스로 자신을 밝혀야 했다.

〈넌 혼자가 아니야.〉

이스칸드르가 머릿속에서 중얼거렸다. 거의 마히트 자신의 생각 같은 유령의 생각이다.

그래, 그렇지. 그리고 암나르트바트는 너희 둘이 있다는 걸, 우리 셋이 있다는 걸 몰라. 그것도 나름 문제이긴 하지만.

문이 열려서 마히트는 자신이 말했던 위험한 거짓말에 대한 생각을 멈췄다. 생각하지 않는 게 거짓말을 숨기는 데에 더 쉽다. 제국 어딘가에서 그것을 배웠다.

암나르트바트 의원은 여전히 날씬하고 중년에 은색 곱슬머리를 우주 비행사 같은 컷으로 잘랐고, 가늘고 긴 회색 눈에 항상 태양 복사선에 너무 많이 노출된 것 같은 광대뼈가 넓은 얼굴을 갖고 있었다. 피부가 텄지만 강인한 인상을 주었다. 의원은 마히트가 들어오자 미소를 지었고, 그 미소는 반가워 보이고 따뜻했다. 마히트가 도착하기 전까지 직원들과 일을 하고 있었는지도 모르지만 직원들은 전혀 보이지 않았다. 유산협회는 어차피 작은 조직이었다. 암나르트바트 의원에게는 편지를 쓰는 비서(마히트에게 스테이션 내 전자메일로 초대장을 보낸 남자)가 있었으나, 사무실 안에는 아무도 없었다. 그저 의자들과 인포페이퍼가 널린 책상 하나, 벽에는 지금 현재 르셀 바깥에 뭐가 있는지를 어떤 카메라의 시선으로 보여 주는 스크린이 있었다. 별들이 천천히 회전했다.

"집에 잘 왔어요."

암나르트바트 의원이 말했다.

〈고작 이 말을 하려고 한 달을 기다린 거야?〉

이건 첫수야. 마히트는 생각했다. 이스칸드르가 가라앉아 주의를 기울여 지켜보는 게 느껴졌다. 오랜만에 꽤나 정신이 든 것 같다. 마히트도 그런 기분이었다. 더 깨어나고, 더 현재에 있는 느낌. 권력자와 그들의 사무실에서 위험한 대화를 나누는 것. 테익스칼란에서 딱 해야 했던 일이다.

"저도 여기 와서 기쁩니다. 제가 무슨 일을 해 드릴 수 있을까요, 의원님?"

"디즈마르 씨와 밥을 먹기로 약속했었으니까."

암나르트바트가 여전히 미소를 띠고 말했다. 마히트는 두려움을 떠올리고 움찔하는 이스칸드르의 잔상을 느꼈다. 그에게 음식이라는 핑계로 독을 주었던 테익스칼란의 과학부 장관. 마히트는 그 생각을 밀어냈다. 그녀의 내분비계 트라우마 반응이 아니었다.(르셀의 통합 전문 치료사들을 믿고 두 이마고 이스칸드르를 덮어씌웠을 때 뭘 했던 건지 그 비밀을 털어놓을 수 있으면 좋을 텐데. 마히트에겐 기억과 연결된 트라우마 반응이 없었다. 아마도. 그렇지만 이스칸드르와 섞이고, 시간이 지나며 더 많이 섞이게 되었고, 그의 기억을 어떻게 해야 할지를 알 수가 없었다.)

"제가 그걸 감사하게 생각하지 않는 건 아닙니다. 하지만 굉장히 바쁘신 의원님이 귀국한 대사와 그냥 밥만 함께 먹는 걸 원하실 것 같지는 않습니다만."

암나르트바트 의원의 표정은 변하지 않았다. 그녀는 상냥하고 생기가 넘치는 데다가, 거의 부모 같은 걱정스러운 분위기까지 뿜어냈다.

"와서 앉아요, 디즈마르 대사. 이야기를 좀 하죠. 양념한 어육완자와 플랫브레드가 있어요. 르셀 음식이 그리웠을 것 같더군요."

실제로 그랬지만, 그 문제는 돌아온 첫 주에 해결했다. 오래된 단골 가게에 가서 양식한 생선으로 만든 화이트 피시 스튜를 배가 거의 아플 때까지 먹고서, 혹시라도 우연히 만난 친구가 온갖 질문을 퍼붓기 전에 그곳을 급히 떠났다. 암나르트바트 의원의 감정적 시간표는 약간 어긋난 모양이다. 어쩌면 일부러 어긋난 걸지도 모른다.(그런다고 뭘 알 수 있을까? 테익스칼란에서 입맛이 타락했는지 확인하나? 만약 마히트가 어육완자를 싫어하는 스테이션인이면 어떡하려고? 그건 취향일 뿐이고……)

"이런 음식까지 준비해 주시다니 정말 친절하십니다."

마히트는 의원의 책상 맞은편에 있는 회의용 탁자 앞에 앉으며 아드레날린 신호로 인한 이마고의 감각을 (다시) 억눌렀다. 여기서의 위험은 음식에 있는 게 아니었다. 사실 음식은 입에 침이 고일 만큼 냄새가 좋았다. 살만 발라낸 생선에 고추로 양념을 하고, 살짝 그을려서 탄소 냄새가 나는 플랫브레드는 진짜 밀로 만들어진 귀한 음식이었다. 암나르트바트는 마히트의 맞은편에 앉았고, 2분을 꽉 채울 동안 그들은 그냥 스테이션인이었다. 플랫브레드로 생선살을 굴려 첫 번째 것을 맛있게 삼키고 또 하나를 만들어서 좀 더 천천히 먹었다.

의원이 생선살을 굴린 첫 번째 플랫브레드의 마지막 한입을 삼켰다.

"불편한 질문부터 먼저 해치우죠, 마히트." 그녀의 말에 마히트는 눈썹이 헤어라인까지 올라가지 않도록 노력했고, 거의 성공한 것 같았다. "왜 이렇게 일찍 돌아왔죠? 유산협회 의원으로서 내 권한에 들어가기 때문에 묻는 거예요. 우리가 대사에게 제국에서 꼭 필요한 것을 주지 않았던 건지 알고 싶군요. 통합 과정이 단축된 건 알지만……."

〈그리고 댁이 나를 사보타주했지.〉

이스칸드르가 말했다. 마히트는 그녀가 허용하지 않는 한(또는 실수로 말하지 않는 한) 그의 말이 들리지 않는다는 사실에 조금 안도했다.

아직 사보타주했다는 혐의가 있을 뿐이야. 우리가 온추 의원을 믿는다면. 그쪽도 아직 이야기를 나눠 보지는 못했지만……

이야기를 하는 게 두려웠다. 온추가 옳을까 봐, 아니면 온추가 틀렸을까 봐 두려웠고, 한때 집이었던 곳을 두려워하며 돌아다니는 갑작스럽고 돌이킬 수 없는 낯선 감각에 너무 지쳤다.

마히트가 큰 소리로 대답했다.

"아뇨. 르셀이 저에게 주지 않은 것 중에서 꼭 필요했던 건 없었습니다. 가기 전에 이스칸드르와 좀 더 시간이 있었으면 좋았을 거라고는 저도 생각하지만, 제 경우가 우리 역사에서 가장 통합 기간이 짧은 경우도 아니잖아요?"

"그럼 왜죠?"

암나르트바트가 묻고 생선을 한입 더 먹었다. 질문은 끝, 이제 먹을 시간이자 들을 시간이라는 듯이.

마히트는 한숨을 쉬었다. 우울하고 자기비하적으로 어깨를 으쓱이고, 유산협회가 스테이션인이 테익스칼란의 것들과 함께하는 것을 얼마나 불편해할지 대강이나마 느꼈다.

"폭동과 계승 위기에 휘말리고 말았습니다, 의원님. 개인적으로나 직업적으로나 폭력적인 상황에 힘들었고, 새 황제에게 우리의 계속된 독립을 확실히 약속받은 다음에는 쉬고 싶더군요. 잠깐 동안요."

"그래서 집으로 돌아왔군요."

"그래서 집으로 왔죠."

내가 아직 오고 싶은 동안에.

"대사는 여기에 한 달 동안 있었어요. 하지만 후임자를 위해서 새로운 이마고 머신에 업로드를 하지 않았잖아요. 우리의 지난번 기록이 굉장히 오래되었다는 걸 잘 알면서도. 그리고 우리에겐 대사의 기록이 전혀 없죠."

젠장. 그걸 원하는 거였어. 사보타주가 제대로 됐는지 확인하려고……

〈그러니까 너도 이 여자가 우릴 사보타주했다고 믿는 거지.〉

……지금은 그래.

"그 생각은 미처 못 했습니다. 아직 1년도 안 됐으니까요. 죄송합니다만, 이번이 이마고를 가진 첫해예요. 일정 같은 게 있는 줄 알았는데요? 약속 알림 같은 거 말입니다."

관료주의적 무지를 피난처로 삼아 보자. 이것은 또한 마히트가 두 개의 이마고를 가졌다는 걸 암나르트바트가 알아내지 못하게 하는 (일시적이고, 대단히 얇긴 하지만) 방패 역할을 할 수도 있다. 업로드는 그 작은 속임수의 파멸을 의미할 것이다. 그리고 마히트가 한 것 같은 일에 대해 르셀에 어떤 방침이 있는지도 전혀 몰랐다. 아니, 방침이 존재하는지 어떤지도. 없지 않을까. 그건 확실하게 안 좋은 생각이었다. 실행 전까지 그녀를 대단히 당황하게 하고, 가책을 느끼게 하기도 했고.

〈혹시 후회하는……〉

아니. 난 너희가 필요해. 난 여전히 필요하다고, 우리가.

암나르트바트가 말했다.

"오, 물론 일정이 있어요. 하지만 우리, 음, 특히 내 경우인데, 여기 있는 모두를 대리해서 얘기하도록 하죠. 유산협회에서는 중대한 사건이나 업적을 겪은 사람들에게 자동 일정이 제시하는 것보다 더 자주 이마고 기록을 업데이트하라고 장려하는 게 방침이에요."

예의 바르게 마히트는 플랫브레드 쌈을 한입 더 먹었다. 그리고 정신적으로 목이 조여드는 기분을 참고 힘들게 씹어 삼켰다.

"의원님, 이제 의원님의 방침을 알았으니 당연히 저도 머신 담당자와 약속을 잡을 수 있습니다. 그게 다인가요? 우리 둘을 위해 이 많은 생선을 조리하고, 진짜 플랫브레드까지 주문하는 친절을 베풀고서는 편지로 써서 보내실 수도 있는 행정적 부탁을 하시는 건가요?"

음식 자원을 낭비하고 있다는 은근한 말에 어떻게 대응하나 보자. 몇 세대 전 유산협회 의원들은 보다 약한 부패 사건에도 잘리곤 했었다. 그들의 이마고 라인은 더 이상 새 유산협회 의원들에게 주어지지 않았다. 적합하지 않다고 여겨져서, 기록된 기억의 저장고 어딘가에 곰팡이가 핀 채 방치되어 있을 것이다. 오랫동안 내려오는 스테이션의 욕구보다 자신의 욕구를 우선하는 자는 누구든 그 스테이션의 연속성을 지키는 데에 헌신하는 의원에게 영향을 미쳐서는 안 된다.

〈너 짜증 날 정도로 영리하구나.〉

어떤 멋진 테익스칼란인들과 내 이마고가 내게 정보 참조를 무기로 쓰는 법을 알려 줬거든.

하지만 암나르트바트는 그저 "이건 부탁이 아니에요."라고 말할 뿐이었고, 그 말에 마히트는 자신이 의원을 과소평가했다는 걸 깨달았다. 의원이 한 행동의 이유를 과소평가했고, 암시와 서술로 테익스칼란인들이 그랬듯이 그녀를 조종할 수 있을 거라고 생각했다.

"이건 명령이에요, 대사. 우린 당신의 기억 사본이 필요해요. 이스칸드르 아가븐이 그렇게 오랫동안 업로드 절차에 태만했던 이유가 뭐든 간에, 그 습성이 당신에게까지 옮기지 않았다는 걸 확인하기 위해서예요."

얼마나 춥게 느껴지는지 멋질 지경이었다. 아주 추워서 손가락에서 얼음에서 유발된 전기적 따끔거림이 느껴지고 플랫브레드 나머지를 잡은 부근에서는 아무것도 느껴지지 않았다. 너무 추운데도, 한편으로는 집중이 되었다. 두렵다. 살아 있다.

"옮겨요?"

〈우리, 독을 먹은 거 아니야?〉

이스칸드르가 속삭였지만 마히트는 무시했다.

"테익스칼란에 시민을 잃는 건 끔찍한 일이에요. 우리의 최고 인재를 훔쳐 갈 수 있는 무언가가 제국에 있다고 걱정하는 건 말이죠. 머신 담당자와 난 이번 주에 당신이 올 거라고 알고 있겠어요, 마히트."

암나르트바트가 다시 미소를 짓자, 마히트는 왜 테익스칼란인들이 드러난 이에 그렇게 긴장하는지 이해할 것 같다고 생각했다.

✧ ✧ ✧

아홉 송이 부용이 다시 함교로 돌아와 그 짧은 거리를 빠르게 오느라 잠시 숨을 헐떡이고 있을 때, 칼끝호는 이미 가시거리에 들어와 있었다. 그녀는 낭독자라도 되는 듯이 숨을 깊게 들이켜 폐 속까지 빨아들이며 아드레날린 반응을 억제하려고 노력했다. 이제 그녀의 함교였다. 그녀가 명령하는 그녀의 함교. 모든 장교는 자신들이 꽃이고 아홉 송이 부용이 기쁜 일출이라도 되는 듯이 그녀 쪽으로 몸을 돌렸다. 잠깐 동안 모든 것이 올바르게 느껴졌다. 그러다가 그녀는 칼끝호가 나머지 함대 쪽으로 얼마나 빠르게 접근하는지를 알아챘다. 창으로 보는 동안에도 그 크기가 점점 커질 정도였다. 이렇게 빠르게 오기 위해서 엔진을 그야말로 최대치로 불태워야만 했을 것이다. 칼끝호는 정찰함이었다. 그 정도 속도까지 도달할 수는 있지만, 그렇게 오래 유지할 수는 없었다. 기체가 너무 작아서 금방 연료를 소진할 것이다. 그리고 조종사가 가능한 한 빠르게 날아야 한다고 결정했다면, 그들은 쫓기고 있는 게 분명했다.

"뭐가 따라오고 있는 건지 아나?"

그 물음에 두 개의 거품이 통신석에서 고개를 흔들어 빠르게 부정했다.

"아무것도 없습니다. 그저 칼끝호와 그 뒤의 텅 빈 보이드뿐입니다. 하지만 칼끝호가 2분 안에 통신 가능 지역에 들어올 겁니다……."

"통신이 가능해지자마자 홀로그래프에 띄워. 그리고 샤드를 당장 이륙시켜. 칼끝호 뒤에 뭔가가 있다면 상황이 악화되게 두진 않을 거야."

"이륙시킵니다, 야오틀렉."

두 개의 거품의 눈이 클라우드후크 뒤에서 빠르게 움직이며 깜박였다. 그들 주위로 바퀴의 무게호의 높고 뚜렷한 함내 경보음이 울렸다. 함대의 방어 제1선이자 가장 움직임이 빠른 1인용 소형 기체 부대가 출진했다. 무기와 운항 기재만 있고 단거리용에 그야말로 치명적인 기체였다. 오래전 첫 번째 배치 때 샤드 조종사였던 아홉 송이 부용에게는 여전히 이륙 경보가 골수 속에서 울리는 근사한 진동처럼 느껴졌다. 가, 가, 가. 당장 출발해, 설사 죽는다 하더라도 너희는 빛나는 별들 속에서 죽는 거다.

몸을 타고 흐르는 경보음을 만끽하며 아홉 송이 부용이 말했다.

"꼭대기 에너지포 두 대도 충전시켜. 알겠나?"

그녀는 다시 함장석에 앉았다. 장착무기 담당 장교 다섯 송이 엉겅퀴가 그녀를 향해 눈을 크게 뜨며 밝은 웃음을 지었다.

"네, 각하."

그들 모두 이것을 대단히 원했다. 아홉 송이 부용도 마찬가지였다. 불길과 피, 그들이 할 일. 제대로 된 전투, 파란색과 하얀색 에너지 무기들이 호를 그리며 어둠을 가르고, 부수고 태운다.

막 첫 번째 샤드가 반짝거리며 창의 가시거리 안으로 쏟아져 나올 때, 칼끝호를 추격하던 것이 모습을 드러냈다.

그것은 시야에 들어온 게 아니었다. 일종의 투명 망토로 가려진 채 내내 거기에 있었던 것처럼 나타났다. 손가락으로 연체동물을 툭 건드린 것처럼 새카맣고 아무것도 없는 공간에(이 섹터에는 별이 거의 없었다.) 파문이 일며 일렁거리다가 거대하고 자연스러운 반동이 일더니, 그게 거기에 있었다. 테익스칼란인의 눈(최소한, 살아서 그걸 설명할 수 있는 테익스칼란인의 눈)으로 본 첫 번째 적함. 세 개의 회색 고리가 중앙의 구체 주위로 빠르게 돌았다. 그것을 바라보는 건 어려웠는데, 아홉 송이 부용은 그 이유를 알 수가 없었다. 반동을 일으키며 움찔거리는 시각적 왜곡이 일부 달라붙어 있어서 회색 금속으로 된 선체가 미끌거리고 흐릿하게 보였다.

방금 전에는 없었는데 지금은 거기에 있었다. 칼끝호의 바로 뒤에, 똑같이 빠르게 접근하며……

"야오틀렉 아홉 송이 부용이다." 광범위 통신으로 말했다. "저것의 경로를 차단하고 둘러싸라. 저쪽이 공격할 때까지 발포는 대기하라."

그녀의 의지의 연장인 것처럼, 그녀가 내뱉은 숨결인 것처럼, 샤드들은 감히 이렇게까지 가까이 다가온 낯선 기체를 향해서 바깥쪽으로부터 빠르게 접근해, 금세 외계 함선 주위로 향했다. 함선은 그들이 아는 모양이 아니었고, 기름칠한 볼베어링처럼 예상치 못한 방향으로 미끄럽게 구르듯 움직였다. 하지만 샤드들은 영리했고 상호 연결되어 있었다. 각각의 기체가 클라우드후크를 통해 그 안의 조종사뿐만 아니라 무리의 모든 조종사에게 위치 및 시각 바이오피드백을 보낸다. 그리고 그들은 빠르게 배웠다. 칼끝호는 대기를 부수는 셔틀처럼 반짝거리는 그들 사이를 빠져나와, 바퀴의 무게호의 격납고에서 나온 그물 속에 안전하게 들어왔다.

두 개의 거품이 홀로그램으로 칼끝호의 대장을 연결했다. 남자는 당황한 표정에 고뇌 어린 눈을 하고서 빠르게 숨을 헐떡였다. 기체의 제어장치를 잡은 손가락 관절이 눈에 띄게 하얬다.

"잘했어. 긁힌 데 하나 없군. 자네가 데려온 저것을 잠깐 상대한 다음에 보고를 듣도록……."

아홉 송이 부용이 말하는 도중에 남자가 끼어들었다.

"야오틀렉, 놈들은 자기들이 원하는 한 모습을 감출 수 있고, 저 한 대뿐이 아닐 수도 있습니다. 그리고 강력한 화력을 갖고 있고……."
"진정해, 칼끝호. 이제는 우리 문제고, 우리에게도 화력은 있어."
실제로 그랬다. 에너지포도 있고, 좀 더 작지만 좀 더 공격적이고 좀 더 흉측한 힘이라고 할 수 있는 핵 코어 폭탄도 있었다. 꼭 필요할 때만 쓰겠지만.
"제가 통신을 가로챘습니다."
남자는 **아홉 송이 부용**의 말을 전혀 듣지 못한 것처럼 말했다.
"잘했어. 보고서에 첨부하게."
"그건 언어가 아닙니다, 야오틀렉……."
"**두 개의 거품**, 이쪽 좀 처리하겠나? 우린 지금 좀 바쁘니까."
외계 함선은 정말로 화력이 있었다. 그 세 개의 빙빙 도는 고리 가장 바깥쪽에는 꽤 표준적으로 보이지만 아주 정확한 에너지포들이 배치되어 있었다. 창문 너머로 소리 없이 폭발한 빛이 **아홉 송이 부용**의 시야를 가렸고, 눈을 깜박여 잔상을 없애고 나니 샤드가 세 대 줄어 있었다. 그녀는 움찔했다.
"좋아, 견제는 이제 해제한다. **다섯 송이 엉겅퀴**, 포 발사를 하게 샤드에 경로를 비우라고 해."
대단히 유능한 **아홉 송이 부용**의 장교들은 그 말을 재차 확인할 필요가 없었다. 그들은 움직였다. **다섯 송이 엉겅퀴**의 손이 무기 스테이션의 홀로그래프 워크스페이스 안에서 움직이자 그녀의 전용 지도 테이블의 축소판인 우주 전장 프로그램 내에서 기체들과 이동 벡터선이 움직였다. 그리고 샤드들은 그에 대응해 움직여 새로운 패턴을 형성하고 **바퀴의 무게**호의 주포가 조준하고 발사할 공간을 비웠다.

전청색. 실수로 산업용 방사선 조사기 안에 들어간 사람이 그 짧은 순간에 무언가를 본다면 그 색을 볼 거라고 **아홉 송이 부용**은 항상 상상했다. 호흡이나 숨을 멈추는 것처럼 친숙한 이륙 경보 같은 소리를 내는 죽음의 빛.

(0.1초쯤은 우선 그것을 사로잡아야 하는 것이 아닌가 생각했다. 그녀의 배를 태워 버리지 않을 만큼 적합이 떨어져 있는 사이 전자기파 펄스를 쏴서 활동을 정지시키고 배 위로 끌어올리는 것이다. 하지만 칼끝호가 가로챈 통신이 있다고 했고, 놈들은 이미 그녀의 병사 세 명을 죽였다. 넷이다. 또 다른 샤드가 소리 없는 불길 속에 타올랐고, 불길은 솟구쳤다가 빠르게 꺼졌다.)

전력을 낸 주포가 외계 함선을 등대처럼 비추고 흔들어, 미끌거리고 움찔거리는 겉모양을 일부 벗겨냈다. 바깥쪽 고리에서 망가진 부분은 금속의 우주 쓰레기처럼, 전적으로 표준적으로 보였다. 하지만 전력의 주포도 그것을 파괴하지는 못했다. 그것은 윙윙거리는 소리까지 내며 더 빠르게 돌았고, **아홉 송이 부용**은 불가능하다는 걸 알면서도 그 돌아가는 소리를 들었다고 생각했다. 두 번째 포격이 안쪽 구체에 부딪쳐서 그것을 산산조각 내고 완전히 부숴 버리기 직전, 부서진 두 번째 고리에서 끈적거리는 물질이 방출되었다. 그 물질은 무중력 속에서 기묘한 로프처럼 흘렀다.

침이야. **아홉 송이 부용**은 혐오스럽게 생각했다.

다섯 송이 엉겅퀴는 이미 모든 채널을 통해 거기서 물러나라고 외쳤다. 거대한 핵연료 엔진이 타오르며 **바퀴의 무게**호가 뒤로 후퇴해 아까 외계 함선이 있던 자리에서 액체 그물처럼 뭉친 로프를 피했다. 무슨 액체가 저렇게 움직이지? 마치…… 무언가를 찾고, 마음대로 움직이고, 지나치게 점착력 있는 것처럼. 표면장력은 그리

크지 않아서 구체 형태로 서로 달라붙었으나 바깥쪽으로 돌며 가늘고 긴 줄을 만들 정도는 되었다.

새로운 진로로 날아 들어가는 반짝이는 쐐기 같은 샤드 한 대가, 버니어 엔진을 강하게 돌리면서 그 침 같은 줄 하나를 가로질렀다. **아홉 송이 부용**은 눈앞에서 벌어지는 일을 응시했다. 조그만 전투기의 광택이 전부 사라지며 외계 함선의 침으로 질척해지더니, 샤드가 줄에서 빠져나올 때에도 침으로 된 프랙털 그물이 철썩 달라붙어 떨어지지 않았다. 그녀는 믿을 수 없는 기분으로 쳐다보았다. 보고 있는 와중에 그물이 부글거리면서 샤드의 선체를 파고들어 부식시키며 일종의 초강력 산화균처럼 금속과 플라스티스틸을 먹어 치웠다.

샤드 조종사가 비명을 질렀다.

조종사는 **다섯 송이 엉겅퀴**가 쓰던 열린 채널로 비명을 지르고 또 지르다가 소리쳤다.

"죽여 줘, 당장 죽여 줘. 기체가 잡아먹힐 거야. 저게 여기 나랑 같이 있어. 다른 사람을 못 건드리게 해!"

통제되고 필사적인 용기의 외침.

아홉 송이 부용은 망설였다. 조종사로서, 대장으로서, 그리고 테익스칼란 제10군단 함대 사령관으로서 나중에 후회할 일을 많이 해 보았다. 셀 수 없을 만큼. 그녀는 군인이었다. 온기와 생명을 주는 만큼 방사선을 방출하여 불태우고 유독하게 만드는 게 항성의 본질이듯, 작은 잔혹 행위들을 저지르는 게 군인으로서 그녀의 본질이었다. 하지만 부하를 향해 쏘라는 명령은 자신의 함선에 내려 본 적이 없었다. 아직까지 한 번도.

똑같은 채널로 괴로움의 합성이 들렸다. 바이오피드백으로 연결된 샤드 조종사 모두가 형제선의 죽음을, 산 채 잡아먹히는 감각을 느끼고 있었다. 헐떡이는 호흡, 과호흡의 소리. 메아리치는 낮게 신음하는 비명이 다른 목소리들과 합쳐지고……

"쏴. 쏘라고. 그녀가 원한 대로."

아홉 송이 부용이 말했다.

죽음의 빛이 정확하고 자비롭게 날아갔다. 파란빛이 폭발하며 한 명의 테익스칼란인이 재로 변했다.

모든 통신선이 고요했다. 아홉 송이 부용은 자신의 끔찍한 심장 소리 말고 아무것도 들리지 않았다.

스무 마리 매미가 마침내, 다른 사람들만큼 충격을 받았으나 사무적으로 충격을 받은 것 같은 목소리로 말했다.

"이런. 우리가 10분 전까지 몰랐던 이 종족에 관해 대략 여덟 가지 새로운 사실을 알게 되었군요."

2장

[……] 그리고 지진 다음에야 도시를 가라앉히는 파동이 오는 것처럼, 당연히 귀하의 평판이 먼저 오게 마련입니다. 귀하의 도착이라는 미진이 이미 전쟁부를 진동시키고 있습니다. 우리 모두가 트리니 줄이고, 귀하가 활인 것처럼 말입니다. 물론 우리는 아홉 번의 추진 전 장관님의 부재를 아쉬워하고 있습니다. 그분의 지도는 따뜻한 실크 장갑 같았고, 이제 그분이 은퇴하시는 바람에(그것도 그렇게 갑작스럽게!) '손바닥'에서 장갑이 벗겨진 셈입니다. 하지만 제 경우에는 나카 행성계에서 첫 번째로 성공한 총독이신 분과 만나는 것을 기대하고 있습니다. 우리에게는 할 일이 있습니다. 저는 기대 속에서 기다리겠습니다. [……]

— 전쟁부 3급 차관 열한 그루 월계수가 신임 전쟁부 장관 세 개의 방위각에게, 테익스칼란 제국 황제 열아홉 개의 자귀 제1인딕션 1년 21일

죽은 이에게 보내는 편지는 형편없는 관행이야. 내 이전에 이 침대에서 잠들었던 황제들의 절반처럼 그저 일기를 쓴다면 내가 나 자신에게 봉사하는 셈이니까. 하지만 언제부터 내가 나 자신에게 봉사하는 사람이라고 생각했어? 그리고 최소한 당신은 죽었으니까. 아니면 지금은 그렇게 생각하는 게 가장 간단하니까. 난 내 손에 모든 별을 쥐고 있어, 이스

칸드르. 그리고 그걸 손가락 사이의 틈으로 빠져나가게 두는 건 끔찍하게 쉽겠지. 특히 그중 일부가 외계 종족이라는, 당신 후임자의 아주 편리한 위협에 먹혀서 연락을 끊을 때면. 당신은 나보다 더 자주 여기서 잤었지. 밤 말고 자는 것만 센다면, 지금의 나보다도 더 자주 말이야. 당신은 자기 변덕에 따라 이야기가 편리하게 바뀌기를 얼마나 자주 바랐지? 당신 옆에서 깨어난 우리 황제보다 더 많이, 적게?

— 열아홉 개의 자귀 황제 폐하의 개인 메모, 날짜 미상, 잠김, 암호화

칼끝호 함장 서른 개의 밀랍도장은 커피 컵이 손의 떨림을 막아주는 유일한 물건이라도 되듯이 꽉 잡았다. 그는 온통 끔찍한 회색빛이었다. 아홉 송이 부용은 팬 바닥에 엉겨 붙어 딱딱한 회백색으로 변해서 긁어 내야만 하는 오트밀을 떠올렸다.

"그건 언어가 아닙니다." 서른 개의 밀랍도장이 두 번째로 말했다. 아홉 송이 부용이 안전하게 그의 배에서 꺼내 보고를 받기 위해 작은 회의실로 데리고 왔을 때 그녀에게 한 말의 첫머리였다. "열네 개의 못이 저와 함께 있었는데, 그녀는 다섯 개 언어를 합니다. 그래서 데려갔죠. 혹시 무언가를 엿들을 경우에 대비해서요. 그런데 그녀에게 그건 전혀 언어 같은 게 아니었어요. 거기에는 분석 가능한 음소가 없다더군요. 적함이 갑자기 나타나서 우리를 뒤쫓기 전이었습니다. 그녀는 우린 그런 소리를 낼 수 없다는 것 이상은 별로 알아내지 못했습니다."

난 최초의 접촉 시나리오를 진행하는 데에는 대비가 되어 있지 않아. 접촉 상대가 내 부하들의 기체를 녹이는 액체를 내뱉고, 알아들을 수 있는 소리를 내지 못하는 경우에는 특히 더. 아홉 송이 부용은 군인이었다. 전략적

정신을 지녔고, 테익스칼란의 힘이라는 강력한 편치를 등에 업고 있으나 어쨌든 군인이었다. 최초의 접촉은 외교관이나 서사시에 나오는 사람들을 위한 거였다.

그녀는 커피를 조금 마셨다. 서른 개의 밀랍도장도 따라서 자기 커피를 조금 마셨고 그녀는 그 모습에 마음이 놓였다.

"그게 언어가 아니라면, 통신이라는 건 어떻게 알았지?"

"우리가 나타나기 전까지는 없었으니까요. 그리고 그건 반응을 했습니다, 야오틀렉. 제 말은, 제가 칼끝호를 더 가까이 접근시키자 통신이 바뀌며 다른 소리를 냈고, 물러나자 다시 바뀌었다는 겁니다. 태양왜성 반대편으로 날아가서 펠로아2에 있는 우리 콜로니가 어떻게 되었는지 보려고 했더니 그게 우리를 향해 소리를 질러 댔고 바로 그때 그 고리형 우주선이 바로 거기 나타나서……."

히스테리 직전인 서른 개의 밀랍도장의 목소리는 마음을 불안하게 했다. 그답지 않았다. 쉽게 겁에 질리는 편이었다면 정찰함의 함장이 아니었을 것이다. 고리형 우주선은 끔찍했고 그 침은 더더욱 끔찍했지만, 그래도! 이럴 리 없다.

"자네는 돌아왔어, 함장. 우리에게로 돌아왔고, 가로챈 통신도 갖다 줬지. 우리는 오늘 이전보다 이 종족에 관해서 약 여덟 가지 새로운 사실을 알게 됐어." 아홉 송이 부용이 차분하게 달래듯이 말했다. 스무 마리 매미가 했던 말의 재탕이었지만, 이 함장은 그걸 모를 것이다. 그녀가 얼마나 당황했는지도 모를 것이다. 그녀가 조심한다면 앞으로도 계속. "자네는 아주 잘했어. 물러나서 이후의 명령을 기다리도록. 혹시 내가 더 알아야 하는 게 있나?"

"아뇨, 각하. 녹음을 듣고 싶으시다면 일등 통신장교 두 개의 거품에게 있습니다. 하지만 특별한 건 전혀 없습니다. 적절한 정보를 얻을 만큼 펠로아2에 가까이 가지 못했습니다."

아홉 송이 부용은 그 녹음을 절실하게 듣고 싶으면서도 동시에 그 생각에 피부에 소름이 돋았다. 하지만 앞으로 한 시간 45분 후에 **열여섯 번의 월출**이 승선해 전략을 논의할 예정이었다. 전략 논의라는 이 얇디얇은 위장은, **아홉 송이 부용**에게 있어서 **열여섯 번의 월출**이 짠 지극히 타이밍 나쁜 함대 음모를 억누를 약간의 억제력이 될 것이다. 그리고 그녀는 얻을 수 있는 모든 정보를 얻어 낼 것이다. 그게 언어든 아니든 간에.

✧ ✧ ✧

황궁 아래에는 비밀스럽고 작은 통로망이 있었다. 이를 다룬 시도 있다. 걷는 리듬에 맞춘 우수한 작품이었다. 그것은 이렇게 시작되었다. 하늘을 향한 꽃만큼 땅에는 많은 뿌리 / 제국의 낮의 종복들이 모으는 궁전의 꽃 / 정의, 과학, 정보, 전쟁 / 하지만 우리를 먹여 살리는 뿌리는 보이지 않고 강하네. **여덟 가지 해독제**는 이 시에서 두 부분을 가장 좋아했다. 하늘과 꽃, 땅과 뿌리의 리듬에 맞춰 그의 발이 터널의 타일 바닥을 밟는 것. 그리고 또 그가 낮의 종복이 아니라는 것. 낮의 종복은 궁전의 꽃을 모은다. 터널에 혼자 있는 **여덟 가지 해독제**는 테익스칼란 전체의 유일한 계승자이고(최근에 유일한 계승자가 되었고, 이 말은 아마도 그가 자신에 대해서 생각해 볼 필요가 있다는 그런 의미일 것이다.), 꽃이 필요하지 않았다. 그는 조용한 것들이 강하게 자라는 흙 밑에 있었다.

이 터널에는 수십 번쯤 와 봤다. 심지어 황제가(지금 황제 말고 그의 선대-황제ancestor-the-Emperor 말이다. 이런 것을 머릿속에서 명확히 하는 것 또한 중요했다.) 승하하기 직전 반란 사태 때 이 안으로 데려오기 전에도 와 봤었다. 소년은 터널에 여러 번 와 봐서 이 안을, 비밀 통로를, 엿듣는 위치와 엿보기 구멍을 알게 되었다. 선대-황제가 보여 주었고 소년을…… 들어가게 해 주었다.

이것은 여섯 방향이 하게 해 준 몇 안 되는 것 중 하나였다. 그게 상인 것처럼, 두 사람 사이의 암호인 것처럼, 관용을 베푸는 것처럼. 여덟 가지 해독제는 왜 그럴까 수도 없이 생각해 보았다. 선대가 테익스칼란의 영광을 위해 태양신전에서 자살하기 전에도 그게 궁금했었다.

여기서 터널이 좁아지고 왼쪽으로 움푹 들어간다. 젖은 흙냄새와 비 냄새, 그 아래로 약간의 꽃 냄새가 났다. 여덟 가지 해독제는 응축된 물로 축축한 벽을 손가락으로 따라 그리면서 그와 똑같이 열한 살 덩치의 작은 여섯 방향이 딱 이런 식으로 황궁 아래를 걷는 장면을 상상해 보았다. 그 역시 열한 살 때에는 좁은 부분에서 고개를 숙일 필요가 없었을 것이다. 여덟 가지 해독제와 선대의 육체에 차이가 있다 해도, 뭐가 다른지 아직은 잘 알 수 없었다. 90퍼센트는 육체적으로 상당히 닮은 클론이었다. 또한 그는 홀로그램을 보았다.

그러나 여섯 방향은 황궁에서 자라지 않았다. 안 그런가. 그 모든 홀로그램들은 풀이 있는 어떤 행성에서 찍은 것으로, 100여 년 전 여덟 가지 해독제의 얼굴을 한 소년이 회녹색 화분을 좁은 가슴까지 들어 올리고 있었다. 여섯 방향은 더 클 때까지 이 황궁에 올 일이 한 번도 없었다.

좁은 부분을 지나면 흐린 어둠 속에 길게 올라가는 계단이 있었다. 소년은 이제 불이 없을 때에도 길을 알았다. 지난 몇 주 동안 이 계단에 일곱 번 왔다. 오늘은 여덟 번째다. 이제 숫자의 행운을 믿기에는 나이가 들었지만, 8은 그래도 올바르게 느껴졌다. 행운의 여덟 번째는 그에게 특별했다.(그에게뿐만 아니라, 그의 이름에 있는 숫자 부분과 동일한 기호를 사용하는 다른 모든 사람에게도 특별할 것이다. 즉, 그를 입양했으니까 엄밀히 말하면 법적 부모인 사법부 장관에게도 똑같이 행운일 테고, 수만 명의 다른 아이도 그렇겠지. 제대로 그걸 생각하게 되니, 더 이상 숫자의 행운이 믿기지 않았다.) 이 계단 끝의 천장에 문이 있었다. 여덟 가지 해독제가 노크하자 문이 열리고 곧 그는 전쟁부 지하실로 나왔다.

열한 그루 월계수가 거기서 기다리고 있었다. 키가 크고, 깎은 듯한 얼굴은 아주 검고, 눈가와 입가에 깊은 주름이 있었다. 전쟁부 제복을 입고 있었는데, 군단 제복과 똑같지 않지만 거의 비슷했다. 다른 부서 같은 정장은 아니고 승마바지에 허벅지까지 내려오고 더블버튼에 작고 평평한 금색 단추가 달린 청회색 재킷 차림이었다. 그는 전쟁부 지하실의 먼지 속에 앉아서 여덟 가지 해독제가 올 때까지 기다리는 것을 전혀 신경 쓰지 않는 듯했다. 그저 일어나서 바지에서 아무렇게나 먼지를 털고 나서 말했다.

"오늘 오후 기분은 어떠십니까, 큐어Cure?"

여덟 가지 해독제가 선대-황제에게서 배운 것이 몇 가지, 현 황제이자 설령 죽는 한이 있어도 그를 잘 보살피겠다고 약속한 열아홉 개의 자귀에게서 배운 것이 몇 가지 있었다. 그중 가장 중요한 것은 아마 널 기분 좋게 하지만 왜 그러려고 하는지 이유를 모르는 자를 믿지 마라일 것이다.

하지만 일주일에 한 번씩 지하실에서 그를 기다리고, 지도 전략 테이블을 사용하는 법과 에너지펄스 권총을 쏘는 법을 가르치는 **열한 그루 월계수**는 **세 번째 손바닥**의 차관으로서 전쟁부의 명령에만 따르는 여섯 차관 중 한 명이었다. **열한 그루 월계수**는 그를 전하나 준황제 여덟 가지 해독제나 기타 등으로 부르지 않고 큐어라고 불렀고, **여덟 가지 해독제**는 정말 진심으로 그게 좋았다. 최소한 자신이 좋아한다는 걸 알았다. 그런 자각이 도움이 되어야 할 텐데. 그는 그 호칭을 좋아했고, **열한 그루 월계수**는 확실히 그가 그렇게 느끼기를 바랐고, 이것은 안 좋은 일일지도 모른다. 하지만 지금은, 지금 당장은 그렇지 않았다. 지금 그는 웃느라 눈을 크게 뜬 채 바닥의 구멍에서 황급히 빠져나와 서서 말했다.

"있잖아, 나 그거 풀었어. 지난주 연습문제. 카우란 행성계에 관한 거 말이야."

"그러십니까. 좋습니다. 카우란에서 함대 사령관이 그 전투에서 승리하기 위해 뭘 했다고 생각하시는지, 그게 그녀에 관해 어떤 점을 드러내는지 알려 주십시오. 곧장 지도로 가시죠."

열한 그루 월계수, 스무 번의 원정에 참전했고 **여덟 가지 해독제**로서는 쉽게 상상 못 할 만큼 많은 피와 별빛에 뒤덮인 행성을 본 남자가 일주일에 한 번 오후마다 지하실을 통해 몰래 건너오는 열한 살 어린애를 상대해 준다는 게, 마음 한구석에서 나는 나직한 소리처럼 약간 마음을 상하게 하고 신경 쓰이게 했다. 물론 변명할 만한 상황이긴 했다. 가장 확실한 변명거리는 **여덟 가지 해독제**가 언젠가 테익스칼란 제국의 황제가 될 거라는 점이었다. **여섯 방향**이 자신을 희생하는 와중에 그를 유일한 계승자로 발표한 이래, 더더욱 그 가능성이 높아졌다. 그 가상의 미래에서 장관이 되길 바라는 전쟁부 3급 차관이라면 아이를 즐겁게 해 줄 이유가 많이 있을 것이다.

또한 그들이 어디에 있는지는 비밀도 아니었다. 지도실로 오는 동안(수많은 지도실 중 하나. 전쟁부는 전략가들의 정원이라던 **열아홉 개의 자귀**의 표현이 소년의 머릿속에 꽉 박혀 있었다.) **여덟 가지 해독제**와 **열한 그루 월계수**는 지나가면서 최소한 군인 열 명, 행정직원 네 명, 청소부 한 명, 그리고 **여덟 가지 해독제**가 발견하기로는 시티 감시 카메라 다섯 대의 시야에 확실히 노출되었다.(그 말은 그가 이 길에서 발견하지 못한 카메라 다섯 대가 더 있다는 뜻이었다.) 그는 도망친 게 아니었다. 뭔가 비밀스럽게 하는 게 아니었고, 그건 **열한 그루 월계수**도 마찬가지였다.

열아홉 개의 자귀, 즉 황제 폐하는 **여덟 가지 해독제**가 터널을 통해서 첫 번째 여행을 마치고 돌아온 직후에 전쟁부는 전략가들의 정원이라는 말을 했었다. 그녀는 **여덟 가지 해독제**의 방으로 혼자 와서 시티가 만든 홀로그래프 영상, 눈이라는 그물 속에 있는 밝은색의 새처럼 소년이 전쟁부를 지나가는 모습을 보여 주었다. **여덟 가지 해독제**는 자신이 가지 않는 편이 좋겠느냐고 물었고, 그녀는 전략가와 정원에 대한 얘기를 하고서 하고 싶은 대로 하라고 신중하게 말한 다음에 방을 나갔다.

가끔 **여덟 가지 해독제**는 항상 주시하고 있다는 사실을 드러내지 않을 정도로 그를 믿어 줄 누군가가 있을까 궁금했다.

어쨌든 지도실은 그를 행복하게 했다. '왜'라는 온갖 문제들을 잠깐 치워 놓을 만큼 행복했다. **열한 그루 월계수**가 손을 몇 번 움직여서 카우란 행성계를 띄우자, 지난주의 연습문제가 허공 한가운데 매달린 천천히 돌아가는 빛 속에 나타났다. 사건이 일어나기 전에 문제를 풀기 위해서 함대의 모든 배가 이 테이블을 하나씩 차지했다. 문제는 이거였다. 카우란에 파견된 함대 사령관은 반란이 한 대륙의 남쪽 끝을 넘어 확산되기 전에 어떻게 함선 한 척만을 써서 이 반란을 진압했는가? 그리고 제약은 다음과 같았다. 카우란 사상자 5000명 이하, 테익스칼란 사상자 200명 이하, 함대 사령관은 도움을 요청하지 않았다, 함대 사령관은 그 크기 함선의 표준적 장비에 들어가지 않는 특별한 무기를 갖고 있지 않았다, 그녀는 40 대 1로 수적 열세였다, 카우란 반란군은 우주공항을 점유하고 그녀를 상대로 테익스칼란 함대를 사용했다. 문제를 푸시오.

여덟 가지 해독제는 이런 제약들이 가장 마음에 들었다. 구분자區分字. 이 일은 진짜 있었으니까 가능해야만 해. 풀어 보자.

"계속하세요. 제10군단 함대 사령관 아홉 송이 부용이 여기서 뭘 했는지 보여 주시죠."

여덟 가지 해독제가 테이블로 다가왔다. 클라우드후크 뒤로 눈을 살짝 움직여서 지휘권을 호출했고, 이제 기능상으로 그의 것이 된 함대에 아무 변화도 주지 않으면서 시뮬레이션을 전개시켰다. 그는 아홉 송이 부용 대신이었다. 그리고 그녀가 이렇게 했다고 거의, 거의 확신하는 대로 샤드를 카우란 쪽에 한 대도 보내지 않았다. 카우란 반란군이 훔친 테익스칼란 함선을 타고 행성 위로 떠오를 때에도 마찬가지였다. 그는 빼앗긴 함대가 사격 범위 내로 들어온 시점에 일단 시뮬레이션을 중단했다. 그 정도의 전력이라면, 아홉 송이 부용의 바퀴의 무게호는 이터널급 기함임에도 불구하고 격추당할 수 있었다.

"내가 찾을 수 있는 해결책은 딱 하나야." 그는 **열한 그루 월계수**를 쳐다보지 않고 그 대신에 자신이 전쟁부 장관이나 함대 사령관 본인이 되어서 부하들에게, 자신의 부대에 이야기하는 것을 상상했다. "아무도 발포하지 않았어."

"어떻게 그렇게 할 수 있죠?"

열한 그루 월계수의 물음은 아니, 틀렸습니다란 대답이 아니었다. **여덟 가지 해독제**는 웃지 않았지만, 굉장히 영리해지고 굉장히 집중력이 강해지는 느낌이었다. 마치 샤드 조종사가 된 것처럼, 자신이 고르는 대로 궤도를 따라 날아가는 느낌이 이럴까 싶었다.

"카우란에서 반란군의 규모는 적어. 어느 한 민족의 한 파벌뿐이야. 하지만 그들은 영리해서 우리가 그 남쪽 대륙에 수비대를 두고 있다는 걸 알고 있었어. 수많은 함선도. 필요하다면 이터널급을 없앨 정도로. 반란군은 아주 영리하게 주지사 사무실로 가는 대신에 먼저 우주공항을 점령했어. 하지만 인원이 그렇게 많은 건 아니었다고 생각해. 협력자를 얻을 수 있다면 기꺼이 얻으려고 했을 만큼 말이야."

"꽤 타당해 보이는 논리로군요."

열한 그루 월계수가 해볼 기회를 주었다고 **여덟 가지 해독제**는 생각했다. 문제에 빠져도 될 정도의 여유를 준 셈이지만, 그는 어떤 문제도 일으키지 않을 것이다. 왜냐하면 그가 옳으니까.

"함대 사령관인 **아홉 송이 부용**도 그렇게 생각했을 거야. 그 사람에겐 이런 평판이 있더군. 그 사람을 위해서라면 병사들이 뭐든지 할 거라고. 모든 함대 사령관의 병사들이 사령관을 사랑한다는 수준이 아니고, 그냥 시적인 표현도 아니야. 이전 원정에 대해 찾아봤는데, 그 사람 부하들은 내가 보기엔 수많은, 음, 멍청한 짓거리까지

할 것 같아, 차관. 그 사람이 요청만 한다면."

열한 그루 월계수는 수십 년 전이었다면 웃음이라고 여겨졌을 만한 소리를 냈다.

"정말 찾아보셨군요. 멍청한 짓거리라는 건 꽤 잘 맞는 설명입니다. 계속하세요. 그녀가 카우란에서 병사들에게 어떤 멍청한 짓을 시켰을까요?"

"만약에 함대 사령관이 부하 몇 명을 반란군 속에 침투시켰다면, 그리고 그들이 성공할 거라고 믿었다면, 그럼 반란군으로 하여금 훔친 배로 우주에 나와서 자기 함선에 아주 가까이 오게 놔둔 거지. 그 다음에 부하들에게는 훔친 바로 그 배에서 쿠데타가 진압되고 반란군들이 살해될 동안 자기를 믿고 발포하지 말라고 했을 거야. 아무도 발포하지 않았어. 그럴 필요가 없었어. 그녀가 이미 이겼으니까."

지도가 사라졌다. 여덟 가지 해독제는 눈을 깜박였다. 눈꺼풀 안쪽으로 바퀴의 무게호와 카우란의 태양이 밝게 잔상을 남겼다.

"정답에 아주 가까웠어요. 잘하셨습니다."

"내가 뭘 빠뜨렸어?"

묻지 않을 수가 없었다. 아주 가까운 것으로는 부족하니까. 그가 한밤중에 난 알아, 이해했어라는 깨달음의 빛을 받으며 그들은 발포하지 않았다는 답을 떠올린 이상. 혀 위에서 팍 터지는 과일처럼 깨달음을 느끼며 일어난 이상.

"침투는 함대의 대對반란 활동 절차의 일부였던 게 맞습니다. 하지만 그걸 이끈 사람이 누구였을까요? 누가 우리 쪽 사람들을 보내서 우리를 위해 거짓말을 하라는 결정을 내렸을까요, 큐어?"

"함대 사령관은 아니겠지?"

"전쟁부 장관 아니면 세 번째 손바닥의 차관이죠."

"네가?"

그가 가 보려고 애를 썼던 세 번째 손바닥(동쪽에 있는 것). 동황궁은 열아홉 개의 자귀가 황제가 되기 전의 거주지였고, 대사들이 머무는 곳이자 정보부 소재지였다. 하지만 정보부는 민간인이었다.

열한 그루 월계수는 그의 답을 기다리고 있었다.

여덟 가지 해독제는 그게 싫었다. 그러면 어리광을 부리는 것 같은 기분이 들기 때문이었다.

"너구나. 세 번째 손바닥. 왜냐하면 세 번째 손바닥은 정보부가 독립해 나가며 남은 군사 영역이니까."

"맞습니다. 저, 그리고 우리 병사 중에서 갈라져 나와 잔류한 첩자들이죠. 여섯 개의 쭉 뻗은 손바닥의 세 번째 부서요. 정보, 방첩, 함대 내부 문제를 다루죠. 자, 퀴어. 우리의 아홉 송이 부용이 이 허가를 제게서 받았을까요, 세 개의 방위각 장관에게서 받았을까요? 아, 아니죠, 그때는 아직 아홉 번의 추진 장관 때였습니다. 어쨌든 간에, 뭘까요?"

"……아니야. 아홉 송이 부용은 그런 명령을 내릴 허가를 받지 않았어. 그래도 어쨌든 그 부하들은 그렇게 했지."

"전하는 마저 자라면 아주 끝내주는 전략가가 되실 겁니다." 열한 그루 월계수의 말에 여덟 가지 해독제는 온몸이 따뜻해지는 것을 느꼈다. 그는 얼굴을 붉히고 싶지 않아서 고개를 숙였다. "맞습니다. 그녀는 허가를 받지 않았죠. 그냥 결정했고, 부하들 중 아무도 거기에 질문 하나 던지지 않았던 겁니다."

텅 빈 지도 테이블이 갑자기 무겁고 위협적으로 느껴졌다.

"그 사람은 지금 어디에 있어? 카우란 이후로 어떻게 되었지?"

"오, 우린 그녀를 야오틀렉으로 승진시켰습니다." 열한 그루 월계수는 이게 매일 일어나는 일이라도 되는 듯이 말했다. "그리고 테익스칼란과 황제 폐하를 위해서 최대한 빨리, 용감하게 죽을 수 있는 곳으로 보냈죠."

✧ ✧ ✧

특히 잔혹하게 자기 질책을 한 끝에 마히트는 자신의 정신 안에서 혼자 있고 싶어졌다. 이제 겨우 그녀의 것이 되기 시작했고 두 배인 데다가 왜곡되고 테익스칼란으로 가득한 기억으로 꽉 찬 정신 대신에, 어릴 때처럼 이마고 없이 갈망으로 가득한 혼자만의 정신이 되길 바랐다. 특히 잔혹한 자기 질책에는 계란형 거주 포드 안 침대에 누워서 마음이 편안해지는 상아색 천장 곡선을 최대한 멍하니 쳐다보며 얼마나 개떡 같은 상황에 처했는지 생각하지 않으려 하는 것도 포함되었다. 자신이 개판 난 정도에 대해 몇 시간이나 생각하는 건 사치스러운 일이었다. 이전에 시티에서는 깨달음이라는 커져 가는 공포를 앉아서 생각할 시간이 전혀 없었다. 그때는 계속해서 움직였다. 그래야만 했다. 천장은 굉장히 근사하고 굉장히 르셀적이고, 여기서는 아무도 마히트를 볼 수 없었다. 마히트는 포드 바깥쪽의 알림등을 전부 개인적 시간, 긴급 상황만이라고 보이도록 설정해 두었다.

〈결국에는 포드에서 나와야만 할걸.〉

이스칸드르의 말을 듣자니 부모님이나 보육원 돌보미에게 꾸중을 듣는 기분이었다. 결국에는 자러 가야만 해, 마히트.

"일주일은 기다릴 수 있어." 마히트가 소리 내서 말했다. 여기서는 아무도 마히트의 말을 들을 수 없었다. 그녀가 한 명의 통합된 인간이 아니라 용의자, 비밀, 치명적인 3인 병합체라는 걸 아무도 알아챌 수 없었다. "그런 다음 셔틀을 훔쳐서 의원이 내가 약속을 빼먹었다는 걸 알아채기 전에 안하메마트 게이트로 가는 거야. 그래, 이건 멍청한 생각이고, 아니, 난 그러지 않을 거야. 내가 이스칸드르, 널 위해서 르셀의 이익을 배반하는 짓을 한다면 제국에 있을 때 이미 그랬겠지."

〈널 위해서는? 우리가 뭔지 알아내면 암나르트바트가 무슨 짓을 할 거라고 생각해?〉

그건 상황에 따라 다르지. 마히트는 이스칸드르를 향해 생각했다. 애초에 암나르트바트가 우리를 사보타주했을까? 만약 그렇다면 왜 그랬을까? 넌 암나르트바트를 알잖아, 이스칸드르. 나보다 더 많은 시간, 더 많은 햇수 동안 알았어.

〈암나르트바트의 사무실에서 넌 그 여자가 사보타주를 했다고 확신했었는데.〉

그 사무실에서 난 겁이 났어. 기다림의 침묵. 좌절감과 불인정이 비슷한 정도로 섞인 정지. 마히트는 자기 사고에서 스스로 생각하는 부분이 절반도 되지 않는 것에 질려 버렸다. 이제 행복해, 이스칸드르? 난 겁에 질렸고, 넌 내 내분비 체계에 온갖 트라우마 반응을 쏟아 냈었지. 당연히 난 그때 암나르트바트가 우릴 사보타주했다고 확신했어. 그리고 지금 혼자 있으니 생각을 할 수 있고, 내가 두려워했다는 걸 어떻게 받아들여야 할지 모르겠어. 난 정말……

〈마히트, 우리 둘 다 두려웠잖아. 괜찮아. 숨 쉬어.〉

이스칸드르가 머릿속에서 아주 상냥하게 말했다.

마히트는 숨을 들이켰다. 밭게 숨 쉬던 그녀는 자신이 최소한 1분 동안은 빠르고 쓸모없는 호흡을 하고 있었고, 언제 시작했는지 깨닫지도 못했다는 것을 깨달았다. 다시 숨을 들이쉬었지만 아무리 애써도 폐가 멈출 것 같았고, 사로잡히는 듯한 감각이 들었다. 그녀는 개인 포드라는 안전한 곳에서마저 사로잡혀 있었다. 완전히 사로잡힌 신세였다. 유산협회 의원은 마히트를 잘라서 열고 싶어 하고, 마히트는 여전히, 몇 달이 지났지만 여전히 왜 암나르트바트가 자기를 사보타주하려고 했던 건지, 또는 어떻게 그런 건지, 또는 뭐가 됐든 간에 이해할 수 없었고 또……

깊게, 콧구멍과 입을 통해서 순환하듯이 숨을 쉬었다. 마히트가 선택한 건 아니었으나 그녀는 이 패턴을, 호흡으로 진정하는 방법을 알았다.(혹은 이스칸드르가 알았다.) 이스칸드르는 아주 드물게 그들의 몸을 통째로 장악했다. 꼭 필요할 때만. 지난번에, 실제로 지난번에 그는 그들 주위로 시티 전역이 난리통이었을 때 폭동에서 아무 탈 없이 빠져나가기 위해서 몸을 사용했었다.

〈괜찮아.〉 그러고 나서 이스칸드르는 이어서 말했다. 〈정말로 산소는 머리를 맑게 하는 데에 도움이 된다니까.〉

갑자기 끼어드는 밝은 남자, 첫 번째 이마고의 잔해, 자신의 죽음을 기억하지 못하고 오로지 테익스칼란에서 지낼 수십 년의 인생을 기대하던 걸 기억하고, 거대한 야망과 마히트가 갖고 소유하고 자신의 안에 받아들이고 싶은 영리함을 지닌, 사보타주당한 이스칸드르.

고마워.

온기. 그녀 자신의 신경이 부드럽게 쓰다듬는 것처럼 떨리는 감정의 파도 속에서, 팔다리의 잔털이 곤두섰다가 가라앉았다. 이것 역시 이마고 훈련에 없었다. 살아 있는 기억과 자신의 일부가 될 경험을 받아들였을 때 어떤 일이 일어날지 미처 예상치 못했다. 마히트가 받은 교육에서는 이 기묘한 상냥함에 대해서 알려 주지 않았다. 친구와 한몸에 사는 감각을.

〈머리를 맑게 하는 데 감상적인 생각은 도움이 안 돼.〉

아주 짜증 나는 친구이기도 하지.

전자적 웃음, 그리고 끔찍하고 갑작스러운 척골신경의 통증. 이제 그것은 항상 은근한 건 아니었다. 가끔은 그냥 아팠다.

〈그래서 말이지. 우린 두렵고 사로잡힌 기분이야. 네가 산 그 책 같은 그래픽 스토리의 주인공처럼 스테이션을 떠날 계획이 아닌 이상, 우린 어떻게 할까, 마히트?〉

마히트는 일어나 앉았다. 등은 편안하게 오목한 포드의 곡선에 기댔다. 우리가 처음 돌아왔을 때 해야 했던 일, 이스칸드르. 우린 데카켈 온추에게 다른 사람이 네가 받은 메시지를 읽었다고 말해야 해.

다시금 마히트는 살아 있는 기분이었다. 르셀로 돌아온 이래로 내내 잠에 빠져 있다가 깨어난 듯한 느낌. 깨어난다는 건 두려움, 그리고 상쾌함과 비슷했다. 마히트의 적성과 이스칸드르의 적성이 위험 추구형으로 되어 있다는 점에서 그들은 굉장히 비슷했다. 마히트는 그게 자신의 문화를 천천히 집어삼키는 문화와 사랑에 빠지는 일종의 제노필리아에 꼭 필요한 전제 조건이라고 항상 생각했지만, 어쩌면 그보다 더 간단하고 마음 깊은 곳에서 나온 것일지도 모른다. 난 어떤 것도 혼자 내버려 둘 수가 없어.

〈아, 결국에 정치적이 되기로 결심했군.〉

이스칸드르가 마히트 자신의 생각과 아주 비슷한 어조로 말했다. 이마고와 그 상속자 사이는 거리가 거의 떨어져 있지 않고, 미래도 뒤섞이리라는 암시 같은 거였다. 마히트 자신의 기억 중 하나가 떠올랐다. 어떤 것도 정말로 잘못되기 이전에, 그녀 때문에 목숨을 잃기 이전에, 시티에서 대사관저에 온 **열두 송이 진달래**. 그는 마히트에게 말한다. 대사님도 결국에 정치적이군요.

페탈. 마히트는 애정과 슬픔 속에서 생각했다. 그녀가 부르던 방식은 아니었다. 그것은 **세 가닥 해초**가 화려한 분홍색 꽃을 이름으로 삼은 남자를 부를 때의 애칭이었다. 그래요, 그렇게 됐나 봐요.

✧✧✧

그것은 언어가 아니었다. 거기에 대해서는 칼끝호 함장이 옳았다. 적함의 통신에서 가로챈 녹음은 잡음이 섞인 반응, 우주 방사선 간섭으로 강해진 날카로운 지지직 소리라고 해도 될 것 같았다. 훈련받지 않은 **아홉 송이 부용**의 귀에는 최소한 그랬다. 두통을 일으킬 것 같은 날카롭고 흉측한 소음은 역겹고 기름지고 혀에 달라붙어 구역질이 나게 하는 맛을 남기는 비명으로 끝났다. **아홉 송이 부용**의 평소 신경 특성 중에 공감각은 없었고, 사람에게 맛과 혼선시키는 소리라는 건 좋아 봤자 불쾌하고 나쁘면 실질적으로 해로웠다.

그럼에도 불구하고 그녀는 녹음을 두 번 들으며 지직거리는 소리 사이의 휴지休止에 관해서는 칼끝호가 옳았다는 것을 직접 확인했다. 설령 언어로는 아니더라도, 그것은 칼끝호가 한 행동에 반응했다. 그러니까 이건 통신이었다. 어떤 종류가 됐든 간에. 세 번째로 들을 때에는 스무 마리 매미를 옆에 두었다. 소음이 더 높고 커지자 그는 움찔하고 한 손으로 입을 덮어 구역질을 삼켰다. 그는 언제나 아홉 송이 부용보다 현지 환경에 더 예민했다. 그녀는 이걸 들려주지 말 걸 하고 갑자기 무력하게 생각했다.

"……이런 식으로 이야기를 한다면 그들의 입이 그리 기분 좋게 생겼을 거라는 생각은 안 드는군요."

스무 마리 매미가 간신히 자신을 통제한 다음에야 말했다. 아홉 송이 부용은 어깨를 으쓱였다. 한쪽 어깨가 올라갔다가 다시 내려왔다.

"소리 왜곡기를 썼을 수도 있어. 아니면 한 배에서 다른 배로 기계를 써서 보낸 통신일 수도 있고……."

"아니면 통신하는 기계일 수도 있죠."

스무 마리 매미는 이 생각에 마음이 놓이는 걸까? 말로 다른 유기체에게 상처를 줄 수 있는 일종의 유기체보다 인간의 항상성을 깨뜨리는 방식으로 이야기하는 기계가 나은가? 시간이 이렇게 모자라지만 않았다면(한 시간 안에 열여섯 번의 월출과 저녁 식사를 하며 정치적 상황을 전략적으로 완화시켜야 하니 이제는 더더욱 부족했다.) 그에게 물어봤을 것이다. 그 대신 그녀는 이렇게 말했다.

"그건 아닐 것 같아. 샤드를 잡아먹는 침 말이야, 봤지? 난 이미 그걸 침이라고 불러. 너무 유기적이야. 놈들은 기계가 아니야."

"그건 모를 일이죠."

스무 마리 매미의 말에 그녀는 고개를 끄덕였다.

"난 아무것도 몰라. 언어학자가 필요해. 함내에 통역을 할 사람이 누가 있지?"

스무 마리 매미는 의자에 몸을 기대 매끄러운 돔형의 머리 뒤로 손을 깍지 끼고 눈을 감은 채, 언제나 쉽게 외우는 것처럼 보이는 머릿속 인사 정보를 뒤졌다.

"쿠에쿠엘리후이 열네 개의 못이 칼끝호에 타고 있지만, 그녀는 통역가지 언어학자가 아닙니다. 외곽 지역 언어 전문이죠. 스파이 유형 중 한 명이며 카우란에서는 지상 부대에 있었습니다. 영리하지만 인간 상대를 더 잘할 겁니다. 뭔지 모를 이것보다는요."

"그쪽은 아니야. 난 어떤 선입견도 없는 사람, 전에 전파 통신을 들어 본 적 없는 사람이 필요해."

열네 개의 못은 실제로 그녀의 '스파이 유형' 중 하나였다. 그렇다고 진짜 스파이는 아니었다. 스웜 본인을 제외한다면 그녀의 부하 중에 스파이는 없었다. 세 번째 손바닥 소속, 흔히 쓰는 말로 정치 장교들인 전쟁부의 첩보 부서는 함대 사령관이 일부러 곁에 둘 만한 자들이 아니었다. 열네 개의 못은 조용한 카리스마와 언어 기술, 근처에 있는 누구에게든 꼭 필요한 사람이 되는 능력 때문에 뽑힌 병사였다. 대체로 쿠에쿠엘리후이 계급은 지휘 분야가 아니라 비장교 특수 군인의 최고 등급이었다. 부서지지 않고 구부러지는 금속처럼, 독립적으로 작업할 만큼 유연하고 어떤 상황에서도 충성심을 유지할 만큼 강인했다. 가끔 그런 자들은 아주 소통을 잘해서 야만인에게 너무 늦을 때까지 그들이 테익스칼란인이라는 걸 잊게 했다. 열네 개의 못의 상대는 야만인이었다. 외계 종족이 아니었다. 문명화되지 않았을 뿐만 아니라 인간조차 아닌 것들 상대는 안 된다.

"또 누가 있지?"

"카우란 팀의 나머지를 다 꼽아 볼 수 있지만……."

"내가 원하는 건 사람들이 자기를 믿게 할 수 있는 자가 아니야, 스웝. 내가 원하는 건 입이 없는 외계 종족과 말할 수 있는 자야."

스무 마리 매미가 다시 입을 덮었지만 이번에는 히죽거림을 숨기기 위해서였다.

"그러면 저희 야오틀렉께서도 안 되시겠군요. 사람들만이 사령관님을 믿으니까요."

부하들이 그녀를 믿는 건 사실이었다. 제10군단은 그녀를 믿고, 그녀가 그들을 위해 죽을 수 있듯이 그녀를 위해 죽을 것이다. 함장이란 그런 것이다. 하지만 이 함대의 나머지? 그들은 아직이었다. 열여섯 번의 월출과 정치적 불만이 담긴 그녀의 통신문이 다른 군단에 이미 효과를 발휘하고 있는 한은. 아홉 송이 부용은 다른 군단의 부대에서는 통역자를 뽑을 수 없을 거라고 거의 확신했다. 열여섯 번의 월출의 책략이 얼마나 멀리까지 퍼져 있는지를 파악하지 않고서는 불가능하다. 마지막 수단으로 전쟁부 장관에게 연락한다는 마음의 위안 없이 균열된 지면에서 일하는 건 정말 싫었다. 어쩌면 아홉 송이 부용이 그 마음의 위안에 지나치게 익숙해진 건지도 몰랐다.

어쩌면 이제는 정당한 자신의 힘으로 어떤 야오틀렉으로 기억되고 싶은지 배울 시간일지도 모른다.

마침내 그녀가 스무 마리 매미 옆에 앉아 말했다. 두 사람 모두 새파란 신병 때처럼 여전히 어깨를 맞댄 채였다.

"이건 말이지, 정보부가 맡을 일이야."

3장

제일 위칸, 한 면의 3분의 2: 캐머런 함장과 구출된 유산협회 기록 보관 담당자 에샤라키르 르루트는 무너진 카라반세라이의 그림자 속에서 웅송그리고 있다. 눈이 격하게 쏟아진다. 에샤라키르는 20년 동안 지켜왔던 자료와 서적을 불길 속에 한 장 한 장씩 집어넣고 있다. 불길은 칸을 둘러싸고 단어처럼 보인다. 테익스칼란 시, 유산협회의 문서, 심지어는 르셀 기원의 기록에 나오는 구절, 아주 알아보기 쉬운 것들. 하지만 약간씩 변형되어 있다. 유산협회가 우리로부터 지켜 왔던 비밀스러운 버전이 그들이 폭풍 속에서 살아남기 위해 파괴된다.

아래칸, 한 면의 3분의 1: 캐머런 함장의 손, 타오르는 탄생 기록의 단어들을 낚아챈다. 그리고 에샤라키르의 얼굴. 그녀는 태연하다.

캐머런: 그럴 필요 없어요. 에샤라키르, 당신이 발견한 걸 우리가 지키지 못한다면 무슨 의미가 있습니까, 멈춰요.

에샤라키르 르루트: 이건 쓰레기예요, 함장님. 귀중하지만, 기억은 아니에요. 함장님은 여기에 문서 때문에 왔다고 생각하셨나요? 어떤 스테이션 사람이 문서를 지키나요? 자신이 없으면 사라질 이마고 라인을 그 사람이 보존할 수 있는데. 함장님에게 필요한 건 나뿐이에요.

— 그래픽 스토리 『위험한 변경!』의 대본 1권, 르셀 스테이션 9층, 소규모 지역 출판사 '모험/암울'에

[……] 식사, 수경재배 추가 물품(고기 대체품, 타우린 대체품)—운송 컨테이너 12개. 식사, 수경재배 추가 물품(과일 보존식)—운송 컨테이너 1개. 미사일(발사 무기, 휴대 무기)—운송 컨테이너 3개. 미사일(발사 무기, 지대공포)—4대 [……]

— 서쪽 호 섹터의 함대 보급용 책정량(22쪽 중 9쪽)

아침 이른 시간에 온 요청은 자신의 사무실에서 잠을 잤던, 혹은 (또다시) 자지 않았던 정보부 3급 차관이 가장 먼저 받았다. **세 가닥 해초**는 정보부 내부 네트워크에서 그것이 반짝이는 것을 보았다. 클라우드후크 디스플레이 창의 왼쪽 위 사분면에서 밝은 회색, 금색, 빨간색이 돌아가며 깜박거렸다. 전쟁부 색깔로 '긴급 메시지 19개'라고 떠 있는 그것은 보통의 아세크레타 피드에는 나타나는 일조차 없는 종류였다. 석 달 전이었다면 **세 가닥 해초**도 이걸 절대로 보지 못했을 것이다.

(석 달 전이었다면, 설령 장관보다 겨우 한 층 아래인 이 작은 창문 달린 전용 사무실이 포함된 이 높은 직급에 올랐다 해도 집에서 잠을 잤을 테니까 메시지를 완전히 놓쳤을 것이다. 그래, 그녀는 병 수준의 불면증을, 남이 깨기 전에 문제를 처리하게 해 주는 칭찬할 만한 행동으로 정당화했다. 이걸로 분명 하루치 일의 절반 정도는 끝날 게 아닌가.)

요청의 색깔이 다시 한 바퀴 돌며 깜박였다. 아무도 수신하지 않았다. '긴급 메시지 19개'는 색깔 변화를 네 번 반복하고서 1급 차관의 개인 클라우드후크에 저절로 들어갔다. 다른 부서의 명령권자 직급에 있는 사람이 보낸 긴급 메시지는 최소한 빠르게 답을 받아야 한다는 사실에 기반한 것이었다. 안 그러면 정보부의 부관급 일 처리에 묻혀 버릴 것이다. 이것의 색깔이 한 바퀴 더 돌았다면 **세 가닥 해초**는 아무 문제 없이 잊을 수 있었을 것이다. 그게 뭐든 간에 모든 사람들의 점막을 자극하는 꽃가루 안개처럼 부서 전체에 내려앉기 전까지는……

심지어는 네 비유조차 끔찍해지고 있어. 꽃가루 안개? 그런 게 제대로 된 시의 기반이 될 것 같아……?

두 달 반 전에 **세 가닥 해초**는 제대로 된 시를, 어리석게도 쓸모없이 죽어 버린 소중한 친구에 대한 애가哀歌를 썼다. 그 후로는, 으음. 빌어먹을 꽃가루 안개, 그리고 이 멋진 감옥 같은 사무실.

그녀는 눈을 왼쪽으로 살짝 움직여서 그 요청 메시지를 자신의 것으로 가져왔다.

20분 후, 창문으로 새벽빛이 넘쳐 들며 사치스럽게 고여 클라우드후크 디스플레이 위로 시야를 방해하는 빛줄기를 드리웠다. **세 가닥 해초**는 정보부에서 자신의 커리어 중 두 번째로 멍청한 아이디어를 마지막으로 손질하는 중이었다. 일의 동반자는 4급 차관 **일곱 편의 논문**이 새로운 톱텐 인기 목록에 있는 「개간의 노래 #5」를 단호하고 유쾌하게 허밍하는 소리였다.(벌써 3주나 빌어먹을 같은 노래였고 최소한 **일곱 편의 논문**은 훌륭한 운율과 모방 능력을 갖고 있었다. 비록 자기 머릿속에 박혀 버린 노래를 사무실 사람들과 공유하곤 하는 경향이 있긴 하나…… 하지만 인공적 도움이 없이 한꺼번에 두 개의 화음을 노래할 수는 없는 법이고, 어떤 사람들은 그런 시도조차 하면 안 된다.) 노래는 매일 아침 그러듯이 복도를 따라 울려 퍼졌다. 3급 차관, 아니 사실 그들여섯 명 중 어느 차관이든 긴급 요청 19개를 부서 직원에게 맡길 수 있는 자유재량권이 있었고, 오 이런, 이것은 꽤 과한 요청이었다. 테익스칼란 우주의 가장자리에 나가 있는 야오틀렉 **아홉 송이 부용**이 외교 능력을 갖춘 최초의 접촉 전문가를 원했다. 그것도 지금 당장. **세 가닥 해초**가 그녀의 야만인 대사의 기묘한 중력에 사로잡힌 채 쳐다보는 앞에서, 마히트 디즈마르가 내전을 진압하기 위해 이용했던 바로 그 이해할 수 없는 외계 종족과 이야기를 하라는 것이다.

클라우드후크가 옅은 금색으로 반짝였다. 메시지가 수신되었다는 뜻이었다.

정보부 장관 **네 가닥 알로에** 휘하 3급 차관, 1급 귀족 아세크레타, **세 가닥 해초**, 귀하는 재배치되었습니다. 귀하의 새로운 임시 직책은 '특무대사'로 사령관 야오틀렉 **아홉 송이 부용** 휘하 이터널급 함선 **바퀴의 무게**호의 제10군단으로 파견됩니다. 187.1.1-19A(오늘) 일몰까지 중앙 우주공항에 신속 여행을 보고하십시오. 귀하의 급여 등급: 동일. 허가 등급: 동일. 임무 기간: 석 달, 무제한 연장 가능. 파견 장교: 정보부 장관 **네 가닥 알로에** 휘하 3급 차관 **세 가닥 해초**. 이 임무에 관한 질문은 담당 장교에게 연락 바랍니다. 이 임무를 수락한다면 이 메시지에 답을 보내십시오.

마지막 기회야, 하고 **세 가닥 해초**는 속으로 생각했다. 재고해 볼 마지막 기회야. 돌아와서 엄청나게 지루한 징계 회의에 서지 않을 마지막 기회.

그리고 스스로를 멈추기도 전에 눈을 깜박여 긍정의 답신을 보냈다. 몸이 희미하게 빛나는 것 같고, 이미 행성을 떠나 무중력 상태에 있는 듯한 공포가 엄습했고, 생생한 현실감이 들었다. **세 가닥 해초**는 그녀의 시적 견본이자 영웅 **열한 개의 선반**이 그의 외계인인 에브레크트 무리 사이에서 혼자 지내며 『신비한 변경에서의 급보』를 쓴 걸 떠올렸다. 그녀가 그보다 못할까? 당연하지, 하지만 그렇게 많이 못하지는 않을지도 모른다. 그러다가 신나면서도 씁쓸하게, 영원히 침묵한 **열두 송이 진달래**의 목소리로 생각했다. 꿰질, 내가 하는 거 잘 보라고. 그게 **세 가닥 해초**의 커리어에서 첫 번째로 멍청한 아이디어였다. 그녀와 **열두 송이 진달래**가 일하던 부서가 급박한 내전 앞에서라 해도 무분별한 많은 일로부터 두 사람 모두를 전폭적으로 완전히 보호해 주리라고 믿었던 것. 오, 그 믿음이 야기한 결단이 얼마나 멍청한 것이었는지. 그리고 그로 인해 죽은 것은 그녀가 아니었다.

그녀도 아니고, 마히트 디즈마르도 아니었다. 마히트, **세 가닥 해초**가 본 그 어떤 야만인보다도 토박이처럼 행동했으며 **세 가닥 해초**에게 딱 한 번 키스하고, 테익스칼란이라는 개념 전체로부터 도망쳐 버린 사람. 마히트가 보고 싶다고 **세 가닥 해초**는 생각했다. 어쩌면 그 감정은 고쳐야 할지도 몰랐다. 제국을 위해서 그녀의 갑작스러운 정치 커리어의 첫발을 내딛는 동안에.

✧✧✧

마지막으로 황실 정치에 관여했을 때(르셀 의회는 내분과 관련된 음모, 모략, 살짝 반황실적인 홀로프로젝션 드라마에서 악당의 소굴인 테익스칼란 황실과 비교되는 것을 지독하게 싫어하지 않을까.) 마히트는 의식적으로 시계에 신경 쓰지 않았었다. 이번에는 밑창이 부드러운 신을 신고 스테이션 갑판을 소리 없이 걸으며, 중앙 함선 격납고 쪽으로 일부러 무작위로 길을 골라 가는 와중에도 일 초 일 초 흐르는 게 들리는 것만 같았다. 암나르트바트 의원이 신경학 연구실로 부르기까지 최대한으로 6일이 남았다. 마히트가 머릿속에 이스칸드르 아가븐의 이마고 버전을 하나가 아니라 두 개를 갖고 있다는 걸 르셀의 모든 사람이 알게 될 때까지 (최선의 경우에) 6일이 남았다.

〈최악의 경우는 뭐야?〉

테이블 위에서 죽는 거. 유산협회 신경과 의사의 메스가 몸을 가르다가 우연으로 보일 만큼(당연히 우연히) 미끄러져 척수를 자르는 거다. 다섯 개의 포르티코가 죽은 이스칸드르의 이마고 머신을 두개골에 집어넣은 부분의 수술 흉터가 욱신거렸다. 마히트는 그 부분을 덮기 위해서 머리카락을 길렀다. 곱슬거리는 머리는 수년 만에 가장 길었다.

〈난 그거보다 더 나쁜 경우도 생각할 수 있어.〉

이스칸드르가 지나치게 유쾌하게 말했다.

하지 마.

시티에도 시계가 존재했었다. 마히트는 전임자의 죽음을 조사하기 시작하며 그 즉시 시계를 작동시켰다. 아니면 이스칸드르가 한참 전에, 죽어 가는 황제 폐하에게 이마고 머신과 영원한 삶을 약속했을 때 작동시켰던 걸지도 모른다. 폭탄의 기폭장치를 점화시키는 것처럼. 하지만 마히트는 테익스칼란에 며칠 동안 머무르기 전까지는 시간이 빨라지는 거나 선택지가 줄어드는 것을 알아채지 못했었다. 최소한 이번에는 마감 시간이라는 평평한 빈 벽이 다가오는 게 보였다. 그러니 놀랄 일도 아니었다.

〈온추 의원은 사무실에 앉아 있지 않아.〉 우주선이 여기저기 있는 붐비는 동굴 같은 스테이션의 격납고가 그들 앞에서 열릴 때 이스칸드르가 그녀에게 중얼거렸다. 〈아니, 내가 알던 시절에는 그랬어. 그녀는 자기 사람들이랑 같이 있는 걸 좋아해. 네가 가 볼 만한 중심 장소는 없을 거야.〉

난 논의를 하고 싶은 게 아니야, 이스칸드르. 난 대화를 하고 싶어. 바에 가자고.

언제나 그렇듯이 마히트는 전기가 신경을 타고 흐르는 감각으로 그의 웃음을 느꼈다. 이제는 그게 새끼손가락까지 내려왔을 때에만 신경성 척골 통증이 희미하게 느껴졌다. 어떻게든 거기에 익숙해졌다. 익숙해질 수 있는 한 최대로. 그게 퍼지지만 않는다면, 또는 마비되지만 않는다면 괜찮았다. 눈에 띄게 드러나지 않는 현상이라 테익스칼란에서 마히트와 이스칸드르에게 무슨 일이 있었는지 아는 사람은 아주 소수였다. 그리고 그 사람들은 전부, 음, 그녀나 이스칸드르나 또는 그들이 가끔 되려고 하는 통합 인간, 아니면 테익스칼란에 있는 사람들이었다.

마히트가 고른 바는 전에 가 본 적 없는 곳이었다. 마히트는 젊을 때나 학생이던 시절에 조종사 바를 돌아다니는 습관이 없었다. 공간 수학 적성 때문에 초기부터 조종사 이마고는 가능 목록에서 제외했고, 그들 모두가 자기네 사이에 끼기에는 마히트가 좀 부족하다는 걸 안다는 듯한 느낌을 지울 수가 없었다. 그런 감정이 전혀 다른 마히트의 흔적 같았다. 어린아이의 두려움과 욕망을 품은 어린 마히트. 지금의 마히트는 술을 마시고 싶었고, 자기 사람들과 어울리는 걸 좋아하는 부류의 의원인 데카켈 온추와 함께 마시고 싶었다. 그리고 온추가 선택한 술집이 여기였다. 르셀의 내부 뉴스피드 여러 군데에서 온추가 여기서 나오는 장면이 공공 홀로그램으로 나왔었다.

온추를 찾는 것은 어렵지 않았다. 공공 홀로그램은 거짓말을 하지 않았다. 그녀는 그 바에 있었다. 유리와 그래피티, 원래의 음각 디자인의 나머지, 휘어진 부채꼴 주위에서 피어난 다이아몬드 모양, 이런 것들을 잘 긁어 모아 놓은 흐릿한 색의 넓은 구역. 마히트는 생각했다. 이게 대체 어떤 꼴이야? 무심코 테익스칼란어로 생각하자, 이스칸드르가 옛 기억을 살려 핀잔을 주었다. 그가 르셀의 바로 여기에서 적성을 검사하던 10대 시절에 조종사 갑판의 데코에는 이 특정 패턴이 굉장히 유행했단다. 마히트가 문가 왼쪽에서 잠깐 머뭇거리는데, 진짜 조종사들이 뒤따라 들어오는 바람에 문이 등 뒤에서 흔들거리며 닫혀서 그녀의 위로 그림자를 드리웠다. 온추는 의원다운 복장이 아니었다. 우주 조종사처럼 입고, 두피가 보일 정도로 머리를 바싹 자르고, 유리잔 가장자리에 댄 입술에는 밝은색의 립스틱이 발려 있었다. 눈가에는 햇살 같은 깊은 주름이 있었다. 온추는 대화하고 있지 않았다. 오른쪽에 있는 남자와 평화로운 상호간의 침묵 속에서 사이좋게 술을 마셨고, 그 반대편에는 빈자리가 있었다.

〈어떤 식으로 행동할 거야?〉

가끔은 자기 자신이고, 가끔은 이스칸드르 아가븐이기도 한 자신이 되는, 머릿속의 기묘하고 소리가 울리는 장소에서 마히트가 답했다.

네가 인사하는 게 좋을 것 같아.

이스칸드르는 테익스칼란에서 그랬던 것처럼, 또는 거주 포드에서 쓸모없는 공포에 사로잡힌 마히트를 진정시키려고 할 때처럼 몸을 차지하지 않았다. 그저 슬쩍 앞으로 나와서 마히트의 근육이 전에는 경험해 본 적 없는 걷는 법과 무게중심을 기억하도록 도왔다. 마히트 자신의 웃음보다 더 큰 웃음, 카운터에 다가가 온추 의원 옆에 앉으며 한쪽 팔꿈치에 기대는 방식.

"의원님." 이스칸드르가, 마히트가 말했다. 그들 사이의 공간은 공간이라 하기 어렵고, 생각과 행동은 아주아주 조금 분리되어 있을 뿐이었다. "오랜만이군요. 이제 16년쯤 됐나요?"

온추가 눈을 깜박였다. 다시금 깜박인 눈이 천천히 가늘어지고 눈꺼풀이 내려오더니 완전히 평가하는 표정이 되었다.

"그런 식의 인사로는 당신이 어떤 사람인지 짐작하기 어렵군요. 하지만 그렇게 말할 정도로 대담하고 건방진 사람은 딱 한 명이지. 잘 있었나요, 마히트 디즈마르."

마히트는 이스칸드르의 미소를 지었다.

"안녕하십니까, 온추 의원님. 제가 한잔해도 괜찮으시겠죠?"

"여긴 조종사들의 바이지만 문앞에서 회원 자격이 있는지 이마고를 확인하지는 않으니까요. 뭘로 마실래요?"

〈아하초티야.〉

우린 발효시킨 과일을 다시는 마시지 않을 거고, 또 우리는 르셀에 있고, 또 난 네가 그냥 인사를 하길 바란 거지, 눈에 띄기 위해 테익스칼란식으로 행동하길 바란 게 아니었어.

〈술을 주문해. 의원이 보고 있다고.〉

"보드카. 차갑게, 스트레이트로요."

마히트가 말했다.

온추가 익숙하게 손을 흔들자 바텐더는 차가운 샷글래스와 보드카 병을 꺼냈다. 보드카는 하도 차가워 병에서 꿀렁꿀렁하게 나왔다.

"술에 관해서는 당신이 좀 마음에 드는군요."

"술에 관해서만요?"

그러자 온추가 씩 웃었다. 입술의 짙은 빨간색에 대비되어 하얀 이가 밝게 보였다.

"나머지는 두고 보죠. 재미있군요, 디즈마르. 난 당신이 좀 더 일찍 나타날 거라고 생각했었어요. 아니면 아예 안 오든지."

마히트는 어깨를 으쓱였다. 그 동작은 여전히 마히트의 것이라기보다 이스칸드르의 것에 가까웠다.

"의원님을 기다리시게 할 생각은 없었습니다만."

"난 기다리지 않았어요."

데카켈 온추와 이야기하는 건 빠르게 회전하는 배에서 목표물을 맞히려고 하는 것과 비슷했다. 그녀는 바로 거기 있는 것처럼 보였지만, 아주 빠르게 변하는 새로운 얼굴을 계속 보여 주었다. 마히트는 거울이 돼라고 생각하고(냄새처럼, 테익스칼란 차처럼, 열아홉 개의 자귀의 예전 사무실의 조명처럼 날카롭게 기억이 몰려왔다.) 계속 말했다.

"의원님이 저한테 보내신 게 있죠. 음, 사실 저한테는 아니었지만요. 르셀 대사에게 메시지 몇 통을 보내셨죠. 그게 전임 대사가 아니라 현재의 대사에게 갔다는 걸 알려 드리게 되어 유감입니다."

온추의 입술이 가늘어지더니 한쪽 입가가 재빠르게 간신히 미소처럼 보이는 곡선을 그렸다. 분해서인지 즐거워서인지는 너무 빨라서 알 수가 없었다. 온추의 얼굴에 스친 그 표정은 마히트에게 매번 세계가(제국, 스테이션어로 생각해도 두 단어의 테익스칼란어 결합을 떼어 내는 일이 불가능하다는 게 증명되었다.) 그녀 주위에서 변해 재구성될 때 느꼈던 기분을 떠올리게 했다. 뚜렷해지는 공포를 동반한 새로운 정보 조각이 제자리에 들어갔다. 마음에 치솟는 공감의 감정이 여기서는 유용하지 않으리라는 걸 알지만, 그래도 그건 진짜였다.

온추는 너무 많지도, 너무 적지도 않게 완벽히 평범한 동작으로 맥주를 약간 마셨다.(아, 제기랄, 시티에서 마히트를 살아남게 해 주고 진짜로 집에 왔다고 상상하기 위해 애써 잊으려 하는 그 경계심 가득한 관찰력이 유산협회와의 만남 한 번으로 그녀를 가득 채우다니.) 그리고 고개를 끄덕였다.

"지금까지 당신의 행동으로 봐서 나도 그게 배달 불능 우편물 사무소에 가지 않았을 거라고 예측은 했어요."

"그걸 읽었어요. 전…… 그걸 읽던 당시에는 저 자신이 눈치챈 사실을 외부에서 확인을 받게 되어 굉장히 기뻤죠."

"보드카 마셔요. 나가서 좀 걷죠."

〈아, 의원이 너한테 관심을 가졌어.〉

이스칸드르가 중얼거렸다.

잘됐어. 마히트가 답했다. 그런 다음에…… 어차피 이스칸드르는 마히트가 생각하는 걸 전부 듣고, 그녀는 다시는 혼자가 되지 않을 거다. 관심이라는 게 평소처럼 '내가 확실하게 죽었으면 좋겠다.'라는 뜻인지 한번 보자고.

이마고의 웃음이라는 따뜻하고 따끔거리는 감각이 마히트가 마시는 보드카의 맛을 더욱 날카롭게 했다.

"어디로 가는 거죠, 의원님?"

"주위를 좀 구경시켜 줄까 싶군요. 이번 시프트에 격납고를 점검해야 해요. 따라와요. 배우는 게 있을 테니까."

마히트는 전에 르셀 스테이션의 격납고에 와 본 적이 있었으나 언제나 스테이션을 떠나는 승객으로서 오거나, 또는 모든 스테이션 주민이 받아야 하는 연례 대피 안전 훈련의 날에 왔었다. 이야기 소리, 쿵쿵대고 윙윙대는 정비용 기계음, 쿨링팬의 커다란 휭 소리의 불협화음이 가득한 그 거대한 공간에 조종사협회 의원과 함께 들어서는 건 상당히 색다른 체험이었다. 아무도 데카켈 온추에게 어디로 가라고 말하지 않았다. 사람들 사이로 걷는 온추의 모습은 사무실에 앉아 입법 책임을 지는 일 따위는 애초에 바라지 않았던 것처럼 보였다. 마히트는 자신이 너무 덜 지저분하고 덜 거칠다는 기분을 강하게 느끼며 온추의 어깨 옆을 걸었다. 우주선의 수많은 부품이 있었고 그 전부가 사방에 널려 있었다. 마히트가 테익스칼란 시의 억양을 이해하는 것처럼 그 부품들을 내밀하게 이해하는 스테이션인들의 손으로 사방에서 작업 중이었다.

온추가 요란한 팬 소리 위로 마히트에게 간신히 들릴 만큼만 목소리를 높였다.

"자, 내 편지를 읽고 무슨 생각을 했죠?"

"의원님이 그런 경고를 보낸 데에는 진정한 이유가 있을 거라고요. 비공인 통신, 그게 아가븐 대사에게 제대로 도착했더라면 우리 스테이션의 공식적인 대사가 그에게 위험한 존재라는 뜻을 전했겠죠."

"난 내가 뭘 했는지 잘 알아요. 당신이 그걸 알아낼 정도로 유능하다는 걸 증명할 필요는 없어요."

그들은 격납고 바닥에서 천천히 지그재그를 그리며 앞으로 갔다가 뒤로 갔다가 하며 걸었다. 르셀 스테이션의 단거리 수송 물품 절반이 여기 적재되어 짐차에 실리거나 내려지거나 하는 중이었다. 짐은 보통의 광물과 정제된 몰리브덴, 좀 더 특이한 것으로는(최소한 마히트의 눈에는 그랬고, 그녀는 르셀의 기본적인 수입품에 대해 자신이 바라는 만큼은 잘 모른다는 걸 알고 있었다.) 팰릿으로 압축된 해초, 말린 생선, 쌀이었고…… 그 팰릿 대부분에는 테익스칼란 수입 증서가 붙어 있었다. 마히트가 스테이션으로 돌아오자마자 거의 즉시 발발한 전쟁 때문에 르셀이 바르츠라반드 섹터를 통과하는 테익스칼란 전함들에 꼭 식량을 대고 있는 것처럼 보였다.

〈우리가 일으킨 전쟁이지.〉

이스칸드르가 중얼거렸다.

타라츠 의원이 르셀을 지키기 위해서 일으킨 전쟁이야. 마히트가 이스칸드르를 향해 대꾸하다가 생각을 멈췄다. 데카켈 온추가 그녀를, 보디랭귀지의 변화 하나하나를 주시하고 있기 때문이었다. 이스칸드르를, 또는 이스칸드르의 부재(사보타주의 증거)를 찾고 있는 거다. 마히트를 보면서도 온추는 사람들 사이를 지나가다가 종종 멈춰서, 해 둔 일에 대한 평가를 하거나 그냥 거기 있는 조종사나 정비공에게 인사를 건넸다.

어떤 황제는 아주 좁은 공간을 자신의 존재감만으로 꽉 채우지. 마히트는 생각했다. 특히나 시끄러운 선체 수리 일을 하는 옆을 지날 때는 가능한 한 직접적으로 물었다.

"왜 유산협회를 의심하게 됐나요?"

그 질문에 온추는 코웃음을 쳤다.

"타라츠는 아니었고, 의회의 다른 사람들에게는 손을 댈 방법이나 동기가 없으니까요. 우리의 모든 기억을 통제하고, 우리를 안전하고 화합하도록 유지할 책임을 맡은 사람 말고 누가 그러겠어요?"

"문화적인 안전 말인가요."

"암나르트바트는 애국자예요."

데카켈 온추라면 르셀 스테이션을 위해 함선을 몰고 전투에 뛰어든 경험이 있으며, 동료 조종사들을 위해, 따라서 전체로서의 스테이션을 위해 자신의 목숨도 내줄 테지. 마히트는 의원이 더 덧붙일 말이 있나 잠시 기다렸다. 그들 사이의 침묵 속에서 금속이 금속을 두드리는 소리가 온 세상을 채웠다.

"그리고 알고 보면 나 역시 그렇죠." 온추가 아주 살짝 안쪽 어깨를 으쓱이면서 말을 이었다. "유산협회는 외교에 관해서 그렇게 일방적인 결정을 내리지 말았어야 했어요. 우리는 여섯 명의 의회고, 표가 갈릴 때는 유산협회가 아니라 광부협회가 승부를 갈랐죠."

"암나르트바트 의원이 저한테 뭘 했죠?"

마히트는 그 질문을 하며 한껏 괴로운 마음을 드러냈다. 그건 중대한 일이었다.

"아, 그럼 암나르트바트가 성공한 거군요."

무력감과 공포에 사로잡힌 채 마히트는 터져 나오려는 냉소를 겨우 참았다. 온추는 확신조차 못 했던 거다. 사보타주가 있으리라 추측하고는 그래도 어쨌든 죽은 이스칸드르에게 경고를 하는 게 좋겠다고 생각했던 거다.

마히트는 히스테리 직전의 상태로 간신히 말했다.

"누군가가 했죠. 아주 효과적으로. 전 제 잘못이라고 생각했어요. 신경학적 장애로 이마고가 받아들여지지 않는 경우들이 있으니까……."

"당신은 혼자가 아니잖아요. 당신은 내가 처음 만났던 마히트 디즈마르처럼 움직이지 않아요."

그래. 물론 그렇겠지. 마히트는 바에서 그걸 특히 눈에 띄게 보여 주었고, 여전히 드러내고 있을 터였다. 자신이 어떻게 움직이고 있는지 정확하게는 몰랐다. 혼자일 때에는 예전의 자신처럼 움직였던 걸까.

"손상 일부는 되돌릴 수 있는 거였어요."

이건 거짓은 아니었다. 그저 사실과 조금 거리가 있을 뿐이었다.

"좀 덜 복잡한 상황이었다면 당신을 의료 시설로 보내서 기능 복구를 위해 철저하게 조사해 보라고 했겠지요. 난 신경 손상으로 이마고 라인을 잃는 게 정말 싫고, 조종사들은…… 뭐 그렇죠. 머리를 부딪치는 경우가 많으니까. 사고로부터 간신히 되찾을 수 있었던 라인을 복구하는 방법이 있다면 좋을 거예요. 최근에 나는 꽤 많은 사람을 잃었거든요."

"좀 덜 복잡한 상황이었다면, 조사할 만한 것도 없었을 거예요, 안 그런가요?"

마히트는 혀가 입안에서 마를 정도의 대단히 건조한 어조로 대답했다.

온추는 금속 절단기의 소음 때문에 들리지 않는 소리로 웃었다. 웃으면서 절단기를 작동하는 남자에게 반쯤 경례를 붙였고, 남자도 그녀를 향해 마주 웃고서 다 잘 되고 있다는 신호를 보낸 다음 자기 일로 돌아갔다.

"우리는 복잡성 속에서 고통받아요, 디즈마르. 자, 말해 봐요. 무엇 때문에 마침내 무거운 몸을 들어 격납고까지 오기로 했죠?"

6일 안에 제가 개박살 날 거라서요. 그건 고백치고는 과하겠지. 보호를 요청하는 것치고도 과하고. 테익스칼란에서도 해 봤었지만 그래서 어떻게 되었는지 보라. 집으로 돌아왔지. 다시는 집이 되지 못할 집으로.

〈열아홉 개의 자귀가 어떻게 됐는지 보라고. 황제 폐하지.〉

마히트는 이스칸드르를 무시했다. 이스칸드르는(마히트도 그렇지만, 대체로는 이스칸드르가) 황제들과 잔 전력이 있으니까. 황제나 황제의 전신, 어느 쪽이든 그들이 잠 못 자고 일할 동안 그 옆에서 자곤 했다. 참으로 어지러운 전력 아닌가. 그리고 온추가 아무리 수많은 조종사 라인을 잃는 걸, 타라츠가 경고한 외계의 위협이 숨어 있는 어둠 속에서 수많은 죽음이 일어날 걸 걱정한다 해도, 마히트는 유산협회와 마찬가지로 조종사협회가 이중 이마고라는 비밀이 있는 그녀를 안전하게 지켜 주리라고는 믿지 않았다.

아무에게도 말할 수 없어.

〈왜 내가 돌아오지 않았는지, 이제 좀 알겠지?〉

지금은 하지 마, 이스칸드르.

"유산협회는 무거운 몸을 들어 올렸죠. 저도 똑같이 해야 한다고 생각했었어요. 이제 저에 관해 아가븐에게 경고함으로써 뭘 얻을 수 있다고 생각했던 건지 말해 주시는 게 어때요?"

온추는 입을 꾹 다물었다. 짙은 빨간색 선은 피가 배어 나오는 상처 같았다.

"애국심." 온추가 다시 말했다. "당신의 이마고에게 물어봐요. 당신에게 근육 기억 이상의 것이 있고, 여전히 물어보는 정도는 할 수 있다면. 다지 타라츠와 그의 제국 철학에 대해서, 그러고 나서 질문이 더 있다면…… 난 일곱 번째 시프트마다 그 바에서 한잔해요. 거기에 들러요."

다지 타라츠?

마히트는 속으로 물어보았다……

……그리고 그녀가 들은 답은 〈제기랄.〉이었다.

✧✧✧

바퀴의 무게호에서 공식적인 식사는 엄격한 행사였다. 사령관의 입장부터 황제를 위해 따르는 마지막 술잔, 최근의 이 타락한 시대에 피 대신 알코올 몇 방울을 떨어뜨리는 것까지 의례에 따르는 춤과 같았다. 아홉 송이 부용도 의례를 위해 피트 향 술의 마지막 한 모금을 내놓느니 그릇에 피를 떨어뜨리는 쪽을 선택하는 그런 함대 사령관인 건 아니었다. 이번은 아주 작은 공식적 식사였다. 제10군단 깃발과 깃발 색깔에 맞는 별빛 무늬 흑금색의 칠보접시로 급히 화려하게 꾸민 회의실 테이블에는 4인 자리가 차려져 있었다. 아홉 송이 부용 본인은 외계 종족의 끔찍한 소리를 들을 때 입었던 옷차림 그대로였다. 목깃에 새 계급장이 달린 보통의 제복이다. 계급장은 함대 사령관이라는 뜻의 별 네 개뿐만 아니라 왕좌의 윗부분을 잘라내고 옆으로 돌린 것 같은 야오틀렉의 호弧 모양 창까지 달려 있었다.

손님들이 먼저 앉기에 아홉 송이 부용와 스무 마리 매미가 회의실로 들어왔을 때에는 열여섯 번의 월출과 부관인 최상급 이칸틀로스 열두 번의 융합이 빈 접시 앞에 앉아 시체를 뜯어먹는 새처럼 기다리고 있었다. 아홉 송이 부용은 지금까지 열여섯 번의 월출을 직접 만난 적은 없고 홀로그램으로만 만났었다. 제24군단과 그녀 자신의 제10군단은 이번 원정 이전까지 우주의 같은 섹터에 배치된 적이 없었다. 열여섯 번의 월출은 키가 크고, 마치 금형으로 찍어 낸 것처럼 피부와 머리카락이 똑같은 색깔이었다.(달이 동전이라면 달의 색이라고 불렀을 법한 색깔.) 얼굴은 창백했고, 길고 창백한 직모는 호박색 윤기가 흐르고, 이 공식적이고 격식 있는 모임을 위해서 평소에 하던 대로 왼쪽으로 땋아 내렸다. 공식 기록에 따르면 그녀는 아홉 송이 부용보다 반半인딕션만큼 어렸다. 그 3년 반은 그들이 사관 후보생 시절에 서로 몰랐다는 뜻이었다. 그녀는 차분하면서도 동시에 굶주려 보였다.

"제10 테익스칼란 군단 함대 사령관인 야오틀렉 아홉 송이 부용이십니다."

스튜어드 역을 하는 병사가 말하자, 열여섯 번의 월출과 부관은 손끝 위로 깊게 고개를 숙여 인사했다.

"바퀴의 무게호에 탄 걸 환영하네."

"감사할 따름입니다. 야오틀렉의 환대는 별처럼, 그리고 쏟아지는 빛처럼 끝이 없군요."

아홉 송이 부용이 앉았다. 테이블은 작아서 사실상 네 명의 팔꿈치가 스칠 정도였다. 누군가와 팔꿈치가 스치지 않을 만큼 삐쩍 마른 스무 마리 매미만 빼고. 문가의 병사가 살짝 손짓하자 또 다른 부하가 진짜 빵을 들고 들어왔다. 모든 함선에는 밀가루와 효모가 약간 실려 있었는데, 그것들로 만든 생산품이 필요한 특정 접대 의식을 위해서였다. 빵과 같이 온 옅은 색의 밀 증류주는 하도 독해서 냄새만 맡아도 취한 것 같은 느낌이 들었다. 황제의 음료인 '별빛'이었다. 이것도 모든 함선에 실려 있었다.(어떤 함선에는 좀 더 많았다. 아홉 송이 부용도 바퀴의 무게호에 꽉꽉 실어 놓았다.)

이 식사, 빵과 함께 열여섯 번의 월출의 '내가 안다는 걸 당신이 안다는 걸 나도 안다.'는 눈에 빤한 속임수를 잘근잘근 씹어 주는 전략적 저녁 식사를 계획했을 때 **아홉 송이 부용**은 적과의 교전을 오랫동안 지연시키는 것에 대해 설명을 요구하는 통신문 이야기부터 꺼낼 생각이었다. 통신문이 공식적으로 도착하기도 전에 이미 그 내용을 안다는 걸 보여 주어 **열여섯 번의 월출**의 조그만 정치적 술수를 무릎에서 잘라 버리고 피가 흐르게 내버려 둘 셈이었다. 하지만 그 이후로 그녀는 외계 종족의 소리를 들었다. 놈들의 침이 부하 한 명을 집어삼키는 것을 보았다.

"함대 사령관." **아홉 송이 부용**의 부름에 **열여섯 번의 월출**이 고개를 살짝 끄덕였다. "약 한 시간 전, 귀관이 이동 중일 때 우리는 처음으로 적병과 교전을 했네."

약간의 표정이 떠올랐지만 해석할 수 있을 정도는 아니었다. **열두 번의 융합**이 좀 더 확연했다. 그는 별빛 잔을 탁 소리가 나게 테이블에 내려놓고 물었다.

"그런데 저희를 저녁 식사에 부르신 겁니까? 왜 함교에 있지 않으신 겁니까?"

"왜냐하면 귀관들은 내 손님이고, 내 함대 사령관들, 특히나 열심인 사람들이야말로 이제 본격적으로 시작될 이 전쟁에서 나의 최고의 도구들이니까." **아홉 송이 부용**이 쏘아붙였다. 자, 이게 바로 이 모임의 목적인 '난 네가 뭘 했는지 알아' 부분이었다. 그녀가 빠르게 움직인다면 전면적인 질책까지 가지 않아도 될 것이다. **열여섯 번의 월출**은 함대 사령관이었고, **아홉 송이 부용**은 제24군단 전체가 온전하게 필요할 것이다. 당장의 상황에 대해 아주 솔직하게 말하자면 야오틀렉의 기본 병력인 여섯 군단만이 아니라 그 세 배를 쓰고 싶을 정도였다. 외계 종족의 수는 불명이고, 병력은 행성 전체를 침묵시킬 정도로 강한데, 그녀에게는 겨우 여섯 군단뿐이었다. 하지만 수적 열세는 전에도 겪어 봤다. 카우란에서도 그랬고, 그때의 승리 덕분에 이 직급을 얻게 되었다. 이 자리가 어떤 이득을 줄지는 모르겠지만. 그녀가 이로 빵 한 덩어리를 뜯어 먹으면서 말을 이었다. "게다가 감히 우리에게 덤빈 적은 완벽하게 무력화됐어. 우린 전투 상황이 아니야, 열두 번의 융합. 내가 전투 중에 귀관과 귀관의 함대 사령관을 배에 태우는 위험을 감수할 것 같은가?"

"아닙니다." 열여섯 번의 월출이 한 손을 날카롭게 움직여 부관의 말을 자르고서 대신 대답했다. "야오틀렉께서는 필요한 군단의 절반도 없으시니 전략적 식사라는 쇼에 군단 하나를 낭비하실 순 없겠죠. 그렇게 멍청하지도 않으시고……."

법적으로 아홉 송이 부용의 부하인 여자에게서 나오기에는 어처구니없는 소리였다.

"멍청하다는 말은 대체로 나에게 쓰이지 않는 욕설이지, 맞아." 아홉 송이 부용이 또 한 번 빵을 뜯어 먹으면서 말했다. 사워도 빵은 맛있었고 껍질 부분은 부드러운 입천장에 상처를 낼 만큼 단단했다. 먹다 보니 이가 드러나서 스무 마리 매미가 살짝 비난조의 표정을 띤 게 보였다. 하지만 지금 그녀가 전달하고 싶은 것은 절대로 예의범절이 아니었다. 아니, 그녀는 빠른 동작, 굶주림의 감각을 원했다. "귀관들이 돌아가는 길에 볼 수 있도록 셔틀에 전투의 홀로그램을 이미 전송해 뒀네, 사령관. 그리고 제24군단은 이 침을 뱉어 배를 녹이는 놈들이 더 나타나 우리를 공격할 경우에 대비해, 지정된 위치로 와서 우리와 합류하도록. 스무 마리 매미, 오디오 틀어."

아홉 송이 부용은 그에게 이렇게 할 거라고 미리 경고했었다. 그녀는 잔인하지 않았다.(그녀는 그가 별빛의 의무량을 제외하면 아무것도 먹지 않았다는 것을 알고 있었다. 자기가 먹은 빵도 뱃속의 제자리에 머물러 주기만을 바랐다.)

"통신을 포착한 겁니까?"

열여섯 번의 월출이 말한 순간, 외계 종족이 내는 그 끔찍한 소음이 또다시 주위를 채웠다. 아홉 송이 부용은 최소한 상대방이 보통의 얼굴색보다 더욱 창백해지고 올라오는 쓴물을 삼키느라 이를 악무는 모습을 보며 즐길 수 있었다.

오디오 재생이 끝나자 아홉 송이 부용이 말했다.

"정보부에서 통역을 데려오기로 했어."

"통역 같은 건 필요치 않아요. 지금 필요한 건 무차별 사격입니다. 이런 소리를 내는 건 존재해서는 안 됩니다."

열두 번의 융합이 말했다.

"아, 저쪽도 귀관과 나에 대해서 그렇게 생각할걸요. 그들과 대화해 우리에게서 그런 거 대신 달리 원하는 게 있는지 물어봐야 할지도 모릅니다. 귀관이 샤드 조종사가 선체 안에서 녹아 가는 모습을 보는 걸 즐기는 게 아니라면요. 최상급 이칸틀로스."

스무 마리 매미가 증발하는 별빛 증류주만큼 대단히 건조하게 말했다.

아홉 송이 부용에게 이보다 더 나은 부관은 절대로 없을 것이다. 이쪽을 쳐다보지 않는다 해도, 그 생각이 스무 마리 매미에게도 전해졌음은 분명했다.

열여섯 번의 월출이 테이블에 손바닥을 얹었다. 그 손이 떨리는 건지, 아니면 손바닥을 펼쳐 아홉 송이 부용의 함선을 만짐으로써 공간을 점유하려는 행위인 건지는 의문이었다. 열여섯 번의 월출이 최상의 격식을 갖춰서 말했다.

"야오틀렉, 제가 여기서 대표하고 있는 제24군단의 전체성에 대한 의견은 차치하고, 저런 식으로 말하는 것들과 이야기를 하는 건 우리 모두의 시간을 낭비하는 겁니다. 도대체 왜 빌어먹을 정보부 따위를 호출한 겁니까?"

"대신에 귀관이 직접 말하고 싶은가?"

"전 저것들을 쏴 버리고 싶습니다. 입만 산 스파이 놈들의 개입 없이요."

제24군단 함대 사령관으로서 열여섯 번의 월출의 기록에는 일반적인 테익스칼란 병사들보다 더욱 피에 굶주렸다고 생각할 만한 부분이 전혀 없었다. 아홉 송이 부용도 스스로 비슷한 말을 하는 것을 상상할 수 있었다. 나도 그것들을 쏴 버리고 싶어. 사실 지금은 열여섯 번의 월출 본인을 포함해 근처에 다가오는 건 뭐든 쏘고 싶었다. 그리고 여섯 개의 쭉 뻗은 손바닥에 있는 누구도 정보부를 엄청 좋아하지는 않았다. 정보부는 민간인들이다. 관료제의 눈이자 시티의 눈, 진짜 시티가 볼 수 없는 점프게이트 너머에 있는 눈. 함선 내의 눈은 상당히 자주 자기들의 주인에게 비밀리에 보고를 했다. 함대 내 소문을 믿는다면 그 주인은 멀리 안전한 행성에 있는 정보부 장관이든지, 아니면 정보부가 퍼뜨린 프로파간다를 믿는다면 황제라는 인물을 통해 대표되는 테익스칼란 제국일 터였다. 아홉 송이 부용은 대체로 프로파간다를 무시했다. 머릿속에서는 잠깐이나마 열여섯 번의 월출의 말을 빌려 써도 괜찮겠지. 정보부는 입만 산 스파이

놈들이었다.

하지만 인간의 행성을 침묵 속으로 사라지게 하는 외계 종족과 대화하는 법을 배울 만한 이가 **아홉 송이 부용**의 군단에는 없었다. 그리고 **열여섯 번의 월출**은 우려하는 통신문에 빤히 나타난 권력욕으로 보아, 믿을 만한 협력자가 아니었다. 정보부에 대한 즉각적인 불신도 마찬가지 이유이고. 그녀의 말은 습관적으로 남들의 스파이 작업을 믿지 않는 함대 첩보부, **세 번째 손바닥**에서 하는 이야기 같았다. **세 번째 손바닥**은 **아홉 송이 부용**이 상대하기 싫은 부서 중 하나였다. 함대의 작전이 엄격한 싸움과 군수물자가 관건인 단계에서 넘어가서 공공연한 심리 조작전이 되면, 그들은 자기네 방식과 사람만 쓸 것을 고집하는 방해자가 되기 때문이었다. 보통 **아홉 송이 부용**은 어쨌든 자신이 내리고 싶은 명령을 내리고 가까운 정치장교에게 허가를 구하는 건 무시했다.

열여섯 번의 월출은 정치장교가 아니라 물론 함대 사령관이지만, 초기 복무 기록을 확인해 봐야 할 것이다. 어쩌면 예전에는 그쪽이었을지도 모른다. 어느 쪽이든 **아홉 송이 부용**은 그녀에게 동의할 만한 여유가 없었다. 지금도, 아마 앞으로도 영원히.

"정보부는 정기적으로 외계인들과 이야기를 하지. 『신비한 변경에서의 급보』, 외계인 애호 시나 철학 같은 개소리 알잖나? 이런 것들은 정보부 놈들의 머리를 휘젓지 못해. 걔네는 이미 맛이 갔거든. 그쪽에 외교를 맡겨 최대한 많은 정보를 뽑아내게 하고 그 한편으로 우리는 계책을 마련한다면 시간이 절약될 거야. 자네는 **포물선 압축**호를 가져와서 **바퀴의 무게**호와 합류시키자고. 자네 샤드 부대 전체랑 스텔스 순양함도 데려와. 이름이 뭐였지, **스무 마리 매미**? 그

빠른 거."

"그을린 자기 조각호입니다." 스무 마리 매미가 클라우드후크의 AI처럼 곧바로 대답했다. "멋진 배죠, 함대 사령관님. 그걸 얻은 걸 자랑스러워하셔도 될 겁니다. 어디서 얻으셨더라? 제6군단이랑 맞바꾸셨던가요……?"

열여섯 번의 월출이 말했다.

"이미 알겠지, 스윔. 안 그래?"

그리고 젠장, 그녀는 끝까지 밀어붙일 셈이었다. 아홉 송이 부용은 별빛이 든 잔을 황제의 몫인 마지막 한 모금만 빼고 단번에 비웠다.

"그는 알아. 우린 펠로아2를 되찾을 거야. 설령 그 어둠 속에서 침을 뱉는 함선이 더 많이 기다린다고 해도. 자네도 그을린 자기 조각호를 갖고서 가게 될 거야. 필요한 전문 지식은 제10군단에 물어봐. 물론 이미 부하들이 출중하겠지만. 이 섹터는 테익스칼란 거야. 정보부가 투입되길 기다리는 동안 그걸 잘 떠올리자고."

"이건 사소한 뇌물이죠. 전 바보가 아닙니다, 야오틀렉."

열여섯 번의 월출이 억양 없이 말했다.

"그 반대지, 사령관. 자네는 영리하니까 내가 뭘 하는지 알고, 이게 제17 및 제6군단의 공모자들에게 돌아갔을 때 자네가 이긴 걸로 보이리라는 것도 알 거야. 이게 자네가 요청했던 대응이야. 그리고 더 큰 규모의 전투에 대한 내 계획이지. 자넨 둘 다 얻었어. 이제 일을 시작할까?"

열여섯 번의 월출은 그들 사이의 긴장을 길고 흉측할 정도로 오래 끌며 기다리게 했다. 그러다가 자신의 별빛을 비웠다. 마지막 한 모금이 테이블 위로 쏟아져서 적의 침처럼 반짝였다.

"제24군단은 명령하신 대로 이 임무를 수행할 겁니다, 야오틀렉. 제국을 섬기는 건 저희의 영광입니다. 야오틀렉의 환대는 완벽했습니다. 굉장히 아홉 번의 추진 장관님을 연상시키시는군요."

그녀의 이전 후원자였던 전 장관 아홉 번의 추진. 어떤 면에서는 그게 핵심이었다. 아홉 송이 부용은 열여섯 번의 월출이 뭘 원하는지 잘 알 수가 없었다. 아직은. 귀에 여전히 외계 종족의 소리가 반쯤 울리고 긴장 완화가 끝났다는 공식적 의사 표시로서 제국 최고의 알코올이 증발하는 것을 바라보는 상황에선 아직 모르겠다. 모르겠지만, 여기 세계의 가장자리에서도 부서의 정치 싸움이 벌어지고 있다는 건 확실하다. '손바닥'의 긴 도달 범위는 화력만큼이나 정치에서도 중요했다. 좀 안타까운 일이었다. 뭔가 말하는 대신에 그녀는 눈을 크게 뜨고 잔을 기울이며 미소를 지었다. 외우고 있는 대로 생각했다. 황제 폐하께서 천 개의 별을 보실 수 있기를.

"네 번째 시프트야." 그녀가 스무 마리 매미와 물러나는 손님들의 등에 대고 말했다. 18시간이 남았다. "칼끝호에 병사를 채우고 펠로아 행성계로 전진하는 함대 사령관을 돕게 꿈꾸는 성채호를 준비시켜."

✧ ✧ ✧

특사 옷차림을 하고 있으니 중앙주 우주공항의 사람들이 얼마나 빨리 물러나는지, 정말 놀라울 정도였다. 테익스칼란 시민들은 반짝이는 색깔로 된 제복을, 우아한 정장을 아주 좋아했다. 그리고 세 가닥 해초가 중요한 인상을 남기고 싶을 때 정보부의 크림색과 불꽃 색깔 옷은 절대로 실망시키지 않았다. 하지만 똑같은 불꽃 색깔 천으로 함대 제복의 느낌이 나게 만들어진 특사 정장? 사람들은 물러났다. 그녀는 작았다. 체구는 영영 자랑할 정도로 커질 일이 없을 것이다. 황실에서 아무리 많은 시를 읊어도 그녀에게는 낭독자의 넓은 폐도 없고, 최소한 육체적으로 대단해 보일 일도 없었다. 하지만 중앙주는 언제나 사람이 우글우글하는데 정말이지 아무도 그녀의 앞을 가로막지 않았다. 별을 향하는 우주선처럼 여기저기 흩어진 상인들과 대형 화물 운반대, 군인들과 수십만 명의 테익스칼란 시민. 자극적인 광경이었다. 수업을 땡땡이쳤던 수습생 때와 정확히 똑같은 기분을 느꼈다. 무언가로부터 도망친다는 그 멋지고 자유로워지는 느낌.

전부 전적으로, 완전히, 철저하게 합법적이었다. 그녀는 직접 거기에 서명을 했다.

솔직히 그렇게 하면서 사무실 문 밖에 '외근중' 메시지를 발랄하고 서툰 상형문자 시로 써서 남겨 두고, 집으로 가서 속옷과 헤어 제품을 챙기고, 똑같은 특사 전용 제복 다섯 벌을 배송받고, 모순되는 명령이 담겼을 게 뻔한 클라우드후크 통신이나 인포피시는 일부러 무시했다. 모르는 곳으로 가기 위해 우주공항으로 가면서 설거지도 해 놓지 않았지만, 그건 유별난 일이 아니었다. 어차피 일주일 내내 설거지를 하지 않았으니까.

불안한 생각이 머리를 스쳤다. 설거지를 일주일 내내 안 하는 건 보통의 과로하는 정보부 요원에게는 걸맞는 일이지만, 전쟁 지역으로 석 달 여행을 떠나기 전에 설거지를 하지 않는 건 훌륭한 심문관이라면 알아챌 만한 증거였다. 세 가닥 해초는 대화를 완벽하게 상상할 수 있었다. 귀하는 실은 돌아올 계획이 없었지요, 아세크레타, 안 그렇습니까? 가공의 심문관이 묻고 가공의 미래의 세 가닥 해초가 어깨를 으쓱이고서 말할 것이다. 그건 생각하지 않았었어요, 전 테익스칼란을 위해 종사할 준비를 하고 있었거든요. 그러고 나서 그녀가 거짓말을 하고 있는지 알아내는 건 두 사람에게 달렸을 것이다.

이런 것은 지금 당면한 문제가 아니었고, 전부 다 생각하기 불쾌한 일들이었다. 세 가닥 해초는 유람선에서 내려서 나뭇잎처럼 흩어지는 행성 밖 관광객 무리를 가로질러 걸어갔다. 그리고 팰릿에 내리고 있는 냄새가 강한 뾰족뾰족한 껍질의 과일이 실린 거대한 상자를 지나쳐, 현재 중앙주 공항에 있는 어떤 배보다도 빠르게 여행길의 첫 번째 목적지에 데려다줄 예정인 배를 향해 똑바로 걸어갔다. 그것은 군용선은 아니었다. 꽃무늬호는 유통기한이 굉장히 한정된 장비들을 싣고 시티 바깥으로 달려가기 위해 만들어진 의료용 재보급선이었다. 예를 들어 그냥 놔두면 가스가 배출되어 쓸모가 없어지는, 과학부 실험실에서 바로 나온 강력한 식물들 같은 것이다. 아니면 이번에 특별 출항을 하는 이 특정 함선의 경우처럼 이식용 장기이기도 했다. 심장. 항원을 가득 채우고 얼음을 넣은 신선한 장기는 세 가닥 해초의 빠른 불법 검색에 따르면 시티에서는 꽤 흔하지만 그녀가 지나가려는 첫 번째 점프게이트 옆의 작은 행성에서는 굉장히 드물었다.

세 가닥 해초는 클라우드후크를 향해 눈을 살짝 움직여 방향을 표시하고 정부 공무원이 당신을 괴롭히러 왔습니다라는 메시지를 꽃무늬호 선장에게 보냈다. 선장이 나타나기까지는 별로 오래 걸리지 않았다. 격납고 문이 피막처럼 접혔다. 그는 당황한 모습이었다. 멋지군.

"열여덟 중력 선장님, 특무대사 세 가닥 해초입니다. 화물과 함께 궤도를 이탈할 때 저도 함께 데려가 주시길 바랍니다."

그 말에 선장이 눈을 깜박였다.

"특사요?" 그사이에 좀 침착해졌는지 선장이 손끝 위쪽으로 몸을 숙였다. 그가 진정하는 모습이 보였다. "우리 배는 의료용품 화물선입니다." 선장이 몸을 똑바로 펴고서 말을 이었다. "둘러 갈 수 없어요. 제 화물은 분초를 다투는 겁니다. 특사님이 원하는 곳으로 모셔다 드리는 게 규정이라는 건 알지만……."

"그 배는 칼라틀 행성계로 향하죠. 저도 마찬가지로 칼라틀 행성계로 갑니다, 선장님. 그리고 그 배가 이 우주공항 전체에서 가장 빨리 떠나는 배라서요."

가끔 **세 가닥 해초**는 야만인처럼 이를 드러내고 즐거운 듯이 웃는 걸 참는 게 굉장히 어려웠다. 아마 그 웃음은 마히트에게서 배웠을 것이다. 그래도 억제할 수 있는 수준의 충동이었기에 억눌렀다.

"아, 선창의 아주 좁은 방도 상관이 없으시다면 괜찮습니다. 사실 우리 배에 승객용 객실은 없거든요. 저랑 1등 항해사랑 익스플라나틀 기술자뿐이라."

"전 아주 작아요. 구겨져 있을게요. 심장 상자들 사이에 넣어 줘요. 그 정도라도 괜찮으니까요."

선장이 적당한 대답을 찾으려고 애를 쓰는지 잠깐 침묵이 흐르다가 곧 그가 대놓고 포기했다.

"우린 한 시간 47분, 아니 죄송해요, 46분 안에 궤도를 이탈할 겁니다. 한 시간 반 동안 심장들과 같이 구겨져 계신다면 우리가 가는 곳에 같이 가실 수 있을 겁니다, 특사님."

"좋아요. 테익스칼란과 **열아홉 개의 자귀** 황제 폐하에 대한 선장님의 노고를 치하합니다! 이따가 봐요."

한 시간 반이면 우주공항의 여러 바 중 한곳에서 저녁 식사를 하기에 충분하고, 안 좋은 타이밍에 의학적으로 중요한 인간 심장으로 카르파치오를 해 먹는 상상을 하고 싶지 않다면 식사를 해 두는 게 좋을 것이다. 테익스칼란의 게걸스러움. **세 가닥 해초**는 그렇게 생각하다가 고쳤다. 아니, 마히트는 그런 식으로 말하지 않았었어. 르셀 스테이션에 가면 뭐라고 했었는지 물어볼 수도 있을 것이다.

스테이션은 전쟁터로 가는 경로 중간에 있었다. 사실상 전쟁터의 바로 옆이었다. 어떤 면에서 그녀의 야만인은 자기 스테이션의 자유를 위해 위험을 감수할 만하다 여기고 적의 위치를 털어놓았을 때 이런 일이 일어날 줄 알고 있었을 것이다. 그러니까 실제로 르셀은 합리적인 정거장이었다. 특히 **세 가닥 해초**가 외계인과 말하는 법을 배워야 한다면 말이다. 실제로 그럴 예정이고. 그녀는 인간과 말하는 데 능숙한 외계인을 이용할 수 있을 것이다. 야만인은 외계인 다음 가는 존재였다. 마히트는 **세 가닥 해초**가 만나 본 야만인 중에서 최고였고, 또 그녀가 보고 싶었다.

바에서 **세 가닥 해초**는 제대로 된 시티 음식을 다시 먹으려면 한참 걸릴 거라는 사실을 고려하고 고추기름과 잘게 찢은 훈제 소고기가 든 두꺼운 면의 국수를 주문했다. 클라우드후크의 그래픽 경로 프로그램으로 갈 길을 그려 보며 시간을 보냈다. 꽃무늬호로 가장 가까운 점프게이트에 가서 세 개의 점프게이트를 그때그때 가장 빨리 가는 배로 지나 복잡한 마지막 구간을 가는 데에 아광속으로 두 달 정도가 걸린다. 보통 르셀까지 걸리는 시간이었다. 거기 갔을 때에 잘못된 게이트로 나올 수도 있으니, 승선한 배를 조종하는 사람에게 스테이션으로 데려다 달라고 설득해야 할 것이다. 마히트가 '파게이트Far Gate'라고 부르던 그 잘못된 게이트는 테익스칼란이 제대로 통제하는 지역에서 스테이션 우주로 접근하는 보통의 게이트 방식보다 르셀에 더 가까웠다. 파게이트는 제국 바깥에 있으니 그쪽으로 접근하려면 테익스칼란 것이 아닌 선박으로 갈아타고, 더욱이 테익스칼란이 아닌 지역에서 가야 할 것이다. 바로 그 안하메마트 게이트 쪽은 명목상 버라쉬크-탈레이 연합이 지배하는 영역이었다. 그들은 지도자를 인기 투표로 뽑는 터무니없는 습관이 있었다. 아니, 최소한 **세 가닥 해초**는 터무니없다고 생각했다. 버라쉬크-탈레이 우주는 지도화가 잘 되어 있지 않았고, 안하메마트 게이트 또한 이해할 수 없는 외계 종족이 함대의 새로운 야오틀렉에게 문제를 일으키고 있는 장소로 이어졌다. **세 번째 손바닥**의 군 첩보부뿐만 아니라 정보부에 조력을 요청할 정도로 큰 문제를.

"안녕하세요, **세 가닥 해초**."

누군가가 뒤에서 건 말에 그녀는 포크를 덜그럭 떨어뜨리고 뒤로 돌았다.

"놀람반사의 강도를 좀 줄일 필요가 있겠어요. 지금 가는 그곳에서는."

한때 **열아홉 개의 자귀**의 으뜸가는 제자이자 보좌관이었고, 지금은 황제의 충성스러운 종복으로 이루어진 충성 집단 에주아주아카트의 한 사람인 **다섯 개의 마노**였다. 지위가 올라갔어도 옷 입는 스타일은 바뀌지 않았다. **열아홉 개의 자귀**의 모든 부하가 그랬듯이 주인의 옛 특징적 스타일을 따라서 여전히 하얀 옷을 입었다.

"각하."

세 가닥 해초는 국수가 입에 든 채 할 수 있는 최상의 격식을 차려서 말했다.

"음식부터 삼켜요."

다섯 개의 마노의 말에 세 가닥 해초는 그녀가 어린 아들 두 개의 지도를 부를 때 쓰는 것과 정확히 똑같은 어조로 말한 게 아닐까 생각했다. 무심코 부모처럼. 세 가닥 해초도 석 달 전 반란 사태 때 아이를 한 번 만났었다. 일부러 자궁을 통해 낳은 아이치고는 굉장히 건강하고 영리했다. 그녀는 음식을 씹어 삼켰다.

"제가 도와 드릴 일이라도 있나요, 각하?"

"폐하께서 당신에게 물어볼 게 있으세요."

세 가닥 해초의 첫 번째 반응은 공포심 가득한 이런 어이없는 생각이었다. 하지만 동황궁에 가면 전 우주선을 놓칠 텐데요. 황제가 이야기를 하고 싶어 하는데 그녀는 바로 그 황제가 자비롭게 허용한 책임으로부터 일종의 승인받지 않은 탈출을 하는 것을 걱정하고 있는 건가? 아무리 감정적이라고 해도 세 가닥 해초에게 잘못된 데가 있는 게 분명했다. 안 그런 척하는 게 제일 좋겠지.

"물론이에요." 그녀가 가까이 있는 웨이터에게 손을 흔들었다. "우선 계산부터 하고 그다음에……."

"그럴 거 없어요. 제가 물어보면 되니까, 식사 마저 해요."

"물어보세요."

"황제 폐하께선 열한 그루 월계수를 당신이 어떻게 생각하는지 알고 싶어 하세요."

세 가닥 해초는 눈을 깜박이고 머릿속 명단에서 황제가 그녀의 의견을 알고 싶어 할 만한 열한 그루 월계수를 끄집어내려고 노력했다. 정보부 8층에서 사무 보좌로 일하는 아세크레타 수습생 몇 명을 제외하고, 세 가닥 해초가 열세 살일 때 죽어서 몇 달이나 수도에 중간운韻의 열풍을 일으켰던 시인 겸 낭독가도 제외하니, 남은 건 전쟁부의 3급 차관이었다. 엄밀하게 말하면 그녀와 같은 등급이지만 그렇게 생각하는 것조차 우스꽝스러웠다. 열한 그루 월계수는 전쟁 영웅이었고, 그녀는…… 그녀였다. 지금까지는.

"세 번째 손바닥의 그 사람이요?"

확인을 하기 위해 물었다.(당연히 세 번째 손바닥 소속이겠지. 소위 군 스파이 총괄. 왠지는 몰라도 야오틀렉 아홉 송이 부용은 그 사람을 피해 외교관을 찾아서 정보부로 연락을 했다.)

"열아홉 개의 자귀 폐하가 문학적 의견을 원하셨다면 저보다 더 나은 사절을 보내셨겠죠. 전 그 시인을 싫어하거든요. 맞아요, 차관 말이에요. 그 사람을 아나요?"

다섯 개의 마노가 아주 건조하게 말했다.

"……만난 적은 있어요. 개인적으로 이야기를 한 적은 없고요. 에주아주아카트께선, 혹은 황제 폐하께선 그 사람에 대한 저의 직업적 의견을 원하시는 건가요? 정보부의 의견? 만약 그렇다면 이런 대화를 우주공항의 바에서 할 수는 없을 텐데요."

다섯 개의 마노는 아니라는 뜻으로 고개를 흔들었다. 그럼 직업적인 문의는 아니라는 뜻이다.

"피의 희생을 걸고 당신이 진실을 말한다고 맹세하나요, 특사? 열한 그루 월계수와 개인적으로 이야기를 한 적이 없다고 말이죠."

직업적 문의가 차라리 덜 불안했을 것이다. 이건 더 어두운 일이었다. 희생 그릇의 피를 걸고 전쟁부 3급 차관과 이전에 어떤 관계도 있지 않았다고 에주아주아카트가 맹세를 시키니, 곧장 석 달 전으로 돌아가는 기분이었다. 승계 위기와 내전 직전의 상황, 죽음과 피로 테익스칼란 전역에 소동이 일고, 선황이 생방송으로 태양신전에서 쏟아진 물컵처럼 사방으로 붉은 피를 내뿜으며 죽어 가는 걸 지켜보았던 그때. 먹은 국수가 뱃속에서 납처럼 느껴졌다.

"맹세하겠어요. 여기든, 에주아주아카트와 폐하께서 원하시는 어떤 곳에서든요. 저는 그 사람을 모르고, 개인적으로 이야기한 적도 없습니다."

세 가닥 해초가 손바닥을 위로 해서 한 손을 내밀었다. 거기에 아직 흉터는 없었다. 영구한 흉터가 남을 정도로 중대한 맹세를 해 본 적이 없었다. 두 달 전에 마히트랑 **열아홉 개의 자귀**와 맹세했을 때 남은 것도 다 나아서 보이지 않았다. 육체가 신경 쓰는 건 약속의 크기가 아니다. 상처의 크기일 뿐.

"그럴 필요는 없어요. 당신의 맹세로 충분해요. 전방에 가서 조심해요, **세 가닥 해초**. 폐하께선 당신을 좋게 보시고, 그분이 아끼는 사람을 잃는 건 우리에게는 괴로운 일이니까요."

"생각만 해도 무섭네요." **세 가닥 해초**가 스스로 억제 못 하고 툭 내뱉었다. 그리고 덧붙였다. "영광입니다?"

"가서 배를 타요. **꽃무늬**호던가요? 20분 남았군요. 저라면 뛰어가겠어요. 계산은 걱정하지 말아요. 정부에서 처리할 테니까."

야오틀렉의 요청에 답한 이래로 **세 가닥 해초**는 내내 주시당하고 있던 게 분명했다. 시티 내 감시 카메라의 눈은 **열아홉 개의 자귀**가 선호하는 도구다. 언제나 그랬었고, 이제는 황제이니 모든 것에 접속할 수 있을 터였다. 알고리즘과 기계, 우주공항에서 **세 가닥 해초**

가 지나친 선리트들. 선리트는 **세 가닥 해초**가 지나치게 깊이 생각하고 싶지 않은 알고리즘에 일종의 접속을 공유하고 있었다. 그들의 눈은 전부 다 같았다. 그리고 모든 눈은 황제 폐하를 위해 존재했다. 그것은 어떻게 보면 자비 같았다. 어떻게 보면 말이다. **세 가닥 해초**가 감시당하는 게 아니라 보호받고 있다고 느끼려 애쓴다면.

황제는 **세 가닥 해초**의 충동적인 결정을 보고서 혹시 **열한 그루 월계수**에게 매수된 게 아닐까 생각했던 걸까? 참으로 복잡한 생각이다. 여행길에서 거기에 대해 생각해 봐야 할 것이다. 그녀에게는 시간이 있었다. 많지는 않지만 아마 충분할 것이다. 전쟁부는 정부에서 제대로 정리되지 않은 부분 중 하나였다. 전 장관 **아홉 번의 추진**의 아주 편리한 조기 퇴직으로 인해 여전히 휘청거리는 상태다. 상황이 여의치 않을 때 **아홉 번의 추진**이 폭동을 일으킨 장군을 지지했다는 걸 새 황제가 알고 있었다. **아홉 번의 추진**에게는 이 퇴직이 새 황제로부터 잘리느니 평판을 유지한 채 도시 밖으로 도망치는 일종의 방법이었음을 **세 가닥 해초**는 이해했다.

그리고 대부분의 전쟁부 차관은 함께 사직했고, 새 장관의 사람들로 대체되었다…… **열한 그루 월계수**만 빼고. 어쩌면 그렇게 간단한 일일지도 모른다.

그러나 절대로 그렇게 간단한 일 같은 건 없다.

"고맙습니다. 경고해 주셔서. 그리고 밥값도요."

그녀가 **다섯 개의 마노**에게 말했다.

그리고 다른 사람에게 붙들리기 전에 빠르게 배로 향했다.

4장

테익스칼란, 한때 우리는 최초의 황제의 손안에서 어둠을 향해 날아올라 점프게이트에 대해 배우고, 그 최초의 행성 파괴자들의 손바닥에 고인 희생의 피처럼 문명의 씨앗을 들고 간다. 한때 제국은 제국이었고, 점프게이트부터 점프게이트까지 우주 전역으로 뻗어 있었다. 우리 황제들은 군인이었고 여전히 그렇지만, 은하계만큼의 별들을 이에 문 제국은 천 개의 언어로 우리의 시를 말하는 법을 배운다. 군인 황제는 협상의 장에서는 군인일 것이고 최고의 야오틀렉 중에서도 최고이다. 현재와 지극히 가까운 최근 몇 세기 동안 테익스칼란은 소유증만큼이나 언어를 통해서도 많은 것을 통치하고 있다. 이는 시티에서 그 삶을 시작하고, 선대인 한 개의 라피스 황제가 사랑했던 조언자 열두 번의 일출의 두 번째 인공자궁 출생 자식인 열두 번의 솔라플레어 황제로부터……

—『황제들의 비사』, 18판, 공동보육원-학교용 요약판

[……] 쾌속 구조선 배치, 보급로, 난민을 보호할 광산 기지들의 능력에 관한 사회적 훈련 수준을 포함하여 스테이션의 탈출 절차 상태에 대한 최근 상태 보고서를 고려할 때, 필자가 이전에 과장된 공포감 조성을 이유로 거부했던 안을 생각해 볼 것을 제안한다. 만약 우리가 영구적으로

이동해야 한다면, 3만 명의 집단 이동 인구의 생계를 유지하기 위한 자원이 고갈되기 전에 어떻게 이 규모의 스테이션을 재건할까? 그리고 전투에서 도망치는 거라면, 어디에 새것을 지을까? 다음의 목록은 우리에게 부족한 것들을 간단히 정리한 것이다……

— 수경재배협회 의원 앞으로 보내진 내부 연구 제안서, 생명 지원 분석가III 아작츠 케라켈과 그 팀, 67.1.1-19A (테익스칼란력)

마히트는 자신의 이마고를 향해 머릿속으로 이를 가는 것처럼 직접적으로 물음을 던졌다. 좋아, 내가 다지 타라츠에 대해서 알아야 하는데 모르는 게 대체 뭐지?

마히트는 격납고 구역에서 자신의 거주용 포드로 돌아왔다. 여기는 조용하고, 곡선형에 마음 편안하게 매끈매끈하고, 이마고와 계승자가 공유하는 내적 심상이 뭐가 됐든 은밀하게 처리할 수 있었다. 마히트는 가끔 이것을 방이라고 생각하곤 했다. 예상치 못한 거울들이 있는 방. 그리고 테익스칼란에서보다 이런 식의 대화가 더 쉽다는 걸 깨닫고 별로 아쉬워하지도 않았다.

이게 정말 쉬운 건 아니었다. 이스칸드르는 기상천외하고 약삭빨랐다. 이마고는 실제로 분리된 사람이 아니지만 가끔, 아주 가끔 마히트는 자신이 몸을 사로잡은 비밀스러운 외계인과 한 몸을 쓰고 있는 게 아닐까 하는 기분이 들었다. 지금 당장, 직접적으로 물어도 별 소용이 없지 않은가. 이스칸드르의 목소리가 대답하지도 않고, 파트너십이라는 감각도 없고, 있는 거라곤 좀 더 자세히 보려고 하면 사라져 버리는 짧은 시각적 기억(테이블에 올린 회갈색 손, 관절 부위에 눈에 띄게 튀어나온 혈관, 스테이션 창문으로 보이는 반사된 별들)뿐이었다. 이마고 기억은 언제나 접속 가능한 건 아니었다. 마히트 자신의 생생한 기억과 달리, 잘해도 연상이 가능한 정도이다. 이스칸드르의 기억을 따라가 홀로필름처럼 다지 타라츠의 기억을 뽑아낼 수는 없었다. 그런 식으로 이동이 가능한 것은 오로지 기술의 이동뿐이었다. 언어, 예의. 마히트가 지금 부분미분방정식을 풀 수 있는 건 이스칸드르가 방법을 알기 때문이었다. 부분미분방정식과 행렬대수, 양쪽을 기반으로 한 암호학.

하지만 혹여 이스칸드르가 마히트를 돕기를 바라지 않는다면. 오, 마히트는 그가 침묵할 때마다 두려웠다. 혼자가 되어 다시 망가진 상태로 돌아갈까 봐 불안했다. 그 불안은 마히트의 핵심에 있는 끔찍한 벌레 같았다. 너무도 두려웠다. 아예 사보타주가 아니었던 거라면 어쩌지? 그냥 그녀가 망가진 거라면, 그냥 이마고를 부식시켜 버린 거라면? 이마고에 부적합하고 모든 기억에 대해 올바른 계승자가 아니라서……

〈아, 그만해.〉

이스칸드르가 말하자 마히트는 몸을 구부리며 가슴속에 쌓였던 모든 숨을 내뱉었다.

너도 날 그만 겁주라고.

〈현 상황과 우리 과거, 이마고 체인에서 우리 연결의 계속적인 특이한 본질을 고려하면 그럴 가능성은 별로 없지. 다지 타라츠는 말할 것도 없고.〉

마히트는 비꼬고 풍자적인 이스칸드르의 유머에 즐거움을 느끼면서도, 그녀의 기분을 띄우려 던지는 미끼에 넘어갈 생각은 없었다. (뭘 한 거야, 이스칸드르? 아, 아마도 선동. 조각난 기억, 테익스칼란 땅에 내려선 첫 한 시간, 르셀 대사로서 상황이 얼마나 잘못되었는지 간신히 깨닫기 시작하던 때.) 이스칸드르가 까불거리는 걸 그만두고 가진 정보를 정말, 정말로 주길 바라는 때에는.

서둘러, 이스칸드르. 다지 타라츠, 광부협회 의원, 우리 자유와 교환하는 조건으로 테익스칼란에 내밀도록 우주선을 파괴하는 외계인의 좌표를 내게 줘서 우리와 이 스테이션을 구해 준 사람. 널 포함해서 그야말로 모두가 네 후원자라고 말한 사람. 말해. 아니면 최소한 내가 보게 해 줘.

〈그런 식으로…… 우린 그렇게 되는 게 아니라는 거 알잖아.〉

알아. 보여 줘.

머릿속에 있는 거울 달린 방이 꽃처럼 펼쳐져서 동황궁의 반짝이는 연못에 둥둥 떴다. 파란 꽃잎이 물에 빠지는 것처럼 보였다.

통일성 있는 기억의 연속은 아니었다. 망가진 이마고 머신을 같은 이마고의 더 나이 든 버전으로 바꿨을 때 진정제와 레이저 메스 아래서 겪었던 단편적인 이스칸드르의 기억도 아니었다. 서사는 전혀 없고, 그냥 보는 식이었다. 오랫동안 알아 온 한 남자를. 멀고 적대감 어린 우정이 행성간 거리를 두고서 지속되었다. 그들은 편지를 썼다. 이스칸드르 아가븐과 다지 타라츠는 20년 동안 편지를 주고 받았다. 타라츠가 외계인 출몰 좌표를 보낼 때 사용했던 것과 같은 암호를 써서. 좋아하지 않는 사람에게 어둠 속에서 말을 하기에는 꽤 많이 긴 시간이다.

〈난 타라츠를 좋아했어. 가끔은.〉

이스칸드르는 새 편지를 받는 순간에 타라츠를 좋아했다. 도전거리와 놀랄 것들이 생기고, 어떻게 몰아붙일지 생각하고, 그가 테익스칼란에서 하려는 일이 발각되지 않도록 지킨다는 기대감을 좋아했다. 다지 타라츠가 세운 계획의 대담함, 길고 느린 서간 속에서 발견한 혁명적 생각의 평등함을 좋아했다. 르셀에 있는 후원자에게 도움이 됨으로써 테익스칼란의 미래에 관한 그의 꿈에 이스칸드르 자신의 꿈이 일부로 더해진다는 사실도.

마히트는 여전히 핵심에 도달하지 못했다. 생략, 빈칸. 공포와 이해할 수 없는 사실처럼 느껴지는 빠져 들어갈 것 같은 넓게 펼쳐진 파란빛. 아마 이스칸드르가 마히트에게 다지 타라츠가 상상하는 미래가 뭔지 보여 주고 싶지 않아서 그런 것이리라. 이스칸드르가 몸과 마음으로, 결국에는 르셀에 대한 충성심까지 동원해서 여섯 방향 황제를 사랑했다는 걸 보여 주고 싶지 않았던 것처럼. 그 모든 것, 그의 모든 것을 버리고 택했다. 마히트는 몸을 기울였다. 일종의 내적 압박은 시의 억양을, 딱 한 번 본 상형문자의 쓰는 순서를, 테익스칼란어로 '따오기'라는 특정 단어를 기억하려고 애쓰는 것과 비슷했다. 따오기는 긴 다리를 가진 새로 그 가느다란 다리로 동황궁 연못을 돌아다니며 연꽃을 흩뜨리고, 그 똑같은 파란색의……

척골신경을 따라 흐르는 따끔거림은 무감각이나 전자적 불길이 아니라 진짜 통증이었다. 특발성이야. 마히트는 낮은 신음을 꾹 참으며 생각했다. 특발성이고 심리적인 거, 아마 우리 사이에서 뭔가가 잘못될 때마다 매번 점점 악화될 거야. 이스칸드르……

양손이 타올라 손가락도 없어진 덩어리처럼 느껴졌다. 마치 통증이 그것을 보이지 않게, 무감각하게 만든 것처럼.

컵 안의 파란색. 옅은 파란빛을 띤 알코올.

〈진이야.〉 이스칸드르가 멀리서 설명했다. 〈파란색은 나비콩 꽃을 증류할 때 나온 거야. 열아홉 개의 자귀가 내게 알려 줬지.〉

이른 아침 햇살 속, 잔에서 새벽에 가까운 빛이 빛나고, 그 빛깔이 타라츠의 암호 해독이 된 편지 한 장에 떨어졌다. 시티에서 그의(그들의) 관저에 있던 이스칸드르. 육체적으로 맞지 않았는데도 맞은 것 같은 감각, 감정적인 타격, 세계가(제국이) 갑자기 불안정해지고, 이스칸드르가 잔을 떨어뜨려 파란빛이 사방에 쏟아진다. 파란색과 날카로운 유리 조각과 짙은 향수처럼 피어오르는 노간주나무 향.

알겠지만 내가 자네를 대사로 밀었던 건 자네가 테익스칼란이 자네를 필요로 하고, 믿고, 사랑하게 만들 거고, 자네를 통해서 우리를 그렇게 느끼도록 할 수 있단 걸 알았기 때문이지. 그러나 자네는 내가 왜 제국의 욕망이라는 흉측한 게 우리 스테이션이나 그 대표에게 집중되기를 원하는 건지 아마 알아내지 못했을 거야. 하지만 괴물을 죽이기 위해서 그 기능을 스스로에게 사용하게 하는 것만큼 좋은 방법이 있을까? 테익스칼란은 욕망하지. 테익스칼란의 믿음은 욕망에 기반하고 있어. 이런 방법으로 자네와 나는 테익스칼란을 파괴할 거야. 타라츠는 그렇게 썼더랬다.

유기적 기억이라기엔 지나치게 명확했다. 그 단어들은 각인되어 있었다. 반복하여 여러 번 다시 읽고, 하도 자주 생각해서 이스칸드르의 내적 서사의 일부가 되어 버린 단어들. 타라츠가 진짜 쓴 단어였는지 아닌지는 별로 중요하지 않았다. 그것들은 이스칸드르가 스스로에게 말하고, 사실이라고 기억하는 내용이었다. 냄새와 연결되고, 색깔과 연결되고, 이제는 마히트의 기억이기도 했다. 마히트의 이마고에게 그런 것과 마찬가지로 그녀에게도 진실이었다. 감각과 이미지로 이어지는 생생한 기억.

마히트는 상처를 혀로 핥는 것처럼 아주 신중하게 그 단어들 중 어느 부분이 이스칸드르를 뒷걸음질 치게 하고 진을 비우게 하는지 생각해 보았다. 괴물을 죽이기 위해서가 입안에 가시가 돋친 것처럼 걸리는 부분이었다. 그녀를 찢을 것 같은 구절.

〈그거야.〉 이스칸드르가 스치는 생각처럼 말했다. 마히트 자신의 생각에 너무 가까워서, 낯설거나 이질적이기보다 사실의 확인 같았다. 〈그거, 그리고 테익스칼란의 믿음은 욕망에 기반하고 있어라는 말. 난 여섯 방향 폐하께 내가 뭘 하는지 알고 있었어, 하지만 그걸 그렇게 직설적으로 듣는 건…….〉

너와 황제가 서로를 사랑한 방식에 깨끗한 건 전혀 없었다는 말을 듣는 것과 같지.

〈사람은 가장해. 야만인은 한밤중에 몇 시간 만에 두 사람 사이에서 문명이 자라나는 것처럼 가장하지.〉

이스칸드르가 중얼거렸다.

마히트는 상상할 수 있었다. 어둠이 깊을 때 문명이, 인간애가 입과 입 사이에서 작은 꽃처럼 피어나는 것을. 키스하고 이야기하고 창조하는 입술 사이에서. 이건 테익스칼란어로 아름다운 문장이었다. 죽지 않았더라면 넌 시인이 될 수도 있었을 거야.

〈아니. 네가 그랬겠지. 내가 네 앞의 대사가 아니었더라면.〉

그건 좀 아팠다. 마히트는 마비되고 고통스러운 손등으로 눈가의 눈물을 닦아 냈다.(언제부터 울기 시작했을까?) 꼭 손모아장갑을 쓰는 느낌이었다. 또 전보다는 덜 아픈 게 약간이나마 위안이었다. 마히트는 천천히, 고르게 산소를 들이켜기 위해서 노력했다.

한참 후에 물었다. 그거 알았어? 광부협회 의원이 널 미끼 삼아 테익스칼란을 지금의 전쟁으로 끌어들이려고 한다는 걸 최소한 의심은 했었어? 너, 그리고 너와 함께 스테이션 전체를 끌어들이려는 걸.

정직한 대답은 돌아오지 않았다. 대신 움찔하고 피하려는 당혹한 감각, 다른 것을 생각하려는 노력 같은 감정적 반응을 얻었다. 그것을 느끼고, 그렇다는 대답으로 받아들이고, 또한 내가 이해할 수 없었더라면 좋았을 텐데라고 받아들였다. 포드 내의 텅 빈 침묵은 답답할 정도로 공허했다. 마히트는 절망과 필요에 의해 전쟁의 개시를 도왔다. 타라츠가 계속 이스칸드르에게 바랐던 일, 그가 언제나 거부했던 바로 그 일을 했다. 죄책감이 마히트의 뱃속에서 꿈틀거리며 솟구쳤다. 이스칸드르가 털어놓고 싶어 하지 않았던 것도 놀랄 일이 아니다. 마히트의 손이 이렇게나 아픈 것도 당연했다.

아주 멀리 떨어진 곳에서, 포기한 듯한 말투가 들려왔다.

〈타라츠는 우리가 자유로워지기를 바랐어. 아마 지금도 바라겠지. 우리 스테이션인들. 그게 언제나 타라츠의 핵심이었어. 열두 번의 솔라플레어가 우리를 아예 발견하지 못했을 경우처럼 자유로워지는 방법을 찾으려고 애를 썼지.〉

마히트는 상상해 보려고 했다. 테익스칼란 황제 열두 번의 솔라플레어가 우주의 이 섹터로 빠져나오는 점프게이트를 발견하지 못했을 때의 르셀 스테이션. 가짜-열세 개의 강이 이 발견에 관해서 쓴 역사적 서사시가 존재하지 않았더라면, 마히트가 외국어 수업에서 그 서사시를 배우지 못하고, 학식을 증명하기 위해 제국민에게 그것을 인용하지도 못했더라면. 전혀 상상할 수가 없었다. 그녀는 존재하지 않았을 것이다. 마히트 디즈마르와 조금이라도 비슷한 내분비 반응의 집합체와 기억의 연속성은 아무 데도 없었을 것이다. 타라츠가 시도한 상상의 위업은 그야말로 영웅적이라는 말밖에는 쓸 수가 없었다.

마치 테익스칼란의 서사시에서 튀어나온 것처럼. 그렇게 영웅적이다.

마히트는 웃었다. 그 거친 소리는 마히트 자신의 바보 같은 체액에 목이 막히는 바람에 그르륵거리고 헐떡이는 기침 소리로 변했다. 마히트는 전혀 그렇게 할 수가 없었다. 그녀는 테익스칼란어로, 제국식 은유와 중층 결정overdetermination, 복합적인 몇몇 연상이 하나의 상징이 되는 과정을 일컫는 정신분석학 용어을 이용해서 생각했다. 이 모든 대화를 그들의 언어로 했다.

일부러 그녀는 스테이션어로 생각했다. 우린 자유롭지 않아.

그리고 같은 언어로 이스칸드르가 동의했다.

〈그따위 건 존재하지 않아.〉

✧ ✧ ✧

지상궁 안에서 사람들 눈에 보이는 방법은 세 가지가 있었다. 하나는 일반적인 방법으로, 여덟 가지 해독제가 남들과 한자리에 있고 그들이 눈이나 클라우드후크로 그를 보는 거였다. 원하기만 한다면 일반적인 방법은 능숙하게 피했다. 그가 다른 곳이 아닌 여기서만 살았거니와, 열아홉 개의 자귀 황제의 직원 대부분이 동황궁에서 온 지 두 달이 지났어도 여전히 복도에서 길을 헤매는 덕이었다. 또한 몸이 작은 데다, 옷장을 채운 온갖 밝은 금색과 빨간색과 회색에 더불어 눈에서 쉽게 벗어나는 연한 회색 튜닉과 바지를 입었다는 것 역시 도움이 되었다. 그는 언제나 눈에 띄지 않을 수 있었다.

하지만 다른 두 가지 방법으로부터 어떻게 모습을 감출지는 아직 알아내지 못했다. 시티의 눈, 카메라와 위치 추적, 에러를 더블체크하는 선리트의 집단 링크가 있었고 황제는 언제나 그가 어디로 갔는지 정확하게 알았다. 한번 추적기를 찾아 옷을 뒤져 본 적도 있으나 아무것도 발견하지 못했고, 그래서 바보가 된 기분이었다. 위치 추적은 알고리즘이었다. 여덟 가지 해독제는 한 선생에게서 그것을 배웠다. 어린아이에게 경제학자가 일종의 선물이라도 되는 것처럼 여덟 개의 고리 장관이 사법부에서 보낸 선생 중 한 명이었다. 시티는 여덟 가지 해독제의 이미지와 클라우드후크의 위치를 바탕으로 해서 좌표를 파악하고 그가 1분쯤 시야에서 사라지면 어디에 있을지 예측했다. 그리고 실제로 정확했다. 그는 같은 선생한테서 그것에 관한 수학을 배웠다. 대부분을. 일부는 아직 너무 어려웠다. 한 번도 본 적 없는 방정식들이었다.

세 번째가 가장 까다로웠다. 세 번째 방법은 질문을 하느라 보이는 거였다. 누군가가, 대체로는 어떤 어른이 그의 머릿속을 들여다보게 하는 것. 그리고 질문 상대로 가장 위험한 사람(그 질문들을 이용해, 여덟 가지 해독제가 직접 소리 내서 말하지 않아도 무엇을 생각하는지 파악할 가능성이 높은 인물)은 열아홉 개의 자귀 황제였다. 그녀야말로 그가 카우란 원정에 대해서 물어봐야만 하는 사람이었다. 다른 모든 사람은 진실을 말해 주지 않거나, 진실처럼 들리지만 거기서 슬쩍 벗어난 것을 이야기해 주었다. 마치 건물 옆쪽에서 자라났지만 그 건물에 속하지 않는 나무처럼 말이다. 가지에 몸무게를 싣고 매달릴 수 있을 것처럼 보이지만 그렇게 하면 벽 전체와 함께 무너져 내리는 그런 나무.

연습 없이 말을 할 때면 자신의 생각을 감추는 실력이 전혀 나아지지 않았다. 이는 분명한 사실이며 또한 전혀 마음의 평화에 도움이 되지 않았다. 사실이란 대체로 그런 법이다. 어쨌든 생각하는 건 도움이 되었다. 설령 질문하는 이유를 황제가 간파한다고 해도, 그는 무엇 때문에 그게 드러났는지 배울 수 있고 그러면 다음번에는 더 나아질 것이다. 그는 배워야 했다. 벌써 열한 살이고, 몇몇 전쟁부 후보생은 겨우 열네 살에 진짜 일을 맡고 있었다. 겨우 3년 후의 일이고 그는 후보생은 아니지만 제국의 후계자였다. 준비할 시간이 3년도 채 없을지 모른다.

황제는 오후면 늘 그렇듯이 대회장大會場에 있었다. 그녀는 이전에 여섯 방향이 그랬던 것처럼 거기서 대중의 알현과 진정을 받고, 가끔 공표도 했다. 일주일에 한두 번씩 여덟 가지 해독제도 황제의 권유에 따라 태양-창 왕좌 옆에 앉아서 이야기를 들었다. 잘 봐, 누가 도움을 청하러 오고 누가 오지 않는지를. 황제는 그렇게 말했다. 오늘은 소년의 예정일은 아니었다. 오늘 그는 번쩍이거나 무늬가 있지 않은 유일한 의상인 회색 옷에 부드러운 신발을 신고 조용히 대회장으로 들어왔다. 황제는 여러 겹의 금색과 하얀색 옷을 입었는데, 옷깃의 뾰족한 부분이 왕좌의 뾰족한 부분과 닮았다. 황제는 황적색 옷을 입은 어떤 익스플라나틀 몇 명과 이야기 중이었다. 황적색은 의사와 의학자의 색깔이었다. 황궁 직원의 종류에 관한 어린이 동요 가사에는 빨강은 피와 통증의 완화라는 구절이 있는데, 그 선율은 여덟 가지 해독제로 하여금 '제발 좀 기억에 덜 남거나 덜 유쾌하면 좋았을 텐데.'라는 생각이 들게 했다. 황제가 의료인들에게 무슨 이야기를 하는 건지, 아니면 그들이 황제에게 무슨 말을 하는지 궁금했다.

열아홉 개의 자귀는 아직 젊었다. 언제나 의료 익스플라나틀과 이야기를 했던 작고한 선대-황제와는 달랐다. 그녀에게는 그들이 필요하지 않았다. 앞으로 한참 동안은.

여덟 가지 해독제가 슬쩍 다가갔다. 시티의 눈이 당연히 파악했지만, 지금은 그것들을 속일 셈이 아니었다. 그저 조용히 있으려는 거였다. 그는 벽에 등을 댄 채 넓은 아치형 지붕의 늑재가 바닥과 만나는 곳 사이에서 옆으로 움직였다. 그림자 속에서 뒤꿈치를 대고 앉아서 책상다리를 했다. 타일 바닥에서 더 어두운 곳에, 그림자처럼 회색으로, 진짜로 여기 있지 않은 것처럼 그냥 가만히 들었다.

"……알아내라." 열아홉 개의 자귀가 말을 하는 중이었다. "이 여자가 방화용 장치를 갖고 있었고 그게 때 이르게 폭발했기 때문에 벨타운 2지구의 가게 화재로 죽었다는 추정은 필요 없다. 짐은 확실한 걸 원해. 그리고 그 여자가 누군지도 알고 싶군. 그게 그 여자의 장치였는지, 다른 사람 대신 갖고 있었던 건지, 아니면 아예 방화가 아니고 어떤 불쌍하고 재수 없는 자가 잘못된 시간에 잘못된 장소에 있었던 건지도."

익스플라나틀들은 기뻐 보이지 않았다. 그들은 황제가 듣고 싶어 하지 않는 말을 해야만 하는 사람이 안 되려고 애를 쓰는 것처럼 서로를 힐끔거렸다. 결국에 그중 한 명, 밝은 빨간색 제복에 대비되어 칙칙해 보이는 회갈색 머리를 등을 따라 세 개로 갈라 땋아 내린 여자가 한 걸음 앞으로 나왔다.

"조사가 마무리되지 않았다면 저희가 여기에 오지도 않았을 겁니다. 죽은 여자의 남은 얼굴 부분에 최근의, 음, 그 사태 이전에 시티 전역에 나돌았던 그 반황실 포스터가 붙어 있지 않았다면…… 음. 어렵습니다. 폐하."

여덟 가지 해독제는 언제 열아홉 개의 자귀가 그래야만 하기 때문이 아니라 자신이 원하기 때문에 주의를 기울이는지를 알아보았다. 그럴 때 그녀는 여기만큼 큰 공간조차도 공기가 전부 사라진 것처럼 숨 막히게 했다. 그 손가락이 왕좌의 팔걸이 한쪽을 하나, 둘, 셋, 넷, 다섯 번 두드리더니 다시 정지했다.

"패배한 전투깃발 포스터?"

익스플라나틀은 황제의 손에서 눈을 떼고 다시 얼굴을 쳐다보았다. 그녀가 고개를 끄덕였다.

"벽에 붙일 때 사용한 것과 같은 풀로 얼굴에 붙어 있었습니다."

"사후에 말이지."

"네, 폐하. 누군가가 그걸 시체에 붙였습니다. 조사원이 도착하기 전에요."

"그래서, 이 수수께끼의 시체 훼손자에 대한 시각 기록은 없고."

"화재로 제일 가까운 감시 카메라가 망가져서……."

열아홉 개의 자귀는 한 손을 흔들어 말을 잘랐다.

"사법부로 가져가. 시체도. 추가적인 부검은 사법부 시설 외에서 해야 할 거야. 자네들은 저 문을 걸어 나가는 순간에 사법부 장관과 약속이 되어 있을 거야. 방금 짐에게 한 말을 여덟 개의 고리에게 해. 테익스칼란은 자네들의 우려와 전문 지식에 감사를 표하네."

사람들이 태양-창 왕좌 근처에서 떠나는 모습은 마치 우주선이 궤도를 이탈하려고 하는 걸 보는 것과 같았다. 노력이 필요했다. 여덟 가지 해독제는 그런 끌어당기는 힘을 느껴 본 적이 한 번도 없었다. 아마도 그는 여기에 속해 있고, 그들은 아니기 때문일 것이다.

"이제 그림자에서 나와도 된다, 여덟 가지 해독제."

황제의 말에 여덟 가지 해독제는 한숨을 쉬었다.

열아홉 개의 자귀의 주의력이 그렇게까지 좋지 않았으면 좋았을 텐데. 하지만 그러면, 그가 아는 모든 시에 따르면, 별로 좋지 않은 황제가 되었을 것이다. 황제란 테익스칼란 전체를 한꺼번에 본다. 그러니 구석에 있는 열한 살 어린애 하나를 어떻게 놓칠까? 그는 일어서서 왕좌로 걸어오면서 생각했다. 황제가 되면 나도 모든 것을 보게 될까? 그러고는 지금 당장 그런 걱정은 할 필요가 없다고 결론을 내렸다. 그것은 그가 묻고 싶은 질문이 아니었다.

"누가 살해됐나요?"

하려던 질문은 아니었지만, 그게 입에서 제일 먼저 튀어나왔다.

"불행히 사람들은 언제나 살해되지."

황제의 말은 내려다보는 투였다. 여덟 가지 해독제도 그건 알았다. 아기가 아니었으니까.

"대부분의 살인 사건은, 황제에게 이야기하러 검시관이 세 명이나 오지 않죠."

"그렇지." 황제가 눈을 크게 뜨며 미소를 지었다. 여덟 가지 해독제는 솔직히 그녀를 믿지 않았고, 사실 잘 알지도 못했다. 선대-황제는 그녀를 결국에 태양-창 왕좌에 올릴 정도로 사랑했지만. 그녀의 웃음이 그가 바라는 방식으로 봐주는 것처럼 느껴지자 문득 그 사실이 떠올랐다. "와서 앉거라, 작은 스파이야. 이미 다 들었으니까."

그녀가 왕좌의 널찍한 팔걸이를 두드렸다.

'작은 스파이'는 '큐어'의 반만큼도 멋지지 않았으나 더 정직하긴 했다. 여덟 가지 해독제는 황궁의 벌새가 앉듯이 편안하게 팔걸이에 앉았다. 얼마든지 앉을 만큼 넓은 팔걸이였으나, 그는 언제든지 내려올 수 있도록 자세를 잡았다. 자리에 앉은 다음 황제를 쳐다보고 최대한 무표정한 얼굴을 유지한 채 기다렸다.

"……넌 그를 굉장히 닮았구나. 네가 인생의 절반을 그림자 속에 숨어 있었다는 게 거의 안심이 될 정도야."

여덟 가지 해독제는 황제에게서 그런 반응을 끌어냈다는 사실에 강한 만족감을 느꼈다. 그는 자신이 **여섯 방향**처럼 생겼다는 걸 잘 알았다. 나이를 먹을수록 점점 더 죽은 선대를 닮아 가리라는 것도 알고, 고개를 살짝 오른쪽으로 기울이고 턱과 눈썹을 들어 올리면……

……**열아홉 개의 자귀**가 1인치쯤 그에게서 물러났다가 자신을 다잡았다. 흥미롭네.

"선대-황제께서는 보이지 않게 숨는 게 굉장히 어려우셨을 거예요. 폐하도 그렇고요. 이렇게 큰 왕좌니까요."

"이렇게 큰 제국이지, 작은 스파이."

열아홉 개의 자귀가 말하고서 왕좌에 깊이 앉았다. **여덟 가지 해독제**는 다리가 꽤 길면 그 의자가 편안할까 생각했다. 자신처럼 열한 살짜리의 다리로는 절대 편하지 않기 때문이었다. 그도 시도는 해 봤었다. 하지만 **열아홉 개의 자귀**는 그야말로 거기에 속한 것처럼 보였다. 광환光環 같은 창끝이 금속성 회색과 금색으로 왕관처럼 그녀의 뒤를 장식했다. 꼭 **여섯 방향**이 그랬던 것처럼. 조종사가 우주선에 앉는 것처럼……

"저, 여쭈고 싶은 게 있어요."

이 질문을 하면 전쟁부의 **열한 그루 월계수**가 뭘 가르쳤는지를 드러내게 되리라는 건 알았다. 그건 이제 더 이상 비밀 훈련이 아니게 될 테고, 아마도…… 아, 다른 모든 것처럼 되겠지. 그저 그 자신의 일부, 황궁 안의 그 자신이 될 것이다. 그의 삶 안의 일부분.

왕좌 깊이 앉은 **열아홉 개의 자귀**가 말했다.

"대답할 수 있으면 해 주마."

"왜 못 하실 수도 있는데요?"

"물어보고 알아내렴."

여덟 가지 해독제는 한숨을 쉬고 코로 공기를 들이켠 다음 팔꿈치가 무릎에 닿고 턱을 손으로 받친 자세가 되게, 하지만 여전히 왕좌 팔걸이에 앉아 있을 정도로 몸을 구부렸다.

"왜 **아홉 송이 부용** 사령관을 야오틀렉으로 고르신 건가요, 폐하?"

"참 멋진 질문이구나. 함대에서 근무해 볼 생각이라도 있느냐?"

그럴지도 모르겠다. 머릿속에서도 소리 내서 생각해 본 적은 없었다. 그게 진짜 욕망으로, 그가 요청할 수는 있지만 얻지는 못하는 걸로 변할 수도 있으니까. 하지만…… 그럴지도. 그는 잘 해낼 것이다. 그는 **열한 그루 월계수**가 내준 지도 퍼즐을 풀 수 있었다. 아주 어려운 것까지도.

"전 아직 어려요."

"모든 게 그렇듯이, 그건 바뀌게 될 거다." **열아홉 개의 자귀**는 그걸 재미있다고 생각하는 듯했으나 **여덟 가지 해독제**는 별로 재미있게 느껴지지 않았다. "그래서, **아홉 송이 부용**에게는 왜 관심을 갖게 됐지?"

거짓말을 할 수도 있었다.

하지만 그러면 질문에 대한 답을 얻지 못할 것이다.

"**열한 그루 월계수** 차관이 말하길, 폐하께서 **아홉 송이 부용**을 파견하신 건 테익스칼란을 위해, 최대한 빨리 죽길 바라서랬어요."

열아홉 개의 자귀는 혀를 이에 대고 쯧 소리를 내며 생각에 잠겼다.

"솔직히, 난 아홉 송이 부용이 우리를 위해서 죽어야만 한다면 그리 빨리 죽지 않기를 바라."

그건 대답은 아니었다. 소년은 다시 물어보았다.

"카우란 때문인가요? 그래서 뽑으신 거예요?"

또 다른 비밀이 드러났다. 어쩌면 열한 그루 월계수는 더 이상 그를 좋아하지 않고, 그에게 중요한 건 아무것도 말해 주지 않을 수도 있다. 이렇게 황제에게 가서 다 털어놓았으니.

황제는 왕좌에서 몸을 떼고 앞으로 기울여 여덟 가지 해독제의 어깨에 한 손을 얹었다. 따뜻한 무게감이 느껴졌다. 손바닥에는 굳은살이 있었다. 소년은 그녀에 대한 이야기를 잘 알았다. 어떻게 군인이 되었고, 어떻게 지상전에서 선대-황제를 만났는지, 그리고 거기서 충격봉과 발사무기를 들고 싸웠던 것도. 행성에서, 땅 위에서.

"그래. 하지만 아홉 송이 부용을 살려 두는 게 너무 위험해서 그런 건 아니야, 작은 스파이. 살아서 버틸 정도로 위험한 인물이라고 생각했기 때문이지."

✧✧✧

여섯 번째로 징발한 승객용 침상에 다다를 무렵에(각기 다른 점프게이트 여섯 곳을 통과한 각기 다른 우주선 여섯 척, 그중에서 승차감이 좋았던 것은 하나도 없었다.) 세 가닥 해초는 특무대사 정장을 짐 속에 넣고, 비싼 데다 입기도 힘든 오버올 점프슈트로 갈아입고 있었다. 검은 울 크레이프 원단으로 만들어진 그 옷은 그녀를 대단히 부유하고 실제와는 다른 문화적 배경의 사람으로 보이게 했다. 한 세트인 재킷을 입지 않으면 흉골 대부분이 드러났고, 그 재킷에는 지퍼가 여덟 개가 있었다. 다섯 번째 환승지인 에스커1에서 산 것이었다. 에스커1은 서쪽 호에 있는 행성으로 전에 한 번도 가 본 적이 없었다. 수입과 수출을 하는 부유한 일가들이 가득한 곳이었다. 최근 미수에 그친 내란의 정점에서 무역 특별 고문으로 강등된 **서른 송이 미나리아재비**의 가족처럼 말이다. 에스커1은 무역을 하고 또 합창을 했다. **세 가닥 해초**는 그것을 들으면 불가해하게도 압도된다는 것을 깨달았다. 무역 말고 합창 말이다. 무역은 쉬웠다. 덕분에 끔찍한 '부자 수입상 일가의 자식'의 점프슈트와 제대로 된 정보부 일원이라면 임무가 아닌 이상 절대로 가지 않을 곳으로 향하는 행성 바깥행 우주선을 건졌다.

에스커1은 세 개의 점프게이트에서 똑바로 나온 곳에 위치하는 행성계였다. 두 게이트는 테익스칼란 우주를 들락날락하는 교통편으로 가득했고 하나는 외딴 행성계 근처로 사람을 내던졌다. 그곳은 어떤 황제가 차지하려고 할 때에는 노리는 지역이 되지만, 그럴 때가 아니면 버라쉬크-탈레이 연방에 느슨하게 연결되어 있는 것에 만족하는 곳이었다……. 그리고 안하메마트 게이트의 뒤쪽, 혹은 **세 가닥 해초**가 안하메마트 게이트 뒤쪽이라고 거의 확신하는 곳에서 아광속으로 4일이 걸렸다. 여기는 **세 가닥 해초**가 보기에는 완전히 변방이었다. 그녀는 정말로 제대로 질서가 잡혀 있고 예상 가능한 우주에서 빠져나온 것처럼 현기증을 느꼈다.

사흘 동안 빠져나온 점프게이트의 숫자 때문일 수도 있었다. 이렇게 짧은 시간 안에, 이렇게 많은 점프게이트를 건너 본 적이 없었다. 그녀는 반半인덕션 전에 본 틀린 것투성이인 신문 뉴스피드를 연신 떠올렸다. 점프게이트 여행을 너무 많이 하면 유전자가 교란되어 암을 일으킬 수도 있다는 내용이었다.

또 세 가닥 해초는 시티 외부로 나간 적은 있지만(심지어는 졸업 전에 이력에 전부 최고점을 남기고 싶은 훌륭한 아세크레타 후보생이 그러듯이 의무 할당 기간을 먼 경계 지역에서 보내기도 했었다.), 완전히 테익스칼란 밖으로 나가 본 적이 한 번도 없었다. 세계 밖으로. 그 외의 장소로. 별들이 다른 규칙에 따라 떠오르고 지고, 아무도 손끝을 누르고 몸을 숙여 인사하지 않고, 너무 많은 사람이 마히트처럼 이를 드러내고 웃는 곳.

우스꽝스러운 점프슈트가 도움이 됐다. 이것은 그녀가 여기, 야만인으로 가득한 더럽고 자원이 부족한 우주공항에 있는 것을 좋아하는 부류의 사람인 것처럼 가장하고 이 거지 같은 곳을 빠져나갈 적당한 교통편을 찾게 해 주었다. 버라쉬크-탈레이 우주로 더 깊이 들어가지는 않을 것이다. 이런 망할, 그쪽 언어에는 형편없었다. 후보생 때 의무적인 6개월 수업을 들은 후 시험을 통과하자마자 순식간에 전부 잊어버렸다. 그녀는 정부에서 '현재로서는 신경 쓰지 않을 만큼 적대적이지 않은 곳과의 협상가'가 아니라 정치 전문가의 길을 밟았다. 버라쉬크든 탈레이든 어느 한쪽과 소통하기에 그녀의 현재 언어 능력은 유감스럽게도 화장실 위치를 묻거나 맥주 대자 주세요처럼 지루한 후보생들이 복도에서 서로에게 유쾌하게 소리칠 수 있는 문장으로 한정되어 있었다.

지금 현재 그녀는 맥주 대자 주세요라고 주문하고 화물선 기술자에게 그들이 스테이션 우주로 실어 가는 짐과 함께 태워 달라고 설득하는 중이었다. 그게 뭐든 간에 신중해야만 했다. 이 화물선은 르셀 스테이션 바로 옆에 그녀를 뱉어 낼 거라고 거의 확신하는 뒤쪽 점프게이트를 통과할 것이기 때문이었다. 마히트의 정보에 따르면 외계인이 들어온 바로 그 점프게이트이기도 했다. 이 기술자는 외계인의 공격을 걱정하거나 전쟁 지역에서 꼼짝 못 하게 될까 봐 걱정할까? 아마 아닐 것이다. 하지만 **세 가닥 해초**가 가야만 하는 곳으로 향하는 우주선을 이것 하나밖에 찾을 수 없었던 이유는 거의 분명히 외계인에 대한 두려움 때문일 것이다.

"당신네가 그 상자에 뭘 담고 있는지는 정말로 상관 안 해요. 내가 원하는 건 당신네 우주선뿐이에요."

그녀가 테익스칼란어로 말했다.

기술자는 냉랭한 얼굴이었다. 테익스칼란 사람들처럼 예의 바른 무표정이 아니라 공격적으로 무표정했다.

"선적 허가증은 오로지 화물 전용이에요. 화물만. 에스커1에서 사람은 태울 수 없어요."

기술자는 애써서 음절을 발음했다.

난 에스커1 출신이 아닌데요. **세 가닥 해초**는 작은 내적 좌절감의 파도 속에서 그렇게 생각했다. 난 정보부에서 왔어요. 이런 것들은 전혀 도움이 되지 않을 것이다. 상황을 더 악화시킬 뿐이지. 이 기술자가 자신의 화물선에 서쪽 호 출신 부유한 무역업자를 원하지 않는다면, 정보부 요원도 확실하게 원하지 않을 것이다.

"내가 어디서 왔는지는 중요하지 않아요. 중요한 건 어디로 가는지예요."

"다른 화물선들이 있어요. 가서 그 사람들한테 맥주를 사시든지."

다른 화물선들도 있었다. 하지만 뒤쪽을 통해서 스테이션 영토로 들어가는 이 루트로 가는 건 없었다. 이 우주선을 찾아내는 데에만 몇 시간이 걸렸다.

"당신 우주선이 가장 빠르고 최단으로 가거든요." 세 가닥 해초는 이를 드러내는 스테이션식 미소를 지으려고 노력했다. 별 효과가 없었다. 기술자는 전혀 흔들리지 않았다. "정말로 당신 짐 상자 안에 뭐가 들었는지 전혀 모르고 알고 싶지도 않아요. 나를 데리고 안하메마트 게이트를 통과해 주기를 바랄 뿐이에요."

"그다음에는?"

"그다음에는 르셀 스테이션에 당신 짐과 함께 날 내려 줘요."

"그리고 세관 직원에게 뭐라고 말할 건데요? 안 되죠. 이건 당신에게도, 그리고 우리에게도 안 좋은 아이디어예요."

세 가닥 해초는 정보부 요원으로서 이런 대화를 어떻게 하는지 잘 알았다. 그녀가 시티 출신 테익스칼란인이라 신비하고 흥미롭게 여겨지던 에스커1에서도 그랬다. 첫 번째는 사회적 권력을 행사해 보는 거였다. 두 번째는 사기 협잡으로, 무시하기에는 너무 설득력 있고 당장 붙잡기에는 너무 미꾸라지 같은 존재가 되는 것이었다. 여기서는 그 두 가지 다 효과가 없을 것이다.(그녀는 항상 외계인들을 좋아했다. 하지만 좋아하는 것과 어떻게 대화하는지 아는 것은 다른 문제였다. 그래서 마히트가 필요한 거였다.)

이제는 한 가지 선택지만이 남았다. 선택지는 우스꽝스러운 점프슈트를 사기 전보다 더 적어지고 있었다.

세 가닥 해초는 눈을 깜박이고 클라우드후크 뒤에서 한쪽 눈을 살짝 움직여 자신과 기술자 사이의 테이블 위에 굉장히 큰 숫자의 일렁거리고 뒤틀린 홀로그램을 투사했다.

"이건 당신이 생각하는 것만큼 나쁜 아이디어는 아닐걸요. 그리고 난 그저 당신 화물선의 금융기관 주소만 알면 돼요…… 혹시 빚이나 개조 비용이나, 뭐 그런 걱정 안 하고 싶은 문제 없어요?"

기술자의 얼굴이 처음으로 움직였다. 여자는 코를 찡그렸다. **세 가닥 해초**는 그게 혐오감 때문인지 관심이 있어서인지 알 수가 없었다. 침묵이 끝없이 이어졌다. **세 가닥 해초**는 기술자가 개인 무음 통신 라인으로 선장과 이야기를 하고 어느 정도 가격이면 좋을지 확인하고 있을 거라고 추측했다. 그래야 했다. 이 일이 끝나면 **세 가닥 해초**는 무일푼이 될 테고, 정보부에 자유로이 쓸 자금을 더 보내 달라고 메일을 보내는 건 거의 가능성이 없는 일이기 때문이었다. 그 메일은 절대로 꼭 필요한 시간에 도착하지 않을 것이다. 어쩌면 영원히 어디 붙어 있는지도 모를 이 행성에 갇히게 될지도 모른다. 버라쉬크어를 더 연습해야 할 것이다. 아니면 탈레이어라도. 몰입 훈련이 도움이 되겠지.

"스테이션에 도착해도 우린 당신에 대해서 아무 책임도 안 질 거예요. 그리고 타기 전에 돈부터 지불해요. 지금 당장."

마침내 기술자가 말했다.

✧ ✧ ✧

다지 타라츠는 마히트보다 먼저 바에서 제일 좋은 자리를 맡았다. 이스칸드르의 눈으로는 나이 들고 시체 같으며, 마히트 자신의 기억으로는 낯익은 해골 같은 남자를 보았다. 업무에 뛰어들어 수십 년을 소행성 광산에서 보냈고 그다음에는 정치인이 되어 내내 제국의 몰락과 조용한 혁명을 꿈꾸는 철학자로 살아온, 깨끗하게 다 타 버려 껍데기만 남은 남자. 그를 보니 뱃속이 뒤집히고 빠르게 욕지기가 올라오다가 곧 일렁거리는 경계 상태로 잦아들었다. 재앙의 가능성이 느껴졌다.

마히트는 이것이 그녀가 활동하는 데 있어 가장 편안한 상태가 아닐까 생각하기 시작했다. 이 얼마나 기쁜 일인지.

가끔 스스로가 듣기에도 자신의 말이 이스칸드르의 말투처럼 들렸다. 최근에는 점점 더.

다지 타라츠는 데카켈 온추의 옆에 앉아 있고, 그들 둘 다 보드카를 최소한 두 잔째 마시고 있었다. 마히트가 분명히 늦은 모양이었다.

늦었고, 놀랐다. 마히트는 여기, 두 사람이 처음 만난 이 조종사 바에 온추만 있을 거라고 예상했기 때문이었다. 자신의 이마고에게 다지 타라츠에 대해 물어봤다는 전자 메모를 마히트가 보내자 온추가 제안한 만남이었다. 지금 스테이션 우주를 제외한 사방에서 달아오르고 있는 전쟁이 터지기를 원했으며, 르셀을 미끼 삼아 테익스칼란을 끌어낸 것에 만족하는 다지 타라츠. 그가 원했으나 이스칸드르는 하지 못했던 일을 마히트가 해냈음에도 불구하고, 마히트보다 이스칸드르를 더 믿었던 다지 타라츠. 마히트는 이 대화를 나누는 동안 내분비계가 보내는 모든 신호를 무시하겠다고 다짐했다. 물론 이런 결심을 하고는 있어도 이게 비현실적이고 육체적으로도 불가능한 일이라는 건 알았다.

"의원님들. 제 예상과 달리 두 분이나 계시는군요."

마히트가 온추의 다른 한쪽에 있는 의자에 앉으며 말했다.

"데카켈의 음주 습관은 예측이 가능하니까요, 디즈마르. 의회 회의장보다 좀 더 가벼운 분위기에서 친구와 잡담을 나누고 싶다면 여기가 바로 그 친구를 찾을 수 있는 바죠. 그쪽도 알아챘겠지만."

이것은 눈에 훤히 보이는 권력 놀음이었다. 너무 훤히 보여서 마히트는 자신이 좀 더 나은 수를 쓰지 못한 것에 짜증이 났다. 데카켈 온추의 이름을 부르고, 두 사람 사이의 오랜 우정을 슬쩍 알리고, 마히트가 여전히 권리상 소유하고 있는 직위 없이 성姓을 곧장 부르는 것. 테익스칼란행 대사는 마히트 말고 없었다. 그녀가 바로 이마고 라인이었다.

〈내분비계를 무시하겠다더니 잘하는 짓이군.〉

입 좀 다물지? 마히트가 이스칸드르에게 말하고서 바텐더를 향해 손을 흔들었다.

"의원님들이 마시는 걸로." 그러고 나서 마히트는 타라츠 쪽으로 몸을 돌려 미소를 지었다. 이를 드러내는 일이 이제는 언제나 위협처럼 느껴진다는 게, 이렇게 활짝 짓는 웃음이 르셀에서조차 일종의 위협으로 여겨진다는 게 사나운 즐거움을 안겨 주었다. "온추 의원님께서 친절하게도 스테이션 최고의 보드카를 저한테 소개해 주셨죠. 이걸 의원님과 함께 마신다니 참으로 기쁘군요."

타라츠의 표정은 읽을 수 없었다. 그것이 마히트를 미치게 했다.(아니, 미칠 것 같은 건 이스칸드르였다. 20년간 쌓인 좌절감과 이 남자에 대한 경쟁심 때문이었다.) 타라츠는 미소를 되돌리지 않았다.

"제국에서 고향으로 돌아오다니." 타라츠가 말했다. 그들은 온추를 사이에 두고 이야기하고 있었고, 온추는 바 의자에 살짝 몸을 기대고 앉아 둘이 대화하게 놔두었다. “당신의 이마고 라인치고 이례적인 결정이군요.”

〈내가 테익스칼란에 머물렀던 건, 그래야 댁이 모를 테니까……〉

네가 반역죄를 저지르던 거 말이지. 그래, 입 다물어. 난 이야기를 해야 하고 만약 내가 네 생각을 말하기라도 하면 우리 둘 다 아작 난다고, 알겠어?

꾸짖는 것처럼 등뼈를 따라 따끔거리는 감각이 오르내렸다. 하지만 이스칸드르는 그만두고 물러났다. 잠깐 동안 마히트는 머리가 어지럽게 혼자였다. 머리가 어지러울 정도로 그녀 자신뿐이라는 건 굉장히 무방비하게 느껴지는 일이었다.

“못 들으셨나요? 전 사보타주를 당했습니다. 제가 뭘 할지 누가 알겠어요? 유산협회는 분명히 모르죠.”

데카켈 온추가 웃음을 터뜨렸다. 온추는 반쯤 마신 로우볼 글래스를 마히트를 향해 들어 올렸다. 얼음이 서로 부딪치고 보드카가 부옇게 변했다.

“진정해요. 타라츠가 나에게 또 하나 빚졌죠. 타라츠는 당신이 이스칸드르 아가븐같이 거만하고 교묘하게 굴 거라고 그랬거든요. 내가 말했죠, 다지. 이 친구는 억지를 부리면 곧장 덤벼요. 그리고 사보타주에 대해서도 내가 옳았어요.”

마히트는 잔을 받아서 마셨다. 얼음칩까지 포함해서 전부 다 빠르게 마시느라 알코올이 목을 태워서 기침을 참으려고 애를 썼다. 잔이 비자 카운터에 거꾸로 내려놓았다. 날카로운 탁 소리가 상당히 커서 용감해진 기분이 들었다. 떠오른다. 날아간다.

호흡이 돌아온 다음에 마히트가 타라츠에게 말했다.

“의원님, 조종사협회 동료분이 본인과 다시 만나기 전에 제 이마고와 의원님에 대해서 상의해 보라고 하시더군요. 그래서 해 봤습니다. 그리고 전 지금 여기 있죠. 유산협회는 제가 여기 없는 쪽을 좋아했을 겁니다. 아니면 최소한 그 협회분은 제 두개골 안을 좀 보고 싶어 하시겠죠. 의원님은 어떠신가요?"

바텐더가 마히트의 음료를 들고 다가왔다. 마히트는 그걸 받는 대신에 온추 쪽으로 손을 흔들었다. 술 마시기 게임. 여기서 누가 힘을 가졌는지 알아보기. 마히트는 아니었다. 그녀도 알았다. 그녀는 이 음료만 가졌을 뿐이었다. 왜냐하면 그녀는 유산협회와 일종의 문제가 있고 거기서 어떻게 빠져나와야 할지를 모르니까. 하지만……

〈아, 그래도 우리는 장단을 맞추고 있지.〉

이스칸드르가 중얼거렸고 마히트도 동의했다. 온추는 한마디 말도 없이 잔을 받아들었다.

타라츠는 회갈색 손을 뻗어 이쪽저쪽으로 기울였다.

"모든 것을 감안할 때, 나도 당신의 두개골 안을 보고 싶군요. 물론 이마고 통합에 관해 나 자신의 보고서를 보고 싶다는 소리죠. 유산협회의 보고서가 아니라. 당신이 돌아왔다는 건 흥미로워요. 소위 사보타주에도 불구하고, 이마고와 상의를 할 만큼 이마고 라인을 유지하고 있는 것도 흥미롭고. 돌아온 이후로 누군가에게 이 모든 흥미진진한 사실들을 알리는 대신 아무 일도 안 하고 있다는 것도."

마히트는 움찔하지 않을 것이다. 그러지 않을 거다. 그녀는 아무 일도 안 한 게 아니었다. 그녀는 자신의 균형을, 자아를, 르셀 스테이션과 테익스칼란, 어떤 삶이든 간에 두 이스칸드르와 그녀 한 명과 그들이 이루게 될 그 누군가를 포함한 삶의 형태를 회복하기 위해서 애쓰고 있었다. 솔직히 스테이션 내부를 하릴없이 원을 그리며 걸어 다니는 동안에 그런 생각을 굉장히 많이 했으나 더 나은 처리 방법을 떠올리지는 못했다. 물리적 활동은 도움이 되었다. 그것은 르셀의 모든 아이가 아는 기본적인 정신 치료 요법의 일종이었다.

마히트는 움찔하지 않고 말했다.

"이대로 가다간 보게 되는 건 유산협회예요."

제안. 당신들 중 한 명이라도 뭔가 하지 않으면, 아크넬 암나르트바트가 내 머리를 갈라 헤집을 테고, 그러면 난 당신들에게 아무 쓸모도 없게 될걸.

〈애원에 더 가깝지.〉

전에도 피난처라는 행운을 얻었잖아.

〈여기는 시티가 아니야. 타라츠는 열아홉 개의 자귀가 아니고.〉

스치는 뒤엉킨 기억. 진의 파란색, 그녀의(그의) 뺨에 닿은 열아홉 개의 자귀의 가무잡잡한 손, 입술의 질감, 노간주나무 열매의 맛. 타라츠가 르셀보다 더 큰 세력과의 싸움에 테익스칼란을 끌어들이기 위해 기꺼이 고향을 미끼로 쓰려 한다는 걸 이스칸드르가 알게 됐을 때의 노간주나무 향기.

온추가 생각에 잠겨서 말했다.

"잠깐 동안 나는 유산협회가 법적으로 이마고 라인의 사보타주를 저지를 수가 있을까 생각했어요. 애초에 우리의 집단 기억을 관리하는 게 그들의 권한이라는 걸 고려하면요."

타라츠가 온추를 향해 고개를 끄덕였다.

"당신의 결론은, 데카켈? 당연히 결론을 내렸겠죠."

그는 마히트를 완전히 무시하고 있었다. 제안은 거부당했다. 마히트는 그 이유조차 몰랐다.

"유산협회는 그럴 수 없어요. 하지만 유산협회에서 일하는 개인,

심지어는 의원이라고 해도 얼마든지 할 수 있죠. 다지, 누군가가 그 여자의 이마고 라인을 고진공高眞空 속에 던져 버려야 해요."

온추의 이 말에 마히트는 전적으로 동의했다. 설령 광부협회는 안 한다 해도 조종사협회는 마히트를 도와줄지 모른다. 유산협회 분석가들의 신중한 수술의 늪 속에 마히트를 밀어넣기에는 아깝다는 걸 증명할 어떤 방법이 필요할 뿐이었다. 분석가들은 그녀의 이마고 머신에 완전히 계획에 없던 조정이 가해졌다는 사실을 밝혀낼 것이다. 그들이 단순히 마히트를 그대로 죽여 암나르트바트의 사보타주를 감추려 하지 않는다면 말이지만.

"나도 부정하지는 않습니다. 난 암나르트바트의 전임자를 알고, 그 친구는 그런 일은 절대로 하지 않았을 거예요. 그리고 유산협회 의원의 이마고 라인은 6세대나 이어진 겁니다. 뭔가 실수가 일어났어요. 디즈마르와 관련된 이…… 문제는…… 그 연장선상에 있고."

"개인적으로 전 유산협회의 문제가 안 되는 쪽이 좋네요."

마히트는 자신이 할 수 있는 한 가장 건조하고 무관심한 어조로 말을 했고, 불행히 그건 그렇게 들리지 않았다.

"그렇다면 제국으로 돌아갔어야 했을 텐데."

타라츠가 마히트를 똑바로 보면서 말했다. 마침내 똑바로 쳐다본다.

마히트가 대답했다.

"의원님은 굉장히 시간을 들여 이스칸드르에게 집으로 돌아오라고 설득하셨죠. 자, 여기 있어요."

여기 있잖아요, 당신이 원했던 대로.

이스칸드르가 짜증스럽게 중얼거렸다.

〈타라츠는 내가 돌아오기를 바랐어. 날 통제하려고.〉

서빙된 것보다 훨씬 많은 보드카를 마신 것처럼 뱃속이 느릿하게 울렁거렸다. 이런 효과를 느낄 바에야 차라리 술을 마셨더라면 더 좋았을 텐데.

"당신의 이마고는 나를 알아." 타라츠가 마히트만큼이나 이스칸드르의 말을 잘 들을 수 있는 것처럼 말했다. "당신은 당신이 겪은 사보타주가 약해서 이마고가 한참 뒤떨어졌음에도 여전히 어느 정도 연속성을 가졌다고 했지. 당신의 훌륭한 작업 덕분에 나는 이스칸드르에게서 원했던 걸 얻었어. 당신이 제국에 계속 머물렀다면, 또는 돌아와서 다시 자발적으로 나오기로 했을 때 바로 나한테 왔다면, 당신을 좀 더 쓸 만한 곳을 찾았을지도 모르지."

마히트는 타라츠가 그 말을 하는 걸 들어야 했다. 조종사들로 가득한 이 바에서, 다른 사람들이 엿들을 수 있는 상태에서 소리 내어 말하는 것을.

"이스칸드르에게서 뭘 원하셨죠?"

다지 타라츠의 눈은 마히트가 상상할 수 있는 가장 차가운 갈색이었다. 먼지처럼, 진공 중의 녹처럼 갈색이다.

"테익스칼란이 전쟁에 나서는 것이었지. 우리를 바로 지나서. 배들이 우리 게이트를 계속 지나다니지만, 단 한 대도 이 스테이션을 합병할 병사들을 싣고 여기서 멈추지 않는 것."

"그건 영원하지 않을 거예요. 멈추지 않는 거 말이죠."

온추가 중얼거리자 타라츠는 이렇게 응수했다.

"아니, 그럴 겁니다. 제국에는 우리보다 훨씬 더 큰 문제가 있으니까. 상당히 유쾌하지요."

마히트는 사납고 무관심하고 냉정하게, 타라츠가 너무 자만하고 있다고 생각했다. 타라츠는 시티에서 마히트가 그런 일을 하도록 만든 것을 아주 만족스러워했다. 그는 계승 위기를 일으키면서 동시에 스테이션에서 관심을 돌리기 위해 정복전을 일으키는 버팀대, 압점壓點으로서 제국과 파게이트 너머에 있는 더 크고 끔찍한 것 사이의 이 전쟁을 일으켰다. 제국을 파괴적인 싸움에 끌어들이고 싶다는 욕망을 이루기 위해서. 그는 성공했고, 온추가 옳을 가능성(테익스칼란이든 외계인이든 간에 어떤 강대국도 자원이 풍부한 광산 스테이션을 영원히 그냥 둘 리 없다는 말)을 생각해서 자신의 위업을 망치고 싶지 않을 정도로 기뻐하고 있었다.

"제국이 마음을 바꾸리라는 걸 어떻게 아시죠?"

순수하고 정치와 관련이 없는 분풀이로 마히트는 그렇게 물었다. 지금 입에서 정치성 없는 말이 나온다면, 제국이 그녀의 혀에 언어 이상의 무언가를 한 게 분명했다.

"멀리 있는 광산 기지가 사격당하기 시작할 경우에 난 우리 조종사들을 불러 모을 시간이 30분 정도 있겠지요."

데카켈 온추가 말했다.

"디즈마르가 우리에게 돌아오기 전에는 심지어 시티에 있으면서도 좀 더 명확한 견해를 가질 수 있었는데."

타라츠가 말했다.

그게 핵심이었다. 타라츠가 마히트를 돕지 않은 이유, 암나르트바트가 마히트를 죽이거나 해부해도 상관하지 않는 이유. 타라츠에게는 더 이상 황제를 볼 눈이 없었다. 이스칸드르 아가븐은 죽었고, 마히트 디즈마르는 타라츠가 보기에 사보타주를 당했든 아니든 실패 상태로 집으로 돌아왔다. 마히트에게 특별 대우를 해 줄 이유가, 구해 줄 이유가 뭐가 있을까?

"저는 여전히 테익스칼란 대사입니다."

그랬다. 마히트는 그만두지 않았다. 그저 장기 휴가를 얻었을, 아니, 냈을 뿐이다. 집으로 돌아오려고 했을 뿐이었다.

〈그런 건 없어.〉

알아, 알아, 하지만 나는……

타라츠는 어깨로 아주 조금, 지친 듯이 으쓱거렸다.

"그렇지. 유산협회의 검사를 받은 후에도 그게 계속될지는 의심스럽지만."

"그렇게 되면 의원님에게는 눈이 전혀 없어질 겁니다. 새 황제를 만나 봤고 아는 사람이 아무도 없을 거예요……."

자신이 듣기에도 애걸 같았다. 하지만 타라츠는 마히트를 똑바로 쳐다볼 뿐이었다. 마히트가 빛 쪽으로 들어 올려서 반사되는 면을 찾아봐야 하는 몰리브덴 광석이라도 되는 듯이. 마히트는 가만히 있었다. 조용히 입을 다물었다.

"틀린 말은 아니지. 참으로 이스칸드르 같군. 이스칸드르 수준이랄까." 다시 침묵. 마히트는 자신이 숨을 참고 있다는 것을 깨달았다. "예정대로 해, 마히트 디즈마르. 암나르트바트와 의사들이랑 만나는 약속에 나가. 하지만 거기 있는 건 암나르트바트의 의사들이 아닐 거야. 내 사람들이지."

마히트는 숨을 내쉬지 못했다.

"의원님 사람들요? 그 사람들이 뭘 하는데요?"

"당신의 이마고 머신을 떼어 내겠지. 그리고 실제로 사보타주 흔적이 있는지 확인할 거야. 그게 멀쩡하다면 새로운 테익스칼란 대사의 뇌간에 넣을 거고. 내가, 그리고 아마도 여기 있는 데카켈이 고른 사람으로 말이야. 적성검사를 막 마친 젊은이로. 당신은 분명히 손상됐고 애초에 유산협회가 고른 사람이야, 디즈마르. 새로 시작하는 게 최선이겠지."

기묘하게 객관적인 한순간에, 그것은 마히트에게 좋은 생각처럼 느껴졌다. 숨길 게 아무것도 없는 것처럼 예정된 검사를 받으러 가고, 타라츠가 이마고 머신과 두 명의 이스칸드르와 한 명의 마히트라는 모든 기억을 빼내게 놔둔다. 테익스칼란에서 르셀의 대표가 되는 것이나 스테이션인이면서 테익스칼란을 사랑할 방법을 찾고, 그러면서 한편으로 질식하지 않는다는 의무에서 벗어나는 것이다. 자유로워진다.

그따위 빌어먹을 건 없어. 이번에는 이스칸드르가 아니라 그녀 자신의 목소리였다. 똑같은 음조. 흐릿한 위안.

"그럼 저는 어떻게 되죠? 이 가상의 시나리오에서."

"올해의 적성검사 기간이 다가오니까, 그걸 다시 받아. 새로운 이마고 라인을 위해서든, 아니면 당신이 좋아하는 다른 걸 위해서든. 스테이션으로 돌아왔잖나. 스테이션인으로서. 그리고 당신이 했고 배웠고 기억한 모든 것은 대사 이마고 라인에 영원토록 소중히 남게 되겠지."

이마고와 양립이 불가능해진 사람들에게나 제시되는 제안이었다. 성별이라는 정체성이 생각보다 더 강해서 성별을 넘나드는 기억을 갖는 걸 못 참거나, 전임자들의 인간관계에 너무 가까워져서 감정적 손상을 입지 않고 어떤 식으로 헤쳐 나아가야 할지 알지 못하거나, 이마고 라인이 너무 길고 무거워서 빠르게 통합하지 못하고 압박으로 부서지는 경우다. 마히트의 동년배 한 명이 이 중 한 가지 경우였다. 수경재배 엔지니어로 13세대의 기억을 가진 이마고를 받았다. 스테이션에서 시스템 사고와 생물학 적성검사에서 최고점을 받았던 그녀는 그 무게에 그대로 쓰러졌다. 2주 만에 이마고 라인에서 배제되었고, 1년 후에 적성검사를 다시 받게 되었다.

그녀가 어떻게 되었는지 마히트는 알지 못했다.

그건 형편없는 제안이었다.

마히트는 이스칸드르 없이 자신이 뭐가 될지 상상도 할 수 없었다. 그들이 얼마나 통합되었는지, 혹은 되지 않았는지 잘 모르겠고 사보타주로 인한 손상이 얼마나 깊은지도 몰랐다. **다섯 개의 포르티코**가 다른 것을 제거했을 때처럼 두개골에서 제거되고 나면, 이 이마고 라인에 남는 게 있긴 할지조차 모르겠다. 두 배 용량의 이스칸드르와 거기 남은 마히트 자신이라는 셋의 혼성체, 거기에 거의 감각으로만 남아 있는 그들 라인의 첫 번째인 협상가 차그켈 암바크까지 이식받게 될 불쌍하고 멍청한 아이는 말할 것도 없고.

〈내가 우리를 익사시킬 거야.〉

어느 이스칸드르가 말했다. 젊은 쪽과 나이 든 쪽, 아마 둘 다. 그들이, 그들 모두가 함께, 무엇인지에 대한 일종의 두려움. 똑같은 그 존재에 대한 보호심.

게다가 마히트는 다지 타라츠가 실제로 그럴 거라고 믿지 않았다. 마히트가 유산협회 의료 시설로 들어가서 테이블에 누우면, 결국엔 암나르트바트의 사람들이 있을 것이다. 그러면 어떻게 될까?

타라츠와 온추 둘 다 마히트를 쳐다보고 있었다. 마히트는 자신의 표정이 어떤 모습일까 궁금했다. 얼굴에 감각이 없고 딱딱하게 느껴졌다.

"뭐라고 해야 할지 모르겠군요."

실제로 모르겠으니까.

"당신에게 대신 광산 스테이션에서의 일자리를 제안할 수도 있겠지만, 그건 낭비가 될 테지. 당신이 보통의 외교관 타입보다 운용 및 경제 분석에 훨씬 좋은 점수를 받지 않는다면."

"암나르트바트가 저에게 다시 연락할 거예요."

마히트가 말했다. 왜냐하면 그게 사실이고, 타라츠의 관용으로 지켜지고 길을 벗어나 소행성 광산의 책임자가 되어 마치 그의 창조물인 것처럼 살고 싶지는 않으니까.

"그럴 테지."

타라츠는 동의하고서 더 이상 아무 말도 하지 않았다.

전부 다 형편없는 제안이었고, 마히트가 이걸 다 거절하고 나면 남는 게 아무것도 없었다. 마히트는 바텐더를 향해 손을 흔들었다. 보드카를 한 잔 더 시키면 생각할 여유가 좀 생길 수도 있을 것이다. 어떤 시각이, 이마고 라인에 보존되지 않고 오로지 그녀 혼자만 아는 그런 게 떠오를지도……

〈날 내세워. 내가 타라츠에게 넘기기를 거부했던 15년치의 나 말이야. 타라츠에게 우리가, 이스칸드르가 둘이 있고 내가 이야기를 할 거라고 말해.〉

마히트가 입을 연 순간이었다.

스테이션의 조종사 갑판에 있는 근접 알람이 모조리 동시에 울렸다.

고기의 유용성을 생각해 보자.

양분: 우리 혀에서 폭발하는 고기, 헴heme, 헤모글로빈의 철 함유 분자의 맛과 뭉친 근섬유의 질감, 타우린의 자극적이고 진한 부패의 향. 육체는 고기를 요구한다. 왜냐하면 육체가 고기이니까. 우리는 노래하고, 스타플라이어와 도시를 건설하고, 자연적 과정과 다양한 노래를 조사하는 것뿐 아니라 영양소와 에너지, 맛을 취하는 단순한 기쁨에서도 즐거움을 느낀다.

재활용: 한배에서 나와도 일부 육체는 인간이 되기에는 부적절하고, 모든 육체는 결국에 노쇠하고 멈춘다. 하지만 노래하는 우리 속에서 한번 만들어진 것은 사라지지 않는다. 인간이 아니거나 인간이기를 멈춘 모든 육체는 환원되어 각 요소로 분해되고 적절하게 소비됨으로써 재사용된다.

기술: 모든 육체는 고기이고, 각 육체의 고기와 유전 정보와 경험은 기술을 만든다. 이런 식으로 고기의 유용성을 생각하다 보면 슬픔에 대해서도 생각하게 된다. 모든 육체는 노쇠하거나 보수 불가능할 만큼 손상되고, 더 이상 조화로운 목소리가 되지 못한다. 목소리의 상실을 아는 것은 슬픔을 알며 부족함을 아는 것이자 노래를 멈추고 애도하는 일이다.

하지만 이 고기의 유용성을 생각하는 것은 방법론적으로 복잡하다. 이런 종류의 고기로 된 육체가 둘 있다. 발톱으로 전복껍질에서 살을 떠내듯이 그들의 스타플라이어에서 깨끗하게 떼어 낸 것이다. 두 육체는 동시에 우리에게 온 건 아니지만 같은 종류의 스타플라이어들에서 나왔다. 보이드의 집에서 유래한 그 스타플라이어들은, 중심에서 아주 먼 우리 흙의 집에 더 가까운 점프게이트 너머에서 이고기가 축조한 것이다.

그들은 사람이 아니다.

그들은 언어로 생각한다.

하지만 그들은 자신들이 사람인 것처럼 반응한다. 한 가지 패턴을 반복한다. 하지만 그들의 스타플라이어를 움직이는 방법, 벡터와 추진에 대한 그들의 이해도 측면에서만이다. 다른 모든 면에서 그들은 사람이 아니고, 우리의 노래를 듣지 못하고, 양분과 기술을 지녔을 뿐이다. 그 패턴을 제외하고. 조종술을 제외하고.

조금 시간이 지나면 그들은 더 이상 기술이 아니고 그저 양분이 된다. 노래하는 우리는 그들의 맛이 그 특이한 패턴을 우리의 조화 속으로 밀어 넣을까 궁금하다. 그들의 맛이 그저 맛일 뿐이라는 것은 어리둥절한 일이다.

✧ ✧ ✧

아크넬 암바르트바트는 자기가 생각하는 것 이상으로 많은 시간을 혼자 보낸다. 어쨌든 유산협회 의원이니까. 그녀는 이마고 라인을 통해서 다른 유산협회 의원 여섯 명의 목소리를 말동무로 둔 데다가 그 기억의 사슬 외에도 르셀 스테이션 자체를 이루는 문화와 사회와 모든 것, 즉 유산이다. 그녀는 자신이 스테이션의 인트라넷으로 찾을 수 있는 모든 우스꽝스러운 현지 예술 행사에 가는 사람이었던 것을 기억한다. 형편없는 홀로필름 다큐멘터리와 새로운 종류의 음악, 바에서 시를 외치는 아이들과 노래와 춤의 앙상블, 무중력 댄스, 이마고 없는 레스토랑 주인에게 그녀가 집착했던 한 해. 그 남자는 버섯과 캡사이신과 알데하이드를 이용해 말도 안 되는 폭발적인 감각을 주는 식사를 창조했다. 의원이 되기 전에 암나르트바트는 스테이션을 자신의 몸처럼 잘 알았다.

지금은 더 어렵다. 그녀는 유산이다. 그녀가 행사에 도착하면 공식적 승인의 선언이거나 행사가 승인이 될 거라는 메시지를 전하기 위해서다. 언제부터 그렇게 되었는지 알지 못했다. 그녀가 신뢰하기를 그만두었을 때, 심지어는 테익스칼란 문화 침투의 전조조차 없는 어떤 것에 종사하던 때에. 그녀가 검열할 거라고는 생각조차 못 해 보았던 어떤 것……

그건 중요하지 않다. 그녀는 유산이고, 이제 혼자가 아니다. 그녀는 르셀 스테이션 전부를, 보살펴야 하는 모든 역사와 거기 사람들을 자신의 안에 갖고 있다. 사무실이 그녀와 집 사이에서 지나치게 유리 새장이 된 것처럼 느껴진다 싶을 때면 언제나 스테이션의 비밀스러운 심장, 이마고 머신 저장소로 온다. 여기, 지금 서 있는 곳에 안전하게 보관된 스테이션 이마고 라인의 모든 기억들로.

메아리 하나가, 이마고 기억이 타오르더니, 재빨리 감정이 억눌린다. 당신이 손상시킨 것만 빼면.

아크넬 암나르트바트는 실수를 별로 하지 않는다. 실수할 때면 스스로 인정하고 책임을 지려고 한다.

그녀가 마히트 디즈마르에게 한 일은 실수가 아니었다. 제국에 취한 대사들의 이마고 라인을 르셀의 심장부에서 잘라 내는 것은 옳은 일이었다. 아무도 이스칸드르 아가븐의 기억의 후계자가 되어서는 안 되는 거였다. 디즈마르는 어쩔 수 없는 부수적 피해다. 디즈마르는 적성검사에서 아가븐과 완벽하게 들어맞았다. 디즈마르는 아가븐의 살아 있는 기억에 감염되지 않고서도 딱 그와 같은 또 다른 인물이었다. 둘을 모두 스테이션에서 없애는 건 가능한 최고의 아이디어였다.

디즈마르가 뇌간에 넣고 가는 이마고 머신을 조정하는(약화시키는) 것도 거의 그만큼이나 좋았다. 아무도 도와주지 못할 어딘가에서 신임 대사가 정신을 잃게 하거나, 또는 그녀에게서 이스칸드르 아가븐을 완전히 없애고 거기서 자기 혼자 어떻게 하는지를 보려고 했다.

(사보타주야. 이마고 라인에 있는 목소리 하나가 중얼거렸으나 암나르트바트는 무시했다.)

하지만 디즈마르는 척 보기에 멀쩡한 이마고를 지닌 채 돌아왔다. 이제 테익스칼란은 예전 그 어느 때보다도 가까이에서 전쟁을 하러 가기 위해 바르츠라반드 섹터를 지나가며 르셀의 자원을 쪽쪽 빨아 전함의 뱃속에 넣는다.

아크넬 암나르트바트는 실수를 인정하는 걸 거부하는 사람이 아니다. 이것도 인정한다. 여기서 암나르트바트의 실수는 아가븐과 디즈마르가 이미 동료 스테이션인들과 굉장히 달라서 르셀을 귀환할 집으로 생각하지 않을 거라 판단한 것이다. 그녀가 틀렸다. 그들 둘은 스테이션을 떠나 멀리 살고 싶다고 생각할 정도로 심하게 마음이 떠나진 않았었다.

그 덕분에 디즈마르는 멀리서 대사 역할을 하고 있을 때보다 더욱 위험한 인물이 되었다. 돌아왔으므로 그녀의 온전한 이마고 라인이 제국에 감염되고 이미 식민화된 사상들을 다른 이마고 라인에 퍼뜨릴 수 있고, 그것이 살아 있는 스테이션인들에게 전파될 수 있다. 그 영향력은 다가오는 전함처럼 가시적이지는 않지만, 르셀에는 똑같이 진짜이고 유독하다. 자유롭게 있어야 하는 것은 사람들의 정신이다. 육체는 죽거나 고통받거나 갇힐 수 있다. 기억은 영원하다. 그리고 테익스칼란 문화의 유혹에 매료된 기억이 있으면 르셀 스테이션은 어떻게 될까? 그들은 이미 많은 라인을 잃었다. 최근에는 대부분 파게이트 근처에서 테익스칼란이 싸우고 있는 정체 모를 적에게 당해서 사라진 조종사 라인이었다.(아니면 위장한 테익스칼란일 수도 있다고 암나르트바트는 사납게, 예리하게 생각했다.) 더 많은 수를 오염에 잃을 수는 없었다.

만약 디즈마르가 이마고 머신 기술자와의 약속을 어기면, 체포할 수밖에 없었다. 다지 타라츠조차 의원의 직접적인 명령을 거역한 사람을 체포하는 적법성에 말꼬리를 잡지 못할 것이다. 법은 르셀의 모든 규정에 삽입되어 스테이션 문화의 골자에 엮여 있다. 의회는 꼭 따라야만 하는 긴급명령을 내릴 수도 있다.

그리고 디즈마르가 체포되고 나면, 암나르트바트는 다시 한번 그녀의 이마고 머신을 손에 넣게 될 것이다. 한때 르셀 의회가 함장과 사령관으로 구성되었고 그들의 말이 별들 사이의 어둠 속에서 삶과 죽음을 의미했던 것처럼.

다시 그렇게 되어야 할지도 모른다.

비하하여 '항상교'라고 불리는 종교는 넬톡 행성계라고 해서 인류 거주 행성 둘(넬톡과 포존), 그리고 인류 거주 위성 하나(세프리)로 구성된 단일 행성계에서 시작되었다. 넬톡은 그들의 유산과 같은 종교적 훈련법을 '항상성 명상'이나 혹은 구어로 '균형 찾기'라고 하고, 이를 문화적 재산(등록 및 보호 조치 있음, 정보부 승인 문화적 아티팩트 등록 명부의 32915-A의 내용을 볼 것)으로 여겼다. 하지만 넬톡 행성계는 8세대 동안 테익스칼란 땅이었고, 행성 출신으로 거기에 배치된 테익스칼란인들은 당연하게도 항상성 명상 훈련을 별로 지지하지 않았다. 적극적인 훈련가들은 자연의 패턴들에서 영감을 받은 프랙털 모양, 곰팡이가 자라나는 듯한 무늬, 번개가 치는 모습 등이 담긴 초록색 잉크의 문신으로 구분할 수 있다……

—『우리의 별빛에 뒤얽히다: 테익스칼란 내 혼합주의 종교 형태에 대한 안내서』에서 발췌, 역사학자 열여덟 개의 연기 씀

긴급 메시지: 모든 조종사에게. 테익스칼란의 군사 활동 기간 동안 파게이트 방향으로의 여행은 삼가기를 강력하게 권장하며 평소의 군사적 이동 금지 명령은 유예됩니다. 테익스칼란 선박과 접촉을 피하십시오.

르셀 함선의 숫자, 크기, 무장 여부가 육안으로 확인이 되지 않도록 유의하십시오. 이 명령은 '조종사협회 의원(데카켈 온추)'이 승인한 특정 선박, 여행, 통신에 관하여 조종사협회 의원이 분명하게 취소할 때까지 지속됩니다(신중함은 용기에서 큰 몫을 차지합니다)…… 메시지를 반복합니다……

— 르셀 스테이션 인근의 조종사 전용 주파수와 조종사 인트라넷을 통해 전달된 긴급 메시지, 54.1.1-19A(테익스칼란력)

아홉 송이 부용이 마지막으로 샤드를 타고 난 건 몇 세대 전 모델일 때였다. 클라우드후크는 샤드 조종사들이 공유하는 집단적 시야를 보여 줄 때까지 정말로 말도 안 되게 오랫동안 프로그램을 업데이트했고, 그녀는 그들을 하나의 커다란 유기체처럼 반응하게 해 주는 새로운 바이오피드백 시스템에 그야말로 깜깜했다. 그 기술은 약 10년쯤 전에 제국 경찰로부터 함대에, 즉 과학부를 통해 전쟁부로 넘어온 것이었다. 그 기술의 적극적인 지지자는 **아홉 번의 추진** 장관이었다. 아니, 전 장관이라고, **아홉 송이 부용**은 스스로에게 말했다. 전 장관은 '세계의 보석'에서 선리트에게 그 기술이 어떻게 도움이 되는지를 보았다. 즉각적으로 반응하는, 초스피드 통신이지. 전 장관은 어느 술 마시던 밤에 **아홉 송이 부용**과 다른 장교 몇 명에게 그렇게 말했었다. 그리고 이것을 샤드에 맞게 재작업을 했다. 과학부에 이 일을 맡겼고, '세상에 패턴을 쓰는 자'라는 별명을 지닌 알고리즘 마스터 **열 개의 진주** 장관이 **아홉 번의 추진**을 위해서 코드를 수정했다. 이제 새로운 시스템은 샤드 인터페이스와 조종사가 착용한 클라우드후크의 상호작용에 긴밀히 연결되었고, 진공복에 부

착된 외부 전극과 자기 센서들을 통해서 시각뿐만 아니라 인공적인 집단 고유감각을 제공했다. 고유감각, 시각, 그리고 (소문에 따르면) 고통의 공유와 위험에 대한 본능적 반사반응의 공유. 새로운 시스템이 실행된 이후로 사상자 비율은 9퍼센트나 떨어졌고, 이는 군비 및 조사부인 다섯 번째 손바닥을 굉장히 행복하게 했다. 하지만 진공복을 입고 샤드에 타고 있다 해도, 아홉 송이 부용은 새로운 고유감각 때문에 곤란하게도 토하는 것 말고는(훈련의 가장 흔한 부작용인 모양이었다.) 뭘 해야 할지 전혀 알 수 없을 것이다. 그러니까 샤드 없이도 클라우드후크가 혼자서 비춰 줄 수 있는 '샤드 시각'에만 몰두하는 게 제일 나을 것이다. 바퀴의 무게호 함교의 함장석에 앉아 90퍼센트 수평으로 의자를 기울이고 클라우드후크를 양쪽 눈 위로 옮겼다. 대단히 엄격한 관찰하에 두지 않고서는 절대로 열여섯 번의 월출이 펠로아2를 공격하게 놔둘 수 없었다.

부하들이 건드리면 아홉 송이 부용은 샤드 시각에서 빠져나와 다시 사령관으로 돌아갈 것이다. 하지만 지금은 아홉 송이 부용의 기함이 열여섯 번의 월출의 출격을 보는 것 외엔 아무런 할 일 없이 여기에 있기 때문에 그녀는 자신의 감각이 다른 데 있는 동안 스무마리 매미에게 공식적인 지휘를 맡겼다.

아홉 송이 부용은 보이지 않는 존재로서, 소형 전투기 지원함인 꿈꾸는 성채호의 뒤를 따라가는 샤드 조종사들과 함께 열여섯 번의 월출의 그을린 자기 조각호를 따라 펠로아2를 집어삼킨 침묵을 향해 가는 중이었다. 통신 두절이 샤드 시각에 영향을 미칠까 멍하니 생각하고 있자니, 그걸 알아내는 것도 유용하리란 기대감이 약간 들었다.

그을린 자기 조각호는 아름다운 우주선이었다. 계속해서 변하는 샤드의 시점을 통해서 보니 우주를 가르며 나아가는 모습이 짙게 반사되는 흑요석 칼 같았다. 이것은 스텔스 순양함으로 파이로클래스트급이었다. 웅당 열여섯 번의 월출의 제24군단의 자랑거리일 수밖에 없었다. 우주선이 펠로아 행성계의 왜태양 건너편(칼끝호가 세 개의 고리로 된 외계 우주선에 가로막혔을 때에 있던 자리)을 도는 동안 별의 평원에서 약간 더 짙은색 조각처럼 보였다. 거의 눈에 띄지 않았다. 꿈꾸는 성채호는 열여섯 번의 월출이 앞서는 것을 허용하고(당연히 그녀가 직접 지휘를 하겠지. 아홉 송이 부용이었어도 똑같이 했을 것이다.) 뒤에서 날았다. 아무도 통신 두절 이래로 펠로아2를 보지 못했었다. 아홉 송이 부용은 자신이 뭘 예상하고 있는지 스스로도 잘 몰랐다. 검고 시커멓게 그을린 셸shell일까, 일종의 봉쇄막을 주위에 설치한 밝고 건전한 콜로니일까……

둘 다 아니었다. 펠로아2는 홀로이미지상 펠로아2로서 보여야 하는 모습 그대로였다. 조그만 행성 하나, 세 개의 대륙, 가장 큰 대륙 가운데에 있는 커다란 규토 사막. 그 사막의 남쪽 가장자리에 있는 테익스칼란 콜로니, 정제 공장과 클라우드후크 유리 제조 시설의 윤곽이 풍경 속에 새긴 글자처럼 살짝 보였다. 콜로니를 둘러싸고 하얗게 반짝이는 그 모든 순수한 규사硅砂는 거친 산업용 보석의 배경 같다. 행성에서 정착지가 위치한 부분은 낮이라 콜로니에 전력이 있는지 없는지는 전혀 알 수 없었다. 보통의 위성 무리들은 여전히 궤도 중에 있었으나 절반의 위성은 어두웠고 행성 자체도 그랬다. 움직임이 전혀 없었다. 작은 우주선들의 상승과 하강이 전혀 없다. 눈에 띄는 외계 종족도 없다.

샤드의 대화 피드에서 열여섯 번의 월출이 매끄럽고 덤덤하게 말하는 것이 들렸다.

"궤도로 천천히 들어와. 여긴 묘지니까."

아홉 송이 부용은 몸을 떠는 바이오피드백을 받지 못했으나 그래도 어쨌든 그 집단적인 모습을 떠올리니 몸이 떨렸다. 여긴 묘지니까. 열여섯 번의 월출은 틀리지 않았다. 가까이 들어가면서 꿈꾸는 성채호는 어두운 위성들을 지나쳤다. 그것들은 너덜너덜하고 속이 다 드러난 쓰레기에 불과했다. 일부분은 아예 뜯겨 나갔다. 아홉 송이 부용은 그 집어삼킨 흔적에서 패턴을 보려고 노력했다. 외계 종족이 원하는 게 금속일 수도 있고, 리액터 코어나 산소, 어떤 물질일지 모르니까. 하지만 알 수 없었다. 위성들은 그저 찢어진 것 같았다. 속을 제거해 버린 모습이었다. 자기들에게 유용한 걸 갖고 싶어 했을 거야. 생기를 주는 힘. 그것들을 버려진 쓰레기가 아니라 목적을 가진 물체로 만드는 것. 그런 걸 가져간 거야.

그녀는 자신이 위협을 의인화하고 있다는 걸, 비합리적인 파괴일 가능성이 높은 것에 의미와 이성을 부여하려 한다는 걸 인식하고 있었다. 이 외계 종족은 인간이 아니었다. 심지어 야만인도 아니었다.

열여섯 번의 월출이 다시 통신으로 차분하게 명령을 내렸다.

"궤도를 유지하고 계속 교신하라. 지상 착륙팀을 보내겠다. 꿈꾸는 성채호에서 여섯 팀, 자기호에서 열 팀이다. 분리해."

위험 요소. 아홉 송이 부용라면 감수하지 않았을 짓이다. 위성들이 묘지라면(그리고 펠로아2 전체가 통신 두절이 된 것도 놀랄 일이 아닌 게, 그들에게는 통신을 할 만한 장치가 없었을 것이다.) 아래 있는 행성에서 어떤 대파괴가 일어났을까? 하지만 그녀는 열여섯 번의 월출에게 이 콜로니를 되찾으라는 명령을 내렸다. 해보라고 요구했다. 테익스칼란 함선으로 포위하는 걸로는 부족했다. 여기 아래에 테익스칼란 시민이 있다면 되찾아와야만 한다. 그들에게는 보호받을 자격이 있었다. 세계로 돌아올 자격이 있었다. **아홉 송이 부용**은 대기를 태우며 아래로 내려가는 샤드 조종사들의 착륙 과정에 열중하고, 나머지는 배경으로 사라져 클라우드후크의 주변 시야에서 어둠 속의 깜박임으로 녹아 들게 놔두었다.

조종사들은 오는 길에 콜로니의 우주공항에 연락을 보냈다. 일반적인 방식으로 진입 경로와 스카이넷 사이의 적절한 정차 위치를 요청했다. 중력의 힘을 이용해야 하는 1인용 소형선이나 화물선과는 다르게 샤드는 자체의 힘으로 착륙했다. 통상적인 일이었다.(이 행성의 어떤 것도 통상적이지 않았지만.)

펠로아2는 연락에 대답하지 않았다. 두 번째 연락에도 대답하지 않았고, 전쟁부에서 직권으로 모든 채널을 통해 공항을 비우라고 통신하는 데에도 반응하지 않았다. **아홉 송이 부용**이라면 그것은 생략했을 터였다. 광범위 통신은 너무 위험하게 느껴졌다. 묘지조차도 묘지를 만든 것들에게 시달리고 있을 수 있다. 샤드는 착륙할 수 있는 곳에 착륙하기로 하고, 오렌지빛과 보라색의 플라스마 불빛과 중력 감속에서 오는 압력과 떨림을 견디며 깔끔하게 멈췄다. 이 모든 조종사들은 무선이 두절되고 진입 경로도 없이 오로지 육안으로만 착륙할 안전한 장소를 찾는 것보다 훨씬 더 어려운 상황에서 훨씬 더 복잡한 착륙도 해 보았다.

우주공항 역시 어두웠다. 조용했다. 어떤 테익스칼란인이나 외계 종족도 배 열여섯 척을 맞으러 오지 않았다. 환한 낮에(샤드의 주요 패널 중 한 곳에 송신된 정보는 조종사에게 펠로아2의 여름으로 바깥이 인간의 인내의 위쪽 한계에 딱 도달한 약 50도쯤이라고 알려 주었다.) 아주 한참 떨어진 자신의 함교에 있는 아홉 송이 부용은 그래도 이 모든 침묵과 정적을 보면서 몸이 싸늘해지는 것을 느꼈다. 바람이 불면 위로 올라가는 규사 기둥은 소용돌이치는 눈보라처럼 하얗게 파문을 만들었다.

열여섯 번의 월출의 목소리가 귀에 들렸다.

"상황이 얼마나 나쁜지 알아봐. 가능하다면 생존자도 찾아보고."

아홉 송이 부용이라도 내릴 만한 명령이었다. 아무리 서로 의견이 맞지 않아도 둘 다 제국의 백성과 그들이 겪은 일을 염려하고 있다는 걸 알게 되어 다행이었다. 이 전쟁 기간 동안 함께 일할 수 있도록 유사한 부분을 찾는 건 좋은 시작점이 될 것이다.

샤드 시각이 기체 바깥으로 나갔다. 그녀는 조종사들에게 진공 우주복과 온도가 유지되는 조절장치가 있다는 데에 안도했다. 또 그것들에 탑재된 최신 인터페이스 덕에 전투기의 AI가 접속을 이어 주지 않는 지상에서도 여전히 집단적 시각을 유지할 수 있다는 사실에도 기뻤다. 그 기쁨이 이어진 건, 공항 건물 안으로 들어가 첫 번째 시신을 발견할 때까지만이었다.

아홉 송이 부용은 군인이었다. 엄밀하게 자신이 셀 수 있는 이상의 사람들을 죽였고(우주 전투 상황에서는 진짜로 세는 게 어렵다.), 그중 일부와는 대면전을 펼쳐 피와 배설물과 내장의 악취를 쏟아 내고 허비하며 누구를 위해서도 아니면서 동시에 모두를 위해서 희생했다. 그녀는 지상에서의 첫 번째 살해 대상의 피를 이마에 묻히고 말라서 떨어질 때까지 놔두었다. 오래된 그 의식을 치르는 순간에는 평생 어느 때보다도 더욱 테익스칼란인이 된 것 같았다. 스무 살에 붉은 칠을 하고 한창 반란이 일어나고 있는 어느 미행성에서 무릎까지 진창에 잠긴 채로……

……그럼에도 이 시체들을 보니, 여전히 안 볼 수 있었다면 좋았으리란 생각이 들었다. 너무나 많은 사람들. 대부분은 배가 갈렸다. 에너지 무기를 사용한 깨끗한 죽음이 아니었다. 깨끗하게 죽은 흔적도 조금 있긴 해서, 일부가 검게 변하고 일부는 녹아 시체 장식이 되었다. 하지만 대부분은 배를 갈라 놓았다. 위성처럼 속이 텅 비었다. 어쩌면 놈들은 큰 포유류를 먹는지도 몰라. 그 생각에 새삼 마음이 놓인다는 사실을 깨달았다. 인간을 먹이로 여기는 종족은 문젯거리이지만, 에브레크트도 큰 포유류를 먹었고 그들은 어떻게든 처리 가능한 상대였다. 하지만 쏟아진 내장에는 전혀 씹은 흔적이 없었다. 전부 다 잡아당긴 것이다. 그러니까, 음식 취급을 받은 게 아니라 '제거'되었다.

이 적들처럼 생각하기 시작하는 게 얼마나 쉬운지. 그리고 적들처럼 생각하면서 그들을 상당히 개인적으로 증오하기 시작하는 것도.

꿈꾸는 성채호에서 출격한 샤드 전체 지휘관이 동료들에게 수신호를 하고 자기호의 샤드 팀에도 수신호를 보냈다. 우린 이쪽으로 갈 테니 너흰 저쪽으로 가. 맞은편 병사들이 고개를 끄덕였다. 그들은 안전을 위해서 소리 없이 달려갔다. 만약 외계 종족이 아직도 여기 있다면, 손님이 있음을 알리는 건 빨리 죽기에 아주 좋은 방법이니까. 그들은 공유하는 시각에만 의지해서 소통을 했다. 아홉 송이 부용은 자신의 부하들로 이루어진 집단 쪽을 따라갔다. 그들은 그녀가 함께 있으면서 지켜보고 있다는 걸 알았다. 그녀는 부하들이 범인을 찾아 펠로아2의 파괴 현장을 돌아다니는 동안에 자신이 함께 있는 걸 위안으로 여기길 바랐다. 작전 중 함대 사령관이 그들의 활동을 보고 있다는 것을.

몇 시간이 지나고 나서야 아홉 송이 부용은 외계 종족이 파괴를 위한 파괴 말고 여기서 뭘 원했는지 이해할 수 있었다. 죽은 테익스칼란인 집단을 몇 시간 동안 찾고 또 찾았다. 죽은 지 며칠 되었고, 건물마다 시체가 가득했다. 침략군은 학살하는 데 상당히 유능했다. 명단을 확인해 봐야 할 것 같다. 스무 마리 매미에게 물어보자. 그는 알 것이다. 하지만 그녀가 생각하기에 펠로아2에는 1500명가량, 어쩌면 2000명에 가까운 주민이 있었을 것이다. 여기는 작은 콜로니였다. 여기는 예쁘게 포장된 공장으로 드문 크리스털 첨가물이 든 고운 모래를 유연하고 거의 부서지지 않는 클라우드후크용 유리로 바꾸기 위한 곳이었다. 펠로아2는 테익스칼란 영토 제일 가장자리의 바깥에 있었고, 너무 더워서 대부분의 사람이 잠깐 엔지니어링 작업을 하고 전쟁부와 계약한 보통의 금액에 위험수당을 얹어서 버는 정도밖에는 하지 않았다. 이 모든 사람들이 죽은 유일한 이유는 그 외계 종족이 공급선을 이해하고 있고, 단일 자원 콜로니를 어떻게 할지 알기 때문이라는 걸 깨달았다.

차단한다. 그리고 이미 생산된 것들은 모조리 챙긴다.

클라우드후크용 유리가 높게 무더기로 쌓여 점프게이트를 통해 우주의 제대로 문명화된 지역으로 돌아가는 여행을 기다리고 있는 중앙 공장 바닥은 새것 같았다. 그리고 텅 비었다. 여기에서 더 많은 유리판을 생산하는 기계류만 빼고 다른 것은 전혀 부서지지 않았다. 유리 자체는 규사로 변해서 날아가 버린 것처럼 사라졌지만.

그렇다는 건 놈들이, 이 테익스칼란의 적이 굶주렸다는 거다. 놈들은 최소한 하나를 원했다. 제국이 필요로 하는 자원을 빼앗기를 원했고, 더 이상 만들 수 없도록 망쳐 놓았다. 클라우드후크용 유리를 만드는 다른 행성이, 적합한 광물 혼합체가 있는 다른 사막이 있다는 걸 놈들이 알 리 없었다. 놈들이 상당히 옳긴 했다. 제국이 처음 펠로아2를 발견했을 때 콜로니를 만들 가치가 있었던 건 바로 그 자원, 그 특정한 광물 첨가물 때문이었으니까. 그리고 제국과 전쟁을 할 때 만약 그 적이 테익스칼란이라면 그 자원을, 아니 통제 가능한 모든 자원을 손에 넣지 못하게 해야 할 것이다. 빼앗아야 할 것이다. 그 계산에서 여기 있는 사람들은 중요하지 않았다.

설령 정보부 스파이가 같이 있다 해도 도대체 어떻게 이런 놈들과 말을 하겠어? 아홉 송이 부용은 눈을 깜박여 샤드 시각에서 빠져나와 바퀴의 무게호의 편안한 평시 상태로 돌아왔다. 지금 여기선 아무도 반쯤 빈 시체가 아니었다.

"작전 중지." 그녀는 밴드형 통신기로 열여섯 번의 월출에게 말했다. "우리 쪽 사람들을 퇴각시키고, 펠로아 주위 궤도에 배치해. 그리고 자네 군단에 빌어먹을 행성 전체를 위한 장례 의식을 준비하라고 해."

✧ ✧ ✧

르셀 스테이션은 작았다. 작고 아주 예쁘고 풍부한 별들의 평원을 배경으로 놓인 빙빙 도는 다이아몬드 모양 보석이었다. 두 개의 살과 두껍게 융기된 갑판이 가운데 위치했다. 세 가닥 해초는 여기에서 사는 걸 상상할 수가 없었다. 전함에서 계속 사는 거나 마찬가지일 것이다. 사람들이 만든 중에 가장 큰 전함이겠지만. 그래도 즉각 여기가 마음에 들었다.

마음에 들었다는 건, 최소한 열한 시간이 걸리는 불편하고 싸늘한 여행을 위해 터무니없는 값을 지불한 화물선이 그 살 한쪽의 바닥 지점에 정박해서 짐을 내리기 시작할 때까지였다. 안에 뭐가 있는지 몰라도 짐 상자에는 '버라쉬크-탈레이'라는 표시가 붙어 있었다. **세 가닥 해초**는 자신이 '생선'이라는 글자를 맞게 기억하고 있는지 알 수가 없었다. 냉동 건조한 생선? 생선 파우더? 금속으로 만들어진 이 행성 없는 행성에서라 해도 누가 이렇게 많은 생선 파우더 상자를 원한다는 거지? 그녀는 여전히 에스커1 점프슈트 차림으로 상자와 함께 내렸고, 이마가 넓은 키 큰 야만인이 즉시 그녀를 잡아 벽으로 밀어붙이고 마히트의 굉장히 음절이 많고 발음하기 어려운 언어로 정보를 요구했다. **세 가닥 해초**는 무슨 정보인지 몰랐고, 또한 금속 벽에 밀리니 아팠다. 화물선 엔지니어는 책임을 그녀에게 돌리며 도움 안 되게 서서는 온갖 몸동작으로 내가 뭐랬어라고 말할 뿐이었다.

차라리 특무대사의 의상을 입었어야 했는지도 모르겠다.

"난 테익스칼란 정보부 특사 **세 가닥 해초**예요. 그리고 당신은 외교적으로 공격을 가하고 있어요. 날 놔요."

그녀가 자국어로 커다랗게 말했다.

남자는 확실히 테익스칼란어를 아는 모양인지 그녀를 놓았다. 그러고는 클라우드후크 대신 들고 다니는 평평한 화면에서 어느 버튼을 눌렀다. 꽤 요란한 알람이 울리기 시작했다. 높은 소음으로 노래의 도입부처럼 세 개의 음조가 반복되었다. 그 노래가 벨타운 6지구의 시끄러운 지역에서 나온다면 말이지만.

"댁이 누구라고?"

화물선 엔지니어가 물었다.

세 가닥 해초는 자신의 귀 쪽으로 한 손을 흔들었다. 안 들려요, 누군가가 알람을 울리기로 했고, 또 그건 모든 면에서 끔찍한 질문이군요.

"내가 대체 여기에 뭘 가져온 거지?"

화물선 선장의 말은 모욕적이었다. **세 가닥 해초**는 물건이 아니라 사람이었다. 그녀는 어깨를 으쓱이고 테익스칼란식으로 눈을 크게 뜨는 미소를 지었다. 그녀를 잡았던 야만인이 간신히 알아들을 만한 테익스칼란어로 "움직이지 마."라고 말하는 동안 그녀는 자기 짐을 확실하게 챙겼다. 그리고 움직이지 않았다.

(심장이 목까지 솟아올랐다. 알람이 좀 더 오래 울리면 실제로 겁을 먹을지도 모르겠다. 르셀 스테이션에서 투옥되었다간 특사로서 임무를 잃게 된다. 그뿐만 아니라 반란 사태 때 정보부에 갇혀 있던 그 끔찍한 몇 시간을 제외하면 감옥에는 가 본 적이 없었다. 여기에 오려고 하지 말았어야 했다.)

격납고 맞은편에서 약간 소동이 일었다. 알람을 울린 야만인이 야만인을 몇 명 더 불러왔다. 이 화물선과 다른 새로 도착한 선박에서 짐을 내리던 다른 모든 스테이션인의 주의가 그쪽으로 돌아가는 것을 보건대 중요한 사람들인 것 같았다. **세 가닥 해초**는 겁에 질려 있어도, 이렇게 시끄러워도 이 공간의 분위기를 읽을 수 있었다. 훈련을 받아 몸에 익은 그 작은 능력이 제국 밖으로 나와 낯선 사람들 속에 있는 지금도 그녀를 저버리지 않았다. 새로 온 사람 한 명이 팔을 흔들자 알람이 저절로 멈췄다.

세 가닥 해초는 고요 속으로 숨을 길게 내쉬었다. 0.1초쯤 눈을 감고 섬광이 보일 때까지 눈꺼풀을 꾹 누른 채 어깨를 뒤로 돌렸다. 그리고 생각했다. 자, 시작이야, 마히트 디즈마르에게 가기 위해 설득할 시간이야, 이 스테이션인들을 뚫고 가기 위해서 내 혀를 소용돌이 모양으로 꼬아야 한다고 해도 해낼 거야. 다시 눈을 떴다.

그리고 나이 든 남자와 매처럼 생긴 중년 여자를 양옆에 두고 앞에 서 있는 마히트 본인을 발견했다.

마히트는 끔찍해 보이는 한편으로 잘 쉰 것 같았다. 여전히 키가 크고, 뼈가 나오고 창백한 올리브색 피부에 똑같은 곱슬머리다. 지금은 더 길어서 곱슬 부분이 목 뒤쪽까지 닿을 뿐 아니라 얼굴을 감싸 광대뼈를 코만큼이나 날카로워 보이게 했다. 더 이상 강한 바람에 이리저리 뒤흔들린 데다 잠도 못 자고 충격 받은 것처럼 보이지 않았다. 대신에 놀라고, 화나고, 약간 속이 안 좋아 보였다. 나의 야만인, 세 가닥 해초가 생각했다. 그…… 애정을 표현하기에는 타이밍이 좋지 않았다.

"안녕하세요."

그녀가 마히트에게 말하고서 다시 스테이션인처럼 웃으려 해 보았다.

"여기서 뭘 하는 거예요?" 마히트가 물었다. 그녀의 모국어를 이렇게 우아하게 하는 사람과 말하는 건 참으로 좋았다. "세 가닥 해초, 이제는 차관이 되었다고 기억하는데요. 화물을 밀수하는 게 아니라……."

"아는 사람인가 보군요."

매 같은 얼굴의 여자가 말했다. 굉장히 비난 같았다. 물론 마히트는 어떤 정치적 문제에 붙잡혀 있겠지. 그런 걸 끌어당기니까. 세 가닥 해초는 직접적인 경험을 통해서 그걸 아주 잘 알았다.

"이쪽은 아세크레타 세 가닥 해초입니다." 마히트의 말에 세 가닥 해초는 자신이 소개된다는 사실이 기묘하게도 굉장히 기뻤다. 담당자와 야만인이라는 역할이 뒤바뀐 것 같았다. 거기다가 지금 그녀가 마히트의 행성인 스테이션에 와 있지 않은가. "1급 귀족, 테익스칼란 정보부 3급 차관이죠. 제 예전 문화 담당자였고요."

"당신의 문화 담당자가 되는 건 내가 거친 직업 중 가장 재미있었어요." 세 가닥 해초가 덧붙여 생각했다. 지금 하고 있는 일을 제외하면 말이죠. 그녀는 낯선 야만인들에게 손끝 위쪽으로 인사를 했다. "실례지만 내가 모르는 분들이군요. 마히트, 부디 친절을 발휘해서 당신의 동반자들을 소개해 주겠어요?"

외교란 근사한 도피처다. 여기에는 의식儀式이 있고, 그 어떤 것도 체포와는 관계가 없다. 보통은.

마히트의 표정이 약간 괴로운 것에서 유감과 즐거움이 뒤섞인 것으로 바뀌었다. 그녀는 정말 감정을 잘 보여 주었다. 모든 스테이션인이 그런 것 같았다. 마히트와 함께 온 다른 두 사람은 분명히 계략을 꾸미고, 관찰하고, 주의를 기울이고, 불쾌하다기보다는…… 기대하는 듯한 표정이었다.

"운이 좋네요, 세 가닥 해초. 이분들은 우리 통치 위원회에 계신 의원님들이에요. 광부협회 의원님인 다지 타라츠." 마히트가 오른쪽에 있는 나이 많고 마른 남자를 가리켰다. "그리고 조종사협회 의원님인 데카켈 온추입니다. 당신은 온추 의원님의 격납고에 불법적으로 있으니까, 이분의 문제겠군요."

세 가닥 해초는 짜낼 수 있는 모든 미안함을 담아 말했다.

"의원님들. 테익스칼란어는 하실 수 있나요?"

(정말로 스테이션어를 지금처럼 아마추어 수준의 단어로 구사하는 게 아니라 제대로 배울 필요가 있었다. 마히트의 모국어가 문명인의 입으로는 불쾌한 소음으로 되어 있다 해도.)

매 같은 여자, 온추가 고개를 끄덕였다. 딱 한 번. 온추는 아직까지 한 마디도 하지 않았다. 그럴 필요도 없었다. 온추의 모든 것이 **세 가닥 해초**로 하여금 가능한 한 빨리 변명을 하거나 제일 가까운 에어록으로 튀어 나가고 싶게 했기 때문이다. 마침 바로 눈앞에 에어록도 두 개나 있었다.

"이런 비정상적인 방법으로 도착한 걸 진심으로 사과드립니다. 하지만 르셀 스테이션에 최고 속도로 와야만 했고, 보통의 게이트 대신에 안하메마트 게이트를 통과하는 방법 말고는 아광속 여행 시간을 줄일 방법이 없었어요. 의도를 밝히지 않아서 우리 두 국민 사이의 조약을 무심코 침해했을지도 모른다는 건 알지만, 제가 여기 있는 것은 비밀도 아니고 우리 관계에 이 이상 해를 끼치려는 목적인 것도 아니라는 걸 믿어 주십시오."

온추 의원의 눈썹이 그녀의 나머지 부분처럼 온갖 감정을 드러냈다. 머리를 완전히 밀지 않았더라면 헤어라인이 있었을 자리까지 눈썹이 올라갔다.

"그렇다면 여기에 왜 온 거죠?" 온추의 테익스칼란어는 그냥 좀 한다는 수준 이상이었다. "무엇 때문에 최고 속도로 와야 했나요? 그리고 이런 방법으로 우리 영토에 들어와야 했던 원인인 상황에 대해 왜 우리는 못 들었죠, 차관?"

세 가닥 해초가 그저 아세크레타였을 때에는 일들이 더 쉬웠었다. 사람들은 어떤 분야의 차관에게 부하 직원이 있고, 뉴스피드에 언론 발표를 하고, 미리 그들의 행성계 간 여행 계획을 제출하기를 기대하는 것 같다.

세 가닥 해초는 명료함이 용기의 가장 간단한 부분임을 떠올리고서 말했다.

"대사를 좀 빌려야겠어요." 그녀가 테익스칼란식으로 눈이 커진 마히트를 가리켰다. "아직 대사일 거예요, 그렇죠?"

✧ ✧ ✧

침실 문을 등 뒤로 닫고 잠그면 **여덟 가지 해독제**는 자신에게 사생활이 있는 척할 수 있었다. 물론 사실은 아니라는 걸 잘 알았다. 여기에는 그가 존재를 인식하고 있는 카메라-눈이 두 개 있고, 욕실에, 샤워실이나 변기 대신 신중하게 창문 쪽을 향한 카메라가 또 하나 있었다.(그것은 제위 계승자가 몸을 씻는 걸 보는 게 아니라 침입자나 제위 계승자를 납치하려는 사람들을 찾기 위해 있는 것이었다. 그러길 바랐다. 그렇다 해도 그는 항상 창문에 등을 돌리고 성기가 샤워실 구석을 향하도록 샤워했다.) 하지만 문을 닫는 건 기분상 혼자가 되게 해 주었다.

여덟 가지 해독제는 자신의 홀로프로젝터에 「구름이 다가오는 새벽」의 에피소드를 띄우라고 지시했다. 이 연속 드라마는 어마어마한 의상비에 더해, 400년 전이란 시대 배경을 살리기 위해 박물관에 있던 진짜 과거 전함을 일부 이용한 세트를 사용하고 있었다. 드라마를 찍으며 이것을 이용하려고 전쟁부에 특별 허가를 받았을 것이다. 그가 보고 있는 현재 에피소드는 5시즌 6화였다. 5시즌은 '햇살이 실안개 가닥을 흩어 놓다'라는 제목이었고, 두 개의 흑점 황제가 에브레크트와 처음 접촉해서 협상을 성공시키고 자신이 도망쳐 왔던 점프게이트로 돌아가 그 반대편에서 자신의 전 에주아주아카트이자 황위 찬탈을 시도한 열한 개의 구름을 다시 만나, 찬탈자의 전설적인 함선들을 상대로 1년에 걸친 소모전을 벌이는 내용이었다. 여덟 가지 해독제가 좋아하는 부분, 아니 최소한 작년의 그 모든 반란과 황위 찬탈 사건들 이전까지 좋아했던 부분이었다. 지금은 보는 게 좀 힘들어졌고, 그래서 긴장하고 흥분되고 흥미로우면서도 약간 끔찍했다.

카우란의 아홉 송이 부용, 그리고 새로운 전쟁에 대해서 황제와 이야기한 후에 느낀 기분도 그랬기 때문에 잘 어울렸다.

열한 개의 구름 또는 그 인물을 연기한 배우는 함대 사령관들로부터 충성한다는 서약과 황제로 인정한다는 사실을 재확인받는 중이었다. 그것은 당연히 그녀가 두 개의 흑점에게 항복할 생각이 없다는 뜻이었다. 그들이 함께 자랐고 서로를 사랑했어도 말이다. 이 화는 둘 사이의 모든 것이 잘못되기 전에 열한 개의 구름과 두 개의 흑점이 지상궁의 침대에 함께 있는 플래시백 장면이 나오는 극적인 에피소드였다. 섹스는 굉장히 상세했다. 여덟 가지 해독제는 자기 또래 아이들이 「구름이 다가오는 새벽」을 보면 아마 안 된다는 건 알았다. 두 개의 흑점과 열한 개의 구름에 관해서, 섹스가 없고 피가 덜 튀는 버전의 이야기인 「유리열쇠」가 있기 때문이었다. 이것은 공동보육원-학교 사용에 적합하다고 되어 있지만, 그 내용은 끔찍했다.

더구나 여덟 가지 해독제는 미디어 접촉에 관해 어떠한 제한도 받아 본 적이 없었다. 그는 홀로프로젝터에서 많은 사람이 섹스하는 것을 보았다. 그것은 지저분하고 그 후에 사람들이 멍청한 짓을 하도록 하는 행위 같았다.

하지만 야오틀렉 **아홉 송이 부용**이 아마도 섹스 때문에 이길 수 없는 전쟁을 지휘할 수밖에 없었던 건 아닐 것이다. **여덟 가지 해독제**가 보기에는 정치 때문일 가능성이 더 높았고, 모든 사람이 정치에 관련되어 있었다. 그중 일부는 섹스도 하지만 말이다. 그는 계속해서 황제가 했던 말을 생각했다. 황제는 **아홉 송이 부용**이 살아서 버틸 만큼 훌륭하다고 했었다. **열한 그루 월계수**가 심어 주려던 생각과는 굉장히 달랐다. **열한 그루 월계수**는 **아홉 송이 부용**을 향한 아랫사람들의 충성심에 굉장히 위험한 구석이 있어서 그녀가 고결하게 죽는 편이 더 낫다는 식으로 암시했더랬다.

음, **아홉 송이 부용**이 고결하게 죽는다면, **열한 개의 구름**에게 일어났던 것 같은 일이 그녀에게, 그리고 그녀를 통해서 테익스칼란에 일어나지 않을 것이다. 충성스러운 군단들은 **아홉 송이 부용**더러 황제가 되라고 설득할 수도 없을 것이다. 설득해야 할 그녀가 없으니.

그러나 굉장한 낭비로 느껴졌다. 카우란에서 승리하는 법을 고안한 사람을 그냥 죽게 하다니. 더구나 일어날지도 모르는 일 때문에. 모든 것이 400년 전의 상황 같지는 않았다. **열아홉 개의 자귀**는 **아홉 송이 부용**을 실제로는 알지도 못했고, **여덟 가지 해독제**는 두 사람의 직접적인 만남은 한 번밖에 없었을 거라고 생각했다.

물론 모든 것이 다 홀로드라마 같은 것은 아니다. 그 홀로드라마가 황궁의 콘서트에서 여전히 불리는 서사시의 소설 버전을 영상화한 것이라 해도 말이다. 어떤 것들은 새롭고, 또한 최근에 일어난 것이다. 전 야오틀렉 **하나의 번개**와 그 충성파로 이루어진 군단, 그리고 **여덟 가지 해독제**의 선대-황제가 어떻게 죽었는지처럼. 그게 답의 일부일지도 몰랐다. **하나의 번개**와 비슷하게라도 될 가능성이 있는 사람을 알거나, 좋아하거나, 심지어는 오래 곁에 있지 못하게 하려는 걸지도. 자기들이 **열아홉 개의 자귀** 대신 황제가 되겠다고 생각할 수도 있으니까.

여덟 가지 해독제를 대신해서. 거기에 대해서는 생각하고 싶지 않았다.

(가끔, 정말로 끔찍해하면서도 동시에 흥미를 느낄 때, 이미 욕지기가 나며 불행할 때면 폭동이 일어난 날의 뉴스피드에서 **여섯 방향**이 죽어 가는 모습을 보았다. 자신이 나이 들었을 때, 죽어 갈 때면 저렇게 보일까? 항상 궁금했다. 저것과 똑같은 표정일지. 아마도 그렇겠지. 그것은 미래를 보는 것 같았다.)

그는 결심했다. 다음번에 **열한 그루 월계수**를 만나러 갔을 때, 전쟁이 실제로 어떻게 되어 가고 있는지를 알아내겠다고.

✧ ✧ ✧

그곳은 **세 가닥 해초**와 마히트가 함께 앉아 있었던 곳 중에서 최악의 장소는 아니었다. 아마 최악의 장소는 황궁 아래 있는 벙커일 것이다. 거기서 그들은 실시간 뉴스피드로 **여섯 방향**이 죽는 것을 보았다.(아닐 수도 있었다. 그때는 그들이 결국에 입맞춘 때이기도 했다. 설령 **세 가닥 해초**가 그 일이 일어나는 동안 내내 울기 직전이었고 그로 인해 그 경험 전체를 거의 확실히 망쳐 버렸다 해도. 그때 딱 한 번뿐이었다. 마히트가 그렇게 키스했었다는 사실을 언급하려 하지 않는다면 그녀도 절대 그러지 않을 것이다.)

마히트는 아직까지 별다른 언급이 없었다. 그저 르셀 스테이션 세관의 철저한 재앙이라는 입장과 한 명도 아니고 두 명이나 되는 정보 관료들의 손아귀에서 **세 가닥 해초**를 빼내 주었을 뿐이었다. 그녀는 마히트에게 자신과 함께 가자고 말했지만, 지금까지는 그녀가 마히트를 따라왔다. 그들은 격납고를 가로질러 갑판으로 나왔다.(정말 많은 스테이션인이 있어서 눈길을 사로잡았고, 그 대부분이 그녀를 아주 명확하게 무시했다.) 마히트는 그녀를 데리고 한 번도 틀리지 않고 통로의 미로를 따라가다가 작은 방에 도착했다. 2인용 씨앗처럼 줄줄이 매달린 포드는 이 스테이션 같은 금속 세계에서 자라날 수 있는 유일한 것이었다. 안에는 곡선형 벽과 거기에 어울리는 곡선형 소파가 있었다. 마히트가 인포패드로 잠금을 해제하자 그것은 똑같이 생긴 다른 포드 열에서 아래로 내려와 그들 앞에 열렸다. **세 가닥 해초**는 마히트가 방을 호출하는 동안 마히트의 어깨 너머로 보고서(그들은 서로에게 굉장히 가까이 서 있었다. **세 가닥 해초**는 시티에 있을 때 거기에 익숙해졌다. 아니, 최소한 그때는 그랬었고, 마히트의 왼쪽 어깨 옆이 자기 자리인 듯이 서는 습관으로 돌아가는 것은 간단했다.) 경제적인 거래가 이루어지고 있음을 알아챘다.

"스테이션에서 단기 대여를 하는 거예요?"

안으로 들어간 다음에 그녀가 밝게 물었다. 소파는 옅은 청회색으로 각 벽마다 하나씩 있었다. 그 사이에는 테이블이 있었다. 차가운 금속 테이블에 팔꿈치를 올린 **세 가닥 해초**는 여전히 안전하게 짐가방에 들어 있는 정보부 재킷이 있었더라면 좋았을 텐데 하고 생각했다.

"그게 효율적이에요. 쓰고 대체할 수 있고요. 게다가 이 갑판 밖으로는 당신을 데려갈 수가 없어요. 공식적으로 당신은 여기 있는 게 아니니까."

"하지만 난 정말로 당신을 데리러 왔는걸요. 그 이유만으로 충분히 여기 있을 만하죠."

마히트는 잠깐 동안 그녀를 응시했으나 **세 가닥 해초**에게는 몸을 돌리고 싶을 정도로 긴 시간이었다. 대신 그녀는 눈을 크게 뜨고 손으로 턱을 받치고 기다렸다.

마침내 마히트가 말했다.

"자발적으로 온 거예요? 아니면 **열아홉 개의 자귀**님이 보냈나요?"

그녀의 야만인은 언제나 영리한 질문을 했다.

"내가 자진해서 왔어요. 사실 여기 있을 예정은 아니에요. 하지만 여긴 내 목적지로 가는 길목에 있고, 진짜 당신을 데리러 여기에 들른 거 맞아요. 폐하께서는…… 음, 폐하께선 내가 어디 있는지 정확히 아시겠지만, 그래도 이건 내 아이디어예요."

"그분은 대부분의 사람들이 결국 어디로 가는지를 알죠."

마히트가 말했다. **세 가닥 해초**도 동의했다.

"황제이시니까요. 그리고 또 그분이 그분이시니까, 네, 그래요. 이건 말해야겠네요. 그분은 내가 떠나기 전에 나랑 얘기를 하라고 우주공항에 있는 바에 **다섯 개의 마노**를 보내셨어요. 내가 시티에 여행 계획을 하나도 제출하지 않았는데도 말이죠. 어쨌든 그녀는 나를 찾아냈어요."

"다섯 개의 마노라, 정말로요? 그 사람이 우주공항 바에 있는 게 상상이 잘 안 되는데요."

"나에게 한 전쟁부 차관에게 매수되지 않았다고 피의 맹세를 하라더라고요. 정말 안 어울리는 일이었는데, 그 사람은 좀…… 어떤 상황에든 잘 어울릴 수 있으니까……."

마히트가 탁자 건너편으로 손을 뻗었고, 이제 그 손끝이 세 가닥 해초의 오른쪽 팔꿈치 바로 위의 피부에 닿았다. 따뜻한 손끝이었다.

"리드." 마히트가 그렇게 부른 순간, 세 가닥 해초는 송곳이 목을 뚫고 지나간 것 같은 느낌을 받았다. 이제 아무도 그녀를 그렇게 부르지 않았다. 마히트도 전에는 그런 적이 없었는데, 오, 오……. "리드, 도망쳐야 할 만한 문제에 부딪힌 거예요?"

차라리 그랬으면 좋았을 텐데. 만약 그러면 이 이야기의 다음 부분은 제국 요원과 야만인이 작은 전투기를 훔쳐서 제일 가까운 점프게이트를 통해 어둠 속으로 함께 사라지는 것이리라. 그녀는 늘 그런 시를 좋아했다. 설령 그런 시들이 언제나 비극으로 끝나더라도.

그녀는 마히트의 손을 자신의 손으로 덮었다.

"아뇨. 난 괜찮아요. 난 열한 그루 월계수 차관을 알지도 못해요. 난 전쟁터에 가기로 되어 있을 뿐이에요. 그리고 외계인과 이야기를 해야 해요. 나랑 같이 가요. 당신은 내가 아는 사람 중에서 외계인과 가장 이야기를 잘하는 사람이에요."

"그건 당신들 테익스칼란인이 날 외계인이라고 계속해서 생각하기 때문이잖아요."

그러나 마히트의 말투는 아주 상냥했다. 세 가닥 해초는 그녀가 상냥하게 대해 줘야 할 것처럼 행동했다고 생각하지 않았다. 그것도 마히트 디즈마르에게는. 하지만 솔직히 그녀 자신도 확신할 수는 없었다. 마히트는 항상 그녀를 놀라게 했고, 그래서 전선으로 데려가고 싶은 것이기도 했다.

"당신은 거의 외계인일 뿐이죠." 그녀는 단호하게 말하고서 계속했다. "진짜 외계인을 만나 보고 싶지 않아요? 그리고 전쟁부가 총살하는 것보다 더 빨리, 그들을 이해해 보고 싶지 않은가요?"

마히트는 질문에 대답하지도, 좋다고 말하지도 않았다. 심지어 싫다고 하지도 않았다. 그녀는 이렇게 말했다.

"우선 왜 전쟁터로 가는 게 당신인지 설명해 줘요. 그리고 왜 그걸 입고 있는지도."

최소한 마히트는 세 가닥 해초의 손 아래서 자기 손을 빼내진 않았다.

"……이거 아주 비싼 옷인데."

"당신, 변장하고 있는 거예요?"

"지금은 아니에요!"

마히트는 소리 내어 웃음을 터뜨렸다. 세 가닥 해초는 자신도 낄낄 웃고 있음을 깨달았다. 이것. 이것이 그녀가 그리워하던 거였다. 머리가 어지러울 정도의 속도로 일어나는 사건들, 어쨌든 간에 물어봐야만 하는 우스꽝스럽고 말도 안 되는 질문들. 정보부 사무실에서는 절대로 이런 걸 누릴 수 없을 것이다.

"난 여기에 빨리 와야만 했어요. 그뿐이에요. 그래서 잘못된 게이트로 온 거예요. 그리고 중간에 거친 정거장 몇 곳은, 내가 내 모습이 아닌 쪽이 더 쉬웠거든요. 잠깐 동안. 하지만 당신도 내 특무대사 제복을 봐야 해요. 당신이 그렇게 크지만 않았어도 하나 맞춰 줬을 텐데." 그녀는 말을 멈추고 마히트의 손을 꽉 쥐었다. 그녀는 자신이 이 대화를 조직화하고 있음을, 제안하고 유혹하고 자신이 믿고 싶고 믿어 주길 바라는 사람에게 해서는 안 되는 일종의 수작을 부리고 있음을 잘 알았다. 하지만 마히트가 좋다고 말해 주기를 바랐다. 이제 그녀가 이 먼 길을 왔으니 마히트가 동의해 줘야 했다. "내 말은 그래요. 당신이 다시 대사로 일할 생각이 있다면 말이죠. 대사로서, 그리고 정보부를 통해 제10군단의 특별 정치 요원으로서."

"당신, 문제가 생긴 거 맞군요. 아니면 제국이 그렇든지. 전황이 별로 안 좋죠."

"르셀에서 '당신'이란 말의 정의는 얼마나 넓죠?"

세 가닥 해초가 말했다. 말로 표현하지 않았으나 전적으로 인정하는 거였다. 그래요, 전쟁은 엉망이에요. 우리는 적의 본질도 모르고, 자원 추출 콜로니 여러 곳을 잃었고, 당신 자신도 우리에게 이 모든 걸 집어삼키는 외계인을 우리 영토 더 안쪽까지 들어오게 놔두면 얼마나 안 좋을지 말했었죠. 이 전쟁이 안 좋은 상황이 아니라면, 이미 전함이 있는데 왜 함대에 외교관이 필요하겠어요?

마히트의 입술 절반이 위쪽으로 비틀려 올라가 찡그리면서도 억눌린 웃음에 가까운 표정을 지었다.

"그렇게 넓진 않죠."

그렇게 말한 마히트는 잠깐 동안 꼭…… 다른 사람 같은 말투였다. 얼굴이 움직이는 방식도 그랬다. 올바르지 않았다. 세 가닥 해초가 기억하는 모습이 아니었다. 세 가닥 해초는 마히트가 왜 정부의 최고위 관료들에게 둘러싸여 있었는지 물어봐야 했다. 하지만 상대는 마히트였다. 세 가닥 해초가 아는 마히트라면, 아마 혼자서도 불쾌하고 위협적인 정치 문제에 이마 끝까지 잠겨 있을 것이다.

(그들은 시티에서 사실 겨우 일주일 좀 넘게 같이 있었을 뿐이었다. 일주일은 누군가를 알 만큼의 시간은 아니다. 하지만 그 일주일은 더 길게 느껴졌다. 전환점이란 보통 그렇다. 그 주 이전에 **세 가닥 해초**는 저녁 시간을 황실의 시 살롱에서 보내는 습관이 있는 젊고 야심찬 정보부 요원이었고, 후보생 시절부터 함께했던 시티 외곽에 사는 절친이 있었다. 그리고 그 주 이후, 그녀는 정보부 장관 밑의 3급 차관이 되었고 친구는 죽었으며, 두 달이 넘도록 황실에서 시를 읽는 건 고사하고 쓰지도 못했다.)

"당신은 문제가 생겼어요?"

"내가 안 그런 때가 있었나요?"

마히트가 그렇게 대답하고 한숨을 쉬며 **세 가닥 해초**의 손목을 놓고 소파에 푹 기댔다. 그녀의 손이 떨어지자 전류가 건너갈 수 없을 정도로 널찍한 방전 간극 같은 상실감이 느껴졌다.

"아마도 당신은 모범적인 학생이었겠죠."

"좋아요. 내가 잠깐 문제가 없던 시절이 있었죠. 안전하게 시험장에 갇혀 있던 때 말이에요."

"지금은요?"

"결국에 난 시티로 돌아갔을 거예요." 마히트가 고통스럽게 뜸을 들이다가 말했다. "아마 그렇게 되었을 거라고 생각해요. 내가 적절하다고 생각하는 때에요."

세 가닥 해초는 마히트의 말을 기다렸다. **세 가닥 해초**는 마히트가 이미 결정을 내렸다고 생각했지만, 마히트가 입 밖으로 말할 수 있도록 마음을 정하는 동안 몰아붙이지 않는 편이 더 나을 것이다. 이미 꽤나 세게 밀어붙였으니까. 마히트는 나중에 이 일에 관해 **세**

가닥 해초를 용서하지 않을 수도 있었다. 이것이 그들에게 안 좋게 끝나면. 또는 특히나 좋게 끝난다 해도. 시티와 테익스칼란 제국이 마침내 마히트를 죽이려던 것을 멈추고 야만인이든 아니든 얼마나 큰 쓸모가 있을지 인정하는 것 같던 그 순간에 마히트는 도망치지 않았던가! 또 그럴 수도 있었다. 성공하고, 그다음에 테익스칼란의 기억과 역사에서 쾍 빠져나와서 유령이 되어 자신의 고향으로 유배를 가 버리는 거다.

마히트가 눈을 감고 눈꺼풀에 질끈 힘을 주었다. 그녀는 이마를 잡아당기는 주름을, 한 쌍의 걱정주름을 손끝으로 눌렀다.

"당신은 이걸 굉장히 공식적인 일로 만들어야 할 거예요." 마히트가 자신의 손바닥에 대고 웅얼거리듯 말했다. "정보부가 황제 폐하의 명령에 따라서 지시를 내린 정도의 공식적인 일로요. 칼날의 빛께서 특사 세 가닥 해초를 통해 뭔지 이름은 모르는 군단의 기함으로 대사 마히트 디즈마르를 즉각 소환하셨다, 정도로."

마히트는 테익스칼란의 공식 발표가 문법적으로 어떤 구조로 되어 있는지 짜증 나리만큼 잘 이해했다. 마히트가 야만인이라는 건 불공평했다. 그녀는 뛰어난 정보부 요원이 되었을 것이다.

"그리고 그렇게 하는 동안에, 제발 우리의 수출입 법을 다시 깨뜨리지 말아 주겠어요? 여기에 애초부터 정식으로 있었다고 할 방법을 찾아봐요. 온추 의원한테 나를 싫어하는 보통의 이유를 넘어서서 특별한 이유까지 주고 싶진 않으니까요."

세 가닥 해초는 그 '보통의 이유'는 대체 뭔지 알아봐야 할 것이다. 하지만 잠깐의 여유가 있었다. 그녀는 석 달짜리 임무를 맡았고, 그것도 전선에서다. 그거면 누군가를, 그리고 그들의 모든 비밀을 알 수 있을 만큼 긴 시간이다. 설령 그게 마이트 디즈마르라 해도.

✧ ✧ ✧

"제국은 펠로아2의 콜로니 노동자들을 전투에서 사망한 테익스칼란인으로 기억할 것이다." 스무 마리 매미는 바퀴의 무게호의 제일 넓은 격납고에 계급별로 서 있는 병사들을 향해서 말하는 중이었다. 여기는 함선에서 모든 정규 비배치병이 모일 수 있을 정도로 큰 유일한 공간이었다. "이 애도식에 귀관들이 참석한 것이 이를 보장할 것이다. 귀관들은 펠로아2의 사망자들을 기억 속에 안고 갈 것이며, 복수를 해 줄 무기에 그들의 이름을 새길 것이다. 그들이 흘린 피는 그들 행성의 대지가 마시는 것이 아니라, 그들을 먹였고 또 귀관들을 먹이는 제국이 마실 것이다."

그것은 보통의 장례사가 아니었다. 많은 이유에서 그럴 수가 없었다. 한꺼번에 이렇게 많은 사망자의 장례를 치르는 방식은 테익스칼란에서 우주 사망자나 전염병 희생자를 추도하는 경우가 아니면 불가능했다. 아홉 송이 부용은 스무 마리 매미가 세계는 균형을 잃었고 질병은 우리의 슬픔과 그들의 생명을 자비롭게도 없애 주었도다 대신에 이 시민들은 별들 사이의 어둠 속에서 죽었고, 우리는 보이드로부터 그들의 피의 희생을 되찾노라라는 변형을 택한 것에 안도했다. 두 사람은 어느 쪽을 고르느냐에 합의를 보지 못했었다. 그는 내장이 제거된 시체들은 전염병으로 죽은 것이고 전염병은 외계의 것이라는, 곤란할 정도로 설득력 있는 주장을 제시했다. 의미 없이 파괴하는 전염병, 숙주를 너무 빠르게 죽여서 자기 자신까지 죽이는 바이러스라고.

아홉 송이 부용은 스무 마리 매미가 대체로 시스템이 작동하는 방식, 심지어는 생물학적 시스템에 관해서도 특히나 옳다고 생각했지만, 병사들에게 그런 인식이 퍼지는 건 바라지 않았다. 겁에 질린 세균 공포증 환자로 이루어진 군단은 적과의 직접적인 교전에 심각한 문제를 일으킬 것이다. 특히 얼굴과 얼굴, 아니 얼굴과 큰 입, 아니 얼굴과 실제로 적이 어떤 끔찍한 형상을 하고 있든 간에 마주 보고 싸워야 하는 상황에서는. 그렇다고 화염방사기와 생화학적 살균제 폭탄을 휘두르는 호들갑스러운 함장들도 바라지 않았다. 그들이 재점령하는 다음 행성에는 생존자가 있을지도 모른다. 그 가능성을 포기할 마음은 없었다. 아직은.

정보부 스파이는 그녀의 성미에 맞을 만큼 빠르게 도착하지 못했다. 이놈들과 이야기를 할 수 있다면 가능한 한 빨리 해야만 했다. 그녀가 아주 조금이라도 그러고 싶은 마음이 남아 있을 때. 이 외계 종족을 상대로 섬멸전을 벌인다면 기꺼이 감수할 숫자 이상으로 엄청나게 많은 테익스칼란 사상자가 나올 것이다. 설령 그 첫 번째 집단이 그녀의 부하들이 아니라 다른 사람의 군단이라고 해도, 결국에는 그들도 그녀의 부하들이다. 이 황량한 가장자리까지 그녀를 따라서 나온 부하들. 그들은 기어를 가동하기 위해서 전쟁이라는 기계에 던져 넣는 몸뚱이 이상의 대접을 받아야 했다. 그러니까 이야기할 여지가 있는지, 펠로아2에 일어났으며 이 섹터의 다른 어두컴컴한 행성계에 일어났을 게 분명한 일들을 감수할 만큼 가치가 있는지 확인해야만 했다.

"이 척박한 토양에서 새로운 꽃이 피어나리라." 스무 마리 매미가 열렬하면서도 나지막하고 몽환적인 목소리로 내뱉은 그 매혹적인 말이 격납고 전체에 퍼졌다. 모두의 클라우드후크, 머리 위 스피커, 바닥에 설치된 다른 스피커, 골전도 통신기를 통해 함대 사령관 혹은 군인 대신 위대한 낭독가가 되고 싶어 하고 거기에 비정통적인 종교적 믿음을 지닌 부관의 목소리가 모여 있는 모든 병사의 머릿속까지 가닿을 수 있는 것이다. 다 함께, 느껴라. "그것은 힘겹게 얻은 꽃일지니. 그대들의 손에 지켜지고, 기생충을 쳐내고, 에너지 무기의 빛에 온기를 받은 여린 꽃잎일지라."

기생충 부분은 분명히 스무 마리 매미가 전염병에 느끼는 감정일 것이다. 항상성 그리고 균형. 설령 이 연설의 나머지가 집단 애도식을 시작하는 보통의 격려의 말이라 해도 이 시간이 끝나면 병사들은 전부 피의 그릇을 찾아 자신들의 손가락을 찌를 것이다. 그녀가 펠로아2의 빈 공장 바닥에 맹세로서 부을 피를 담을 그릇을 찾아서.(그리고 그녀 자신도 기꺼이 할 것이다. 열여섯 번의 월출보다는 그녀가 낫겠지. 함대를 이끄는 건 야오틀렉이어야 하니까.) 기생충 이야기는 전적으로 스무 마리 매미 본인의 철학과 종교적 믿음에서 나온 거였다.

아홉 송이 부용은 우주 전체에서 그 누구보다도 그를 믿었지만, 여전히 그가 왜 평범한 테익스칼란 종교를 따르지 않는 건지 이해하지 못했다. 다른 사람들처럼 태양신전에서 시간을 보내고 행운을 얻기 위해 피를 흘리는 대신에 그는 언제나 고향 행성의 종교를 따랐다. 몇 세대째 제국에 속한 행성이었지만, 그곳의 종교는 거칠게 말하자면 항상성에 집착하는 광신적 컬트였다. 아홉 송이 부용의 최상급 이칸틀로스는 단식을 하고, 머리를 밀고, 자신의 개인실에 자라나는 초록 식물들을 천 개쯤 갖다 키우고, 그녀의 기함에(그리고 군단과 함대에) 완벽하게 체계적인 균형을 맞추어 군수물자가 움직이도록 유지했다. 종교는 개인의 문제라고 아홉 송이 부용은 항상 생각했지만……

기생충.

아마 별문제는 아닐 것이다. 이 병사들 대부분은 그 의미를 인식하지 못할 것이다. 그들은 펠로아2를 보지 못했다. 외계인의 우주선 침이 샤드 조종사 한 명을 집어삼키는 것을 보지 못했다. 그녀의 죽음을 함께 겪은 다른 샤드 조종사들을 제외하면. 자비로운 마지막 불길이 타오를 때까지 그녀의 죽음을 전부 함께 느낀 사람들. 그들은 알 것이다. 아홉 송이 부용은 이 연설이 그들에게 어느 정도로 와닿을지 궁금했다. 새로운 기술은 샤드 조종사들을 그녀가 그 일원이었던 시절보다 더욱 가깝게 했다. 그녀 때에도 굉장히 가까웠었는데. 별의 밝은 불길 속에 기꺼이 죽으려 하는 사람들이 가까워지는 것은 숨 쉬는 것만큼 쉬운 일이다.

이제 거의 끝났다. 스무 마리 매미는 모두가 아는 의식 부분까지 왔다. 열두 번의 솔라플레어 황제 시절, 죽은 에주아주아카트 두 송이 아마란스를 위해서 추도시가 쓰인 이래로 거의 모든 장례식의 마무리를 맡는 부름과 응답의 추도시 차례였다.

"각 세포의 안에 화학적 불길이 피어난다."

낭독을 시작한 스무 마리 매미가 첫 연聯의 음절을 끝낼 무렵에는 병사들 절반이 따라서 말하고 있었다. 그 집단적인 목소리가 아홉 송이 부용을 고통스럽게 했다. 그들을 얼마나 사랑하는지, 그들 모두를 얼마나 사랑하는지, 그들이 한데 모여 만들어 내는 굶주리고 영리한 짐승을 얼마나 사랑하는지. 그들은 그녀의 발톱이자 폐이자 눈이고, 그녀는 그들을 이끄는 정신이었다.

"대지에 바쳐진 펠로아2는 수천 송이 꽃으로 피어나리라……."

스무 마리 매미가 낭독에 맞추기 위해서 운율을 흐렸다.

"그들이 살아 쉬었던 숨의 숫자만큼."

아홉 송이 부용이 낭독에 합류했다. 그녀의 입은 이 단어들을 잘 알았다. 이것을 몇 번이나 말했더라? 이런 식으로 얼마나 많은 생명을 추도했던가?

할 만큼 했다. 함교에 있는 그녀를 올려다보는 이 모든 병사와 함께 있으며 완전히 늙어 버린 기분이 들 만큼, 모두의 존경심이라는 무게가 무겁게 느껴질 만큼.

"그리고 우리는 그들의 이름을 기억하리라!"

모든 병사가 함께 외쳤다.

"그들의 이름과 그들의 조상의 이름을!"

"그리고 그 이름에 여기 모인 사람들은 그들의 손바닥에서도 피를 피워 내리라." 스무 마리 매미의 말에 구리 그릇과 탄소강 희생 칼날을 든 병사들이 지정된 열을 따라 이리저리 움직이기 시작했다. "그리고 이 화학적 불길 또한 대지에 뿌려 그들과 합류하리라……."

그릇과 칼이 아홉 송이 부용의 왼쪽에 왔다. 그녀는 왼손 엄지손가락 두툼한 부분, 카우란 이후에, 지난번 장례의 피를 흘렸던 흉터 부분을 다시 잘랐다. 그녀는 금방 나았다. 이것은 함대 사령관으로서 아주 좋은 자질이었다.

야오틀렉으로서는 아마 더욱 좋은 자질일 것이다.

……세 번째 손바닥 소속 사람들의 문제는(문제들 중 하나는) 정보부를 아주 싫어하는 바람에 공공 네트워크에서 자신들의 자취를 지운다는 점이야. 열한 그루 월계수 차관은 좋은 군인이지만, 짐이 마지막으로 그자와 함께 싸운 것은 우리 둘 다 스무 살은 더 어렸던 시절이고, 그는 짐이 시티에서 보낸 시간보다 더 오랫동안 전쟁부에 틀어박혀 있었지. 덕분에 그자는 기관의 기억 그 자체야. 특히 짐이 아홉 번의 추진을 이동시켰으니 더 그렇지. 자네는 매개변수를 알 거야, 다섯 개의 마노. 그자가 여섯 방향의 후계자 교육을 마치고 전쟁부 자체가 되겠다고 결심하기 전에 짐에게 서류 일체를 가져와, 알겠나?

— 클라우드후크 개인 통신, 테익스칼란 제국 황제 열아홉 개의 자귀 폐하가 에주아주에카트 다섯 개의 마노에게, 날짜미상, 암호화

홀로프로젝터 쇼! 포물선 압축호 제2갑판에서 오늘 밤 세 번째 시프트부터 다섯 번째 시프트까지, 그리고 채널을 들을 만큼 가까이 있는 모두에게 동시 방송! 「수선화의 익사」 최신 에피소드 방영.(진짜 새 이야기! 5시즌! 진짜로! 어디서 들은 소식인지는 묻지 마시라!)
이런 즐길거리를 줘서 정말로 고맙기 짝이 없다, 제24군단. 우리 모두가

기다리며 시간을 낭비하고 있는 와중에 말이지.

— 포물선 압축호 및 제6, 24, 40군단의 다른 함선의 여러 갑판에 붙어 있는 표지

수코르급 테익스칼란 보급선 **재스민의 목호**는 세 가닥 해초보다 3주는 족히 일찍 테익스칼란 우주의 바깥으로 항해를 시작했고, 급속 건조한 보존육, 휴대 무기부터 샤드 캐넌포에 이르기까지 다양한 크기의 에너지 펄스 충전기, 긴 전선 배치 때 수분을 공급하거나 그저 씹을 거리인 살구와 호박, 엄청난 양의 의료 등급 플라스마 서스펜션 유체 등을 가득 싣고 있었다. 이 전쟁이 어떤 식으로 흘러갈지 잘 모르겠지만 어쨌든 우리는 먹어야 하고, 사람을 쏴야 하고, 다친 사람들을 치료해야 할 테죠라는 표준적 보급물이었다. **재스민의 목호**는 여행 계획을 제출하고, 르셀 스테이션이 위치한 우주 섹터의 통과 비자를 받았고, 일정에 딱 맞게 스테이션 옆을 지나 안하메마트 게이트와 그 너머의 더 끔찍한 지역으로 가고 있었다.

혼자 남자마자 세 가닥 해초는 짐가방을 뒤져 특무대사 제복을 꺼내 점프슈트를 벗고 갈아입은 다음에, 상당한 안도감을 느끼며 보급선이 호출 가능 영역에 들어왔을 때 신호를 보냈다.

재스민의 목호 함장은 익스플라나틀 여섯 캡사이신이었다. 그는 정보부 특사가 신호를 보내 '완전히 제국은 아니고, 확실하게 독립 공화국이라고 우리가 맹세하는' 지방의 채굴 스테이션에서 자신을 좀 태우고 가 달라고 요청하는 것에 세 가닥 해초가 기대했던 만큼 놀라지는 않은 목소리였다. 그에게는 언제나 이보다 더 이상한 일들이 일어나는 걸지도 모른다. 함장이면서 익스플라나틀 계급을 따

낸 인물이니까. 이 말은 그가 군용 보급선을 몰 자격이 있는 데다가 일종의 과학 논문을 써냈다는 뜻이었다. 이런 사람은 분명히 이보다 더 불편한 모험을 많이 해 보았을 것이다. 그는 그저 자기 클라우드후크로 **세 가닥 해초**의 직함을 보고 그녀의 신원과 임무로 **바퀴의** 무게호에 가야 한다는 사실을 확인했다. 그다음에는 **세 가닥 해초**가 그에게 마히트의 임무에 대해 전송했다. 테익스칼란행 르셀 대사로서 마히트는 모국이 전선과 가깝다는 것을 고려해 자애롭게 자신의 기술로 전쟁을 돕겠다고 자원해 주었다. 그래서 가급적 빨리 이송해야 했다. **세 가닥 해초**는 아주 공식적인 투로 말을 했는데, 사실 그럴 필요도 없었다. **여섯 캡사이신**이 어깨를 으쓱이고 말했다.

"스무 시간 동안 산 사람 하나쯤 더 태우는 거야 별일 아니죠. 우리에게는 산소도 있고, 그 사람이 그렇게 많이 먹지도 않을 테니까요. 스테이션인의 신체 화학반응은 표준적이거든요."

그리고 **세 가닥 해초**에게 세 시간 45분 안에 그녀와 동반자를 태울 이동용 셔틀이 도착할 거라고 알려 주었다.

마히트가 그때까지 돌아온다면 굉장히 유용할 텐데.

대체하기 쉬운 월세 사무실 안에서 그들이 합의 또는 결정에 도달한 이후, 마히트는 미처 끝내지 못한 일이 있다고 말했다. 빤히 보이는 일이었다. 마히트는 목까지 잠겨 있는 복잡한 정치 문제에서 빠져나오기 위해서 **세 가닥 해초**의 제안을 이용하려 했다. **세 가닥 해초**는 클라우드후크에 탑재된 스토리지 메모리에 접속해 르셀 스테이션 정보에 관한 서류를 띄웠다. 전체 겨우 여섯 명 중에서 두 명의 의원. 격납고에서 정부의 3분의 1에 해당하는 사람들이 일종의 문제를 갖고서 마히트 디즈마르의 양옆에 서 있었다.

그러니 마히트에게 시간이 필요한 것도 이해가 갔다. 마히트를 기다리는 내내 안절부절못할 지경이지만.

기다리게 되면 한 번도 와 본 적 없는 곳에서 **세 가닥 해초**에게 한가한 시간이 생기는 셈이고, 지금 현재 그녀가 세상 무엇보다도 원하는 것은 나가서 돌아다니며 이곳을 알게 되는 거였다. 갑판을 떠나지 않겠다고 격납고에서 한 약속은 지킬 계획이었다. 하지만 한 바퀴 도는 데에 족히 3.5킬로미터는 될 갑판은 온갖 구경거리로 가득했다. 마히트의 고향을 다시 볼 기회가 언제 또 생길까? 아마 다시는 없을 것이다. 관광을 안 하는 건 낭비로 여겨졌다. 심지어 이건 관광도 아니었다! 정찰이었다. **세 가닥 해초**에게는 정찰을 할 의무가 있었다. 정보부 소속이니까.

그녀는 사무용 포드에서 나가서 임의로 왼쪽으로 돌아 복도를 따라가기로 결정했다. 클라우드후크는 여기서는 우주의 이 섹터에 있을 수도 있는 테익스칼란 선박들과 통신을 하는 데 말고는 아무 쓸모가 없었다. 그녀가 점프게이트를 넘어서 테익스칼란 중계소 네트워크가 없는 섹터로 들어가면 시티와 이야기하거나 다른 일들도 할 수가 없다. 클라우드후크 기술은 점프게이트를 건너지 못했다. 물리적으로 점프게이트를 통과하는 게 아니라면 어떤 것도 점프게이트를 건너지 못했다. 남은 건 기탑재된 스토리지, 그녀의 것인 서류, 규모가 줄고 업데이트가 안 되는 버전의 정보부 인트라넷뿐이었다. 그나마도 르셀 스테이션 내부 지도는 아예 없었다.(정말로 정찰을 한다면 돌아다니는 동안 클라우드후크의 지오매핑 기능을 켜 놔야겠지만, 스파이 노릇을 하러 여기 온 건 아니었다. 그건 굉장히 무례한 일일 것 같았다.)

르셀의 복도는 네 명이 나란히 걸어갈 수 있을 정도로 넓고, 금속

바닥은 수많은 발에 닳아 편안한 무광색을 띠었다. 그 안을 걷다 첫 번째로 기묘하다고 느낀 것은 햇빛이 있다는 거였다. 사방에 햇빛이 있었다. 그녀는 항상 스테이션이 꽉 닫힌 금속 상자 같고 죄다 인공 조명에 식물이라고는 없으며, 자라는 게 전혀 없을 거라고 상상했었다. 하지만 르셀의 복도, 아니, 최소한 이 바깥쪽 고리에는 잘 설계된 플라스티스틸제 원형 창문이 있고, 바깥으로는 사랑스럽게 펼쳐진 별들의 평원과 기분 좋은 백금색 빛을 뿌리는 정말로 작고 유쾌한 태양이 있었다. 그것은, 그 빛은 꽤 빠르게 움직였다. 스테이션의 자전 속도는 하루하고는 전혀 상관없고, 보통 인간의 생체 주기에서 네 번의 일출과 일몰에 더 가까웠다. **세 가닥 해초**는 이를 즐기는 것을 상상할 수 있었다. 그 모든 일출을.

두 번째로 기묘한 것은 사람들이었다. 스테이션인은 크고, 서로를 무시하는 데에 아주아주 뛰어났다. 심지어는 밝은 산호빛 오렌지색 제복을 입은 조그만 테익스칼란인을 무시하는 것도 잘했다. 그들은 별로 눈을 마주 보지 않았고, 사람이 더 많은 복도의 일부 구역에서도 능숙하게 서로를 스쳐 지나갔다. 이렇게 좁은 공간에서 함께 사는 것의 부작용일 테지. 그들은 중앙주 시티 거주자들처럼 붐비는 것이 행복하고 편안한 듯이 행동했지만, **세 가닥 해초**는 스테이션 전체에 사람이 겨우 3만 명이라는 걸 잘 알고 있었다.

겨우 3만 명 중 한 명이라는 건 굉장히 이상할 것이다. **세 가닥 해초**는 굉장히 연약한 기분이 들 거라고 생각했다. 그들 모두와 보이드 사이에 있는 게 이 얇은 금속 벽뿐이라니.

사실 스테이션 벽이 얼마나 얇은지는 생각하지 않는 쪽이 더 나았다. 폐소공포증이 들 테니까. 대신에 그녀는 다시 방향을 틀었다. 이제는 더 안쪽 복도로 들어와 있었고, 진짜 창문 대신에 바깥을 방영하는 인포스크린들이 있었다. 근사한 선택이었다. 어쩌면 스테이션인은 항상 별과 가까이 있는 느낌을 좋아하는지도 모른다. 그리고 그녀는 쇼핑 구역에 있음을 깨달았다. 대부분이 가판대형 점포였다. 정말로 마히트의 모국어를 좀 더 배워야겠다. 스테이션인의 알파벳이라는 구불구불한 선을 음소로 끼워 맞추는 데 너무 오랜 시간이 걸렸고, 그렇게 해도 그 단어에 확신이 가는 건 아니었다. 발음은 고사하고.

하지만 점포의 절반에는 스테이션 알파벳이라는 구불거리는 선과 함께 이해 가능한 언어인 상형문자가 병기되어 있었다. 아주 예술적인 상형문자로 통신문보다 훨씬 장식적이었다. 하지만 그녀는 병 음료를 파는 점포에서 테익스칼란어 간판에 '돼지고기 있어요!'라고 써 두려던 건 아니었으리라고 확신했다. 그녀가 병 음료와 스테이션의 축산 생산성의 본질을 심각하게 오해하고 있다면 모르겠지만. 또한 복수형이 끔찍한 형태였다. 아마도 '진하고 고소한 맛'이라고 쓰려던 것 같다. 상형문자가 비슷해서 헷갈렸을 거라고 그녀는 추측했다. 그러니까 무설탕 음료라는 거지.

세 가닥 해초는 점포로 다가가서 이를 드러내는 걸 잊지 않고 스테이션인처럼 미소를 지었다. 점포 담당자는 마주 미소 짓지 않았다. **세 가닥 해초**가 틀리게 한 건지도 모른다. 그녀는 뺨이 아플 정도로 쭉 당겼다.

"테익스칼란에서 손님이 오신 줄은 몰랐는데요. 음료를 드셔 보시겠어요?"

스테이션인이 굉장히 준수한 테익스칼란어로 말했다.

세 가닥 해초는 남자를 보고 눈을 깜박이다가 안도하며 웃음을 멈추었다.

"네. 그럴게요. 회화를 아주 잘하는군요!"

"강의를 들었거든요."

남자가 생분해성 플라스틱으로 보이는 컵에 음료를 소량 따랐다. 아마 유기 가소물이고 수분 활성식으로 분해되는 네 시간짜리 컵이리라. 음료에서 거품이 났다. 재미있네.

"이건 뭘로 만든 거죠?"

세 가닥 해초가 물으며 남자가 대답하기 전에 음료를 마셨다.

소금 맛이었다. 말하자면 알코올성 소금, 그리고 바다맛. 여기에는 바다가 전혀 없었다. 재미있지만 끔찍했다. 다시는, 절대로 이걸 마시지 않을 것이다.

스테이션인이 자기네 말로 단어를 말했다. 그런 다음 머릿속에서 단어가 떠오르지 않는 것처럼 인상을 찌푸리다가 말을 꺼냈다.

"물속에서, 흔들리는 식물?"

"미역. 미역으로 맥주를 만들었군요."

"이게 제국에서 인기가 있을 것 같은가요? 수출 계약을 고려하는 중인데……."

스테이션인의 물음에 세 가닥 해초는 생각했다. 아뇨, 이건 미역 맛이에요. 피와 별빛이여, 아무도 이걸 마시지 않을 거야.

"어떤 행성에서는 그럴지도요. 테익스칼란은 아주 크니까요."

세 가닥 해초가 남자에게 밝게 말했다.

"혹시 무역 대표단 일원이신가요……?"

점포 담당자와 대화하는 동안 다른 점포 담당자 몇 명이 관심을 보였다. 그들에게도 나름의 시음용 음료가 있었다. 르셀이 제국과의 무역에 얼마나 굶주려 있을까? 마히트는 항상 독립을 지키는 것에 아주 완강했지만……

"난 **세 가닥 해초**예요. 그리고 무역에 관해서는 공식적인 자격이 전혀 없어요."

"그럼 개인 투자자로군요."

다른 스테이션인이 마찬가지로 테익스칼란어로 말했다. **세 가닥 해초**는 그 여자의 음식에 희망을 품었다…… 케이크인가? 케이크 같았다. 그리고 해초로 만든 것도 아니었다.

"그렇진 않아요."

그렇게 말하고 **세 가닥 해초**가 떠나려 할 때, 오른쪽 뒤에서 다른 목소리가 들렸다.

"이게 다 무슨 일이죠?"

목소리가 묻는 순간, 모든 스테이션인이 그 말도 안 되는 키로 몸을 쭉 펴는 게 보였다. 높은 사람이다. 아마…… 무역 관계자. **세 가닥 해초**는 여섯 명의 르셀 의원 중에서 누가 무역 담당인지 떠올리려고 했다. 아마 광부협회겠지? 하지만 광부협회 의원은 이미 만났다. 격납고에서 본 그 시체 같은 남자. 그녀가 돌아섰다.

이 사람은 다지 타라츠가 전혀 아니었다. 작고 마른 여자로 회색에 동글동글한 곱슬머리에 살갗이 바람에 탄 광대뼈를 갖고 있었다. 몸을 숙여 인사한 **세 가닥 해초**는 여자가 자기 소개를 하기를 기다렸다. 가장 안전하고 가장 단순한 방법이었다. 대화의 주도권을 잡을 수 있을 때까지 상대방이 주도하게 놔두는 것. **세 가닥 해초**가 아세크레타 후보생으로서 제일 먼저 배운 것 중 하나였다. 그녀는 열두 송이 진달래에게 그걸 연습하곤 했었다.(열두 송이 진달래에 관해서는 생각하고 싶지 않았다.)

높은 사람이 말했다.

"테익스칼란 사절이 공설시장을 돌아다니는 건 고사하고 상륙 허가를 받았다는 사실도 몰랐습니다만. 그런데도 당신은 여기 있군요. 이건 좀 이해를 해야 할 거예요. 당신이 누구든 간에, 유산협회는 르셀 상인과 테익스칼란 상인 사이의 개인적 무역 협의를 허용하지 않습니다."

"확실히 해 두자면, 이쪽 지역 법을 위반할 마음은 전혀 없어요. 당신은 그럼 유산협회 분인 모양이군요?"

"암나르트바트 의원님이세요."

미역 맥주 상인이 뒤에서 말했다. 정말 큰 벌금을 내야 하고 미역도 몰수당할까 봐 걱정하는 것 같은 말투였다.

시티에서 마히트가 유산협회 의원에 대해서 뭐라고 말했었더라? 구체적인 것은 전혀 기억해 낼 수가 없었다. 그래도 유산협회가 르셀 정부에서 보호무역주의 파벌이라고 한 적은 분명 없었다.

"의원님. 그저 지역 상품을 시험해 보는 데에 관심이 있었을 뿐이에요. 전 무역 관련자가 아닙니다."

"그러면 무슨 관련자죠?"

그 말투는 전 정보부 소속이에요라는 대답이 전 테익스칼란 시장조차 놀라게 할 만큼 특이한 물건을 찾아다니는 보부상이에요라는 대답만큼이나 형편없는 선택지임을 알려 주었다. '자기 관할이 아닌 무역'을 이 정도로 싫어하는 사람이라면 그 대답을 분명히 스파이라고 해석할 것이다.

"전 전쟁터로 가는 길입니다." **세 가닥 해초**는 대신에 꽤 장엄하게 말했다. "통역자이자 외교관이죠. 금방 **재스민**의 목호를 타고 떠날 겁니다."

전부 사실이다.

암나르트바트 의원은 감탄하지 않았다.

"아. 내가 도착자 명부를 빠뜨린 모양이지요?"

의원의 미소는 굉장히 불쾌했다. **세 가닥 해초**는 의원이 그녀가 어떻게 도착했는지를 설명하는 그 명부를 찾아내기 전에 이 스테이션을 떠나 정체불명의 외계인에게 공격당한 테익스칼란 전함에 안전하게 도착할 수 있기를 진심으로 바랐다.

"음료 값은 지불했나요?"

의원이 물었다.

"아직이요."

세 가닥 해초는 할 수 있는 한 가장 경쾌하게 말했으나 점점 덜 경쾌해지고 있었다.

"공짜 음료 조금이었거든요." 점포 담당자가 말했다. 그로서는 나름 용감한 행동이었다. 특히 테익스칼란어로 시음이라는 말을 모르는 게 분명했기 때문이다. "만약 이…… 방문객? 이분이 병으로 원한다면, 그때 돈을 청구하지요."

그 말에 암나르트바르트가 말했다.

"내가 내죠. 테익스칼란 시민이 지역 화폐 같은 게 있을 리가 없으니까."

세 가닥 해초에게는 상당한 지역 화폐가 있었다. 아니, 에스커1과 화물선에 뇌물을 주느라 상당한 양은 아니지만 어느 정도 있었고, 이건 굉장히 모욕적인 말이었다. 그러면서도 한편으로는 유용했다. 흥미롭게 유용했다. 어쩌면 유산협회 의원에게 그녀가 빚을 졌다고 생각하게 할 수도 있을 것이다.

"감사합니다, 의원님. 말씀드렸듯이 여기엔 잠깐만 있을 거고, 현존하는 무역 계약을 넘어서 물품 구매를 할 의도는 없었거든요……."

점포 담당자가 손바닥 크기의 스캐너를 내밀자, 암나르트바트는 크레디트칩을 기분 좋은 벨소리가 날 때까지 거기에 대고 흔들었다.

"그럼 됐군요. 자, **세 가닥 해초**, 외교관이자 통역자이고 또 뭔지 모르겠지만, 수송용 주 격납고까지 내가 함께 가도 될까요? 당신이 길을 잃고 셔틀을 놓치는 건 바라지 않거든요."

나한테 당신의 스테이션을 더 보여 주고 싶지 않은 거겠죠. 아니면 의심 없는 다른 시민들과 더 말하는 걸 바라지 않든지. 당신은 테익스칼란에 굉장히 화가 났어요, 안 그런가요, 의원님? 우리는 당신들과 합병도 하지 않았는데 말이에요.

"그럼요. 의원님이 이런 간단한 일에 시간을 할애하시는 것을 영예로 여기겠습니다."

세 가닥 해초는 다시 몸을 숙였다.

"이 갑판에서 테익스칼란인을 보는 건 굉장히 드문 일이에요. 이런 기회를 세상 없어도 놓칠 수 없죠. 자, 가죠."

암나르트바트가 여전히 그 불쾌한 미소를 띤 채 말했다.

✧ ✧ ✧

여덟 가지 해독제가 터널을 빠져나와 전쟁부 지하실로 이번에 나왔을 때는 **열한 그루 월계수**가 기다리고 있지 않았다. 지금은 그들의 주간 만남의 때가 아니었다. **여덟 가지 해독제**는 카우란에 대해 이야기한 다음에 받은 전략 과제를 끝내지도 못했다. 그 복잡한 형태를 본 **여덟 가지 해독제**는 거의 열어 보지도 않은 채 그 지도를 클라우드후크에 내버려 두고, 대신 계속 카우란 생각을 했다. 하지만 퍼즐을 우선 풀지 않고서 여기에 있으니 죄책감과 걱정이 들었다. 그는 언제나 숙제를 했었다. 비공식적인 것까지도.

하지만 **열한 그루 월계수**가 방문을 예상하고 있지 않을 텐데도 그가 여기에 온 건, 이따 만나면 이야기할 거지만 실은 외계 종족과의 전쟁을 보기 위해서였다. 그는 그것을 아홉 송이 부용의 전쟁이라고 생각하게 되었는데, 당연하지만 전쟁부에서 그 말을 소리 내어 하지는 않을 것이다. 그는 멍청이가 아니었다.

그저 진짜 전략실을, 진짜 전선과 진짜 통신을 하는 게 보고 싶었다. 퍼즐과 과제를 이해하는 식으로 이해해 보고 싶었다. 전쟁이 안 좋게 흘러가고 있는지 잘 흘러가고 있는지, 아니면 예상치 못한 방향으로 흘러가고 있는지 알고 싶었다. 어쩌면, 운이 좋으면 이 **여섯 개의 쭉 뻗은 손바닥**에서 '언젠가 황제가 될지도 모를 이'에게 이것저것 과시하고 싶은 사람과 이야기할 수 있을지도 모른다. 그는 아직 열한 살밖에 안 됐지만, 그런 것은 어른에게 언제나 통했다. 그가 나이를 먹을수록 점점 더 잘 통할 뿐이었다. 이제는 좀 연습을 해야 할지도 모르겠다.

열아홉 개의 자귀가 지켜보고 있으리라 생각되며 이미 존재를 알고 있는 첫 번째 카메라-눈을 지나갈 때, 그는 거기에 대고 손을 흔들고 눈을 크게 뜨고 미소를 지었다. 그리고 가능한 한 유쾌하게 계속 걸었다. 유쾌하게 걷는 건 약간 어려웠다. 사실은 당장 달려가고 싶었으니까. 도망치려는 게 아니다. 도망칠 곳은 없었다. 어느 관료가 이미 폐하께 여덟 가지 해독제가 이번에는 어디로 갔는지 메모를 보냈을 것이다. 전쟁부의 좀 더 사람 많은 장소에 더 빨리 도착하기 위해서. 평소의 길에서 벗어나, 새로운 것을 보기 위해서.

전쟁부는 꼭지가 여섯 개인 별 모양으로 펼쳐져 있고(그 외에 어떤 형상을 취하겠는가?) 오래전부터 각 '손바닥'은 그에 관련된 구역에 위치하고 있었다. 하지만 지금은, 결국 누구에게 보고를 하든 간에 팀이 가까이 있는 게 관료제에서는 더 효율적이기 때문에(선생들이 대단히 많이 반복하곤 했다. 이는 여덟 가지 해독제에게 그들이 그저 공무원이고 사무실을 옮긴다는 생각을 좋아하지 않는다는 걸 알려 줄 뿐이었다.) 별의 여섯 꼭지는 서로에 관해 알기가 훨씬 더 어려워졌다. 특정한 인물을 찾아야 한다면 그 일이 어려워진 것이다. 여덟 가지 해독제는 중앙 지휘실을 찾고 싶었다. 진짜 전쟁을 하기 위한 진짜 전략 테이블을 보고 싶었다. 그리고 그 모든 것은 별의 중앙에 있을 것이다.

건물 중심으로 향하면서 보안이 상당히 강력해졌다. 그 말은 제대로 된 방향으로 가고 있다는 뜻이었다. 다양한 제복을 입은 온갖 병사들이 있었다. 대부분이 열한 그루 월계수와 같은 전쟁부 제복을 입고 있었으나 여덟 가지 해독제는 최소한 일곱 개의 각기 다른 군단 병사들을 보았다. 어떤 여성의 어깨에서 제8군단의 하강하는 매의 패치를, 또 다른 사람에게서 제1군단의 유성우를 알아보았고, 즉각 알아챌 수 없는 엠블럼도 있었다. 복도 네 개와 손을 흔들어 그냥 통과하라고 했던 한 번의 보안검색대를 지나서 그를 막아 세운 첫 번째 사람은 여덟 가지 해독제의 키의 절반쯤 되는 충격봉을 들고 있었고, 그건 회색 전쟁부 재킷에 딱 어울리는 회색이었다. 충격봉의 끝은 **여덟 가지 해독제**의 가슴뼈 위쪽에 닿아 있었다.

겁을 먹어야 하는 걸지도 모른다.

겁에 질리지 않는 건 즐거워.

소년은 손끝을 붙이고 몸을 숙였다. 충격봉이 가슴을 더 찔렀다.

"나는 준準황족 **여덟 가지 해독제**다. 우리 전쟁의 진행 상황을 보고 싶다."

충격봉이 하도 빨리 사라져서 애초에 거기 없었던 것 같은 느낌이었다.

"저의 무례를 부디 용서해 주십시오."

병사가 말했고 **여덟 가지 해독제**는 한 손을 흔들어 묵살했다. 너그럽게. 너그럽게 행동해.

"별말을. 전쟁부를 안전하게 지키려는 그대의 노력에 감사하고 있어."

그리고 눈을 크게 뜨고 미소를 지으며, **열아홉 개의 자귀**와 이야기할 때 자신이 **여섯 방향**처럼 보이게 하던 방법을 떠올렸다. 다시 한번 시도해 보았다. 나 기억해? 난 황제야. 그저 아이 모습일 뿐이지. 기다려 봐, 그러면 난 다시 한번 황제가 될 거야.

그건 통했다.

"이쪽입니다, 전하." 병사가 클라우드후크로 일종의 확인을 받으며 말했다. 클라우드후크의 유리 뒤쪽으로 메시지가 빠르게 반짝거리는 게 보였다. "운이 좋으시군요. 가장 강한 서약자들의 마음에 복수의 불을 지핀 자, **세 개의 방위각** 장관께서 지금 현재 직접 전략 테이블 앞에 계십니다."

계획했던 것보다 좀 더 중대한 성공이었다. 그냥 전략실을 보고, 거기 좀 남아서 어쩌면 장군 몇 명이나 또 다른 차관을 만나게 될 거라고 생각했었다. 만약 **열한 그루 월계수**가 거기에 있다면 그것도 나쁘지는 않을 것이다. 진취성과 창의성을 보여 줄 수 있으니까. 하지만 전쟁부 장관 본인? 그건 엄청났다. **여덟 가지 해독제**는 두 달 전에 그녀가 도착했을 때 딱 한 번 만났었다. 그녀는 당시 그에게 의무적인 "안녕하십니까, 전하."만 말한 뒤에 어떤 관심도 돌리지 않고 곧장 **열아홉 개의 자귀** 폐하와 이야기를 나누었다. 장관의 시적 별칭은 그녀를 위험하고 무시무시하게 보이게 했다. 하지만 시적 별칭이라는 것은 원래 그런 의도로 만들어진다.

병사는 **여덟 가지 해독제**를 별 형태를 한 전쟁부의 중심점으로 데려갔다. 소년은 전략실이 거기 있다는 걸 알고 있었다. **열한 그루 월계수**가 오래전에 설명해 주었다. 모든 전략실이 거기에 있지만, 딱 하나, 황제를 위한 방은 지상궁에 있었다. 모두의 시선이 향하는 가운데, **여덟 가지 해독제**는 병사의 뒤를 따라가며 자신 있어 보이려고 노력했다. 그리고 지금보다 더 컸다면 좋았을 거라고 생각했다. 최소한 열세 살이 될 때까지는 키가 더 크지 않을 것이다. **여섯 방향**의 홀로그래프를 보면 10대 중반에야 어른처럼 보이기 시작했다. 가끔 **여덟 가지 해독제**는 좀 더 육체적으로 눈에 띄는 사람에게서 유전자를 물려받았더라면 얼마나 좋았을까 생각하곤 했다. 그러면 최소한 근육을 쉽게 키우고 지금처럼 날쌘 움직임을 유지할 수 있었을 텐데……

제2 중앙전략실 문이 호위의 손짓에 스르륵 열렸고, 그 너머로 빽빽이 뭉친 별들이 황혼처럼 빛을 드리워서 **여덟 가지 해독제**는 순간적으로 공기가 그물로 변했다고 생각했다. 하지만 눈을 한 번 깜박이자 지도 테이블에(상상했던 것보다 더 크고 널찍한 데다가, 바닥에 올려놓은 것이 아니라 고정되어 있었다.) 한꺼번에 네 개의 섹터가 떠 있었다. 벡터 궤적을 더 잘 보기 위해서 전쟁부 분석가들과 장군들이 조명을 낮춰 놓았음을 알 수 있었다. 전쟁부 장관 **세 개의 방위각**은 맞은편에 있었는데, 그 손이 빠른 동작으로 움직이며 어떤 별을 밝게 하고 어떤 것은 어둡게 했다. 주먹을 쥐고, 손을 비틀고, 그다음에 손끝으로 조그만 포격함 함대를 치웠다. 별 배경으로 밀어 놓은 홀로이미지가 몇 분 안에 조정되었다. 꼭 춤 같았다. 춤을 춤으로써 전쟁터를 존재하게 하는 것만 같았다.

나도 저러고 싶어. 머릿속에 떠올릴 수 있는 거의 모든 것보다도 더 저걸 하고 싶어. **여덟 가지 해독제**가 생각했다.

세 개의 방위각은 작고, 대부분의 테익스칼란인보다 창백했다. 짧고 매끄러운 머리는 **여덟 가지 해독제** 자신처럼 검고 숱 많은 직모였고, 눈은 좁은 아몬드 모양이었다. 그녀는 재킷을 벗어 맨팔로 전쟁터를 배치하는 중이었다. 자기 몸과 그보다 더 무거운 것들을 들어 올리고 다시 내려놓아서 생긴 듯한 근육이 단단하고 선명하게 있었다. 왠지 **여덟 가지 해독제**는 그녀가 항상 이보다 클 거라고 생각했었다. **열아홉 개의 자귀**가 황제가 되기 전에 **세 개의 방위각**은 나카 행성계의 군사 총독이었고, 나카는 그녀가 통제하는 동안 반란을 일으키지 않았었다. 정치사 수업에 따르면 나카는 황좌 계승 때마다, 혹은 거의 항상 반란을 일으켰는데. 왜 그녀가 전쟁부 장관이 되었는지, 왜 **아홉 번의 추진**이 그렇게 일찍 은퇴했는지는 여전히 모르겠지만, **열아홉 개의 자귀**가 정말 훌륭한 선택을 했다는 것만은 확신할 수 있었다.

세 개의 방위각이 소년을 눈치채기까지는 좀 시간이 걸렸다. 그녀에게는 우선 배치해야 하는 함선이 많았고, 보급로 벡터를 전부 조정해야 했다. 손가락이 어떤 악기의 현이라도 되는 것처럼 빛의 선을 뜯었다. 만족한 그녀가 말했다.

"정찰함에 놈들의 보급선 기지를 찾으라고 해. 여기가 우리가 있는 곳이야."

그리고 양손으로 손뼉을 짝 쳤다. 거대한 프로젝션 전체가 천천히 돌기 시작하면서 시뮬레이션을 돌렸다.

"황위 계승자 여덟 가지 해독제 전하께서 오셨습니다, 장관님. 전황을 보고 싶다고 하십니다."

여덟 가지 해독제의 호위병이 말했다.

"그래? 그럼 이쪽으로 모셔 와. 방 그쪽 편에서는 피투성이 장면은 보실 수 없을 테니까."

여덟 가지 해독제가 다가갔다. 프로젝션 가장자리를 빙 돌아서 가려고 했지만 그래도 성계를 뚫고 지나가게 되어서 잠깐 동안 그 뒤로 화면이 텅 비었다. 마치 그가 테익스칼란의 통신을 파괴하는 외계 종족이 된 것 같았다. 외계 종족도 시뮬레이션 안에 있었다. 검게 퍼지는 잉크처럼. 그에게 많은 눈길이 쏠렸다. 세 개의 방위각의 전쟁 시뮬레이션을 보려고 여기 온 고문, 사령관, 분석가들이 전부 그가 별 풍경을 가로지르는 것을 보고 있었다. 그는 카메라-눈에 손을 흔들던 때처럼 가능한 한 경쾌하게 걸으려고 노력했다. 카메라-눈이 사람에게 붙어 있는 수많은 진짜 눈보다 훨씬 더 쉬웠다.(최소한 그중에 열한 그루 월계수는 없었다. 어디에 있는지도 모르겠다. 3급 차관도 여기에 있어야 하는 거 아닌가?)

세 개의 방위각의 옆으로 다가가니 그녀는 고작 몇 센티미터 정도 클 뿐이라서 기분이 아주 이상했다. 그는 어린애이고 그녀는 전쟁부 장관인데.

"이 전략 시뮬레이션을 보게 해 줘서 감사를 표하오, 장관."

여덟 가지 해독제가 자신이 아는 두 번째로 높은 높임말을 써서 말했다.(가장 높은 높임말은 황제 폐하와 공식적으로, 그리고 대중 앞에서 쓰는 말이었다. 그가 이 말을 하는 것은 그걸 들으면서 자랐기 때문이었다. 별로 쓸 일이 없는 말이었다.)

"결국에는 여기까지 오실 거라고 예상했죠. '손바닥'에 계실 만큼 계셨고, 전하의 연령대 아이들은 호기심이 많으니까요. 저는 그랬습니다. 잘 봐 두십시오."

여덟 가지 해독제는 재빨리 고개를 끄덕이고서 몸을 돌려 시뮬레이션을 보았다. **세 개의 방위각**이 손가락 하나를 아주 살짝 움직이자, 멈춰 있던 모든 것이 다시 움직이기 시작했다. 외계 종족의 어둠이 다가오고, 테익스칼란 함선이라는 홀로그램의 점들이 공중에서 호선을 그린다. **세 개의 방위각**은 그의 방문에 관해 알고 있었다. 당연히 알겠지. **열한 그루 월계수**가 무엇을 가르치는지도 알까? 그가 잘하고 있다고 생각할까?

갑자기 전략 프로젝션이 **여덟 가지 해독제**가 지금껏 받은 중에서 가장 큰 시험처럼 느껴졌다. 그는 면밀히 보았다. 지금까지는 그들의 함대 위치를 본 적이 없었다. 최소한 이 정도로 상세하게는 말이다. 한 덩어리의 여섯 군단은 **아홉 송이 부용**의 제10군단을 제일 앞에 두고 외계 종족이 이미 건드린 텅 비고 어두운 행성계 위로 치솟으려 하는 파도처럼 배치되어 있었다. 그들은 오랫동안 그 위치를 고수했다. 조금 움직여서, 제24군단의 함선 몇 척이 앞으로 나와 그 어두운 우주 한 부분에 빛줄기를 드리워, 펠로아 행성계를 흐릿한 회색빛으로 물들이며 다시 세계의 안에 들어오게 했다. 그렇지만…… 손상된 건가? 시야 가장자리에 떠 있는 프로젝션의 날짜 스탬프를 확인했다. 이건 전부 다 이미 일어난 일들이었다. 잠깐 더듬거리고 멈췄다가(세 개의 방위각이 한 손을 꽃이 피는 것처럼 펼쳤다.) 갑자기 그 모든 시커먼 무無가 여덟 가지 해독제가 한 번도 본 적 없는 빙빙 도는 세 개의 바퀴 모양 우주선 부대로 바뀌었다.

그것들은 점프게이트를 갖고 다니는 것처럼 깜박거리면서 움직였다. 소년의 눈앞에서 제24군단 전체와 제10군단 절반이(아홉 송이 부용의 기함인 바퀴의 무게호를 포함해서) 당시만 해도 불에 그을은 허공을 향해 에너지포를 쏘았다. 아니면 기묘한 일종의 액체 무기에 맞아 텅 비고 꼼짝 않게 된 것 같기도 했다. 시뮬레이션이 서서히 멈췄다. 여섯 개 중 남은 군단들은 점프게이트를 통해서 테익스칼란 우주로 기운 없이 돌아왔다.

그 병사들은 모두 죽었을 것이다. 순식간에 죽었겠지. 한 군단에는 1만 명이나 그 이상이 있었다. 며칠 사이에 한 군단 반이 죽었다면 최소한 1만 5000명이……

저 외계 종족이 그들을 따라 집으로 오면 어쩌지? 여덟 가지 해독제는 갑자기 치솟은 공포감 속에서 생각했다. 그들을 따라 우리에게까지 한 섹터 한 섹터씩 오다가 여기 시티에 도착해서 우리를 잡아먹으면……

"이제 됐어. 기준점으로 되돌려 봐."

세 개의 방위각의 말에 시뮬레이션이 멈췄다가 모든 함선이 마치 끔찍한 학살이 일어난 적이 없는 것처럼 도로 나타났다.

"저렇게 움직이는 거요? 우리 적이."

여덟 가지 해독제가 물었다. 속은 전혀 차분하지 않았지만 말은 차분하게 하려고 노력했다.

"아니길 바랍니다. 그랬다간 우린 좆된 거니까요. 욕설 죄송합니다."

세 개의 방위각이 말했다. 여덟 가지 해독제는 대답하지 않기로 했다. 더 심한 말도 들어 보았다.

"하지만 그렇게 움직일 수도 있는 거잖소. 마치 그들 자체가…… 점프게이트인 것처럼."

"우리가 아는 것은, 놈들이 점프게이트에서 나오는 것처럼 시야에서 나타났다 사라졌다 한다는 겁니다. 다시 돌려 봐. 두 번째 옵션, 은폐 기능은 켜고 비동기적 움직임은 끄고."

시뮬레이션이 다시 시작되었다. 이번엔 더 나았다, 약간은. 외계인들이 투명해진 직후에 함대가 삼각측량을 해서 결국에 그 위치를 파악하면 된다. 하지만 그건 느렸고, 적을 찾는 와중에 우선 많은 함대가 사망했다. 여덟 가지 해독제가 보는 동안 장관이 분석가들에게 점프게이트를 통해 지원군을 전선 섹터로 보내라고 지시했다. 보급선이 점점 더 가늘어지고 길어지는 게 보였다. 그리고 시뮬레이션의 제약은 테익스칼란이 적의 보급선이 어디서 오는 건지 모른다는 것을, 그들의 고향 행성이 어디이며 가까운 중심 기지가 어딘지, 그들에게 고향이 있기는 한지 아니면 언제나 우주의 보이드 속에서 사는 건지 모른다는 사실을 알려 주었다. 이것은 강성强性 제약이었다. 이는 함대가 천천히, 조금씩 나아가야 하고 적이 어디에 숨어 있는지 찾았을 때 습격을 당할 수도 있다는 뜻이었다.

"별로 좋아 보이지는 않습니다. 그렇죠?"

10분이 족히 지난 후에 **세 개의 방위각**이 말했다. 그녀가 손을 흔들자 시뮬레이션이 다시 원래대로 돌아갔다.

"맞소." **여덟 가지 해독제**가 지친 듯이 말했다. "……습격당하는 것 말고 그들을 찾아낼 더 좋은 방법이 있어야만 하는데."

"그렇지요. 뭔가 아이디어가 있으십니까, 아니면 제 첩보팀장이 전하에게 오래된 문제만 풀게 했나요?"

이건 정말로 시험이었다. 이제 모든 고문들과 장군들과 분석가들과 충격봉 끝을 들이댔다가 이 방으로 그를 데려왔던 병사가, 그리고 아마도 **열한 그루 월계수**까지도(내 첩보팀장이라는 장관의 말에 **여덟 가지 해독제**는 뱃속이 울렁거리는 것을 느꼈다.) **여덟 가지 해독제**가 어떻게 하는지 보려고 빤히 쳐다봤다.

겁에 질린 다음에 가게 되는 장소가 있다는 걸 이제야 알게 되었다. 머릿속에 있는 크고, 차갑고, 밝은 장소다. 이걸 발견하게 되어서 잘됐다.

"내가 해봐도 되겠소? 보여 주는 게 더 쉬울 것 같아서, 장관."

여덟 가지 해독제가 시뮬레이션 쪽을 가리키며 말했다.

세 개의 방위각은 **여덟 가지 해독제**가 알아볼 수 없는 표정을 지었다. 놀랐거나 감탄하거나 불쾌한 건 아니지만, 조금 다르면서 그 모든 게 합쳐져 있는, 그런 어른 특유의 표정이었다. 그녀는 클라우드후크 뒤쪽으로 눈을 깜박여 시뮬레이션의 통제 설정을 조정했다. 그 클라우드후크는 커다란 종류로 유리판이 이마 중간부터 광대뼈까지 닿고 두개골을 따라 휘어져서 그쪽 귀까지 덮었다. 아니면 귀가 있어야 하는 자리까지. **여덟 가지 해독제**는 그의 새로운 차갑고 밝은 장소의 일부분인 듯한 깨달음을 다른 것들처럼 갑자기 얻게 되었다. 세 개의 방위각은 그쪽 편에 귀가 없었다. 에너지 무기가 스치며 녹여 버린, 불에 타고 뒤틀린 자리만 남아 있었다.

진짜 전투는 전략 테이블의 시뮬레이션과는 달랐다. 황제가 될 때를 대비해 그걸 기억해야만 했다.

소년이 방 앞쪽으로 걸어 나왔다. 시뮬레이션의 통제권을 잡았다. 여기에는 열한 그루 월계수가 내준 문제보다 훨씬 더 많은 변수가 있었으나 프로그램은 똑같았다. 소년은 함대의 함선들을 움직이는 법을 알았고, 시뮬레이션의 AI가 그를 대신해 보이지 않는 어둠 속에서 외계인들을 움직여 줄 것이다.

소년이 배치한 함선들이 장관의 손끝에서 날아갔던 것처럼 그의 손끝에서 날아갔다. 물론 장관이 그것들을 살아 있는 존재로 춤추게 할 때에 비하면 그 절반도 우아하지 않겠지만. 그는 함선들을 그물 모양으로, 군단을 정원에 식물을 심기 위해 배치하듯이 정사각형 형태로 텅 빈 섹터에 나누어 배치했다. 그런 다음 잘 움직이는 이터널급 기함과 빠른 정찰용 포함만으로 이루어진 좀 더 작은 병력을 모았다. 수색조가 적을 발견하면, 공격조가 그들을 돕기 위해 화력을 갖고서 빠르게 이동하는 것이다. 구성은 그가 원하는 것보다 더 오래 걸렸다. 일부 함선들은 점프게이트 옆에 머물러야만 하고, 보급선이 아주 길고 섹터도 길고 점프게이트의 지연 시간이 계속 쌓여 갔다. 말할 준비가 되었을 때쯤에는 그에게 닿아 있는 모든 시선의 무게가 엄청나게 무겁게 느껴졌다.

"좋아. 돌려 보시오."

그가 어른 야오틀렉처럼, 결정을 내릴 수 있는 성인 남자처럼 말했다.

"나쁘지 않군요." 세 개의 방위각이 말했다. 하지만 그녀는 소년의 시뮬레이션을 돌려 보지도 않았다. "정말로 나쁘지 않습니다. 그물 모양은 정말이지 영리해요. 하지만 이터널급 함선은 그렇게 빨리 못 움직입니다. 그것들은 그렇게 큰 그물 구조에서는 전하가 원하는 곳까지 가지 못할 거예요. 우리도 시도해 봤습니다. 아, 전하께서 태어나기 전이었겠군요. 한 섹션 크기의 그물망은 보급선을 무효화하지요. 그리고 전하는 모든 군단을 하나의 거대한 군단처럼 사용하셨습니다. 거기에는 그만한 장점이 있지만, 야오틀렉의 여섯 군단은 여섯 개의 정신이 한데 모인 거라서 언제나 하나로 움직이지는 않습니다……."

"장관의 말은, 내가 정치에 관해 잊었다는 거요?"

그 물음에 세 개의 방위각이 웃음을 터뜨렸다.

"제 말은, 군인이 되어 보기는커녕 행성 밖으로도 나가 본 적 없는 사람치고는 아주 잘하셨다는 겁니다."

"나도 볼 수 있다면 좋을 텐데."

여덟 가지 해독제는 자신이 어린애처럼 가질 수 없는 것을 요구하고 있다는 걸 알았으나, 스스로도 어쩔 수 없이 그런 말이 튀어나왔다.

"전쟁을요?"

장관이 물었다.

여덟 가지 해독제는 방금 설계한 시뮬레이션을 뜻한 거였지만……

"그렇소."

"전하를 거기로 보낼 수는 없지요. 전하는 한 분뿐이고, 폐하께서 저에게 불같이 노하실걸요."

"여기는 어떻소? 여기, 장관 옆에서도 많은 것을 볼 수 있을 텐데."

"전하는 아주 독한 꼬마뱀이시로군요." **세 개의 방위각**이 그렇게 말하더니 소년의 머리를 헝클었다. 그 손은 따뜻하고 거칠거칠하고 굉장히 놀라웠다. "연령이 어떻게 되시죠?"

"열한 살."

"피와 별빛이여. 열한 살에 저는 제 발톱에 칠을 하고 있었는데요. 좋습니다, 전하. 아침에 여기로 오시면 언젠가 전하를 황제로 만들어 드릴 수 있겠죠."

밀려드는 만족감과 흥분을 밀어내며 **여덟 가지 해독제**는 생각했다. **열한 그루 월계수**가 나한테 뭐라고 할까? 그에게 먼저 물어봤어야 했어. 그리고 그 걱정을 억누르려고 노력했다. 안 그러면 위아래로 쿵쿵 뛰면서 전쟁을 어떻게 지휘해야 하는지 배우는 대신에 발톱에 색칠을 하고 다닐 만큼 어린 풋내기처럼 보일 테니까.

✧ ✧ ✧

마히트는 **세 가닥 해초**를 대여 사무실에 놔두고, 둘이서 스테이션을 떠나 전쟁터로 갈 준비를 하기 위해 일을 정리하러 나왔다. **세 가닥 해초**를 거기 놔둔 건 마히트에게 생각할 시간이 필요하고, 그녀를 쳐다보지 않고서 잠시 숨을 쉴 시간이 필요하기 때문이었다. 르셀에서 그녀의 존재라는 불가능함을 쳐다보지 않고서 말이다. 마히트는 몇 번 방향을 돌리면 나오는 갑판에서 금속 복도 벽에 몸을 기대고 눈을 질끈 감고 몸을 떨지 않으려고 노력했다.

〈운이 좋았어. 운도 좋고 좋은 친구도 있지.〉

이스칸드르가 마히트에게 속삭였다.

우리가 친구인지도 잘 모르겠어. 세 가닥 해초에게는 내가 필요해. 아니 아마 그럴 거라고 생각해.

〈그걸로 암나르트바트를 피하기에는 충분하잖아.〉

잠깐은. 떠나게 되면 우린 다시는 집으로 돌아올 수 없을 거야. 여기서는 아무도 우릴 지켜 주지 않을 거야. 타라츠의 제안 들었잖아.

〈그 인간한테 더 나은 제안을 해. 이제 넌 그럴 수 있어.〉

마히트는 딱히 어디로 갈 생각 없이 걷고 있었다. 실처럼 이스칸드르의 기억을 따라서, 그가 이용하던 길로 간다. 네 갑판 위쪽, 르셀 경제 정책의 엔진인 광부연합의 넓고 사람 많은 사무실들 쪽으로. 책상들과 거기서 일하는 바쁜 스테이션인들을 지나쳐, 의원 사무실 문까지. 이스칸드르가 마히트를 이끈다. 마히트는 그러게 놔두었다. 그들은 함께 이 일을 하고 있었다. 이렇게 된 게 마히트가 그토록 겪고 싶어 했던 통합이라면, 그것은 잘못되었다는 느낌과(마히트는 이렇게 많은 통제권을 이마고에게 넘기기로 되어 있지 않았다. 이스칸드르의 판단과 속도에 올라타고 자신의 자유의지를 아주 쉽게 포기해 버리는 것도 예정에 없었다.) 함께 굉장히 안도감이 드는 과정이었다.

키가 크고 이스칸드르는 기억 못 하는 데다 마히트는 들어 본 적 없는 이름을 가진 타라츠의 비서는, 마히트의 이름을 들은 다음 타라츠의 사무실로 사라졌다. 겨우 몇 분 만에 여자가 돌아왔다.

"의원님께서 만나신답니다. 올 줄 알았다고 전해 달라시더군요."

마히트는 고개를 끄덕여 감사 인사를 하고 비서가 열어 준 문으로 걸어 들어갔다. 마히트는 심지어 자신처럼 움직이지도 않았다. 이스칸드르의 무게중심이 좀 더 높았다. 그는 남성의 신체가 그러듯 가슴부터 앞으로 나아갔다. 지금 당장 멈춰야 했다. 당장 그를 뒤로 빼야 했다.

〈내가 우리를 여기서 빠져나가게 할게. 그런 다음 내가 사과할 테니, 다시 우리가 되는 작업으로 돌아가자고.〉

소리 내서 그녀가, 그들이 말했다.

"타라츠 의원님."

의원이 책상을 돌아 나와서 시체 같고 관절염으로 뒤틀린 손을 내밀자 악수도 나누었다. 르셀에서는 손끝 위쪽으로 몸을 숙이지 않는다. 대신 구식의 인사법을 쓴다. 손과 손을 맞잡고. 육체의 연속성.

"우리의 테익스칼란 방문자에게 무슨 일을 한 거지? 그 여자를 어딘가에 숨겨 뒀나? 아니면 우주로 내던진 건가?"

"숨겨 놨죠." 맙소사, 끔찍하게도 마히트는 이스칸드르가 결국에 여기서 벗어나게 해 줄 거라고 믿었기 때문에 빙긋 웃었다. 그녀의 얼굴에는 너무 큰 그의 웃음이었다. 그녀의 눈은 밝게, 음모를 꾸미듯 반짝이고 있을 게 분명했다. "제가 왜 귀중한 자산을 우주에 던져 놓겠습니까, 타라츠 의원님?"

숨겨진 말: 내가 그럴 리가. 당신은 그럴 거야? 설령 그 자산이 나라고 해도?

그리고 울리는 목소리.

〈마히트, 내가 너였을 때 타라츠는 절대로 기회로부터 눈을 돌릴 수가 없었어. 내가 우리를, 타라츠를 위한 기회로 만들게.〉

"앉게, 디즈마르. 보이드로 가는 게 아니라면, 특사와 뭘 할 계획인지 이야기를 한번 해 보지."

"물론 특사와 함께 갈 겁니다." 마히트가 말했다. 이스칸드르는 유쾌한 면, 거침없는 면이 있었다. 마히트 자신의 무모한 돌진이 아니라 그의 불가피한 성공에 대한 계산적인 믿음. 마히트는 이스칸드르가 그걸 열아홉 개의 자귀로부터 배웠다고 생각했다. 마히트도 지금 그걸 빌렸다. "의원님은 테익스칼란을 함정에 빠뜨리기 위해서 전쟁을 피하셨죠. 의원님과 제 전임자가요. 그 사람은 그걸 원치 않았지만요. 그리고 전쟁은 벌어지고 있습니다. 우리 스테이션의 머리 바로 위에서, 우리 섹터를 관통해서요. 그리고 의원님은 그 전쟁을 볼 눈이 없으시죠."

"나한테 눈이 아직은 없다는 말이겠지."

〈좀처럼 동요하지 않는 사람이야. 이자의 말을 인정하고 계속해.〉

이스칸드르가 마히트의 머릿속에서 말했다.

"제 말이 바로 그겁니다." 마히트는 타라츠에게 단호하고 차분하게 말했다. 차분해지고, 심장이 빠르게 뛰지 않도록 유지하고, 목이 조여들지 않도록 이스칸드르에게 의지하면서. "제가 이 특사와 전쟁에 함께 가서 의원님의 눈이 되도록 하죠. 제가 르셀의 눈이 되겠습니다. 시티에서는 그러지 못했지만."

오래전에 타라츠의 목소리가 매끄러웠던 시절도 있었겠지만, 그 목소리의 씨실은 해어졌고 날실은 거칠어졌다.

"디즈마르, 나를 위해서 이렇게 하겠다는 거라면, 이스칸드르가 그랬던 것처럼 나로부터 숨도록 놔두지는 않을 거야."

"제 전임자와 저는 이 행동 방침에 대해서 합의했습니다." 지금으로서는 분명한 사실이었다. 마히트는 또 한 번 이스칸드르식 웃음을 지었다. 얼굴이 당기는 게 점점 더 편안해졌다. "의원님, 제 지식과 분석 능력을 최대로 활용해서 상세하고 정확한 테익스칼란 군사 활동 정보를 드리죠. 모든 걸."

다시 유용한 사람이 되어서 나를 보호할 가치가 있도록 만들어야 해.

"그건 약속의 시작이 되겠군." 타라츠는 손을 움직여 자신의 말에 대한 구두점을 만들었다. 관절염으로 우아하지 않지만, 그래도 어쨌든 우아하게 움직이는 손이었다. "당신의 눈으로 보고, 분석적인 머리로 해석을 할 수 있다, 그래, 좋군. 하지만 당신 말대로 함정일 뿐인 이 전쟁을 내가 왜 보고 싶어 할까? 난 사디스트가 아니야, 디즈마르. 난 테익스칼란의 실패에 관해 상세히 알고 싶은 마음이 전혀 없어."

마히트는 이스칸드르의 갑작스러운 분노를 느끼지 않으려고 노력했다. 노간주나무 열매로 담근 진의 향기를, 거대한 존재를 죽음으로 몰고 가는 것을 생각하지 않으려고 노력했다.

"하지만 의원님은 저와의 만남을 받아들이셨죠."

이건 도박이었다. 타라츠가 마히트의 눈을 원하지 않는다면, 뭘 원하는 걸까?

"그랬지. 테익스칼란 전함들 속에서 당신이 달리 뭘 할 수 있을까, 마히트 디즈마르? 궁금하군. 당신은 꼭 해야만 했을 때에 '세계의 보석'에서 모든 정치적 요소를 우리에게 이익이 되도록 훌륭하게 배치했어."

경계하며 마히트가 물었다.

"현재 일어나고 있는 일보다 우리에게 더욱 이득이 될 만한 게 뭐가 있죠, 의원님?"

타라츠는 미소를, 아주 잠깐 불쾌한 미소를 번뜩였다.

"아무것도. 아무것도 없지. 전쟁터로 가게, 디즈마르. 전쟁터로 가서, 만약에 적절한 기회가 온다면 함대의 정치 요소들을 잘 배열해 테익스칼란이 계속 전쟁을 하도록 만들어. 이길 수 없도록. 후퇴할 수도 없도록."

"어떻게요?"

마히트가 말했다. 이유를 묻는 것보다 방법을 묻는 게 더 쉬우니까. 유산협회의 의사들을 피하고 싶다면 테익스칼란을 소모시켜 죽음으로 이끌려는 그 낚싯바늘에 낚여야만 한다고 노골적으로 인정하는 것보다 쉬우니까.

〈아니면 최소한 우리가 그럴 거라고 타라츠를 납득시켜.〉 이스칸드르가 마히트에게 악의적으로 말했다. 그녀의 손이 보이지 않는 신경병적 불길로 따끔거렸다. 〈난 10년 동안 내가 여전히 완전한 타라츠의 요원이라고 납득시켰었어. 네게도 그럴 능력이 있어.〉

타라츠가 계속 말했다.

"사보타주라면 직접적으로 좀 경험이 있지 않던가? 그러니 방법을 잘 찾겠지."

마히트는 자기가 책상 위에 토하면 타라츠가 어떻게 할까 궁금했다. 정말 그럴 것 같은 기분이었다.

"테익스칼란 대사가 르셀 스테이션에 최고의 이익을 가져오는 것에 신경 쓰지 않은 적이 있었나요?"

간신히 그렇게 말한 마히트는 자신이 동의하는 것처럼 말했다고 생각했다.

"음."

타라츠는 마히트를 이스칸드르와 비교하며, 그녀의 이마고와 나

눈 20년간의 연락을 토대로 할 때 그들의 통합 깊이를 측정하듯이, 그녀를 얼마나 믿을 수 있을지 정도를 파악하듯이 뜸을 들였다. 마히트는 가만히 있었다. 타라츠의 눈을 마주 보고 시선을 떨어뜨리지 않았다.

마침내 타라츠가 입을 열었다.

"그런 식으로 버티게. 셔틀 타야 하지 않던가, 대사?"

마히트는 자신이 겁에 질려 있는 상황에서 교감성 신경계를 타고 다른 사람의 승리감이 흐르는 기묘하고 혼란스러운 느낌을 받았다. 그들이 이뤄 낸 것에 만족한 이스칸드르는 기꺼이 이 약속을 하고서는 깨뜨릴 것이다.

스스로가 할 수 있을까 별로 자신이 없었다. 전혀 자신이 없었다.

✧✧✧

아크넬 암나르트바트는 세 가닥 해초와 함께 그녀가 도착했던 격납고까지 쭉 걸었다. 격납고는 여전히 짐에서 내리지 않은 상자로 가득했으나, 대체로 그녀가 타고 왔던 것 외에 다른 화물선에서 내린 상자들이었다. 그녀는 르셀 스테이션에 겨우 다섯 시간을 있었다. 아주 짧은 방문이다.(그녀는 마히트에게 그 말을 하는 걸 상상할 수 있었다. 지난번에는 아주 짧은 방문이었으니까, 제대로 나한테 구경을 좀 시켜 주겠어요? 암나르트바트 의원은 분개할 게 분명하다. 테익스칼란 시민에게 르셀의 비밀을 전부 다 구경시켜 주다니.) 문제의 의원은 계속해서 완벽하고, 고르고, 뚫고 들어갈 수 없는 여행 가이드의 말투로 스테이션에 대해서 빠르게 말했다. 그러면서도 진짜 여행 가이드라면 실제로 가리킬 만한 것으로부터 세 가닥 해초를 단호하고 철저하게 떼어 놓았다. 아주 능수능란했다. 세 가닥 해초는 다음번에 살인 무기로 사용되는 물건에 진심으로 흥미가 있는 사람을 죽도록 지루하게 해야 할 경우에 대비해서 마음속으로 메모를 했다.

당신은 우리를 굉장히 싫어하는군요. 그녀는 마음속으로 조숙한 공동 보육원 학생이나 새로운 후보생에게 쓸 만한 수준의 예절로 의원에게 계산되고 즐겁고 보이지 않는 욕설을 했다. 언젠가 그 이유를 찾아내고 말겠어요.

(테익스칼란이 우리를 집어삼킨다고 말한 마히트. 하지만 르셀은, 모두가 어느 정도 테익스칼란어를 이해하는 것 같긴 하지만, 전적으로 르셀 자체이고 전혀 삼켜지지 않았다. 그리고 그녀의 동반인은 언어가 신중하게 다루는 법을 배운 칼이라도 되는 양 사납게 말을 했다.)

재스민의 목호가 보낸 이동 셔틀을 타러 격납고에 도착한 것은 세 가닥 해초의 예상보다 갑작스러웠고, 그래서 조금도 마음의 준비를 할 시간이 없었다. 거대한 격납고 문이 덜컹 열리더니, 그녀는 자신의 짐이(이 모험 전체에서 아주 가볍게 여행하고 있어서 짐가방 딱 한 개뿐이었다!) 마히트 옆에 놓여 있는 것을 발견했다. 마히트의 왼쪽에는 그녀의 가방 한 개가, 오른쪽에는 데카켈 온추가 있었다. 그리고 마히트는 세 가닥 해초를 보자마자 표백이라도 한 것처럼 하얗게, 회백색으로 변했다.

아니. 아크넬 암나르트바트를 보자마자였다.

암나르트바트의 손은 조금 전까지는 잡지 않았던 세 가닥 해초의 팔꿈치를 잡고 있었다. 암나르트바트는 놀랄 만큼 힘이 세고, 마히트를 보리라는 예상은 확실하게 하지 않았던 것 같고……

피와 빌어먹을 별빛이여, **세 가닥 해초**는 현재의 상황에 대한 충분한 정보 없이 작업하는 걸 싫어했다. 마히트가 미리 말해 줄 수도 있었을 텐데. 마히트는 자신이 정치적으로 곤경에 빠져 있다고 넌지시 알려 주긴 했으나, 어떤 종류인지 구태여 설명은 하지 않았다. 그들은 파트너가 되어야 하는 입장인데!

방금 한 것은 재미있을 정도로 잘못된 생각이었다, 안 그런가. 재미있을 정도로 틀린 믿음이고, 거기에 대해서 생각해 봐야 했다. 정말로 생각해 봐야 했다. 두 사람은 더 이상 같은 편이 아니고, 마히트가 시티를 떠난 이래로는 계속 그랬다. 하지만 지금, 암나르트바트의 손가락이 그녀의 팔뚝에 자국을 남기고 있는 와중에 바로 그 앞으로 걸어가면서 **세 가닥 해초**가 생각한 것은 하나뿐이었다. 도망치지 마요, 마히트 디즈마르. 나랑 함께 있다가 저 셔틀을 타고 떠나요. 당신이 도망치면 난 철저하게 망하는 거니까.

비非스테이션 언어와 문학에 관한 추가 학습을 위한 적성 조건의 수정: 패턴 인식과 기억 능력에서의 고점은 모든 르셀 시민에게 제공되는 중간 등급을 넘어서는 진전을 위해서는 그 자체만으로는 충분하지가 않다. 고급 코스로 승급하기 위해서 학생들은 또한 동년배와 성인 양쪽 모두를 상대로 집단 응집력 및 사회적 통합에 높은 적성을 보여야 하고, 스테이션 역사와 문화에 대해서 준비 코스(중급 플러스)를 이미 마쳤어야 한다. 유산 협회의 장래 위원들에게도 똑같은 코스가 선호된다.

— 13~18세 스테이션인을 위한 적성 및 교육 필요조건 안내집, 수정판, 유산협회 의원 아크넬 암나르트바트의 감수하에 르셀 스테이션 유산협회가 발간

당신의 혀는 국화야
왜냐하면 당신의 모든 말이 꽃잎이니까!
언어의 중심에는 줄기가 있어
그게 천여 개 음절의 균형을 잡아.
'내 것'에 접두사를 붙여 보자
'왜'에 접미사를 붙여 보자
'무엇'에 삽입사를 붙여 보자

그리고 혀가 어떻게 언어를 말하는지 보자!

— 테익스칼란 운율 문법, 정보부(교육 부서)의 **열일곱 개의 프레임**이 공동보육원 학생들을 위하여 작업함, 공용

마히트는 문제없이 스테이션을 빠져나갈 수 있을 거라고 생각했었다. 말끔하게 벗어나지는 못하더라도 말이다.(절대로 말끔해질 수는 없었다. 말끔하게 빠져나가는 건 불가능하다. 테익스칼란이 가르쳐 주었다. 테익스칼란과 이스칸드르, 그리고 이제 다지 타라츠가 다시 한번 증명해 주었다.) 그녀는 **세 가닥 해초**가 호출한 셔틀을 타고 즉각적인 위험 대신에 위험할 수도 있는 곳으로 뛰어들 것이었다. 외계 종족의 사격에 죽지 않을 수도 있다. 가끔 사람들은 그렇게 죽지 않기도 한다.

하지만 아직까지 마히트는 여기에서, 막 도착한 테익스칼란 셔틀로부터 몇 센티미터 떨어진 곳에서 아크넬 암나르트바트를 내려다보는 중이었다. 나쁜 운 때문인지 엄청난 영리함 덕택인지 둘 다인지 잘은 모르겠지만, **세 가닥 해초**를 사로잡은 암나르트바트.

너무 빠르게, 너무 시끄럽게 밀려오는 물처럼 귀에서 심장 소리가 들렸다. 마히트는 기절하거나 또는 곧장 셔틀을 향해 달리거나 둘 중 하나를 택할 것 같았다. **세 가닥 해초**와 암나르트바트는 그녀를 향해 느리고 끔찍한 파도처럼, 앞지르기 힘든 거대한 문제처럼 다가오고 있었다. 데카켈 온추가 바로 옆에 서 있는 것도 조금의 도움이 되지 않았다. 온추는 자신에게 마히트의 유용성은 끝났다고 분명하게 밝혔다. 그것은 마히트가 한 달 전 르셀로 돌아와서 온추가 이스칸드르에게 보낸 비밀 메모를 자신이 받았다고 즉시 말하지 않았던

그 순간에 끝났다. 온추는 암나르트바트가 정중하게 요구하면 마히트를 넘겨줄 것이다. 조종사협회는 유산협회가 새로운 조종사 이마고 라인을 계속 승인해 주기를 바란다. 안하메마트 게이트 출구에서 외계 종족에게 수많은 이마고 라인을 잃었기 때문이다. 온추는 테익스칼란 선박이 르셀 스테이션에서 떠나는 것을 감독하기 위해 여기에 왔고, 그것이 확실하게 떠나도록 할 것이다. 마히트를 위해서는 아니다. 이 작은 현장은 전부 정치적인 거고, 마히트는 여기서 활약할 선수가 아니었다. 마히트는 모두에게 다 쓰고 쓸모없어진 자원이고, 다지 타라츠는 그녀를 안전하게 지켜 주는 게 아니라 그냥 놔둘 만큼만 신경 쓸 뿐이었다. 그리고 세 가닥 해초……

……는 암나르트바트가 격납고로 자기를 데려오는 동안 맑고 단호하고 격분한 눈으로 그녀를 보고 있었다. 마히트는 차갑게 맑아진 머리로 생각했다. 내가 뛰면, 세 가닥 해초를 스파이 혐의로 죽이려들겠지. 그리고 더욱 차가운 깨달음. 세 가닥 해초는 스파이일 수도 있어. 그리고 난 저 사람을 우리 스테이션에서 내보내야 해. 나도 같이.

〈너 자신도 스파이라고, 이제.〉

마히트는 이스칸드르의 중얼거림을 무시했다. 자신이 다지 타라츠에게 무엇을 약속했는지 생각하고 싶지 않았다. 지금은 안 돼. 이 일이 끝나기 전엔 안 돼. 이 일이 끝난다는 게 있다면, 그때는 사람이 극단적인 상황에서 뭘 약속하는지 생각해 볼 시간이 충분히 있을 것이다. 반쯤 이마고가 선택을 이끌도록 놔둘 경우, 그들이 살아 있는 기억 사슬의 일부가 되기 전이었다면 절대로 하지 않았을 선택과 약속을 하게 된다는 걸.

"의원님." 자신도 모르게 말한 마히트는 그 편안한 목소리에, 실제로는 전혀 느끼지 못하는 매끄럽고 떨림 없는 자신감에 깜짝 놀랐다. 이번에는 이스칸드르가 아니라 자신의 말투였다. 전부 그녀의 것인데, 완벽하게 차분했다. "예상도 못 해서 깜짝 놀랐습니다. 의원님 비서에게 메시지를 남길 필요가 없겠군요. 제가 피할 수 없는 호출을 받아서 업로드 약속은 연기해야겠습니다."

이제 금방이라도 암나르트바트는 아뇨, 마히트, 당장 나와 함께 가죠라고 말할 거고, 테익스칼란 사법부의 미스트 요원들처럼 그림자 속에서 유산협회 보안 요원들이 시야에 나타나서는 마히트를 끌고 갈 것이다. 금방이라도 암나르트바트는 봤어요? 디즈마르는 위험인물이에요, 우리 스테이션에 이 테익스칼란 요원이 들어오도록 했다고요라고 말할 테고 심지어 완전히 틀린 것도 아니었다. 이제 금방이라도.

"대체 어디로 이렇게 급하게 소환이 되었단 말이죠?"

아크넬 암나르트바트가 부드럽지만 단조롭게, 증류수처럼 물었다.

세 가닥 해초가 테익스칼란어로 끼어들었다.

"죄송합니다만, 암나르트바트 의원님, 르셀 스테이션에서 테익스칼란으로 파견한 대사의 활동을 부활시키는 게 제 임무였어요."

그 언어는 오랜만에 처음으로 마히트에게 틀리게 느껴졌다. 상황상. 밝은 빨간색과 오렌지색의 옷을 입고 테익스칼란인답게 완벽한 **세 가닥 해초**는 격납고 한가운데 놓인 잘린 독화毒花 같았다. 아름다우면서도 위험해서 거기 있어서는 안 되는 존재. 죽을 것이고 죽으면서 주위의 것을 모조리 함께 없애버릴 듯한 존재.

암나르트바트는 **세 가닥 해초**부터 마히트, 문을 연 채 대기 중인 셔틀을 힐끗 본 다음 눈썹을 치켜올리고 농축 신맛 가루를 봉투에서 곧장 맛본 것처럼 입술을 오므렸다. 그런 다음 **세 가닥 해초**의 팔을 놓아주었다.

거기 멍 자국이 남으려나. 마히트는 생각했다.

〈갑작스럽게 움직이지 않는다면 확인할 기회가 생길지도 몰라.〉

이스칸드르가 속삭이는 방식이 꽤나 추잡해서 마히트는 자신의 머릿속으로부터 숨어 버리고 싶어졌다. 그 암시는 그녀의 것일까, 그의 것일까? 둘 다? 앞으로는 그걸 구분하기가 얼마나 어려워질까?

암나르트바트는 테익스칼란어로 말하지 않았다. 마히트는 암나르트바트가 테익스칼란어를 완벽하게 잘한다는 걸 알고 있었다. 하지만 암나르트바트는 **세 가닥 해초**가 스테이션어를 그다지 이해하지 못한다는 것 또한 분명히 아는 듯했다.

"그런 건가요, 디즈마르? 고향에 당신 기억을 저장하는 일을 빚지고 있는데도 제국으로 돌아가겠다고?"

마히트는 움찔했다.

"저는, 아니, 우리는 전쟁터에 가는 겁니다. 시티가 아니라. 의원님."

복수형. 복수형을 쓸 때는 주의해야 했다. 마히트는 분명하게 자신과 **세 가닥 해초**를 의미한 거였다. 당연히.

더 젊고 망가진 버전의 이스칸드르, 섹스에 관심이 덜하고 좀 더 사나운 쪽의 그가 말했다.

〈우리한테 '우리'는 적절한 단수야.〉

마히트는 사고라는 걸 좀 하게 두 이스칸드르가 그녀를 놔뒀으면 좋겠다고 바랐고, 또 그런 걸 바라지 않았으면 좋았을 거라고 생각했다. 이스칸드르가 없던 때에는 돌아오기만을 절실하게 바랐었는데.

암나르트바트가 마히트를 훑어보고 옆에 있는 온추도 훑어보았다. 그 눈에는 어마어마한 비판이 담겨 있었고, 완전히 무시하는 기색도 있었다. 허, 당신이 원한다면, 어차피 당신한테 무슨 쓸모가 있어? 마히트는 그렇게 상상했다. 거의 확실하게. 설명할 말도 없는데 설명할 임무가 주어졌다. 막을 수가 없었다. 시티 이래로 그녀는 막을 수가 없게 되었다. 하지만 그때 암나르트바트가 여전히 스테이션어로 말했다.

"자살하려면 남의 전쟁에 가는 것보다 더 쉬운 방법이 수두룩한데."

마히트는 그 가시가 자신을 향하고 있다고 생각하지 않았다. 그것은 온추를 향한 거고, 온추를 통해 다지 타라츠에게까지 이르는 걸지도 모른다. 남의 전쟁. 테익스칼란의 변덕이라는 자비하에 또다시 르셀 자원을 낭비한다.

당신이 협박하지 않았다면 안 갔을 거예요. 전 르셀을 떠날 마음이 없었어요. 이제 막 집에 왔다고요. 전 집에 왔어요, 의원님.

생각은 싸구려다.

"전 살아서 돌아올 예정입니다. 다른 거 또 있나요, 의원님?"

이제 확실하게 보안 요원들이 오겠지. 혹은 온추가 끼어들거나, 세 가닥 해초가 갑자기 텔레파시 능력이 생겨서 적당히 노려보면 마히트에게 뭘 할지 지시할 수 있는 듯이 보는 걸 그만둘 것이다.

"아, 그럼 어서 가요." 아크넬 암나르트바트는 별일 아니라는 듯이 셔틀 쪽으로 한 손을 흔들었다. "숨 쉴 수 있는 동안에 즐겨요." 암나르트바트가 세 가닥 해초의 어깨를 두드리자 그녀는 눈에 띄게 몸을 움찔했다. "온추 의원님? 테익스칼란인과 그…… 피보호자가…… 우리가 통제하는 우주에서 나가는 동안에 잠깐 얘기 좀 하죠."

"물론입니다, 의원님. 행운을 빌죠, 마히트. 그리고 당신에게도 행운을 빕니다, 특사님."

온추가 매끄럽게 대답했다.

최소한 온추는 **세 가닥 해초**에게 직접 이야기할 때 테익스칼란어로 바꾸는 정도의 신경은 썼다. 또한 그녀와 마히트가 서 있는 곳에서 즉시 떨어져 나와서는 암나르트바트를 불러 함께 물러나는 깜냥이 있었다. 테익스칼란인, 망가진 대사 같은 이 사소한 모든 건 르셀 의원 한 명이 다른 의원과 나누는 대화에 비하면 전혀 중요하지 않은 듯이. 직설적이었다. 직설적이고 교묘했다. 마히트는 그런 여자로 성장하는 것을 상상할 수 있었다. 자기가 그만큼 오래 산다면……

셔틀의 열린 문은 마치 마치 어두운 입처럼 보였다. 마히트는 시티에 들고 갔던 것보다 더 작은 짐가방을 들고 안으로 들어갔고, **세 가닥 해초**는 바로 뒤 왼쪽에 있었다. 떨어졌던 팔다리가 갑자기 다시 자라난 것처럼, 그녀는 그 자리에 딱 맞아 들어갔다. 그들이 그동안 내내 대사와 담당자, 야만인과 문 열기 담당이었던 것처럼. 모든 것이 하나도 변하지 않은 것처럼.

✧ ✧ ✧

여덟 가지 해독제가 잠에서 깨니, 침실 창문틀 안에 황제가 서 있었고 그 뒤로 달빛이 밝게 빛났다. 그녀는 황제가 되기 전에 입던 하얀 옷을 입고 있어서 꿈에 나온 환영처럼, 유령처럼 보였다. **여덟 가지 해독제**는 1년 전으로 돌아가서 깨어난 게 아닌지, 선대-황제가 자살한 후 그가 빠져든 모든 세상이 꿈이 사라지듯이 완전히 없어져 버린 게 아닌지 생각했다. 어쩌면 그는 열 살일지도 모른다. 오늘 있었던 모든 일은 정원으로 가서 황궁 벌새들을 보고, 선생 앞에서 시를 암송하고, 그와 친해지라고 보내진 또 다른 아이를 피하고 다닌 것뿐일지도 모른다. 그리고 잊어버린……

열아홉 개의 자귀가 그를 쳐다보고 있었다. 현실 세계가 반쯤 떠오른 부분적 기억 속으로 사라지기를 거부했다. 그는 열한 살이고, 유일한 황위 후계자이고, 어제 전쟁부 장관에게 어떻게 사령관이 되는지 알려 달라고 설득했다.

"너한테 보여 주고 싶은 게 있단다."

열아홉 개의 자귀의 시선은 굉장히 무거웠다. 그녀는 지금 모든 주의를 소년에게 쏟고 있었고, 그는 셔츠도 안 입고 침대에 있었다. 갑자기 부끄러워서 가슴까지 이불을 끌어당기며 일어나 앉았다.

"……폐하?"

겨우 1분 전에 잠에서 깬 것처럼 말하지 않으려고 노력했다. 아니면 너무 어린애처럼 말하지 않으려고.

황제가 창문에서 떨어지자 그림자도 나뉘었다. 그녀는 한 손에 뭔가를 들고 있었다. 금속으로 된 날카로운 것이다. **여덟 가지 해독제**는 그 형태를 알아볼 수가 없었다. 어쩌면 칼일지도 모른다. 그녀가 그를 찌르고 태양-창 왕좌를 자신과 (그게 누구든 간에) 후계자를 위해 영원히 차지하려는 걸지도 모른다. 그녀를 멈출 수 있을까? **열한 그루 월계수**가 기본적인 격투술을 알려 줬고, 에너지 권총을 어떻게 쏘는지도 알지만, 그에게는 에너지 권총이 없었고 **열아홉 개의 자귀**는 몸무게가 그의 두 배였으며, 그는 누워 있고 그녀는 서 있었다. 즉 황제는 필요한 모든 이점을 다 갖고 있었다.

그건 칼이 아니었다. 정확하게는.

화살촉 같은 그것은 **여덟 가지 해독제**가 우주여행 이전 인류와 그 죽고 죽이던 역사에 대한 홀로그래프에서 본 무언가를 닮았다. 하지만 컸다. 손바닥만큼 크고, 어둡고 청동 같은 금속으로 만들어졌다. 달빛이 그 모서리에서 빛났다. 녹이 슨 것처럼 보였다. 아니, 녹슨 게 아니었다. 얼룩진 거였다. 피, 굳어서 떨어져 나가는 게 정상일 정도로 오래된 피. **열아홉 개의 자귀**가 그것을 내밀었다.

“어서. 받으렴.”

그는 받았다. 그것은 무거웠다. 얇고 투명한 라커 같은 걸로 칠해져 있어서 피가 남아 있는 거였다. 추억의 물건이구나. 태양-창 왕좌의 끄트머리 같은 창끝. 중심에서 아래쪽으로 등뼈처럼 솟은 부분이 있고, 그 등성이를 따라 엄지손가락으로 쓰다듬자 자국이 느껴졌다. 가장 깊은 부분을 꾹 눌러 보았다. 금속 등뼈의 얇은 패널이 소리 없이 젖혀졌고 그 안에는 홀로그래프가 있었다. 이 물건 전체가 커다란 인포피시 스틱이며, 막 부러뜨려 연 것만 같았다.

그것은 이미지였다. 아주 작고, 상형문자 주석도 없었다. 하지만 **여덟 가지 해독제**는 분명하게 알아볼 수 있었다. 중년에 강하고 머리는 풀어서 거의 엉덩이까지 닿고, 네발짐승(기억이 떠올랐다. 말이야, 저건 말이야, 아니면 낙타든지, 하지만 난 말이라고 생각해.) 위에 앉은 선대-황제의 모습을. 그리고 그 옆, 또 다른 말 위에 제4군단 군복을 입고 계급장은 전혀 없는 **열아홉 개의 자귀**가 있었다. **여덟 가지 해독제**는 나이를 그리 잘 판단하지는 못하지만, 그녀가 스무 살쯤 되었을 거라고 생각했다. 많게 잡아서.

홀로그래프 속에서 둘 다 웃고 있었다. 비밀을 공유하는 것처럼. **열아홉 개의 자귀**는 끝에 금속 촉이 달린 긴 막대를 손에 들고 있었는데, 거기서 피가 떨어지고 있었다. 그녀의 이마에는 적에게서 피를 묻혀 누른 것처럼 황제의 손가락 모양으로 피가 묻어 있었다. **여덟 가지 해독제**가 지금 들고 있는 것은 그 막대에 있던 창촉이었다. 백 퍼센트 확신할 수 있었다.

"왜 저한테 이걸 보여 주시는 건가요?"

황제는 미소를 짓지 않았다. 대신 침대 가장자리로 와서 앉았다. 그 무게는 침대에 거의 영향을 미치지 않았다. 처음으로 **여덟 가지 해독제**는 그녀가 말랐다고 생각했다. 유행에 안 맞게 키가 크지만, 황제의 정복을 입고 있을 때는 항상 어깨가 넓고 강해 보였다. 하지만 지금은 창문으로 들어오는 달빛 속에서 유령처럼 가벼워 보였다.

"왜냐하면 난 네 선대를 사랑했으니까, **여덟 가지 해독제**. 난 그를 모셨고, 그를 위해 죽을 수도 있었어. 거기 있는 우리를 봤지? 그때 난 이후 30년 동안에 관해서는 아직 몰랐지. 내가 뭘 하는지, 그가 뭘 하는지, 그가 내게 뭘 요구하는지. 하지만 난 내가 그의 테익스칼란을 믿는다는 건 알고 있었어. 평화를 유지할 정도로 강한 제국을. 우리가 그 힘을 충분히 쌓을 수만 있다면 말이지. 그리고 우리는 해냈어. 해냈지, 수십 년 동안. 그걸 쌓고 유지했어."

"영원하지는 않았죠."

여덟 가지 해독제는 그 말을 하면서 그녀를 쳐다볼 수가 없어서 조그만 홀로그래프 속 황제만을 보았다. 그 자신이 흘린 희생의 피로 얼룩지지 않은 황제를. 그 피가 흐른 지 30년 후에도 **여덟 가지 해독제**는 여전히 그것을, 그게 어떤 모습이었는지를 볼 수 있을 것이다. 말에도 온통 묻어 있겠지.

"모든 게 그렇지." **열아홉 개의 자귀**의 말은 끔찍했다. 특히 그렇게나 덤덤하고 단호한 포기조여서. 어른이 된 세상에서 온 진실. 황제의 세상에서 온 진실. “하지만 난 여전히 그 테익스칼란을 믿어. 태양신전에서 날 황제로 만들 때, 여섯 방향은 그 테익스칼란을 믿고 내게 넘겼어. 그리고 그다음엔 너에게.”

“전 열한 살이에요.”

여덟 가지 해독제는 그 말로 황제를 몰아낼 수 있기라도 할 것처럼 말했다. 금속제 기억의 창촉을 하도 세게 쥐어서 손가락 관절이 하얘졌다. 조그만 홀로그래프가 떨렸다가 다시 안정되었다.

“열한 살이지, 작은 스파이.” 열아홉 개의 자귀가 동의하고서 한숨을 쉬었다. “넌 열한 살이고, 여섯 방향이 아니야. 아무리 둘의 얼굴이 닮았다 해도 말이야. 네가 그렇게 될 필요가 없도록 내가 확실히 해 뒀지.” 말을 잇는 그녀의 입술이 비틀렸다. “내가 그렇게 둔 이후에도 여섯 방향이 내게 테익스칼란을 넘겼다는 게 가끔 참 놀라워. 그걸 위해서 내가 한 짓을 생각하면. 하지만 난 네가 그가 아니라는 걸 알아, 여덟 가지 해독제. 명확하게 알지.”

여덟 가지 해독제는 묻고 싶었다. 뭘 했나요? 폐하가 그 얘기를 할 때 그런 얼굴을 하게 하는 어떤 일을 했나요? 폐하께서 그러지 않았다면 저한테 무슨 일이 있었을까요? 하지만 목소리가 나오지 않았다.

“그래서 우리는 선대와 내가 친구였던 것 같은 방식으로 친구가 될 수 없는 거란다. 그리고 넌 지금 열한 살이지. 하지만 이미 여기에 얽혔어. 전쟁부에 갈 방법을 찾아내서 세 개의 방위각에게 약속을 받아 내는 어린애는, 어린애라 할지라도 정치인이야. 너도 알겠지.”

“네, 알아요. 거기에 간 건 죄송해요.”

여덟 가지 해독제가 아주 조용하게 말했다.

“아, 피와 별이여, 그러지 마라. 난 멍청이나 지루한 애보다 영리하고, 짜증 나고, 흥미로운 후계자 쪽이 더 좋으니까. 안 그러면 우리가 네 선대의 테익스칼란을 어떻게 만들겠어?"

그녀는 집단으로서의 복수형을 쓰고 있었다. 그들이 대등한 것처럼. 둘 다 성인이고 그녀가 그를 믿는 것처럼. 그건 아마 사실이 아니겠지만, 그녀가 그에게 거짓말을 하거나 그가 너무 어려서 알 수 없는 것을 알지 못하게 막으려 한다면 애초에 왜 이런 이야기를 하는 건지 알 수가 없었다.

"우린 전쟁 중이죠, 폐하? 우리가 이 외계 종족과 싸운다면, **여섯 방향**의 평화로운 제국을 어떻게 유지하죠?"

"유지 못 하지. 그러니까 우리는 이기든지, 아니면 전투의 변수들을 바꿔야 할 거야."

"**세 개의 방위각**의 프로젝션에서는 이기는 것 같은 모습을……."

"예상 밖으로 그랬지. 나도 들었다. 상세하게. 날 위해서 네가 이렇게 해 줬으면 좋겠구나, 작은 스파이. 조그만 후계자야. 이 창촉을 갖고 있고, 너의 황제가 널 위해 뭘 원할지 잘 모를 때는 이걸 보렴. 내가 오늘 밤 말한 게 떠오를 거야. 그리고 전쟁부로 가서 날 위해 거기서 무슨 일이 일어나고 있는지 봐. 왜 **열한 그루 월계수**가 너에게 그렇게 관심을 갖는지 알아내. **세 개의 방위각**이 이 전쟁에 정말 이기려고 하는지, 아니면 전투의 변수들을 이대로 유지하고 싶어 하는지 알아내. 네가 돼. 정확히 지금까지 그랬던 대로. 하지만 주의를 기울이도록."

여덟 가지 해독제는 혀가 마비된 듯했고 손가락도 마찬가지 느낌이었다. 심장이 쿵쿵 뛰었다. 왜 **세 개의 방위각**이 전쟁에 이기고 싶어 하지 않을까 잘 모르겠다. 테익스칼란의 전투에서 승리하는 것이 전쟁부의 존재 의미가 아닌가? 하지만 그는 간신히 고개를 끄덕이고(어떻게 끄덕이지 않을 수 있겠는가?) 창촉을 가슴에 댄 채 꽉 쥐었다.

"좋아. 이제 도로 자렴. 넌 겨우 열한 살이야. 아직 한창 자야지."

황제는 손을 내밀어 차가운 손끝으로 그의 뺨을 건드렸다. 상냥한 손길이었다. 그런 다음 일어나서 방을 나갔다. 방문이 그녀의 뒤로 희미하게 찰칵 소리를 내며 닫혔다.

여덟 가지 해독제는 전혀 자지 못했다. 대신에 새벽이 밝아 오면서 빛이 홀로그램을 통과해 반짝이며 죽은 선대를 햇살에 빛나게, 신처럼 변모시키는 것을 보았다.

✧✧✧

펠로아2 이후 몇 시간마다 장례 연설이 있었다. **아홉 송이 부용**은 오랜 전통을 지켜서 거의 쓰이지 않는 주파수로 함대 전체에 죽은 사람들의 이름을 암송하는 통신을 내보냈다. 제10군단은 전투 중이 아니면 이전의 사상자 천 년 치를 읊었다. 그들은 일주일 반마다 가장 최근에 희생된 병사부터 이 제복을 입고 죽은 최초의 테익스칼란인에 이르기까지 한 바퀴씩 돌려 읊었다. **아홉 송이 부용**은 그 사람의 이름도, 기도 중에 읊는 그 노래의 낮은 톤도 잊을 수가 없었다. **두 그루 초야**. 선인장의 모든 바늘로 찌르는 것 같은 이름, 앞에 함장이나 이칸틀로스를 붙이면 아주 멋지게 어울릴 이름. **두 그루 초야**는 천 년 전, 이름에 어떤 직위나 계급을 붙이기도 전에 열일곱의 나이로 사망했다. 그의 이름에서 유래한 이름들도 여러 가지가 있었다.

전투 중에 장례 주파수는 끝없는 기억의 반복을 멈추고 실제 장례 연설을 내보냈다. 그 연설이 아무리 작고 보잘것없게 끝난다 해도. 약간의 노래, 피가 그릇에 떨어지는 소리, 그리고 다음으로.

열여섯 번의 월출이 펠로아2에서 한 일이 외계 종족을 깨워 전면 경계 태세로 만들었는지, 사태가 너무나 빠르게 일어나고 있었다. 아직까지 함대 전체가 전투에 엮이지는 않았다. 그들은 여전히 가장자리만 시험하고 있었다. 가장자리는 대체로 **열여섯 번의 월출**의 부하들인 제24군단이고, 함대의 현재 배치에서 왼쪽 끄트머리에 위치한 **마흔 개의 산화물**의 제17군단 일부였다. 적은 좌측면을 좋아했다. **아홉 송이 부용**은 정지된 통신기의 침묵을 넘어 어딘가에, 이 섹터의 몇 안 되는 별들 사이 어두운 장소에 기지가 있는 게 아닐까, 혹은 최소한 그녀의 눈에 보이지 않는 대규모의 함선들이 있는 게 아닐까 생각하기 시작했다. **바퀴의 무게**호 왼쪽 어딘가에.

그녀는 펠로아2를 재점령한 결과를 예상했었다. 그건 선언이었다. 우리가 여기 왔으니 이 행성과 이 사람들은 우리 것이고 다시 우리 것으로 돌아올 것이다. 펠로아는 세계에 속한다. 펠로아는 테익스칼란이다. 꺼져. 물론 보복은 있을 것이다. 하지만 그녀는 정신적으로 적에 대한 대비가 되어 있지 않았었다. 피투성이 별이여, 하지만 그녀에게는 '적'이나 '외계 종족' 말고 더 나은 이름이 필요했다. 정보부 외교관은 놈들이 스스로를 뭐라고 부르는지 알려 줄 정도로 빨리 여기에 오지 못했다. 소모전이 더 나았을 거란 판단도 미처 내리지 못했다.

펠로아2의 불에 타고 내장을 끄집어낸 행성 전체의 시체 이후로 그녀는 이 외계 종족이 허무주의적이고, 자원을 파괴하고, 권력이나 식민지보다 영토를 더 탐낸다는 확신을 가졌다. 하지만 함대의 가장

자리를 건드리고 열여섯 번의 월출이 보낸 정찰함 몇 대를 깔짝거리는 류의 소모전은 다른 이야기였다. 그건 영리한 행동이었다. 테익스칼란의 큰 병력이 쫓아갈 상대도, 확실한 목표물도 찾지 못하게 하는 것이니까.

장례식뿐이다. 오늘은 아직까지 여섯 명이었다. 샤드 조종사 두 명과 마흔 개의 산화물의 4인용 정찰용 포함 한 대였다. 그녀는 홀로로 그 배의 죽음을 재생해서 봤다. 외계 종족은 함선을 녹이는 침에 별로 상관하지 않았다. 그들은 자기네 은폐 시스템이 끝날 때 동반되는 기묘한 시각적 왜곡과 함께 그냥 나타나서 에너지 무기를 발사해 배를 조각조각 찢어 버렸다. 조종사들과 승무원들은 불에 타고 부서지기 전에 반응할 시간조차 없었다. 물론 그건 그 세 개의 고리가 돌아가는 외계 함선이 어디에든 있을 수 있다는 뜻이었다.

죽음이 너무 많았다. 매번 샤드 시각에 접속할 때마다 또 다른 사람이, 또 다른 테익스칼란인이 사망하고, 집단적 떨림과 날카로운 슬픔, 깊게 타오르는 분노의 메아리가 느껴졌다. 우리가 이렇게 쉽게 목숨을 잃을 수 있다니. 이 적이 어찌 감히 이렇게 벌도 받지 않고 돌아다닌단 말인가.

그 모든 것, 막에 남는 죽음의 잔상. 시각적 링크뿐만 아니라 고유감각까지 가진 샤드 조종사에게는 얼마나 더 끔찍할까. 훨씬 더 끔찍하겠지. 거의 확실하게.

아홉 송이 부용은 곧 엄청난 군세를 이끌고서 여전히 눈이 가려진 채 진격해야 했다. 그들을 압도하고…… 그들이 어디에 있든……

스무 마리 매미가 어깨를 두드리기에 아홉 송이 부용은 깜짝 놀랐다. 홱 돌아서며 마치 스파링 경기장에 올라 있는 듯이 손이 올라가 그의 목을 밀어냈다. 이런 식으로 반응하지 않은 지 몇 년은 되었는데. 스무 마리 매미가 양손을 들고 뒤로 물러났다.

"맬로mallow, 아욱."

아주 부드러운 말투였다. 맬로는 아홉 송이 부용의 후보생 시절 별명이었다. 그녀가 더 부드럽던 시절. 이제는 그 효과를 기대해서 사용하는 건 고사하고 그 별명을 기억하는 사람도 없었다. 수치심이 천천히 솟아올랐다. 그녀가 자신이나 이 함대를 통제하지 못한다는 희미한 두려움도 마찬가지였다.

"미안. 자네가 올 거라고 예상을 못 했어."

그녀의 말에 스무 마리 매미가 고개를 저었다. 아주 조그만 떨림이 그의 어깨에 다시 나타났다. 제복 목깃을 규율에 완벽하게 맞는 자리로 바로잡고, 그녀에게 미소를 지으며 커진 눈을 깜박이고 입술을 곡선으로 휘었다.

"장례식을 듣고 계셨죠. 저라도 놀랐을 겁니다."

그는 그녀를 용서하는 일종의 방식으로 말했다.

"계속 하고 있어. 이걸 끄거나 하다못해 좀 낮추고 실제로 일을 해야 되는데."

"우리 사상률이 너무 높아요. 더 오래 기다릴 수가 없습니다. 우리의 가장 모험심 강하고 빠른 배들을 잃는 건 사기를 엉망으로 만들어요, 야오틀렉. 우린 뭔가, 뭐라도 해야 합니다."

"열여섯 번의 월출처럼 말하는군."

스무 마리 매미는 움찔했다.

"아니길 바랍니다. 하지만 우리가 상대하고 있는 건 대단히 꺼림칙하고, 우리 군도 다들 압니다. 군이 그걸 보고, 그것 때문에 다치는 상황은 이제 끝내고 반격해야만 합니다."

"우린 여전히 저 밖에 뭐가 있는지 몰라." 자신의 목소리에 섞인 씁쓸함을 혐오하면서 아홉 송이 부용이 말했다. "함대에 전면 공격을 명령할 수는 있지만, 우리가 보급품과 지원군 없이 학살의 장으로 뛰어든다면……."

"사령관님을 위해서라면 갈 겁니다. 이 배의 모두가요."

"나도 알아."

그게 문제였다.

스무 마리 매미는 알겠다는 의미로 고개를 살짝 끄덕였으나 말을 멈추지는 않았다.

"신뢰는 끝없이 회복되는 자원이 아닙니다. 충성심은 그럴 수도 있지요. 조금 더 오래요. 특히 우리가 상대하는 적이 자기네가 차지한 것을 사용하려는 마음조차 없는 놈들이니……."

"난 놈들이 사용할 마음이 있다고 생각해. 어떤 식인지 우리가 아직 이해하지 못했을 뿐이야."

"그놈들이 펠로아2에 한 짓이 어떻게 유용한지 이해조차 하고 싶지 않습니다." 스무 마리 매미의 말투는 그녀의 오래된 별명을 부를 때처럼 부드러웠다. "이해를 하면 영원히 제가 더러워질 것 같군요."

이런 말에 어떻게 대답을 할 수 있을까? 아홉 송이 부용은 양손을 펼치고 어깨를 으쓱였다.

"나도 더 오래 기다리지는 않을 거야. 약속해."

그저 특사가 올 때까지만. 특사는 지금부터 두 시프트 후로 예정된 재스민의 목호를 타고 오기로 되어 있었다. 그건 그러니까, 아, 장례식을 네 번 더 한 후였다.

✧✧✧

재스민의 목호의 안쪽은 충격적이었다. 마치 오랫동안 맑은 정제 공기 속에 있다가 높은 습도 속으로 내던져진 기분이었다. 실제 대기에 마히트가 확실하게 구분할 만한 차이가 있는 건 아니었다. 재스민의 목호는 우주선이고, 르셀 스테이션 자체를 포함해 다른 모든 우주선처럼 기후가 통제되고 산소도 조절되고 있기 때문이다. 차이는 그게 테익스칼란 기준이라는 거였다.

벽은 금속과 플라스티스틸로 되어 있었지만, 금색과 초록색과 짙은 분홍색 무늬로 뒤덮여 있었다. 군용 보급선의 형식과 구조를 다 갖추고 테익스칼란 상징주의를 뒤집어쓰고 있는 것이다. 초록색 무늬, 자라는 것들, 밝은 별. 꽃. 제기랄, 사방에 있는 꽃들을 어떻게 잊어버릴 수가 있지? 격납고 천장에 그려져 있던 하얀 재스민 무늬, 회색과 금색 함대 제복을 입고 모든 눈 한쪽에 클라우드후크를 쓴 테익스칼란인들. 마히트가 무거운 공기를 들이켜고 있다고 느낀 것도 놀랄 일이 아니었다.

"잘 돌아왔어요." 세 가닥 해초가 여전히 마히트의 왼쪽 뒤에서 말했다. 그들은 셔틀에서 나와서 승객용 갑판이 있는 격납고를 지나가는 중이었다. 고통스러우리만큼 익숙한 위치였다. "아니면, 전쟁터에 잘 왔다고 해야 할까요?"

그녀는 재스민의 목호를 타고 오는 내내 마히트에게 거의 말을 하지 않았다. 그저 마히트를 쳐다보며 "참 흥미롭네요."라고 중얼거리고는 입을 다물었다. 주홍빛의 조용한 존재. 테익스칼란인 특유의 텅 빈 반응. 그들 둘 다 암나르트바트와의 만남이 다른 방식으로 끝나리라 생각했을 거라고 마히트는 추측했다. 그리고 둘 다 왜 그렇게 끝나지 않았는지 잘 몰랐다. 덕택에 불편한 동반 관계가 되었다. 둘 다 서로에게 그게 왜 재앙같이 되었는지를 설명하지 않고서는 재앙이 아니었던 재앙에 대해 이야기하는 방법을 몰랐다. 그리고 그걸 설명한다는 건 마히트에게 너무 위험하게 느껴졌다. 아마 세 가닥 해초 역시 그랬을 것이다.

이제 재스민의 목호에 제대로 들어왔고 함대에 도착할 때까지 '두 개의 점프게이트를 건너고 그 사이를 아광속으로 기어가는' 여행 시간이(이걸 주관적인 일곱 시간이라고 해 두자.) 걸리는 상황에서, 마히트는 자신과 세 가닥 해초가 모든 걸 다시 시작해야 한다는 것을 깨달았다. 처음으로 돌아가는 것이다. 내가 당신을 사보타주하지 않을 거라고 가정하죠와 내가 바보가 아니라고 가정하죠로.

돌아가기엔 먼 거리처럼 느껴졌다. 특히 이번에는 마히트가(아마 아무것도, 아무것도 결정되지 않았으리라고 스스로에게, 아니면 이스칸드르에게 계속 말했다. 손바닥 전체에 퍼져 나가는 신경통의 찌르는 느낌을 모면하기 위해서였다.) 사보타주를 저지르는 입장이니까. 그리고 세 가닥 해초는 절대로 바보가 아니었다.

다지 타라츠에 관해 생각하지 않을 때면 이스칸드르는 머리 안쪽에서 조용하게 허밍을 하는 기분 좋은 존재였다. 이스칸드르는 테익스칼란 군함을 타 본 적이 없었다. 보급 지원선에도, 공격용 함선에도 타 본 적이 없었다. 마히트는 이스칸드르의 열렬하고 호기심 어린 관찰에 좀 안도감을 느꼈다. 마히트에겐 그게 필요했다. 이 경험이 되돌아간 게 아니라 새로운 것임을 상기시켜 줄 무언가가. 어떤 면에서도 집에 돌아온 건 아니었다.

"우린 아직 전쟁터에 있지는 않아요. 전쟁이 닥치기까지는 반나절이 남았어요. 대비해야 해요."

"제기랄, 당신이 보고 싶었어요." 세 가닥 해초는 마히트가 뭔가 이해할 수 없는 일종의 후회 어린 말투로 말했다. "문제에 자진해서 빠지는 다른 사람을……."

그 순간 마히트는 정치적 충성심, 비밀 동맹 같은 다른 깨달음과 마찬가지로 갑작스럽고 명료하게, 그들 사이에 유령이 있음을 느낄 수 있었다. 사라진 제3의 인물. 열두 송이 진달래는 석 달 전에 죽었고 사망한 다른 정보부 관료들과 함께 시티에 있는 명패 아래쪽에 묻혔다. 그들 둘과는 어마어마한 거리가 있는 곳이다. 우리 중에서 현실적이었던 사람이었지. 마히트는 그렇게 생각하다가 정정했다. 아니야. 세 가닥 해초가 침착하기 위해서 필요로 했던 사람이야. 난 그런 친구를 한 번도 가져 본 적이 없어. 잃는 것도 마찬가지고.

"그럼 문제를 말해 봐요. '우린 외계인과 이야기해야 해요'와 '당신이 날 보고 싶었다'는 거 말고요."

마히트가 말했다. 두 사람은 테익스칼란 군인 여러 명을 지나치고 있었는데, 그들은 전부 정보부 특사와 야만인을 노골적으로 빤히 보는 걸 부끄러워하지 않는 듯했다.

"그게 정말로 문제의 총합이에요. 그 두 가지요. 외계인이 좀 더 다급해요. 그리고 덧붙이건대, 당신은 스테이션을 방문하는 동안 많은 적을 만든 것 같더군요……."

"그건 지금 현재의 문제가 아니에요."

마히트는 최대한 차분하게 말했다.

〈아, 그럼 우리 정말로 타라츠의 요원이 되는 거야? 네가 그냥 저

여자에게 털어놓을 거라고 생각했는데.〉

이스칸드르, 말했듯이 내가 테익스칼란으로 넘어가려면 약간의 정치적 압박보다는 훨씬 더 큰 게 필요할걸.

말만큼 용감한 기분은 아니었다. 마히트도 이스칸드르가 안다는 걸 알았다. 그는 마히트의 내분비계 안에 있으면서 신경전달물질과 분비선 사이의 수천 가지 메시지와 어울렸다. 그는 다지 타라츠가 마히트를 얼마나 깔끔하게 사로잡았는지 정확히 알았다. 테익스칼란이 영원히 전쟁을 하도록 만들거나, 유산협회의 계획에 종속되거나. 이거 아니면 저거다. 지금까지 마히트가 한 일이라고는 타라츠의 명령을 언급하지 않은 것뿐이었다. 그렇다고 그게 타라츠의 요원이 되는 쪽으로 상당히 많이 기울었다는 뜻은 아니었다. 그러나 그것은 미래의 행동에 관해 모든 문을 열어 놓았다. 비밀을 갖는 건 항상 그렇다.

"그게 지금 현재의 문제가 아니라고 한다면, 좋아요."

세 가닥 해초는 냉담하게 말하고서 그들이 여행할 동안 머물도록 지정된 조그만 환승실 문을 열었다.(방은 르셀에서 그들이 있던 대여 사무실과 거의 비슷한 크기였다.) 방에는 창문 하나 없었다. 마히트는 점프게이트 주위로 왜곡된 우주를 보는 데에 별로 관심이 없었으나 볼 수 없다는 사실에 여전히 희미하게 실망스러웠다. 등 뒤로 문을 닫자 마히트와 **세 가닥 해초** 사이에는 이제 석 달의 시간과 특사 제복, 깊은 의심밖에 없었다.

세 가닥 해초는 짐가방을 문 옆에 내리고 무릎을 꿇고 앉아 안을 뒤졌다. 그러고는 손 한가득 인포피시 스틱을 꺼냈다. 단순한 산업용 회색 플라스틱제 스틱이었고, 쾌활하면서도 위협적인 산호빛 오렌지색의 정보부 인장이 찍혀 있었다.

"설마하니 회신 안 한 편지들을 다 들고 온 건 아니겠죠. 맹세하는데 떠날 때 포워딩이 되도록 했고, 내내 처리도 했었다고요……."

세 가닥 해초가 터뜨린 웃음은 마히트에게는 보상이었다. 몇 달이나 떨어져 있으면서 생겼던 모든 긴장이 잠깐 동안 완전히 유쾌한 편안함으로 바뀌었다.

"아뇨. 당신 앞으로 온 편지는 하나도 없어요. 내가 가진 건 함대를 이끄는 야오틀렉이 갖고 있던, 우리의 수수께끼 같고 아주 위험한 외계인들에 대한 기록 전부예요. 아직 살펴볼 기회가 없었거든요. 보고 싶어요?"

〈물론.〉

이스칸드르가 흥분한 채 탐욕스럽게 중얼거렸다. 마히트와 정확히 똑같은 기분이었다. 욕심, 일정 수준의 외계인 애호. 이 두 가지가 그들의 적성에 있었다. 이것은 그들의 양립 가능성에서 중심 부분이었다. 나한테 새로운 걸 보여 줘.

"우리가 뭐랑 이야기하는 법을 배워야 하는지 한번 보자고요."

마히트가 말하고서 첫 번째 인포피시 스틱을 세 가닥 해초의 손에서 집어 손가락 사이로 쉽게 부러뜨렸다.

그것은 음성뿐이었다. 그것은 제기랄, 마치 마히트가 인포피시 스틱 한쪽 끝의 우주와 반대편 사이에 구멍을 뚫었고, 그 안이 잡음과 비명으로 이루어진 것 같은, 아니면 잡음이 실은 비명이거나 또는……

속이 안 좋았다. 꺼 버릴 방법이 없는 것 같았다. 세 가닥 해초의 따뜻한 갈색 피부 아래가 회녹색으로 변했다. 덕분에 그녀는 죽은 것처럼, 또는 죽어 가는 것처럼 보였다. 아니면 죽고 싶거나 죽어 가고 싶은 것처럼.

하지만 녹음에는 또 다른 끔찍한 소리가 있었다. 더듬거리는 날카로운 비명이 세 번 반복되더니 더 낮은 웅웅 소리가 마히트의 뱃속을 요동치게 하고 10초 이상의 여유를 두고서 다시 들렸다. 그녀는 그걸 이해할 수 없었다. 정말 끔찍했으나 그건 소음이 아니었다.

녹음이 마침내 끝났을 때, 마히트와 **세 가닥 해초** 둘 다 과호흡 상태로 헐떡거리며 숨을 크게 들이켜서 구역질을 삼키려 하고 있었다. 그들이 서로를 쳐다보았다.

마히트가 마침내 간신히 말했다.

"……언어가 맞는지 잘 모르겠어요. 하지만 확실하게 의사소통이었어요. 음소, 아니면…… 단어는 아닌 것 같아요. 그 정도로 분화되지는 않았어요. 하지만…… 성조 표지일까요?"

고개를 끄덕인 **세 가닥 해초**가 쓴물을 억지로 삼키고서 좀 더 단호하게 다시 고개를 끄덕였다.

"끔찍하고 속을 뒤집는 성조 표지죠. 알겠어요. 통신을 녹음한 함선으로부터 판독 내용을 받아 교차 참조하고 싶군요. 그들은 어떤 식으로 소통을 하고 있어요. 어떤 소리가 뭐랑 맞는지 정리해서……."

"토할 거면 쓰레기통에 해야 돼요. 우리한테 쓰레기통이 있어요? 음성만 있는 게 더 있나요?"

마히트가 **세 가닥 해초**의 손에 가득한 인포피시 스틱을 가리켰다.

"딱 하나만 음성 표시가 있었어요. 나머지는 시각 자료와 문자예요. 열어 봐요. 난 가서 쓰레기통 두 개를 찾아볼게요. 여긴 재보급선이니까 분명히 있을 거예요."

"쓰레기봉투도 있으면 가져와요. 우린 저걸 아주 많이 들어야 할 테니까."

"피투성이 햇빛이여." 욕을 하면서도 **세 가닥 해초**는 스테이션 스타일로 웃고 있었다. 그녀의 이 가장자리가 보였다. 마히트는 거기에 끌렸고, 끌리는 것이 걱정스러웠고, 할 일이 있고 두 사람이 서로에 대해 확실히 괜찮아졌다는 생각에 완전히 안도했다. "쓰레기봉투라, 훌륭해요. 이 성조 표지를 구분하는 데 일곱 시간이면 충분할 테고, 듣는 동안 쓰레기봉투가 몇 개나 필요할지……."

"야오틀렉 앞에서 당신이 안 좋게 보이게 할 수는 없죠. 야오틀렉은 쓰레기통 보고서를 즉시 원할 거예요. 예상컨대 나머지 보고서도."

"알겠어요? 우리말을 배울 수 있는 야만인 외교관을 데려오면 다른 언어를 배울 시간이 절약될 줄 알았다니까요……."

세 가닥 해초는 여전히 거의 스테이션인 같은 미소를 띤 채 말했다.

그녀는 마히트가 혀끝까지 나온 질문들을 던지기 전에 문으로 나갔다. 당신은 나한테 매력을 느꼈던 만큼 이 외계인들에게도 매력을 느끼나요? 설령 내가 당신만큼 인간이라도, 우리가 모두 야만인이라는 걸 고려할 때 말이죠.

〈물어보지 않는 게 좋겠어. 어쨌든 넌 그 답을 정말로 알고 싶진 않을 거야.〉

이스칸드르가 말했다.

✧ ✧ ✧

시와 서사시에서, 심지어는 가장 무덤덤하고 굉장히 냉담한 국정 운영 지침서에서도 황제는 자지 않아도 되거나 자지 않아야만 한다고 나온다. 그 때문에 우주선 함장들도 마땅히 그래야 했다. 함장과 황제의 중간 어디쯤에 있는 야오틀렉은 창槍-호弧 목깃 계급장을 받게 되면 무기한 잠을 자지 않는 능력을 키워야 한다고, 아홉 송이 부용은 언제나 생각했다. 하지만 현실은 시와 서사시, 그리고 국정 운영 지침서를 무시하기로 악명 높다. 바퀴의 무게호의 다른 모든 사람처럼 아홉 송이 부용도 수면에 여덟 시간의 시프트가 정해져 있었다.

최근에는 별로 잘 자지 못했다. 이는 무언가를 말해 준다. 황제와 야오틀렉에 대해서. 우주선처럼 작지만 강력한 것 하나의 책임을 맡는 것과, 그와는 본질적으로 전혀 달리 그녀의 명령에 따라 제국을 위해 죽을 준비가 되어 있는 테익스칼란인으로 가득한 함대의 책임을 맡는 것의 차이에 관해서.

아홉 송이 부용은 잠을 자려고 애를 써 보았다. 군복을 벗고, 속옷과 반바지 잠옷 차림으로 침대에 누워서 클라우드후크에 방 조명을 거의 어두워지도록 줄이라고 명령했다. 심지어는 엄청나게 긴급한 것을 제외하면 메시지도 무음으로 해 두었다. 만약 외계인이 바퀴의 무게호를 공격한다면 일어나겠지만, 다른 일로는 일어나지 않을 것이다.

제대로 잠이 든다면 말이지만. 여덟 시간 중에서 3분의 1을 꼬박 자려고 애썼지만 전혀 자지 못했다. 생각할 수 있는 이유는 샤드들의 폭발과 죽음이었다. 새로운 바이오피드백 기술이 반 섹터 떨어진 곳에 있는 누군가가 끔찍하게 죽을 때 함대의 절반에게 심리적 외상 후 플래시백을 남기는 걸 감수할 만한 가치가 있는가 하는 거였다. 비용과 이득을 분석하는 건 수면과 상반되는 일이다.

누군가가 실제로 방문을 두드렸을 때에는 차라리 안도했다. 아마 그 누군가는 별로 급하지 않은 메시지를 보내려고 하다가 답을 못 들었을 테고, 이제 무슨 일이 생겨서 그녀가 더 이상 자는 척하지 않아도 되는 것이리라. **아홉 송이 부용**은 조도를 높이고 약간의 위엄을 찾기 위해 바지를 껴입은 후에 손을 흔들어 문을 열었다. 반대편에는 1등 통신장교 **두 개의 거품**이 미안한 얼굴로 있었다. 지금은 **두 개의 거품**의 쉬는 시간이 아니었다. 함교는 신중하고 시차를 둬서 순번을 정한다. **아홉 송이 부용**이 잘 때면 대체로 **두 개의 거품**이 깨어 있었다. 하지만 어쨌든 그녀는 지쳐 보였다. 자다 깬 건 그녀가 아닌데도 말이다.

"야오틀렉, 중대한 진전이 있었습니다."

바퀴의 무게호 선원들은 **두 개의 거품**을 '버블스'라고 불렀다. 왜냐하면 유쾌한bubbly 구석이라고는 없는 사람이었기 때문이었다. 그 별명은 어디서나 들렸다. **아홉 송이 부용**조차도 함부로 언급하면 안 된다는 걸 떠올려야 할 정도였다. 그녀는 특정한 이름을 쓰지 않고 손을 흔들어 부하를 방으로 불러들이고 그 뒤로 문이 닫히도록 놔두었다. 맥박이 빠르게 치솟았다. 이게 자는 것보다 낫다. 이게 위기 상황에서 책임을 갖는 데 집중하는 것이다.

"그래? 직접 나를 데리러 올 정도로 중대한 진전이라는 게 어떤 거지?"

두 개의 거품은 상관이 군복의 다른 한쪽을 찾아서 걸쳐 입는 동안 그 거주 공간에 서 있는 게 별로 편안해 보이지 않았다. 어쨌든 그녀는 용맹하게 눈을 천장 쪽으로 향하면서 말했다.

"각하. 외계 생물 하나를 잡았습니다."

"뭐? 산 채로? 우주선을 사로잡았나?"

두 개의 거품은 고개를 저었다.

"죽은 채로요. 제17군단의 샤드 조종사가 우리가 치른…… 전투 이후 진공 상태에 떠 있는 걸 발견했습니다. 그가 그걸 잡아서 갖고 돌아왔습니다."

아홉 송이 부용은 흥분해서 몸이 떨렸다. 손이 눈에 띄게 떨리는 걸 막기 위해서 일부러 애를 써야 했다.

"그 병사에게 상을 주도록 해. 자네가 할 수 있다면 마흔 개의 산화물로부터 받게 하도록. 본인 함대 사령관에게서 받는 게 좋을 거야. 그리고 어디 있지? 그 외계 생물."

"의료 구역에 있습니다. 의료진이 부검할 겁니다. 하지만 우선은 야오틀렉께서 먼저 보고 싶지 않으실까 생각했습니다."

"망할, 당연하지. 가자고."

아홉 송이 부용이 발을 부츠에 밀어 넣으면서 말했다.

의료 구역은 두 갑판 위, 배의 뒤쪽에 있었다. 그들은 15분 거리를 10분 만에 왔고, 아홉 송이 부용은 버블스가 왼쪽 반걸음 뒤에서 속도를 맞춰 따라오는 것에 짧지만 깊은 기쁨을 느꼈다. 마치 우주에서 올바른 게 있다는 기분이 들었고, 앞으로 뭘 볼지 모르겠지만 그걸 상대하려면 그런 기분이 필요할 터였다. 그녀는 상상하지 않으려고 노력했다. 상상은 편견을 만든다. 게다가 생각할 수 있는 것은 놈들의 고리 세 개 우주선의 더 작은 인간 크기 버전뿐이고, 그건 말도 안 된다. 놈들은 분명히 조그만 우주선을 낳는 굶주린 우주선 종족 따위가 아닐 것이다. 만약 그랬다면 샤드 조종사가 그것을 끌고 올 수 없었을 테니까.

이게 상상을 하면 일어나는 일이다. 말도 안 되는 것. 마음 편한 황당함. **아홉 송이 부용**은 자신이 보게 될 게 머리로 떠올릴 수 있는 그 어떤 것보다도 훨씬 더 흉하리라고 생각했다.

하지만 아니었다.

그래서 끔찍했다.

인간의 몸을 지탱하기 위해 설계된 표준적인 패딩과 쿠션을 벗겨 내 평평한 금속이 된 수술용 침대 위에 누워 있는 것은 동물처럼 보이는 존재였다. 심지어 끔찍한 동물도 아니었다. 그냥 새로운 거였다.

옷은 벗겨져 있었다. 짙은 빨간색 택티컬 중량복이고 잘 만들어진 것 같았다. 누군가가 나중에 분석하겠지만, 옷을 입고 있다는 자체가 중요했다. 하지만 지금은 생물 그 자체를 볼 때다. **아홉 송이 부용**은 가까이 다가갔다. 그것이 살아서 서 있었다면 그녀보다 최소한 45센티미터는 더 클 거라는 걸 알 수 있을 정도로 가까운 위치였다. 벌거벗은 외계 종족은 대부분의 이족보행생물처럼 팔다리가 네 개였다. 뒤의 두 짝은 긴 상체 아래로 두껍고 짧고, 허벅지는 강인했다. 앞의 두 짝은 인간의 표준에 비해 훨씬 길고, 각각의 네 손가락 끝에는 뭉툭한 손톱이 달려 있었다. 손톱에는 은으로 된 줄로 꿴 밝은 플라스틱 장신구 같은 것을 끼고 있었다. 저건 조종용 인터페이스일 수도 있어. **아홉 송이 부용**은 매료된 채 그렇게 생각했다. 그리고 계속해서 쭉 살펴보았다. 피부는 얼룩덜룩했다. 외상이나 진공 냉각 때문일 수도 있지만 천연색과 점, 얼룩이겠지. 그리고 목. 목은 잘못되었다.

너무 길다. 상체의 절반 정도로 긴 데다 구부러지고 분열되고 유연하고 근육질이고 머리로 이어졌다. 머리는 전부 다 턱으로 이루어졌다. 죽은 탓에 입은 벌어져 있고, 날카롭고 커다란 육식성 이빨 위쪽으로 짙은 색깔의 혀가 늘어져 있었다. 인간과 마찬가지로 앞쪽을 향한 양눈은 빛을 잃고 흐릿했다. 어떤 식으로 죽었는지 모르지만 그 와중에 왼쪽 눈은 터져 버렸다. 인간처럼 포식자의 눈이었다.

귀는 두개골 한참 뒤에 위치한 컵 모양이고, 살짝 털이 났다. 왠지 모르지만 그게 최악이었다. 카우란에 있는, 거의 고양이 같은 부드러운 애완동물의 귀 같았다. 그것들은 가르랑거리고 통풍구에서 새끼를 낳고 스무 마리 매미를 짜증 나게 했다. 그리고 그것들은 이것, 다른 데는 털이 없는 시체 먹는 짐승이자 그녀의 함대를 살해한 것들과 닮았다.

"포유류인가?"

아홉 송이 부용은 포유류를 어떻게 죽이는지 알았다. 포유류의 신체는 거의 표준적이었다. 예를 들어 심장은 가슴에 있다든지.

"곤충이나 파충류는 아닙니다. 아마도 포유류일 것 같습니다. 수컷형이고요." 의료 기술자가 가리켰다. 아홉 송이 부용은 음경 포피를 보고서 고개를 끄덕였다. "속을 열어 보면 더 많은 걸 알 수 있을 겁니다."

"그럼 얼른 열어. 어떻게 작동하는지 알아내면, 그 작동을 멈추는 최선의 방법도 알 수 있겠지."

이런 일이 일어난 건 처음이 아니었다. 장소: 바르츠라반드 섹터 깊은 곳, 안하메마트 게이트와 가까워서 점프게이트 우주의 불연속이 시작되어 시야가 왜곡되는 곳. 인간의 눈. 그리고 다른 눈, 어떤 눈이든 오래되고 훌륭한 굴절과 반사 모형을 기반으로 하는 것들, 망막에 빛을 모아 하나의 뉴런과 다른 뉴런 사이에 이미지를 밝게 비추는 것들. 이것들은 점프게이트가 시공간에 무엇을 하는지 볼 수 없다. 빛을 모아 일관적인 이미지를 만드는 것이 불가능하다. 의미의 붕괴.

불연속은 떨리고, 흔들리고, 퍼진다. 그 일부분은 분할하고 움직인다. 파문이 어둠 속으로 퍼지고, 돌이 물속에 떨어지는 잔상이 생긴다. 물고기 떼의 반쯤 생긴 반사상, 빛이 그 비늘을 스치며 한 번 반짝이고, 그다음에 다 함께 움직이고 기울어져서 사라지고 보이지 않게 된다.

이런 일이 일어난 것은 절대로 처음이 아니고, 지난번에도 그랬다. 지난번에도 그랬었다. 잔상 속에서 데카켈 온추는 겁에 질리고 반쯤 죽은 조종사의 손을 잡고서 어떻게 별들 사이에서 떨리는 어둠이 굶주린 칠성장어 같은 입의 고리로 바뀔 수 있는지를 상상했다. 그것들은 기억을 보존할 기회를 갖기도 전에 이마고 라인을 통째로 잡아먹는다.

지난번에는 테익스칼란 군함들이 파게이트를 통해서 꾸준하게 밀려오지 않았다. 온추는 바랐었다. 다지 타라츠의 의도가 르셀 스테이션 전체를 미끼로 삼아 테익스칼란 제국이 그들을 통과하고 지나서 그 고리 우주선의 위장으로 들어가게 하려는 것이었다면, 최소한 고리 우주선들이 그녀의 조종사를 잡아먹는 일은 더 이상 생기지 않게 해 달라고.

바랐고, 이제 그것도 거부당했다.

메시지는 장거리 통신을 통해 요란하고 뜨거우며 절망적이고 숨가쁜 비명에 담겨 온다. 놈들이 점프게이트 안에 숨어 있어, 놈들은 점프게이트처럼 보여, 날 쫓아오는데, 떨쳐낼 수 없어.

그리고 온추는, 유산협회가 이마고 머신 보관소를 뭐라고 믿든 관계없이 그녀 생각에는 르셀의 진정한 심장인 조종사 사령부의 결합점에 앉아 있었다. 거기에 앉은 온추는 조종사에게 집으로 오지 말라고 말해야만 한다. 타라츠가 연약한 제국을 집어삼킬 수 있다고 생각하는 굶주린 것들을 르셀 스테이션의 셸shell 너머로 끌고 오지 못하도록. 온추가 해 본 중에서 가장 끔찍한 일이다. 죽을 때가 되면, 수년 동안 꿈틀거리며 살을 뚫고 가다가 마침내 심장에 도달한 가시처럼 이 일을 생각하며 죽을 테지. 그 장거리 통신을 통해 온추는 말한다. 점프게이트를 통과해. 놈들이 쫓아오면, 계속 자네를 쫓아오게 해. 드조 안자트. 조종사의 이름인지 아니면 그 조종사의 이마고의 이름인지, 지금 이 순간 깜박 잊는다. 온추는 그녀의 사람들을, 그들 모두의 반복을 너무나 많이 알았다. 내가 자네와 있어. 르셀이 자네와 있어. 놈들을 점프게이트 안으로 끌고 가고 반대편에 자네를 잡을 제국이 있기를 기도해. 내가 듣고 있을 테니……

온추는 위치를 알리는 핑 소리를 제외하고 아무런 대답도 듣지 못한다. 파게이트 주위의 불연속이 살짝 움직인다. 드조 안자트와 그녀를 쫓던 추격자가 사라진다. 완전히 사라진다.

데카켈 온추는 청각이 아주 좋고, 기계 옆에 몇 시간이고 머문다. 그녀는 다시는 드조 안자트로부터의 통신을 듣지 못한다.

(순종적이고 애국적인 드조 안자트, 죽음을 향해서 갔으나 그녀가 예상했던 죽음은 아니었다. 테익스칼란은 안하메마트 게이트 맞은편에 정말 있었지만, 테익스칼란은 그들의 적함 한 대의 고리 세 개 있는 위장만 보고 조그만 순찰용 우주선 한 대가 그들의 에너지포의 불길에 박살 나는 것에는 아무 신경도 쓰지 않는다. 전혀 신경 쓰지 않고, 심지어 보거나 눈치채거나 봐야겠다는 생각조차 안 했는지도 모른다. 그 물결치는 불연속이 물질화되는 것을 본 제17군단의 일원은 측면에서의 공격으로 보이는 것으로부터 안전을 지키려고 했을 뿐이었다.)

그리고 데카켈 온추는 우리의 노래도 전혀 듣지 못한다. 고리 우주선의 목소리가 사라짐으로써 노래는 크기를 바꾸는 게 아니라 그 형태만을 바꾼다. 온추는 결국 언어만 생각할 뿐이다.

온추는 언어로 생각하며, 자신이 흐느끼고 있음을 깨닫는다. 그녀에게 결코 오지 않을, 그녀가 살아 있는 동안 단 한 번도 오지 않을 목소리를 기다리며.

……세 번의 인덕션을 에브레크트들 사이에서 보냈음에도 불구하고 열한 개의 선반은 제국 과학자들에게 생리학적 정보에 관한 자료를 건네지 않았다. 그의 '급보'는 철학적, 도덕적 탐색이고, 아무래도 외계인들 속에 사는 것에 대한 영적 해설과 그들의 육체적 습관, 발달, 식습관, 질병률에 관한 정확한 설명 두 가지를 모두 알려 주기를 기대해서는 안 되는 것이었나 보다. 하지만 훨씬 더 실용적인 정보가 책에 없다는 사실의 핵심은 '급보'의 독자들이 에브레크트의 신체, 아니면 에브레크트의 모든 것보다 열한 개의 선반의 정신에 훨씬 더 친숙하다는 의미다. 우리는 익스플라나틀 연구원 팀을 보내야 하는 곳에 시인을 보냈다.

—『신비한 변경에서의 급보』에 대한 학술적 논평의 서두, 열두 번의 솔라플레어 기념 의대병원 의료윤리 팀장 익스플라나틀 두 개의 현수선이 의뢰를 받아 씀

〉〉QUERY/auth:온추(조종사)/"재이식"

〉〉데이터베이스에 "재이식"을 포함하는 기록이 없습니다. 검색어를 바꿔 다시 찾아 보세요.

〉〉QUERY/auth:온추(조종사)/"이마고 수리"

〉〉237건의 검색 결과를 찾았습니다. 나열합니까? 상세검색을 하시겠습

니까?
〉〉REFINE/auth:온추(조종사)/"수술" OR "외상 후"
〉〉19건의 검색 결과를 찾았습니다. 알파벳 순서로 나열합니다……

— 데카켈 온추가 르셀 의료 검색 데이터베이스에 질문한 기록, 92.1.1-19A(테익스칼란력)

그들과 전쟁 사이의 마지막 점프게이트 맞은편에 있는 것은 함대였다. 최소한 여섯 군단에 준하는 함대였고, 한 무리의 지원함이 거대하고 우아한 더 큰 구축함과 기함과 포함 사이를 빠르게 움직였다. 함대의 배열이 눈에 보이는 별들을 전부 가렸다. 애초에 별이 그렇게 많지도 않았다. 마히트는 우주의 이 섹터를 알고 있었다. 전에 와 본 적은 없지만, 여기는 자원이 적고 테익스칼란이 통제하며 르셀 스테이션은 주시하면서 거의 아무것도 하지 않는 곳이었다.

또한 방금 마히트가 여섯 시간 동안 구역질을 하면서 들은 소리의 주인인 외계 종족을 다지 타라츠가 처음으로 눈치챈 곳이기도 했다. 그 소리를 듣고 또 들어서 마히트는 꿈에서도 잡음과 금속성 비명을 청각의 진상으로서 들을 거라고 확신할 정도였다. 이 섹터에서 수많은 르셀 조종사들이 사라지는 바람에 처음에는 타라츠가, 그리고 나중에는 데카켈 온추가 그 패턴을 눈치챘다. 알아채고, 주목하고, 이용하고. 어차피 여기에는 별이 별로 없었다. 시티나 다른 행성처럼 별도 하늘도 없었고, 있는 거라고는 옆을 지나쳐야 하는 테익스칼란의 어마어마한 화력뿐이었다.

그 모든 전함은 아주 아름다웠다. 마히트의 어린 시절에는 함대가 행성에(스테이션이 아니다. 절대 스테이션이 아니라 언제나 행성이었고, 언제나 멀리 있는 거였으나 추정하기 쉬운 것이었다) 뭘 할 수 있는지에 관한 숨 막히게 무서운 전기 영화가 수두룩했고, 테익스칼란의 전설적인 함선에서의 삶, 모두 군복을 입고 쉬는 시간에는 시 컨테스트를 하는 삶에 관한 숨 막히는 연속 드라마가 가득했다. 젠장, 하지만 마히트는 그것들을 설탕과자처럼 집어삼켰다. 아직도 그것들의 스토리와 난해한 사랑 이야기, 정치와 여러 시즌에 걸친 파벌의 교환에 대해서 설명할 수 있었다. 그리고 지금 여기 이렇게 있다니. 석 달 전 시티에서 생긴 그 모든 일에도 불구하고, 마히트는 여전히 이중성을 느꼈다. 현기증과 추락하는 감각. 경험했던 자신과 평가하고 궁금해하는 자신이 혼재했다. 지금이 내가 현실감을 느끼는 때인가? 지금이 내가 문명인처럼 여겨지는 때인가?

그리고 이스칸드르처럼 어둡고 즐겁게 말하는 자신이 있다. 이건 내가 스테이션인이라는 게 어떤 느낌인지 잊어버린 때인가? 지금은 어때? 지금? 우리는 여전히 마히트 디즈마르야?

마히트는 함대를 상상했었으며 두려워하고 감탄했는데, 실제로 보니 여전히 그것이 상당한 불연속성을 가졌음을 목격한다.

세 가닥 해초에게는 그런 문제가 없다. 그녀는 수월하게 재스민의 목호 통신장교에게서 친근감 아니면 최소한 관심을 샀고, 이제 그들은 함대의 기함 중 기함, 야오틀렉 아홉 송이 부용의 바퀴의 무게호와 얼굴이 보이는 거리까지 왔다. 세 가닥 해초가 장교의 어깨에 기대 통신의 주도권을 잡았다.

"이쪽은 보급선 재스민의 목호에 탄 특무대사 세 가닥 해초입니다. 기함 바퀴의 무게호에 인사를 전합니다. 정보부에 도움을 요청하셨지요?"

긴 침묵, 통신이 두 함선 사이의 아광속 거리를 건너갈 시간보다 더 오랫동안 침묵이 이어졌다. 마히트는 반대편 함교를 상상해 보았다. 놀랐을까? 귀찮아졌나? 세 가닥 해초가 온다고 경고라도 받은 걸까?

마침내 통신이 돌아왔다. 누가 말하는지는 몰라도, 테익스칼란어를 뉴스피드에서 배웠거나 본인이 뉴스피드 앵커인 것처럼 매끄럽고 완벽하게 억양이 없는 데다 뭔가 재미있어하는 테너 목소리였다.

"제10군단에 잘 오셨습니다, 특사님. 이쪽은 야오틀렉의 부관으로 있는 최상급 이칸틀로스 스무 마리 매미입니다. 야오틀렉께서는 지금 다른 일을 하시느라 특사님을 제대로 맞이할 수가 없는 것을 아쉽게 여기고 계십니다."

"형식적인 건 황궁을 위한 거죠. 여기는 전장이에요. 야오틀렉께서 시간이 나실 때 이야기를 나눌 수 있기를 기대하겠습니다. 우린 곧 승선할 거예요, 부관님. 재스민의 목호의 셔틀로 보급품과 함께 갈 겁니다."

"우리요?"

목소리가 묻자 마히트는 생각했다. 이런, 일이 매끄러운 건 여기까지군.

"우리요!" 세 가닥 해초가 열성적으로 응했다. "제가 컨설턴트 언어학자를 데려간답니다. 야만인이지만 나쁘게 생각하지 마세요. 아주 똑똑하거든요."

그러고 나서 세 가닥 해초는 부관과의 통신을 끊었다. 제10군단 전체에서 두 번째로 권력자인 인물을 상대로. 마히트는 공포를 느껴야 할지, 자랑스러워해야 할지, 아니면 단순히, 멋지게, 끔찍하게도 흥미를 느껴야 할지 알 수가 없었다. 마히트는 몸을 편 세 가닥 해초가 눈을 크게 뜨는 테익스칼란식 미소를 통신장교에게 지어 보이고, 손을 깍지 끼고 등뼈에서 뚝 소리가 나도록 뒤로 몸을 젖히는 것을 보았다. 준비하고 있는 거야, 나도 그래야 해. 마히트는 생각했다.

"컨설턴트 언어학자라? 그게 지금의 난가요?"

그 물음에 세 가닥 해초는 한쪽 어깨와 한 손을 짧게 으쓱였다.

"르셀의 테익스칼란 대사가 더 낫다면 거기 도착해서 다시 소개해 줄게요." 그녀는 지나가며 따스한 손끝으로 마히트의 손목을 스쳤고, 마히트는 햇살을 향해 고개를 돌리는 꽃을 생각하며 편안하게 그 뒤를 따랐다. 별로 유쾌하지 않은 굴성이다. 중력우물, 곤충을 썩게 하는 인력. "그러고 보니 생각났는데요, 마히트. 르셀 대사가 되겠다면 당신 스테이션을 위해서 우리 꽥꽥거리는 외계인과 협상할 자격도 있지 않아요?"

〈안 될 것도 없지.〉 이스칸드르가 마히트에게 중얼거렸다. 〈달리 할 사람도 없을 거고, 넌 여기 있잖아.〉

아, 제기랄, 대사이자 외교관이 되는 것도 괜찮겠지. 다시 유용해지고, 테익스칼란만큼이나 르셀을 위해서 이용할 권력과 여유를 갖는 것도 괜찮을 거야. 도망쳐서 타라츠의 해로운 요원이 되는 것 이상의 일을 하자고. 뭔가를 하자고.

재스민의 목호 격납고에 있던 보급 셔틀이 능숙하고 효율적으로 짐을 실었다. 회색 금속 상자가 테익스칼란인의 생산 라인을 따라서 안쪽에 쌓여 갔다. 세 가닥 해초와 마히트는 마치 자신들도 화물인 것처럼 그 라인에 합류했다. 마히트는 그들이 몸뚱이째 안으로 던져질 거라고 생각하지는 않았지만.

"물론 내겐 자격이 있죠. 아무도 나를 대사직에서 내쫓지 않았어요, **세 가닥 해초**. 유산협회 의원이 뭐라고 암시를 했든 간에."

"그 사람은 안 했어요." **세 가닥 해초**는 상당히 궁금한 것처럼 말하면서 셔틀 안으로 들어갔다. 어깨 너머로 그녀가 덧붙였다. "암시 같은 거요."

제기랄.

"흠, 모든 걸 고려할 때 예상치 못했던 기쁜 일이군요."

그러고 나서 마히트는 더 이상 말하지 않았다. 하고 싶지 않았다. 아크넬 암나르트바트의 의사를 피하기 위해 다지 타라츠의 스파이로서 전쟁에 온 거라고 **세 가닥 해초**에게 말할 수는 없으니까. 기회가 되면 다지 타라츠를 위해 더 나쁜 일도 할 거라고. 그런 말은 할 수 없었다. 그래서 그 대신 셔틀에 타서 보급품 상자들 사이에 자리를 잡고 자유낙하 통제 안전띠를 맸다. 사방의 벽과 바닥, 천장에 비슷한 띠들이 있었다. 능률적이고 잘 설계된 셔틀이었다. 한 달에 이런 짧은 이동을 수백 번쯤 할 게 분명했다.

"그렇죠."

세 가닥 해초는 날카롭게, 호기심과 걱정과 일종의 초대가 합쳐진 어조로 말했다. 우린 게임을 할 수 있어요, 마히트. 설령 지금 당장 하고 있지는 않다 해도, 당신이 원하는 게 게임이라면 말이죠.

셔틀 문이 쉭 소리를 내며 그들 뒤로 닫혔고 마히트는 가속에 대비해서 눈을 감았다.

✧ ✧ ✧

바퀴의 무게호에 다가가는 데에는 시간이 오래 걸렸다. 마히트가 예상했던 것보다도 오래. 기함의 엄청난 크기를 고려하면 그럴 만도 했다. 재스민의 목호 함교에서 볼 때에는 아주 가까운 것 같았는데 이제 보급 셔틀 안의 조그만 창문으로 보니, 기함이 점점 더 커져 가다가 지평선과 하늘과 땅 전부가 하나가 되듯 마치 눈에 보이는 모든 우주인 것처럼 함선의 단단한 벽으로 가득 찼다. 단단한 벽과 불연속적이고 위장처럼 검고 넓은 격납고. 그것 역시 너무 크고 점점 더 커졌고, 셔틀이 다가갈수록 색깔과 규모가 커졌다. 상당히 큰 이 보급 셔틀뿐만 아니라 조종사를 기다리며 받침대에 놓인 조그만 삼각선 수백 척, 그리고 다른 대형선들이 있는 격납고에는 여전히 이런 크기의 셔틀이 최소한 열 대는 들어갈 공간이 있었다. 시티의 중앙 황궁에 있는 몇몇 빌딩만큼이나 천장이 높은 격납고였다.

그들은 거의 흔들림 없이 착륙했고, 마히트는 생전 처음으로 테익스칼란 전함 안에 있었다.

셔틀 문이 즉시 열렸고 마히트와 세 가닥 해초가 고정 띠를 풀 무렵에는 행동력 있는 테익스칼란인이 우르르 들어오고 있었다. 아주 기본적이고 기능적인 군복, 무릎에 강화 패치가 달린 회색과 금색 오버올을 입고 이름 상형문자와 제10군단의 휘장을 왼쪽 어깨에 단 병사들이었다.

세 가닥 해초가 마히트를 향해 눈을 번개같이 빠르게 뜨는 미소를 지으며 날카로운 하얀 이를 아주 약간 드러냈다.

"준비됐어요?"

"할 수 있는 만큼은요."

마히트는 전에 한번 해 본 것처럼 셔틀에서 테익스칼란 우주로, 뭐가 거기서 그녀를 기다리는지 보기 위해 나갔다.

격납고에는 사람이 많았다. 이 셔틀만 짐을 내리고 있는 게 아니었다. 그리고 굉장히 많은 군인이 있었다. 함대는 거대했다. 마히트는 르셀의 3만 명을 어린 시절에 굉장히 많은 숫자라고 생각했던 적이 있다. 이 기함에만 아마 테익스칼란인 3만 명이 있을 것이다. 어쩌면 그 이상이. 그리고 최소한 이 전선에만 이 크기의 전함이 열 척은 있었다. 테익스칼란 전투 깃발 아래마다 르셀 전체가 모여 있는 셈이다. 그리고 우주 전역에, 거의 모든 점프게이트 맞은편에 다른 배들이 수두룩하다. 군인 일부는 확실하게 부상을 당했다. 이 격납고에 있는 배 한 척은 거의 검게 탔고 일부는 없었으며 거기서 나오는 사람들은 피를 흘리거나 화상을 입었거나 유능한 의료진의 손에 의해 들것에 실려 나왔다.

〈에너지포 불길에 스치면 배가 저런 꼴이 되지.〉 이스칸드르가 소름 끼치면서도 홀린 듯이 중얼거렸고, 마히트 자신도 소름 끼치면서도 거기에 홀리는 느낌이었다. 〈이 외계인들이 이 함대에 저런 짓을 할 수 있는 거야. 테익스칼란에 아무리 군인이 많다고 해도, 모든 배는 똑같이 불타.〉

모든 배는 똑같이 불타. 마히트는 메아리처럼, 반복하듯이 그 말을 생각했다. 그때 **세 가닥 해초**가 마히트의 어깨를 가볍게 두드리고 턱으로 사람들 건너편을 가리켜 누군가가 그들을 분명히, 확실하게 기다리고 있음을 알렸다.

마히트와 **세 가닥 해초**를 안내할 안내자가 와서 기다리고 있었다. 남자 한 명, 여자 한 명, 각각 격납고 일꾼의 커버올 대신 함대 군복을 완전하게 차려입고 있었다. 남자는 키가 크고 심하게 말랐으며 머리를 완전히 말끔하게 깎았다. 나이가 많지 않은데도 삭발한 테익스칼란인을 보는 건 이번이 처음이었다. 여자는 온몸이 같은 색깔이었다. 호박색 차림에 아주 약간만 다른 머리카락과 피부. 어깨에는 태양이 빛나는 함대 사령관 표지를 달고 있었다. 마히트는 잠깐 동안 이 사람이 야오틀렉 본인일까 궁금했다. 하지만 아니, **아홉 송이 부용**일 리는 없었다. 군단 문장이 달랐다. 문장에는 24를 뜻하는 상형문자가 멋진 포물선 모양으로 그려져 있었다. 이 군단의 함대 사령관은 아니지만 어쨌든 이 기함을 타고 있다. 그리고 정보부 요원을 맞이하러 왔다.

공격대를 이루는 군단 사이 내부 경쟁에 관해서 고민할 시간은 별로 없었다. 마히트는 **세 가닥 해초**의 바로 뒤에 있었고, 옆에 있는 불꽃 같은 산호색 제복과 다른 사람들의 완벽한 함대 군복 차림에 자신만이 재킷과 바지 차림이라 칙칙하고 야만적인 기분이었다. 게다가 맞이하러 나온 두 고위급은 그들이 가까이 오기를 기다리지 않았다. 두 사람은 격납고 중간까지 그들을 맞으러 나왔다. 여자의 아이디어인 것 같았다. 여자가 배를 일주할 것 같은 긴 걸음으로 공간을 쑥쑥 가로질러 앞으로 걸어왔고, 남자는 그녀에게 노골적으로 불쾌한 눈길을 던졌으나 그 기색이 얼굴에서 하도 빨리 나타났다 다시 사라져서 마히트는 자신이 상상한 게 아니라고 확신할 수가 없었다. 남자는 여자의 뒤를 따라와서 네 걸음 만에 따라잡았다.

그들은 늘어선 그 삼각형 전투기들의 반짝이는 곡선 아래에서 마주쳤다. **세 가닥 해초**가 함대 대표 두 명을 향해 손끝 위로 깊이, 하지만 굽신거리는 수준까지는 안 가도록 몸을 숙여 인사했고, 마히트는 정확히 각도까지 따라 했다. 그녀는 야만인이지만 여기에 있기로 되어 있었다, 그렇지? 그랬다. 한번에 보기에는 너무 크고 복잡한 테익스칼란 군대의 어마어마한 무력에 둘러싸인 채 있기로 되어 있었다.

〈숨 쉬어.〉

이스칸드르의 말에 마히트는 몸을 펴면서 길게 숨을 들이켰다.

"특사님, 그리고 언어학자 겸 외교관님."

남자가 통신기에서 나온 것과 똑같이 재미있어하는 테너 목소리로 말했다. 부관인 최상급 이칸틀로스 스무 마리 매미일 것이다. 참 재미있는 일 아닌가? 완벽하게 차려입은 군복을 제외하면 너무나도 테익스칼란인 같지 않은 이 남자, 유행에 안 어울리게 걱정스러울 정도로 마르고 삭발을 한 남자가 이만큼 가까이 오니, 마히트는 그가 눈썹도 밀어 버려서 없다는 것을 알 수 있었다. 테익스칼란인은 대체로 자기들의 머리카락을 굉장히 자랑스러워해서 길게 땋거나 풀고 다녔다. 하지만 바로 이 사람이 테익스칼란 제국 전쟁의 최고 기함 부사령관이라니.

어떤 야오틀렉이 이 남자를 자기 부관으로 삼은 거지?

〈흥미로운 인물이겠지. 저자의 손을 봐, 마히트. 손목의 문신 보여? 저자는 항상교도 恒常教徒야.〉

남자의 군복 소매 아래로 문신이 간신히 보였다. 초록색 가지 모양, 프랙털이었다. 무슨 교도라고?

〈잠깐만. 집중해, 마히트.〉

여태 몸을 숙이지 않던 여자가 명료하게 말했다.

"정보부에서 아홉 송이 부용님에게 아주 젊은 여자 한 명과 야만인 한 명을 보냈군. 환상적인 등장이야. 둘이서 야오틀렉에게 아주 대단한 도움이 되겠어."

스무 마리 매미가 낮고 완벽하게 형식을 차려서 소개했다.

“제24군단 함대 사령관 열여섯 번의 월출님입니다.” 그리고 그녀를 호기심 거리로 전시하듯이 손짓했다. “오늘 우리의 영예로운 손님이시죠.”

열여섯 번의 월출은 그 신중한 악의적 말투로 스무 마리 매미의 대단히 예의 바른 시제 용법에 어울리는 데에는 실패했다.

“이걸 좀 처리하고 넘어가자고, 안 그래, 부관? 이제 간첩이랑 그 애완동물을 태웠으니 우리 모두가 보러 온 걸 보여 달라고. 시체 말이야.”

“시체요?”

세 가닥 해초는 이 부차적 사건이 전혀 아무 상관 없는 것처럼 물었다.

“시체. 당신이 여기 이야기하러 온 놈들 거야. 정보부는 죽은 걸 얼마나 잘 살려 내지?”

열여섯 번의 월출이 말했다.

“제 전문은 아니군요.”

세 가닥 해초가 대답했다.

“야오틀렉께서 우리 모두를 의료 구역 시체 안치소에서 기다리고 계십니다.” 스무 마리 매미가 강령술에 대한 암시를 전부 무시하고서 말했다. “특사님께 시체를 보여 드릴 수 있게 되었습니다. 말은 안 하지만 뭔가 알려 주는 게 있겠죠. 가실까요?”

우리가 가는 곳마다 원환구조야. 지금 막 도착했는데 시체를 볼 차례라니, 최소한 이건 네 시체는 아니겠지, 이스칸드르.

〈사람이 죽을 수 있는 횟수에는 한도가 있어.〉

이스칸드르의 말은 끔찍하게 웃겼다. 마히트는 얼굴을 가만히 유지하려 애써야 했다. 지금, 야만인이 머릿속에서 보이지 않는 유령들과 이야기한다고 테익스칼란인들이 생각하도록 하는 건 별로 유용하지 않을 것이다. 보이지 않고 블랙유머에 아주 뛰어난 유령들. 절대로 유용하지 않다.

이번에는 사법부 지하로 내려가는 엘리베이터도, 시체 주위에 몰려 있는 빨간 옷의 익스플라나틀도, 시체를 덮은 단정한 시트도 없었다. 마히트가 이 시체 안치소에 들어왔을 때에는 의료 기술자가 양쪽으로 가른 외계인의 흉곽에서 커다란 폐 두 개를 들어 올리고 있었다. 남자는 그것의 무게를 재고 측정을 하고 산소 공급도, 사망 원인, 그 외에 테익스칼란인이 외계인의 신체 일부를 갖고 검사할 여러 가지를 테스트하려고 옮겼다. 폐가 제거된 흉곽은 외계인의 긴 목 양옆에 날개처럼 쩍 벌어져 있었다. 그 뒤로, 그 텅 빈 부분에서 운세를 읽을 것처럼 내려다보고 있는 사람이 야오틀렉이었다. 태양-창 견장을 보고 알아볼 수 있었는데, 야오틀렉이 어떻게 생겼을까 하고 마히트가 상상하던 그대로였다. 그 야오틀렉이 석 달 전에 거의 황위 찬탈을 할 뻔했던, 아무도 애도하지 않는 하나의 번개만 아니라면.

아홉 송이 부용은 크고 늘씬했으며, 풍부한 지방의 곡선 아래로는 단단한 근육질이었다. 커다란 엉덩이와 부드럽게 곡선을 그리는 배, 넓은 어깨와 넓은 가슴, 스테이션 갑판을 만드는 단단한 강철 T바 같은 허벅지. 그녀는 절대로 움직일 수 없는 사람처럼 보였다. 어느 테익스칼란 홀로프로덕션이 이 전쟁을 서사시로 만들 때 몇 달이나 걸려 찾아낸 이 역에 완벽하게 맞는 여자 배우처럼 보였다. 테익스칼란 중앙 캐스팅 사社는 이보다 더 나은 사람은 찾을 수 없었을 것이다.

그녀를 보고 마히트의 입에서 제일 먼저 나온 말은 이거였다.

"그 외계인의 목으로는 그 소리를 낼 수 없습니다, 야오틀렉."

마치 직접적인 명확성이 마히트가 야만인임에도 불구하고 야만에 대한 그들의 비난을 넘어서서 그녀의 유용함을 증명해 주리라고 생각한 것처럼.

"당연한 결론을 끌어낸 것에 5점." 아홉 송이 부용의 매끄럽고 주의를 기울이는 낮은 알토 목소리는 마히트에게 열아홉 개의 자귀의 차분함과 오싹한 정확성을 떠올리게 했다. "그럼 당신도 우주생물학자인가?"

"간첩이 데려온 애완동물이지요."

다른 함대 사령관이 말했다. 열여섯 번의 월출. 마히트가 추측하기에 아홉 송이 부용은 여러 겹의 예의와 드러난 권위 아래로 깊은 혐오를 담아 그 여자를 쳐다보는 것 같았다.

"전 우주생물학자가 아닙니다." 척 보기에 야오틀렉의 질문에 대답한다고 해서 마히트에 대한 열여섯 번의 월출의 견해가 딱히 덜 호전적으로 변하지는 않을 것 같았다. "전 마히트 디즈마르, 르셀 스테이션에서 온 테익스칼란 대사이며 이 섹터에서 르셀 스테이션을 대변할 외교적 권한이 있습니다."

"대사는 언어학자이자 통역가예요. 그리고 간첩은 저죠." 세 가닥 해초가 최고의 효과를 위해 잠깐 뜸을 들였다. "우린 도우러 왔어요."

부관인 스무 마리 매미가 웃음을 물에 빠뜨려 죽이고 그 시체를 삼켜 버린 것처럼 놀라운 소리를 냈다. 세 가닥 해초는 알아채기를 무시하는 것이든지 아니면 신경 쓰지 않아서 무시하는 것 같았다. 그녀는 계속 이야기했다.

"만나 뵙게 되어 대단히 영광입니다, 야오틀렉. 저와 정보부는 이 첫 번째 접촉 시나리오에 참여할 기회가 생긴 것을 굉장히 기쁘게 생각합니다. 이 외계인의 목은 정말로 매혹적이군요."

"하지만 당신의 언어학자 겸 통역자 겸 대사는 이게 우리 통신에서 나온 그런 소리를 만들 수 없다고 확고하게 말하는데. 그게 얼마나 매혹적이든 간에 말이지. 설명 좀 해 보겠나? 참고하기 위해서, 그리고 물론 함대 사령관인 **열여섯 번의 월출**을 위해서도 말이야."

열여섯 번의 월출을 보니 이가 살짝 보일 정도로 미소를 지었고, 마히트의 입안은 그 위협에 금속맛이 나고 바싹 말랐다. 미소를 지으면서 이를 드러내는 테익스칼란 장군. 가득한 에너지와 가득한 위험.

〈저자는 아주 대단하군.〉

이스칸드르가 중얼거렸고 마히트도 동의했다. **아홉 송이 부용**은 심지어 놀랐을 때에도 우아하게 주도권을 잡았다. 그녀가 **열여섯 번의 월출**에게 깜짝 놀란 건 분명했기 때문이다. 마히트와 **세 가닥 해초**와 함께 이 임시 시체 안치소에 들어올 때까지 함대 사령관이 자신의 기함에 타고 있는 줄도 몰랐던 게 아닐까 하고 마히트는 추측했다.

세 가닥 해초는 차분하고 노골적으로 말을 하는 중이었다.

"각하께서 정보부로 보내신 샘플의 광범위한 음성 분석을 한 끝에 우리는 통신에서 들린 소리가 특정한 언어가 아니라 성조 표지라고 생각하게 됐어요. 이 외계인이 소리 합성기와 테레민으로 된 성대를 갖고 있는 게 아닌 한, 스스로 이런 소리를 낼 수는 없어요."

"하지만 해부해서 찾아봐도 됩니다. 진동 자기장을 통해서 소리를 만들 수는 없는지 확인하기 위해서요."

마히트가 덧붙였다.

"나머지 부분은 해부를 했으니까 목도 한번 살펴보는 게 좋을지도요. 제가 여기 있으니까 남아서 감독하죠. 어쨌든 이놈들에게 가장 최근에 살해된 건 제 부하들이니까요."

열여섯 번의 월출이 말했다.

"사령관님이 **바퀴의 무게호**에 타신 걸 격납고에서 만나기 2분 전에만 알았어도, 당연히 부검에 초대했을 겁니다."

스무 마리 매미가 부드럽게 말했다.

마히트는 차마 **열여섯 번의 월출**의 반응을 보기 위해 몸을 돌릴 수가 없었다. 그 일이 자신의 뒤에서 벌어지고 있다는 사실에 기묘하게 노출된 느낌이었다. 사람들이 쳐다보는 대상이 자기가 전혀 아니라는 걸 알면서도 누군가가 쳐다보듯이 피부가 근지럽고 따끔거리는 느낌이 계속 들었다. 쳐다보고 싶었다. 함대 사령관들의 이 꼬인 관계는 의미심장하고 중요했다. 마히트와 **세 가닥 해초**가 이 전쟁에서 살아남을 정도로 유용해지려면 이걸 이해해야만 했다.

〈여전히 우리가 암나르트바트 의원에게서 도망치려고 하는 것처럼 생각하는군. 이 전쟁에서 살아남을 정도로 유용해진다고? 그렇게 나쁘지는 않다고. 아직은.〉

아직은. 하지만 이건 정치고, 난 이해를 해야 해.

〈전체적인 형태를 생각해. 누가 정보부를 원하고, 누가 원하지 않는지.〉

이스칸드르가 마히트에게서 물러났다. 손에 닿지 않는 깜부기숯,

수경용 탱크의 그림자 속으로 은빛으로 지나가는 물고기처럼.

어떤 표정인지는 모르겠으나 **열여섯 번의 월출**은 이렇게 말했다.

"스웜, 난 항상 자네가 그보다는 낫다고 생각했었어. **그을린 자기 조각호**는 네 시간 전에 정박했는데, 내가 기다리다 못해 지쳤다는 게 우리 야오틀렉의 부관에게는 알려지지 않았단 말이야?"

스무 마리 매미, 스웜. 마히트는 그의 문신을 봤을 때 이스칸드르가 뭐라고 했는지 기억했다. 항상교도. 곤충 이름을 가진 종교인. 떼 지은 곤충. 테익스칼란인들은 동물의 이름을 갖지 않는다. 전혀. 곤충은 동물로 분류되지 않나? 마히트는 항상 동물이라고 생각했었다.

아홉 송이 부용은 특유의 표정인 듯한 그 똑같은 위협적이고 냉담한 얼굴로 말다툼을 보다가, 금속 해부용 테이블에 놓인 외계인의 머리 양옆으로 더 이상의 비난을 중단시킬 만큼 무겁게 두 손을 곧 내려놓았다. 마치 양 손바닥으로 그 머리를 찌그러뜨릴 것처럼.

"여기 있어, **열여섯 번의 월출**. 우리 적의 내부를 확인해. 의료 기술자가 자네가 놓친 것들에 대해서 알려 줄 거야. 지금. 당신……." 그녀가 턱으로 **세 가닥 해초**를 가리켰다. "당신이나 야만인 언어학자가 당신이 파악했다는 그 성조 표지로 대답을 할 수 있는지 알고 싶군. 그게 당신이 여기 있는 이유야. 내가 이것들과 힘들게 이야기할 가치가 없다고 결론을 내리기 전까지 어떻게 이것들에게 말을 걸지 알아내라고."

"여기 통신 시스템은 어떤 식이죠?"

세 가닥 해초가 아무 문제도 안 된다는 듯이 밝고 쾌활하게 물었다. 하지만 마히트는 사실을 알았다. 그들은 통신의 음성을 간신히 해석하기 시작했고 해석 시간의 절반은 너무 구역질이 나서 생각조차 할 수가 없었다. 그 잘못된 소리를 상대로 짧게 숨을 헐떡이기 바빴다. 그들이 외계인에게 조금은 말할 수 있을지 몰라도 그건 분명히 잘못된 말일 것이다. 인간의 혀와 인간의 정신으로 만들어져서 반쯤 되다 만 비정상적인 발언에 소리도 왜곡되었을 것이다.

〈하지만 놈들을 가까이 끌어들일 수는 있을지도 모르지.〉

이스칸드르의 중얼거림에 마히트가 생각했다. 미끼란 말이지.

다지 타라츠가 테익스칼란에 르셀을 미끼로 이용했던 것처럼.

마히트가 지금 스스로를 미끼로 이용하는 것처럼. 세 가닥 해초를 상대로, 이 함대를 상대로. 그녀가 타라츠의 사보타주 요원으로 행동한다면. 어떻게 그리 하는지는 잘 몰랐다. 해 본 적도 없고……

〈하고 싶지 않은 거겠지.〉

일부러 내 일을 형편없이 하고 싶지 않아. 마히트는 사납게 찌르듯이 생각했고, 대답으로 돌아온 이스칸드르의 질문을 느꼈다. 하아? 그래서 지금 네 일은 최초의 접촉 계획이란 말이야? 팔꿈치에서 네 번째 손가락까지 찌르는 듯한 통증이 느껴지더니, 머릿속에서 마히트 자신의 목소리로 이스칸드르가 말했다. 그들은 이제 아주 많이 가까웠다. 그리고 여전히 그들이 어긋난 부분에서 통증이 일었다.

아홉 송이 부용이 세 가닥 해초에게 말했다.

"놈들이 사용하는 주파수를 가로채서 통신을 해 볼 수 있어. 당신들이 보낼 통신을 만들면 말이지. 나한테 먼저 가져와. 스무 마리 매미가 숙소와 통신실을 알려 줄 거야."

그것은 일종의 마침표였다. 그다음에 야오틀렉은 빨간 수술복의 의료 기술자와 그 옆에 서서 보고 있는 열여섯 번의 월출을 불렀고, 그 행동도 같은 뜻이었다. 마히트는 손끝 위로 깊게 몸을 숙였고, 그 행동이 여기서는 적절한 것이라는 사실이 마음을 편하게 해 줘서 다시금 심란해졌다. 얼마나 쉽게 스테이션 밖으로 나와서, 얼마나 쉽게 테익스칼란의 정치와 쾌락과 독 속으로 잠기는가 하는 것 때문에. 그녀가 얼마나 유용해지고 싶고, 얼마나 그 갈망을 싫어하는가 하는 것 때문에.

✧ ✧ ✧

의료 기술자의 메스 아래에서 외계 종족의 목이 완벽하게 익은 과일처럼 쫙 갈라졌다. 그 목 안에서 **아홉 송이 부용**은 여전히 꿈틀거리며 진물을 내뿜는 빨갛고 평범한 종류의 근육을 볼 수 있었다. 산화된 피. 이 외계 종족은 죽은 지 그리 오래되지 않았다. 굉장히 마음에 걸리는 점이었다. 좀 깊게 생각해 보면 이것은 반나절 전만 해도 살아 있었고, 굶주렸고, 그 나름의 불가해한 지성을 갖고 행동했으며, 이런 식으로 해부되지 않았다면 어딘가에 숨어서 변장을 한 채 뛰어오를 때를 가만히 기다리고 있었을지도……

끈질기게 그녀의 왼쪽 팔꿈치 옆에 있는 **열여섯 번의 월출**이 몸을 기울여, 번뜩이는 메스의 날이 근육을 잘라 내고 울퉁불퉁하고 고무 같은 기관氣管으로 보이는 것을 드러내는 광경을 주시했다.

"보통의 목 같네."

열여섯 번의 월출이 중얼거렸다. **아홉 송이 부용**은 동료 함대 사령관이 개인적으로 얼마나 많은 목을 해부해 봤을까 궁금했다.

"열어 봐. 위쪽에, 후두가 있어야 하는 부분을."

의료 기술자는 **아홉 송이 부용**의 지시를 따랐다.

거기에는 후두막이 있었다. 크지만, 아홉 송이 부용이 백만 년 전쯤 함대 아카데미 1학년 때 배운 기초 해부학을 떠올려 보면 표준적인 배치였다. 외계 종족의 기관 위쪽에 있는 주름은 아주 규칙적이고 포유류의 표준이었다. 음식이 기도로 들어가지 못하게 닫을 수 있고, 공기가 억지로 들어가면 떨리면서 소리를 낼 수 있게 되어 있었다. 가로챈 녹음에서 나온 기계로 만든 비명 같은 공명음을 만들 수 있는 부분처럼 보이지는 않았다.

열여섯 번의 월출이 말했다.

"좀 더 아래로 가야 합니다. 기관지가 폐로 연결되는 곳. 이놈도 폐가 있죠?"

폐는 수술 겸 해부실 선반 위의 금속 대야에 놓여 있었다. 아홉 송이 부용이 그것을 가리켰다.

"폐가 있었지. 두 개."

열여섯 번의 월출이 그녀의 기함으로 와서 의료 연구실까지 침입하며 어떤 정치적 게임을 하고 있는지는 몰라도, 좋은 아이디어가 떠올랐다는 가능성 앞에서 빛이 바랜 모양이었다. 아홉 송이 부용은 열여섯 번의 월출이 함대에 입대하기 전에 의료 쪽 일을 하려고 했었는지, 아니면 취미로 해부를 지켜보고 신체 내부 구조를 연구하는 엽기적인 인물이었을 뿐인지 궁금했다.

"더 아래로."

반복해 말한 그녀의 눈은 만족스러운 미소로 커져 있었다.

아홉 송이 부용이 의료 기술자에게 고개를 끄덕이자, 남자는 열여섯 번의 월출의 제안대로 기관지를 갈라 거의 평평하고 울퉁불퉁하고 딱딱한 형태로 펼쳤다. 그것이 나뉘기 시작하는 부분에 뭔가가 있었다. 또 다른 후두처럼 앙상한 구조로 바람 빠진 풍선 같은 것으로 둘러싸였고, 그 풍선은 **아홉 송이 부용**이 기초 해부학에서 절대로 기억하지 못하는 근육들에 연결되어 있었다.

"울대예요." **열여섯 번의 월출**이 아주 만족스러운 어조로 말했다. "새들에게나 있죠. 야오틀렉의 간첩과 애완동물이 틀렸습니다. 이 외계 종족은 저걸로 온갖 끔찍한 소리를 낼 수 있어요."

둘러싼 풍선이 진동하는 부분의 일부일 거야. **아홉 송이 부용**은 그렇게 생각했다. 그리고 근육은 그 울대를 적절한 정도로 당겨 줄 것이다. 상당히 신중하게 그녀는 외계 종족의 목으로 손을 내밀고 손가락 끝으로 막을 당겨 보았다. 강하고 두꺼웠다. 손가락이 붉어졌다.

이게 그녀가 죽인 거였다면, 승리의 상징으로 그 피를 이마에 발랐을 것이다. 하지만 아직은 그럴 자격이 없었다.

"잘라 내. 근육을 최대한 많이 보존해서. 그리고 보관해. 나의 간첩과 그 애완동물이……." **아홉 송이 부용**은 **열여섯 번의 월출**을 위해서, 상대 사령관이 해부 결과를 예측한 것을 인정하고 돌려서 칭찬하는 의미로 그 말을 썼다. "……직접 그 소리를 내기 위해서 쓸지도 모르니까."

"그러면 야오틀렉은 정보부 요원을 믿으시는 거군요."

열여섯 번의 월출이 말했다. 그들은 의료 기술자가 자기 일을 하도록 테이블에서 떨어졌다. **아홉 송이 부용**은 아직 손을 씻지 못했다. 외계 종족을 만지고도 죽거나 녹아 버리지 않은 것에서 만족감이 좀 느껴졌다. 일부 수수께끼는 아직도 풀리지 않았다. 놈들은 죽는다. 죽고, 피 흘리고, 차가워지고, 기묘하지만 전적으로 이해 가능한 장기들의 집합체이다. 다른 죽는 생물들처럼 그냥 고깃덩어리다.

"안 믿을 이유가 있나? 만약 자네가 저 여자는 간첩이니까요라고 말한다면 난 자네의 지능을 더 낮춰 봐야 할 거고, 그건 수치스러운 일일 거야. 자세한 이유를 대게, 함대 사령관."

그 말에도 열여섯 번의 월출은 발끈하지 않았고, 아홉 송이 부용은 거기에 점수를 주었다.

"야오틀렉은 그 여자가 누구고 그 충성심이 어디에 있는지 전혀 모릅니다. 아마 테익스칼란에 있을 거라는 정도밖에는요. 그 여자는 함대원이 아닙니다. 이건……" 열여섯 번의 월출이 외계 종족을, 의료 구역을, 이 모든 상황을 가리키며 말을 이었다. "……함대 일입니다. 송구스럽지만, 카우란의 영웅이 전쟁을 수행하는 데에 외부인을 끌어들이리라고는 상상도 못 했습니다. 야오틀렉."

"난 영웅이 아니야. 군인이지. 그리고 카우란은 군인들이 내가 구할 수 있는 가장 뛰어난 정보를 이용해서 승리한 거였어. 난 내 부하들에게 자원을 아끼지 않아, 함대 사령관. 난 자원을 공급하지. 정보부 요원은 내 부하, 혹은 자네나 마흔 개의 산화물이나 다른 사람들의 부하를 필요 이상으로 이 외계 종족에게 노출시키지 않고서도 우리에게 부족한 걸 공급해 줄 거야."

"함대엔 첩보부가 있습니다."

열여섯 번의 월출은 그 말이 도전장처럼 그들 사이에 머무르게 말을 끊었다. 적절한 자원을 공급하는 데에 그렇게 신경을 쓴다면, 왜 세 번째 손바닥으로 가지 않은 겁니까, 위대하신 야오틀렉? 말할 필요도 없었다. 그들 뒤에서 작업하는 의료 기술자로 인해 종종 외계 종족의 체액 소리가 찌익찌익 나는 것만 빼면 고요한 방 안에서, 아홉 송이 부용은 그 말을 분명하게 들을 수 있었다.

"최초의 접촉은 우리가 하지 않는다. 정보부가 할 거야. 그리고 간첩은 딱 한 명밖에 없어, 열여섯 번의 월출. 세 번째 손바닥 요원 한 중대를 통제하는 것보다 훨씬 쉽지."

그게 적절한 대답인 것처럼 아홉 송이 부용이 말했다.

상대의 창백한 눈 뒤로 어떤 감정이 스쳤다. 아홉 송이 부용은 자신이 열여섯 번의 월출에게 함대 첩보부 요원들에 대한 혐오감을 너무 많이 드러냈나 생각했다. 제24군단 함대 사령관 본인이 세 번째 손바닥 요원이라면, 혹은 장교가 되기 전에 요원이었다면 이건 진짜 문제가 될 것이다. 그녀의 공개 기록을 확인했어야 했다. 아니면 스웜에게 시켰어야 했다. 하지만 그들은 너무 바빴다.

"간첩 한 명과 야만인 한 명이라." 마침내 열여섯 번의 월출이 말했다. "간첩은 이해합니다. 하지만 이 전쟁을 시작하게 한 외국인들을 포함해서 나름의 계획을 가진 자는요? 야오틀렉, 그게 제 마음을 불편하게 합니다. 그 야만인은 르셀 스테이션에서 왔어요. 르셀 스테이션은 우리에게 처음으로 이 외계 종족을 언급한 조그만 독립체이고……."

"그리고 하나의 번개를 몰락시켰지."

"하나의 번개와 함께 아홉 번의 추진 장관님까지요."

아홉 번의 추진 장관, 아홉 송이 부용의 후원자이자 스승이고 정치적 방벽이었던 사람. 열여섯 번의 월출은 아홉 번의 추진이 은퇴한 게 아니라는 식으로 말하고 있었다. 쿠데타에 연루되었고, 그래서 밀려나 대체된 거라고.

"전 장관께서는 은퇴 생활을 즐기고 계실 거야."

아홉 송이 부용이 말했다. 아홉 번의 추진이 황위 찬탈 미수에 얽힐 법한 일을 하는 건 상상하기가 힘들었다. 그녀는 언제나 아주 신중한 시티 내 관찰자였고, **아홉 송이 부용**이 언제나 적당한 위험을 감수할 때 뒤를 받쳐 줄 거라고 생각할 만큼 한결같은 사람이었다.

"은퇴라는 건 그걸 표현하는 참 흥미로운 방식이죠. 전쟁부의 절반이 날아갔습니다. 그건 은퇴 같은 게 아니에요, 야오틀렉."

열여섯 번의 월출의 말은 **아홉 송이 부용**을 자극하는 것이었다. 새 황제에 대해서, 신임 전쟁부 장관 **세 개의 방위각**에 대해서, 그녀에게 이 명령을 내린 사람들에 대해서 불평하게 하려는 것이다.

(겨우 여섯 군단으로 불가능한 세력을 물리치라고 여기로 보낸 사람들. 그나마 그 군단도 절반은 **열여섯 번의 월출**의 불복종 통신문에 연서한 자들이고. 이 사실은 불쾌하게도 **열여섯 번의 월출**이 옳으며 **아홉 송이 부용**이 전 장관의 제자라는 사실에 벌을 받는 거고 전 장관은 정말로 황위 찬탈 미수에 끼었다는 뜻이지.)

그리고 이 말을 한마디라도 하면, **아홉 송이 부용**은 **열여섯 번의 월출**이 전쟁부에서 전선까지 가져온 정체불명의 정치적 게임에 놀아나게 될 것이다. 자신의 충성심이 제국을 향하지 않을지도 모른다는 걸, 심지어는 전쟁부를 향하지도 않으리라는 걸 인정하는 셈이었다. 이런 식으로 함정에 빠질 마음은 없었다.

"신황제께서는 새로운 군사적 우선순위를 갖고 계시지. 그리고 **세 개의 방위각**님은 승진할 자격이 있어. 사령관, 솔직히 말해 전선에서의 시절이 끝나면 나도 **아홉 번의 추진**님이 했던 것처럼 할 수 있길 바라."

열여섯 번의 월출에게 **아홉 번의 추진**의 불충에 대한 암시를 알아채지 못했다고 생각하게 하자. 그녀가 실제보다 더 멍청하다고 생각하게 하자.

“야오틀렉의 기록을 보건대 당연히 그러시겠죠.”

사나운 말투였다. 아홉 송이 부용은 열여섯 번의 월출을 싫어할 수도 있었다. 이 전쟁에 이기기 위해서 열여섯 번의 월출과 제24군단이 필요하지 않았다면 상당히 싫어했을 것이다.

“참 상냥한 말이군.”

그녀는 이의 가장자리가 보일 정도로 미소를 지었다.

열여섯 번의 월출도 똑같이 미소를 지었다. 약간의 이가 위협처럼 보이도록.

“제가 얘기하려던 건 말입니다, 야오틀렉. 장관님들에 대한 이야기는 제쳐 두고, 저는 르셀 스테이션에서 온 건 뭐든 믿지 않는다는 겁니다. 그리고 간첩에게 붙어 있다면 더더욱 나쁘죠.”

여기에는 함대 사령관 간의 라이벌 의식 말고 더 깊고 불쾌한 어떤 계획이 존재했다. 열여섯 번의 월출은 세 번째 손바닥이 이 전쟁에 관여하기를 바랐다. 아주아주 많이. 그 말은 전쟁부나 황궁의 나머지 부분의 누군가가 아홉 송이 부용이 하는 일에 정치장교의 관심을 끌고 싶다는 뜻이었다.

“솔직한 의견 고맙네, 사령관. 그리고 명심해. 난 간첩에게 필요한 만큼 많은 눈을 달아 둘 거야. 그자가 우릴 위해 어떤 일을 할지 보자고. 판단은 그때 하지.”

“원하시는 대로 하시죠. 야오틀렉의 기술자가 울대를 꺼낸 거 같습니다. 간첩에게 넘기기 전에, 거기에 공기를 가득 채워서 비명을 지르는지 좀 보죠.”

열여섯 번의 월출은 그 말을 끝으로 경례를 하고 몸을 돌려 아홉 송이 부용을 슬슬 썩는 악취가 나는 적의 해체된 시체와 함께 남겨 두고 떠났다.

✧✧✧

스무 마리 매미 부관은 세 가닥 해초와 마히트를 준비된 방으로 안내하지 않았다. 그 대신에 두 사람의 방에 침대를 한 개 대신 두 개를 넣을 동안에 곧장 일을 시작해도 좋다고, 세 가닥 해초가 아주 잘 아는 퉁명스러운 방식으로 말했다.(하루에 최소한 네 번은 지금 이 문제보다 훨씬 더 복잡한 군수 관리 문제를 해결해야 하는 사람 특유의 분위기였다.)

두 사람이 스무 마리 매미를 따라 호기심 어린 함대 군인들의 눈길을 노골적으로 받으며 바퀴의 무게호의 붐비고 깔끔한 복도를 지나가는 동안에 그가 말했다.

"승선하셨으니까 지금쯤 특사님의 클라우드후크에 함선 지도가 올라왔을 겁니다. 특사님과 디즈마르 대사는 22시 정각까지 통신실을 쓰실 수 있습니다. 그리고 그 시간에 야오틀렉께서 결과를 원하실 겁니다."

그는 어깨 너머를 보고 눈과 입가가 가늘어지는 날카로운 웃음을 던졌다. 눈썹과 머리카락이 없는 사람이 짓는 미소는 기묘했다. 세 가닥 해초는 항상교恒常敎의 교리를 이렇게 진지하게 지키는 사람을 한 번도 만나 본 적이 없었다. 특이한 종교를 가진 사람 대부분은 그 사실을 상대에게 별로 상기시키려 하지 않는다. 세 가닥 해초는…… 궁금한 거라고 결론을 내렸다. 이 남자가 굉장히 문명인답지 않은 외모를 하고서 어떻게 이런 높은 권력을 갖게 되었는지 궁금했다. 하지만 눈썹이 있든 없든 간에 그녀는 **스무 마리 매미**가 진심으로 그런 말을 할 정도로 자기 상사인 **아홉 송이 부용**을 잘 알 거라고 추측했다. 야오틀렉은 시프트가 아무리 늦게 끝나도, 본인의 수면 일정과 아무리 딱 맞는다 해도 저녁 시프트가 끝나는 시간에 보고서를 요구할 것이다.

"갖게 되실 거예요."

그렇게 말한 **세 가닥 해초**는 아주 깊게 몸을 숙였고, **스무 마리 매미**는 두 사람 모두에게 고개를 끄덕여 이 약속을 받아들인 다음 자기 일을 하러 사라졌다. 저자는 절대 심부름꾼이 아니다. 보통은 길 잃은 정보부 요원을 배 안에서 데려다주는 사람이 아니다. 부관이 그러면 안 된다는 건 아니지만……

아, 클라우드후크에 반짝거리는 지도가 있었다. 네 갑판 위, 뱃머리 쪽. 꽤 쉽다.

"따라와요."

세 가닥 해초가 아주 조용히 있는 마히트에게 말했다. 평소답지 않게 조용하다. 의료 구역에서 그렇게 스스럼없이 행동했으면서. **열여섯 번의 월출** 사령관에게 겁을 먹은 걸까? 마히트가 그렇게 쉽게 겁을 먹었던 걸로 기억하지는 않았다. 하지만 겁을 먹었든 아니든 간에 마히트는 **세 가닥 해초**의 왼쪽 어깨 근처에서 따라오고 있었다. 그들의 습관적 위치가 반대로 된 셈이었다. 오른쪽 시야에 겹쳐진 함선의 지도는 따라가기 쉬웠다. 아마도 **스무 마리 매미**가 작게 반짝이는 별로 그들의 목적지에 표시를 달아 놓은 것 같았다. 그들은 아무 일 없이 거대한 기함을 세 층 올라갔다. 하지만 4층에 당도

하니 세 가닥 해초가 정보부 회의에서 항상 들었던 보안 의식이 투철한 함대원이 있었다.

남자는 아주 거대한 함대 군인이었다. 머리는 깔끔하게 묶었으며 에너지 권총은, 아니 복수형으로 에너지 권총들은 양쪽 허리에 우아하게 위협적으로 꽂혀 있었다. 세 가닥 해초의 지도에서 통신실로 가려면 통과해야 하는 문을 가로막은 채였다. 이 군인이 손바닥을 평평하게 하고 권위적으로 내밀자 세 가닥 해초는 우뚝 멈췄다. 마히트도 바로 뒤에서 멈췄다.

"두 사람 다 군복 차림이 아닌데. 특히 저쪽." 군인이 마히트를 턱으로 가리켰다. "이 갑판에 무슨 일로 왔습니까?"

"난 특사인 세 가닥 해초예요. 정보부에서 파견 나왔어요." 세 가닥 해초가 약간 짜증을 내며 말했다. 특사 제복도 군복처럼 제복 아닌가? 하지만 이 군인은 이 제복을 전혀 본 적 없는지도 몰랐다. "그리고 이쪽은 마히트 디즈마르 대사예요. 목록을 확인해 봐요. 우린 야오틀렉의 명령에 따라 통신실로 가는 길이니까요."

군인은 눈을 깜박여 클라우드후크로 검색을 하다가 찾던 것을 찾은 것 같았다. 그러고는 그녀와 마히트를 기다리게 했다. 그녀는 마히트의 긴장한 에너지를 옆에서 쿵쿵거리는 전력 발전기처럼 느낄 수 있었으나 그녀의 야만인은 계속해서 아무 말도 하지 않았다. 끝이 없는 듯한 15초가 지나고 군인이 인정한다는 뜻으로 정말로 대충 손끝을 붙이고서 들어가라고 흔들었다.

"왼쪽입니다, 특사님. 대사님."

두 사람을 막을 이유가 전혀 없었다는 듯한 말투였다.

복도를 따라 약 60미터쯤 가서, 군인 한 명이 시야에서 사라지자

마자 다음 군인이 눈에 들어오면서 똑같은 일이 또 벌어졌다. 세 가닥 해초는 불쾌하게도 어린 시절, 알고리즘 개선이 없던 때의 선리트를 떠올렸다. 선리트는 아무리 많은 관할 구역을 건너와도, 관할 구역이 바뀔 때마다 똑같은 질문을 해 댔다. 이 군인은 좀 더 작고, 더 퉁명스럽고, 마히트의 예의 없는 차림새를 보고 눈에 띄게 공포에 질렸다. 두 사람 다 군복 차림이 아니군요라는 여자의 불평은 어깨부터 발까지를 아우르는 손동작과 함께였다. 마치 이렇게 말하는 것만 같았다. 당신 같은 훌륭한 특사가 재킷과 바지 차림의 이런 자와 뭘 하는 거죠?

세 가닥 해초는 마히트가 이 말의 핵심을 알아채고 의료 구역에서 야오틀렉에게 했던 것처럼 자신만만하게 자기가 누군지 설명할 거라고 기대했다. 하지만 마히트는 아무 말이 없었다. 마히트는 그저 세 가닥 해초를 향해 눈썹만 들어 올렸고, 세 가닥 해초는 지난번 군인에게 했던 말을 반복하고서 군인이 클라우드후크로 확인하는 동안 고통스럽게 기다려야 했다. 곧 군인은 그들에게 가라고 손을 가볍게 흔들었다.

세 번째, 이번에 통신실 문 앞에서 당하는 건 그야말로 모욕적이었다. 이전에 가로막혔던 문이 아직 시야에 보이는 상태였다. 동포에게 앞에 있는 두 사람이 그녀가 그렇게 열심히 지키는 문 뒤에 들어가야 하는 합리적이며 할당된 일이 있다는 걸 알려 주지도 않다니, 모욕 그 자체였다.

"당신들은……."

군인이 입을 열었다.

"군복을 안 입었죠, 맞아요."

마침내 마히트가 쏘아붙였다. 유창하고 사나운 말투였는데, **세 가닥 해초**는 전에 황궁에서 마히트가 그런 말투를 쓰는 걸 들은 기억이 없었다. 그 말투, 당면한 문제를 묵살하는 완전히 질려 버린 어조.

이스칸드르 아가븐이 화가 났을 때 어떤 식으로 말하는지 궁금하네. **세 가닥 해초**는 자기가 그 생각을 했다는 게 싫어졌다.

"그쪽 기록을 살펴본다면……."

마히트가 더 말하기 전에 **세 가닥 해초**가 끼어들었다.

"그렇게 서두르실 거 없습니다, 특사님."

군인의 말은 도움이 되지 않았다. 두 사람이 누군지 안다면 도대체 왜 통신실에 그냥 들여보내 주지 않는 거지?

"우린 그 통신실 안으로 들어가라는 명령을 받았어요." 마히트는 똑같이 매끄럽고 사납게, 완벽한 테익스칼란어로 말했다. "당신들의 야오틀렉에게서 명령을 받았다고요. 함대를 안전하게 지키고 이 전쟁을 적절하고 능숙하게 진행하기 위해서."

세 가닥 해초는 마히트가 「개간의 노래 #16」을 인용하고 있다는 것을 깨달았다. 워낙 길기에 외우기도 어려워서 별로 들을 일 없는 시 중 하나였다. 이 전쟁을 적절하고 능숙하게 진행하기 위해서. 가운데에 중간 휴지를 넣은 완벽한 열다섯 개의 테익스칼란어 음절. 망할, 마히트 디즈마르가 야만인으로 태어났다는 사실이 계속해서 안타까웠다.

하지만 야만인이 아니었어도 **세 가닥 해초**는 마히트를 이렇게 좋아했을까?

경비 노릇을 하는 군인은 가무잡잡한 뺨이 달아오른 게 **세 가닥 해초**의 눈에 보이는 것 같은데도(야만인이 대단히 수월하게 면박 준 것에 당황했는지, 아니면 창피했는지 모르지만) 기록을 찾는 데에 마음껏 시간을 보냈다. 마히트는 스스로를 자랑스러워해야 했다.

세 가닥 해초가 그렇게 말하려는 순간, 두 사람은 마침내 안으로 들어갈 수 있었다. 그들이 쓸 수 있게 부케처럼 진열된 시청각 및 홀로레코딩 장비들이 근사하리만큼 다양했다. 바깥의 경비병들이 단단히 문을 닫았다. 마히트는 곧장 오디오 재생 조종장치 쪽으로 갔다. 손에는 외계인들에게서 가로챈 소음이 담긴 인포피시 스틱을 든 채였다. **세 가닥 해초**가 이 오디오 장치가 최고 음량으로 재생되도록 설정되어 있는 것 같다고 말할 새도 없이 마히트가 스틱을 열자, 친숙하고 완전히 흉측한 소리가 방을 채웠다. 사방에서 흘러나왔다. 서라운드 사운드 장치인 데다 모든 벽에 스피커가 있어서 끔찍한 잡음이자 노래인 소리가 한곳이 아니라 사방에서 두드렸다.

그 소리가 뼛속으로 파고드는 것 같다고 **세 가닥 해초**는 생각하고서 곧장 토했다. 뼛속을 파고드는 소음이 거기서 영원히 노래할 것 같았고, 그녀는 구역질하다 죽을 것이다.

소리가 멈췄다. **세 가닥 해초**는 무력하게 다시 구역질을 하고서 몰려드는 메스꺼움이 가라앉기를 기다렸다. 얼마나 멋진가. 특사가 제일 먼저 한 일이 기함 바닥에 토하는 거라니, 그녀 입장에서는 아주 환상적인 일이다.

"……미안해요."

마히트가 가늘게 말했다. **세 가닥 해초**는 시선을 들었다. 아. 최소한 바닥에 토한 게 그녀 혼자는 아니었다. 마히트가 오디오를 끄는 스위치를 찾아냈다. 2분 반(녹음 길이) 만에 그들은 그저 당황하기만 한 게 아니라 꼼짝할 수 없게 되었다.

"우리, 쓰레기봉투를 깜빡했어요."

세 가닥 해초가 간신히 말했다. 마히트는 내장 기관이 허락만 했다면 웃었을 법한 얼굴을 했다.

그러나 웃는 대신에 마히트는 손등으로 입을 닦고 인상을 찌푸리며 말했다.

"우리가 셔틀에서 들은 것보다 더 심했어요. 훨씬."

"재생기로 틀었으니까요. 모든 입력 내용이 여기 모든 벽에 있는 모든 스피커를 통해 재전송됐거든요."

마히트는 몸을 웅크리고 꼼짝하지 않은 채로 이 정보에 대해 생각했다. 맛보는 것처럼 정보를 평가했다. 아니면 세 가닥 해초처럼 그저 입안의 신맛만 느끼고 있는 걸지도 모른다. 그러다 마히트가 말했다.

"우린 살아 있는 외계인이 필요해요. 시체 말고."

"나도 동의하지 않는 건 아니지만, 무엇 때문에 이제 와서 그 말을 하는 거죠?"

"만약 스피커처럼 그들 다수가 원형을 이루고 그런 소리를 내면 증폭이 될 거예요. 강화된 음파죠. 우리가 들을 수 있는 것뿐만 아니라 초저주파. 그 소리가 우리를 아프게 한다는 걸 그들이 알까 모르겠네요."

"알 것 같네요." 바닥을 닦거나 최소한 두 명 몫의 토사물을 덮을 만한 천 같은 것을 찾아 주위를 둘러보면서 세 가닥 해초가 최대한 건조하게 대답했다. "우리가 살아 있는 그들을 본 것보다 그들이 살아 있는 우리를 더 많이 봤어요. 예를 들어 펠로아2의 모두를."

"살아 있는 걸 찾아야 하는 이유가 더 늘었네요. 의료 구역에 있던 건 포유류였어요. 설령 시체를 먹는 포유류라고 해도, 오래전에 우리는 똑같지 않았을까요? 그리고 그들은 이것 말고 더 많은 방식으로 이야기를 할 거예요. 이 소음은……."

"우리가 들을 수 없는 어떤 방법으로요. 수화나 아니면 페로몬이나……."

이 방에는 캐비닛이 많이 있었고, 그중에 흡수력이 있을 만한 건 아무것도 없었다. 그저 전자제품들뿐이었다.

"아니면 무늬가 변하는 구조적 피부 색깔 변화라든지, 잘 모르겠군요. 정말로 뭐든지 가능하겠죠. 아마 페로몬은 아닐 거예요. 포유류에게는 페로몬이 성조 표지에 더 가깝죠. 아마도. 비교동물학은 내 전문은 아니라서."

"좋아요. 살아 있는 외계인. 우리가 이 메시지를 아주 잘 만들면, 설령 보이드에 대고 특정음으로 소리를 지르는 거라고 해도, 그들이 우리가 볼 수 있는 누군가를 보낼 수도 있겠죠." **세 가닥 해초**는 또 다른 캐비닛을 열었다가 좌절하며 다시 닫았다. "당신 재킷 좀 줘요."

"왜요?"

세 가닥 해초가 한숨을 쉬었다. 마히트는 뛰어나고, **세 가닥 해초**가 바랐던 대로 이 퍼즐 전체를 풀어 가고 있지만, 왜 그녀가 천으로 만들어진 것을 원하는지 알아채지 못했다.

"닦으려고요. 당신이 쓰레기봉투에 안 들어간 위장 내용물에 둘러싸인 채 일하고 싶다면 또 모르겠지만."

"왜 내 재킷인데요?"

"왜냐하면 내 것은 제복이고, 최소한 이 거대한 함선에서 함대원 몇몇은 이걸 제복이라고 알아보는 데다가, 당신 옷은 아주 멋지고 아주 흡수력 좋은 천이니까요. 당신에게 정말로 제복을 한 벌 마련해 줘야겠네요. 저 사람들한테 계급 표시가 없는 군복이 좀 있을 거예요. 혹시 정보부 사람처럼 보이고 싶다면 내 옷 하나를 당신한테 맞게 조절해 볼게요. 그러면 나중에 복도에서 시간을 절약할 수 있을 테고……."

마히트의 표정에 세 가닥 해초는 말끝을 흐렸다. 세 가닥 해초가 그녀의 얼굴을 때렸다면 나올 만한 복잡하게 상처 입은 표정이었다.

"난 함대원이 아니에요. 정보부의 특무대사도 아니고."

마히트가 지나치게 덤덤하게, 지나치게 날카롭게 말했다.

"테익스칼란 제복을 입었다고 불충하게 여겨지는 걸 걱정한다면, 내가 책임질게요."

마히트의 심각한 반응이 의아해서 세 가닥 해초가 그렇게 말해 보았다. 좋아, 재킷에 관해서는 좀 심했나 보다. 누군가가 재킷을 걸레로 쓰겠다고 제안하는 건 그녀도 싫으니까……

"물론 당신이 책임을 지겠죠. 그게 언제나 나에 대한 당신 업무였으니까요, 안 그래요? 당신의 야만인을 위해 문을 열어 주고 책임을 지고 정확히 법적으로 동등한 상대가 되는 것. 제일 처음부터 그랬죠."

"그런 뜻은 아니었어요."

세 가닥 해초는 충격을 받았다. 그런 뜻은 아니었다. 그건 멍청하고 경솔한 제안이었을 뿐이지, 마히트가 자신이 뭘 해야 하는지 혼자서 결정할 수 없다고 생각했던 건 아니었다.

"별들이여, 마히트, 내 재킷을 쓰자고요. 잊어버려요."

세 가닥 해초가 한쪽 소매를 빼고 나머지 소매를 반쯤 빼며 미안해서 몸을 돌리는데, 마히트가 지금껏 들은 중에서 가장 날카롭고 거리감 있는 차가운 어조로 말했다.

"그런 뜻은 아니었겠지만, 그렇게 말했죠, 리드."

그 별명은 상처가 날 정도로 윤이 나게 닦이고 날카로워졌다. 열두 송이 진달래가 아직 살아 있던 때에는 한 번도 그 이름을 부르지 않았던 입.

세 가닥 해초가 쏘아붙였다.

"당신은 내가 그렇게 말했다고 생각하는 거잖아요. 왜냐하면 우리가 뭔가를 말할 때마다, 당신이 테익스칼란인이 아니라고 하는 부분만 들으니까요."

쏘아붙이자마자 그렇게 한 걸 후회했다. 그와 동시에 어떤 논쟁에서, 어떤 문제에서 핵심을 파헤치고, 거기에 이를 박고 물어뜯으려고 할 때 느끼는 잔혹하고 성마른 쾌감을 느꼈다.

"당신이 그 말을 하지 않았나요?" 마히트는 정말로 꼼짝도 하지 않고, 아주 차분했다. 세 가닥 해초는 뱀을, 거미를, 위협을 받으면 무는 모든 생물을 떠올렸다. "당신은 내가 야만인이라는 걸 항상 상기시켜요. 지금도, 전에 시티에서도. 그리고 세 가닥 해초 당신뿐만이 아니에요. 복도의 군인들도 그렇지만, 최소한 그 사람들은 정직해서 내가 테익스칼란인들이 생각하는 나 이외에 뭔가라도 되는 듯이 대하지 않아요. 당신은? 당신은 나에게 제복을 주고 날 유용하게 만들어 당신 팔에 달라붙은 거의 인간 같은 영리한 야만인을 자랑하려 하죠. 당신은 날 원하기로 결정했고, 그래서 난 여기에 있어요. 당신의 야만인이 외교적 권한을 갖는 게 유용할 거라고 결정한 덕에 난 권한을 가졌죠. 당신은 복도에서 우리를 막지 않게 나한테 제복이 필요하다고 결정했고, 나를 장난감 테익스칼란인처럼 입히는 게 어떻게 보일지는 전혀 생각하지 않아요……."

"난 물어봤을 뿐이에요."

세 가닥 해초는 물어봤다, 그렇지? 그녀는 언제나 물어봤다. 그녀는 자신이 물어봤다고 거의 확신했다. 마히트에게 명령을 내린 적은 없었다. 절대 그러지 않을 것이다. 그 생각조차도 어이가 없었다. 하지만 마히트는 그녀를 무시하고 말이 상처에서 짜내는 병균이라도 되는 듯이 계속했다.

"그리고 당신은 내가 황궁에 함께 머물렀다면 좋아했겠죠, 안 그래요? 지금까지 계속 당신을 즐겁게 해 줄 내가 옆에 있을 거고, 여기 전쟁터까지 올 필요도 없었을 테니까……."

억누르지 못하고서 **세 가닥 해초**가 말했다.

"그게 그렇게까지 끔찍한 일이었어요? 나랑 있는 거요."

울음이 터지면 정말로 끔찍한 일일 거라고 그녀는 희미하게 생각했다. 논쟁 중에 운 적은 절대 없었다. 보육원을 떠날 만큼 자란 이후로는 한 번도. 마히트는 그녀가 전혀 예상치 못했던 온갖 일을 했고, 그녀에게 온갖 새롭고 복잡한 모든 것을 느끼게 했다. 거기에는 확실하게 상처와 비참함도 포함되었다. 그녀가 한 일이라고는 그저 제복을 입는 게 상황을 더 간단하게 해 주리라고 제안한 것뿐인데. 이제 그들은 끔찍하고 해결할 수 없는 것처럼 느껴지는 싸움을 하고 있었다. 마히트는 그저 참고 기다리고 있었던 걸까? **세 가닥 해초**를 더 이상 참아 주지 못하고 그들 사이의 어떤 감정에 대해 이런 일을 벌이게 되는 불가피한 시점이 올 때까지.

"아니, 당신과 함께 있는 건 전혀 끔찍한 일이 아니었겠죠. 그래서 내가 그러지 않았던 거예요."

"전혀 이해가 안 돼요."

마히트는 중앙의 회의용 테이블에 앉아서 이제 양손을 얼굴에 덮어 **세 가닥 해초**로부터 눈을 가렸다. 마지막으로 같이 회의실 테이블 앞에 있었을 때 그들은 시詩로 황위 찬탈을 막았다. 이제는 함께 메시지 하나 쓸 수도 없었다. 그들은 **세 가닥 해초**가 아세크레타 훈련 2년차에 시험을 보던 도중에 전 애인 **아홉 개의 아치**와 깨진 이래로 가장 쓸모없고 이해할 수 없고 끔찍한 논쟁을 하고 있으니까.

"전혀 이해가 안 돼요. 전혀요. 제복이랑 재킷에 대해서는 미안해요. 다시는 그 얘기는 하지 않을게요. 하지만 당신 행동은……."

"설명이 불가능하다? 이해할 수 없다? 문명화되지 않았다?"

"젠장." **세 가닥 해초**는 자신의 목소리가 편협하고, 높고, 통제 불가능한 상태라는 것을 인지하면서 말을 이었다. "나랑 여기 오고 싶지 않았다면, 안 와도 됐어요."

마히트는 손을 내리고서 **세 가닥 해초**의 얼굴을 똑바로 쳐다보았다. 그 시선에는 무게가, 무게와 날이 있었다. 마치 스스로를 가르고 갑자기 드러난 여러 곳의 풍경 같았다. 다시금 **세 가닥 해초**는 이 사람의 어느 만큼이 마히트 디즈마르이고 어느 만큼이 이스칸드르 아가븐일까 궁금해졌다. 그들 사이의 이 모든 감당할 수 없는 혼란이 마히트의 그 소중한 이마고 기술로 인한 것일까, 아니면 그녀가 마히트를 전혀 이해하지 못했던 걸까. 실제로는. 그저 이해하는 척만 했던 것인지.

(그들이 이 외계인과 듣는 것만으로도 사람을 다치게 하는 해석 불가능한 언어를 이해하는 척하는 것과 마찬가지로.)

세 가닥 해초가 먼저 시선을 떨어뜨렸다.

마히트가 부드럽게 말했다.

"리드."

식물이 해를 보듯이 **세 가닥 해초**는 저절로 다시 고개를 들었다.

"네?"

"왜 내가 당신과 함께 와야만 했는지를 깨닫게 되면, 그때 다시 이야기해요."

"……'다시'라고요?"

그 제안은 오싹했다. 그녀가 하도 크게 틀려서 계속 이야기할 기회, 계속 노력할 기회조차 가질 수 없는 것만 같았다. 그녀에게는 보이지 않는 모든 것에 결함이 있는 것만 같았다.(그녀는 마히트가 왜 르셀에 머물 수 없었는지 몰랐다. 정치 때문이겠지, 물론. 하지만 정치에서 벗어나기 위해서 전쟁터 가장자리로 오는 이 미친 도박 같은 여행 말고 다른 길도 있었을 것이다. 마히트는 이유를 말하지 않았다. 그녀는 마히트가 이유를 말하지 않으리라는 걸, 일부러 전혀 말하지 않으리라는 걸 알았고, 이제 그 이유를 알아내야만 하는 입장이 되었다.)

"우린 할 일이 있어요." 마히트의 말은 질문에 대한 대답이 전혀 아니었다. "이들에게 이 함대가 이야기할 만한 가치가 있다고 생각하게 해야 해요."

두 사람에게는 실제로 할 일이 있었다. 그리고 그 일이 완수되길 야오틀렉이 바란 시각까지 여섯 시간이 채 남지 않았다. 그러나 **세 가닥 해초**는 울고 싶은 충동, 마히트의 팔을 잡고 설명을 들을 때까지 흔들고 싶다는 생각밖에는 할 수가 없었다. 마히트가……

아, 그냥 말해, 리드. 최소한 자기 자신한테라도.

마히트가 문명적이지 않은 행동을 그만둘 때까지. 동물이나 어린애처럼 참여를 거부하는 행동을 멈출 때까지.

그들 사이에 계속 이어지는 침묵은 끝이 없고 기형적이었다. 중력이 고장 나고 바퀴의 무게호의 거대한 엔진이 잘못되었고, 우주가 그 예정된 코스를 엇나가기라도 한 것처럼. 방 안에는 시큼한 토사물 냄새가 났다. **세 가닥 해초**는 뭐라고 해야 할지 알 수 없었다. 지금까지 말한 모든 것이 상황을 더 악화시켰으니까.

세 가닥 해초는 테이블 앞에, 마히트에게서 두 의자 떨어진 곳에 앉았다. 그게 방 안을 훌쩍 나가 버린다는 다른 선택지보다는 나았다. **세 가닥 해초**에게는 마히트가 필요했다. 그리고 정보부로 특무대사에 대한 요청이 왔을 때 자기 손으로 택한 일을 해내야만 했다. 애초에 여기는 그녀가 올 자리가 아니었다. 그녀가 여기에 있다는 사실의 거의 모든 게 승인되어서는 안 되는 거였다. 그녀가 아주아주 훌륭하고 언어학과 첫 접촉의 문화 충격에 관해 자신을 도와줄 가장 영리한 사람을 찾아냈다는 사실을, 그리고 엄밀히 말해 그녀가 정보부에서 요건을 갖춘 위치에 있다는 사실을 따지지 않는다면 말이다. 하지만 이걸 해내지 못하면……

만약 이걸 해내지 못하면 **세 가닥 해초**에게 커리어라는 건 없게 되겠지. 또한 아마도 이 외계인이 펠로아2에 한 일과 야오틀렉이 함대 사령관 한 명과 정치적 문제가 있는 게 분명하다는 사실을 고려할 때, 테익스칼란인 대다수가 이 침입자의 손에 죽을 것이다. 야오틀렉의 편인 함대 사령관 다섯 명으로 점프게이트에서 쏟아져서 테익스칼란 우주로 확실하게 들어오는 외계 공격자를 막기에는 역부족이었다. 이는 그녀의 커리어보다 더 중요했다. 당장에 속을 뒤집어 놓는 건 아니지만 말이다.

그리고 마히트는 그녀를 기다리고 있었다. 무언가를 기다리고 있다. 침묵의 거리는 건널 수 없을 것처럼 느껴졌다.

그녀는 어쨌든 그걸 건넜다.

"세 번째 음성부터 시작해요. 그들이 너무 가까이 접근했을 때 낸 소리요. 그리고 그걸…… 어, 마지막 거랑 합쳐 봐요. 칼끝호를 뒤쫓을 때 낸 소리요. 승리의 함성 같아요."

"'위험에 접근 중' 더하기 '야호 우리가 이겼다' 말이죠." 마히트는 먼지처럼 건조하게 말했다. "더 나쁜 의미일지도 모르죠. '야호 우리가 이겼다' 부분이 맞길 바라요. 안 그러면 우리는 '위험에 접근 중'이랑 '우린 너를 뒤쫓을 것이다'라는 말을 하게 될 수도 있으니까."

"더 나은 제안 있어요?"

세 가닥 해초는 마히트가 고개를 끄덕이자 솔직히 정말로 기뻤다. 그리고 그들은 열렬하게 일을 하기 시작했다.

9장

당신은 그 애를 좋아했을 거예요. 자랑스러워했겠지요. 매번 그 애의 얼굴을 볼 때마다 나는 당신의 얼굴, 당신의 목소리, 나를 인도해 줄 수도 있었던 것에 대해 생각하게 돼요. 그리고 당신의 목소리를 생각할 때마다, 나는 그 목소리로 나에게 속삭일 수 있었던 괴물 같은 존재를 떠올려요. 내가 그 존재를 가졌다면, 나는 당신의 유령을 갖고 그 목소리를 듣게 되었을 거예요. 다시 말해 결국 난 내가 올바른 일을 했는지 의심스럽고, 내 갈망은 내가 감당해야 하겠죠. 하지만 그게 위대한 황제가 된다는 거예요, 그렇죠? 당신은 늘 그렇게 말씀하셨죠. 당신도 그 말을 믿었기를 바라요.

— 열아홉 개의 자귀 황제 폐하의 개인 메모, 날짜 미상, 잠금 및 암호화

이건 끔찍한 아이디어입니다. 긴 사냥으로 굶주린 채 돌아온 어떤 짐승이 부스러기라도 먹으려 들지 않을 리 있겠어요? 하지만 어여쁜 테익스칼란식 미사여구는 듣고 싶지 않겠죠, 안 그래요? 직접적인 말을 듣고 싶겠죠. 이건 어때요? 내가 만나 본 모든 함대 장교들은 지루해 죽으려 하고, 법적인 허용 범위라면 스테이션을 정복하는 약간의 우회쯤은 기꺼이 할 정도로 탐욕스럽습니다. 이런 아이디어는 집어치우고 내가 일

할 시간을 1년만 더 줘요. 당신이 귀중히 여기는 고립 상태를 이뤄 줄 테니까.

— 이스칸드르 아가븐 대사가 광부협회 의원 다지 타라츠 앞으로 쓴 편지 중, 르셀 스테이션에서 101.2.11-6D(테익스칼란력)에 수신

여뎗 가지 해독제는 자신이 거기 있어 마땅하다는 듯이 입구를 통해 전쟁부에 들어섰다. 거기 있을 권리를 얻은 것처럼. 그가 생각하기에는 그런 것 같기도 했다. 세 개의 방위각이 오라고 했고, 또 폐하께서 그러셨다. 음, 폐하께서 한밤중에 그 기묘한 창촉을 주셨던 때에 말이다. 창촉과 명령. 세 개의 방위각이 이 전쟁에서 정말 이기려고 하는지 알아내. 그는 여전히 그 말을 곱씹고 있었다. 그 말은 유치가 빠지고 새 이가 아직 올라오지 않은 입안의 생살처럼 느껴졌다. 하지만 그게 무슨 뜻이든 간에 그는 터널 대신에 앞문으로 여기에 올 이중의 허가를 얻었다.(창촉은 자신의 셔츠 넣는 서랍에 숨겨 놓았다. 눈에 띄는 무거운 비밀은 회색과 금색과 빨간색 사이에 묻혔다.)

열한 그루 월계수는 바로 안쪽에서 기다리고 있었다. 문제의 퍼즐을 건드리지도 않았다는 것을 갑자기 떠올린 여덟 가지 해독제는 돌아서서 여기 실수로 온 척할 여유가 있을까 고민했다. 하지만 그럴 여유는 없었고, 어차피 도망치는 것은 어린애나 할 일이었다. 그는 어린애가 아니었다.

"안녕, 차관."

여덟 가지 해독제는 딱 적당히, 자신과 동등한 상대에게 하듯이 손끝으로 인사했다. 전쟁부 3급 차관, 그의 선생이자 최소한 50살은 더 먹은 연상의 상대를, 그리 깊이 고개를 숙이지 않아도 되는 사람

인 듯 대하는 것은 약간 어색하고 틀린 듯하면서도 멋지게 느껴졌다.

"큐어." **열한 그루 월계수**가 그를 봐서 기쁜 듯이 따뜻한 태도로 말했다. **여덟 가지 해독제**는 얼굴을 붉힌 채 몸을 세웠다. 이렇게 속이 훤히 보이는 건 싫었다. 이렇게 잘 보이지 않아야 하는데. "오늘 즐거우실 겁니다. 제24군단에서 약간의 정보가 왔습니다. 전쟁부는 전하께서, 우리 젊은 친구분께서 그걸 분석하는 걸 보셔야 한다고 생각하고 있습니다."

"굉장히 즐거울 것 같아."

여덟 가지 해독제는 제24군단을 누가 이끌고 있는지 떠올리려고 했다. 야오틀렉 **아홉 송이 부용**은 아니었다.(그건 카우란에서의 제10군단이었다. 위험하리만큼 충성스러운 제10군단.) 야오틀렉 말고 다른 여자. 이름에 들어가는 명사가 천문학 관련 단어였는데. 오래전, **열한 그루 월계수**에게서 배움을 받기 시작하던 아주 초기에 제24군단을 퍼즐의 일부로 딱 한 번 다루어 본 적이 있다. 하지만 제24군단이 **아홉 송이 부용**의 여섯 군단 중 하나로 현재 전선에 나가 있다는 건 알고 있었다.

소년이 **열한 그루 월계수**를 따라 전쟁부의 좁은 복도를 따라가며 말했다.

"제10군단이 아니라? 그거 흥미롭군."

"관찰력이 훌륭하군요, 큐어. 맞습니다, 우리의 정보는 점프게이트들을 통과하는 급송 중계를 통해 함대 사령관 **열여섯 번의 월출**에게서 직접 전달된 겁니다. 전쟁부에 이 정보를 즉각 전하고 싶어서 안달이더군요. 그녀가 우리에게 보여 주고 싶었던 게 뭔지 저 자신도 굉장히 관심이 있습니다."

열여섯 번의 월출. 이번에는 그 이름을 기억해야 했다. 최소한 천문학 단어였다는 건 맞았다. 하지만 이제는 전략 테이블 위의 홀로그래프 집단이 아니라, 야오틀렉을 뛰어넘어, 혹은 회피하여 시티에 있는 전쟁부로 정보를 보낸 함대 사령관이라 이름을 기억하기가 더 쉬울 것이다.

처음으로 여덟 가지 해독제는 궁금했다. 아홉 송이 부용은 그녀를 전장으로 파견한 전쟁부에 자신이 거기서 죽기를 바라는 일부가 있다는 걸 알까? 알아야만 할 것이다. 그녀는 바보가 아니었다. 그런 식으로 충성심을 얻을 수 있는 사람은 절대로 멍청하지 않다. 그럴 수가 없다. 소년은 거의 확신했다. 하지만 아홉 송이 부용은 충성심이 자신을 보호해 준다고 생각하는 사람일 수도 있다. 휘하의 모든 군인이 그녀를 아주 사랑하고, 그녀는 제국을 사랑하고(열아홉 개의 자귀가 야오틀렉으로 임명했다면 당연히 그래야 할 것이다.) 전쟁부 역시 그녀를 사랑하고 보호하려 한다고 믿는 사람일 수도 있었다.

충성심에 의존하는 사람들이 저지르곤 하는 실수처럼 느껴졌다. 소년은 황제가 되었을 때 그렇게 믿지 말아야 한다는 걸 기억해야 할 것이다. 충성심은 다른 곳으로 이동하는 게 아니었다. 명령 사슬을 따라 매끄럽게 위아래로 움직이지 않는다. 잘리거나 돌아갈 수도 있다. 특히 권력 있는 다른 사람이 정보의 움직임을 방해한다면. 예컨대 지금 함대 사령관 열여섯 번의 월출이 하는 것처럼.

열한 그루 월계수는 이번에 그를 전략실 중 한 곳으로 데려가지 않았다. 그 대신 두 사람은 '손바닥' 중앙에 있는 엘리베이터를 타고 위로 올라갔다. 함대 군인들이 서 있는 아주 엄격한 체크포인트 몇 군데를 지나서 소년은 세 개의 방위각 장관의 사무실로 안내받았다. 그곳은 별 지도로 뒤덮여 있었다. 벽에 있는 아름다운 것들, 테익스칼란 우주를 화가가 멋있게 바꿔 놓은 것, 장관의 책상 뒤에 자랑스럽게 걸린 액자 속의 거대하고 반짝이는 모자이크, 여덟 가지 해독제의 새끼손톱보다 작은 유리 조각으로 만들어진 짙은 색 크리스털 조각과 금빛 점 같은 별들. 그것은 유명한 작품이었다. '세계'라고 불리는 작품으로, 가끔은 그저 '테익스칼란'이라고 불리기도 했다. 200년 전에 장인인 열여덟 개의 산호가 제국이 손댄 모든 곳을 그린 지도였다. 홀로그래프로, 인포피시로 본 적은 있지만 직접 보는 건 처음이었다.

그것이 전쟁부 장관의 책상 뒤에 있었다. 당연히 직접 본 적이 없을 수밖에.

하지만 사방에 지도들이 있었다. 책상 앞의 커다란 테이블 위에, 홀로그래프와 종이 지도까지 있었고, 책상에도 쌓여 있었다. 지도들은 그 유명하고 예술적인 작품 옆과 그 위 벽에도 고정되어 있었다.

세 개의 방위각 장관은 잘 지어 놓은 둥지 속의 새처럼 지도들 사이에 앉아 있었다. 녹은 귀의 흔적 위로 클라우드후크가 은백색으로 투명하게 빛나고, 머리카락은 매끄러운 모자 같았다. 여덟 가지 해독제는 침을 삼켰다. 목이 갑자기 막히는 것 같아서 재빨리 시선을 테이블 주위로 돌렸다. 그녀의 오른쪽과 왼쪽에 앉은 전쟁부 관료들에게로. 공급 체인의 대가인 두 번째 손바닥의 일곱 송이 과꽃 차관과 그의 스태프는 어깨 견장에 있는 손바닥이 왼쪽으로 손가락을 향하고 있어서 즉시 알아볼 수 있었다. 그 옆에 있는 것은 2년 전에 선대-황제에게 새로운 우주선 엔진에 관해 프레젠테이션을 하러 왔던 군비 담당자, 다섯 번째 손바닥의 스물두 가닥의 실이었다. 여덟 가지 해독제는 그녀가 이야기하는 동안 즉시 잠이 들었더랬다. 하지만 당시에 그는 어린애였다. 지금은 그러지 않을 것이다.

열한 그루 월계수의 스태프가 테이블 반대편에서 그를 기다리고 있었다. 여덟 가지 해독제가 모르는 두 여자는 세 번째 손바닥을 의미하는 아래쪽을 향한 손 모양의 견장을 어깨에 달고 있었고, 그 옆으로 계급장이 있었다. 그리고 의자 두 개가 비어 있었다. 하나는 열한 그루 월계수를 위한 거고, 또 하나는 소년을 위한 거였다. 그는 자리에 앉았다. 여기 속한 것처럼. 열한 살이 아닌 것처럼.

테이블 끝, 장관의 반대편에는 황제를 초청할 경우에 그녀가 앉는 빈자리가 있었다. 아마도 논의 내용이 중요한 거라면 황제도 올 것이다.(아마도. 전쟁부가 열아홉 개의 자귀에게 뭔가를 숨기고 있지 않다면. 하지만 그게 살펴봐야 하는 부분이다, 그렇지? 신중하게, 주의를 기울여서. 그게 한밤중에 그에게 하달된 일이었다.)

"열한 그루 월계수." 장관이 잘 왔다고 고개를 끄덕인 다음에 그 오른쪽을 쳐다보고 말했다. "여덟 가지 해독제 전하. 둘 다 와 줘서 고맙군요. 이제 함대 사령관 열여섯 번의 월출의 전달자 역할을 하겠습니다. 이게 몇 시간 전에 급송으로 온 우선 통신입니다."

여덟 가지 해독제는 전달이 시작될 때 방의 조명이 낮은 것에 정말로 감사했다. 세 개의 방위각이 그의 공식적인 직위를 직접 불렀다는 사실에 얼굴을 붉히고 뺨이 확확 달아오르고 있다는 걸 아무도 볼 수 없으니까. 부끄럽고 말도 안 되는 일이었다. 많은 사람이 전하라고 불러도 그는 대체로 얼굴을 붉히지 않았다.

홀로그래프에서 제24군단 함대 사령관 열여섯 번의 월출은 허리 위로 360도 재생되어 테이블 위로 떠 있는 모습이 마치 광장의 석상처럼 보였다. 그녀가 손가락 위로 몸을 숙였다. 아마도 여섯 시간 전에 그랬을 것이다. 여섯 시간 반 전에. 가장 빠른 급송을 사용하고, 가장 강한 중계기를 통해 섹터를 가로지른다 해도 전선과 시티 사이의 모든 점프게이트를 지나려면 최소한 그 정도는 걸렸다. 여섯 시간 전에 어디에 있었든 간에 어두컴컴하고 금속 벽으로 된 곳이었다. 어떤 함선일 것이다. 그녀는 혼자였다.

"세 개의 방위각 장관님을 위한 메시지입니다. 지급至急. 보안코드 히아신스."

그녀는 자신의 녹음기는 각 단어를 들을 수 있지만 다른 사람이 엿듣지는 못할 정도로 조용하게 말했다. 보안코드 히아신스는 들어본 적 없는 것이었다. 여덟 가지 해독제는 테이블 주위 어른들의 얼굴을 힐끗 보았다. 놀랐거나 실망스러운 표정은 없고, 그저 주목하고 있을 뿐이었다.

"함대는 우리 적의 시체 한 구를 획득해 해부를 시행했습니다. 해부의 공식 보고서는 야오틀렉 아홉 송이 부용의 의료팀이 적절한 방식에 따라 보낼 거고, 저는 그게 정확하지만 간결할 거라고 확신합니다. 저도 직접 해부 결과를 확인했습니다. 외계 종족은 포유류이고, 아마도 시체를 먹는 부류이며, 치아 상태를 보건대 육식이거나 잡식입니다. 하지만 더 중요한 것은, 해부 시 야오틀렉이 정보부에서 온 특무대사를 들였다는 점입니다. 특사는 르셀 스테이션 출신 외국인을 데려왔습니다. 스테이션인의 외모 이미지를 첨부합니다. 저는 르셀 스테이션이 정보부 특사라는 인물을 통해서 야오틀렉 아홉 송이 부용의 결정에 외교적 영향력을 미치려 할 거라고 믿습니다. 아홉 송이 부용은 특사에게 최초의 접촉 프로토콜을 시행하라고 명령했습니다. '손바닥'은 정보부가 문제 인물들을 데리고 있을 가능성, 혹은 스테이션인이 테익스칼란의 통치권을 침해할 가능성을 인지할 필요가 있습니다. 이 메시지를 통해 저는 함대의 성실한 장교로서 의무를 다하고 있습니다. 테익스칼란과 황제가 천 번의 천 년을 맞이하기를. 보안코드 히아신스 종료."

홀로그래프가 끝나자 **열여섯 번의 월출**이 거기 있었던 적이 없는 것처럼 사라졌다. 조명이 밝아졌다. **세 개의 방위각** 장관은 의자에 몸을 기대고 가슴 위로 손가락을 깍지 끼고 있었다. 지금까지 이길 수 없었던 전쟁터에 제멋대로인 정보부 요원이 활개칠 뿐 아니라 공모한 외국 외교관이 있다는 이야기를 들은 사람처럼 보이지 않았다. **여덟 가지 해독제**는 언젠가 그렇게 자신만만해 보이고 싶었다. 장관은 그에 비해 별로 크지 않았으나 여섯 개의 모든 '손바닥'의 주인이자 제국의 군사적 머리를 아우르는 자의 풍채를 지녔다. 그녀가 클라우드후크 뒤에서 눈을 깜박이자 **열여섯 번의 월출**의 홀로그래프 대신 외국식 재킷과 바지 차림에 키가 크고 광대뼈가 높고 곱슬머리인 여자의 2차원 영상이 테이블 위로 나타났다. 이미지는 가장자리가 흐릿하고 각도가 이상했다. 보안 카메라에서 뽑아낸 것이리란 생각이 들었다. 하지만 **여덟 가지 해독제**는 그 얼굴을 알았다. **여섯 방향**이 죽은 후 그 얼굴이 뉴스피드에 계속해서 나오는 것을 보았더랬다. 그 얼굴을 가까이서도 봤었다. 지상궁의 정원실 한곳, 휘차후이틀림 정원에서였다. 꽃꿀을 마시고 보이지 않는 그물이 허용하는 곳까지 나는 벌새를 보러 가는 곳. 그때 그녀와 이야기를 했었다.

정원에서, 테익스칼란에서 가장 작은 새들의 빨간색과 금색 날개가 윙윙거리는 속에서 디즈마르는 기묘한 제안을 했었다. 그녀는 이렇게 말했다. 전하는 젊고 권력 있는 분이십니다. 나이가 차셨을 때에도 전하께서 원하신다면 르셀 스테이션은 전하를 맞이하는 영예를 기꺼이 누릴 것입니다. 그리고 바로 그때에도 소년은 알겠다고 하지 않을 정도로 현실을 알았었고, 지금도 알았다. 디즈마르는 길을 잃었고, 취했고, 슬펐고, 그래도 여전히 영향력을 미칠 방법을 찾고 있었다. 그래서 그는 휘차후이틀림이 디즈마르의 손바닥에서 꽃꿀을 마시는 것을 보여 준 후 그녀를 보냈다.

그날 밤에 디즈마르는 뭘 배웠을까? 그리고 무엇 때문에 처음에는 테익스칼란을 떠났다가 다시 전장으로 나오게 된 것일까?

여덟 가지 해독제는 몸을 똑바로 펴고 앉아서 주의를 집중했다. 이 대화도 황제 폐하께 가서 이야기해야 마땅한 것이었다. 작은 스파이에게도 비밀은 있지. 소년은 그 생각에 자신이 얼마나 만족감을 느끼는지 깜짝 놀랐다.

전쟁부는 알고 보니 마히트 디즈마르를 좋아하지 않았다. 혹은 최소한 일부는 좋아하지 않았다. 그녀는 야만인이었다. 그건 사실이고, 2급 차관 일곱 송이 과꽃(새로 온 남자였다. 장관인 세 개의 방위각만큼 새롭고, 황제 본인만큼 새로 그 자리에 앉았다.)은 대체로 디즈마르가 야만인이고 감독 없이 전장에 나가 있으면서 외교적 권한을 갖고 있다는 사실 때문에 싫어했다. 그건 디즈마르의 잘못이 아닌데. 야만인인 것도, 정보부 특사가 데려간 것도 그녀로서는 어쩔 수 없는 일이었을 것이다. 무슨 방법을 써서 특사가 자신을 데려가도록 한 게 아니라면.

르셀 스테이션의 전임 대사 이스칸드르 아가븐은 사람들이 절대 생각도 하지 않았던 일을 하게 하는 타입의 사람으로 보였다. 여덟 가지 해독제는 얼굴이나 선대-황제가 그와의 우정을 얼마나 즐겼는지를 제외하면 전임 대사에 관해 몰랐다. 아가븐은 아이들을 별로 좋아하지 않았든지 아이와 이야기하는 것보다 더 나은 일이 많았던 것 같았다. 하지만 그는 항상 황궁에 있었다. 그는 모두와 친구였다. 죽을 때까지는.

어쩌면 르셀 대사들이 다 그런 식일지도 모른다.

사람들이 평소 하지 않던 방식으로 행동하게 하는 데에 능숙한 게 전장에서 과연 도움이 될까 여덟 가지 해독제가 고민하고 있을 때, 열한 그루 월계수가 말했다.

"장관님, 디즈마르에 관한 제 주된 우려는 그자가 야만인이라는 것과 관계가 없습니다. 주변 상황에 미치는 영향력에 관계가 있지요. 불안정한 영향 말입니다."

"계속해. 차관, 자네가 계속해서 나에게 상기시키지만 우리 황제 폐하의 즉위를 둘러싼 불운한 상황에 디즈마르가 관련되었을 때 자네는 여기 있었고, 나는 없었지. 당시 디즈마르의 활동 중에서 자네가 암시적이라고 생각한 특정 부분이 있나?"

"장관님께서는 나카에서 바쁘셨고, 이런 사소한 일을 알아채실 만한 시간이 없었을 겁니다." 여덟 가지 해독제는 세 개의 방위각이 즉시 불쾌한 표정을 지을 정도로 열한 그루 월계수의 그 말이 나쁘지는 않은 것 같다고 생각했다. 그녀는 정말로 나카에 있었고, 군사 총독은 당연히 거의 황제만큼이나 바쁘게 마련이다. "디즈마르, 그리고 그자와 협력했거나 그자를 유용하다고 생각했던 세력은 모든 의례를 무시했습니다. 디즈마르는 모든 역사를 무시했습니다. 전임인 아가븐처럼 태연하게 그 자리로 들어와서 자기가 필요하다고 믿는 행동을 했습니다. 우리 제국의 제도가 무시되면 우리의 절차도 무시되거나 사라지겠죠. 디즈마르는 이걸 어떻게 여기겠습니까?"

세 개의 방위각의 얼굴이 굳어졌다.

"친애하는 차관이여, 자네는 내 전임자 아홉 번의 추진의 이른 은퇴에 관해서 이야기하는 것 같군."

여덟 가지 해독제는 갑자기 열한 그루 월계수가 세 개의 방위각보다 얼마나 나이가 많은지를 깨달았다. 열한 그루 월계수가 얼마나 많은 전쟁부 장관을 모셨을까? 그 숫자가 워낙 많아서 현재의 장관이…… 그가 자신에게 불충하다고 암시해도 아무렇지 않을 정도인 걸까? 그게 지금 여기서 이야기하는 내용일까? 소년은 이 회의 전에, 오래전부터 이어져 온 대화를 보고 있는 것 같은 기분이었다.

열한 그루 월계수는 포기조의 한숨을 길게 내쉬었다. 얼굴의 깊은 주름들이 더욱 깊어졌다.

"장관님, 제가 걱정하는 것은 아홉 번의 추진님이 아닙니다. 전 당연히 그분이 은퇴 생활을 즐기시기를 바라거니와, 지금은 장관도 아니시죠, 안 그렇습니까? 그분이 사라지고 야오틀렉 하나의 번개가 실각한 이 상황에, 황제 폐하께서 전쟁부에 있는 우리를 얼마나 믿으시는지가 문제입니다. 그리고 폐하께서 디즈마르나 정보부 특사 같은 존재들을 얼마나 믿으시는지, 혹은 함대의 일에 관해 자신의 함대 외에 누군가를 믿으실까에 관한 거죠. 그게 전부입니다, 장관님."

"그게 전부일 리가 없지."

세 개의 방위각이 말했다. 열한 그루 월계수가 방금 한 말을 생각하던 여덟 가지 해독제는(열아홉 개의 자귀가 전쟁부를 실은 믿지 않는 걸까? 전쟁부가 굉장히 위험한 외계 종족으로부터 테익스칼란 제국을 보호하는 와중에?) 가능한 한 얼굴을 움직이지 않고 어른처럼 평화롭게, 이 모든 조각을 맞추려고 노력하는 사람 같지 않게 차분하게 보이려고 노력 중이었다.

황제는 전쟁부를 엿보라고 지시했다. 안 그런가. 어쩌면 그 말은 **열한 그루 월계수**가 옳다는 뜻일지도 모른다. 소년은 거기에 대해서 기분이 어떤지 알 수가 없었다. 전혀 모르겠다. 겁이 난다는 사실을 빼면.

✧ ✧ ✧

그들이 만든 메시지는 11초 길이였고, 가로챈 녹음으로부터 분리한 네 가지 소리가 두 번 반복되는 구성이었다. 마히트가 이해한 바에 따르면, 그리고 속을 뒤집히게 만드는 음파로 소통하기 위해 능력을 최대로 발휘하건대, 그것은 '위험에 접근 중—접촉 시작—야호 우리의 승리' 순서의 뜻이었다. 외계인의 소음은 그 소리가 서로 겹치면 강도가 높아진다는 새롭게 발견한 불쾌한 지식을 고려해, 이후에는 두 반대 방향에서 동시에 '접촉 시작'이라고 재생한 다음에 '야호 우리의 승리'가 겹쳐지도록 했다. 그리고 처음부터 다시 반복되었다. 마히트는 자신과 **세 가닥 해초**가 말하는 것이 '와서 우리랑 직접 이야기해요, 그러면 아주 잘 풀릴 거예요.'라는 뜻인지 확신이 없었으나 또한 아니라는 확신도 없었다. 그건…… 이게 이 한정된 데이터 세트를 갖고서 할 수 있는 최선이었다. 어쩌면 이 메시지로 살아 있는 외계인 협상가가 오지는 않는다 해도 그들이 작업할 소음이 더 많이 생길 수도 있다.

그들은 작업을 끝냈고, 그러자마자 둘 사이의 연약한 평화가 바닥에 떨어뜨린 유리처럼 깨졌다. **세 가닥 해초**는 부루퉁하고 조용하고 이해할 수 없었고, 마히트는 지쳤다. 마히트는 그 싸움을 정말로 하고 싶지 않았었다.

〈그건 사실이 아니야.〉 머릿속에서 이스칸드르가 말했다. 머릿속에서 그 목소리는 거의 마히트의 것처럼 느껴졌다. 마히트 자신의 생각이 외적 힘에 의해 만들어지는 것처럼, 갑작스럽고 낯설게 머릿속 제일 위쪽에 나타나는 것처럼. 〈**여섯 방향**의 연회 때 겪은 낭독 대회 이래로 넌 싸우고 싶어 했지. 테익스칼란인이 되는 게 **세 가닥 해초**에게 얼마나 쉽고 자연스러운지 본 이후부터. 시 대회와 **세 가닥 해초**의 눈부신 친구들, 그리고 **세 가닥 해초**가 얼마나 외계인을 좋아하는지에 대한 이야기. 넌 그게 갖고 싶었지. 너 자신이 그럴 필요가 없기를 바라고 있을 뿐이야.〉

마히트는 이스칸드르가 모든 걸 아는 것처럼, 20년의 연륜과 테익스칼란 제국 황제와(현 황제와 전 황제 모두와) 잔 덕분에 그녀가 느끼는 기분에 관해 전문가가 된 것처럼 말하는 게 싫었다. 하지만 이스칸드르는 마히트의 내분비계 안에 있었다. 그는 마히트가 어떻게 느끼는지 알았다. 그도 똑같이 느끼니까. 그리고 그들은 계속해서 더 가까워졌다. 더 통합되었다.

찌릿거리는 척골신경 통증으로 손이 아파 왔다. 머리도 오랫동안 울지 않으려고 애를 썼을 때처럼 아파 왔다.

세 가닥 해초가 내게 얼마나 상처를 줬는지 보여 주고 싶어. 마히트는 자신의 머릿속이라는 사적 공간에서 말했다. **세 가닥 해초**는 그들의

메시지를 새 인포피시 스틱에 넣고 자신의 봉랍 키트로 밀봉했다. 그녀의 완벽하고 화를 돋우는 제복과 똑같이 불꽃 같은 오렌지색 밀랍이었다. 그녀가 그렇게 할 때, 말하지 않고서도 그녀가 알아채길 바라.

〈세 가닥 해초는 테익스칼란인이야, 마히트. 그들은 몰라. 네가 계속, 계속해서 말하지 않으면 모르고, 설령 말을 해도 말이지……〉

미끄러지는 감각 기억과 갈망, 그들의 공유된 정신이 시간의 조각을 비추는 기묘한 거울의 방. 동황궁에서 이른 아침 옅은 빛 속에서 드러난 열아홉 개의 자귀의 어깨뼈 모양. 이스칸드르가 느낀 무섭고 달콤한 부드러움. 어느 아침 그것을 느끼고서 얼마 되지 않아 열아홉 개의 자귀는 명백하게 알면서 묵인한 상태로 이스칸드르가 살해되도록 놔두었다. 그가 과학부 장관 열 개의 진주가 지켜보는 앞에서 질식하도록 놔두었다. 하지만 감각 기억은 죽음과 엉망이 된 이마고 수술 속에서도 남았다. 마히트는 세 가닥 해초를 쳐다보고 그 부드러움의 메아리, 그 배반감의 메아리를 느꼈다.

세 가닥 해초가 황제를 타락으로부터 구하겠답시고 날 살해하지는 않겠지. 마히트는 비난조로 생각했다.

〈나라면 그녀를 과소평가하지 않겠어. 내가 네 입장이라면.〉

이스칸드르가 중얼거렸다.

네가 내 입장이라면 말이지.

〈세 가닥 해초는 이스칸드르 아가븐이 아니라 마히트 디즈마르를 좋아해. 우리가 그런 말을 한 이후에도 그녀가 우리 중에서 어느 부분인가를 좋아한다면 말이야.〉

"이걸 야오틀렉에게 제출할게요." 세 가닥 해초가 가벼우면서 차갑게 말하고서 재킷 안주머니에 인포피시 스틱을 집어넣었다. "절반

이상은 당신의 작업이라는 걸 분명히 알려 둘게요. 고마워요."

어려운 문제를 함께 작업한 잠깐의 동료 외에는 아무것도 아니라는 듯한 행동. 마히트는 세계를 부서뜨린 기분이었고, 그렇게 느끼는 자신이 싫었다. 세 가닥 해초, 아세크레타이자 1급 귀족, 정보부 3급 차관, 함대의 특무대사…… 그녀는 세계가 아니었다. 마히트는 르셀에서 그녀 없이도 잘 지냈고, 테익스칼란을 그리워한 만큼밖에 그녀를 그리워하지 않았다. 어마어마하게 가슴을 에는 좌절감과 함께.

〈세계, 제국.〉

이스칸드르가 속삭였다. 테익스칼란어로 하나인 그 단어를.

올바른 순서네. 마히트가 마주 말했지만, 그것은 발음의 또 다른 차이일 뿐이었다. 부서진 것처럼 느껴지는 게 그거였다. 그녀가 바랐던 세상의 모습.

마히트가 저도 모르게 입을 열었다.

"만약에 그게 먹혀서 대답이 오면, 나한테 알려 줄 거죠?"

세 가닥 해초는 그녀를 비참한 표정으로 힐끗 본 다음에 시선을 다시 떨어뜨렸다.

"물론이죠. 그럴게요. 대답이 오면 당신도 들어야죠."

거의 당신이 날 도와주면 좋겠어요처럼 들렸다. 그녀가 실제로 그 말을 했다면 더 좋았을 거라고 마히트는 생각했다. 하지만 마히트는 그녀가 그렇게 할 만한 여지를 별로 남겨 두지 않았다, 안 그런가. 마히트는 왜 내가 당신과 함께 와야만 했는지를 깨닫게 되면, 그때 다시 얘기를 해요라고 말했다. 그리고 그건 당신이 르셀 스테이션의 정치적 상황을 알아내면이라는 뜻이 아니라 그저……

마히트가 말한 건, 제국이 명령을 내리면 나는 거부할 수가 없다는 걸 이해할 때라는 뜻이었다. 내가 원한다 해도 좋다고 말할 여유가 없는 것을 당신이 이해할 때라는 뜻이었다. 자유로워진다는 것 따윈 없다는 걸 당신은 이해하지 못해라는 뜻이었다. 선택할 자유도, 선택하지 않을 자유도.

그래서 마히트가 소리 내어 말한 건 이것뿐이었다.

"좋아요. 그럼 그때 봐요, 세 가닥 해초."

세 가닥 해초는 대답하지 않았다. 그녀는 어서 빨리 가고 싶은 것처럼 통신실 문밖으로 빠져나갔고, 마히트만 혼자 남아 남은 토사물을 어떻게 하고 함께 쓰기로 되어 있는 숙소로는 어떻게 돌아가야 할지 고민에 빠졌다. 마히트와 한정된 안전 사이에 많은 복도가 있지만, 지금은 모든 문을 열어 주고 모든 후견인에게 급보를 보내 주는 제복 입은 테익스칼란인 담당자라는 혜택이 없었다. 마히트는 이 기함에서, 집이라고 부를 만한 곳에서 평생 가장 멀리 떨어진 장소에서 스스로를 불구로 만들었다. 뭘 위해, 대체 뭘 위해서? 세 가닥 해초가 이해하는 건 고사하고 이해할 능력이 있는지조차 알 수 없는 것을 알아주기를 마히트가 바라서?(혹은 '최소한 이스칸드르가 차지한 마히트의 일부'라고 해도 이제 그들 사이의 차이를 말하기는 상당히 어려웠다.)

이런 짓의 핵심이 대체 뭔데?

마히트는 자신이 안다고 생각했었으나 이제는 스스로도 잘 알 수가 없었다.

✧✧✧

세 가닥 해초는 부관인 최상급 이칸틀로스 스무 마리 매미가 어디에나 있다는 것을 알게 되었다. 클라우드후크 지도를 보고 음성 처리실에서 나와 야오틀렉이나 그녀가 어디에 있을지 아는 사람을 만나기를 바라며 함교의 일반 구역으로 향하고 있는데, 바퀴의 무게호의 깊은 복도를 따라 얼마 가지도 않았을 때 배 자체가 출현시킨 것처럼 그가 길이 세 개로 나뉘는 지점에서 나타났다.

인간 형태를 한 배 AI는 절대 없어. 그건 홀로드라마 내용이야. 게다가 그는 내 눈에 보이는 곳에서 형태가 있는 물건을 만졌잖아. 확실히 진짜 사람이야. 세 가닥 해초는 많은 감정을 느끼고 있었으나(아, 충분히 많은 것을 느꼈으나 대체로는 지치고 행복하지 않고 성마르고 금방이라도 인내가 끊길 것 같았다.) 스무 마리 매미 때문에 순전히 소름이 돋았다. 그러다가 함대 사령관 열여섯 번의 월출이 그를 스윔이라고 불렀던 게 떠올랐다. 흥미로운 의외의 이름을 지닌 사람에게 붙인, 흥미로울 정도로 몹쓸 별명이었다. 명사 기표가 곤충이니까. 하지만 스윔은……

"부관님은 동시에 어디에나 존재하시는 듯하네요. 안 그런가요?"

세 가닥 해초가 그에게 말했다.

바퀴의 무게호의 복도 조명은 방향성이 없었다. 그것은 스무 마리 매미의 깎은 머리를 오래된 동전의 녹청처럼 올리브빛 금색으로 반짝이게 했다. 그는 공격 방향을 계산하는 것처럼 고개를 아주 살짝 기울이고서 이 말을 생각하는 것 같았다. 다시 정보부 네트워크에 접속이 되면 세 가닥 해초는 그에 관해 찾아볼 것이다. 그의 모든 군사 기록을 알고 싶었다. 샤드를 탔을까? 백병전에 참여했나? 아니면 항상 병참 및 작전 장교로서, 균형에 집착하는 종교의 기묘한 영적 인도하에 점프게이트를 지나는 배와 물자의 움직임을 결정했을까?

"전 제가 있어야 하는 곳에 있죠."

"야오틀렉이 방송해 주실 메시지를 우리가 준비했어요." **세 가닥 해초**는 우리라는 말에서 움찔하지 않으려고 노력했다. 지금은 마히트 생각을 하지 말아야 했다. 그녀는 아주 잘하고 있었다! 마히트 생각을 하지 않는 걸 말이다. 지금 와서 하지는 않을 것이다. 바로 앞에 벌어지는 일에 집중해야 했다. "야오틀렉은 함교에 계신가요?"

스무 마리 매미는 한 손을 들어 올려 물론이죠일 수도 있고 아마 그럴지도요라고도 할 수 있는 동작을 했다. 그 동작에 군복 소매가 내려가서 옅은 초록색 프랙털 모양 문신이 드러났다. 그는 절망적일 정도로 표정을 읽기가 쉽지 않았다. 너무 기묘하고 동시에 너무나 테익스칼란 군인다웠다.

"저랑 좀 걷죠."

그는 제대로 된 대답 대신 이렇게 말했고 **세 가닥 해초**는 그 제안을 따르기로 했다.

그들은 함교 쪽으로 가지 않았다. **세 가닥 해초**는 눈을 깜박여 클라우드후크의 내비게이션 기능을 껐다. 그 기능은 시야 구석에서 실제로는 왼쪽으로 돌아야 한다고 작은 경보를 울리고 있었고, 이제는 길을 다시 계산해야 했다. 그런 사소한 짜증거리는 상관하고 싶지 않았다. 그녀는 자신의 움직임을 녹화하게 설정하고 새로운 지역 지도를 띄웠다. 르셀 스테이션은 이러지 않았었다. 제국의 기함에서는 감시용 지도를 펼쳐 보면서 외국 땅에서는 그러지 않았던 이유가 뭘까?

그녀는 일부러 멍을 누르는 것처럼 생각했다. 네가 마히트 디즈마르를 지나치게 믿는다는 소리지.

스무 마리 매미는 그녀를 데리고 배를 두 층 내려갔다. 엄밀히 말해 그는 말이 많지 않았다. 그는 질문을 했으나 심문관이나 아세크레타처럼 하는 건 아니었다. 그녀는 그의 목적을 파악할 수 없었다. 미꾸라지처럼 요리조리 빠져나갔다.

"이 종족이 인간에게 어떤 짓을 하는지 보셨습니까? 아홉 송이 부용님이 펠로아2에서 발견한 홀로레코딩 일부를 같이 보내셨을 텐데요?"

그랬다. 세 가닥 해초는 그것을 힐끗 보았으나 아무것도 느끼지 못했다. 오, 봐, 또 다른 전쟁이야. 알려진 세계의 가장자리 먼 곳에서 벌어지는 타인의 참극. 하지만 그녀는 지금 그 가장자리에 아주 가까이 있었다.

"내장 적출을 좋아하더군요. 대량 학살치고는 흥미로운 취향이었어요. 지저분하고요."

"낭비죠."

스무 마리 매미가 그녀의 말을 정정했다.

"인간 한 명 한 명에게서 내장을 끄집어내는 건 너무 많은 노력을 필요로 해서 그런가요? 죽은 시체에서 발톱을 봤잖아요. 그들에게는 그게 그렇게 비효율적일 것도 없어요."

"죽은 외계 생물은 시체를 먹는 놈이었습니다. 아니면 지각을 갖기 전의 선조들이 그랬거나. 그 입, 두개골 앞쪽에 있는 눈을 생각하면 말이죠. 그런데 놈들은 그 모든 내장들이 썩게 놔뒀어요. 그건 낭비예요."

그들은 엄중하게 밀폐된 문 앞으로 왔다. 하도 꽉 밀폐되어 있어서 세 가닥 해초는 잠깐 동안 자신이 에어록을 지나 인정사정없이 우주로 쫓겨나는 걸까 생각했다. 스무 마리 매미가 그 앞으로 가까이 걸어가며 문에 자신의 클라우드후크를 읽혔다. 한쪽 눈 위의 투명한 유리에 시티 위쪽에서 달아오르는 폭풍처럼 회색과 금색의 조그만 상형문자가 가득 올라갔다. 문이 열렸고, 그 뒤는 열기였다. 따뜻하고 축축한 공기, 흙과 성장과 꽃의 향기. 수경재배 갑판이었다. **스무 마리 매미**를 따라 안으로 들어가며 **세 가닥 해초**는 어떤 감정을 느껴야 할 필요가 없는 것에 안도했다. 비가공 공기에 굶주렸던 피부가 습기를 들이마셨다. 그녀는 그 공기 속에서 사치스럽게 즐기고 싶었다. 이 함선에서 테익스칼란처럼, '세계의 보석'처럼 느껴지는 장소. 정원이라는 심장. 깊게 숨을 들이켰다. 폐 속으로 들어오는 습한 공기는 맛있었다.

스무 마리 매미도 거의 같은 표정일 거라고 그녀는 추측했다. 얼굴에서 모든 긴장감이 사라지고 축복받은 편안한 모습이리라. 여기는 그가 사랑하는 장소였다.(당연하지, 어떻게 안 그럴 수가 있겠어.) 그 말은 물론 그가 여기를 그녀와 나누려는 논의의 장으로 이용하기 위해서 데려왔다는 뜻이었다. 이 일을 명령한 야오틀렉에게 곧장 **세 가닥 해초**와 작업물을 바로 인도하는 대신 살짝 우회할 가치가 있을 정도로 강력한 장소. 이 논의는 그에게 굉장히 중요한 게 분명했다.

그녀는 기꺼이 들을 것이다. 습기와 수경재배용 연못에서 자라는 벼, 수영, 연꽃의 환상적인 향기로 그녀를 조종하려고 하는 기함의 부사령관을 상대하는 편이 마히트 디즈마르를 생각하는 것보다 낫다.

"몇 명이나 먹이고 있는 거죠?"

테라스식 못의 가장자리로 **스무 마리 매미**를 따라가며 물었다. 거기 있으니 발코니에 선 것 같았다. 그들은 통로의 섬세한 연철 난간에 기대서 아래쪽의 푸른 못을 바라보았다.

"5000명 분입니다. 석 달치 긴급 식량까지 해서. 바퀴의 무게호의 평소 선원 수 정도라면 우린 최저 생활보다 훨씬 나은, 완전한 자급자족이 가능합니다."

"그리고 모든 갑판에 돌아갈 정도의 꽃도 있고요. 저 모든 연꽃들……."

"말씀드렸죠. 최저 생활보다 훨씬 낫다고."

그 자급자족이라는 단어의 정의에는 아름다움도 포함되는 모양이다. 세 가닥 해초는 항상교도들이 과하게 아름답거나 흉측한 것은 어떤 것도 좋아하지 않을 거라고 늘 생각했지만, 이 수경재배 갑판은 고혹적이었다. 그리고 이 연꽃도 전부 그랬다. 파란색에 옅은 은색, 하얀색, 일출처럼 보이는 온갖 종류의 분홍색 등 모든 색깔이 있었다.

잠시 조용히 두 사람 다 짙은 공기를 신의 음료처럼 들이켜고 난 다음에야 그녀가 물었다.

"사상률은 어떻게 되어 가고 있나요? 펠로아2를 제외하고. 우리의 사상률이요."

"모르나요?"

그가 마치 그녀의 정보부 제복을 가리키듯이 클라우드후크 아래로 눈썹이 있었을 자리를 들어 올렸다.

"정보부라고 해서 모든 걸 다 아는 건 아니랍니다, 최상급 이칸틀로스. 설령 안다 해도, 보고서를 읽는 것과 현장의 군인에게 듣는 건 다르죠."

스무 마리 매미는 생각하는 듯이 작게, 이에 대고 혀를 차는 소리를 냈다.

"모든 걸 알기 위해서는 모든 곳에 존재해야 하는 법이니, 동의합니다. 그리고 너무 높아요. 우리 사상률 말이죠. 다음에 뭘 할지 결정을 기다리고 있고, 섹터 전역을 최고의 정찰병들이 살피고 있는데도 아직까지 이 적의 근원을 발견 못 한 함대로서는 너무 높죠."

우린 그들이 어디서 자라는지 몰라. 심지어 그들 고향의 정원 심장이 어떻게 보이는지도 몰라. 이 갑판, **스무 마리 매미**가 아끼는 이 장소처럼은 보이지 않으리라는 점만 빼고. **세 가닥 해초**가 생각했다.

"행동을 선호하시는군요."

"제 선호도는 전혀 중요한 게 아닙니다, 특사님. 저는 그저 낭비를, 낭비되는 것들을 싫어할 뿐입니다."

그리고 당신은 이 외계인을 불쾌하게 여기죠. 당신의 '불쾌하다'는 말은 '낭비'로 표현되고요. **세 가닥 해초**는 난간을 손가락으로 감쌌고, 금속의 축축한 습기를 느꼈다.

"뭘 물어보실 건가요? 그들이 메시지에 대답해서 우리와 이야기를 하러 온다면요."

이번에 그가 낸 소리는 전혀 생각에 잠긴 게 아니었다.

"어째서 그들이 이야기를 하고 싶어 할 거라고 생각하죠? 특사님과 르셀 대사가 소리 편집에 아무리 뛰어나다 해도…… 아, 피투성이 별이여, 한 놈이 또 벼에 들어갔어."

"뭐 하세요?"

세 가닥 해초가 말을 했으나 **스무 마리 매미**는 이미 엉덩이를 난간 너머로 넘겨 무릎까지 오는 물속에 철벅 떨어졌다. 군복 바지가 곧장 젖었다. 그는 단호하게, 짜증스럽게 휘적휘적 걸어갔다. 부리로 물고기를 낚아채기 위해 멈춰서 기다리는 따오기처럼 꼼짝하지 않았다. 그러다가 벼 줄기 사이에서 작고 검은 형체를 붙잡았다.

그것이 꽥꽥거렸다. **스무 마리 매미**는 그것의 목덜미를 잡고 팔 길이만큼 떼어 불쾌한 트로피라도 되는 것처럼 든 채 그녀에게 가져왔다.

"좀 들고 있어요."

그는 그것을 **세 가닥 해초**가 잡도록 난간 바 너머로 내밀었다.

"고양이군요."

그랬다. 크기로 봐서 검은 새끼고양이였다. 커다란 노란 눈과 새끼고양이 특유의 바늘 같은 발톱, 그 발톱 전부가 이제 **세 가닥 해초**의 재킷 소매와 그 아래 피부를 찔렀다. 고양이는 또한 물을 뚝뚝 흘리고 푹 젖었고, 그녀가 들어 본 다른 고양이들과는 다르게 물을 싫어하는 것 같지 않았다.

스무 마리 매미가 발코니의 마른 땅 부분으로 다시 올라왔다.

"고양이였었죠. 수천 년 전에, 카우란의 맹그로브 습지에 사는 수목에 유해한 동물이 되기 전에는요. 이 수목에 유해한 동물은 우리 배의 통풍구로 도망치는 습관이 있고요. 행성에 내려간 팀의 누군가가 이게 귀엽다고 생각하고는 임신한 개체를 데려오는 바람에."

새끼고양이가 **세 가닥 해초**의 어깨로 올라왔다. 발톱이 아주 날카로웠다. 또한 그녀가 기억하는 새끼고양이보다 훨씬 더 잘 달라붙었다. 마지막으로 새끼고양이와 가까이 있었던 건 시티에서, 어느 귀족의 시 살롱이 열린 거실에서였다. 그 녀석은 보송보송하고, 색깔이 옅고, 그녀의 어깨에 앉는 데에는 관심이 없었다. 이 고양이는 마치 인간의 손가락처럼 발가락뼈가 길었고, 거의 마주 보게 생긴 엄지가 있었다.

"이게 통풍구에 있다고요."

그녀는 놀라고 재미있어서 따라 말했다.

"녀석들은 저처럼 사방에 있지요." **스무 마리 매미**는 그렇게 말하고 웃지 않기 위해서 한숨을 쉬었다. "그리고 녀석들은 여기 있으면 안 돼요. 수경재배 생태계 출신이 아닌 데다, 분변에 암모니아가 너무 많거든요. 그 녀석 가지시죠."

"내가 얠 데리고 뭘 하겠어요? 난 야오틀렉 **아홉 송이 부용**님에게 보고서를 드려야 해요. 새끼고양이를 데리고 있을 순 없어요."

"특사님과 오래 머물진 않을 겁니다. 그냥 데리고 나가셔서 이 층 말고 다른 갑판에 놔두세요. 그리고 **아홉 송이 부용**님에 대해서는 걱정 마세요. 제가 특사님의 메시지를 그분에게 전하죠."

"그래 주시겠어요?"

세 가닥 해초는 자신이 묻고 있는 게 내가 당신을 믿어야 할까요, 당신이 이 적들과 이야기할 가치가 얼마나 적은지를 나한테 밝혔는데요라는 뜻에 가깝다는 걸 잘 알았다.

"**아홉 송이 부용**님이 그걸 요구하셨죠. 그러니까 갖다드릴 겁니다. 전 그분이 어디 계시는지 언제나 아니까요."

이 사실이 우주를 아주 간단하게 바꿔 놓는다는 듯이 **아홉 송이 부용**의 부관이 말했다.

✧ ✧ ✧

여덟 가지 해독제는 전쟁부를 나온 다음에 곧장 **열아홉 개의 자귀**에게 갈 수도 있었다. 그러지 않을 이유가 없었다. 그건 의심스럽지도 않을 것이다. 그는 황제와 똑같이 지상궁에 살고 있고 항상 그녀를 보러 가니까. 그리고 그에게는…… 음, 스파이 홀로드라마에서 이야기하는 것 같은 당장 움직일 정보는 없지만, 폐하께서 특별히 요구하셨던 유용한 정보 같은 건 있었다. 바로 그쪽으로 갈 수도 있었다.

하지만 그건 잘못된 것처럼 느껴졌다. 그러니까, 스파이가 아니라 고자질쟁이처럼 느껴졌다. 자기 생각에 따라 자신이 결정을 내리는 게 아니라 다른 사람의 귀가 되는 것이. 그는 당연히 폐하께 마히트 디즈마르 대사와 함대 사령관 열여섯 번의 월출에 대해서 이야기할 것이다. 그리고 아마, 어쩌면 폐하께서 전쟁부를 믿지 않으신다는 열한 그루 월계수의 걱정에 대해서도. 심지어 오늘 이야기할 생각이었다. 하지만 우선…… 음. 우선 알게 된 것을 정말로 자기 머리로 이해하고 싶었다.

그래서 정보부 로비로 들어가서 모든 직위명을 동원해 자기 소개를 하고, 공공 정보데스크를 지키던 상냥한 아세크레타 훈련생에게 미래의 테익스칼란 제국 황제에게 30분쯤 시간을 내서 점프게이트를 통한 빠른 통신에 대해 설명해 줄 사람을 찾아 달라고 한 거였다.

"내 교육을 위해서야."

여덟 가지 해독제는 아주 발랄하게 그렇게 말했고, 훈련생은 입을 가린 손 뒤로 공모의 웃음을 억눌렀다. 그래, 당신은 제국의 후계자가 숙제하는 걸 돕는 거야. 계속 그렇게 생각해.

기다리는 시간은 얼마 되지 않았고, 그사이에 그는 여섯 개의 쭉 뻗은 손바닥과는 아주 다른 정보부의 풍경을 보며 즐겼다. 깨끗하고 말끔하고, 차분하게 보이는 하얀색 대리석 벽에는 아세크레타의 소매에서 건물로 색깔이 흘러내린 것처럼 여기저기 산호색의 악센트가 있었다. 바닥에도 산호가 상감세공이 되어 있고 홍옥수로 된 거대한 국화와 그 주위를 둘러싼 작은 연꽃 모자이크가 있었다. 영원. 여덟 가지 해독제는 아주 오래전 그가 정말로 작아서 아기와 거의 다를 바 없던 때에 들은 수업을 떠올렸다. 모두가 처음에는 꽃에 대해 배웠다. 국화는 영원을 뜻하고 연꽃은 기억과 재생을 뜻하는데, 그래서 정보부 인장이 그 두 가지 꽃으로 이루어진 거야. 그들은 자기들이 모든 걸 알며, 언제나 그렇고 앞으로도 늘 그럴 거라고 생각하고 싶어 하거든. 최소한 열한 그루 월계수는 그렇게 말했지.

그때 자신이 뭐라고 했는지는 생각나지 않았다. 아직은.

그와 이야기하러 나타난 사람은 둥글고 넓은 어깨에 솔직해 보이는 얼굴, 실제로는 아니더라도 상냥하게 보이는 얼굴을 한 남자였다. 정보부 직원으로서는 아주 좋은 얼굴이었다.

"전하. 성간 통신에 대해 이야기하고 싶으시다고 들었습니다만?"

여덟 가지 해독제는 선대-황제 같은 모습을 하려고 했다. 열아홉 개의 자귀가 알아보고 놀라서 흠칫 물러났던, 침착한 입과 눈을 통해 빈틈없고 호기심 넘치며 차분한 표정을 지었다. 그는 점점 그 표정을 짓는 데 능숙해지고 있었다. 이것은 심지어 선대-황제를 잘 모르는 사람들에게도 통했다. 이건 어른의 표정이었고, 사람들은 그가 어린애 얼굴로 그 표정을 지으면 유용한 방식으로 긴장했다.

"그러고 싶어, 꼭. 내가 그대의 귀중한 시간을 소모시키는 게 아니라면 말이지, 아세크레타. 정말로 미안하지만 이름을 못 들었는데."

"한 송이 시클라멘입니다, 전하. 그리고 저는 정보부 서간과의 2급 부차관이라는 영예로운 자리에 있습니다. 즉, 제가 점프게이트를 통한 복잡한 성간 통신에 많은 시간을 쏟고 있다는 뜻이죠. 이 절차는 굉장히 자동화되어 있고 정기적이라서, 제 시간은 전하께 통신에 관해 알려 드리는 편이 훨씬 더 귀하게 쓰일 겁니다. 회의실로 오시겠습니까?"

놀랄 만큼 아부에 뛰어난 한 송이 시클라멘은 여덟 가지 해독제가 짜증 나기보다 기분이 좋아지는 방식으로 말했다. 그는 자신도 그 기술을 배울 수 있기를 바랐다.

"그러도록 하지."

시티의 카메라-눈은 지금 정보부 요원을 따라서 하얀색과 베이지색으로 된 회의실로 들어가고 있는 그를 어떻게 생각할까? 여기에는 홀로그래프 전략 테이블도 없고, 우주의 별 지도 개괄도 없었다. 평범한 테이블 한쪽 끝에 홀로프로젝터가 있고, 조도는 품위 있게 낮춰 놓았다. 의자는 그에게 너무 컸다. 발이 바닥에 닿지 않아서 책상다리를 하고 발을 몸 아래 끼웠다. 발을 흔들고 있는 것보다 그게 나았다. 더 차분하게 느껴졌다.

그는 높고 예의 바른 목소리로, 선생님에게 말하는 것처럼 물었다.

"메시지가 수천 광년 떨어진 곳에서 겨우 몇 시간 만에 어떻게 '세계의 보석'에 도착하지, 2급 부차관? 그리고 보통보다 더 빨리 갈 수도 있나? 더 느리게는?"

"아주 엄격하게 말하자면, 메시지는 점프게이트를 통과해서 전송되는 속도보다 더 빠르거나 느려질 수 없습니다. 점프게이트는 우리의 난제입니다. 죄송합니다만, 그게 어떤 식으로 작동하는지는 이해하고 계시죠?"

"헷갈리는 부분이 있으면 내가 물어보겠어."

여덟 가지 해독제가 말하고서 손으로 컵 모양을 만들어 턱을 받치고 골똘히 **한 송이 시클라멘**을 쳐다보았다. 모두가 점프게이트가 어떻게 작동하는지 안다. 그것은 산을 통과하는 길과 같다. 이쪽 편에서 저쪽 편으로 가는 유일한 길은 구멍을 통해서이다. 하지만 통로를 나누는 산맥 양쪽의 땅 두 부분 대신에 점프게이트는 한쪽이 하나의 우주 섹터이고 다른 쪽은 완전히 다른 곳으로 어디든지 될 수 있다. 게이트를 통한 경우가 아니면 섹터 사이에 연결고리는 없다. 그리고 테익스칼란 우주의 어느 섹터들은, 그게…… '세계의 보석'과의 위치 관계상 그 섹터들이 정확히 어디에 있는지 모른다. 하지만 중앙9광장에서 지하철을 타고 나가는 것처럼 쉽게, 어느 점프게이트를 써야 하는지만 알면 거기에 갈 수 있다.

만약 그렇게 가지 않으면, 우주를 아광속으로 돌면서 죽기 전에 원래 가려던 곳을 발견하길 바라야만 한다. 점프게이트는 제국이 작동하는 원인이다.

한 송이 시클라멘은 이야기를 하고 있었다. 좀 전부터 계속 이야기 중이었나 보다. **여덟 가지 해독제**는 주의를 기울이지 않을 때에도 주의를 기울이는 것처럼 보이는 방법을 확실하게 익힌 게 좋은 일인지 나쁜 일인지 알 수가 없었다.

"……전자 통신은 근본적으로 빛보다 빠른 속도로 전송 가능합니다. 사실상 거의 즉시요! 우리의 중계소를 통해 섹터 내에서 수백 년 동안 그랬죠. 하지만 오로지 물리적 물건만이 점프게이트를 통과할 수 있고 오로지 비물리적인 것만이 제국 중계 서비스를 통해서 전달될 수 있지요. 문제가 뭔지 아시겠습니까?"

"누군가가 인포피시 스틱에 담긴 메시지를 갖고서 발신지와 목적지 사이의 모든 점프게이트를 통과해야만 하지."

"맞습니다! 부수적으로, 그래서 제 일이 있는 겁니다. 혹은 제 일이 있는 이유죠. 서간과 점프게이트 우편 서비스를 도맡죠. 저희는 정보부 직원 중 유일하게 우주선을 탑니다. 점프게이트 양쪽으로 편지를 주고받고, 대부분은 요즘 아예 자동화되어 있지요."

여덟 가지 해독제가 고개를 끄덕였다.

"무인 우주선."

"아주 간단한 경로 알고리즘입니다. 급한 일이나 점프게이트가 아주 까다롭거나 엄청나게 밀리지 않는 한, 사람을 쓸 필요가 없죠."

급한 일, 열여섯 번의 월출의 것처럼. 정보부가 그 반反정보부적인 메시지를 전달한 걸까? 정보부가 물리적 메시지를 읽었을까, 아니면 답하지 않은 최악의 황궁 편지 더미처럼 그저 인포피시 스틱한 뭉치가 도착을 한 걸까? 물건 주머니, 또는 여러 개의 상자를 상상한 여덟 가지 해독제는 그렇게 많은 메시지가 한꺼번에 도착한다는 사실에 약간 겁에 질렸다.

급한 일이 어느 정도의 일정인지는 묻지 않았다. 그랬다간 너무 눈에 훤히 보일 것이다. 그리고 그는 오늘 스파이였다.(어떤 사람이 스파이가 되었다면 영원히 그렇게 될 가능성도 있지만, 그건 확실히 나중에 생각할 만한 일이었다.) 그 대신에 이렇게 물었다.

"정보부는 모든 사람의 편지를 처리하나? 모든 테익스칼란인의 것을?"

한 송이 시클라멘이 말을 멈췄다. 심화 프로젝트를 하는 보육원 아이가 아니라 황위 후계자와 이야기하고 있다는 것을 막 기억해 낸 것처럼, 미간에 긴장으로 인한 옅은 주름이 생겼다.

"저희는 처리하지 않습니다. 전달하지요. 물론 황제 폐하께서 다른 것을 명령하시지 않는다면 말이죠. 하지만 전하께서 물으신 건 그런 게 아니겠지요. 다른 편지 배달부가 있는지 알고 싶으신 건가요?"

"있나?"

여덟 가지 해독제는 물어보고서 기다렸다. 기다림은 또 다른 어른의 기술이었다. 열아홉 개의 자귀의 기술. 그녀는 항상 그에게 그 기술을 썼다. 왜 그녀가 그런 걸 묻는지 모르는 상태로 질문에 대답하게 하고, 어떻게 대답하는지를 보고서 그가 생각하는 바를 알아냈다. 그가 그걸 원하든 원하지 않든 간에.

"명령서를 자기네 배로 나르는 함대를 제외하면…… 공식적으로는 없습니다. 하지만 점프게이트를 건너는 어떤 선박이든 당연히 메시지를 싣고 올 수 있습니다. 그런 다음에 섹터 규모의 우편 서비스가 있죠. 엄청난 숫자로 몇몇은 정부에서 하고 몇몇은 사설 업체에서 합니다. 목록을 원하시나요? 한 부 준비해서 전하의 클라우드후크로 보내 드릴 수 있습니다."

그는 현재 실제로 쓸 만한 곳이 떠오르지 않는 정보라 해도 어쨌든 거부할 생각이 없었다. 다만 그 순간에 한 송이 시클라멘이 명령서를 자기네 배로 나르는 함대라고 말한 게 떠올랐다. 열여섯 번의 월출의 메시지도 그런 식으로 왔을까?

"그거 좋군. 고마워." 그러고 나서 갑자기 다른 질문이 떠오른 것처럼 머뭇거리다가 팔꿈치를 대고 몸을 앞으로 기울여 눈을 크게 뜬 미소를 지었다. 난 열한 살이고, 작고, 무해하고, 숙제를 하는 중이야. 그리고 질문을 하나 더 던졌다. "누군가가 혹시 점프게이트 편지를 지연시킨 적이 있어? 아니면 가로채거나, 바꾸거나, 원래 예정되어 있는 곳이 아닌 다른 점프게이트로 보내 버리거나?"

한 송이 시클라멘이 웃었다. 여덟 가지 해독제는 그게 불편한 걸 감추기 위한 웃음이라고 생각했다.

"해적처럼 말입니까, 전하? 우편 해적이요?"

여덟 가지 해독제는 어깨를 으쓱였다. 그럴지도. 계속해. 이 절차를 어떻게 속이거나, 가속하거나, 멈출 수 있는지 말해 줘.

"……역사적으로, 당연히 몇 번쯤 실수는 있었습니다만 저희는 그런 일을 방지하기 위해서 아주 열심히 노력하고 있습니다. 그리고 정말 중요한 메시지는 함대 자체의 명령서처럼 함선을 사용합니다. 외교 통신문, 황가의 성명서 같은 것들이요."

그거야.

"함선은 점프게이트를 바로 통과할 권리가 있으니까."

"그렇습니다, 전하. 최고 속도로 날라야 하는 게 있다면 함선에 실을 겁니다. 하지만 정보부는 전하의 편지를 절대 잃지 않는다고 제가 장담하지요."

"나도 그런 생각은 전혀 하지 않아." 여덟 가지 해독제가 쾌활하게 말했다. 한 송이 시클라멘의 이마에서 긴장으로 인한 주름이 더 깊어졌다. "나에게 시간을 내주고 모든 질문에 답해 줘서 정말로 고마워!"

"물론입니다. 정보를 제공하는 건…… 그게 여기 정보부가, 저희들이 존재하는 이유 아니겠습니까."

그래, 그게 당신들의 존재 이유야. 그리고 난 열여섯 번의 월출이 전쟁부에 그 메시지를 보낼 때 당신들의 점프게이트 우편 사무소를 몇 개나 건너뛰었는지 궁금해. 아마 거의 전부겠지. 그리고 열한 그루 월계수는 절차를 그런 식으로 우회하는 건 상관하지 않아. 우회하는 게 정보부일 경우에는.

✧✧✧

이 배에 더 오래 머물러야 한다면, 클라우드후크를 얻을 방법을 찾아봐야만 할 것이다. 마히트는 마지막 모퉁이를 돌아서 마침내 그녀와 세 가닥 해초에게 할당된 선실의 닫힌 문 앞에 도착하며 음울하게 생각했다. 다른 건 몰라도 길을 찾기 위해서만이라도. 바퀴의 무게호는 르셀 스테이션의 10분의 1 크기이고 '세계의 보석'보다는 수천 분의 1 정도로 작았으나, 여기서는 마히트도, 이스칸드르도 장소에 관한 지식이 부족하기 짝이 없어서 방향을 물어봐야만 했다. 그것도 여러 번. 최소한 마히트는 배의 중심부로 가는 대신에 제한 갑판에서 멀어지는 방향으로 가고 있었다. 아무도 왜 야만인이 야만인 영토에서 이렇게 멀리 떨어진 곳에 혼자 있냐고 묻지 않았다.

〈그러든지, 아니면 배의 AI가 자체 업데이트되어서 네가 합법적인 승객으로 나오는지도 몰라.〉

이스칸드르는 마히트만큼이나 열받고 좌절감을 느끼는 말투였다. 마히트는 뭔가를 집어 던지고 싶었다. 부수고 싶었다. 예쁜 것을, 뭔가 우아한 테익스칼란 장식을 테이블 위에서 내던져 부수고 싶었다. 어쩌면 선실 안에 하나쯤 있을지도 모른다.(서로에게 그런 일을 한 뒤에 세 가닥 해초와 어떻게 한 방을 써야 할지에 관해서는 지금 생각하지 않을 것이다. 그건 현재의 문제가 아니었다.)

문 옆 터치패드 자물쇠 위에는 끈적한 일회용 플라스티필름이 붙어 있고, 거기에는 이런 문구가 나왔다. 귀하의 비밀번호는 무효입니다. 커다랗고 텅 빈 원같이 생긴 테익스칼란 상형문자로. 문을 여는 암호가 이미 만료되었다면 이제 어떻게 해야 할지 잠깐 동안 알 수가 없었다. 그러다가 이게 초기 설정임을 깨달았다. 암호를 바꾸기 전에 문을 여는 데 쓰는, 따라 그리기 쉬운 상형문자. 플라스티필름을 벗기고 터치패드에 '무효'라는 글자를 따라 그리자 문이 쉭 열렸다.

방 안의 유일한 램프 불빛에 비친 그림자는 길고 날씬한 형태였다. 그것이 마히트 쪽으로 한 걸음 다가왔고……

이유를 깨닫기도 전에 머릿속이 새하얘지는 공포에 사로잡혀서 마히트는 바닥에 무릎을 꿇었다. 그리고 그 그림자를 향해서 몸을 굴리고 굴린 다음, 발을 몸 아래로 넣고 그림자의 다리를 향해 머리부터 몸을 던져 태클을 했다. 그들이 부딪쳤다. 어깨가 망치 혹은 무릎에 부딪힌 것처럼 경련했고, 상대가 마히트의 위로 무겁게 쓰러져 신음했다. 그들의 손바닥이 바닥을 철썩 내리쳤다. 주삿바늘은 어디 있지? 마히트가 생각했다. 주삿바늘로부터 떨어져야 해. 그건 독이고……

상대가 누구든 마히트의 어깨에서 내려와 발을 홱 넘겼고, 마히트는 바닥에 쓰러진 채 기어서 물러나며 주삿바늘에 찔려 모든 게 끝나기를 기다렸다.

〈그만해.〉 바로 옆에서 소리를 지르는 것처럼 이스칸드르가 머릿속에서 커다랗게 말했다. 〈넌 죽지 않아. 여긴 시티가 아니고, 이자는 열한 그루 침엽수가 아니야. 그만해.〉

넌 죽지 않아. 이스칸드르가 질식하는 꿈으로 둘 모두를 깨웠을 때 마히트가 몇 번이나 그 말을 했던가?

"……놀랄 만한 상황에 취약한 편이군."

침입자가 말했다. 마히트는 머리카락을 눈에서 걷어 내고 간신히 올려다보며 눈에 초점을 맞췄다.

마히트는 방금 함대 사령관 열여섯 번의 월출을 공격했고 더 심한 상태로 끝났다. 함대 사령관은 전혀 흐트러지지 않았고, 머리카락 한 올 빠져나오지 않았다. 마히트는 창피해서 얼굴이 벌겋게 달아오르는 걸 느꼈다.

딱 한 번 관저에서 습격을 당했다고 해서, 방에 들어왔다가 누군가 때문에 놀랐을 때마다 이런 식으로 반응해야 한다는 건 아닌데. 마히트는 비참하게 생각했고 이스칸드르의 우울하고 동정 어린 응답만을 받았다.

"……네, 그렇지요. 사과드립니다. 그러려던 건, 공격하려던 건 아니었습니다. 사령관님."

날씬하고 열은 금색의 손이 앞에 나타났고, 마히트는 그 손을 잡았다. 열여섯 번의 월출은 마히트를 끌어올려 세웠다.

"이해할 수 있는 일이지. 전투에 나갔던 줄은 몰랐군, 디즈마르 대사. 문에 쪽지를 남겨 뒀어야 했는데. 단둘이 얘기를 하고 싶었어."

"난 전투에 나간 적이 없습니다. 난…… 아, 제기랄, 물리적 전투 적성 검사에서 18점으로 떨어졌어요. 전투 근처에도 가 본 적이 없습니다."

"전투가 일어나는 상황에 처하는 건 좋은 적성검사 점수와 아무 상관도 없어. 그리고 어쨌든 대사는 소질이 좋군. 이제 앉을까?"

열여섯 번의 월출이 이제 됐다는 듯이 말했다.

마히트의 입안에는 씁쓸하고 금속성의 아드레날린 맛이 느껴졌고, 몸은 아주 살짝 떨렸다. 이 방에서 함대 사령관을 내보낼 적절한 방법도 없고, 또 한 번 육체적 공격을 가할 수도 없었다. 첫 번째 시도만으로도 좋지 않았다. 마히트는 주위를 둘러보며 앉을 곳을 찾다가 작은 접이식 책상이 벽에서 내려 이미 펼쳐져 있고, 그 양옆으로 의자 두 개가 있는 것을 발견했다. 열여섯 번의 월출은 여기서 한동안 있었던 모양이었다. 그녀에게는 준비할 시간이 있었다. 아마도 그녀는 마히트가 배 안에서 끔찍하게 길을 잃었을 줄도 모르고 지루해서 가구를 살펴보았던 모양이다. 마히트는 머릿속이라는 개인 공간에서도 히스테리 상태였다. 자신의 머릿속에 있는 한정된 개인 공간 속에서 말이다.

마히트는 앉았다. 그리고 반대편 의자를 손짓했다. 이 모양이지만 내 사무실에 온 걸 환영해요. 그리고 손떨림을 멈추기 위해서 무릎 위에서 손을 딱 겹쳤다.

"내가 왜 대사를 기다리고 있었는지 궁금하겠지."

열여섯 번의 월출이 맞은편 자리에 앉으며 말했다. 마히트는 우울하게 인정하는 의미로 고개를 끄덕였다. **열여섯 번의 월출**은 마히트가 볼 수 있게 테이블 위에 자신의 손을 펼쳤다. 따라 하기. 관계 형성 방법.

난 심문을 견딜 수 없을 거야. 지금은. 마히트가 비참하게 생각했다.

〈정신 똑바로 차려. 설령 저자가 **세 번째 손바닥** 소속이라도, 아니면 그런 식으로 훈련을 받았더라도 말이야. 분명히 그럴 거야. 그들은 군사 스파이, 심문관이니까. 어쨌거나 저자는 군인이고, 너에게 뭔가 원하는 게 있어. 집중해, 마히트.〉

마히트는 숨을 들이켰다. 골반에 몸을 기대고 등뼈를 쭉 폈다. 앉아 있을 때에는 최소한 **열여섯 번의 월출**과 같은 키였다.

"특무대사 **세 가닥 해초**와 나에 대한 반응으로 봐서 사령관님이 기다리실 거라고는 전혀 예상도 못 했습니다. 뭐라고 하셨더라, 간첩이랑 그 애완동물?"

"그랬지." **열여섯 번의 월출**은 아주 쉽게 동의했고 거기에 대해 사과하지도 않았다. "특사는 첩자고, 당신은…… 아니, 당신은 여기에 확실하게 특사의 애완동물로 온 거야. 우리 적과 결국에 어떤 협상을 하게 되든 간에, 당신의 존재는 스테이션을 위한 외교적 목소리가 될 거라는 온갖 얘기를 특사가 해 줬을 테지."

그런 건 아니에요. 그랬다면 속이 뻔히 보였겠죠. 상대는 세 가닥 해초예요. 그녀는 속이 뻔히 보이는 행동을 할 수준이 아니에요. 우리 둘을 따돌릴 정도죠. 마히트는 한 손을 무릎에서 들어 올리고 앞뒤로 기울였다. 그럴지도, 아닐지도, 계속 얘기해 봐요.

"음." 열여섯 번의 월출은 평가하는 듯한 소리를 냈다. "대체 왜 여기에 있지, 디즈마르 대사? 석 달 전 수도에서 그 난장판에 얽혔던 이래로 테익스칼란을 쳐다도 보고 싶지 않을 거라고 생각했는데."

"난 도전을 좋아해요. 번역가이기도 하고요. 최초의 접촉 시나리오에 끼는 걸 누가 싫어하겠어요?"

"외계 놈들 근처에 있어 봤던 거의 모든 사람. 난 당신 말 안 믿어, 디즈마르 대사. 영예를 찾는 순진한 사람은 우리를 위해 이 전쟁을 발발시킨 여자와는 어울리지 않으니까. 아 참, 여섯 방향 폐하가 승하하시기 이전에 당신이 나온 방송은 아주 훌륭했어. 당신 때문에 겁에 질렸지. 난 쉽게 겁을 먹지 않는데도."

"죄송합니다만, 함대 사령관님, 이 전쟁을 시작한 건 외계인이에요. 나는 황제 폐하께 경고를 했을 뿐입니다. 그게 훌륭한 시민의 행동이라고 생각하는데요."

"대사는 야만인인데."

"야만인은……." 마히트는 말을 하는 내내 세 가닥 해초의 얼굴을 떠올렸다. "……인간입니다. 존재의 위협 앞에서 훌륭한 시민이란 통치의 경계를 넘어선다고 생각하는데요. 최소한 그게 우리 야만인이 배우는 방식입니다. 우리 스테이션에서요."

그렇지 않았다. 마히트는 그런 걸 배운 적이 전혀 없었다. 하지만 열여섯 번의 월출의 호박색 눈이 커다래졌다. 미소 때문도, 찌푸림 때문도 아니었다. 진정한 충격으로. 그리고 그건 유용한 거짓말이었다.

열여섯 번의 월출은 화가 치미는 듯이 코로 숨을 내쉬었다.

"이런 식으로 설명해 보지, 대사. 난 하나의 번개가 그 멍청한 찬탈을 시도하는 동안에, 참고로 함대에는 전혀 필요치 않은 일이었는데, 뉴스피드에서 당신 작품을 봤어. 당신은 여기서 겨우 특사의 애완동물로 있기엔 너무 영리하고, 너무 정치인다워. 그리고 이미 특사와 문제가 있지 않나? 특사는 여기 없고, 당신은 함교에서 야오틀렉과 함께 있지 않아. 당신의 귀중한 스테이션이 이 섹터 바로 옆에 있는 데다, 이 섹터에 배를 녹이는 침을 흘리는 외계 종족이 가득하다는 건 말할 것도 없고. 점프게이트 하나 거리지. 별로 멀지 않아."

"펠로아2의 홀로그래프를 봤습니다. 내가 여기서 일어나는 일을 막는 데에 일익을 담당하고 싶다는 게 그렇게 이상한 일인가요? 그리고 맞아요, 그게 내 고향에 닿는 걸 막겠다는 의도도 있고요."

마히트는 세 가닥 해초에 대해서는 이야기하지 않을 것이다. 둘 중 누구의 친구도 절대로 아닌 열여섯 번의 월출이 그들 사이에 뭔가가 잘못됐다는 걸 알아챘고, 여기 없다는 증거만으로 그걸 다 알아냈다는 것만 해도 좋지 않았다. 마히트는 절대 그걸 인정하지 않을 것이다. 지금도, 앞으로도.

"이상하진 않아. 그저 흥미로운 거지. 당신은 아주 흥미로운 장소마다 나타나, 대사. 그리고 우리 적과 이야기를 하면 당신이 지극히 합리적으로 바라고 있는 적대 행동의 멈춤이라는 결과가 나올 거라는 특사의 주장을 굉장히 납득하는 것 같아."

"사령관님은 달리 생각하나요?"

"오, 난 시도를 해 볼 때까지 판단을 미루겠어." 열여섯 번의 월출이 말했다. 잠깐 동안 마히트는 그녀가 사령관으로서 어떨지 알 수 있었다. 평가하고, 또 평가하고, 그런 다음 머뭇거리지 않고 빠른 명령과 결정으로 공격하는 타입. "하지만 난 지난 한 주 동안 병사 스물일곱 명을 잃었고, 장송곡에 질리기 시작했어. 난 특사의 효과에 완벽하게 합리적인 의심을 품고 있어. 그리고 당신에 관해서도. 최초의 접촉 협상에 대해서 말이지. 마히트 디즈마르, 당신은 아주 유능한 야만인일지 몰라. 그리고 궤도에 잡힌 위성처럼 당신 손가락으로 정보부를 꽁꽁 사로잡고 있을지도 모르지. 하지만 당신은 두 개의 흑점 황제가 아니야. 이것들은 에브레크트가 아니고."

마히트는 자신의 내부에서 웃고 싶은 충동을 느꼈다. 정확히는 그녀의 웃음이 아니었다. 대체로 젊고 반쯤 녹아 버린 이스칸드르에게 속한 자조적인 즐거움 같은 거였다. 그의 돌발적인 오만함과 허세에서 나온 것이기도 하고.

"그들은 그 소음만 봐도 에브레크트보다 더 끔찍해요. 그 소리가 다른 방향에서 틀면 자기강화형 증폭 사인파로 기능한다는 거 아시나요, 사령관님? 아마 모르시겠죠. 그리고 난 당연히 두 개의 흑점 폐하보다 훨씬 못합니다. 협상가로서도, 세계의 무게를 얹은 사람으로서도. 난 나 자신을 테익스칼란 제국의 황제와 절대로 비교하지 않을 겁니다."

말을 하니 기분이 좋아졌다. 그녀 자신의 좌절감으로 사나워지고,

그녀의 욕망으로 인한 상처를 완전히 드러내는 것. 아니, 난 테익스칼란인이 아니고, 그럴 능력도 없어요, 알아요, 당신으로 인해 벌어진 이 상처의 피 흘리는 입구를 벌려서 안쪽의 생생한 상처를 보여 줄까요? 난 절대로 나 자신을 당신네 중 한 명과 비교하지 않을 거예요. 그렇게 온전한 정신으로 말을 할 거고, 절대로 멈출 수 없을 것이다.

마히트의 것인지 이스칸드르의 것인지 흐려서 구분할 수가 없는 반사상, 기억의 조각 같은 열아홉 개의 자귀가 말한다. 당신이 우리 중 한 명이 아닌 게 아쉽군, 당신은 시인처럼 논쟁해. 아니면 세 가닥 해초였나? 알 수가 없었다. 알았으면 좋을 텐데. 그건 뭔가 의미가 있을지도 모른다. 그녀가, 그들이 현실과 다른 존재이길 바랐던 게 그녀였는지 이스칸드르였는지 지금의 황제인지 아세크레타인지 기억할 수 있다면.

"아, 하지만 기꺼이 놈들을 협상 테이블로 끌어내겠다는 거군."

열여섯 번의 월출이 말했다.

"난 내게 있는 기술을 뭐든지 사용할 겁니다."

마히트는 매우 지치고 아주 추운 기분으로 말했다.

"당신의 스테이션도 그럴 테지. 어떤 기술이든, 어떤 사람이든."

그리고 이 사람은 심지어 내가 스파이라는 걸 확실하게 알지도 못하지. 마히트는 생각했다. 여기에 있는 건 물론 마히트 자신과 스테이션을 위해서이지만, 다지 타라츠를 위해서이기도 했다. 유산협회의 스캔과 메스로부터 구해 준 대가로. 타라츠에게 첫 보고를 하기 전까지만 마히트의 눈은 마히트 자신의 것이었다. 그리고 보고한 이후, 그렇게 한 다음부터 마히트는 계속해서 구조받기 위해서 스파이에 그치지 않고 사보타주 요원이 될지 말지를 결정해야 할 것이다.

〈이자는.〉 손가락에 감각이 없어질 때 이스칸드르가 말했다. 팔뚝이, 팔꿈치까지 감각이 없어지고 있었다. 나아졌다고 생각했는데, 이건 전보다 훨씬, 훨씬 더 나빴다. 〈이자는 이미 자기가 판단을 내린 것들에 대해 더 알 필요가 없어. 야만인이 테익스칼란 함대의 기함이라는 비밀스럽고 성스러운 곳에 있는 한, 이자에게 모든 야만인은 스파이이고 사보타주 요원이야. 야만인이 그렇지 않을 수 있겠어?〉

"우리가 대사 대신에 전투기를 보내기를 바라시나요? 우리에게도 좀 있어요. 물론 테익스칼란만큼 많지는 않지만."

마히트가 함대 사령관에게 물었다.

열여섯 번의 월출은 생각하면서 무표정하게 마히트를 쳐다보았다.

"찾을 수 있는 모든 우주선이 필요할 때가 오긴 할 거야, 대사. 그때가 되면 당신이 나에게 뭐라고 했었는지 상기시켜 주지. 그리고 그때까지는…… 흠, 특사와 외계인과 야오틀렉 모두에게 행운을 빌어 주지. 스테이션인도 행운을 믿겠지?"

"필요할 때면요."

"당신에겐 필요할 거야."

그렇게 말한 **열여섯 번의 월출**은 마히트를 작업 테이블에 혼자 남겨 두고 여기서 기다린 적이라고는 없는 것처럼 복도로 사라졌다.

마히트는 감각이 없는 손에 얼굴을 묻고, 감각이 없는 팔꿈치를 테이블에 대고, 손바닥 아랫부분으로 눈을 눌렀다. 우는 것만큼은 절대로 하고 싶지 않았다. 울 시간은 없었다. 마히트는 **열여섯 번의 월출**이, 함대 사령관이 뜬금없이 자신의 것이 아닌 기함에 승선해 정보부 요원과 야만인 대사의 방으로 숨어 들어와서는 왜 마히트를 도발하고, 동기動機를 시험하고, 경고를 하려고 했는지(협박이 아니라 경고라면 말이지만) 생각해 봐야 했다. 함대가 얼마나 이 외계인과 이야기를 하는 데에 관심이 없는지에 관해서 말이다. 도리어 얼마나 외계인을 죽이고 싶어 하던가. 정보부 요원, 야만인 대사, 심지어는 야오틀렉이 바라는 것은 테익스칼란 군단이라는 습관적 폭력의 무게에 비해 얼마나 사소한지.

마히트가 코로 세게 숨을 내쉬며 폐에 있던 다 쓴 공기를 내뱉고 새로운 공기를 채우려고 할 때, 재킷이 마치 종이가 가득 든 것처럼 바스락거렸다.

(시티에서 입었던 재킷처럼. 거기에는 이 전쟁을 시작해서 르셀이 테익스칼란에 삼켜지는 것을 막는 최적의 방법에 관한 암호화된 지시가 들어 있었다.)

(그것도 이런 식으로 바스락거렸다.)

그리고 마히트는 재킷 안주머니에 손을 넣고서 정치 팸플릿과 정확히 같은 크기인 『위험한 변경!』 그래픽 스토리를 꺼냈다. 이걸 샀다는 걸 잊고 있었다.

〈넌 그걸 재킷에서 꺼내는 걸 잊고 있었어. 내가 이걸 샀다는 걸 잊고 있었다는 것보다 더욱 정신이 다른 데 있었다는 뜻이지.〉

아크넬 암나르트바트는 정신을 아주 흐트러지게 하지, 당시엔 그랬어. 그리고 마히트는 눈물도, 아크넬 암나르트바트도 아닌 다른 정신 분산거리를 바라고서 책을 펼쳐 읽기 시작했다.

그래픽 스토리는 문학 형태에서 마히트가 딱히 흥미를 가져 본 적이 한 번도 없는 분야였다. 그래픽 스토리는 언제나 불필요하게 장르가 뒤섞여 있었다. 홀로프로젝트도 아니고, 그렇다고 예술도 아니고, 딱히 산문도 아니다. 그리고 어린 시절에(좋아, 어른이 되어서도 여전히) 취미로 뭔가를 읽을 시간이 생겼을 때 읽은 대부분은 테익스칼란어로 된 것이었다. 『위험한 변경!』은 스테이션어로 되어 있었다. 스테이션인이 그리고, 스테이션인이 쓴, 스테이션인을 위한 책. 이걸 판 가판대 점주 아이가 몇 살이었더라? 많아 봐야 열일곱이었다. 마히트는 열일곱 살 시절을 그리 잘 보내지 못했다. 열일곱 살에 작가가 집단 창작한 그래픽 스토리를 누가 그녀의 머리에 던져 줬다고 해도 그걸 어떻게 해야 할지 몰랐을 것이다.

최소한 10권까지 나올 예정인 미완의 시리즈 1권인 그 책을 읽는 게 마치 인류학적 연구를 하는 것처럼 느껴졌다. 주인공인 캐머런 함장은 긴 조종사 이마고 라인 출신의 조종사이고, 소행성군을 지나서 버려진 광산이자 다른 캐릭터가 갇혀 있는 곳으로 날아가는 위험한 상황에 빠져 있었다. 마히트는 무슨 일이 벌어지고 있는지를 자신이 알아야 하는 건지, 아니면 빠뜨린 0권이라도 있는 건지 알 수가 없었다. 이스칸드르도 도움이 되지 않았다. 그래픽 스토리는 그가 젊은 시절에는 청년 문화에서 전혀 유행하지 않았었다. 마히트는 테익스칼란 문학에서, 심지어는 낯선 텍스트라 해도 늘 그러는 것처럼 배경을, 지시성과 인용을 찾으려고 했다. 하지만 찾지 못했다.

즐겁고, 세상에 지쳤고, 약간 흥미를 보이는 나이 든 쪽의 이스칸드르가 마히트에게 말했다.

〈그야 그렇겠지. 우리가 읽어야 하는 건 아직 적성 시험도 받지 않은 10대가 쓴 스테이션 자생 예술품이니까. 계속해. 페이지를 넘겨. 다음에 무슨 일이 생기는지 알고 싶군.〉

다음에 생긴 일은 캐머런 함장이 얼음 혜성을 피해 자체 대기가 있을 정도로 큰 소행성, 사실상 미행성 가까이 날면서 그 대기가 만들어 낸 눈 속에서 에샤라키르 르루트라는 이름의 사람과 그녀가 문제의 버려진 광산에 숨긴 게 분명한 비밀스러운 고대 르셀 문서를 찾으러 다니는 거였다. 르루트는 마르고, 아주 여위었고, 누군가가 자신의 이마고보다 훨씬 어리고 또한 몇 달 동안 단백질 빵만 먹고 살면 어떨지를 과장한 모습이었다. 아주 인상적인 그림이었다. 마히트는 오랫동안 앉아서 이 모든 것을 잉크로, 손으로 그리는 걸 상상도 할 수 없었다. 그리고 어떤 색깔도 넣지 않고 이렇게 강렬한 감정을 자극하게 만드는 것도.

에샤라키르 르루트는 문서를 원래의 형태로 보존하기 위해서 숨겨 둔 거였다. 캐머런은 그녀 또는 문서를 구하러 거기에 왔다. 그리고 이야기 중반의 내용 대부분은 르루트가 '그래요, 돌아갈 거예요, 문서를 갖고요.'라고 한 뒤 캐머런이 스테이션에 돌아간 다음에 공식적이고 유산협회가 승인한 버전이 아니라 자신의 버전을 지지하겠다고 약속해 줘야 한다고 논쟁하는 내용이었다. 안 그러면 그녀는 어디에도 가지 않겠다고 했다. 광산에, 소행성에, 눈 속에 머물며 르셀의 기억을 보호하는 데에 동의할 다른 사람을 기다리겠다고.

〈이거 놀랄 만큼 체제 전복적인데.〉 이스칸드르가 마히트에게 말했다. 〈유산협회보다 더 유산협회스러움으로써 반유산협회적이 되다니. 10대가 이걸 썼다고?〉

쓰고 그렸지. 이게 정치 팸플릿이랑 같은 크기였던 데에는 결국에 이유가 있었던 것 같아. 마히트가 생각했다.

〈어쩌면 우리만 아크넬 암나르트바트를 싫어할 이유가 있는 게 아닌지도 모르겠어.〉

왜 예술가 아이들이 화가 났는지 알 만큼 내가 오래 고향에 있지를 않아서……

설령 오래 있었어도 마히트는 잉크와 종이로 예술을 하고, 스테이션의 기억과 예술, 정치에 관심이 있는 사람들과 친구가 되지 못했을 것이다. 그녀는 언제나 테익스칼란에 집착하는 다른 학생들과 시간을 보냈었다. 시를 쓰면서. 시티를 상상하면서. 『위험한 변경!』은 그녀에게 외계의 것이나 다름없었다. 오, 그녀와 **세 가닥 해초**가 작업하려고 노력했던 끔찍한 소음을 내는 그 외계인의 것은 아니지만 꽤나 비슷했다. 아니, 최소한 그런 식으로 느껴졌다.

〈**세 가닥 해초**에게 네 재킷을 주지 않아서 다행이야. 페이지에 토사물이 붙어 있으면 읽기가 어려웠을 테니까.〉

마히트는 움찔하고서 책을 덮었다. **세 가닥 해초**에 대해서는 말하고 싶지 않아.

〈생각하고 싶지도 않겠지만, 계속 생각하고 있잖아.〉

마히트는 어쩔 수 없이 **세 가닥 해초**가 『위험한 변경!』을 읽는 것을 상상하고서 자신의 이마고가 그녀가 뭘 생각하는지에 대해서, 그게 어떤 기분이 드는지에 대해서 좀 덜 옳았으면 하고 바랐다. 하지만 그도 느끼니까. 계속해서 점점 더 많이.

10장

[보안코드 원월점 시작] 리스Wreath: 여기서는 황제의 손과는 다른 손이 작용하고 있습니다. 코드 히아신스로 보낸 정보는 제가 의심하는 것의 겨우 절반입니다. 차관님이 제게 가르친 것처럼 패턴을 찾고 있습니다. 테익스칼란 정책을 마음대로 정하려고 하는 야만인의 사고방식이 존재하고, 우리는 그들이 어떤 절차를 시작시켰는지 모릅니다. 그런 것들은 우리 능력으로는 쉽게 이해할 수가 없습니다. 이야기는 꿈틀거리면서 멀어져 이해할 수 없는 형태를 만듭니다. 우리 장관님께서 빠르고 단호한 행동을 취하시도록 준비시켜 주세요. 또 연락드리겠습니다. 저는 언제나처럼 차관님의 어센트일 겁니다. [보안코드 원월점 종료]

— 전쟁부 3급 차관 **열한 그루 월계수**가 제24군단 함대 사령관 **열여섯 번의 월출**에게서 받은 암호화된 메시지, 95.1.1-19A

당신에게 묻고 싶은 건 이거예요, 타라츠. 우리의 존경하는 동료께서 다른 이마고 라인을 몇 개나 더 손상시켰죠? 테익스칼란이 당신이 우리 머리 위에 만들어 낸 전쟁을 하는 동안에, 바로 지금, 디즈마르라는 전염병에 고통을 받을 준비를 해야 하나요? 우리가 괴롭힌 디즈마르가 조금이라도 쓸모가 있는지 기다리며 봐야 하나요? 말해 줘요. 그리고 내가 하루하루 잃어 가는 조종사 이마고 라인의 새로운 세트를, 그 멀쩡함을 걱정하지 않고 받을 수 있을 거라고 안심시켜 주겠어요? 그러면 내가 당신에게 음료 한 잔 빚진 걸로 하죠.
그리고 난 대체로 사람들에게 술빚은 지지 않아요.

— 조종사협회 의원이 손수 써서 광부협회 의원에게 손수 배달한 개인 메시지, 95.1.-19A (테익스칼란력)

아홉 송이 부용이 함교에 있을 때 적이 눈에 보일 만큼 가까이 배를 이끌고 왔다. 최소한, 그렇게 했다. 그녀가 끌고 올 필요도 없었다. 매끄러운 회색의 세 개의 바퀴 같은 고리가(그중 두 개는 커다란 우주선과 작은 우주선이었다.) 반짝이는 불연속이라는 어둠 밖으로, **바퀴의 무게호**의 시야 가장 먼 가장자리에 나타났을 때, 그녀는 다른 사람들만큼 충격을 받은 채 거기 있었다. 전에는 적이 이렇게 가까이 온 적이 없었다. 그 말은 그동안 내내 이렇게 가까이 올 수 있었는데도 오지 않았다는 거였다. 한 손을 들어 올려 시선을 사로잡고서 "정지."라고 말하면서도 그녀는 그 생각에 피부가 근질거리는 것 같았다.

그들은 일곱 시간 동안 특사의 메시지를 공개 채널로 틀어 놓았다. 그것은 펠로아2의 뒤쪽을 지나 더 깊이, 이 섹터에서 외계 종족이 통제하는 영역까지 닿았을 것이다. 그렇다 해도 **아홉 송이 부용**은 누군가가 답을 했을 때 깜짝 놀랐다. 어둠 속에서 누군가가 귀 뒤에 갑자기 충격봉을 누르는 것처럼 갑작스럽게 함대 심장부에 떡하니 나타난 이게 공격이 아니라 답을 하러 온 거라면.

두 척의 우주선은 어떤 것이든 될 수 있었다. 사실은 아무도 그들의 접근을 눈치채지 못한 채로 **바퀴의 무게호** 같은 테익스칼란의 이터널급 전함 옆에 출현할 수 있다는 증거를 보여 주는 선발 정찰팀일 수도 있었다. 아니면 하나는 크고 하나는 작으니까 외교관과 그 호위대일 수도 있었다. 아니면 심지어는 공격 부대일 수도 있었다. **아홉 송이 부용**의 샤드 조종사를 집어삼킨 부식성 반유동체 그물보다 더 파괴적인 무기가 있다면 말이다. 두 척으로는 정보가 부족했다.

"사령관님." **다섯 송이 엉겅퀴**가 부르다가 황급히 말을 고쳤다. "야오틀렉, 그들이 계속 다가오고 있습니다. 그들이 접근하는 경로로 우리 에너지포를 고정시켜 뒀습니다."

그들 모두, **아홉 송이 부용**의 병사와 장교 전부가 눈으로 보기만 해도 정체를 알아낼 수 있기라도 한 것처럼 고리 모양 우주선을 응시하고 있었다. 비인간 문제에 쏟아지는 인간의 관심의 무게. **아홉 송이 부용**의 심장이 쿵쿵거리고 아드레날린이 달아올랐다. 일등 무기장교는 방금 실수로 그녀의 계급을 잊고서 이해 가능하고, 조종 가능하고, 예측 가능한 적을 상대하던 때에 자기에게 항상 익숙했던 호칭으로 그녀를 불렀다.

이 함교의 모든 이가 **아홉 송이 부용**이 결정을 내리기를 기다리고 있었다. 공격할지, 기다릴지. 정보부 요원들이 겉보기만큼 영리하기를 바라고, 이 외계 종족이 아무리 낯설고 사나워도 이야기를 나눌 수 있는 존재이기를 바라면서. 아니면 그들이 더 가까이 오기 전에 없애버리기를 바랐다. **아홉 송이 부용**은 자신이 쏴야 했던 샤드 생각을 멈출 수가 없었다. 조종사는 먹히기 전에 죽게 해 달라고 얼마나 빌었던가. 바이오피드백이 공포와 새하얀 충격으로 가득한 채, 그녀의 귀에 들리는 다른 모든 샤드 조종사도 그녀와 함께 빌었다. 그 충격의 메아리가 아직도 들렸다.

그래도. 그래도 그녀는 특무대사를 요청했다. 정보부에. 외계 종족과 뭘 하고 싶은지는 고사하고, 인간을 대하는 그녀의 방법조차 좋아하지 않았던 **세 번째 손바닥** 대신에 말이다. 정보부는 메시지를 준비해 주었다. 그리고 메시지를 보낸 뒤에 무언가가 바뀌었다.

"정지. 내 신호를 기다려. **두 개의 거품**, 모든 공개 채널을 녹음하고 있나?"

"네. 아직 아무것도 없고 함대의 암호화되지 않은 잡담과 우리가 내보내는 외계 메시지뿐입니다. 우리 귀를 보호하기 위해 이 안에서는 무음으로 해 뒀습니다만 바깥에서는 원하시는 만큼 크게 틀어 뒀습니다."

"그게 바뀌면 나에게 말해. 바뀌면 즉시. **다섯 송이 엉겅퀴**, 그 경로로 조준을 유지하고 내 명령을 기다려."

고리 모양 우주선이 빙 돌았다. 그들은 더 가까워졌다. **아홉 송이 부용**은 자신의 숨이 얼마나 빠듯하고 얕은지를 깨닫고서 코로 숨을 들이켰다가 입으로 뱉었다. 함대 사관 후보생 1학년 때 익힌 오래된 진정법이었다. 당시에는 잘 먹히지 않았고, 지금도 별로 효과는 없었다. 더 작은 고리 모양 우주선이 더 큰 것의 앞으로 이동했다. 그것들은 원자핵 주위에 있는 전자껍질처럼, 눈으로 보기 어려운 전자구름처럼 서로 다른 방향으로 돌았다. 작은 쪽이 더 어두웠다. 그 매끄러운 회색 금속에는 붉은 기가 좀 있었다. 제대로 지워지지 않았던 갑판 바닥의 피, 얼룩.

그녀는 거의 손을 내리고 **다섯 송이 엉겅퀴**에게 쏘라고 말할 뻔했다. 거의.

"뭔가가 있습니다. 그들은 우리 메시지를 도로 우리에게 보내고 있어요, 야오틀렉. 알아듣는 데에 약간 시간이 걸렸습니다만, 우리가 보낸 것과 똑같은 메시지라고 알아채지 못했던 겁니다. 하지만 사인파처럼 증폭되어 있습니다. 더 커요."

피 흘리는 별들이여, 특사가 이걸 보낼 때 자기가 무슨 말을 하는지 알고 있었으면 좋겠는데. 아홉 송이 부용은 생각했다. 왜냐하면 그들도 같은 말을 하고 있으니까. 알아낼 방법은 하나뿐이지.

"비추는 프리즘호를 통신기로 연결해." 아홉 송이 부용은 자신의 목소리가 차분하게 명령을 내린다는 사실에 안도했다. 비추는 프리즘호는 제10군단 전함 중 그녀의 위치에서 가장 가까웠고, 그녀에게는 고리 모양 우주선의 호 모양 음성 간섭 영역 내에 누군가가 필요했다. "열두 번의 중간 휴지 함장이나 그의 통신장교에게도 특사의 메시지를 틀라고 해. 적을 겨냥해서. 우리가 놈들의 말을 들었다는 걸 알려 주자고. 그리고 제기랄, 누구든 무기를 쐈다가는 우주로 내쫓아 버릴 거야."

"알겠습니다, 야오틀렉."

두 개의 거품이 허공에서 빠르게 손을 움직였다. 눈은 이미 앞뒤로 미세하게 움직이는데 워낙 빨라서 클라우드후크가 띄워 주는 함대의 통신 세계를 조작하고 있는 게 아니라 발작을 일으킨 것처럼 보였다. 함교 전체가 아홉 송이 부용 자신의 피부의 연장처럼 느껴졌다. 부하들이 그녀에게 주목하며 말 한 마디 한 마디에 귀를 기울이고, 전에 수많은 불가능한 상황에서 했던 것처럼 이 불가능한 상황에서 벗어나는 길을 보여 주기를 기다리는 게 느껴졌다.

지금 그녀는 해낼 수도 있을 거라고 생각했다. 아마도. 태양의 불길과 우주가 도우사, 어쩌면 해낼 수도 있을 것이다. 계속 움직이기만 하면. 그 말은 외계 종족과 계속 대화를 해야 한다는 뜻이었다.

"……누가 정보부 인간들을 여기로 데려와. 당장." 야만인이 짓는 미소의 패러디처럼 입이 길게 벌어지는 게 느껴졌다. "가. 어서 가. 결국에 우리가 하는 것 말고 다른 말을 해야 할 텐데, 난 저 소리를 못 만든다고, 제군들. 움직여."

✧✧✧

카우란 새끼고양이는 **세 가닥 해초**가 떠올릴 수 있는 새끼고양이 옮기는 방법 중 어떤 것도 좋아하지 않았다. 목덜미를 잡는 건 무례한 듯했다. 특히 언제 녀석을 내려놔야 할지 알 수 없었다. 인간 아기처럼 안았더니 녀석의 많고 많은 발톱에 상처가 났다.

결국에는 드는 것을 그만두는 대신 어깨 위에 앉혔고, 녀석은 그걸 즐기는 것 같았다. 아직도 상처는 좀 생겼지만, 이건 적대감 때문이 아니라 안정감을 찾기 위해서였다. 그녀는 여전히 녀석을 어떻게 해야 할지 몰랐다. 마히트와 함께 쓰기로 되어 있는 방으로 데려간다는 건 절대로 안 될 일이고, 어차피 거기로 가고 싶지도 않았다. 아직은. 어쩌면 영원히.

시티에서 이럴 때에는 적당한 바를 찾아서 관심을 보이는 낯선 사람과 잠깐 즐겼을 것이다. 어쩌면 함대 전함에도 바와 낯선 사람들이 있을지 모른다.(낯선 사람은 확실하게 있을 것이다. 어쩌면 그 낯선 사람이 카우란 새끼고양이를 좋아할지도 모른다. **세 가닥 해초**는 희망을 놓지 않았다!) 클라우드후크에 여가를 즐길 수 있고 체력 단련장이나 훈련

시설이(정말로 하고 싶지 않은 게 있다면 바로 운동이었다, 별들이여.) 아닌 가장 가까운 곳을 알려 달라고 요청하고 거기 나온 대로 따라갔다.

그곳은…… 바는 아니었다. 정확히는.

함대 전함 안에 있지 않았더라면 바일 수도 있었을 것이다. 테이블이 있고, 음악(**세 가닥 해초**가 지난겨울에 유행했다고 희미하게 기억하는, 신시사이저가 많이 들어간 어떤 곡)이 흐르고 복도보다 침침한 조명, 많은 낯선 사람, 심지어 바에서라면 어울릴 법한 음식도 있었다. 볶음국수, 향신료와 식초에 적신 옥수수알, 카사바 칩. 거기에 없는 거라면 알코올 음료였다.

휴일에도 취하는 건 금지인 모양이다. 최소한 함대의 크레디트칩으로는.

모든 사람이 멀쩡했고, 그 말은 그녀가 들어왔을 때 다들 쳐다보았다는 뜻이었다. 좀 기뻤다. **세 가닥 해초**는 자신이 어떤 모습일지 상상할 수 있었다. 회색과 금색 일색인 이 함대에서 제일 밝은 산호빛 오렌지색 제복을 입고 어깨에 새끼고양이를 얹은 정보부 특사. 부조리한 모습일 것이다. 어쩌면 위협적이리만큼 부조리하게 보일지도.

"안녕하세요. 여기선 어떤 음식이 가장 훌륭하죠? 내가 먹을 거랑 또 이…… 생물이 먹을 거요."

장중한 침묵이 흘렀다. **세 가닥 해초**는 그 침묵이 깨지기를 기다렸다. 침묵은 언제나 깨진다. 인내심을 갖고 적당한 허세를 부리기만 하면, 매번 호기심과 관심이 이겼다.

그래도 긴장 완화까지의 10초는 몹시 힘들었다. 그러다가 바가 아닌 바 자리에 혼자 앉아 있던 한 여자가 말했다.(일종의 특수 장교인

쿠에쿠엘리후이 계급장을 달고 있었다.)

"뜨거운 튀김면 요리요. 어째서 고양이를 데리고 계시죠, 특사님?"

공간 전체에서 긴장이 빠져나갔다.

"부관님이 맡기셨어요." 세 가닥 해초가 말하고서 쿠에쿠엘리후이 옆의 빈자리에 앉았다. "데려가고 싶어요? 이 녀석 아주 정이 많은 것 같아요. 혹시……? 끝이 좀 날카롭지만요."

"아뇨. 절대로 카우란 새끼고양이는 원하지 않아요."

쿠에쿠엘리후이가 녀석을 위해서 팔을 내밀었다.

세 가닥 해초는 사실을 인정하며 날카로운 통증을 느꼈다. 이 사람은 대화의 주도권을 어떻게 잡는지 잘 알았다. 놀람과 혼란, 관대함을 합쳐서 빠른 신뢰를 얻어 낸다. 대단해! 기초적인 심문 훈련을 받은 사람이야! 함대 우주선에서 잃어버린 아세크레타 형제를 찾은 기분이 들었다. 그녀는 새끼고양이를 살살 어깨에서 떼어 내서 쿠에쿠엘리후이의 무릎 위에 가도록 놔두었다. 거기서 녀석은 만족해서 골골거리는 타원형의 검은 털과 발톱 덩어리가 되었다.

"난 세 가닥 해초예요. 튀김면 요리에 대한 거 정말이에요, 아니면 정보부 첩자가 캡사이신 중독으로 나쁘게 보이도록 하려는 건가요?"

동물이라는 짐에서 벗어난 그녀가 말했다.

"튀김면 요리에 대한 건 정말이에요. 특사님이 캡사이신 중독에 특별히 예민하지 않다면요." 쿠에쿠엘리후이는 고양이를 내려놓지 않은 채 손끝으로 활 모양을 그렸다. "제10군단, 정찰용 포함 칼끝의 아홉 번째 개화호의 열네 개의 못이에요. 우린 꼭 필요하지 않으면 첩자에게 독을 먹이지 않아요."

칼끝의 아홉 번째 개화호는 끔찍한 외계 송신음을 가져온 우주선이었다. 어쩌면 **세 가닥 해초**는 올바른 여가 장소를 고른 걸지도 모른다. 설령 알코올 음료는 나오지 않더라도 말이다.

"고마워요."

세 가닥 해초는 전에 쓰던 공식적인 모드보다 두 단계 높은 목소리로 말하고서 그녀가 왜 고마워하는지 **열네 개의 못**이 이해했음을 표정으로 알았다. 오래 걸리지도 않았다. 확실히 훈련받은 협상가다. 심지어는 스파이일지도! 함대 스파이, 하지만 그건 중요하지 않았다.

"그 녹음을 사용하셨죠? 칼끝호가 여기로 쫓겨 오기 전에 구한 거요. 빌어먹게 운이 좋으셨네요, 특사님. 전 5개 국어를 하는데 그따위 건 언어가 아니에요."

열네 개의 못의 말에 **세 가닥 해초**가 고개를 끄덕였다.

"나도 깨달았어요. 하지만 정보부는 말할 수 없는 사람들에게 말을 거는 습관이 있거든요. 그러니까 시도는 해 봐야죠, 안 그래요?"

"우리보다는 특사님이 낫겠죠."

"5개 국어라니. 정찰용 포함에서 그런 능력이 왜 필요하죠?"

이건 예술이었다. 새로운 상대와 아말리츨리 게임을 하는 것처럼, 기술과 속도를 가늠한다. 전부 단어로. 이게 **세 가닥 해초**가 있는 이유였다. 마히트 디즈마르를 생각하는 것보다 훨씬 쉬웠다.

열네 개의 못은 약간 즐거운 듯한 동작으로 어깨를 으쓱였다.

"이야기하려요. 우린 이야기를 해요. 함대 안에서도요. 첩자들에게만 한정된 일이 아니라고요."

그녀가 카우란 새끼고양이를 쓰다듬기 시작하자, 녀석은 자라서 우주선 엔진이 되고 싶은 것처럼 골골거렸다.

"아, 함대의 **세 번째 손바닥**은 이야기하는 데에 아주 뛰어나다고 나도 들었어요."

세 가닥 해초는 똑같은 방식으로 어깨를 들썩이고 말했다. 그리고 **열네 개의 못**의 얼굴이 굳으며 조용해지고 차가워지자 깜짝 놀랐다. 기쁜 방향으로.

"**세 번째 손바닥**만 그런 게 아닌데요."

"내가 잘 몰라서 미안해요."

세 가닥 해초가 말하고서 **열네 개의 못**이 설명할 수 있도록 기회를 열어 놓았다. **열네 개의 못**은 그 유혹에 저항할 수 없을 것이다. **열네 개의 못**의 중심에 자리한 신경을, 어떤 자부심의 일부를 건드렸으니 그녀는 그걸 지키려 할 테고, **세 가닥 해초**는 새로운 것을 알게 될 것이다.

"우리는 제10군단이지, **세 번째 손바닥** 소속이 아니에요. 우리 임무를 수행하기 위해 정치장교 따위는 필요치 않다고요. 제 말 알겠습니까, 특사님?"

말로 하지는 않았으나 분명했다. 우리에게는 정보부도 필요없어요. 그리고 더 중요한 것. **아홉 송이 부용** 휘하에 있는 제10군단은 정말로, 정말로 전쟁부의 **세 번째 손바닥**에게서 이런저런 명령을 받는 걸 싫어했다.

그곳을 지휘하는 **열한 그루 월계수**는 중심주 우주공항의 바에서 그와 이야기한 적이 있나요라는 심문의 주제였다. 황제 폐하께서 우려하고 있는 자. 흥미진진한걸.

"아, 나도 이해할 것 같아요. 비꼬는 투로 말한 거 미안해요. 물론 우리는 정보부이고, 정말로 모든 것을 알 수는 없거든요." 그녀는 미소를 지으며 일부러 눈을 크게 뜨고 말을 이었다. "난 그 튀김면 요리가 좋을 것 같아요. 혹시 신경 쓰이지 않는다면, 그리고 비밀이 아니라면, 당신 임무에 대해서 좀 더 들을 수 있을까요?"

장단을 잘 맞춘다면 밤새 여기 앉아서 유용한 일을 할 수도 있을 것이다. 그러면 아침까지 마히트와 이야기를 할 필요도 없을 거고. 그 생각에 죄책감이 들고 속이 안 좋아졌다. 그녀는 문제를 회피하지 않았다. 정말로 그러지 않았다. 하지만 지금은, 바 아닌 바에서 유용한 함대 내 정보원과 있는 게 훨씬 더 쉽게 느껴졌다. 다른 모든 것보다도.

✧ ✧ ✧

마히트는 어둠 속에 등을 대고 누워서 주위의 배와 그 거대한 엔진, 살아 있는 기계들의 진동음을 느껴 보려고 노력했다. 그녀의 얼굴은 천장에서 30센티미터 떨어져 있었다. 『위험한 변경!』을 다 읽고 나자 침대에 드는 것 말고는 정말로 아무 할 일이 없었다. 그녀는 위층 침대를 골랐다. 지정 선실로 만약에 돌아올 **세 가닥 해초**를 존중하고 싶었고(어둠 속에서 침대 사다리를 타고 올라오는 건 괴롭고, 모두가 그걸 안다.), 그녀가 주위로부터 편안함을 느끼기를 바라기도 했다. 오른쪽으로 기울어지는 것과 바닥까지의 거리만 무시하면, 르셀에 있는 자신의 수면 포드에 안전하게 있는 것과 비슷했다.

거기서 그녀가 딱히 안전했던 건 아니었다. 하지만 기억의 습관이 온갖 가짜 피난처를 만들어 냈다. 스테이션이라는(또는 우주선, 설령 테익스칼란 우주선이라고 해도) 복잡한 금속 껍질 속에 매달린 좁고 사방이 막힌 잠잘 공간이 옳았다. 그건 올바르게 느껴졌다. 손을 뻗어 손끝으로 천장을 쓰다듬었다. 그리고 손끝에 감각이 없고 표면을 건드리면 은근하게 따끔거리는 것을 깨달았다.

신경장애. 이제는 더 자주 일어났다. 아니면 더 자주 그녀를 놀라게 한다고 할까. 두 이마고 중 어느 쪽이든 이마고와 뭔가 하려고 하지 않을 때에도 슬그머니 나타났다. 이것과 함께 사는 법을 익혀야 할 것이다, 안 그런가. 그녀의 영구적인 일부로서.

아주 먼 곳에서 슬픔의 감각이 다가왔다. 생각조차 아니고 그저 감정적 메아리. 얼마나 울고 싶은지. 그러면서도 그러고 싶지 않았으면 했고, 또한 이스칸드르가…… 미안하다, 그들을 위한 다른 방식의 삶이 있으면 좋을 텐데. 이런 일이 일어나지 않은 곳……

〈넌 감정을 투영하고 있어, 마히트. 그리고 자기연민에 빠져 있고.〉

밤늦은 시간이고, 난 테익스칼란 전함에 있고, 심하게 싸운 친구는 내가 있는 방으로 돌아오지도 않아. 그리고 나는 두 번이나 추방되었어. 한 번은 내 고향에서, 또 한 번은 원래 내 집이 결코 아니었던 테익스칼란에서. 그리고 손이 아파. 난 자신을 불쌍하게 여길 권리가 있다고.

〈넌 추방자가 아니야.〉

이스칸드르가 말하는 방식에는 차가운 종결감이 있었다. 마히트는 멍을 누르듯이 그를 더욱 짓누르고 싶어졌다.

왜 아닌데?

〈넌 타라츠에게 약속했던 대로 르셀에 시간을 벌어 줬어. 그리고 친구와 화해한다면 네게는 테익스칼란이 있는 거야. 테익스칼란 전역의 어느 곳이든.〉

전 세계의 어느 곳이든. 머릿속이라는 개인 공간에서 그들 둘 다 습관적으로 쓰는 언어로. 두 사람의 모국어가 아니고 제국의 언어. 마히트는 멈출 방법을 찾을 수가 없었다. 그것은 그들 둘 다 최고로 여기는 언어였다.

난 우리를 위해서 아무것도 벌지 않았어. 제 발로 스파이가 되었을 뿐이야. 내 눈은 다른 사람 거야. 다지 타라츠가 날 통해서 보지. 어떤 보상도 내걸지 않고서. 그리고 야오틀렉과 함대 사령관 **열여섯 번의 월출** 사이의 갈등에 대해 이야기하면 타라츠는 스파이 짓보다 더한 것을 요구할 거야. 타라츠의 사보타주도 있어. 그들이 서로에게 완전히 등 돌리게 해서 이 함대를 무력화시키고, **열아홉 개의 자귀**가 서로의 목을 잡지 않을 만한 군단을 전쟁에 더 많이 보내도록 해야 해. 그리 어렵지는 않겠지. **열여섯 번의 월출**은 지렛대를 찾고 있고, 내가 바로 그 지렛대일 테니까. 나머지는 그냥 놔두었다. 열여섯 번의 월출과 세 가닥 해초에 대해서 이야기하고 싶지 않았던 것처럼, 이스칸드르와도 그녀에 관해 이야기하고 싶지 않았다. 그 말은 아마도 이스칸드르가 바로 여기, 머릿속에 함께 있다는 걸 고려하면 세 가닥 해초에 대해 생각하고 싶지 않은 것이리라.

〈다 들려. 그리고 보고를 할 때까진 넌 누구의 눈도 아니야. 누구의 눈도 아니고, 누구의 사보타주 요원도 아니지.〉

이스칸드르가 건조하고 냉정하게 말했다.

그게 르셀로 돌아가지 않은 걸 네가 정당화한 방법이야? 보고를 하지 못하면 독립된 자신으로 남아 있을 수 있으니까? 평화란 얼마나 연약한지, 이스칸드르. 그런데도 넌 우리가 추방된 게 아니라고 말하지.

〈추방은 스스로 결정하는 게 아니야.〉

거기에 대해서는 이스칸드르가 틀렸다고 마히트는 생각했다. 추방은 육체가 우주를 이동하고 국경을 건너기 훨씬 전에, 마음과 머리에서 일어난다. 그리고 이걸 생각하는데, 아니라고 생각하는데 손에서 팔꿈치를 통과하는 척골신경까지 마치 벌처럼 신경장애성 통증이 치밀었다. 다만 이건 그도 아프게 하고, 그들이 한 사람이기 때문에 그들 모두를 아프게 했다. 하지만 아크넬 암나르트바트의 사보타주로 인한 신경 손상은 그들 중 누구의 잘못도 아니었다. 설령 마히트가 그들의 통합 사이의 깔쭉깔쭉한 가장자리를 발견할 때마다 통증이 치솟는다 해도.

내가 테익스칼란 기함 한복판에서 타라츠에게 메시지 보내는 방법을 알기라도 할까 봐? 그건 일종의 사과였다. 그리고 제안이었다. 우리가 빠지게 된 이 모든 상황을 고려할 때, 지금은 이걸 좀 미뤄 둘 수 있을까?

그리고 그 대답은, 온몸을 데우는 온기였다. 어쩌면 잠을 잘 수도 있을 것 같은 느낌이 들었다. 내분비계로부터 온 선물처럼 부드러운 피로감. 마히트는 눈을 감았다. 옆으로 몸을 구부리고 벽을 쳐다보고 가슴 위로 보호하듯이 손을 겹쳤다. 그리고 숨을 내쉬었다.

그리고 요란하게 문을 두드리는 소리에 깜짝 놀라서 솟구치는 아드레날린 덕분에 정신을 번쩍 차렸다.

머리에 든 첫 번째 생각은 **세 가닥 해초**가 마침내 돌아왔다는 거였다. 하지만 마히트는 문의 터치패드 옆에 붙어 있던 '무효' 비밀번호 플라스티필름 메모를 그대로 뒀고, 비밀번호도 아직 바꾸지 않았다. 그러니까 **세 가닥 해초**는 알아서 들어올 수 있을 것이다. 이건 다른 사람이다. 마히트는 침대 가장자리로 다리를 내리고, 발끝으로 아래층 침대를 찾은 다음 가볍게 바닥으로 내려왔다. 누굴 맞이할 차림새가 아니었다. 잠옷인 헐렁한 큐롯바지에 탱크톱은 어떤 면에서도 격식 있는 차림새가 아니었고 테익스칼란 기준으로도……

〈재킷 입어. 아직 의자 등받이에 걸쳐져 있으니까.〉

이스칸드르의 말에 마히트는 굉장히 고마웠다. 재킷은 도움이 되었다. 모양새는 갖추었으니까. 『위험한 변경!』이 갈비뼈를 살짝 눌렀다.

누군지 모르지만 문을 다시 두드렸다. 밀폐된 금속을 통해서 웅얼웅얼 들리지만 소리도 질렀다. 특사님! 대사님! 같은 소리였다.

여기 없는 척할 이유는 전혀 없었고, 문을 연다고 해서 닫고 있을 때보다 더 위험해지는 것도 아니었다. 여기는 '세계의 보석'도, 르셀도 아니고 마히트가 와 본 그 어떤 곳도 아니었다. 여기는 테익스칼란 전함 안이고, 바깥에는 공기가 없는 보이드뿐이며 스테이션에서 훨씬 더 가까운 곳이었다. 우주선들은 작았다. 우주선들은 사회이긴 하지만, 사람이 아니었다. 우주선에 5000명이 타고 있다고 해도 우주선 안으로 사라지는 일은 없었다.(특히 테익스칼란 배에서는. 마히트는 아직 카메라-눈을 찾지 못했으나 거기 어디서 보고 있다는 것만은 알았다. 그 뒤에 분석하고 따라오고 조정하는 선리트는 없다고 해도.)

문을 열었다. 중키에 테익스칼란 군대에서 인기 있는 머리 모양, 낮은 헤어라인에 머리카락을 뒤로 바싹 넘겨서 묶고 단단히 피시테일 땋기를 한 남자 군인이 앞에 서 있었다.

"대사님, 야오틀렉께서 대사님과 특사님이 즉시 함교로 오시길 바라십니다. 대사님의 메시지가 효과가 있었고 야오틀렉께서 당장 또 다른 걸 원하신다고 전하라는 명령을 받았습니다."

허벅지부터 미주신경을 거쳐 목까지 휘몰아치는 짜릿한 감각은 승리감이었다. 그 감각은 마히트가 기억하는 어떤 것보다도 날카롭고 달콤했다. 메시지가 통했다. 두 사람이 그걸 이해했고, 외계인들이 대답을 했다. 마히트는 자신이 스테이션식 미소를, 이를 전부 드러내는 웃음을 짓고 있다는 것을 알았다. 움찔 물러나는 병사를 보고 알아챘지만, 상관없었다. 마히트는 이럴 자격이 있었다. 그녀와 세 가닥 해초가 최초의 접촉을 이뤄 냈다. 다른 것들, 둘 사이의 싸움과 열여섯 번의 월출, 다지 타라츠, 전쟁 전부는 전혀 중요하지 않았다. 지금 이 순간에는.

"멋지군요. 그것참 굉장해요, 정말로."

마히트가 평생 한 일 중에서 가장 중대한 일일 수도 있었다. 이전까지 접촉이 없었던 우주여행이 가능한 외계 종족과 통신할 수 있는 관계를 이룬 사람 목록이 이제 두 개의 흑점 황제(그리고 물론 그녀가 데리고 있었던 보좌관들), 세 가닥 해초, 그리고 마히트 디즈마르가 되었다. 무서웠다. 그리고 환상적이었다. 마히트는 히스테리에 빠져 기쁨의 웃음이 튀어나올 것도 같고, 또는 눈물을 흘릴 것도 같고…… 이런 건 꿈도 꿔 본 적이 없었다. 마히트에게 우주생물학 쪽 적성은 없었고, 언어학은 항상 인간에 관한 것이었지만…… 아. 그게 효과가 있었다니.

"특사님은 어디 계십니까?"

병사가 마히트의 넘치는 내적 기쁨을 깨뜨리고 유일한 친구에게서 밀려난 단조롭고 비참한 현실로 쉽게 뚝 떨어뜨렸다.(친구라는 카테고리에 테익스칼란인을 넣어도 된다면. 그리고 그것은 모든 것에서 끔찍하게 중요한 부분이었다. 안 그런가?)

마히트는 어깨를 으쓱였다.

"그분도 이 선실에 머무시는 거 아닙니까?"

병사가 계속 물으며 클라우드후크로 일종의 기록을 확인하는 것 같았다.

“네. 하지만 지금 외출 중이군요.”

“새벽 2시인데요.” 의아한 듯이 말한 병사는 정보부 요원은 다른 광범위한 기벽들에 더해 아주 이상한 시간에 나다니는 모양이라고 암시하듯이 한쪽 어깨를 올렸다가 도로 내렸다. “……음. 언제 돌아오실지 아시나요? 야오틀렉께서는 두 분 모두 오라고 하셨는데요. 즉시.”

“물론 그러셨겠죠. 하지만 귀관에게 있는 건 나뿐이에요. 감시 카메라와 클라우드후크의 검색 알고리즘을 이용해서 찾아보라고 말해 주고 싶군요. 바나 일종의 공원이나 꽃이 있는 휴식 공간을 찾아봐요. 배에도 이런 공간이 있다면. 특사는 그런 걸 좋아하거든요. 그동안 나는 함교에 가는 데에 어울리게 옷을 입죠. 잠깐 실례할게요.”

마히트는 방 안으로 한 걸음 물러났고 그녀가 가까이 없어서 더 이상 열려 있을 필요가 없는 문이 병사의 코앞에서 닫혔다.

〈바나 꽃이 있는 휴식 공간?〉

이스칸드르가 약간 믿어지지 않는 것처럼 말했다.

마히트는 의도적으로 기억하고 있었다. 이마고를 얻은 이래로 그녀가 유일하게 정말로 이해하게 된 기술이었다. 모든 르셀 아이들은 미래에 필요할 경우에 대비해서 어떻게 그렇게 하는지 기본을 배우긴 했다. 자신의 인생에서 어떤 사건을 아주 구체적으로 떠올리는 것은 현재의 행동이나 감정에 대한 자동적인 기준이 된다. 그런 기억에서 생각하는 방식, 정신의 패턴을 보여 주어 이마고가 그것을 배우고 따르고 이마고 내의 오버레이에 더 깊게 새긴다. 공동 신경

가소성으로 향하는 길인 것이다. 마히트는 중앙4광장의 정원을, 초록색 아이스크림의 맛을, 세 가닥 해초가 낮잠을 자며 겹쳐진 팔 아래 뭉개진 풀 향기를 떠올렸다. 그리고 열두 송이 진달래가 이런 게 그들이 함께 훈련생이었던 시절에 세 가닥 해초가 항상 끼어들곤 했던 바로 그런 문제라고 말해 준 것을 떠올렸다. 공원에서 시간 때우기, 끔찍하고, 위험하고, 대인적 모험을 겪은 다음에 아침으로 먹은 아이스크림.

〈그녀가 보고 싶은 거군.〉

그랬다. 마히트는 굉장히 그랬고, 그렇지 않으면 좋을 거라고 생각했다.

〈병사가 당신을 영원히 기다리진 않을 거야.〉 이스칸드르는 마히트가 세 가닥 해초를 그리워하는 것이 그에게, 그들에게 어떤 의미인지 받아들이고 좀 더 즉각적인 문제 앞에서 제쳐 두기로 했다. 그가 추방에 관한 질문을 제쳐 놓은 것처럼. 그들은 구획화에 능숙해지고 있었다. 〈병사가 그녀도 찾아내겠지. 구석구석 카메라가 있으니까. 옷 입어. 갖고 있는 것 중에서 날카로운 거, 각이 선 거, 라인이 깔끔한 걸로 입어. 그런 옷이 있다는 거 알아.〉

그런 옷이라면 정장 드레스가 있지. 마히트는 그런 걸 딱 한 벌만 가져왔다. 길고 검은색이고, 디자인은 구조적이었으며 온통 각이 지고 장식은 없고, 쇄골이 드러나고 소매는 팔목까지 내려왔다. 시티에도 가져갔었으나 거기선 입지 못했었다. 사실 한 번도 입은 적이 없었다.

〈그거 말고. 좀 더 실용적인 걸로.〉

이스칸드르, 여성형 신체인 사람들이 어떤 옷을 입는지는 알아?

〈네가 아니까 당연히 나도 알지. 아니면 네가 뭘 아는지를 안달까.

그리고 시티에서 약간 뒤떨어진 황실 패션에 관해서도 좀 알고.〉

그러니까 그들 둘 다 테익스칼란 스타일을 더 잘 아는 거였다. 르셀에서 마히트는 모두가 입는 걸 입었고, 그게 바지와 재킷과 다양한 셔츠 및 튜닉이었다. 대부분 회색과 검정과 하얀색이었고.

〈하얀색. 가능하면 전부 다 하얀색으로.〉

열아홉 개의 자귀처럼.

흠, 그 정도면 나쁘지 않다.

〈훨씬 낫지.〉

다시 문을 열었을 때, 마히트는 하얀색 바지와 비대칭적으로 장식이 달린 셔츠와 짧은 르셀 스타일 크롭 재킷 차림이었다.(『위험한 변경!』은 다른 재킷에 놔두고 가야 했다. 이 차림에서는 넣을 공간이 없기 때문이었다.) 병사는 아까와 정확히 똑같은 자세로 여전히 거기 있었다. 그는 마히트를 보고서 아주 한참 동안 눈만 깜박였다. 마히트는 그가 열아홉 개의 자귀, 피에 젖어 태양-창 왕좌에 어울리게 변하기 전의 말끔한 하얀 정장을 입은 에주아주아카트 열아홉 개의 자귀의 모습을 떠올리는 걸까 궁금했다.

"특사는 찾았나요?"

마히트가 가볍게 물었다.

"제가 찾은 건 아니고, 배가 찾았습니다. 이제 준비가 되셨나요, 아니면 하실 일이 더 있으신가요, 대사님?"

설령 그가 열아홉 개의 자귀를 생각했다 해도, 그 생각이 야만인을 향해 쏘아붙이고 초조하게 행동하는 것을 자제하도록 하지는 않은 모양이었다.

"앞장서요, 빨리. 외계인들이 우리가 안녕하세요 이상의 말을 할 줄 모른다고 결정하기까지 얼마 걸리지 않을 테니까요."

✧✧✧

함교를 향해 걸으면서 **세 가닥 해초**는 잠깐 심리적인 현기증을 일으켰다. 야오틀렉의 바로 옆, 통신장교의 스테이션 바로 뒤에 서 있는 키가 크고 온통 하얀 옷에 짧은 검은 머리를 하고 완벽하게 자신을 통제하고 있는 여자 때문에. **세 가닥 해초**는 자신이 뭘 보고 있는지 이해하는 과정을 느낄 수 있었다. 한때 그녀의 후원자이자 지금은 확실하게 황제인 에주아주아카트 **열아홉 개의 자귀**는 절대로 아니다. 세 가지 이유로 불가능하다. 황제는 시티에서 여기까지 이렇게 빨리 올 수가 없다.(**세 가닥 해초**는 이제 가장 빠른 길을 온몸으로 안다. 황실 우주선이 그 공항 중 몇몇 곳을 거쳐서 오려고 한다면 얼마나 난리법석이 날까.) 그리고 아무도 이 여자에게 존경을 표하지 않았다. 정말 황제였다면 당연히 그랬을 텐데. 여자는 결국 **열아홉 개의 자귀**가 아니라 마히트 디즈마르였다.

여자의 곱슬거리는 머리카락이 하얀 재킷의 목깃을 살짝 스쳤다. 확실하게 마히트였다.

그럼에도 **세 가닥 해초**는 명치를 얻어맞은 듯 숨을 쉴 수가 없었고 합쳐진 상상의 모습에 너무 놀랐다. 마히트가 무슨 게임을 하는 건지 모르겠지만, 위험부담이 너무 높았다.

모든 태양과 모든 피 흘리는 별들에 대고 말하건대, 도대체 왜 마히트와 그 멍청한 싸움을 했던 걸까? 그리고 왜 그들의 선실로 돌아가지 않았을까? 그녀도 이 일에 끼고 싶었다. 이 일에 함께 끼었어야 했다. 대신에 그녀는 평생 가장 중요한 소통이 될지도 모르는 일에 늦었고, 어제 제복을 그대로 입고 있으며, 거기에는 카우란 새끼고양이의 털이 붙어 있고 한쪽 소매에는 수경재배실에서 묻은 물 자국이 있었다. 수면 시간에 자지 않고 제10군단 병사들과 이야기를 나누며 튀김국수 케이크 말고 다른 모든 걸 피하다가 근무 중인 병사에게 황급히 함교로 끌려왔다.

이미 여기서 일을 하고 있고, 완벽한 디자인의 하얀 옷을 입은 그녀의 대사를 바라보자 가슴이 아렸다. 불편한 감정이었다. 최대한 좋게 생각한다고 해도.

"야오틀렉." 그녀는 잘 들리면서도 가능한 한 예의 바르게 목소리를 높여 함교 건너편을 향해 말했다. "지각한 점에 대해 사과드립니다. 새끼고양이와 관련된 문제가 있었어요. 하지만 이미 대사의 유능한 손길이 닿고 있었다니 다행입니다."

이거다. 이게 시작이다. 만약 그녀가 둘을 완전히 동등한 위치로 유지할 수 있다면 마히트도 약간이나마 용서해 줄 가능성이 있었다. 그것이 이 비참한 난장판의 핵심처럼 느껴졌다.

아홉 송이 부용이 그녀를 쳐다보았지만 마히트는 보지 않았다. 마히트는 통신장교의 머리 근처로 머리를 숙이고 있었고(세 가닥 해초는 클라우드후크에 물어보아 그 장교가 이칸틀로스 1급인 **두 개의 거품**임을 알아냈고, 지금 당장은 별로 필요하지 않은 복무 기록도 줄줄이 따라 나왔다. 전쟁부의 직원 검색용 내부 사용자 인터페이스는 정보부 것과 비교하면 완전히 투박했으나, 최소한 그녀는 우주선의 네트워크에 접속할 수는 있었다.) 손가락으로 궤도를 그리는 것처럼 허공에 빠르게 손가락을 움직이고 있었다. **두 개의 거품**이 마히트를 향해 고개를 끄덕였다.

"당신 작품을 좀 봐 봐."

야오틀렉이 말했다. 세 가닥 해초는 부질없이 마히트만 보던 것을 그만두고 대신에 살아 있는 적의 모습을 처음으로 보았다.

아니, 최소한 적의 우주선을 보았다. 아마 그 안에 살아 있는 적들이 있겠지. 우주선은 바퀴의 무게호의 시야 가장자리에서 천천히 고리끼리 엉켜 회전하고 있었다. 작은 우주선과 큰 우주선. 세 가닥 해초는 그것들이 기묘하게 아름답다고 생각했다. 동굴에 사는 물고기의 동그란 입처럼. 비인간적이고 약간 마음을 불편하게 하는 아름다움이지만, 최소한 대칭적인 아름다움이 있다. 만약 그들이 대칭을 좋아하고, 포유류이고, 응답을 하기로 결정했다면, 음, 그러면 그녀는 이것을 해낼 것이다. 그렇지 않은가? 당연히 해낼 것이다.

"뭐라고 답을 해야 하죠?"

세 가닥 해초는 아홉 송이 부용에게 물으며 그녀와 통신장교, 그리고 마히트를 지나서 곡선형 플라스티스틸 창문 쪽에 섰다. 네 개의 두꺼운 층 너머에 진공이 있고, 그녀와 외계인 사이에는 오로지 진공뿐이었다.

"우리 메시지를 재생하는 것을 들었다고. 그리고 당신이나 대사가 족히 20분은 여기 없었기 때문에 두 개의 거품과 내가 시각적 구성으로 바꿨어. 놈들이 우리 말을 듣고 이야기를 하고 싶다면, 우리가 같은 채널로 전송한 이미지도 볼 수 있겠지."

아홉 송이 부용이 세 가닥 해초 옆으로 와서 섰다. 커다랗고 단단한 몸은 위성이 주위를 도는 별처럼 꼼짝하지 않았다. 세 가닥 해초는 후회했다. 여러 차례 고양이를 떨쳐 내고 자신을 불쌍하게 여기는 데나, 열네 개의 못과 야오틀렉이 얼마나 대단한지 이야기하는 데에 시간을 덜 쓰고, 함교로 오는 데에 시간을 더 할애할걸. 비록 그녀가 할 일을 **스무 마리 매미**가 대신 해 줬다고 해도 말이다. 야오틀렉과 그 대단함에 대한 **열네 개의 못**의 말이 옳았으니까. 야오틀렉은 직접 뭔가를 요청하기도 전에 그녀가 요청할 일을 하고 싶게 하는 부류의 사람이었다.

"저의 극도로 한정되고 기계로 만든 단어로 그들의 언어를 말하려고 하는 것보다 이미지가 훨씬 더 쉽지요, 네." **세 가닥 해초**는 동의했다. 그리고 계속해서 물었다. "게다가 해부 내용에 따르면 외계인에게는 보통 방식으로 작동하는 눈이 있으니까요. 시각 자료는 뭐였나요?"

"**두 개의 거품**이 그렸지. 당신의 대사가 도와줬어. 궤도 역학을 꽤 하더군. 흥미로운 일이야."

"우주 스테이션에서 자란 사람이니까요."

아홉 송이 부용은 우주에서 산다고 해서 우주가 어떤 식으로 작용하는지 안다는 보장은 할 수 없다고 말하듯이 한쪽 어깨를 들썩였다. **세 가닥 해초**는 그 말이 타당할 거라고 생각했다. 야오틀렉이 그녀에게 말했다.

"특사, 이 메시지를 보내기 전에…… 당신과 대사는 이것들을 정말로 직접 만나 볼 생각이 있는 건가? 적절한 군사적 호위가 있다면 말이지."

"그들을 함선으로 초대하실 건가요?"

세 가닥 해초는 내장이 꺼내진 펠로아2 주민의 홀로이미지를 생생하게, 구역질 나게 떠올리면서 가능한 한 평범한 어조로 말했다.

"물론 아니지."

야오틀렉이 대답했다.

"훨씬 더 실질적인 통신이 오가기 전에는 그들의 함선에 가서 협상하는 건 좋지 않을 겁니다. 제가 대사와 군 호위를 데리고든 야오틀렉 본인이 가시든 간에 말이죠. 약점을 보이는 행동이거든요."

또한 **세 가닥 해초**는 우주에서 회전하는 저 예쁘장한 동굴 물고기의 입을 신뢰하지 않았다. 이미 이 외계인과 이들이 내는 소음의 물리적 영향을 앞으로 몇 번의 인생 동안은 겪지 않아도 될 만큼 겪었다. 그리고 그건 그들의 선체의 재질로 인해 발생할 반향 능력을 제외한 거였다.

"재미있군. 대사도 거의 단어 하나하나까지 똑같이 대답했어. 우리가 함대라고 해서 협상에서 그렇게 촌뜨기 짓을 할 거라고 생각하지는 말아 줘, 특사. 우리는 귀관을 펠로아2로 보낼 거야. 그리고 아마 놈들도 자기네 대표를 내려보낼 거야. 최소한 그게 두 개의 거품이 그리려고 한 내용이야."

내장이 적출된 사람들 속에서. 재미있겠네.

"어디 보죠."

세 가닥 해초가 말하고서 사과의 의미로 마히트의 새하얀 소매 한쪽에 슬쩍 닿을 만큼 가까이 가기 위해 마음을 다잡았다.

마히트는 인사를 하지 않았다. 하지만 살짝 움직여서 두 개의 거품이 작업하는 홀로디스플레이 주위로 **세 가닥 해초**가 잘 볼 수 있는 자리를 만들어 주었다. 통신장교는 확실히 그림 그리는 법을 알았다. 그녀는 작은 인간 두 명, 의료실에서 죽은 것과 흡사한 외계인 두 명을 그렸다. 두 명의 인간과 두 명의 외계인 아래에는 진짜 홀로에 잡힌 펠로아2의 고정된 모습이 있었다. **세 가닥 해초**가 보는 동안 외계인과 인간들이 마히트가 한 손으로 그렸던 궤도를 따라 평행하게 내려와 행성 표면에서 서로 마주 보고 섰다. 그들은 굉장히 균형이 안 맞았다. 인간도, 내장 적출을 선호하는 외계인도 수천 미터 높이에 있었다. 심지어는 중대한 협상을 하는 동안에도.

"우주선을 물려야 해요. 우리 거랑 그들의 것 모두요. 그래야 우리가 바로 저기에 있는 자들과 이야기하고 싶다는 뜻이 명확해져요."

그들은, 세 개의 바퀴로 된 고리는 여전히 빙빙 돌고 있었다. 빙빙 돌지만 움직이지는 않고, 그저 **세 가닥 해초**와 마히트가 썼던 메시지의 자기증폭적 버전을 점점 더 크게 전송할 뿐이었다. 와서 이야기해. 와서 이야기해. 와서 이야기해. 우리의 상호 이익을 위해서.

마히트가 고개를 끄덕였다.

"그 말이 맞습니다. 양쪽 우주선 모두. 그리고 그들이 펠로아2에 도착하면, 우리가 펠로아2에 도착하면 말인데…… 볼륨을 뜻하는 글자를 알아요? 볼륨을 높인다는 글자요."

두 개의 거품은 마히트가 완벽하게 이해 가능한 테익스칼란 문장을 말한 게 아니라 전혀 이해할 수 언어를 말한 것 같은 얼굴로 쳐다보았다.

"점점 커진다는 뜻의 상형문자요? ……제가 그걸 그리길 바라신다면, 할 수 있어요……."

마히트의 얼굴에 즐거워하고 장난기 어린 듯한 어떤 표정이 떠올랐다. **세 가닥 해초**는 시티에서 마히트가 그런 표정을 한 번이라도 지은 적이 있다고는 생각하지 않았다. 다시금, 지금 보는 것이 다른 사람, 르셀 스테이션의 다른 대사, 죽어서 기계로 다시 태어난 이스칸드르 아가븐이 아닐까 하는 생각이 들었다.(깨달음의 불편한 타이밍이라는 면에서 더 나쁜 건, 자신이 이 끔찍한 싸움을 벌인 상대가 마히트가 아니라 이스칸드르이고, 모든 것이 예전과 같이 돌아갈 수 있다는 희망이 갑자기 솟구쳤다는 것이다. 그러면 정말 멋질 것이다, 안 그런가? 대부분의 것이 결국은 멋지지 않은 것으로 드러났기에 그녀도 이런 생각을 했다는 걸 즉시 잊어야 할지도 모른다.)

마히트가 한 말은 이것뿐이었다.

"획수가 열한 개이고 음파처럼 보이지도 않아요, 이칸틀로스. 당연히 점점 커진다는 상형문자가 아니죠. 내가 보여 줄게요."

그리고 허공에 궤도를 그리는 대신에 둥글게 만든 한 손으로 허공을 오가며 손짓을 했다. 작은 곡선, 더 큰 곡선, 그보다 더 큰 곡선. 소리의 원뿔 모형처럼.

"아. 볼륨. 그렇죠."

두 개의 거품이 말했다.

세 가닥 해초는 정말이지 마히트에게 클라우드후크를 찾아줘야 했다. 그래야 홀로이미지를 남에게 전달할 수 있겠지. 하지만 피투성이 별들이여, 마히트에게는 클라우드후크가 별로 필요하지 않았다, 안 그런가? 두 개의 거품은 마히트가 설명한 걸 그대로 그렸다. 외계인과 인간이 펠로아2의 표면에 내려서자 거기서 점점 크기가 커지는 세 개의 컵 모양 곡선이 방출되었다. 그들이 서로에게 이야기를 하는 것처럼.

"좋아요. 마음에 들어요. 다른 게 더 있나요, 마히트? 아니면 이걸 전송할까요?"

세 가닥 해초가 말했다.

전송하고, 내려갈 준비를 해야지. 우린 화해할 시간이 없을 거야. 어쩌면 그게 가장 쉬울지도 몰라.

"우린 그들을 많이 기다리게 했어요. 보내요. 그리고 우리가 얼마나 많은 음성 재생 장비를 이동 가능하게 할 수 있는지 보죠. 함대에 굉장히 센 구토 방지제가 있나요?"

마히트가 말했다.

"의료진에게 물어보십시오."

두 개의 거품이 대답했다.

"누군가가 의료진에게 물어봐 줘요. 난 누구하고도 이야기할 수 없어요. 시민이 아니거든요."

그리고 마히트는 모든 이를 드러내는 그 끔찍하고 지나치게 아름다운 미소를 지었다. 그리고 클라우드후크가 없는 자신의 얼굴을 가리켰다.

✧ ✧ ✧

"당신에게 실망했습니다, 큐어."

열한 그루 월계수가 말했다. 여덟 가지 해독제는 너무 세게 움찔해서 앉아 있던 벤치에서 떨어져 지상궁 바깥 정원에 있는 반짝이는 연못에 빠질 뻔했다. 그랬다간 끔찍하게 창피하고 거기다 수경재배에도 나쁠 것이다. 첨벙, 홀딱 젖은 어린애 하나와 수많은 망가진 수련, 뭉개진 분홍색 꽃잎들.

"난 몰래 다가오는 게 싫어."

이건 사실이었고, 실망한 선생에게 깜짝 놀랐을 때 할 만한 좋은 대답도 아니었다. 하지만 그는 정말로 자신이 혼자라고 생각했었다.

"그러면 주의를 더 기울이세요. 이렇게 탁 트인 곳에 나와 있어서 찾기 쉬운데 사각지대도 살피시지 않더군요. 지상궁에서 자기방어에 관해서 아무것도 가르치지 않았던 겁니까?"

"난 열한 살이야. 남성형 신체의 다리 사이를 차는 법과 팔을 뒤로 꺾어서 비명을 지르게 하는 법은 알지만, 몸무게나 키의 이점이 없고 거기다가 시티 전체가 날 지켜봐. 카메라-눈 못 봤어? 내가 납치된다면 선리트가 나를 도로 납치해 올 수 있을걸."

"저도 그러기를 바랍니다." **열한 그루 월계수**가 벤치를 빙 돌아서 소년 옆에 앉았다. 기다란 팔다리가 너무 많이 접혔다. 벤치는 **여덟 가지 해독제**에게는 너무 높고 그에게는 너무 낮았다. 그의 무릎이 위로 튀어나왔다. "선리트가 황위 계승자가 납치당한 상태로 놔둔다면 테익스칼란에는 아주 안 좋은 상황이 되겠죠."

여덟 가지 해독제는 그게 일종의 위협일까 생각했다. 그렇게 느껴지기도 하지만, 의미도 잘 모르겠고 지금 이런 식으로 위협을 받아야 하는 이유도 모르겠다. **열한 그루 월계수**는 선리트가 현재 믿을 만하지 않다고 암시하는 걸까, 아니면 **여덟 가지 해독제**가 계속해서 실망시키면 믿을 수 없어질 거라고 암시하는 걸까? 어느 쪽이든 안 좋았다. 어느 쪽이든 오싹했다.

"내가 왜 차관을 실망시켰다는 거야?"

열한 그루 월계수는 길게, 의도적으로 한숨을 푹 내쉬었다.

"젊었든 늙었든, 경험이 많든 신입이든, 어떤 사람이 전하처럼 장관이 남의 행동 동기를 의심하는 그런 회의에 참석하고서 그다음에 회의를 주최했던 장관에게서 의심 받는 장관에게 바로 뻔뻔하게 가기로 한다면…… 흠, 그 사람은 아주 젊고, 아주 멍청하거나, 전혀 믿을 수 없는 사람이겠죠. 아니면 셋 모두이든지. 전하의 경우에는 셋 모두가 아니기를 바랍니다."

"날 따라왔군."

"말씀드렸듯이 전하는 사각지대를 별로 잘 보지 않으십니다. 몰래 다니는 데에 꽤 뛰어나십니다만, 대낮에 특정 부서 대문으로 가실 때에는 온 황궁에 다 보이게 가셨죠. 그것도 정보부에요."

여덟 가지 해독제는 전하보다 큐어라고 불리는 걸 훨씬 더 좋아했지만, 지금은 애정 어린 통칭을 들을 자격이 없는 모양이었다. 그는 분명히 멍청한 실수를, 최악의 실수를, 자신이 저지를 수 있는 실수인 줄도 몰라서 피하지 못하는 그런 실수를 저지른 것 같았다.

"그러는 대신에 내가 정보부의 통풍구를 기어갔다면 더 싫어했을 것 같은데."

열한 그루 월계수는 웃음을 참는 것처럼 목을 가다듬었다.

"그렇겠죠. 그것도 좋아하지 않았겠지요. 아마 더 싫어했을 겁니다. 그랬다면 은밀하게 하려고 하셨다는 걸 알았을 테고요. 훤히 보이는 행동이 최소한 제 의심을 덜었습니다. 자. 전쟁부에서 들은 것 중 뭘 정보부에 얘기하셨죠, 전하?"

"아무것도 안 했어." **여덟 가지 해독제**는 화가 나고 모욕당한 기분을 표현하고, 목소리가 어린애처럼 높고 징징거리는 투가 되지 않도록 노력하며 말을 이었다. "난 교차 확인을 했을 뿐이야, 차관. 성간 거리에서의 통신에 대한 지식을 더 쌓으려고. 그래서 전쟁부에서 들은 내용을 더 잘 이해하려고."

"꽤 그럴듯한 얘기로군요."

그걸 끝으로 **열한 그루 월계수**는 더 이상 말하지 않았다.

여덟 가지 해독제는 이 방식을 알았다. 열아홉 개의 자귀에게 당해 봤고, 선생들에게 당해 봤고, 한 시간 전에 그 자신도 한 송이 시클라멘에게 썼다. 이 대화가 불편하다는 사실을 없애기 위해 계속해서 말을 하고, 더 많이 설명함으로써 자기 무덤을 파게 하는 방식이다. 그는 여기에 빠지지 않을 것이다. 이번에는 아니다.(그리고 열한 그루 월계수가 그를 이런 식으로 조종하려고 하는 게, 마치 그가 사람이 아니고 자산인 것처럼 대하는 것에 실제로, 정말로 화가 난다 해도 애초에 다른 대우를 기대하지 말았어야 했다. 그와 같은 사람들에게는 친구가 없다. 설령 어른 친구라 해도. 그리고 그는 울지 않을 것이다. 심지어 우는 것같이 코를 훌쩍이는 짓도 하지 않을 것이다.)

"내가 실망시킨 다른 부분이 더 있어?"

그 대신에 이렇게 물었다.

열한 그루 월계수는 소년의 어깨를 짧게, 거의 아버지처럼 느껴지게 두드렸다.

"아직은요. 사각지대를 잘 살피려고 노력하세요, 아시겠습니까? 전하께서 살아서 황제가 되시는 걸 보면 기쁠 겁니다."

그러고 나서 그는 일어나서 바지에 붙은 먼지를 손으로 털어내고, 이미 똑바른 소매를 바로잡고, 정원을 가로질러 성큼성큼 걸어갔다. 거기는 나가는 길이 아니라고 그 등에 대고 외칠 뻔했지만, 여덟 가지 해독제는 생각을 돌렸다. 열한 그루 월계수가 백합미로를 좀 돌고 싶든지 아니든지 간에 도와줄 이유가 전혀 없었다. 여덟 가지 해독제도 일어나서, 흙덩이를 연못으로 차 넣었다. 방종하고 환경적으로도 무책임한 짓이라는 건 알지만, 알 게 뭐람. 그리고 마침내 그는 황제 폐하와 이야기를 하기 위해 갔다. 그를 좋아한다고 생각했던 사람이 스파이 짓을 했다고 비난한다면, 실제로 스파이 짓을 해버리고 말 테다. 그리고 열아홉 개의 자귀는 르셀 대사가 갑자기 전선 지역에 나타났다는 소식을 알고 싶어 할 게 분명했다.

그리고 열한 그루 월계수가 세 개의 방위각 장관에게 황제가 전쟁부를 믿지 않는다는 식으로 은근히 말한 것에 관해서도. 폐하께 그 말을 전하는 게 그에게 딱 맞는 대접일 것이다.

데카켈 온추는 자신의 권위라는 이점만으로 똑같은 결과를 낼 수 있는 경우에는 의식에 까다롭거나 소통 채널에 신경을 쓰는 타입이 아니다. 그녀는 조종사협회 의원이며, 보유한 이마고 라인은 르셀 스테이션에서 가장 오래된 이마고 라인이다. 가끔 상당히 지치면 그녀는 14세대를 거슬러 올라간 꿈을 꾸곤 한다. 한때는 배이자 세계였던 것을 영원히 머무를 수 있는 곳, 마침내 여행자 모두의 집이 될 곳으로 조종해 가기 위한 위대한 계산. 깨고 나면 숫자는 기억이 나지 않지만 그걸 어떻게 찾는지 아는 사람이 되었던 건 기억한다.

그게 약속이나 연락도 없이 아크넬 암나르트바트의 사무실로 곧장 걸어가는 데에 필요한 권력의 전부다. 그녀는 답을 알고 싶은 질문이 있고, 지금 당장 그 답을 들을 것이다. 사보타주와 관련해서 더 이상 뺀질뺀질 빠져나가는 건 허용하지 않을 것이다. 명예가 반쯤 떨어진 대사가 데카켈이 내내 사실일 거라고 추측하던 것을 마침내 인정하겠다고 결심할 때까지 기다리지 않을 것이다. 그리고 암나르트바트 의원이 깔끔하게 빠져나가 동료 의원에게 말하는 걸 거부할 기회는 없을 것이다. 화물칸에서 마히트 디즈마르가 대단히 무례한 방식으로 테익스칼란 특사에게 납치에 가깝게 끌려가는 걸 허용했던 때 같을 일은 없을 것이다.

암나르트바트는 책상 뒤에 있었다. 그녀는 데카켈이 문으로 들어오자 놀란 척하지 않을 정도의 품위는 있었다. 어쩌면 비서가 경고의 메시지를 보냈는지도 모른다. 데카켈은 암나르트바트가 맞은편에 있는 의자를 손짓할 때에도 앉지 않았다. 앉는다는 건 두 사람 사이에 데카켈이 더 이상 느끼지 못하는 어떤 평등함이 있다고 암시하는 것이다.

"의원, 어쩐 일로 여기에 온 거죠?"

"디즈마르가 도와 달라고 나한테 올 만큼 여기에 절실하게 잡아 두고 싶다는 식으로 행동하고는 왜 그녀가 그 셔틀을 타게 놔뒀는지 말해 봐요. 거기서 시작하죠, 의원."

아크넬 암나르트바트의 얼굴은 쉽게 차분하고 확실한 혐오감을 띤 표정으로 변하는 편이었다. 동그란 컬과 광대뼈의 보기 좋은 높은 아치는 그녀가 지금 데카켈에게 짓는 표정에 잘 어울렸다.

"난 디즈마르에게 무슨 일이 생기든 상관 안 해요. 디즈마르가 이 스테이션에만 없으면 돼요. 그 이마고 라인이 여기서 건드리는 모든 걸 엉망으로 만들지 않는 한, 조금도 신경 안 써요. 그 테익스칼란인이 그 여자를 원한다면, 얼마든지 가지라죠."

데카켈은 충격 받은 티를 내지 않으려고 노력했다. 그 이마고 라인. 아가븐과 디즈마르. 건드리는 모든 걸 엉망으로 만든다. 암나르트바트가 마히트 디즈마르를 사보타주한 건 놀랄 일이 아니다. 그녀는 라인 전부를 죽이고 싶어 했고, 그 라인은 단 하나의 이마고 머신으로 유지되고 있었으니까. 차그켈 암바크를 따지지 않는다면. 그리고 데카켈은 암바크는 상관없다고 생각했다. 암바크는 대사가 아니라 협상가였고, 오래전에 죽은 사람이었다. 르셀로 돌아오는 것에 신중했던 아가븐의 태도가 이걸 확실하게 보여 주었다. 사보타주를 하고 제국이 대사의 망가진 유해를 처리하게 놔둔다. 제국이 아마 직접 그녀를 죽일 것이다.

"스테이션에 계속 머물렀으면? 그때엔 어떻게 하려고 했죠?"

"왜 유산협회가 이마고 라인에 관해서 하는 일에 끼어들죠? 당신은 관할권을 넘었어요, 온추 의원."

"조종사협회는 항상 유산협회가 뭘 하는지에 신경을 써요. 유산협회가 다른 모든 사람의 것처럼 우리 이마고 라인을 보유하고 있으니까. 아크넬, 당신이 라인의 부패와 안정성에 대한 일방적인 결정을 내리지 않았다고 말해요. 나에게 사실을 말하면 당신을 놔두고 여기서 떠나 주죠."

"난 유산협회 의원이에요. 르셀 스테이션을 보존하는 건 내 권한이죠. 그 권한이나 그걸 고수하는 데 대해 의문을 제기하는 건가요?"

"그건 아니라는 대답이 아니에요."

암나르트바트는 그녀를 일부러, 천천히, 의도적으로 쳐다보며 어깨를 으쓱였다.

"누군가는 우리 목숨과 자주권뿐만 아니라 우리 자신으로서의 감각을 지키는 결정을 내릴 필요가 있을 거예요, 의원. 그게 유산협회가 존재하는 이유예요. 그게 내가 하는 겁니다."

"만약 디즈마르가 돌아온다면?"

데카켈은 자신이 왜 이걸 물어보는 건지 알 수 없었다. 그녀는 마히트 디즈마르가 수많은 테익스칼란인과 함께 전쟁에서 죽을 거라고 거의 확신했다.

"그러면 난 그 머신을 디즈마르의 두개골에서 뽑아내서 분리하고, 디즈마르가 깨어난다면 스테이션에 살게 해 줄 만큼 가치 있는 게 그녀에게 남아 있는지 볼 거예요, 의원. 불쌍한 여자. 나도 책임은 좀 지겠어요. 내가 디즈마르에게 아가븐 게 아니라 다른 이마고를 줬다면, 외국에 대한 그 집착이 개선될 수도 있었겠죠."

"그럼 왜 그렇게 하지 않은 겁니까?"

암나르트바트가 피곤한 듯이 한숨을 쉬었다.

"누군가는 제국의 희생양이 되어야만 했고, 디즈마르의 적성은 정말 화가 날 만큼 아가븐의 이마고에 걸맞았어요. 그녀인 편이 나았죠. 그리고 그렇게 하면 둘 다 우리 스테이션에서 없앨 수 있고요, 의원."

싸늘한 기분으로 데카켈은 마지막 질문을 던졌다.

"당신이 이런 짓을 한 라인이 또 있나요?"

"추천하는 라인이라도 있나요?"

데카켈은 아크넬 암나르트바트가 아주 태연하게 대답하는 것을 오래도록 기억할 것이다. 태연함, 그리고 이 여자가 건드린 어떤 이마고 라인도 말끔하다고 믿을 수 없다는 사실을 갑자기 깨달은 것도. 그 순간에 그녀는 암나르트바트가 어떤 사람인지를 명확하게 보았다. 르셀 스테이션을 너무나 사랑해서 자신의 윤리적 책임을 그 사랑이라는 소름 끼치는 밝음으로 대체하고, 그걸 보호하기 위해서 자신이 뭘 태워 버리든 상관하지 않는 사람.

11장

산업기사 취업 기회 SILICA-2318A—일시적 이동—격오지 보너스 지급—4개월의 교대 근무. 유리 제조인, 관리자 경험이 있는 공장 직원, 천연자원 전문가(특히 추출 및/또는 건조 기후지 경험이 있는 테익스칼란인)로서 펠로아계에 최소 4개월 이상 가서 근무할 제국 시민을 모집합니다. 행성의 극단적 기온으로 인하여 격오지 보너스가 지급되지만, 펠로아2에는 고유의 포식자나 알려진 질병 매개 생물은 없습니다. 지원이 금지되는 질환자: 천식, 반응성 기도 질환, 열 민감성, 일사병 경험자……

— 테익스칼란 중앙정부 모집 게시판의 모집 공고, 매달 재게시

그리고 나는 죽기 위해 태어났나? / 이 몸을 눕히고 / 나의 떨리는 기억을 / 모르는 정신으로 날아가게 하려고?
깊고 깊은 그림자 속 우리의 집 / 조종사들의 매듭으로 사로잡힌 / 죽은 자들의 찬란한 영역 / 어떤 것도 잊히지 않는 곳!
곧 육체로부터 떠나서 / 나는 무엇이 될 것인가? / 주어진 영원한 기억은 / 이제 나의 일부가 되리니
그리고 스테이션에 묶인 채 깨어나 / 나의 육체로부터 일어나 / 내 후계자가 영광의 관을 쓰는 것을 본다 / 우리의 별이 불타는 하늘 속에서!

— 르셀 토착 민요, 기원 불명, 아마도 스테이션 설립 이전으로 추정

살인광에 이해할 수 없는 외계 생명체와의 협상에 대한 기대감은 없다 해도, 그녀의 첫 번째 사막은 매혹적이었다. 사막은 착륙장 사방으로 새하얀 실리카 모래로 된 끝없는 파도처럼 넓게 펼쳐져 있고, 물이나 초목도 없었다. 테익스칼란 정제공장 일꾼이 모두 죽기 전에 살았던 건물들 근처에 있는 작고 양옆으로 넓은 회녹색 나무들이 있는 잡목림 하나를 제외하면 말이다. 그 건물들도 하얀색이었다. 햇빛에 바랬다. 심지어 하늘도 거기서 모든 색깔을 빼내서 그것을 흐릿하고 파르스름한 납골당으로 만들었다.

마히트는 펠로아2처럼 뜨거운 행성에 한 번도 와 본 적이 없었다. 펠로아2처럼 뜨거운 행성을 생각해 본 적도 없었고, 이곳을 사람이 실제로 살 수 있는 장소라고는 더더욱 생각할 수 없었다. 이렇게 높은 기온은 인간이 견딜 수 있는 아슬아슬한 끄트머리였다. 르셀 스테이션이 이렇게 비정상적으로 열기가 강했다면, 기본적 생활 보조 시스템이 망가져서 스테이션인 절반은 긴급 대피를 준비하고 있을 것이다. 바퀴의 무게호 병사들은 모두가 대기권 강하 셔틀에 오르기 전에 그녀와 세 가닥 해초에게 여분의 물을 마시라고 경고했었다. 목이 마르지 않아도 마시라고. 지상에 여덟 시간 이상 머물게 되면, 알약형 소금을 먹어라. 직사광선을 피하려고 노력해라.

마히트는 그들이 시티 출신이거나 영원히 외국인일 정보부 요원과 야만인을 놀리려고 과장되게 행동한다고 생각했었다. 둘 다 물론 궂은 환경에 대처하는 방법은 모르는 타입이었다. 하지만 병사들은

놀린 게 아니었다. 펠로아2의 공기는 하도 건조해서 숨 한 번 만에 혀의 습기가 싹 빨려 나갔다. 햇빛이 무거우면서 동시에 무게가 없는 것 같았다. 피부에서 열기가, 햇빛이 누르는 듯한 감각이 느껴지며 또한 아주 뜨거운 공기 그 자체가 그녀의 호흡을 더 깊게 하고 심장을 더 느리게 했다. 마치 이 행성의 중력이 실제보다 두 배쯤 되는 것만 같았다. 그리고 동시에 술에 취한 느낌이었다. 아주 가볍다. 펠로아2의 밝은 사막을 끝없이 걷다가 하나 상처 없이 돌아올 수 있을 것처럼.

그때 바람이 변하고 오싹한 냄새가 마히트와 **세 가닥 해초**, 그들의 작은 함대 호위병들 쪽으로 실려 왔다. 죽은 콜로니 사람들이 공장 건물 안에서 썩어 가는 냄새였다. 여기서 만나기로 한 그 생명체(사람들, 이 접촉 기간 동안 마히트는 그들을 사람으로 생각할 것이다.)들이 남긴 것들.

마히트는 테익스칼란 제국이 장례식을 치러 준 행성에 가 본 적도 없었다. 그녀도, **세 가닥 해초**도, 검은 총구의 에너지 무기를 든 지상전 전문가로 이루어진 작은 호위대도 그럴 거라고 추측했다.

세 가닥 해초와 단둘이 이야기를 나눌 시간은 없었다. 그들이 외계 언어라고 믿는 것의 짧은 녹음들을 준비할 정도의 시간밖에는 없었다. 안녕, 우리 왔어와 야호!와 그들이 아마도 당장 물러나라고 생각하는 것을 한두 번 정도 반복하는 내용이었다. 그들이 가로챈 전송에 아마 그 정도로 여겨지는 내용이 들어 있었기 때문이었다. 외계인들이 칼끝호를 눈치챘지만 그들을 뒤쫓기 시작하기 전에 만들어진 거니까. 그들은 또한 시간을 내서 아주 크지만 그래도 이동 가능한 홀로프로젝터를 찾아냈고, 거기에 그래픽 그림을 입력할 수 있었다. 왜냐하면 약 여섯 개의 단어, 그것도 어쨌든 단어라고도, 성조라고도 할 수 없는 것만 갖고 할 수 있는 얘기에는 한계가 있기 때문이었다.

마히트와 **세 가닥 해초**가 그들 사이에 무슨 일이 있었는지에 관해서 어떻게 할지는 모르겠지만 그건 이 만남이 끝날 때까지 미뤄야 할 것이다.

"당신, 그림 솜씨가 꽤 훌륭하군요." **세 가닥 해초**의 목소리는 열기 속에서 한 줄기 연기처럼 흔들리고 멀게 들렸다. 연기가 소리를 왜곡시키는 걸까. 마히트가 그저 가벼운 환청을 겪고 있는 걸까. "그들이 그림으로 대화하길 바라면, 내 클라우드후크를 당신에게 줄게요. 당신이 그림을 그리게."

"좋아요." 마히트가 말하고서는 곧, 그들을 묶어 주는 것이 오로지 일뿐이라는 식으로 이 대화를 쓰라린 방향으로 향하게 하고 싶지 않고 또 넓게 뻗은 반짝이는 사막이 너무 아름다운 동시에 무시무시해서 물었다. "모든 사막이 이런 식인가요?"

세 가닥 해초는 고개를 흔들었다.

"이런 곳은 한 번도 가 본 적이 없어요. 내가 아는 사막들은…… 빨간색 바위, 고원, 잘린 산맥, 꽃으로 되어 있어요. 고향의 남쪽 대륙이요. 이건 모래 사막이에요. 이건……."

"사막으로 걸어가고 싶은 마음을 일으켜요."

마히트가 고백했다. 하나의 제안으로…… 당신을, 최소한 아주 작은 것부터라도 믿으려고 노력해 볼게요, 당신도 노력해 준다면.

"알아요."

세 가닥 해초는 정말로 아는 것처럼 말했다. 마치 사막의 열기가 그녀를 그 방향으로 끌어당기는 것처럼.

"그거 알아요, 마히트? 우린 가게 될 거예요. 약간요. 만남의 장소가 15분 떨어져 있거든요."

그들은 사구沙丘가 덜 이동하고 호위병들이 그늘을 제공하는 캐노피를 세울 만한 평평한 고원을 골랐다. 마히트는 병사들이 능숙한 속도로 풀고 이동시키는 물건들을 보고서 태양광 반사율이 높은 타프와 텐트폴을 예상했지만, 그녀와 **세 가닥 해초**와 배터리로 작동하는 시청각 장치들이 캐노피 아래로 들어가게 되자 그녀는 방수포 아랫면에 은색과 분홍색, 금색이 섞인 파란색, 연꽃과 수련으로 무늬가 있는 천이 가벼운 반사성 플라스틱 아래 꿰매진 것을 보았다. 여행하는 황궁처럼 여기에 펼쳐진 시티의 일부분.

〈테익스칼란은 상징주의를 무시하지 않아. 사막에서도 말이야.〉

이스칸드르가 중얼거렸다. 마히트는 그게 그리웠음을 깨달았다. 아니면 이스칸드르가 그렇게 느끼든 또는 그들 중 누가 느끼든 상관없었다. 아주 작은 행동 안에 암호화된 상징적 가치가 있는 건 익숙하고 마음 편한 것이었다. 설령 그렇지 않기를 바라도, 설령 그 편안함이란 테익스칼란이 그녀의 마음을, 그녀의 미적 감각을 재편했다는 또 다른 신호라 해도 말이다.

"시티에서부터 이걸 가져왔어요?"

마히트가 천을 손짓하며 묻자 **세 가닥 해초**가 대답했다.

"그랬으면 좋았을 텐데요. 이건 굉장히 훌륭하네요. 아뇨, **스무 마리 매미**에게서 받았어요."

마히트는 언제 그런 전달이 있었는지 의아했다. 그들이 떨어져서 잠도 못 자고 보낸 긴 밤 동안 어느 시점에(그녀는 테익스칼란인에게 둘러싸여 하루 이상을 보내면 매번 잠을 못 잘 운명인가?) **세 가닥 해초**는 아름다운 태피스트리에 암호화한 테익스칼란 선전을 집어넣은 걸까? '심지어 사막에서도, 여기 물이 있어. 우리는 꽃을 가져오는 사람들이야.'라고.

〈넌 시인이 되었어야 했어. 시인은 정치적 요원보다 잠을 더 많이 자지.〉

테익스칼란에서는 그렇지 않아. 마히트는 생각했다. 그리고 그 답으로서, 척골신경 위아래로 전자적 웃음이 치솟는 것을 느꼈다.

"멋지군요. 그의 아이디어든 당신 아이디어든, 이건 효과가 있을 거라고 생각해요. 최소한 그들이 식물이 있는 행성계에서 왔다면……."

마히트가 말끝을 흐렸다. 고원 반대편에서 뭔가가 솟아올랐다.

그들은 사냥하는 것 같은 걸음으로 움직였다. 바닥이 모래로 단단히 밟기 어려움에도 불구하고 거리를 좁히는 그런 발걸음으로. 걸을 때마다 어깨가 앞으로 흔들렸다. 강력하고 근육질의 어깨였다. 그들은 둘이었다. 호위를 데려오지는 않았다. 마히트의 첫인상은 그들의 손에 달린 검은색 케라틴 손톱, 주둥이 달린 머리에서 끝나는 끔찍하게 길고 유연한 목, 살짝 털이 난 둥근 귀였다. 피부에는 얼룩덜룩한 점이 있었고, 인간의 머리보다 60센티미터는 더 컸다. **세 가닥 해초**처럼 작은 테익스칼란인보다는 90센티미터가 넘게 클 것이다. 옅은 회색 사막용 전술복 차림이었고 눈에 띄는 무기는 없었다. 마히트가 본 어떤 존재와도 달라 보였다. 그들은 사람처럼 보였다. 그 발톱이 필요한 무기의 전부인 것처럼 보였다.

마히트가 떠올렸던 모든 첫 번째 말이 열기가 그녀의 침뿐만 아니라 언어 능력도 빼앗아 간 것처럼 입안에서 말라붙었다.

옆에서 세 가닥 해초는 황제 앞에서 시를 낭송할 준비를 하는 것처럼 어깨를 똑바로 펴고 턱을 제 위치에 두었다. 마히트는 그녀의 이런 자세를 알았다. 성과에 집중하는 모습. 언제 이렇게 잘 알아보는 법을 안 건지, 어떻게 세 가닥 해초에 대한 이런 점은 알면서 다른 것들은 모르는 걸까 의문이었다. 모르는 것투성이였다.

"안녕 소리를 재생해요, 마히트. 언제인지는 당신이 알 거예요."

그때, 자기보다 위로 어깨가 솟고 이가 많은 머리를 가진 외계 종족이 아니라 다른 정보부에서 나온 직원을 만나는 것처럼 세 가닥 해초가 캐노피 지붕 가장자리로 걸어갔다. 외계인에게서 1.5미터 정도밖에 떨어지지 않은 곳이었다. 거기서 손끝을 서로 대고서 몸을 숙여 인사했다. 마히트는 오디오 프로젝터 컨트롤 데이터패드를 집었다. 이게 잘 통하기를, 이 뜨거운 열기 때문에 타 버렸거나 끈끈한 모래가 가득 들어가지 않았기를 바라며. 손끝이 패드 표면을 스쳐 적절한 끔찍한 소음을 틀었다. 세게 누르지는 않았다. 마치 에너지 무기의 방아쇠를 쥐고 있는 것 같았다. 필요한 거라고는 그저 살짝만 움직이는 것뿐……

"나는 테익스칼란 제국의 특사 세 가닥 해초입니다." 세 가닥 해초가 외계인들에게 말했다. 한 손을 우선 자신의 가슴에 누르고(저는) 그다음 뒤에 있는 캐노피와 펼쳐진 꽃무늬들을 다 아우르는 식으로 손을 크게 움직였다. 그리고 이건 내 거예요, 이게 내가 대변하는 겁니다. "나는 그 통치로 모든 어둠을 깨뜨리실 칼날의 빛, 열아홉 개의 자귀 황제 폐하를 대신해서 협상을 할 겁니다."

세 가닥 해초가 한 어떤 말도 외계인에게는 이해가 되지 않을 것이다. 그래서 지금 마히트가 있는 거였다. 마히트는 데이터패드에 손가락을 대고 안녕이라는 그 끔찍한 잡음과 비명 같은 소리를 틀었다.

외계인들의 몸이 완전히 굳었다. 한 명이 **세 가닥 해초**를 보고, 그다음에 턱으로 프로젝터 장치들을 가리켰다. 다른 한 명도 그쪽을 보았다. 보디랭귀지에서 뭐라도 읽을 수 있다면 좋을 텐데. 그들은 앞으로도, 뒤로도 움직이지 않았다. 당황했을까, 호기심이 생겼을까, 화가 났을까? 테익스칼란인의 절제된 얼굴 표정을 이해하려 하는 것보다 더 힘들었다. 훨씬 더. 마히트는 그들이 대화하고 있다는 걸 알았으나 어떤 식인지는 알 수 없었다. 소리를 내는 건 아니었다. 어쩌면 냄새나 귀의 위치, 또는 그녀가 상상할 수 없는 다른 것을 통해 소통하는지도 모른다. 그녀는 잘 봐줘야 언어학자이고(허세를 부리는 외교관 겸 시인에 더 가까울 것이다. 그녀는 외계 언어 전공을 한 적이 없었다. 오로지 테익스칼란어만 갖고 놀았고 당시에 다른 게 필요할 거란 생각도 하지 않았었다.) 이 외계인들에게 해석할 단어가 없다면……

두 번째 외계인이 입을 열더니 어떤 증폭기나 오디오 처리라는 도움을 받지 않고 안녕이라는 소리를 냈다. 첫 번째 외계인, 오디오 장치를 가리켰던 쪽이 합류했다. 울려 퍼지는 똑같은 소음. **바퀴의 무게**호에서 마히트와 **세 가닥 해초**와 모든 호위병은 의료 구역에서 찾을 수 있었던 최상의 구토방지제를 잔뜩 먹었으나, 여전히 끔찍한 구역질이 느껴졌다. 그 진동. 그들의 잡음이 뼛속까지 울렸다. 이것은 모든 초저주파의 물리적 공포를 다 담은 진짜 초저주파였다. 하지만 좋아, 괜찮다. 그들은 안녕하냐는 말을 들었고, 날카로운 이가 달린 두 개의 구멍을 넓게 벌리고 안녕하냐고 되받았다. 그들의 혀는 피부처럼 점박이였다.

마히트는 **세 가닥 해초**를 보고서 이제 어쩌지?라고 묻는 것처럼 어깨를 으쓱였다.

세 가닥 해초가 마히트의 눈을 보았다. 자신의 눈으로 그녀를 사로잡았다. 거친 열정, 반쯤 히스테릭한 어지럼증. 마히트는 여기서 멀리 떨어진 동황궁의 대사관저에서, 누군가가 처음으로 세 가닥 해초의 눈앞에서 마히트를 죽이려고 했던 직후에 그녀가 보인 눈빛을 떠올렸다. 날 봐, 이제 시작할 거야라는 느낌.

세 가닥 해초가 숨을 들이켰다. 좁은 가슴과 배까지 부푸는 호흡이었다. 그저 낭송이 아니라 더욱 크게 말하기 위한 호흡. 그리고 숨을 내쉰 후 노래를 시작했다.

"각 세포 안에 화학적 불길이 피어난다." 낭랑한 알토, 잃은 사람들을 집으로 부르는 목소리, 멀리까지 들리는 잘 울리는 목소리가 노래했다. "대지에 바쳐져 수천 송이 꽃으로 피어나리라. 우리가 살아 쉬었던 숨의 숫자만큼. 그리고 우리는 우리의 이름을 기억하리라. 우리의 이름과 우리 조상의 이름을. 그리고 그 이름에 여기 모인 사람들은 우리의 손바닥에서도 피를 피워 내리라……."

그것은 테익스칼란 장송곡이었다. 마히트가 수백 가지 다른 방식으로 읊거나 노래하는 것을 들어 본 곡이었다. 스테이션의 교실에서 교과서로 처음 읽어 보며 화학적 불길과 피로 만들어진 꽃이라는 개념에 감탄했었다. 하지만 이런 식으로 들어 본 적은 없었다. 세 가닥 해초는 이걸 전쟁 구호처럼 들리게 불렀다. 약속. 너희가 우리의 피를 흘렸고, 우리는 일어서리라.

또한 이건 빌어먹게 영리했다. 외계인 방식의 공명 진동이 아니라 아주 인간다운 버전이었다.

이스칸드르가 중얼거렸다.

〈그들에게 우리가 말을 할 수 있고, 언어를 가졌다는 걸 보여 준단 말이지. 세 가닥 해초는 영리한 것 이상이네. 저건 아주 대단해. 그녀에게 널 그렇게 화나게 할 정도의 가치가 있는 이유를 알겠어.〉

세 가닥 해초는 한 손을 움직여 마히트에게 앞으로 나오라고 손짓했다. 마히트는 끌리듯이 앞으로 갔다. 열기에 아직도 머리가 어지러웠다. 외계인들이 이걸 느끼는지, 신경을 쓰는지, 그리고 그들의 고향 행성은 어떤 기후일지 궁금해졌다. 여전히 딱 올바르게 느껴지는 위치를 잡았다. 세 가닥 해초가 그녀의 왼쪽에 있는 자리였다. 풀 수 없는 정치적 문제 앞에 서 있는 그들 두 사람.(두 사람과 메아리 같은 열두 송이 진달래의 유령, 전혀 존재하지 않는 이마고. 그 생각이, 입술을 뚫는 낚시 바늘처럼 갑작스러운 고통을 주었다.)

"이 노래 알아요?" 세 가닥 해초가 속삭였다. 마히트는 고개를 끄덕였다. 그녀도 그 노래를 잘 알았다. "좋아요. 우리가 공명음파를 만들면 저들을 아프게 만들 수 있는지 한번 보자고요."

마히트는 몇 년이나 다른 사람과 노래를 부르지 않았다. 시는 달랐다. 암송할 수 있고, 열렬히 읊을 수 있었다. 하지만 노래는 마히트가 습관적으로, 혹은 취미로 하는 일이 아니었다. 거기에는 예상하지 못했던 기묘한 친밀감이 있었다. 그들은 함께 숨을 쉬어야 했다. 함께 음 높이를 맞춰야 했다. 그러는 내내 외계인들은 그들을 텅 비고 평가하는 것 같은 시선으로 바라보았다. 무기 같은 손톱은 평화롭게 옆에 드리운 채로. 그들은 토하지 않았다. 마히트는 기뻤다. 유독할지도 모르는 외계인의 일부가 자신의 피부에 묻는 건 바라지 않았다. 그녀는 그들과 아주 가까이 서 있었다. 그들에게서는 마치 동물, 그리고 뭔가 다른 것, 전에 맡아 본 적 없는 말린 허브 같은 냄새가 났다.

장송곡은 그리 긴 노래가 아니었다. 마히트는 노래가 끝나고도 여전히 숨을 헐떡였다. 이제 열기는 폐 속에 있었고, 목은 따갑게 느껴졌다. 침을 삼켰지만, 입을 적실 만한 침이 없었다.

왼쪽의 외계인이 마히트가 한 번도 들어 본 적 없는 낮고 달래는 듯한 소리를 냈다. 신시사이저처럼 금속성에 기계로 만든 액체 같은 소리였지만 분명히, 분명히 유기적이었다. 심장이 제멋대로 뛰는 것처럼 마히트의 흉골 바로 뒤가 욱신거렸다. 오른쪽 외계인이 두 걸음을 훌쩍 다가왔다. 이제 마히트는 강렬한 공포로 인한 친숙한 아드레날린 분비로 심장이 정말 빠르게 뛴다는 것을 알 수 있었다. 금방 기절하거나 비명을 지를 것 같았다. 세 가닥 해초의 어깨가 마히트의 어깨에 스쳤다. 그들 둘 다 떨고 있었다.

〈그만해. 쉿. 네가 죽는다면 이것들이 내장을 뽑아내서지, 다른 이유로 죽진 않을 거야.〉

이스칸드르는 대단히 위안이 되어 주었다. 그녀의 것인 머릿속의 확실하게 안전한 장소에 있으면서. 안에 갑자기 솟구치는 떨리는 온기도 마찬가지였다. 이마고가 또 내분비계에 장난을 치고 있었지만, 오, 지금은 외부에서 유발된 게 아닌 어떤 감정이든 고마웠다.

외계인이 세 가닥 해초가 했듯이 손톱 하나를 자신의 가슴에 댔다. 그리고 뒤쪽을 가리켰다. 외계인이 가리키는 뒤쪽에는 캐노피도, 호위병도, 아무것도 없는데도. 그런 다음 소리를 냈다. 거의 합당한 소리였다. 거의 단어 같다고 마히트는 생각했다. 토하는 것 같고, 자음이 강하고, 높게 올라가는 음절이었으나 마히트가 흉내 낼 수 있을 것 같은 소리였다. 비록 그러기 위해서는 노래를 해야겠지만.

음 높이 잡는 수업을 받았어야 했어. 마히트는 생각했다. 그리고 테익스칼란어 수업에 처음 들어갔을 때 그랬던 것처럼, 그녀가 들은 낯선 소리를 입으로 흉내 내기 위해 노력했다.

✧ ✧ ✧

아홉 송이 부용은 기다리는 걸 잘해 본 적이 없었다. 그래서 함대 복무 초반에 샤드 조종사였던 거였다. 샤드 조종사들은 반짝이는 칼날같이 날카로운 유리처럼 전함에서 망설이지 않고 튀어나오고, 일이 벌어지기 직전까지 대체로 자신들이 어디로 배치될지 알지 못했다. 지연도 없고, 가만히 있거나 적절한 공격 순간이 올 때까지 정지 시간을 계산하며 머무르는 노력도 필요 없었다. 그 기술은 그녀가 배워야만 했다. 그녀는 함장이, 그다음엔 함대 사령관이, 이제는 야오틀렉이 될 정도로 그것을 배웠다. 하지만 그렇다고 그걸 좋아한다는 건 아니었다.

저 아래 펠로아2에서 부하 네 명이, 거기에 정보부 요원과 야만인 외교관도 있지만 무엇보다도 그녀의 부하 네 명이 외계인에게 갈가리 찢기거나(최악의 경우) 협상이 진행되기를 기다리는 동안 심장이 멎을 정도의 기온에 노출되어 있을 것이다(최상의 경우). 그리고 그녀는 기다리는 것밖에 할 수가 없었다. 약간 왼쪽에, 마흔 개의 산화물의 부하들이 계속해서 사격당하고, 죽고 또 죽고, 장례식에 또 장례식을 치르는 그곳에서 정찰선들이 외계인의 근거지를 찾아내길 기다려야 하는 것처럼. 아니 잠깐, 막 졸업한 사관 후보생이 첫 번째 배치에 대한 편지를 기다리는 것처럼. 세 개의 고리 우주선 두 척 중 큰 쪽이 함교의 시야 아주 가장자리에 위협적으로 빙빙 도는 걸 보며 기다렸다. 작은 쪽은 그녀의 셔틀과 마찬가지로 펠로아계로 갔다. 그들은 이게 상대를 잡아먹거나 망가뜨리려는 욕구만 가진 듯한 종족과 소통을 시도하는 게 아니라 인간 집단 둘 사이의 협상인 것처럼 동등하게 하려고 했다…… 하지만 그래도 저 종족에게는 그 어떤 테익스칼란 전함보다도 더 낫거나 비슷한 기술적 역량이 있었다.

아홉 송이 부용은 이런 상황에서 기다리는 걸 혐오했다. 그래서 사관 후보생 시절부터 항상 하던 것을 했다. 문자 그대로도, 비유적으로도 함교에 급한 불은 없으며 앞으로 두 시간 정도 그 상태가 유지되리라는 걸 확인한 후 함께 기다리기 위해서 스웜의 개인 공간에 침입했다.

바퀴의 무게호에서 그의 개인 공간은, 아홉 송이 부용의 방과 정확히 반대쪽에 부관용 선실로 마련된 두 개의 방이었다. 요는 어떤 적의 무기가 선실에 있던 함장을 없앨 경우에 부관이 살아남아 일을 대신하도록 하기 위한 것이었다. 아홉 송이 부용은 우주의 어느 장소에 가는 법을 아는 것과 마찬가지로 거기에 가는 길을 알았다. 게다가 그녀에게는 문 암호도 있었다. 스무 마리 매미가 다시 바꾸지 않았다면 말이지만……

암호는 바뀌지 않았다. 방문은 스무 마리 매미와 아홉 송이 부용이 정확히 같은 사람인 것처럼 그녀를 위해 열렸다. 아홉 송이 부용의 콧속 가득 초록의 향기가 들어왔다. 그 특정한 향기. 꽃과 분리된 식물들의 풍요로움, 덩굴식물과 다육식물과 기타 스무 마리 매미가 물 없이 곁에서 키울 수 있다고 설득한 여러 가지들. 정원을 위해 그는 자신에게 할당된 물을 사용했다. 그것도 그들 둘 다 후보생이던 때부터. 낭비 없이, 과잉도 없이. 그녀의 스윔에게는 그런 게 없었다.

스무 마리 매미의 종교에서 그렇게 말했을 것이며, 항상교가 요구하지 않아도 그리 했을 거라고 그녀는 추측했다. 그게 **스무 마리 매미**의 어려운 점이었다. 어디서부터 완전히 소수파인 종교의 의식에 대한 헌신이 멈추고 개인이 시작되는 건지 파악하는 것. 두 개념 사이에 공간이 있기는 한 것일까.

그는 바닥 한가운데에 책상다리를 하고 앉아 있었다. 홀로그래프 분석 화면이 머리 주위로 호선을 그리고 있었다. 그것은 적당히 투명해서 각각의 이미지를 통해 벽을 타고 올라가는 모든 식물을 그대로 보여 주었다. 대부분의 이미지는 거꾸로 봐도 **아홉 송이 부용**이 즉각 알아챌 수 있는 함선 시스템의 모습이었다. **바퀴의 무게**호 전체의 에너지 소비와 생명 보조 시스템 자료가 그의 이마 위 30센티미터쯤 되는 평소의 위치에 고정되어 있고, 그가 보고 싶은 다른 모든 것이 그 주위로 움직이게 되어 있었다. 꼭대기 같은 정지점.

또한 무릎 위에 별이 없는 둥그런 우주처럼 웅크리고 있는 건 카우란에서 데려온 애완동물이었다. 녀석은 잠이 든 것 같았다. 그가 녀석을 쓰다듬었다.

"네가 그 녀석을 싫어하는 줄 알았는데. 생태계 혼란에 관해 늘어놓은 그 불평은 다 쇼였어?"

아홉 송이 부용이 건조하게 말했다.

스무 마리 매미는 고개를 들어 그녀를 보고는 무릎 위의 조그만 보이드를 쓰다듬지 않는 손으로 작업용 화면 대부분을 치웠다. 그가 미소를 지으며 말했다.

"싫어합니다. 하지만 이 녀석이 나를 좋아하는데 내가 어쩌겠어요? 우주로 내쫓아요? 존재하는 게 녀석들의 잘못은 아니잖아요."

아홉 송이 부용은 다가와서 무릎이 서로 닿게 그 옆에 앉았다. 스무 마리 매미의 정원 같은 방에는 항상 산소가 더 많은 것처럼 느껴졌다.(느껴지는 게 아니라 실제로 많았다. 식물의 호흡. 그녀는 전에 자료를 확인해 보았다. 아주 조금의 차이였지만, 어쨌든 사실이었다.) 카우란 애완동물이 고개를 들고 노란 눈을 떴다. 녀석이 조율이 형편없는 현악기 같은 소리를 내며 일어서서 스무 마리 매미의 무릎에서 조그만 원을 그리며 돌다가 다시 자리를 잡았다.

"네가 그걸 우주로 쫓아낼 거라고는 생각 안 해, 스윔. 하지만 이건 안아 주는 거잖아."

"그러지 않으면 울어 대거든요."

스무 마리 매미가 완벽하게 태연히 말했고, 아홉 송이 부용은 웃음을 터뜨렸다. 잠깐 동안 아주 젊어진 기분이었다. 10년쯤 되돌아간 것 같다. 그녀가 쓸모 있었고, 그 역시 그랬던 어느 배로. 그녀가 자신의 함대를 위해서 잠을 안 잔다는 생각조차 해 보지 않았던 때로.

"아, 좋아, 아무래도 네가 계속 기를 수밖에 없겠는데."

그녀가 말을 하고 직접 털을 쓰다듬었다. 굉장히 부드러웠다.

"펠로아2에서는 아직 아무 소식 없습니까?"

스무 마리 매미가 동물에 대한 갑작스러운 애정을 설명하던 것처럼 덤덤하게 물었다.

"뭔가 있었으면 내가 여기 오지 않았겠지, 안 그래?"

"압니다." 그는 그렇게 말하고 한 손으로 떨어지는 동작을 해서 은근한 암시를 떨쳐 버렸다. "더 정확한 질문은요, 야오틀렉, 몇 시간 있다가 내려가서 그들의 시체랑, 망가졌을 게 분명한 내가 제일 좋아하는 벽 장식을 가져올 거냐는 거죠."

아홉 송이 부용은 눈을 깜박였다.

"특사와 스테이션인이 왜 네 벽 장식을 가져간 거야? 제일 좋아하는 장식인 건 둘째 치고."

문제의 물건은 최상급 시티 스타일의 분홍색과 청금색 연꽃 태피스트리였다. 그것은 대체로 스무 마리 매미의 침실에 걸려 있었고, 그 말은 아홉 송이 부용이 그가 사서 보여 준 이래 다시는 보지 못했다는 뜻이었다. 방에는 다른 것, 좀 덜 좋아하는 것들이 여기저기에 걸려 있었다. 사방에 식물은 전혀 없었다. 거의 먹지 않고 그의 일과 직위에서 가장 엄격하게 올바른 액세서리들(군복, 머리와 문신은 없는 증류된 테익스칼란 함대 장교의 정수)을 빼면 다 처분하는 사람치고 스무 마리 매미는 온갖 색깔과 미적 사치로 주위를 장식해 놓았다. 그는 전에 이렇게 설명했다. 그게 항상교 신자들이 할 수 있는 균형 중 하나라고. 과잉과 금욕을 동시에 하는 것.

"특사는 넓은 사막에서 눈에 띄는 화려한 걸 원한 것 같습니다. 내장을 적출당하지 않고 적이 상징을 알아챌 여유가 있다면 말이죠."

"……적이 상징을 알아챌 능력이 있는 경우에 말이지."

아홉 송이 부용이 중얼거렸다.

스무 마리 매미는 어깨를 으쓱였다.

"능력쯤은 있을 거라고 생각해요. 하지만 우리 것에 관심이 있을지는 의문이군요."

"그럼 왜 특사에게 네 꽃 태피스트리를 줬지? 세 시간 후에 내려가서 특사 조각과 태피스트리 조각을 주워 올 거라고 예상했다면."

"세 시간이라. 제가 기다릴 시간보다 더 길군요, 야오틀렉. 하지만 결정을 내리는 건 야오틀렉이시죠."

그 표정과 표현한 말투에는 **아홉 송이 부용**을 움찔하게 하는 것이 있었다. 그래, 결정을 내리는 건 **아홉 송이 부용**이고, 그녀는 부관이 동의하지 않는 걸 별로 좋아하지 않았다. 특히 어차피 그가 그녀를 따를 때라면. 그가 자신의 신뢰라는 대단히 무거운 걸 그녀에게 얹어 놓을 때면.

"네가 제일 좋아하는 태피스트리 말고 우리 배에는 특사에게 줄 만한 다른 사치품들도 있잖아, 스웜. 특사가 외계인이 꽃이 뭔지 알 수 있게 상징적인 가치로 이용할 만한 걸 내준다면 말이야."

그는 카우란 애완동물의 귀 뒤를 긁었다. 녀석은 아주 조그만 우주선 엔진처럼 가르랑거렸다.

"그럴 수도 있었죠. 하지만 당신의 임무를 수행하러 누군가를 보내면서, 왜 내가 줄 수 있는 가장 날카로운 칼과 우리 문화의 가장 아름다운 본보기를 아껴 놓겠어요? 우리가 이들, 이것들과 이야기를 하려고 한다면 노력을 해야죠. 전적으로."

그게 바로 **아홉 송이 부용**을 움찔할 듯이 하게 하는 부분이었다. **스무 마리 매미**는 그들과 이야기하고 싶어 하지 않고 심지어는 노력하는 것도 싫어했다. 그녀가 방향을 정한 이후에는 어떤 희생이 필요하다 해도 그 방향으로 자원을 쏟아부었다. **아홉 송이 부용**은 사과하고 싶었지만 그래서는 안 되었다. 그건 신뢰와 그에 따른 권위를 훼손하는 일이다. 대신에 그녀는 고개를 끄덕였다.

"특사와 우리 부하들을 데리러 내려갔는데 빌린 태피스트리 조각과 내장밖에 없다면, 다음에 우리가 서쪽 호에서 휴가를 보낼 때 엄청난 서비스 보너스를 주지. 그러면 더 높은 수의 더 큰 걸 살 수 있을 거야."

"그런 상황이라면, 만약에 우리가 휴가를 갈 만큼 오래 살아남는다면 말이죠, 야오틀렉. 아주 감사드릴 겁니다."

"자네의 자신감은 정말 대단하다니까."

스무 마리 매미가 시선을 위쪽 천장으로 향했다. 천장은 조그만 하얀 꽃이 가득 핀 그물 같은 덩굴들이 온통 자리를 차지하고 있었다.

"놈들의 화력을 보셨잖아요. 그리고 우리 둘 다 우리 화력을 알죠. 이건 아주 끔찍하고 아주 긴 전쟁이 될 테고, 이런 전망을 하고 싶은 마음은 전혀 없지만 이 전쟁을 이끄는 야오틀렉과 부관 커플은 우리가 마지막이 아닐 겁니다."

"우린 아직 죽지 않았어. 수많은 사람이 최선을 다했음에도 불구하고 말이야."

"사람들, 그렇죠." 스무 마리 매미가 그녀의 말을 정정했다. "저 용해액을 뱉는 고리 우주선 안에 있는 게 사람이라면, 제 서비스 보너스가 얼마나 커야 할지 함대 사령관님과 협상을 할 겁니다. 하지만 놈들은 사람이 아니에요. 특사가 사람으로 바꿀 수 있을지도 모르지만, 그녀는 일개 정보부 요원이고 아주 젊어요. 그 스테이션인 동료도요. 누군지는 아시죠?"

"마히트 디즈마르. 하나의 번개가 선황의 치세 마지막에 정말이지 멍청한 짓거리를 벌였을 때 뉴스피드에 나왔던 여자. 물론 알지."

"좋습니다. 왜냐하면 열여섯 번의 월출 함대 사령관은 확실하게 그녀가 누군지 아니까요. 제가 제대로 봤다면, 전 거의 그렇습니다만, 함대 사령관은 마히트 디즈마르를, 혹은 그녀가 대변하는 걸 야오틀렉을 상대로 써먹을 방법을 찾을 겁니다."

아홉 송이 부용은 잇새로 흠 소리를 냈다.

"열여섯 번의 월출이 내 리더십에 적극적으로 반항할 거라고 생각하나?"

스무 마리 매미는 고개를 흔들고 클라우드후크에 눈을 깜박여 바퀴의 무게호의 2차원 도식화 지도의 홀로이미지를 불러냈다. 거기에는 전자적 은색으로 갑판을 아주 여러 번 지나다닌 자취가 있었다.

"함대 사령관은 우리를 계속 따라다니고 있어요. 그 행방을 추적했습니다. 저는 제24군단 함대 사령관이 야오틀렉에게 반항하는 거라고는 생각하지 않아요, 아홉 송이 부용님. 전 전쟁부의 누군가가 그렇다고 생각합니다. 그리고 그녀는 그들의 목적상 아주 유능한 요원이에요. 예를 들어 우리만큼 외계 종족에 대해 압니다. 특사와 디즈마르를 제외하면 누구 못지않게 잘 알죠. 그리고 뭔가 더 찾아내려고 하는 게 아니라면 반일 전에 포물선 압축호로 돌아갔을 겁니다."

"그래서 그 여자가 스파이라고?"

"눈을 바깥에 두게 훈련받아야 했는데 다른 사람에 의해 안쪽으로 돌리게 된 스파이인 거죠."

스무 마리 매미가 한 것치고도 꽤나 현명한 말이었다. 하지만 아홉 송이 부용은 그가 가리키려 하는 것을 이해할 수 있었다. 열여섯 번의 월출은 자신이 지금 사령관으로 있는 바로 그 포물선 압축호에서 기록된 함대 커리어의 처음 5년을 정치장교로 보냈다. 그리고 정치장교들은 세 번째 손바닥(전쟁부의 내부 첩보 부서) 차관들의 명령하에 놓였다.

"넌 그녀가 여전히 세 번째 손바닥이라고 생각하는군. 거기서 후보생 시절에만 복무한 게 아니고."

스무 마리 매미가 미소를 지었다. 그의 한쪽 입가가 비틀렸다.

"저는 여섯 개의 쭉 뻗은 손바닥의 세 번째 부서가 야오틀렉을 지금 계신 곳보다 더 통제된 궤도에서 낚아채고 싶어 한다고 생각합니다. 그리고 함대 사령관 열여섯 번의 월출은 무엇보다도 좋은 미끼죠."

"스웜, 그녀는 내 타입이 아니야."

그는 코웃음을 쳤다.

"아니죠, 좀 더 살집 있고 더 남성적인 타입을 좋아하신다는 거 잘 알아요. 그런 미끼 말고요. 밖에 있는 우리의 진짜 적으로부터 주의를 흩뜨려서 실수를 저지르게 하는 그런 미끼요. 그리고 우린 실수를 저지를 여력이 없습니다. 이 전쟁에서는 절대로. 펠로아2보다 훨씬 더 많은 행성 장송곡 부르는 법을 배우고 싶은 게 아니라면요."

"경고 기억해 두지. 그리고 그녀를 내 배에서 내보내, 알겠어?"

"노력은 해……."

스무 마리 매미가 말하려고 할 때 그의 클라우드후크와 아홉 송이 부용의 클라우드후크 모두가 날카로운 벨소리를 울렸다. 긴급 메시지다. 펠로아2에서 마침내 뭔가가 도착했다.

✧ ✧ ✧

당연히 그는 기다려야 했다. 황제는 항상 바쁘다. 이게 황제의 본질이고, 선대도 정확히 똑같았다. 여덟 가지 해독제는 선대를 행사나 밤늦은 시간에만 보았고, 그리고 한번은 기억에 남게도 새벽에 선대가 여덟 가지 해독제의 침실로 와서 그의 손을 잡고, 선대와 99퍼센트 클론이 아니라 아버지와 아들처럼 정원을 걸었다. 당시에 그는 아주 작았다. 선대-황제는 붉은 한련을 따서 머리에 엮어 준 다음에 그가 마음에 든다고 말하자 노란색과 오렌지색을 따서 꽂아 주었다. 그는 꽃이 다 시들고 몸을 씻어야 할 때까지 달고 있었다.

겨우 열한 살 입장에서도 아주 오래전 일이었다.

열아홉 개의 자귀가 그를 만날 여유가 생긴 것은 거의 자정이 다 되어서였고, 그 시간에 그녀는 자신의 방에서 그를 보겠다고 했다. 인포피시 스틱을 보내서 그렇게 전했다. 오로지 황제만 쓰는 말끔한 하얀색 스틱은 여덟 가지 해독제가 편지를 받는 어른인 것처럼 그의 방 편지함에서 기다리고 있었다. 그는 봉인을 뜯었고 거기서 쏟아진 홀로 문자는 단순하고 유혹적이었다. 아직 깨어 있으면 들르렴. 그리고 인포피시 봉인에 있던 것과 똑같은 서명 문자가 있었다. 직위는 없었다.

뭐, 그들은 일종의 가족이었다. 그리고 그녀가 묻지도 않고 그의 침실 안에 나타난 적도 있으니까 메시지에 그냥 열아홉 개의 자귀라고만 서명한 것도 이상하지는 않았다.(이상하긴 했다. 그것은 아이 상태가 완전히 끝나고 다른 것이 되기 시작할 무렵에 여덟 가지 해독제가 의아하게 생각하던 사소한 것들 중 하나였다.) 그는 연 인포피시 스틱을 나중에 원할 때 다시 보려고 책상 서랍에 넣었다. 그 메시지가 얼마나 간단하고 명료하고 상냥한지 나중에 생각하고 싶을 때.

황제의 거처는 그의 선대가 살던 곳이고 그 앞의 황제도, 수많은 다른 황제들도 살았던 곳이지만, 그렇다고 여섯 달 전과 똑같은 모습이라는 뜻은 아니었다. 선대-황제는 작고 아름다운 물건들 여럿을 비롯해 파랑과 청록과 빨강 같은 밝은 색깔을 좋아했고, 앞쪽 거실 바닥에는 짜서 만든 푹신한 러그가 깔려 있었다. 손으로 연꽃무늬를 짜 넣은 러그는 서쪽 호 일가의 선물이었다. **열아홉 개의 자귀**는 달랐다. **열아홉 개의 자귀**는 책을 좋아했다. 인포피시뿐만 아니라 엮어 만든 책. 빛이 통과하는 게 보이는 바위 조각들. 그녀는 벽에 그것들을 위한 케이스를 만들어 놓았다. 연꽃무늬 러그는 바닥 대신 한쪽 벽에 걸려 있어서 맨바닥의 타일식 판석이 보였다. 대리석과 가상의 도시처럼 보이는 무늬. 바닥은 지상궁이 있었던 만큼 오래 여기에 있었다.

그 자애로운 존재로 칼날이 빛나듯 방을 구석구석 비추는 자, **열아홉 개의 자귀** 황제 폐하는 소파에 앉아 책 한 권을 읽고 있었다. **여덟 가지 해독제**가 들어오자 그녀는 고개를 들고 대각선에 있는 자신의 것과 똑같은 소파 팔걸이를 두드렸다.

"와서 앉으렴. 이렇게 늦게까지 기다리게 해서 미안하지만, 긴급 상황이라는 방해가 비교적 없이 우리가 이야기할 수 있는 유일한 시간이 지금이라서 말이야."

여덟 가지 해독제는 앉았다. 소파는 겉이 새하얀 벨벳으로 되었고 등받이는 터프트 천으로, 오목한 곳에는 회색과 금색 원판 장식이 박혀 있었다. 그는 항상 여기에 뭔가 쏟을까 봐 걱정하곤 했다.

"괜찮습니다. 폐하. 황제는 잠을 자지 않는다는 거 아니까요. 할 수 있을 때 저도 연습을 해야 할까 봐요."

황제는 미소 짓지 않았다. **여덟 가지 해독제**는 그녀가 미소 짓기를 바랐다. 하지만 그러는 대신에 그녀는 두 개의 소파 사이에 있는 유리 테이블에 책을 내려놓고(열한 개의 선반이라는 사람이 쓴, 여덟 가지 해독제는 읽어 본 적 없는 책이었다.) 소년을 쳐다보았다. 눈은 여전히 가늘고 무덤덤했다. 항상 미간 사이에 있는 건 아닌 조그만 선이 지금은 있었다.

"나한테 뭘 말하고 싶은 거지?"

예상했던 질문이 아니었다. 그 말은 화제를 그가 골라야 한다는 뜻이었다.

정원에서 **열한 그루 월계수**를 만난 이야기부터 시작할 수도 있었다. 황제에게는 전쟁부와 정보부(최소한 전쟁부와 정보부의 일부)가 정말로 서로를 싫어한다는 얘기가 될 것이다. 하지만 아마 황제도 이미 알 테고, 또한 그것은 **열한 그루 월계수**의 위협을 그가 어떻게 느끼는지를 드러낸다는 뜻이었다. 그리고 그는 거기서 시작하고 싶지 않았다. 황제를 상대로는 싫었다. 불평을 하고 해결해 달라고 요청하는 것 같은 데다, **열아홉 개의 자귀**가 자신의 문제를 해결해 주는 것은 바라지 않았다.

그가 입을 열었고, 다음에 나온 건 이 말이었다.

"마히트 디즈마르 대사가 야오틀렉 **아홉 송이 부용**의 기함에 있어요."

열아홉 개의 자귀는 이에 대고 혀를 찼다.

"……그걸 어떻게 알았지?"

"정보부의 특무대사가 거기로 데려갔어요."

정확히는 답이 아니었다. 알고 보니 자신이 알아낸 비밀을 얘기하는 때가 되면, 스파이 노릇을 하는 건 굉장히 어려웠다. 하지만 최소한 정보부 요원이 디즈마르를 데려갔다는 사실은 그가 공유해야 하는 추가 정보의 일종일 것 같았다.

"물론 그랬겠지." 열아홉 개의 자귀가 말했다. 여덟 가지 해독제는 그녀의 표정을 전혀 해석할 수가 없었다. 그게 뭐든 간에 놀란 표정은 아니었다. "특사에 대해서 또 뭘 알게 됐지?"

전쟁부 전략 회의에서는 아무도 특사를 좋아하지 않았으나 누구의 혐오가 진짜이고 누구의 혐오가 부서 간 경쟁 때문인 건지는 알 수 없었다. 특히 아홉 번의 추진의 전쟁부에서 살아남은 사람들 사이의 부서간 경쟁심은 아주 컸고(예컨대 열한 그루 월계수와 군비와 연구를 담당하는 다섯 번째 손바닥 차관) 세 개의 방위각과 함께 온 사람들, 아니면 최소한 같은 때에 온 사람들은 여전히 일을 배우면서 누구에게 충성해야 하는지 결정하려 하고 있었다. 그러니까 특사에 대해서는 진짜로 아무것도 몰랐다. 다만……

"함대 사령관 열여섯 번의 월출은 그녀를 믿지 않아요. 마히트 디즈마르 때문에 믿지 않는 것 같지만, 어쩌면 그냥 믿지 못하는 걸 수도 있어요."

"제24군단의 열여섯 번의 월출. 그거 아니, 작은 스파이? 예전에 그녀도 열한 그루 월계수의 학생이었다는 거."

여덟 가지 해독제는 고개를 흔들었다.(당연히 열한 그루 월계수에게는 그 이전에도 학생들이 있었을 것이다. 멀리 떨어져 있는 어른 함대 사령관에게 질투할 이유는 전혀 없었다. 하지만 질투했다. 몸이 움찔거릴 만큼 질투가 나서 조금 부끄러웠다. 황제는 이제 그를 그런 식으로 생각할까? 열한 그루 월계수의 학생으로? 그는 그녀가 자신을 그런 식으로 생각하기를 바라나? 설령 열한 그루 월계수가 그를 위협했다 해도, 선리트가 그를 보호할까 의심하게 했다 해도, 열아홉 개의 자귀가 전쟁부를 믿지 않는 건지 의아하다 해도?)

"그랬었지. 훌륭한 학생이었어. **세 번째 손바닥**은 명령을 내릴 그녀를 잃어서 슬퍼했을 거야. 음. 어떻게 네가 언급한 그 싫어하는 걸 알아냈는지 말해 주렴. 그다음에 널 침대로 보내야겠구나. 곧 달이 질 시간이야. 함대에 네가 직접 메시지를 보내서 답을 받았니?"

"전 그렇게까지 진취적이진 않아요."

여덟 가지 해독제는 그 말에 조용히, 그를 인정하고 웃는 것처럼 **열아홉 개의 자귀**의 눈가에 주름이 생기는 게 기뻤다.

"아직은 아니지. 계속 얘기하렴."

여덟 가지 해독제는 떠올리려고 노력했다. 황제가 그를 전쟁부로 보냈고, 그녀는 이미 그가 거기서 뭘 하는지 알고 있고, 그는 아마도 **열여섯 번의 월출** 말고 다른 누군가, 특히 그 자신의 비밀을 밝히는 게 아니라는 사실을. 그래도 시작하기가 여전히 어려웠다. 너무 어려워서 **열아홉 개의 자귀**가 손끝으로 소파 팔걸이를 한 번 톡 쳐서 조급한 소리를 내자 **여덟 가지 해독제**는 모든 것에 대해 사과하고 싶어졌다. 그랬다가 그에게 그런 일을 압박할 수 있는 황제에게 화가 났다. 그는 어린애의 감정과 어린애의 내분비계와 교감신경을 갖고 있었다. 선생님과 공부한 내용에 따르면, 아이들은 권위 있는 인물 앞에서 아주 예측 가능한 방식으로 행동한다. 그건 불공평했다. 정말이지 불공평했다.

마침내 그가 말했다.

"그녀가 긴급 메시지를 보냈어요. 빠르고 점프게이트의 편지 절차를 무시하는 그런 거요. 아무래도 함대 운반선을 통해 온 것 같아요. 함대에서 **세 개의 방위각** 장관에게까지요. 그리고 장관이 '손바닥' 전체랑 직원들이랑 내 앞에서 그 메시지를 틀었는데, 함대 사령관이 아, 음, 두 달 전에 일어난 일을 지적했어요……" (그들은 거기에 대해서는 이야기하지 않았었다. 그는 말하고 싶지 않았다, 정말로. 내 선대가 테익스칼란을 위해 뉴스피드 생방송에서 당신을 황제로 만들고 죽었죠라고 말하는 대신에 일어난 일이라고 부르는 게 더 쉬웠다.) "마히트 디즈마르가 거기에 관련이 있고 이제 전선까지 와 있으며, 이건 전혀 좋은 일이 아니고 정보부가 관련되어 있다고요."

"오, 작은 스파이, 넌 내가 해 달라고 요청한 일에 아주 뛰어나구나, 안 그러니?"

그게 칭찬인지 잘 알 수가 없었다.

"그 사람이 옳다고 생각하세요? 함대 사령관요. 전 대사를 딱 한 번밖에 만난 적이 없어서 잘 모르겠어요."

열아홉 개의 자귀는 망설였다. 인상적으로 보이려고 일부러 머뭇거리는 게 아닌 건 처음 본다고 여덟 가지 해독제는 생각했다.

마침내 그녀가 말했다.

"완벽하게 정직하게 말하자면, 나도 결정하지 못했어. 그리고 내가 생각하는 게 세 개의 방위각이 어떻게 생각하는지만큼 중요하지는 않을 것 같구나. 기회가 된다면 알아내 보렴."

얘기해야 했다. 지금. 아니면 열한 그루 월계수가 정원에서 뭐라고 했는지 그녀에게 말하고 싶지 않다면, 물어봐야 했다. 최소한 물어라도 봐야 했다.(묻는 건 비밀을 이야기하지 않기 위한 방법이다. 알아두면 좋은 유용한 방법이었다.)

"세 개의 방위각 장관이 폐하께 반대할 거라고 생각하세요?"

아주 신중하게, 질문을 올바르게 하려고 노력하며 물었다.

황제는 천천히 눈을 깜박일 정도의 시간 동안 그를 쳐다보았다.

그는 침을 삼켰다. 입이 말랐다.

"마히트 디즈마르에 대한 문제 말이니, 전반적으로 말이니?"

그녀는 그의 질문이 중요한 것처럼 다루었다. 그는 긴장하지도, 고맙게 느끼지도 않으려고 노력했으나 어쨌든 두 감정을 모두 느꼈다. 숨을 들이켜고, 그 와중에 **열한 그루 월계수**가 암시했던 것에 관해 말을 하겠다고 결심했다. 협박을 했다는 부분은 아니다. 그냥 **열한 그루 월계수**가…… **세 개의 방위각** 장관을 위협했다는 것만. 물론 장관은 스스로를 지킬 수 있겠지만 말이다.

"전반적으로요. 왜냐하면 이 회의에서, 녹음을 듣고 있는데 **열한 그루 월계수**가 예전 전쟁부 장관에 관해서 계속 말했어요. **아홉 번의 추진**이요. 그리고 그 사람이 어떻게 은퇴했는지. 그리고 폐하께서 새로운 장관을 신뢰하지 않으실 수도 있다고도요."

"그런 말을 했단 말이지."

여덟 가지 해독제의 뱃속에서 꿈틀거리는 불편한 감정은 죄책감이었다. **열한 그루 월계수**는 그의 선생인데, 그는 지금 이런 행동을 하고 있다. 하지만 그는 고개를 끄덕였다. 거짓말을 할 순 없었다. 어쨌든 진실을 말한 직후에는.

"전쟁부의 기술자 정원에는 온갖 꽃이 피어 있단다, 작은 스파이야. 하지만 특히 유독한 꽃들이 있어. 무기란 그런 거야, **여덟 가지 해독제**. 독화. 그게 위험한지 아닌지는 누가 들고 있느냐에 달렸어."

"이해가 안 가요." 아까와 마찬가지로 죄책감에, 이제는 암시를 해석할 수가 없어서 부끄러운 기분까지 들었다. "독화가 누구를 향하는 건지 모르는 상태잖아요."

열아홉 개의 자귀가 웃자 기분이 더욱 나빠졌다.

"모두야. 하지만 정원에는 가끔 식물을 건강하게 유지하기 위해서 밖에서 온 것의 접목이 필요하지. 시간이 있으면 네 생물학 선생에게 물어보렴. 그사이에 **세 개의 방위각**이 마히트 디즈마르에 대해 어떻게 생각하는지 알아보고."

외부의 접목은 **세 개의 방위각**을 뜻하는 게 분명했다. 어쩌면 그 말은 **열아홉 개의 자귀**가 실은 그녀를 믿는다는 뜻일지도 모른다. 아니면 그녀가 전쟁부에 잘 맞을 거라고 생각하는 걸 수도 있다. 같은 의미는 아니지만……

그가 고개를 끄덕였다.

"노력하겠습니다."

그렇게 대답한 건 황제의 후계자를 제외하고 그가 무언가가 되기 전에 우선 황제의 스파이가 되었다고 추측했기 때문이다. 그리고 나머지는 나중에 알아볼 것이다. 그는 멍청하지 않았다. 그는 온갖 시를 읽었다. 독화와 관련된 시를 찾은 다음에 말뜻을 알아낼 것이다.

✧✧✧

마히트의 목소리가 열기로 인해 거칠어지고, 노래하고 습기 없는 공기를 들이켜려고 노력하느라 목이 조여 완전히 쉬어 버렸을 무렵, 그녀와 **세 가닥 해초**와 그들이 (좀 더 크고 좀 더 조용한 동료인 1호와는 반대로) 2호라고 부르는 외계인은 대략 20개 단어의 상호 단어집을 만들었다. 대부분은 명사 혹은 명사 같은 것들이었다. 명사는 쉬웠다. 한 명이 물건을 가리키고 이름을 말하면, 외계인이 그것의 이름을 말했다. 그래서 그들은 에너지 권총(아니면 최소한 '무기'), 신발,

물, 모래, 그리고 2호가 묘사한 물건을 이해하는지, 어느 정도로 이해하는지에 따라서 꽃이나 그림이나 그림자 중 하나를 알게 되었다.

동사도 몇 개 알아냈지만 어떤 것도 말이 되지 않았다. 마시다를 알게 되었는데, 아니 마히트는 그게 마시다이길 바랐지만 섭취하다, 내재화하다, 아니면 심지어는 명령에 따라 행동을 취하다라는 뜻일 수도 있었다. 2호는 마히트나 세 가닥 해초가 방금 한 말을 반복하기를 바랄 때에는 그 단어의 높게 그르렁거리는 소리를 냈다. 어쩌면 마시다는 물과 개념 양쪽에 쓰이는지도 모른다. 받아들이다. 다른 동사들도 딱히 명확하진 않았다. 날다, 착륙하다, 우주선을 조종하다, 그리고 아마도 멈추다인 듯한 다른 것도 있었다. 그 소리는 꼭 동사일 필요는 없겠지만. 그냥 부정의 소리, 싫어와 무無와 그거 아니야일 수도 있었다. 혹은 협박일까. 계속하지 않으면 너를 해치겠다. 2호는 그들에게 손톱을 두 번 들어 올렸다. 한 번은 세 가닥 해초가 꽤 가까이 다가가서 손바닥을 펴고 내밀었을 때(마히트는 독이나 접촉성 독, 테익스칼란이 피부를 통해 흡수할 수 있는 온갖 것을 생각했었다.) 대답으로 그저 이를 드러내고 그 소음을 내며 손톱으로 목을 할퀴려고 하는 바람에 그녀는 유리처럼 창백해져서 뒤로 후다닥 물러났었다. 그리고 또 한 번은 호위병 한 명이 태피스트리 그늘 아래에서 나와 물을 더 갖다 주려고 했을 때였다. 1호와 2호 둘 다 그때 싫다는 소리를 내고 뒤이어 공명하는 비명을 질러서 병사가 구역질을 하며 귀중한 물을 모래에 흘리고 말았다.

마히트는 짙은 색 웅덩이가 펠로아2의 실리카 모래에 흡수되어 사라지는 것을 보며 낭비라는 개념을 전달할 수 있으면 좋을 텐데 하고 생각했다. 하지만 가까이조차 갈 수 없었다. 외계인들도 물이 사라지는 것을 보고 있었지만 그들은 마히트가 이해할 수 있는 방식으로, 감정적 혹은 언어적으로 이해 가능한 방식으로 반응하지 않았다. 그들의 행성 전체가 사막인가? 그들은 잃는 데에 익숙한가? 심지어는 잃는다는 개념이 있긴 한가?

다른 문제는 마히트나 **세 가닥 해초**가 말할 수 있는 한, 그들은 언어를 배우는 게 아니라는 점이다. 그들은 피진pidgin, 두 언어가 섞인 단순화된 형태의 보조적 언어을 익힐 뿐이었다. 그들이 서로 다른 배경에서 조합해서 쓰는 어떤 단어들도 형태, 높낮이, 크기의 변화가 없었다. 어떤 동사도 물체와 관련되지 않았다. 어떤 동사에도 시제나 미래나 과거의 언급, 완료나 미완 행동에 대한 것이 없었다. 죄다 독립적이고 주위의 모든 것과 전혀 관련되지 않았다. 더 좌절스러운 건 이름이라는 개념의 정립을 조금도 할 수가 없다는 거였다. 자신이라는 개념이 전혀 없었다. 대명사도, 이름 표지도, 아무것도 없었다. 나가 없었다.

마히트는 지치고 얄궂은 기분으로 생각했다. 테익스칼란에서 '당신'이라는 개념이 얼마나 넓죠? 시티에서 **세 가닥 해초**에게 정말로 아주 많이 했던 그 질문. 여기서는 그걸 물어볼 수가 없었다. 이 외계인들에게 당신이라는 개념이 있다 한들, 그건 완전히 불분명했다.

하지만 진짜 최악인 건 1호와 2호가 어떻게 소통하는지였다. 분명히 소통은 하는데, 어떤 소리도 전혀 내지 않았다. 공명 진동도 아니고 이 피진 음절도 아니었다. 소리가 없는데 완벽하게 합의가 된다. 두 사람이 어떤 언어를 배우고 있든, 그건 외계인들이 소리내서 말하는 언어가 아니었다.

그리고 그게 어떤 언어든 간에, 마히트는 더 이상 할 수가 없었다.

노래는 고사하고 테익스칼란어로 말을 할 수도 없었다. 다시 시도한다면, 설령 목으로 물을 꿀꺽꿀꺽 넘긴다 해도 아마 기절할 것이다.

〈버터.〉

습기라고는 전혀 없는데도 돌을 빨아먹으라고 입에 밀어넣은 것처럼 이스칸드르가 날카롭게 지시했다. 덕분에 마히트는 2호로부터 돌아설 만큼 정신을 차렸다. 등을 돌리지는 않았다. 절대, 절대 그래선 안 되지. 그 생각조차 본질적으로 공포스러웠다. 하지만 돌아서서 세 가닥 해초의 어깨를 건드리고 쉰 소리로 말했다.

"우리 돌아가야 해요. 너무 더워요. 생각도 할 수가 없고, 생각할 수 없으면 그들이 우리의 내장적출가능성을 떠올리지 못하게 할 정도로 빠르게 생각할 수도 없어요. 내장적출가능이란 단어가 없는 건 아는데……."

세 가닥 해초가 고개를 끄덕였다. 그녀는 얼굴이 붉은 동시에 회색이었고 땀을 흘려야 하는 만큼 흘리지 않고 있었다. 마히트는 일사병 초기 증상을 떠올려 보려 했으나 머리에 떠오르지 않는 것 자체가 증상임을 깨달았다.

"저들도 아주 좋아 보이지는 않아요."

그녀가 거의 들리지 않을 정도로 말했다. 그 목소리는 주파수가 어긋난 라디오 채널처럼 들렸다 안 들렸다 하고, 마히트만큼 거칠었다.

"이 행성은 모두에게 안 좋아요. 아마…… 아마 모래만 빼고요."

"일이 다 끝나진 않았어요. 우린 아직 아무것도 몰라요."

"만남이 한 번뿐이라면 협상이 아니에요."

세 가닥 해초가 말했다. 그건 분명히 마히트가 읽어 본 적 없는 어떤 테익스칼란 시의 인용일 것이다. 가운데 중간 휴지가 들어간 완벽한 열다섯 개의 음절이었기 때문이다. 정보부 안내서일지도 모르지. 그건 아마 정치적 운문으로 되어 있을 것이다.

"……네. 하지만 그들에게 그걸 설득해야 해요."

마히트의 말에 **세 가닥 해초**는 음울하게 동의조로 어깨를 펴고, 지쳐 보이는 2호 외계인을 향해 돌아섰다. 지쳤을 수도 있지만 정확히 말하긴 어려웠다. 2호의 하얀색과 회색 점박이 피부에는 혈류나 땀이 보이지 않았다. 읽을 만한 게 아무것도 없다. 하지만 마히트는 외계인의 머리가 그 커다란 목 곡선에서 좀 더 낮아졌다고 생각했고, 둥글고 살짝 털이 난 귀가 일종의 고통 때문에 머리 뒤쪽으로 누웠다고 확신했다.

수년의 낭독 경험 덕분에 **세 가닥 해초**는 목소리가 엉망이 되어도 크기와 높낮이를 유지하는 데에서 마히트보다 자연스럽게 우위에 설 수 있었다. 그녀는 날다/우주선을 조종하다/착륙하다를 노래하고 자신과 마히트, 호위대를 가리켰다가(손을 오목하게 하고 그들 모두를 모으는 것 같은 집단적 동작을 했다.) 그런 다음에 위를 가리켰다. 싫어/멈춰를 노래했다. 마히트는 그게 싫어/멈춰이고 당장에 물러나가 아니기만을 바랐다. 왜냐하면 안 그러면 그들은 우린 절대 떠나지 않을 거고 너희도 마찬가지야, 비슷한 말을 하는 걸지도 모르니까.

2호는 그녀를 아주 오래 꼼짝도 하지 않고 쳐다보았다. 마히트는 공격하기 전에 먹이를 신중하게 바라보는 어떤 동물들을 떠올렸다. 시티에 사는 도마뱀은 식물을 먹고 거대하며 눈을 기울인다. 2호가 **세 가닥 해초** 쪽으로 눈을 기울이는 것처럼. 그리고 도마뱀은 달려든다.(직접 본 적은 없고 홀로레코딩으로만 보았다. 그것들은 황궁 부지에 들어오지 못하게 하고 있고 마히트에게 탐험을 할 시간은 없었으니까. 사실 뭔가를 할 시간 자체가 없었다. '세계의 보석'의 수분 가득한 공기라는 생각조차 지금은 불가능하게 느껴졌다. 도마뱀이 식물만큼이나 큰 사이즈로 자랄 수 있는 곳은……)

〈몽롱해지고 있어, 마히트. 기절하지 마. 내가 아마 막을 수 없을 테지만, 확신하는데 그건 무례한 짓일 거야.〉

마히트는 혀를 일부러 세게 깨물었다. 도움이 되었다. 2호는 달려들어 세 가닥 해초를 잡아먹지 않았다. 2호는 물러났다. 1호도 마찬가지였다. 그들은 그 끔찍하고 완벽하게 조용한 소통 속에서 움직였다.

"빨리요. 홀로프로젝터, 우리가 떠났다가 다시 올 거라는 내용을 틀어요."

세 가닥 해초가 쉰 소리로 말했다.

마히트는 다시 컨트롤을 들었다. 손이 몸의 나머지 부분에서 아주 멀게 느껴졌다. 차라리 신경장애가 일어났으면. 신경장애가 의식 분열보다 나았다.

〈아니, 그렇지 않아. 망할 녹음을 틀어.〉

시각 자료를 틀었다. 두 개의 작은 외계인 그림자와 두 개의 작은 인간 그림자가 펠로아2의 이미지에서 물러나 각자의 우주선으로 돌아간다…… 그런 다음에 행성이 4분의 1바퀴 돌 때까지 기다렸다가(펠로아는 천천히 자전해서 그들이 돌아와도 여전히 낮일 것이다. 사람을 죽일 듯한 해는 여전히 여기 있겠지.) 그다음에 똑같은 외계인과 똑같은 인간이 다시 행성으로 내려온다.

그게 나올 동안 마히트는 승리-야호!의 공명이자 비명인 소리를 그 위로 틀었다. 이렇게 하면 우리 모두에게 이득일 것이다. 이걸 듣자니 갑자기 욕지기에 빠져 죽는 느낌이었다. 구토방지제의 효과가 떨어졌다. 아니면 그녀가 그냥 괜찮지 않은 걸지도. 아니면 둘 다이거나.

〈둘 다야. 하지만 봐.〉

그들이 2호라고 부른 외계인이 목구멍을 벌리고 같은 소리를 따라 했다. 세상 전체가 공명실이었다. 마히트는 토할 수 없었다. 외계인이 떠날 때까지는 안 된다.

그들은 갈 때 마히트와 **세 가닥 해초**에게서 등을 돌리지 않았다. 그들은 뒤로 성큼성큼 움직였다. 그쪽 방향으로 움직이는 게 앞쪽으로 움직일 때만큼이나 편안해 보였다. 마히트는 그들의 고관절이 궁금했다. 그들이 옆으로도 움직일 수 있는지, 미끄러질 수 있는지 궁금했고, 그런 이동을 빠르게 하는 걸 불안하게 상상했다. 그들의 우주선이 보이드의 안팎으로 깜박깜박 나타났다 사라지는 것, 거기 있다가 다음 순간 없어지고, 비밀이었다가 드러나는 걸 현기증 속에서 생각했다.

그리고 그들이 사구의 정점 너머로 사라졌다. 돌아올지 돌아오지 않을지, 마히트와 **세 가닥 해초**가 시제 없는 피진 단어 몇 개를 배운 걸 제외하면 뭔가를 이뤘는지 어떤지 전적으로 불분명했다.

마히트가 홀로와 오디오 재생을 끄기도 전에 **세 가닥 해초**가 먼저 토했다. 토하고 그다음에 무릎을 꿇고 헛구역질을 했다. 마히트는 컨트롤을 떨어뜨리고 완전히 본능에 따라 움직여 모래 위, 뜨거운 침묵 속에서 그 옆에 보호하듯이 웅크리고 앉았다. 그들 사이의 모든 논쟁과 돌이킬 수 없는 다툼은 완전히 중요치 않게 변했다. 육체적 경련이 끝날 때까지 마히트는 손을 **세 가닥 해초**의 등뼈 위에 부드럽고 차분하게 얹고 있었다.

"……훨씬 더 끔찍하게 흘러갈 수도 있었어요." 말을 할 수 있게 되자 세 가닥 해초는 그렇게 말했다. 그녀가 몸을 폈다. 손등으로 입가를 닦았다. 그리고 마히트의 손에서 떨어지려는 행동은 전혀 하지 않았다. "봐요, 마히트. 아무도 죽지 않았어요. 아주 조금도."

12장

세 개의 방위각 장관님, 장관님이 나카계에서 정확히 어떻게 화평을 이루었는지 리뷰를 할 기회가 있었고, 왜 장관님께서 옹졸한 시에 의지하는 타입의 사람들에게 불운하게도 '나카인의 정신 도살자'라고 불리는지 자세히 이해하기 시작했습니다. 장관님의 공적은 그 효능과 잔인함의 정확성 면에서 인상적입니다. 필요하다면 나중에 협의하기 위해서 저에게 영상 보존판이 있습니다.

— 열한 그루 월계수 차관이 전쟁부 장관 세 개의 방위각에게 보낸 개인 통신, 35.1.1-19A

친애하는 그대, 그분과 함께 여행을 했을 때, 당신도 젊었고 그분 옆에서 그 모든 위대한 일들을 했던 때에, 그분 가까이에 있으면서 어떻게 숨을 쉬었나요? 어떻게 스스로를 억제했나요? 홀딱 반한 야만인을 위해 한 마디 조언을 해 준다면 정말로 고맙겠어요. 내가 한 잔 사죠.

— 르셀 대사 이스칸드르 아가븐이 에주아주아카트 열아홉 개의 자귀에게 쓴 메모, 손글씨, 열아홉 개의 자귀 황제 폐하의 개인 파일에 저장, 날짜 미상

열아홉 개의 자귀 황제 폐하는 그에게 이렇게 말했었다. 기회가 되

면 세 개의 방위각이 마히트 디즈마르를 어떻게 생각하는지 알아보렴. 함대 사령관 열여섯 번의 월출이나 황제 본인이 그녀를 어떻게 생각하는지, 죽은 선대-황제가 르셀 대사로서 그녀나 전임자(여덟 가지 해독제는 주로 그가 얼마나 자주 황궁에 들렀는지, 얼마나 쉽게 보통의, 매일의 존재가 되었는지를 통해서 그를 기억했다.)를 어떻게 생각하는지가 아니라, 전쟁부 장관이 르셀 대사를 지금 현재 어떻게 생각하는지였다.

그러고 나서 전쟁부 장관이 생각하는 게 황제가 동의하지 말아야 하는 것인지에 관한 결정을 그에게 맡겼다. 다른 사람의 손에 들린 독화.

여덟 가지 해독제가 할 수 있는 것보다 훨씬 크고 어려운 일 같았다.(그가 틀릴지도 모른다. 틀렸다면 어떻게 될까? 그는 몰랐고, 모른다는 사실 그 자체가 두려웠다.)

하지만 그게 첫 번째 문제는 아니었다. 첫 번째이자 가장 큰 문제는 전쟁부 장관에게 어떻게 다가가야 하는지 전혀 모른다는 거였다. 테익스칼란인과 스테이션인의 관계, 그리고 테익스칼란 군대의 스테이션 우주 통과에 대한 법적 지위에 관한 공식 문서를 본다고 해서 장관이 어떻게 생각하는지를 알 수 있는 건 아니다. 그게 그가 제일 먼저 시도한 거긴 하지만. 또한 가상의 환경하의 다양한 상황에서 다양한 화물을 실은 다양한 우주선을 이용하는 화물 보급, 인원 보급, 전쟁 완전 무장 사이의 차이에 관한 법적 서류를 읽으려고 했더니 남는 게 없었다. 오로지 두통과, 황제가 되면 이런 서류를 읽는 걸 좋아하고 그를 대신해서 해 줄 법무부 장관을 골라야겠다는 확신만을 얻었다.

여덟 가지 해독제는 테익스칼란과 르셀 스테이션 사이의 관계가 정상화되어 있지만 걱정거리가 있다던 선생들의 말 그대로라고 거의 확신했다. 테익스칼란 함선들은 스테이션 우주를 통과할 수 있고, 테익스칼란이 스테이션에서 정제한 금속을 다량 사들이지만, 스테이션인들은 제국에 와서 살기 위해서 **여덟 가지 해독제**가 이전에 생각했던 것보다 훨씬 많은 이민 서류가 필요하고, 테익스칼란인들은 스테이션에서 절대로 살 수 없었다. 절대로.

그는 별 지도를 보았다. 전선으로 향하는 거의 모든 전함은 스테이션이 테익스칼란과 공유하는 점프게이트부터 공유하지 않는 점프게이트까지 스테이션 우주를 통과해서 움직였다. 반대편에서 전쟁이 일어나고 있는 점프게이트까지도.

그리고 이 모든 것이 그에게는 도움이 되지 않을 것이다. **세 개의 방위각**과 단둘이 만나는 방법을 알아내지 않는 한은. 단둘이, 그리고 그녀가 진짜 의견을 말해 줄 만큼 그를 믿어야 했다.

여덟 가지 해독제는 정말, 정말로 자신이 나이가 더 많기를 바랐다. 나이가 더 많았다면…… 아, 함대에 지원하거나 뭐 그럴 수 있었을 텐데. 장관의 사관 후보생 보좌가 된다든지. 하지만 그 자리에 자신보다 더 어울리고, 정치적으로 걱정이 덜한 함대 사관 후보생들이 아마 훨씬 더 많을 것이다. 그가 지난달에 겨우 열한 살이 아니라 열네 살로 징병 가능한 나이라고 해도 소용없었을 것이다. 또한 그건 너무 뻔하다. **여덟 가지 해독제**가 **세 개의 방위각**에게 뭔가를 원하는 게 아니라면, 왜 보좌가 되려고 하겠는가?

다른 방법이 있어야만 했다. 공식적이 아닌 방법. 올바른 장소에 있는 방법. 모든 카메라-눈과 시티 알고리즘과 선리트들이 그가 거기에 있다면 세상이 과연 어떨까 생각하는 장소, 그리고 거기에는 세 개의 방위각도 있어야만 했다. 그 말은, 그가 알고 싶어 한다는 걸 세 개의 방위각이 알아채지 못하게 그녀가 시간을 보내는 장소들을 알아내야 한다는 뜻이었다.

스파이가 되는 것은 어려웠다. 여덟 가지 해독제는 한숨을 쉬고 책상과 그 위의 법적 규제가 인쇄된 많고 많은 인포필름 슬라이드들로부터 일어났다. 정말로 가만히 앉아 있는 것에 진력이 났다. 창밖으로는 벌써 늦은 오후였다. 하루 종일 숙제와 르셀 스테이션 조사밖에 하지 않았고, 더 이상의 서류를 보면 뭔가를 던져 버릴 것 같았다.(그가 그 자신이 아니라 정말로 어린애였다면 나가서 놀았을 것이다. 아니면 그 비슷한 것. 그는 아말리촐리가 아니면 밖에서 놀면서 사람들이 뭘 하는지 정말이지 알 수가 없었고, 아말리촐리를 하려면 팀이 필요했다.)

가상의 아말리촐리 팀을 찾으려고 하는 대신에 머리 위로 최대한 팔을 뻗고 허리부터 몸을 앞으로 구부려 서서 전굴 스트레칭을 했다. 손을 바닥에 대고 발을 뒤로 점프해서 쿵, 그리고 팔이 타는 것 같을 때까지 1분 동안 플랭크 자세를 했다. 맨손체조는 숙제로 간주되었고 기분도 좋아졌다.

아직까지 제대로 익히지 못한 기술인 한 손 푸시업을 하려던 중에(사춘기에 동반되는 근육 성장은 그가 보기에는 빠르게 이루어지지 않았다.), 갑자기 아이디어가 떠올랐다. 열한 그루 월계수의 전략 퍼즐을 푸는 것처럼 정신이 달칵 소리를 내며 정보가 제자리에 맞아 들어가는 느낌이었다.

세 개의 방위각처럼 몸이 좋은 사람이라면 그 상태로 유지하기 위해서 운동을 해야 하는 법이다. 특히 전쟁부 장관이라면 더욱더.

그리고 전쟁부에는 지상궁에 있는 것보다 장비가 훨씬 많은 체력 단련실이 있었다. 거기에는 사격장까지 있었다. **여덟 가지 해독제**는 **열한 그루 월계수**가 그에게 말했던 것처럼 정말로 사격 연습을 할 생각은 있었다. 다만 요즘 전략에 대해서 하도 많이 생각하다 보니까 그 부분에서는 뒤처져 있었다. 거기서 장관과 마주치는 건 아주 쉬울 터였다.

그는 자신이 너무나 대견한 나머지, 푸시업 시도가 화려하게 실패해 얼굴을 바닥에 박아도 신경 쓰지 않았다.

✧✧✧

세 가닥 해초는 전에는 테익스칼란 함대의 야오틀렉은 고사하고 장교 앞에서도 보고를 해 본 적이 없었다. 이건 엄청나게 새로운 경험이었다. 또한 황제가 될 때까지 여섯 시간이 채 남지 않은 에주아주아카트에게 보고하는 것에 비하면 훨씬 덜 무서웠다. **열아홉 개의 자귀** 이래 만난 거의 모든 사람이 그에 비하면 약했다. 바로 이 특정 야오틀렉이 마치 야오틀렉을 위한 홀로드라마에서 바로 걸어 나온 배우처럼 보인다 해도 말이다.

거의 모든 사람. 외계인만큼은 확실하게 두려웠다. 그들을 사람이라고 칠 수 있다면, 위협 면에서 문제없이 **열아홉 개의 자귀** 폐하를 이길 것이다.

그 손톱을 오랫동안 기억하게 되겠지. 손톱과 이와, 그것들이 피부에 얼마나 가까이 왔었는지를. 펠로아2의 다른 모든 것은 열기로 인한 피로와 정신적 혹사로 흐릿했다. 하지만 그들은 외계인과 이야기를 나눴다. 그녀와 마히트가 이야기를 했다. 그들이 해냈다. 설령 전쟁을 멈추거나 늦추지는 못했다 해도 그들은 해냈고, 세 가닥 해초는 할 수 있는 한 오래 그 사실에 둥둥 떠다닐 것이다. 기분이 정말 근사했다. 그리고 히스테리 직전이었다. 그리고 마히트를 옆에 둔 채 아홉 송이 부용 앞에 서서 그들이 뭘 했고 어떻게 했는지 설명하는 건 그야말로 유쾌했다.

큰 컵으로 물을 여러 잔 마셨다. 곧장 도로 쏟아 내지 않으려면 천천히 들이켜야 한다는 사실이 기억나서 다행이었다. 마히트에게도 그 사실을 상기시켜야 했다. 사막은 스테이션인이 자국 외교관에게 훈련시키는 종류가 아니었다. 놀랄 일도 아니었다.(놀라운 것은 태양과 모래 속에서, 마히트의 손이 그녀의 등에 닿았던 거였다. 손길을 받고 그것을 인정하는 데에서 온 순수한 안도감, 여러 가능성. 어쩌면 그녀가 그들 사이의 모든 것을 돌이킬 수 없이 망가뜨린 건 아니었을지도 모른다! ……어쩌면. 하지만 어쩌면만 해도 기분이 달아오르고 눈부시게 놀라웠다. 지금 모든 것이 그렇듯이.)

그들은 대단히 서둘러서 셔틀에 올라탔다. 세 가닥 해초는 거대한 격납고에서 스무 마리 매미를 힐끗 보았고, 보고할 때 그가 다른 건 몰라도 태피스트리를 되찾기 위해 나타날 거라고 예상했었다.(그녀는 그것을 우선 모래를 턴 다음에 아주 신중하게 접어 놓았다.) 하지만 그는 나타나지 않았다. 그저 야오틀렉과 통신장교 두 개의 거품뿐이었다. 부관도 없고 비난과 폄하가 넘쳐나는 함대 사령관 열여섯 번의 월출도 없었다. 흥미로웠다. 세 가닥 해초가 좀 더 수분이 보급되고 좀 덜 들떴다면 바퀴의 무게호에서 적절한 관심을 갖고 정치적 상황을 진단해 보았을 것이다. 나중에! 수분 부족도, 쾌감도 적절한 분석 능력에는 도움이 되지 않는다. 정보부는 사관 후보생들에게 상황을 평가할 때 가져서는 안 되는 마음 상태에 대한 목록을 가르쳤고, **세 가닥 해초**는 자신의 훈련을 떠올리려고 노력했다.

마신 물 덕분에 말을 할 수가 있었다. 야오틀렉을 위한 실증으로 외계인들로부터 알아낸 어이없는 높은 음의 공명 단어들 하나를 노래할 수도 있었다. 하지만 마히트가 그 소리를 내는 데에는 훨씬 더 뛰어났다. **세 가닥 해초**는 낭독할 때 횡격막에서 어떻게 투영하는지 공동보육원 시절에 배운 수업 내용 중에 적당한 호흡과 음의 높낮이 컨트롤 방법을 마히트에게 가르치려는 계획을 세우기 시작했다. 하지만 아무리 물을 마셔도 그녀와 마히트가 그들의 화려한 성공을 관통하고 있는 아주 간단하고 아주 구조적인 문제를 흘려 버릴 수는 없었다. 그들은 겨우 스무 단어를 알아냈고, 그중 단 하나도 우리 식민지 주민을 살해한 당신네 전범들을 넘겨주고 또 제국 심장부에 가까운 우리 행성계 어느 곳도 공격할 생각을 하지 마라, 대신에 우리도 당신들의 우주선에 아주 커다란 우리 에너지 무기를 겨냥하지 않으려고 대단히 노력하겠다라는 말을 하는 데에는 도움이 되지 않는다는 거였다.

그 지점에 도달하려면 훨씬 더 많이 회동해야만 할 것이다. 그 지점에 도달할 수 있다면 말이지만. **세 가닥 해초**는 언어학자로 마히트의 절반도 못 미쳤지만 그래도 그들이 일종의 언어의 개요를 갖고 이야기를, 아니 노래를 했다는 건 알았다. 성조 진동보다는 좀 더 상세하지만, 그래도 여전히 개요일 뿐이었다.

"……대명사가 없어요?"

세 가닥 해초보다 확실하게 더 언어학자에 가까운 통신장교 두 개의 거품이 말했다. 그녀와 마히트는 지난 5분 동안 문법 이야기를 하고 있었다. **세 가닥 해초**는 마히트가 편안히 설명하는 모습과 자연스럽고 전문적인 테익스칼란 어휘 능력을 즐기고, 또 야오틀렉 본인과 피와 햇빛이여, 당신, 이 과학자들이 믿어져?라는 눈빛을 교환하는 기회도 즐겼다. 아홉 송이 부용이 계속 그들을 좋아해 줘야 했다. 조금이라도. 세 가닥 해초는 야오틀렉이 정보부 요원이 돌아와서 기쁘다는 말이 열여섯 번의 월출에게 전해지는 걸 어떻게 생각하는지 알아볼 시간이 없었다. 그들이 외계인과 계속해서 이야기할 기회를 얻게 된다면. 혹은 이야기를 그만둘 올바른 방향의 결정을 내리게 될 경우에.

별들이여, 함대 한가운데에 협력자가 필요했다. 얻을 수 있는 어떤 협력자든. 세 가닥 해초는 외계 환경에 있는 걸 좋아했다. 정보부 훈련을 받은 사람들은 싫어하는데. 하지만 그녀는 자신이 여기에서의 규칙을, 함선과 함선, 그 사령관과 병사들 사이의 관계 유형을 잘 모른다는 사실을 강하게 의식했다. 민간인은 다 그럴 것이다.(그래도 외계인을 상대하는 것보다는 더 쉬웠다.)

"……더 어려운 건 우리가 알아낸 언어에 시간이 없다는 겁니다. 시제가 없어요. 인과관계도 없고요. 다양한 선택지를 제안하거나 결과를 전하는 건 고사하고, 질문하는 방법이 있는지조차 모르겠습니다. 마치 그들이 우리가 아주 어린 것처럼 말을 하는 느낌이었어요."

마히트가 말했다. 아홉 송이 부용이 대답했다.

"어쩌면 정말 그렇게 생각할지도 모르지. 아니면 당신네 둘이 그렇다고 생각할지도. 놈들이 위험한 이방인과 협상하는 데 젊은이들을 보냈을지도."

"왜요, 자기네 종의 더 어린 일원들이 더 버리기 쉬워서요?" 세 가닥 해초가 물었다. 이건 굉장히 흥미로운 아이디어였다. 1호와 2호의 외모를 고려하면 말이 안 된다는 점을 제외하면. "만약에 그렇다면 그들의 성인은 굉장히 클 거예요. 사막으로 왔던 둘은…… 아, 야오틀렉께서 부검했던 외계인만큼 크거나 더 컸어요."

"그러면 그들의 병사 전부가 신입이거나……."

두 개의 거품이 생각에 잠겨서 말했다.

"……아니면 우리가 여전히 듣지 못하는 다른 언어를 갖고 있다는 거죠. 이해가 불가능한 언어를요."

마히트가 대신 말을 마무리했다.

세 가닥 해초는 마히트가 방금 열한 개의 선반의 『점근선/단편화』를 인용했다는 걸 모르리라고 생각했다. 그녀가 아는 한, 마히트는 여전히 세 가닥 해초가 가장 좋아하는 시인 겸 외교관의 책을 읽어 보지 않았다. 열한 개의 선반은 에브레크트와 6년을 살고 여전히 인간인 채로 돌아왔다. 그의 혀는 자유로워지고 기묘해졌고, 시에는 세 가닥 해초가 절대로 이해할 수 없는 이미지로 가득했다. 칼새의 움직임은 이해가 불가능한 언어이다. 그는 변화, 에브레크트가 어떻게 움직이고 달리는지에 따라 계속 바뀌는 계급, 포식자적인 무리, 사교적 행동의 물질성을 설명하기 위해서 그렇게 썼다. 마히트가 같은 단어를 말하면서 그 깊은 공명에 대해서 모른다는 건(모른다고 거의 확신하는데) 굉장히 기묘했다. 이해할 수 없는 것, 너무 이질적이어서 오래 머물 수 없는 것으로 인한 테익스칼란 역사의 메아리. 열한 개의 선반은 오랜 추방 끝에 집으로 돌아왔다. 그리고 집에 돌아온 후에 기억할 가치가 있는 언어로 글을 썼다.

"그들의 언어가 이해 불가능한 거라면, 그걸 피해서 가 보자고."

아홉 송이 부용은 차분하게 명령을, 지시를 내렸다.

마히트는 그 명령을 이루는 게 불가능에 가까운 모든 이유를 설명하려는 듯이 입을 열었다. 물론 마히트의 말이 맞을 것이다. 하지만 지금 그 말을 하는 건 틀린 행동이고 세 가닥 해초는 그 명령이 계속 외계인들과 대화하려고 해 보라는 허가나 마찬가지라는 걸 알았다. 그래서 그녀 역시 입을 열고 말했다.

"물론입니다, 야오틀렉. 다음 만남을 위해서 아홉 시간 안에 펠로아2로 돌아갈 겁니다."

그리고 땋은 머리가 바닥에 쓸릴 만큼 손끝 위로 깊게 몸을 숙였다.

"꼭 해내도록." 야오틀렉은 그렇게 말하고 나서 조금 더 부드럽게 말을 이었다. "우선, 가능하면 좀 자 둬. 두 사람이 열사병이나 피로로 쓰러지면, 스무 마리 매미는 자기가 쓸 수 있는 가장 격분한 보고서를 써 올 테고, 난 의무상 그걸 다 읽어야만 하니까."

그녀는 손바닥이 넓고 살이 두툼한 손 하나를 흔들어 가 보라고 전했다. 세 가닥 해초는 스테이션인처럼 씩 웃어서 통신장교를 겁먹게 하려던 자신을 억눌렀다. 그들은 다음번 외교 회동을 할 것이다. 그리고 그 전에, 지금 시간이 좀 생겼다. 만약 그녀와 마히트가 또 다른 멍청하고, 끔찍하고, 비참한 싸움을 하지 않았다면 그들 둘이 하려고 하는 일의 정치적 면에 관해 생각해 볼 수도 있는 시간.

그리고 마히트의 스테이션이 그녀가 해 주길 바라는 일의 정치적 면에 들어맞는지 아닌지도……

하지만 세 가닥 해초가 그 이야기를 꺼내면 그들은 분명히 또 다른 싸움을 하게 될 것이다. 아니면 같은 싸움의 또 한 번의 반복을. 아니. 마히트 디즈마르가 그녀의 영리한 입에 속한 것처럼 열한 개의 선반의 단어를 인용했다는 걸 생각하는 편이 낫다.

세 가닥 해초가 동료의 충성심과 계획에 관한 정보, 그녀 자신의 감정적 평화를 위해서 핵심적일 수도 있는 정보를 알아내려 하지 않고 있음을 모르는 바는 아니었다. 정말로. 그녀는 예리하게 인지하고 있었다. 하지만 인지하고 있는 것만으로도 충분할지도 몰랐다. 빠진 정보가 있다는 걸 안다면, 상황 분석을 할 때 그 정보가 부족한 걸 고려할 수 있으니까. 그녀는 항상 그 전에 그 문제를 해결했다. 그냥 여전히 중력을 가진 일종의 부정적 우주로서 르셀 스테이션이 마히트에게 끼치는 영향을 상상해 봐야 할 것이다. 외교적 암흑물질.

그녀의 비유는 함선에서 시간을 보내는 동안 점점 더 행성 밖과 관련되어 가고 있었다. 그건 그녀의 시에 좋은 신호든지, 아니면 정확히 그 반대이리라. 클리셰는 그녀에게 도움이 되지 않는다. 설령 풍경상 적절한 클리셰라고 해도.

✧ ✧ ✧

특사와 그녀의 정치적으로 복잡한 동반자를 보낸 다음에, 그리고 그들이 들고 온 것들(반쯤의 협상에 수많은 답을 모르는 질문들, 중요하게 여길 만큼 확실한 건 아무것도 없었다.)을 제대로 생각해 보기 전에 아홉 송이 부용은 바퀴의 무게호의 함교와 그 너머에 있는 함대를 찬찬히 바라보았다. 그녀의 위치가 별로 마음에 들지 않았다.

여섯 군단. 야오틀렉의 여섯, 현재의 목적이 없고 적을 소모시키고 점프게이트를 방어하고, 점령할 적의 근거지는 없는 상황에서 전쟁을 벌이기에는 너무 적은 숫자다. 그 군단 중 둘(마흔 개의 산화물이 지휘하는 제17군단과 열여섯 번의 월출이 지휘하는 제24군단)은 게릴

라전 사상자와 세 개의 고리로 된 적함의 습격으로 가장자리의 배들을 잃었다. 그 군단 중 셋은(앞에서 이야기한 둘과 두 개의 운하가 지휘하는 제6군단) 전쟁부 어디선가 시작된 정치에 휘말려서 그녀의 권위에 화를 냈다. 아홉 송이 부용이 있는 곳에서는 명확하게 보이지 않는 정치. 유능하지만 아마도 적에게 넘어간 정보부 요원 한 명, 설령 지금 이 순간에는 함대의 욕망과 일치한다 해도, 확실하게 야만인의 욕망을 가진 야만인 언어학자 겸 대사 한 명.

너무 많은 점프게이트를 통과해서 이어지는 보급선.

행성 전체를 위한 장례식.

협상의 여지가 있을 수도 있고 없을 수도 있는 적. 협상이라는 개념을 이해할 수도 있고 못 할 수도 있는 적.

그리고 방문 중인 함대 사령관, 최근에 너무 많은 병사를 작전 중에 잃고, 아홉 송이 부용의 권위와 제24군단의 권위를 훼손시키고, 통신 체계에 떠도는 로그 AI처럼 그녀의 기함을 돌아다니는 적이나 마찬가지인 열여섯 번의 월출.

아홉 송이 부용이 반길 상황이 전혀 아니었다. 최소한 여기 함교에 있는 부하들은 여전히 그녀의 것이었고, 그들이 해야 하는 방식 그대로 자기 일을 하고 있었다.

항해장교 열여덟 개의 끌이 옆에 와서 섰다. 그는 거의 아홉 송이 부용만큼 어깨가 넓고, 몸집이 크고, 복부는 부드러워 보이지만 실제로는 그렇지 않았다. 인내력을 발휘하는 데에 걸맞게 만들어졌고, 왠지 지상전 보병으로 처음 15년을 복무한 후에 그녀가 만나 본 중에서 가장 유능한 천체역학 전문가가 되었다.(그는 항해 적성을 확실하게 갖고 있다고 장교식당에서 음료를 사이에 두고 그녀에게 말한 적이 있었다. 별들을 바라보며 모든 시간을 보내기 전에 우선 군 생활의 무게를 느껴 보고 싶었을 뿐이었다고.) 그녀는 그를 향해 아주 살짝 움직였다. 어서 보고해라는 동작이었다.

"야오틀렉."

그가 중얼거렸다. 낮게. 그렇다면 이건 모두가 들어도 되는 이야기는 아니라는 뜻이다. 이건 조용히 하고 싶은 이야기였다. 그래서 그녀가 반응할 기회를 가질 수 있게, 어떻게 반응할지 결정할 수 있게 하기 위해서였다. 그녀는 그를 향해 계속하라고 고개를 끄덕였다.

"정찰선 중, 여든네 번의 황혼이 지휘하는 중력장미호가 뭔가를 찾은 것 같다고 보고했습니다. 우리가 싸웠던 이것들의 본거지처럼 보인다고요."

아홉 송이 부용의 심장이 가슴벽에 대포를 쏜 것처럼 쾅 부딪쳤다.

"행성이야, 스테이션이야, 아니면 그냥 엄청 큰 우주선이야? 그리고 어디지?"

그녀가 마찬가지로 부드럽게 물었다.

"행성입니다. 행성과 위성 하나이고, 둘 다 생명체가 있습니다. 제대로 된 체제가 있는지 많은 민간인 이동이 보인다고 하더군요. 여든네 번의 황혼은 자세한 건 알려 주지 않고 우주선들이 확실하게 같은 스타일이지만, 군용은 아니라고 했습니다. 아니면 그렇게 보이지는 않는다고 할까요. 장소는 멀리, 아주 멀리 있습니다. 마흔 개의 산화물 함대 사령관의 제17군단을 지나서예요. 하지만 그래서 그들의 공격 각도가 그쪽 방향에서 오는 것 같습니다." 열여덟 개의 끌의 미소는 긴장됐고 초조하고 예리했다. "제 생각에는 놈들을 잡은 것 같습니다, 야오틀렉. 다섯 송이 엉겅퀴에게 우리 격납고에 있는 핵광역 핵폭탄 몇 개를 들려 보내면…… 놈들을 우리 하늘에서, 최소한 이 행성계에서 날려버릴 수 있을 겁니다. 메시지를 보내십시오."

"놈들에게 들키지 않고 거기 도착할 수 있다면 말이지."

광역 핵폭탄은 **열여덟 개의 끌**이 상상하는 대로의 일을 할 것이다. 그래, 그것들은 그들의 하늘에서 누구든 날려버릴 것이다. 그리고 그 하늘과 그 아래 있는 행성들을 유독하게 만들겠지. 광역 핵폭탄은 죽음의 비였다. 최후의 수단이다. 사람들이 사는 곳에는 거의 절대로 쓰지 않는 물건이었다. 왜냐하면 그걸 쓴 후에는 더 이상 거기에 거주할 수 없기 때문이다. **아홉 송이 부용**은 그걸 딱 한 번 써봤고, 그것은 우주의 어둠이라는 안전한 곳에서 다른 우주선을 상대로 한 거였다. 외계인에게 그걸 사용한다는 아이디어는……

너무 마음에 든다는 게 문제였다. 너무 많이, 너무 빠르게 마음에 들었다. 아주 간단한 해결책이다. 그녀가 자신을 위해서 정리하고 있는 나머지 상황과 비교할 때 훨씬 쉬웠다.

"**여든네 번의 황혼**에게 **중력장미호**를 거기서 빼라고 해. 조용히, 신속하게. 적이 우리가 놈들 위치를 알아냈다는 걸 알게 하고 싶지 않다고 확실하게 전해. 이 상황을 최대한 이용하고 싶어, **열여덟 개의 끌**. 제대로 계획을 세워. 여기서도 조용하게 유지해. 지금 당장은."

그는 다시 고개를 끄덕이고 자신의 콘솔로 돌아갔다. 만족감. 기대감.(그녀도 똑같지 않나? 기대감? 열의?)

그때 그녀는 다시금 **열여섯 번의 월출**을 떠올렸다. 그녀의 우주선 뱃속에서 자기만의 계획을 가지고 떠돌고 구경하고 있는 **열여섯 번의 월출**를 생각하고서, 흠, 어떤 것들은, 설령 다른 함대 사령관이라 해도 어떤 것들은 야오틀렉이 알아도 된다고 결정할 때까지는 알 필요가 없다고 결론 내렸다. 그녀는 열여섯 번의 월출이 바퀴의 무게호를 나가길 바랐다. 지금. 그래서 계획을 짤 시간이 좀 생기도록.

✧ ✧ ✧

전쟁부 장관은 푸시업을 엄청나게 잘했다. 또한 손 짚고 물구나무서기, 런지, 샌드백 치기, 숨 안 쉬고 엄청 빠르게 달리기도 잘했다. 여덟 가지 해독제는 쭉 뻗은 손바닥의 훈련용 체력 단련실의 발코니층에 앉아서 장관이 그것들을 차례로 세 번 하는 것을 보고 있었고, 자신의 신체적 건강의 가능성에 점점 좌절했다.

장관이 다시 트랙 모서리를 돌아 고르고 빠른 속도로 소년에게서 멀어졌다. 뺨은 빨갛게 달아올랐고 귀의 흉터는 더욱 빨갰다. 여덟 가지 해독제는 한숨을 쉬고 그녀를 중간에 붙잡으러 갔다. 물론 뛰어가지는 않았다. 그가 건강하지 않은 건 아니었고, 도리어 유전자상 기본적 운동 능력을 상당히 타고났다. 단지 어딘가를 뛰어가 본 적이 거의 없었다. 설령 따라잡기 위해서 뛴다 해도, 숨을 헐떡거리면서 그녀와 이야기를 하고 싶진 않았다. 그건 품위가 없을 것이다. 창피하기도 하고. 그리고 정말이지 세 개의 방위각 앞에서 갑자기 너무 많이 당황할 만큼 창피해지고 싶진 않았다. 그래서 대신에 그녀가 훈련 순서에서 맨손 체조를 했던 매트 위로 가서 활기차게, 약간의 흥분을 느끼면서 직접 손 짚고 물구나무서기를 시도해 보았다.

손을 짚을 수는 있었다. 그러니까 손을 앞쪽에 대고 발을 걷어차며 몸이 너무 넘어가지 않도록 코어 근육을 아주 세게 꽉 조일 수 있었다. 하지만 손바닥을 두툼한 매트에 판판하게 대고 바닥에 무릎을 꿇은 자세로 시작해 허공에서 몸을 펴고 서기는 해내지 못했다. 그건 훨씬 더 어려웠다. 핵심적인 지침 몇 가지를 빠뜨리고 있는 게 분명했다. 그는 약간 섰다가 도로 무너지거나 옆으로 기울어지곤 했다. 하지만 그게 중요한 부분이었다. 당연히 그는 핵심적인 지침을 빠뜨리고 있었다. 세 개의 방위각이 알려 줘야 하니까.

"꼬마 전하."

그는 깜짝 놀라지 않으려고 노력했으나 방금의 시도에서 등을 쾅 부딪치며 쓰러지는 데에만 성공했다. 전쟁부 장관은 그를 내려다보고 있었다. 달리기를 해서 호흡은 빠르지만 규칙적이었고, 얼굴에는 완전히 즐거운 표정이 있었다. 여덟 가지 해독제는 움찔하지 않으려고 노력했다. 그는 그녀가 자신에게 관심을 갖길 바랐다. 재미있게 여기는 건 일종의 관심을 갖는 거야, 그렇지? 그리고 그가 계속 쓰러지는 건 좀 웃겼다.(그래도 그는 얼굴을 붉혔고 그건 멍청한 짓이었다.)

"좋은 아침이오, 장관. 난 균형감이 그리 좋지 않나 봐."

그는 늘어진 자세로 말했다.

세 개의 방위각이 우아하게 책상다리를 하며 옆에 앉았다. 눈썹은 이마 중간까지 올라간 상태였다.

"……사실 놀라울 정도로 형편없으십니다. 너무 어려서 함대 훈련을 시작할 나이도 되지 않았는데 왜 손 짚고 물구나무서기를 하려고 하시는 겁니까?"

"장관이 하는 걸 봤소." 여덟 가지 해독제는 일어나 앉았다. 누워 있는 게 너무 창피해서 그 상태로는 도저히 계속 얘기할 수가 없었다. "그리고 난 평범한 물구나무서기는 할 수 있으니까……."

이제 세 개의 방위각은 웃음을 터뜨렸다. 그는 그게 상냥한 웃음이라고 생각했다. 그러길 바랐다.(그가 전쟁부 장관을 좋아하고 그녀도 자신을 좋아하면 좋겠다고 생각하는 건 대단히 불편하고 끔찍했다.)

"그러니까 그 조그만 팔로 시도해 보려고 하셨군요. 전하는 위험하리만큼 야심 찬 어린이예요. 그건 잘 아실 테죠."

여덟 가지 해독제는 최대한 얼굴을 무심하게 유지하면서 말했다.

"그런 말을 들은 적은 있소. 지금까지는 그렇게 직접적인 말로 들은 건 아니지만."

"별들이여. 황궁에서 아이들을 어떻게 키우는지 모르겠지만, 전하께 참 여러 가지를 한 것 같군요. 좋아요. 손 짚고 물구나무서기 말고 뭘 원하시죠? 할 줄 모르는 걸 시도하는 건 빼놓고요."

"어떻게 하는지 모르는 걸 하는 방법을 배우고 싶소. 장관은 그걸 하잖소. 전쟁부 장관이 됐으니까. 그 기술이 유용할 것 같소."

세 개의 방위각은 유쾌하고 통제가 안 되는 듯이 낄낄거리는 소리를 내며 침을 튀겼다.(그가 어딘가를 제대로 건드렸다는 뜻일까?)

"제가 하는 모든 것들이 유용하지는 않습니다, 꼬마 전하. 아침 체력 단련 일과가 제 사무에 유용한 건 아니니까요."

"그럼 뭐에 유용하단 거요?"

여덟 가지 해독제의 물음에 그녀는 뜸을 들이며 거기에 대해서 생각했다.(그녀가 생각하고 있다는 걸 그에게 보여 주었다.)

"이 사무직을 하고 있어도 저를 강하고 날쌔게 유지시켜 줍니다. 그리고 전 별로 생각하지 않고서도 할 수 있을 만큼 이걸 잘 알기 때문에 유지하기가 쉽죠. 그래서 저에게 유용한 겁니다. 자요. 전하께서 잘못하고 있는 것 중 하나를 보여 주세요. 다시 시작해요. 매트에 손을 놓고."

소년은 다시 시작했다. 손을 매트에 평평하게 누고, 다리를 몸 아래에 끼우고 발바닥으로 균형을 잡는다. 세 개의 방위각은 생각에 잠긴 소리를 냈다. 그리고 그를 만졌다. 그녀의 손이 소년의 손을 덮어 손가락을 더 벌리게 하고 손바닥은 매트를 꽉 짚게 했다. 그의 입이 말랐다.

"손을 별 모양으로 만드세요. 모든 손가락을 쫙 펴고, 별에는 강한 중력이 있어요, 그렇죠? 그 중력이 손바닥을 매트로 가라앉히는 겁니다. 누르세요. 그런 다음 팔꿈치를 구부리고, 좋아요, 앞으로 몸을 기울이고 무릎을 팔꿈치에 대세요."

뭐? 여덟 가지 해독제는 완전히 헷갈리는 상태로 생각하다가 다시 시도해 보았다. 펄쩍 뛰어 엉덩이를 허공으로 들어 올리고 구부린 팔꿈치에 대려고 노력했다.

놓쳤다. 운동량 때문에 그는 앞으로 굴러갔다. 최소한 다시 드러눕지 않고 일어나 앉는 자세까지 돌아왔다.

"미안하오."

전쟁부 장관은 고개를 저었다.

"아주 웃기지만 첫 번째 시도치고는 나쁘지 않았어요. 다음에는 한쪽 무릎, 그다음엔 반대쪽 무릎. 그리고 균형을 잘 잡게 되면 그때 손을 짚고 밀어내 보세요. 아시겠습니까?"

그는 고개를 끄덕였다. 잘 모르겠지만, 아마도 이해하게 될 거라고 생각했다.

"자. 공짜 신체 훈련 말고 또 다른 건 뭘 원하죠, 꼬마 전하? 제가 운동하는 내내 발코니에 계셨잖습니까."

정말로 그는 얼굴 붉히지 않는 법을 배워야 했다. 하지만 들켰을 때 안 붉히는 건 너무 어려웠다. 하필 세 개의 방위각을 상대로 들키다니. 그는 정말로 자신이 조용하고, 아무에게도 들키지 않았고, 신중했다고 생각했는데……

"르셀 대사에 대해서 물어보고 싶었소." 달리 뭘 해야 할지, 이 여자에게 어떻게 이야기를 해야 할지 전혀 몰라서 그렇게 불쑥 내뱉었다. "음. 한 번 만난 적이 있거든. 그리고 난 별로…… 장관이 대사를 어떻게 생각하는지 알고 싶었소. 왜냐하면 난 잘 모르겠거든. 그리고 그 회의에서…… 참, 내가 거기 있는 걸 허가해 줘서 고맙소, 장관. 내가 하려던 말은……."

그녀는 먹이를 찾아서 강하하려고 하는 새처럼 꼼짝도 하지 않았다. 그는 입을 다물었다. 그리고 마른입으로 침을 삼켰다.

장관은 한 손으로 자기 머리를 쓰다듬어 이마에 흘러내린 검은 가닥들을 뒤로 넘겼다.

"열한 그루 월계수가 이걸 저에게 물어보라고 하던가요?"

"그건 아니오."

열한 그루 월계수가 아니야. 황제, 칼날의 빛이야.

"저에게 거짓말을 하시는 겁니까, 전하?"

그는 빠르고 단호하게 고개를 흔들었다.

"거짓말은 하지 않으시는 게 좋습니다. 전 알아낼 거니까요, 전하. 결국에는 알아낼 겁니다." 느리고, 차분하고, 대단히 단호한 목소리였다. 그는 최면에 걸리는 기분이었다. 겁이 났다. "자, 말해 보세요. 열한 그루 월계수가 전하를 이 조그만 계획에 끌어들였습니까?"

"그러지 않았다고 맹세하지."

여덟 가지 해독제는 세 개의 방위각이 그에게 누가 이 일에 끌어들였냐고 물으면 어떻게 해야 할지 몰랐다. 그녀가 거짓말을 믿을 것 같지 않고, 진실을 말하는 게 그의 선대-황제의 통치를 끝낸 반란 때 지난 전쟁부 장관 **아홉 번의 추진**에게 일어났던 일 같은 재앙이 벌어지는 시초는 아닐까 걱정스러웠다. **아홉 번의 추진**은 이제 전쟁부 장관이 아니었다. 석 달 전의 모든 일이 혼란스러웠다. 그는 당시에 열한 살도 아니라 겨우 열 살이었고, 많은 정보를 듣지는 못했지만 아마도 **아홉 번의 추진**은 야오틀렉 **하나의 번개**의 황위 찬탈 시도를 편들었을 것이다. 그래서 아마 황제가 멀리 떨어진 곳에서 **세 개의 방위각** 같은 사람을 직접 데려온 것이리라. 외부 접목. 하지만 **여덟 가지 해독제**는 황제를 위해서 장관에게 스파이 짓을 하고 있었다. **열아홉 개의 자귀**가 여기로 보냈다고 **세 개의 방위각**에게 알려 주는 게, 새로운 내전을 일으키는 계기가 될까? 그가 보기엔 그럴 수 있을 것 같았다. 시티와 황궁으로 이루어진 전략 테이블에서 세력들이 움직여 이 끔찍한 결과에 도달하는 것이 눈에 보일 것 같았다. **세 개의 방위각**이 실은 충성스러웠는데 이제 황제가 자신을 신뢰하지 않는다고 생각하게 되면, 어떤 일을 할지 모른다. 그야말로 어떤 일이든.

하지만 **세 개의 방위각**은 그에게 누가 보냈느냐고 묻지 않았다. 그저 그게 **열한 그루 월계수**인지 아닌지만 알고 싶어 했다. 그녀의 부관이어야 할 사람. 그녀는 **열한 그루 월계수**가 상관의 정보를 알아내기 위해서 **여덟 가지 해독제**를 이용하고 있는지 알고 싶어 했다.

갑자기 **여덟 가지 해독제**는 부관에게 알리고 싶지 않은 그녀의 정보를 **열한 그루 월계수**가 이미 알아냈을까 궁금해졌다. 그녀는 **열한 그루 월계수**를 내 첩보팀장이라고 불렀다. 첩자들은 정보만 모으지 않는다. 첩자들은 가끔 그것을 사람의 머리 위에서 쥐고 흔들어 자기들이 원하는 일을 시킨다.

여덟 가지 해독제가 생각하는 동안에 세 개의 방위각은 그가 거짓말을 하지 않았다는 결론을 내린 것 같았다.

"좋습니다. 전 디즈마르 대사를 자기가 어떤 상황에 빠지든 그걸 혼란스럽게 만드는 타입의 인물이라고 생각합니다, 여덟 가지 해독제 전하. 이건 제 직업적 의견입니다. 이걸 말씀드리는 건, 이를 통해 이런 사람들이 어떻게 보이는지를 전하께서 배우시길 바라서입니다. 이들이 어떤 식으로 행동하는지요. 듣고 계십니까?"

여덟 가지 해독제는 계속 조용히 한 채로 고개를 끄덕였다.

"그들은 전하께서 나이가 들면서 테익스칼란 전역에서 만날 수 있습니다. 여기 황궁에서, 시티에서, 함대에 복무하시게 되면 배치되는 우주선에서도요. 모든 행성에서, 모든 재앙의 심장부에서. 언제나 최소한 한 명은 있어요. 이 사람들은 의도는 아주 좋거나 아주 나쁠 수 있습니다. 영리할 수도 있고 대단히 멍청할 수도 있고, 야만인일 수도, 시민일 수도 있어요…… 하지만 언제나, 언제나 테익스칼란이 필요로 하는 것보다 자신들과 자신들의 욕구를 우선하는 사람들이지요, 전하. 진정한 충성심이 전혀 없는 사람들요. 그들의 충성심은 이동하고 변화합니다."

"……디즈마르가 그런 사람 중 하나라고?"

그가 간신히 물었다.

"잘 생각해 보세요. 디즈마르 대사는 여기 왔고, 부서들 사이의 설탕공예처럼 연약하던 평화를 완전히 부숴고, 뉴스피드에 나오고, 시를 한두 편 쓰고, 자신의 후원자를 황제로 만들었어요. 황제 폐하가 안 좋은 선택이었다는 뜻은 아닙니다. 폐하는 완벽한 선택이었고 저는 제 양 손목에 흐르는 피로 태양신전에 진심임을 맹세합니다. 그런 다음 다시 사라졌어요. 그런데 이제 전쟁터에 나타났고, 그 즉시 저는 함대 사령관 한 명이 다른 함대 사령관을 배신했을지도 모른다는 비밀 보고를 받았죠. 그것도 야오틀렉을 말입니다. 그 디즈마르라는 여자는 상황이 뒤엉키게 하는 사람이에요. 의도했든 아니든 간에요."

여덟 가지 해독제는 자기도 왜 이런 말을 하는지 모른 채 말했다.

"알아보는 법을 어떻게 익혔소? 대사 같은 사람들 말이오. 난 대사가 여기에 있을 때 정원에서 만났소. 황궁의 벌새들을 좋아하더군. 취했던 것 같소. 그리고 슬퍼했고."

세 개의 방위각은 고개를 끄덕였다.

"그럴 만도 했을 겁니다. 취하고 슬퍼하는 거요. 대사는 황궁의 야만인이었으니까요. 테익스칼란의 악의를 감당할 수 있는 사람 같지 않습니다. 직접적으로는. 괜찮습니다, 꼬마 전하. 꼭 이런 식으로 대사를 생각하실 필요는 없어요. 저는 그저 오랫동안 그런 사람들과 그들이 만든 상황을 알아채는 게 직업이었던지라 그러는 겁니다."

"전쟁부 장관이 하는 일이 그거요?"

"별들이여, 아니죠. 전쟁부 장관은 테익스칼란의 군사적 패권이 끝없이, 방해 없이 이어지도록 하는 게 목적입니다. 혼란꾼을 찾는 건 제가 나카 행성계의 군사총독으로 있을 때 했던 일이고요."

나카 행성계, 여덟 가지 해독제는 세 개의 방위각이 총독으로 있는 동안 거기서 반란이 한 번도 없었다는 걸 알고 있었다. 세 개의 방위각이 도착할 때까지 7년 정도마다 대체로 반란이 일어나고, 언제나 그랬던 나카 행성계인데.

세 개의 방위각이 혼란꾼들을 알아채고 그들이 더 이상 혼란시키지 못하도록 할 때까지는.

✧✧✧

마히트는 이 감각을 기억했다. 피로와 허세, 문화 충격이라는 밝은 안개 속에서 시시각각 휩쓸려 가는 느낌. 테익스칼란에 완전히 빠져들 때마다 느끼곤 했던 게 그런 감각이었다. 그것은 황궁에서만큼이나 함대 전함에서도 만연하여, 취할 것 같은 기분을 들게 했다. 테익스칼란 공기에 펠로아2의 열기처럼 몸에 배어들고 정신을 변화시키는 오염 물질이 있는 것만 같았다. 날고 있는 기분이었다. 줄에서 풀려난 기분. 마히트는 방금 협상을 했다. 상대가 이해할 수 없는 존재들이고 언어의 한계를 고려할 때 그걸 협상이라고 설명해도 될지 모르겠지만……

〈외계인이야, 야오틀렉이야?〉

이스칸드르가 중얼거렸다. 그 역시 날고 있었다. 온통 반짝이는 웃음소리. 사보타주당한 이마고의 유령이 세 사람의 통합체 중에서 요 며칠 동안 그랬던 것보다 더욱 명료하게 나타났다.

둘 다. **세 가닥 해초**와 함께 쓰는 지정된 선실의 문이 두 사람 뒤에서 쉭 하고 닫히는 동안 마히트가 이스칸드르에게 말했다. 지금 마히트는 여전히 떨고 있고, 여전히 찬란한 승리감과 공포를 동시에 느꼈다. 하지만 이 방에서 마히트의 전 문화 담당자, 협상의 파트너, 그녀에 관해 아무것도 모르고 동시에 모든 걸 이해하는 사람과 단

둘이 있으니, 추락 지점이 눈앞에 닥쳐오는 듯이 보였다. 해야 하는 일이 더 이상 아무것도 없는 시점. 피로로 인한 침묵과 정적이 갑작스러운 중력처럼 마히트를 내리눌렀다.

세 가닥 해초가 유일한 소리는 바퀴의 무게호의 공기 정화 시스템의 윙윙 소리뿐인 조용한 방 안에서 크게 말했다.

"고마워요."

그것은 마히트가 전혀 예상하지 않았던 말이었다.

"뭐가요?"

마히트가 세 가닥 해초를 향해 돌아서며 물었다. 세 가닥 해초는 뺨과 움푹 들어간 눈이 여전히 회색빛이었고 온통 긴장하고 억눌린 어지러운 히스테리 상태였다. 열사병에다 성공에 반쯤 취했다.

"그들의 소리로 노래를 불러 줬잖아요. 난 그 생각은 전혀 못 했었어요. 그런 식으로는. 그렇게 빨리는. 그리고 우리가 뭘 해냈는지 봐요. 생각해 봐요, 마히트. 여기 있는 우리 말고는 어떤 인간도 오늘 이전까지 그 언어를 말한 적이 없어요. 우리뿐이에요."

그럼 내가 인간이긴 한 건가요? 마히트는 씁쓸하고 날카롭게 생각했다가 그 원치 않는 질문을 머릿속에서 밀어냈다. 이걸 즐길 수 없어? 그녀도 세 가닥 해초가 느끼는 것과 똑같은 승리감을 느낄 순 없는 건가?

〈이번 한 번만.〉

이스칸드르가 말했다. 아니면 그녀가 그녀 자신에게. 잘 모르겠다. 성취감이라는 밝고 빙빙 도는 완벽함 속에 계속 잠겨 있고 싶고 피할 수 없는 충돌을 조금이라도 더 미루기를 이토록이나 바라고 있는 한은……

"난 여전히 우리가 일종의 피진을 조금 알게 된 것뿐이라고 생각해요. 그들은 서로 이야기를 했고, 우린 그걸 못 들었어요……."

마히트는 자신이 왜 **세 가닥 해초**에게 동의하지 않는 건지 알 수조차 없었다. 왜 계속해서 그들의 작업에 단서를 달아야만 하는 건지. 그들은 이제 야오틀렉의 앞에 있지 않았다. 협상을 더 하려는 이유를 정당화하거나 그녀의 실패에 대해 정직하게 보고해야 하는 것도 아니고……

"마히트."

세 가닥 해초가 상당히 단호하게 말했다.

"……뭐죠?"

"쉿."

세 가닥 해초가 가까이, 마히트가 갑자기 그 몸의 형태를, 차지하는 공간을, 말라붙은 땀냄새를 인지할 만큼 가까이 다가왔다. 그리고 그녀의 손이 마히트의 머리카락 속으로 들어가 마히트를 잡아당겨 키스했다.

마히트는 자신이 소리를 냈다고 생각했다. 반쯤 표현된 목 졸린 듯한 단어 같은 소리를. 하지만 **세 가닥 해초**의 입은 따뜻하고 그녀의 아래에서 열려 있었고, 그녀는 제안이나 질문을 던지는 게 아니라 소유권을 주장하듯, 진심인 듯이 키스했다. 그들의 첫 번째이자 유일했던 이전의 키스가 시티 아래 깊숙한 곳에서, **여섯 방향**이 태양신전에서 죽음으로써 테익스칼란 제국 앞에서 축성하기를 기다리면서 나눈 피로와 슬픔의 혼합체였던 것과 달리 욕망만이 가득했다. 이건……

〈바로 이거야. 나한테는 이런 식이었지. 그래.〉

마히트의 손이 세 가닥 해초의 어깨뼈를, 허리의 곡선을, 손바닥에 꼭 들어맞는 골반뼈 등성이를 찾아냈다. 열아홉 개의 자귀의 좀 더 큰 골반뼈가 이스칸드르의 더 큰 손바닥에 맞았던 것과 똑같은 방식으로. 그 이중성은 강렬하고, 거의 폭력적이고, 허벅지 사이의 맥박이나 펀치처럼 솟아오르는 욕망 덩어리였다. 희미하게 남자 몸의 기억이 있는 이마고가 있으니 이제 섹스가 다르게 느껴질지 궁금했다. 그러다가 별로 중요하지 않다는 결론을 내렸다. 섹스는 좋을 테니까. 그리고 결론을 내리면서 자신이 지금 일어나려는 일에 이미 몰두하고 있다는 걸 깨달았다. 그녀에게 제안하거나 질문하는 게 아니라 좋다고 대답하고 있었다.(이스칸드르가 황제이자 당시에는 열아홉 개의 자귀였던 사람에게 좋다고 대답한 것처럼. 그리고 덕분에 그가 어떻게 되었는지 보라. 하지만, 아, 그들이 언쟁에 대해서 이야기를 나누지 않은 것도 상관없었다. 전혀 상관없었다. 마히트는 거기에 대해서는 다시는 생각하고 싶지 않았다. 오로지 욕망만, 승리만, 그녀가 자신을 원하는 것만 생각하고 싶었다.)

욕망으로 숨이 막힐 듯한 상태로, 멀리서 목소리가 들렸다.

〈이게 우리가 추락한 방식이지. 누군가가 우리를 원해 주는 느낌 때문에.〉

이스칸드르가 아마 맞겠지만, 마히트는 신경 쓰지 않았다.

세 가닥 해초가 마히트의 아랫입술을 천천히 빨고 문 다음에 키스를 끝냈고, 마히트는 의도치 않게 칭얼거리는 소리를 낼 뻔했다.

"사실, 당신이 내 성별의 사람들을 좋아하는지 물어볼 생각이었어요. 하지만 그럴 필요는 없을 것 같군요."

세 가닥 해초가 숨 가쁜 말투로 말했다.

마히트는 고개를 저었다. 펠로아에 있을 때처럼 입이 말랐다. 다리 사이에서 맥박이 뜨겁게 뛰는 게 느껴졌다.

"좋아요."

세 가닥 해초는 마히트에게 다시 키스했다. 마히트를 둘러싸 작은 가슴으로 마히트의 가슴을 눌렀다. 마히트의 허벅지 사이로 허벅지가 들어왔다. 마히트는 **세 가닥 해초**에게 대고 몸을 흔들며 자세를 바꾸어 골반을 맞추고 그녀의 바지 솔기에 자신의 골반뼈를 갖다댔다. **세 가닥 해초**가 숨을 들이켜고서 마히트의 쇄골을 깨물었다. 천을 사이에 두고 그녀는 뜨거웠다. 마히트는 그녀의 다리 사이에 손을 갖다 대면 젖어 있을 거라고 승리감에 차서 기쁘게 확신했다.

"뭔가에서 이기고 나면 언제나 이런 식이 되나요?"

마히트가 묻자 **세 가닥 해초**는 그녀를 다시 깨물고 웃음을 터뜨리며 골반을 꾸준한 동작으로 밀었다.

"뭔가를 당신 같은 사람과 함께 이기는 경우에만요."

그럼 야만인하고만인가요? 충분히 외계인다운 파트너하고만? 마히트는 그렇게 물을 뻔했지만 다시 키스하는 편이 더 나았다, 더 쉬웠다. **세 가닥 해초**가 그녀에 비해 훨씬 작은 것처럼, 이스칸드르가 훨씬 작은 누군가에게 키스하는 아찔한 기억이 점점 밀려왔다. **세 가닥 해초**가 그녀의 아래서 입을 벌리듯이 이스칸드르의 입 아래에서 황제가 입을 벌리는 것을, 그 이중성을 느끼고 기꺼이 받아들였다.(여섯 방향의 머리는 더 길고 은회색이었으나, 마히트가 **세 가닥 해초**의 땋은 머리에 손가락을 넣고 풀어헤쳤을 때 질감은 완벽하게 똑같았다.)

"어서." 산소가 부족해서 키스가 멈추었을 때 마히트가 말했다. "어서요. 선 채로 당신과 섹스하지는 않을 거예요……."

"저 침대는 아주 작아요." **세 가닥 해초**의 한 손이 마히트의 셔츠 아래로 들어가서 가슴을 감싸고 능숙하게, 정신이 산란해지게 젖꼭지를 괴롭혔다. "여기에 완벽하게 좋은 바닥이 있잖아요……."

"난 그런 타입의 야만인이 아니에요."

마히트는 웃음을 터뜨렸고, 몸을 조금 빼서 재킷을 벗고 셔츠를 머리 위로 벗었다. 맨살에 닿은 선실 공기에 팔과 갈비뼈 위로 소름이 돋았다. 공기, 그리고 자신에게 닿은 **세 가닥 해초**의 눈길에.

"당신은 그렇죠. 하지만 난 아니에요."

세 가닥 해초가 어둡고 강렬하게 말했다. 그런 다음 마히트 앞에 유연하게 무릎을 꿇고 앉았다. 그녀는 마히트의 다리 사이에 입을 댔다. 천 사이로 느껴지는 젖은 열기, 그녀의 혀는 이미 움직이며 찾고 있었다. 피와 별빛이여. 마히트는 생각했다.

"제기랄, 네, 제발요."

마히트는 자신이 테익스칼란어로 욕을 했다는 것, 자신이 오로지 테익스칼란어로만 생각하고 있다는 것, 그녀와 이스칸드르 둘 다 폭발적으로, 충격적일 정도로 푹 빠졌다는 것에 신경 쓰지 않았다. 그저 한 손을 **세 가닥 해초**의 머리카락 사이로 밀어 넣고 바싹 끌어당겼다.

드넓은 테익스칼란의 영토 내에서, 여섯 개의 쭉 뻗은 손바닥에 소속된 젊은이에게 함대 의료 후보생으로 선출되는 것은 큰 영예다. 의료와 연구 개발이 밀접하게 합쳐진 다섯 번째 손바닥은 전쟁부에서 두 번째로 배치되기 어려운 부서다. 그래서 의무적 훈련 기간이 끝나기 전에 전장에서 복무하는 것은 더욱 큰 영예이고, 바퀴의 무게호 보안 카메라의 눈과 생물학적 위험 방지 탐지 알고리즘 외에 아무 감독 없이 외계 종족의 부검 후 잔해를 처분하는 일을 맡는 건 더더욱 큰 영예일 것이다.

여섯 개의 빗방울은 두 번 반의 인딕션을 거친 나이로, 관자놀이에 (매일 아침 군복을 입기 전에 수렴화장수으로 신중하게 닦는) 여드름이 아직 남아 있을 정도로 젊다. 그리고 자신이 암시하는 것뿐만 아니라 상관이 분기별로 제출하는 평가서에서도 할당된 임무에 상당히 뛰어나다는 평가를 받았다. 그는 적당한 시간이 지나면 자기 힘으로 의료 구역의 지휘관 자리에 오를 수도 있는 예비 병사 타입이다. 과학적이고 건강 의식적 진취성 둘 다를 가진 인물이라고 지난번 감독관이 적었다. 그리고 여러 가지 요인 중에서도 바로 이것 때문에 그가 여기에, 제10군단의 더 작은 우주선에서 기함으로 옮기게 된 것이었다.

현재 그는 클라우드후크를 오디오 모드로 바꿔서 좋아하는 새 앨범을 두개골 내 골전도 지점을 통해 큰 소리로 들으면서 실험실을 청소하고 냉동 저장고에 다양한 외계 종족의 신체 조각을 신중하게 싸서 넣는다. 그는 섀터하모닉스 음악 업계에서 석 달쯤 뒤떨어져 있다. 이는 지상근무 없이 함대와 2년 복무 계약을 했을 때 얻는 단점이었다. 이 앨범은 카우란과 이 우주 구석의 킬링필드 사이에서 마지막으로 큰 점프게이트 스테이션에 들렀을 때 오락용품 상인에게서 낚아챘다. 올포인츠컬랩스의 최신 앨범이고, 여섯 개의 빗방울의 견해에 따르면 이들은 새터하모닉스 음악가들 중 최고 새터이다. 다음번에 휴가를 받으면 그들이 라이브 투어를 하는 행성으로 꼭 갈 것이다. 하모니는 두개골 내에서 노래를 세 배로 울리고, 그는 적절하게 표지가 붙은 컨테이너에 외계 종족의 신체를 넣은 다음에 냉동 보관 유닛으로 갖고 가며 노래를 따라 허밍한다. 라텍스 장갑은 당연히 끼고 있다. 그리고 호흡용 마스크 필터도 꼈다. 어떤 부검 잔해를 처리할 때든 마스크 필터 착용은 기본이고, 외계인 부검 잔해는 당연히 엄격한 절차를 고수할 필요가 있다.

여섯 개의 빗방울은 절차를 고수하는 데 뛰어나다. 일할 때 음악을 트는 습관만 제외하면.

외계 종족은 불안감을 자아낸다. 굉장히 불쾌한 피투성이 날개처럼 흉곽이 열려 있고, 머리는 지나치게 긴 목에서 탈구되기 직전이고, 성대 주름은 전부 다 노출되고 해부되었다. 여섯 개의 빗방울은 죽은 외계 종족을 평생 한 번도 본 적이 없다. 아니, 살아 있는 것도. 반쯤은 불안감에 대한 꿈틀거리는 인간 본연의 호기심을 느껴서, 나머지 절반은 순수하게 관심이 있어서 유심히 살펴본다. 이빨의 상태를 보려고 그 커다란 두개골을 뒤로 젖힌다. 분홍색 점이 있는 축 늘어진 검푸른 혀, 구강에 있는 포자 같은 구조, 부드러운 입천장에서 뻗어 나온 하얀 버섯 같은 덩굴손……

구강의 포자 같은 구조는 여섯 개의 빗방울이 여기 들어오기 전에 엄청나게 대단한 주의력으로 읽어 본 해부 보고서에서는 확실하게 묘사되어 있지 않았다.

귀에서 섀터하모닉스가 반짝이며 추락하고, 그들은 언제나 그를 위해 해 준 일을 한다. 호기심 가득한 그 자신이 영리하고 두려움 없고 평화롭게 느껴지게 한다.

그가 다음에 한 일은 엄밀히 말해 나쁜 아이디어가 아니다. 나쁜 아이디어가 된 것은, 이게 좋은 아이디어라고 너무도 확신하여 너무 빨리 움직였기 때문이다. 물론 그는 그 포자의 샘플을 채취할 필요가 있다. 물론 실제로 균류가 침투한 것임을 확인하고, 만약 그렇다면 즉시 상관에게 보고하고 거기서부터 위로 올라가서 그들의 적인 외계 종족이 포유류가 아님을 알아야 하는 사람들에게 넘어가야 한다. 이것들은 포유류가 아니고(여기서 여섯 개의 빗방울은 놀랄 만큼 정확한 환상을 투입하는데, 그는 결코 그렇다는 사실을 알지 못할 것이다.) 일종의 균류 지적 생명체의 그릇인 것이다.

적절하게 장갑을 낀 손이 적의 입안으로 들어간다. 포자-덩굴손에 닿은 손가락이 그것을 부순다. 그것들은 잘 부서진다. 쉽게 에어로졸화된다. 균류의 침투물은 원래 그렇다. 언제나 그래 왔다. 여섯 개의 빗방울은 모르지만, 이것들은 특히 그렇다. 이것들은 지금처럼 단단해야 할 필요가 거의 없다. 바깥쪽으로 자라기 위해서 안쪽에서 달라붙을 새로운 장소를 찾아야 하는 불행한 임무를 수행해야 하기 때문에 이런 것이다. 침묵과 부패를 끝내기 위해서, 집이라는 폐허에서 탈출하기 위해서. 여섯 개의 빗방울은 자신의 발견물을 외계 종족의 입안에서 꺼내며 속이 울렁거리는 와중에도 흥분감과 걱정 속에서 마스크를 하길 정말 잘했다고 생각했다. 실제로 정말 기뻤다. 이제 부서뜨렸으니 이것들은 사방에 포자를 방출할 것이다. 그는 의료 지역 전체를 오염 물질/오염 절차에 따라서 처리해야만 할 것이다. 현미경으로 본 다음에 바로 해야지.

여섯 개의 빗방울이 외계 종족의 입에서 포자를 떼어 낼 때 알아채지 못한 것은 이빨(육식동물의 이빨, 시체 먹는 동물의 이빨)의 날카롭고 뾰족한 가장자리가 장갑을 뚫고 엄지손가락 아랫부분의 두툼한 살을 뚫었다는 사실이다. 아프지는 않다. 너무 날카로워서 아프지 않다. 완전히 무시한 작고 완벽한 절개. 현미경 분석을 해야 한다.

현미경으로 분석해 보니 실제로 균류다. 여섯 개의 빗방울이 아는 균류는 아니지만, 그는 미생물학자가 아니니까. 미생물학자는 대체로 익스플라나틀이고, 어떤 함대 병사에게 그런 훈련을 받을 시간이 있겠는가? 학위 논문을 써야 하는데, 그러느니 병사들의 상처를 치료하겠다. 하지만 여섯 개의 빗방울은 이게 균류라고 생각한다. 최소한 다른 어떤 것도 아니니까 그 말은 지휘 계통을 따라 위쪽으로 전달할 가치가 확실하게 있다는 뜻이다. 클라우드후크를 현미경 스캔에 연결해서 재빨리 홀로이미지를 만든 다음에 인포피시 스틱도 필요 없을 만한 짧은 편지를 작성한다. 여기에는 '의료 긴급 보고: 외계 종족의 시체가 외계 균류 침투물을 키우고 있음, 첨부 자료 확인'이라고만 쓰여 있고, 바퀴의 무게호에서 의료와 관련이 있는 모든 사람들의 클라우드후크로 바로 전송된다. 여섯 개의 빗방울이 그냥 부관이라고 생각하는 스무 마리 매미도 포함되어 있다. 스무 마리 매미는 함선 안의 모든 긴급 메시지 목록에 자신을 올려놓았고, 여섯 개의 빗방울은 그걸 모르지만 만약 알았다면 상상만으로도 굉장히 짜증 났을 것이다. 별들이여, 항상 수많은 방해되는 메시지들이 들어올 텐데, 엄청나게 정신 산만할 거야.

스무 마리 매미가 이 메시지 목록 전부에 있기 때문에 그는 다음에 일어날 사태를 바꿀 수 있는 시간에 의료실에 도착할 뻔한다. 거의. 하지만 시간을 맞추지는 못한다.

여섯 개의 빗방울은 현미경을 더 잘 보려 몸을 기울이고 홀로 화면을 빙글 돌린다. 그리고 균류 포자가 어떻게 자라는지 더 상세하고 명확한 아이디어를 얻을 수 있는지 보려고 한다. 신경망처럼 프랙털 구조 같아서 정말로 굉장히 호기심을 느낀다. 그는 한 손을 들어 홀로이미지를 허공에서 돌리고, 손목에서 뭔가 뜨겁고 축축한 액체가 흘러내리는 것을 느낀다.

붉다. 피다. 그의 피다.

그는 그것을 바라보며 생각한다. 다친 기억이 없는데.

이제 아프다. 엄지손가락. 손목과 손가락. 타는 것 같다. 피를 보자 아픔을 느끼기 시작한 것처럼.

장갑을 벗는다. 피로 가득 차 있다. 손에 빨간색이 두껍게 묻어 있다. 잘못되어 보인다. 피가 잘못되어 보인다. 피는 이렇게, 이렇게 걸쭉해서는 안 된다. 마치 응혈 인자들이 제멋대로 활동하는 것 같다. 그는 겁에 질린다. 자신이 충격 상태라고 거의 확신한다. 호흡이 씩씩거리는 것처럼 변한다.

손을 돌려 본다. 잘린 부분은 엄지손가락 바로 아래이고 넓게 열려 있다. 가장자리가 하얀 균류 구조물로 벌어져 있다. 그가 현미경 아래에 집어넣은 것과 똑같이. 그것이 그에게서 자라나고 있다.

그것들이 자란다. 상처에서 더 많이 비집고 나오는데 눈으로 볼 수 있을 정도로 빠르다. 상처 가장자리 피부가 공간을 만들기 위해서 벌어진다. 그것도 아프고, 안쪽은 더욱 아프다. 낮고 기묘하게 타는 느낌. 숨을 쉴 수가 없다. 침투물이 엄지손가락 안에서 둥지를 튼다. 그는 다른 손을 들어 그것을 뽑아내려고, 그에게서 없애려고 한다.

그것들은 쉽게 뽑힌다. 하지만 계속 자라난다. 더 많이. 더 깊게 들어간다. 그것들은 혈관에, 동맥에 있다. 빨강과 함께 하얀색으로 혈관이 막힌다. 응혈인자 문제가 설명이 되는군. 그는 생각한다. 숨을 헐떡인다. 그것들이 폐까지 들어간 걸까 아니면 그가 그저 과민성 노출 반응을 일으키는 걸까. 그러다가 바닥에 쓰러지고, 그리고……

(멀리서 들리는 비명처럼, 오디오플랜트에서 여전히 나오는 음악처럼, 코러스가 메아리치고 어떤 섀터하모닉스 음악가도 부른 적 없는 기묘하고 풍부한 목소리를, 어떤 소음을 이루며 노래한다. 우리……)

……완전한 무無.

여행자가 넬톡 행성계에 들러 넬톡인의 요리를 맛볼 기회가 있다면, 이 안내서는 대단히 열렬하게 그러라고 추천할 것이다. 넬톡 요리의 맛은 다른 음식 목적의 지역이나 '세계의 보석'에 있는 최고의 레스토랑들에서 먹는 것보다 더 연하지만, 그 연한 맛은 오해를 부른다. 그것은 짠맛과 단맛, 쓴맛과 고소한 맛의 균형을 맞추는 깊고 복잡한 맛을 음미할 기회를 제공하여 넬톡 특별식 스타일, 즉 한 번에 조그만 접시 하나씩 나오는 방식을 허용하게 된다. 당신의 레스토랑 체험을 위해서 최소한 세 시간은 비워 둬라. 그리고 항상교도들이 균형에 관해서 핵심을 지적했을지 모른다는 생각을 하라(저자처럼 말이다!)……

— 『라우나이 섹터의 외행성계의 미각 즐기기: 강렬한 경험을 찾고 있는 관광객을 위한 가이드』중에서, 스물네 송이 장미 지음, 대체로 서쪽 호 행성계 전역에 유통

어육완자 선적이 실제로 어육완자 선적이고 테익스칼란인 한 명을 제외하면 다른 비승인 수입품을 싣지 않았는지 확인할 것. 그리고 오염 가능성이 있는 물품을 갖고 왔다는 걸 근거로 함장의 상업 허가를 취소시킬 것. 이 상황에 딱 맞는 근거니까.

— 유산협회 의원 아크넬 암나르트바트가 도착한 편지 나머지와 함께 비서의 책상에 남겨 둔 메모

이런 일도 가능은 하다. 아홉 송이 부용의 덩치에 쉽게 알아볼 수 있는 특별한 계급을 가진 여자의 경우에는 아주 간신히이긴 하지만, 가능은 하다. 바퀴의 무게호에서 지휘장교들이 그녀와 만날 거라고 예상치 못한 곳에 갑자기 나타나서 누군가를 놀라게 하는 것 말이다. 비결은 사실 그녀가 오래전에 클라우드후크에서 지우기를 거부했던 샤드 프로그램에 있다. 조심한다면 그녀는 기함에 있는 모든 샤드 조종사의 집단적 시야로 들어갈 수 있고, 300쌍의 눈을 통해 정말로 대단히 찾고 싶은 사람의 위치를 삼각측량으로 파악 할 수 있다.(그렇게 많은 샤드 조종사가 동시에 클라우드후크 프로그램을 작동한다면, 그리고 그녀가 유용하게 쓸 수 있을 만큼 오랫동안 수많은 시야를 감당할 수 있다면 말이다.) 함교에 서서 카메라-눈 전부를 통해서 살피는 것과 같지만 더 빠르다. 훨씬 동적이고.

샤드 조종사들은 물론 이것을 안다. 그들에게 물어보고, 서명을 하고, 그들이 그녀가 우연히 사생활이나 개인적 순간을 보는 걸 원하지 않을 때면 샤드 프로그램을 꺼 버릴 수 있다는 걸 알고 있지 않았다면, 그녀는 절대로 그들의 눈을 빌리려 하지 않았을 것이다. 그녀가 그들의 공유 고유감각에 접속하지 못한다는 것도 도움이 되었다. 그녀의 클라우드후크는 업그레이드를 하지 않으면 새로운 기술을 사용하지 못하고, 거기에 그녀가 꼭 필요한 처리 능력 비슷한 거라도 가지려면 샤드에 직접 타서 접속해야 할 것이다. 그녀가 그들의 눈을 통해 봐도 괜찮겠냐고 물었을 때, 육체적 접속이 없는 부분도 도움은 되었을 거라고 추측했다. 조종사 대부분은 그녀에게 필요할 때면 그들을 통해서 배 안을 볼 수 있게 해 주었다. 그들이 그녀를 신뢰하는 방법 중 하나였다. 그것을 깊게 생각하면 언제나 그들의 신뢰가 그녀의 가슴속에서 포탄 파편처럼 밝고 화려하게 폭발하는 것만 같았다.

이제 그녀는 그들을 이용했다. 복도의 교차로에서 샤드 시각에 들어갔다 나왔다 하면서 시지각視知覺이 다른 곳에 있어도 현기증을 일으키거나 누군가와 부딪치지 않으려고 노력한다. 그리고 함대 사령관 **열여섯 번의 월출**이 어디로 갈 생각인지 알아내서 보다 먼저 그곳으로 가려고 했다.

아홉 송이 부용은 그녀를 움찔하게 하고 싶었다. 그런 다음 아주 상냥하게 자신의 기함에서 걷어차 쫓아내서 그녀가 속했고 그 **세 번째 손바닥**식 스파이 짓거리가 한정되는 **포물선 압축**호로 돌려보내고 싶었다. 어떤 결과가 되든 간에 **중력장미**호가 찾아낸 외계 종족의 본거지를 상대하려는 **아홉 송이 부용**의 계획 근처에도 오지 못하게 하고 싶었다. 하지만 결정을 내릴 때까지 비밀로 유지할 수 있기를 바라는 것 외에도 **아홉 송이 부용**은 **열여섯 번의 월출**이 깜짝 놀라서 목 졸린 소리를 토해 내는 표정을 보고 싶었다. 그 날카로운 기대감에 자신이 이를 드러내며 웃고 있다는 걸 깨달았다. 그녀는 서둘러 배의 복도와 엘리베이터 통로를 지나고 지휘 갑판에서 수경재배실을 지나 함내 식당에서……

……추락하는 별들의 궤적, 목 안쪽에서 공포의 쓴맛과 금속성 아드레날린 맛이 느껴지고, 시야에 외계인의 고리 우주선의 거대한 호선이 가득 찬다. 매끄러운 금속과 물결무늬 왜곡, 너무 가까워 너무 가까워 너무 가까워 그리고 다시 별들이 보인다, 그 샤드에서(그들이 어디에 있든, 그리고 그녀는 **바퀴의 무게**호에서 휴일을 맞아 안전하게 있는 조종사들에게서 빠져나올 생각이 없었는데) 너무 세게 빠져나오려고 해서

그들은 고리에서 위쪽으로, 점근적으로 위로 올라가서 회피했다.

아홉 송이 부용은 손목, 목, 횡격막에서 맥박을 느낄 수 있었다. 그녀의 맥박 혹은 샤드 조종사의 맥박, 그리고 샤드도, 업데이트된 고유감각 프로그램도 없는 상태에서 이 정도였다. 시각만으로도. 샤드 조종사 일부가 이 새로운 프로그램을 샤드 트릭이라고 부르는 것도 놀랄 일이 아니었다.

깜박거리는 시야. 그녀의 함선에, 식당에, 수경재배 갑판에, 체력단련 시설에, 조종사가 무거운 판을 가슴에서 밀어내며 벤치프레스를 할 때 느끼는 긴장감의 반향. 물론 정신적 문제일 것이다. 심장이 여전히 뛰었다.

별들의 바퀴여, 너무 빨랐다.

그들 모두가 이렇게 느꼈을까? 항상?

별들의 바퀴여. 불, 잠깐의 열기, 구역질 나고 달콤한 공포(여기 엔진이 있고, 아……), 빨강, 빨강에서 흰색으로 완전히 흐릿해지는 시야, 그리고……

사라진다. 어둠. **아홉 송이 부용**은 침을 삼켰다. 그녀는 제6갑판과 제5갑판 사이 통로 어딘가의 벽에 달라붙어 있었다. 완전히 자기 자신이었다. 그 조종사는 적함에서 벗어나서 충돌을 피하고 그 호선으로 탈출로를 그리며 움직이던 와중에 뒤에서 포격을 맞았다. 번쩍이는 불, 그리고 다시는 아무것도 느낄 수 없다.

모든 샤드 조종사는 주의를 기울이지 않으면 모든 죽음을 느끼는 걸까?

조심조심 **아홉 송이 부용**은 프로그램을 향해 한 번 더 손을 뻗었다. 웨이트 운동을 하던 사람의 긴장감이 돌아온다. 남자는 이 죽음을 못 봤는지, 시야 내에서 눈에 띄는 방식으로 반응하지 않았다. **아홉 송이 부용**은 다시 바꿨다. 제5갑판 식당에 있는 샤드 조종사의 프로그램이다. 그는 긴 공동 테이블 한쪽 끝에 앉았고 반대편에는 셔츠를 가볍게 입고 군복 재킷은 의자 등받이에 걸쳐 놓은 함대 사령관 **열여섯 번의 월출**이 **아홉 송이 부용**의 병사들과 유쾌하게 대화를 나누고 있었다.

아홉 송이 부용에게서 솟구친 분노는 충격봉으로 명치를 맞는 것처럼 강렬했다. 죽음을 보는 것보다 더 나빴다. 그것을 막 보았을 때보다 더 혼란스러웠다. 그녀는 샤드 조종사가 막 죽었다는 것조차 몰랐었다. 혹은 오늘 얼마나 많은 수가 그런 식으로 죽게 될지도 모른다. 그리고 지금은 이거였다. 침입자, 이 음해자는 자신의 군단, 자신의 부하와 함께 있지 않고 **아홉 송이 부용**의 부하와 함대, 그 자리에 침투하는 데에 너무 신경 써서 권리상 자신의 것인 제24군단의 병사들을 돌보지 않고 있었다.(이 여자는 대신에 제10군단과 함께 밥을 먹을 것이다.) 그것은 **아홉 송이 부용**을 멍청하고 부주의하게 하는 종류의 분노였다. 그녀는 그 분노가 커지게 놔뒀다. 그 감정이 온몸을 지나치게 놔둔 다음에 배의 엔진의 코어처럼 되어 그녀의 가슴에 꽉 자리를 잡고 비밀스럽고 위험하고 보호되는 생생한 힘이 되도록 했다. 통제하의 힘.

그녀는 여전히 **열여섯 번의 월출**을 자신의 망할 기함에서 쫓아내고 싶었다. 최소한 그것만큼은 해낼 힘이 있었다.

제6갑판 식당으로 걸어 들어갈 때 부하들이 그녀를 알아채고 일어나서 인사를 하니 어쨌든 격한 기쁨이 느껴졌다. 그녀는 그들을 향해 눈을 크게 뜨고 연극적으로 의아한 표정을 지으며 씩 웃었다.

이게 다 날 위한 거야? 이런, 얼른 밥이나 먹어. 그리고 앉으라고 손을 흔들었다. 그들은 앉았다. 대화는 여전히 편안한 크기로 이루어졌다. 병사들은 여전히 그녀의 것이었다. 지금은.

열여섯 번의 월출은 자리 선정을 영리하게 했다. 그 옆에는 빈자리가 없었다. 아홉 송이 부용은 대신에 긴 테이블 한가운데 자리에 앉아서 샤드 조종사의 눈을 오랫동안, 시야를 공유하고 이중으로 보았다. 그가 이제 같은 공간에 있기 때문에 두 사람 모두를 위해서 샤드 프로그램을 껐다. 이중 시야가 끊기고, 그녀가 거의 그와 똑같이 숨을 쉬고 있다가 이제는 그렇지 않은 느낌, 잔상이 남았다. 그의 형제 조종사가 불길 속에 사라진 것 같은 느낌. 그녀는 그에게 아주 살짝 고개를 끄덕였다. 그에게 프로그램에 관해서, 그 부작용에 관해서 물어볼 수 있다면 좋을 텐데.

그러고 나서 그녀는 빌어먹을 말을 한마디도 하지 않았다. 마치 열여섯 번의 월출이 하는 일이 전혀 잘못되지 않은 것처럼 계속 말하게 놔두고 테이블 가운데 있는 공용 그릇에서 간장과 고추기름에 비빈 쌀국수를 자기 몫으로 덜었다. 군인용 식사였다. 뼈의 빈 공간을 없애 줄 정도로 따뜻했다. 아니면 그런 느낌이 들 정도로 따뜻하달까.

음식을 몇 입 씹고 삼키며 아홉 송이 부용은 테이블의 에너지가 주위로 움직이고, 그녀의 존재를 향해 재편성되는 것을 느꼈다. 입술을 핥아 고추기름의 마비성 열기를 쫓아 버렸다.

그녀가 명랑하게 말했다.

“사령관. 귀관의 부하들은 귀관이 식당에서 함께 식사하는 걸 굉장히 고맙게 여기나 봐. 포물선 압축호에서도 이렇게 하고 있는 거겠지, 안 그런가? 아니면 귀관이 우리 손님이라 이러는 건가?”

열여섯 번의 월출의 호박색 눈이 클라우드후크 뒤에서 깜박였다. 약간은 파충류처럼 느리게 열렸다 감긴다.

"부하들이 저를 초대할 때만요."

고약하고 암시적인 대답이다. 그녀는 여기서, 그리고 자신의 배에서 초대를 받았고, 아홉 송이 부용은 멋대로 들어와 자리를 차지하고 상관으로서 부하들의 사생활을 침해한 셈이었다.

"그렇다면 귀관을 위한 특별 대접이로군."

아홉 송이 부용이 말했다. 특별히 초대를 받아야만 한다니, 얼마나 초대를 드물게 받길래.

"제10군단의 환대에 몸둘 바를 모르겠군요, 야오틀렉."

"우린 모든 수단을 다해서 접대하지."

아홉 송이 부용의 말에 왼쪽에 있던 병사가 웃었다. 좋은 일이다. 그러다가 웃음을 뚝 그쳤다. 이건 별로 좋진 않다. 아홉 송이 부용은 열여섯 번의 월출이 여기서, 그녀의 부하들이 표정을 조심하게 할 만한 어떤 대화를 했던 건지 굉장히 알고 싶었다.

"그런 것 같군요. 소문은 전혀 그렇지 않았는데요."

아홉 송이 부용은 한쪽 눈썹을 들어 올렸다. 피에 젖은 별빛이여, 정말 이 여자를 그녀의 우주선에서 쫓아내고 싶었다.

"귀관의 제24군단에서 우리 제10군단의 소문은 어떤데?"

녹은 유리처럼 차분하게, 반응 코어를 차분하게 억제하고서 물었다.

열여섯 번의 월출이 한쪽 어깨를 들썩였다. 그 입가가 사나우면서도 순진한 척하느라 흠잡을 데 없는 곡선을 그렸다.

"배타적이라고요. 헌신적이고."

아홉 송이 부용이 '누구에게'라고 물으면 그 답은 '당신에게요, 야오틀렉'이라고 할 게 뻔했다. 그리고 이제는 열여섯 번의 월출이 왜 그녀를 혐오하는지 알 것 같았다. 아니, 최소한 그 주인들의 혐오를, 세 번째 손바닥의 혐오를. 물어볼 필요도 없었다. 외계 종족과의 전쟁에 더 종말론적으로 헌신하지 않고 망설여서 그런 게 아니었다. 그것은 제6군단과 제14군단의 함대 사령관의 야심을 달래기 위한 가벼운 선물, 그들이 열여섯 번의 월출의 예비 반란과 그 우려에 대한 통신문에 연대 서명을 하게 만들기 위한 것일 뿐이었다. 함대가 할 필요 없는 일을 맡기려고 정보부를 끌어들였기 때문도 아니었다. 그 결정이 도움이 안 되었을 거라고는 생각하지만. 열여섯 번의 월출 또는 세 번째 손바닥 또는 전쟁부 전체가(갑자기 속이 울렁거리는 것처럼 느끼지 않고서는 도저히 생각할 수 없는 진짜 불안한 아이디어는) 제국에 아홉 송이 부용이 위험 요인이라고 생각하는 거였다. 그녀의 부하들(그들의 신뢰, 그들의 자신감, 그녀를 위해 죽겠다는 의지)이 테익스칼란이 아니라 그녀를 위해서 죽을 것이기에.

(아니면 그녀를 테익스칼란으로 생각하게 되거나. 그 비슷한 일이 하나의 번개에게 일어났었다. 그리고 그가 그걸 어떻게 이용했지? 실패한 황위 찬탈, 혼란스러운 권력 이양이었다. 그녀는 절대로 그런 식으로 행동하지 않을 것이다. 하지만 아홉 번의 추진 장관이 황위 찬탈 편에 있었다면, 그 후계자인 아홉 송이 부용이 비슷한 일을 할지 모른다고 세 번째 손바닥이 생각하는 이유가 될 수도 있다.)

"전혀 배타적이지 않아, 사령관. 우린 귀관과 같이 식사하고 있잖아, 안 그래? 얼마나 됐더라…… 음. 귀관이 도착한 지 얼마나 됐지? 며칠?"

"제 부관 열두 번의 추진은 제가 부득이하게 다른 곳에 있어야 할 때 포물선 압축호를 기꺼이 믿고 맡길 수 있는 지휘관입니다."

열여섯 번의 월출이 약간 신경이 곤두서고 긴장한 것처럼 답했다. 좋아.

"물론 그렇겠지." 아홉 송이 부용은 국수를 한입 더 먹었다. 혀는 감각이 없고 불 채찍을 내리치는 것 같았다. "흠, 내가 이런 걸 물어봐도 되는지 모르겠지만 실례를 무릅쓰고 한번 물어본다면……." 그것은 가장 격식을 차린 존댓말이라 거의 모욕에 가까울 지경이었다. "귀관이 제5갑판 식당에 필수적으로 있어야만 하냐는 거야. 참 신기하군. 포물선 압축호에는 쌀국수가 없나?"

이번에 병사들은 좀 더 자유롭게 웃음을 터뜨렸다. 아홉 송이 부용은 야만적일 정도로 그들에게 소유욕을 느꼈다. 우리가 우리끼리만이라고 해서 그게 뭐? 우리가 바퀴를 돌리는 무게추인데.

"여기의 고추기름 배합이 마음에 들어요. 이 갑판의 요리장을 하루 정도 빌려 달라고 요청하고 싶을 정도로."

열여섯 번의 월출이 지극히 덤덤하게 말했다.

그녀는 갈고리 모양 씨앗처럼 그들 속에 박혔다. 그녀는 떠날 생각이 없었고 자신이 뭘 생각하는지 아홉 송이 부용에게 기꺼이 알려 주려 했다. 그 말은(망할 세 번째 손바닥 놈들) 아홉 송이 부용이 알아도 상관없다고 확실하게 믿는다는 뜻이었다.

내가 여기서 죽을 예정인지 궁금하군. 열여섯 번의 월출도 우리 적의 입에 의해 죽게 될 예정인지 궁금해. 그녀의 주인들이 기꺼이 동의할 부수적 피해지, 그 말은 나도 망가뜨릴 거라는 뜻이고……

(그리고 내 샤드가 죽어 가는 것처럼 모든 함대 사령관이 죽으면, 전쟁은 누가 이기

는 거지?)

"우리가 제5갑판 요리사 같은 필수 인력을 빌려줘도 되는 때가 오면……."

말을 할 때 갑자기 아홉 송이 부용의 클라우드후크 전체가 긴급 메시지의 빨간색과 하얀색 불빛으로 번쩍거렸다.

바퀴의 무게호에서 그녀의 설정보다 우선할 만큼 높은 접속권을 가진 사람은 딱 한 명이었다. 그녀가 긴급 승인을 하기도 전에 메시지가 눈앞에서 쏟아져 나왔다.

스무 마리 매미의 메시지는 이랬다. 맬로, 의료 구역이 오염 절차에 들어갔어요. 전 안에 있어요. 우리 적의 시체에서 균류가 번식했습니다. 의료 기술자가 죽었어요. 그게 기술자를 잡아먹었습니다. 수신 확인.

아홉 송이 부용은 벌떡 일어서서 주위의 질문을 막기 위해 한 손을 들었다. 그녀의 눈이 최대한 빠르게 움직이며 메시지 시스템을 호출하고 소리 없이 메시지를 보냈다. 스윔, 왜 안에 있지?

기나긴 10초가 흘렀다. 이럴 줄 몰랐습니다. 와서 봐요. 전 아직 죽을 것 같지 않으니까요.

여기 열여섯 번의 월출이 있어. 그녀가 적었다. 기다려. 기다려. 기다려. 그녀는 충격 속에 멍하니 있었다. 공포가 가슴 깊숙한 곳까지 파고들어서 온몸에서 풍겨 나오고 함께 존재하는 것만 같았다.

그리고 메시지가 왔다. 별빛이여, 맬로, 그녀를 데려와요. 그게 낫겠어요.

✧✧✧

여덟 가지 해독제는 혼란꾼들에 대한 꿈을 꾸고 끈끈한 공기처럼,

햇빛이 아무리 강해도 완전히 사라지지 않는 안개 자욱한 아침처럼 꿈의 이미지가 여전히 맴도는 채 깨어났다. 그는 불분명하게 화가 났고, 자신이 굉장히 잘못된 일을 했다고 전적으로 확신하면서 동시에 그런 일을 하지 않았다는 걸 분명히 알았다. 최소한 현실 세계에서는. 그저 그런 꿈을 꿨을 뿐이고, 꿈은 사라져 갔다. 사라져 가지만, 완전히 없어지지는 않았다. 그저 조각났을 뿐이다.

전쟁부에서 꼬박 이틀을 보내고 잘 때만 지상궁으로 돌아왔다. 그는 계속 **세 개의 방위각** 장관을 따라다녔다. 그것만으로도 악몽을 꿀 만할지도 모르겠다.

그는 체력 단련장에서 사격장으로 **세 개의 방위각**을 따라갔고, 그녀가 두툼한 단련장 매트 위에서 손 자세를 고쳐 줬던 것처럼 조준을 고쳐 주는 걸 받아들였다. 그리고 **세 개의 방위각**을 따라 그녀의 사무실로 갔고, 간단하고 손쉽게 마법처럼 거길 떠나지 않았다. 그녀가 가라고 하면 그는 갈 수도 있었다. 하지만 그녀는 그러지 않았다.

세 개의 방위각은 다른 '손바닥'들(공학 기술 및 선박 건조의 여섯 번째, 물류의 두 번째)과 회의하는 것을 보여 주었고, 심지어 **열한 그루 월계수**와의 회의도 보게 해 주었다. 장관의 창가 의자에 앉아 무릎 위에서 깍지 낀 손 위에 턱을 괸 **열한 그루 월계수**는 보이는 모든 것을 보는 **여덟 가지 해독제**를 쳐다보았다. 기쁜 것도, 화난 것도 아닌 복잡한 표정으로. 그리고 똑같은 표정으로 **세 개의 방위각**을 빤히 보았고, 장관은 그 침묵을 깨려 하지 않았다. 그 뒤로 **열한 그루 월계수**는 **여덟 가지 해독제**가 마치 실내 장식을 개선하기 위해 창가 자리에 놔둔 쿠션인 것처럼 무시했다. 그는 상처받지 않으려고 노력했다.

첫날 늦게, 오후 시간이 거의 끝날 즈음에 **여덟 가지 해독제**는 장관에게 커피를 가져왔다. 그녀는 소년을 보고 웃고서 그의 머리를 헝클어뜨리고는, 자신은 커피를 마시지 않으며 그는 사무 보좌가 아니라고 말했다.

그 커피를 마신 **여덟 가지 해독제**는 남은 저녁 시간 내내 신경이 곤두서고, 초조하고, **세 개의 방위각**이 정보부 요원과 마히트 디즈마르(혼란의 산물인 마히트 디즈마르)가 죽은 행성인 펠로아2에 내려가서 외계인 적과 최초의 접촉을 했다는 보고서를 읽었다. 그러면서 대단히 겁을 먹고, 대단히 흥분했다. 어떤 보고서도 보안코드 히아신스가 아니었다. 그러니까 이 모든 보고서는 공정하고 단순히 명령 계통을 따라 올라온 셈이었다. 표준 운반 방식인 함선에 실려 점프게이트 우편 시스템을 통하는 방식으로는 메시지를 보내고 받는 데에 여섯 시간의 지연이 생겼다. 함대 사령관 **열여섯 번의 월출**이 정보부 요원의 존재에 관해 경고하려고 장관에게 제일 처음에 보낸 메시지 같은 건 없었다. 어떤 것도 비밀이 아니었다.

상황은 더 기묘해졌다. 여기 있는 게 점점 더 기묘하고, 이야기를 듣는 게 점점 더 기묘해졌다. 갑자기 **세 개의 방위각**의 모든 회의 상대가 우주생물학을 전공한 과학부 요원이나 아주 차분하게 긴급 상황에서 받아들일 수 있는 사상자 비율에 관해 논의하는 함대 군인뿐이라는 걸 깨달았다. 회의는 먹거나 마시거나 쉬지도 않고 밤까지 계속되었다. 왜 장관은 그를 보내지 않는 걸까? 그가 뭘 보길 바라는 걸까? 아니, 그는 무엇 때문에 머무르고 있는 걸까?

거의 자정 무렵에 에브레크트 전문가가 와서 받아들일 수 있는 사상자 비율에 대해 얘기하던 여자와 함께 정중한 고함 지르기 대회를 벌였다. 주제는 최초의 접촉 경험이 있고서 얼마나 지나면 누군가가 아무도 죽지 않도록 뭔가를 해야 되느냐는 거였다. 세 개의 방위각은 거기 앉아서 바라보며 메모를 했다. 여덟 가지 해독제는 계속 그녀의 귀가 있었던 탄 자리를 응시하며 어쩌다 그렇게 심하게 상처를 입었을까 생각했다. 그리고 이 사람들 중 누가 혼란을 줄 거고 그럴 때 어떻게 알아챌지를 생각했다.

가장 어둡고 가장 추운 밤시간이 되어서야 방으로 돌아갔다. 재킷 안에서 몸을 떨며 정원을 가로질러 지상궁으로 들어섰다. 방으로 가서 침대에 들어가 잠이 들었다. 그는 그 꿈들을 기억하지 못했지만, 꿈을 꾸었다는 건 알았다. 그렇다 해도 다음 날 아침 해가 뜬 직후에 이슬이 반짝이는 잔디밭을 가로질러 전쟁부로 돌아갔다. 세 개의 방위각의 사무실로. 창턱에 다시 조그맣게 웅크리고 앉으니 몇몇 함대 사관 후보생이 아침으로 그레이프프루트와 리치 주스를 갖다주었다. 그리고 그는 들었다. 세 개의 방위각 장관이 야오틀렉 아홉 송이 부용 본인에게서 급송으로 메시지를 받는 동안 들었고, 장관이 방에 그와 열한 그루 월계수, 자신의 가까운 직원 두 명만 둔 채 그것을 보는 것을 보았다.(그는 여기 있어서는 안 됐다. 하지만 떠나지 않았다.) 전에는 아홉 송이 부용의 목소리를 들어 본 적이 없었고 모습만 홀로이미지로 본 적이 있었다. 그녀는 위협이나 풀어야 할 퍼즐이 아니라 사람처럼 말했다. 편안하고 자신만만한 억양으로 말하고 있었으나, 그 아래로 정찰병이 그녀의 군단을 잡아먹는 적 외계인의 행성, 그들의 고향(아마 수많은 것 중 하나겠지만 어쨌든 모성)을 찾아냈다고 보고할 때에는 그 말투 아래로 다급함이 느껴졌다.

세 개의 방위각과 열한 그루 월계수가 차분하게 대규모 행성 공격의 역사적 선례를 의논하는 동안 그는 귀를 기울였다. 그도 거기에 대해 조금 알았다. 800년 전이나 그 이상 전, 테익스칼란이 사납던 시절이었다. 반란을 진압하는 데에 조금도 타협하지 않았던 시절.

열한 그루 월계수가 가볍게 말했다.

"함대가 협상에 따른 종속 양식으로 전략을 전환한 데에는 아주 중요한 이유가 있습니다, 장관님. 나카를 고려하면 장관님께서도 아주 잘 아시겠지만요……."

"주민을 향한 대규모 행성 공격은 자원과 선의를 낭비하고, 새로 합병된 행성계와 테익스칼란 사이에 영원한 증오를 형성하겠지. 차관, 자네가 말한 대로 나카는 협상에 따른 종속 양식의 뛰어난 성공 사례야. 내가 이제 장관이 되었다고 해서 내 방법론을 그렇게 극적으로 바꿀 거라고 믿는 이유가 있나? 폐하께서 나를 이 자리에 앉히신 데에는 이유가 있을 텐데."

그 말은 경고 같았다.

"그래요, 그렇죠! 그것도 아주 좋은 이유가요. 전 나카에서 장관님이 한 작업에 대해서 굉장히 잘 압니다. 장관님이 뭐라고 불렸죠? 나카인의 정신 도살자? 하도 흥미로워서 좀 알아봤죠. 그렇게나 우아한 별명을 가지신 분도 도덕적으로 문제되는 일을 하시더군요."

여덟 가지 해독제는 자신이 이 이야기를 들을 예정은 없었다는 것을 알았다. 또한 열한 그루 월계수가 일부러 그에게 들려주고 있다는 걸, 전쟁부에서 오로지 3급 차관 열한 그루 월계수 자신만이 믿을 수 있다고 생각하게 하려 한다는 걸 확신했다. 세 개의 방위각은 나카 총독으로서 뭔가 아주 잘못된 일을 했다. 아주 가벼운 언급만으로 압박을(협박을?) 했다. 그리고 여덟 가지 해독제에게 오로지 열한 그루 월계수만의 학생으로 돌아와야 된다는 운을 뗐다.(함대 사령관 열여섯 번의 월출이 열한 그루 월계수의 학생이었던 것처럼?)

혼란꾼들. 소년은 다시 생각했다. 세 개의 방위각이 그들이 누군지 알아낸다면 어떻게 될까? 좋은 일은 없겠지. 그가 자세히 들여다보고 싶은 종류의 일은 아닐 것이다.

그러면서 동시에 장관을 옹호하고 싶은 멍청하고 진심 어린 순간적인 갈망을 느꼈다. 아무리 도살자 같아도 그녀의 방법은 통하지 않았던가?

그녀가 같은 타입의 일을 또다시 행성 전체에 해야 한다 해도, 그게 효과가 있다면 그는 그걸 하길 바랄까?

세 개의 방위각은 섬세하면서 짜증이 섞인 소리로 한숨을 쉬었다.

"문제는 말이야, 차관, 이 적들이 도덕적으로 문제가 있다는 게 적용되는 인간인가 하는 거야."

"그걸 알아볼 사람은 정보부 요원뿐이죠."

열한 그루 월계수가 우아한 혐오감을 담아서 말했다.

"정보부와 야만인 외교관. 나도 거기에 관해서 그리 기쁘진 않아. 내 말 믿어."

여덟 가지 해독제는 그때 뭔가를 말해야만 했다. 그들이 선제적 행성 파괴를 고려하고 있는 상황에 입 다물고 있을 수는 없었다. 뭘 말하고 싶은지는 잘 모르겠으나, 그저 두 사람에게 그도 여기서 듣고 있다는 걸 알리고 싶었다.

"왜 우린 안 하지? 그러니까, 왜 함대는 협상을 안 하는 거요?"

그는 자신이 말실수처럼 우리라고 말했다는 걸 알고 있었다. 이 사무실에 너무 오래 있었나 보다. 이 모든 걸 알면서도 여전히 그 자신을 그들 둘과 한 패로 묶는 게 유용한 행동이었다고 생각하는 건 끔찍했다. 그는 이제 뭔가를 알게 될 것이다. 말실수가 그냥 실수일 뿐이라고 생각하던 시절이 그리웠다. 스파이가 된 이래로 실수를 하는 것뿐만 아니라 좋은 일에 대해서도 기분이 안 좋았다.

"꼬마 전하가 핵심을 짚으셨군요. 우린 할 수 있습니다. 샤드 트릭을 사용하면 말이죠. 차관, 자네의 부하 한 명을 그 협상에 내려보내서……."

여덟 가지 해독제는 헷갈렸다. 샤드 트릭? **열한 그루 월계수**는 단호하게 부정하듯이, 소년이 상냥하다고 생각하곤 했던 얼굴의 모든 주름을 야만적으로 찌푸린 채 고개를 저었다.

"그 논의가 적절한 관객 앞에서 이루어지는 것 같지 않습니다만."

그 말은, 그 말은 **여덟 가지 해독제**가 절대로 들어서는 안 되는 뭔가를 들었다는 뜻이었다. 나카인의 정신 도살자에 관해 들려줄 생각이 아니었다는 것보다 더 중요한 것. 더 나쁜 것. 더 기묘한 것. 샤드 트릭. 급송보다 더 빠른 무언가일까? 그는 **세 개의 방위각이 열한 그루 월계수**의 입을 다물게 하기를 기다렸다. 협박을 했든 안 했든 간에 어쨌든 그녀가 상관이고, 정말로 그 아이디어에 관심이 있는 것처럼 보였으니까……

하지만 그녀가 한 일이라고는 한쪽 어깨를 살짝 으쓱이고 고개를 끄덕이는 거였고, 그 뒤 아무도 샤드나 협상에 참여하는 것에 대해서 다시 이야기하지 않았다. 물류, 무기부, 보급선과의 끝없는 회의로 되돌아갔다. 한번에 너무 많은 조약을 깨뜨리지 않고서 어떻게 무기를 점프게이트 너머로 이동시킬지.

전쟁부 장관이 **열한 그루 월계수**를 절대로 거스르지 않는 것만 같았다. 그건 거꾸로였다. **열한 그루 월계수**가 혼란꾼들을 파악할 수 있고 장관 본인, 그리고 어쩌면 **여덟 가지 해독제**까지도 그들 중 일부라고 결론을 내린 것 같았다.

그날 밤 **여덟 가지 해독제**는 지상궁에 있는 자기 방으로 조용히 돌아와서 아직 자정도 되지 않았으나 곧장 침대에 들었다. 하지만 그러지 말 걸 하고 생각했다. 잠을 덜 자면 꿈꿀 시간도 적어지는데.

✧✧✧

의료 구역에 접근하는 동안 **바퀴의 무게호**의 AI 안에 있는 모든 절차의 서브루틴이 **아홉 송이 부용**의 클라우드후크에 대고 경계경보를 외쳤다. '멈추세요—들어가지 마세요—위험—생물학적 위험'이 끝없이, 운을 맞추지 못한 채 반복되었다. 평범한 안전 메시지보다 훨씬 더 신경에 거슬렸다. 보통의 메시지에는 운율이 있었다. 하지만 이것은…… 이건 충격을 주고 교란시키고 공포를 일으키려는 거였다. 물러나라고 경고하고 단음절어로 평범함을 깨뜨리려는 거였다. 어쨌든 그녀는 밀폐된 의료 구역 문으로 다가갔다. **열여섯 번의 월출**은 독수리처럼 열심히 따라왔다. 그녀는 외계인 적에게 가서 공격할 수 있는 집이 있다는 사실의 무게로 꽉 찬 느낌이었다. 그녀가 우주선과 생명을 지불할 마음만 있다면.

너무 빠르게 스쳐 가서 심장박동을 조금 더 빠르게 하는 것밖에 못 하는 잔상. 불길 속에 죽은 샤드, 그녀가 조종사로부터 느꼈던 것 같은 끔찍한 안도감. 하지만 그건 그녀 자신의 투영이었을 것이다.

감정은 샤드 시각을 통해서 전달되지 않았다. 최소한 이전에는 그런 적이 없었다.

그녀는 의료 구역 문 가운데에 있는 두꺼운 유리창을 통해 안을 보았다. 도대체 무슨 놈의 일이 스웜에게 일어나고 있는지 볼 유일한 방법이었다.

그는 의료 구역이 출혈열을 일으킨 듯이 모든 것을 차단하고 자신을 가둬 놓았다. 최소한 병사 한 명을 죽인 외계 종족의 균류 번식은 출혈열과 거의 비슷할 거라고 그녀는 생각했다. 이게 출혈열처럼 퍼진다면 스무 마리 매미는 아직 죽는 과정이 다 안 끝났다 해도 이미 죽었을 것이다.

열여섯 번의 월출이 듣든 말든 신경 쓰지 않고 그녀는 소리 내서 메시지 시스템을 다시 호출하고 빠르게 물었다.

"우리 여기 왔어. 안에서 무슨 일이 있는 거지?"

"그게요." 스무 마리 매미가 의료 구역의 인터콤 서비스를 사용해서 말했다. 이런 긴급 상황, 즉 저 문 안쪽에 전염병이 퍼지고 바깥쪽은 건강한 상태일 때를 위한 양방향 통신기를 켤 수 있다면, 그는 분명 굉장히 열심히 죽어 가고 있는 건 아닐 것이다. "현재로서 저는 괜찮습니다. 여기엔 아무도 없고 죽은 외계 생물과 죽은 의료 후보생 한 명뿐입니다. 여섯 개의 빗방울인 것 같아요. 손에 있는 상처에서 균류가 자라났습니다."

"안에 있는 정화기를 작동시켜서 그쪽 공기가 우주선 안쪽으로 재활용되지는 않는 거지?"

"야오틀렉. 맬로, 나의 소중한 친구, 나를 알잖아요. 당연히 정화기는 배출 사이클로 바꿨죠. 수경재배 갑판에서 사흘 정도 산소를 만들어 내야 할 겁니다."

스무 마리 매미의 기대수명이 얼마나 남았는지 걱정하는 신호로서 나의 소중한 친구는 맬로보다 더 나빴다. 제기랄, 그를 잃고 싶지 않았다. 열여섯 번의 월출이 그녀의 슬픔을 볼 수 있는 상황에서는 정말로 잃고 싶지 않았다.

"그건 의심한 적이 없어. 후보생에 대해서 말해 봐."

그녀는 그를 볼 수 있기만을 바라며 말했다.

"……음, 그는 죽기 전에 균류를 발견했고, 모든 의료직에게 현미경 분석 홀로이미지를 첨부한 메시지를 보낼 시간이 있었어요. 그래서 내가 와야 한다고 생각했던 거예요. 나도 수신 명단에 있거든요. 그러니까, 그 친구를 죽인 게 뭔지는 몰라도 느려요. 내가 보는 바로는요. 그리고 맹세하는데 난 이 불쌍한 꼬마처럼 외계인의 입안에 내 손을 집어넣지는 않을 겁니다. 균류의 처음 위치는 그것의 뇌에서 자라 나왔거든요. 내 말은, 외계 생물이요. 여섯 개의 빗방울 말고."

열여섯 번의 월출이 대꾸했다.

"……사골篩骨을 통한 진균성 감염처럼 말인가? 구강으로?"

"그렇습니다, 함대 사령관. 혹시 생물학자 훈련을 받았습니까?"

스무 마리 매미가 인터콤을 통해 약간 음산한 목소리로 물었다.

"의료 부대에 복무하는 영예를 누린 적은 없어." 열여섯 번의 월출이 말했지만 그건 아니라는 대답은 아니었다. 아홉 송이 부용은 자신만큼이나 유능한 그녀를 완전히 경멸했다. "하지만 균류가 그것의 뇌에 산다면, 그렇게 포자를 만들었겠지. 아래쪽으로 압력이 작용해서 처음에는 사골을 통하고, 그다음에는 연구개를 통하게 되지. 외계 생물은 내 기억에 연구개가 있었어."

아홉 송이 부용이 말을 끊었다.

"후보생은 어떻게 죽었지?"

"상처가 났습니다. 상처에 균류가 들어갔고요. 하지만 그 친구가 죽은 이유는 아마 과민증인 것 같습니다. 균 자체 때문이 아니고. 균은 별로 넓게 퍼지지 않았어요. 그리고 청색증이에요."

질문 하나 더. 정말로 묻고 싶지 않은 질문이었다.

"귀관은?"

"상처도, 과민증도 없습니다. 1, 2분만 있으면 이것들이 에어로졸화를 하는지 안 하는지 좀 더 잘 알게 될 겁니다. 우주선이 제 입자 진단을 하고 있어요. 대충이지만 뭔가 알려 주겠죠. 그리고 균류는 별로 행복하지 않아요."

"행복이라."

열여섯 번의 월출이 무덤덤하게 말했다.

"숙주를 빼앗겼거든요. 그리고 여섯 개의 빗방울의 몸 안에 사는 건 별로 좋아하지 않는 것 같습니다. 최소한 여섯 개의 빗방울의 혈류 속에서는. 제가 보고 있는 앞에서 줄어 가고 있거든요."

"어쩌면 그 친구의 뇌를 더 좋아할지도 모르지."

아홉 송이 부용이 열여섯 번의 월출 쪽으로 돌아서서 그녀의 개인 공간으로 한 걸음 들어섰다. 모든 몸무게와 크기를 이용해 다가서며 자신의 권위를 확실하게 보였다.

"우린 죽은 동료의 뇌를 열어 보진 않을 거다. 그것도 실험을 하겠다고. 외계 생물의 균류가 뭘 어쩌든 말이지."

"그런 건 제안한 적이 없습니다, 야오틀렉."

열여섯 번의 월출이 모욕당한 듯한 목소리를 내며 간신히 대답했다.

“그럼 뭘 제안한 거지?”

“이 균류는 신경 조직을 좋아하고, 거기서 안정적입니다. 우리 적은 이걸 덫으로 보냈을 수도 있어요. 폭탄이나 희생양으로. 야오틀렉의 첩자와 그 애완동물이 과민증을 일으키지 않았나 확인해 보십시오. 아니면 뇌에 균류가 들어가지는 않았는지도요. 그리고 물론 야오틀렉의 부관도 말입니다. 저는 야오틀렉의 우주선에서 야오틀렉에게 도전하려고 하는 게 아닙니다. 저도 이게 어떤 의미인지 생각하면 겁이 납니다. 자신을 위해서가 아니라면 제국을 위해서라도 이걸 진지하게 받아들이시죠.”

진심인 것처럼 말하는 데 그녀는 굉장히 탁월했다. 냉정하고 솔직하고 그냥 내쫓기에는 너무 올바른 말인 것처럼 말했다. 바퀴의 무게호에서도, 이 대화에서도.

“바로 내 부관이, 자네도 알겠지만 오염 지역 안에 있어. 지금 현재보다 이걸 더 심각하게 받아들일 수 있겠어?”

아홉 송이 부용의 말에 열여섯 번의 월출은 고개를 끄덕였다. 그리고 더 밀어붙였다.

“그리고 정보부 직원은요? 그리고 그 여자와 함께 내려보냈던 호위팀 전체도요. 모두 이미 죽었을 수도 있습니다. 그리고 이미 균류가 오염 지역 바깥으로 퍼졌을 수도요.”

아홉 송이 부용은 그녀가 항상 은근한 협박을 곁들여 명령을 내리는 타입의 함대 사령관일 거라고 생각했다. 포물선 압축호는 대단히 잘 조율된 우주선일 것이다. 끊기기 직전까지 조여 놓은 우주선.

인터콤을 통해서 스무 마리 매미가 말했다.

"그건 의심스럽군요, 함대 사령관님. 여기 입자 분석 결과가 있는데, 이건 검출 가능한 수준에서 에어로졸화되지 않아요. 이게 뭘 하든 에어로졸로 퍼지지는 않습니다. 안심하시죠."

아홉 송이 부용은 그렇게 차분하거나 편안하게 말할 수 없을 것이다. 의료 구역 문 반대편에서는.

"스웜, 진균 감염으로 죽을 가능성이 거의 없다는 뜻 맞아?"

그는 갑자기, 기묘하게 웃음을 터뜨렸다.

"거의 없는 거 맞아요. 하지만 여섯 시간이 지나고 확실해질 때까진 여기서 나가지 않을 겁니다. 게다가 함대 사령관님이 옳아요, 나의 소중한 친구. 아세크레타는 이 새로운 상황에 대해서 알아야 해요."

"이미 아는 게 아니라면 말이죠."

열여섯 번의 월출이 음울하게 말했다. 아홉 송이 부용은 확실하게 그 모습을 그려 볼 수 있었다. 아세크레타 세 가닥 해초와 그녀의 야만인 외국어 전문 대사의 시체가 진균에 둘러싸여, 그들에게 할당한 선실 안에서 죽은 지 몇 시간이 지난 것. 더 끔찍한 건 병사들의 시체가 제각각 감염지가 되어 바퀴의 무게호 여기저기에 널려 있는 거였다. 만약 이게 퍼진다면. 하지만 이건 스무 마리 매미에게 감염되지 않았다. 아직은……

"알아볼 시간이군. 그들을 의료갑판으로 부를 테니 어디 보자고."

다른 모든 것은 그 후로 미뤄야 할 것이다.

✧ ✧ ✧

마히트는 따뜻한 상태로 깨어났다. 체온의 따뜻함, 공간을 함께

하는 따뜻함, 작은 공간에서 다른 살아 있는 사람에게 안겨 있는 깊고 원초적인 편안함. 혼란스러운 것도, 이걸 조금만 더 누린 다음에 어떻게 이렇게 되었는지 생각해 봐야지 같은 것도 없었다. 의식이 제일 처음 깜박 돌아오자마자 자신이 어디에 있는지 알았다. 마히트는 테익스칼란 기함 바퀴의 무게호의 선실 1층 침대에 세 가닥 해초를 껴안고 있었다. 그녀의 무릎이 세 가닥 해초의 무릎 뒤에 있고, 얼굴은 검고 느슨한 곱슬머리에 묻혀 있었고, 벌거벗은 골반이 벌거벗은 골반을 감싸고 있었다. 손은 세 가닥 해초의 갈비뼈를 감싸고 바싹 끌어당겼다. 허벅지 사이에서, 잘 사용된 데 따르는 달콤한 통증이 느껴졌다.

아, 마히트는 자신이 어디에 있는지 정확히 알았고, 그들이 뭘 했는지 정확히 알았으며 그녀가 그걸 얼마나 즐겼는지, 절정의 순간에 어땠는지 알았다. 세 가닥 해초의 손이 그녀의 안에 거의 손가락 관절까지 절반이나 들어간 순간에 폭발하는 금빛 속에서 열아홉 개의 자귀와 여섯 방향 황제의 흐릿한 얼굴을 보았고 절정의 완전히 다른 육체적 경험을 떠올렸다. 그리고 그녀가…… 그건 신경 쓰지 말자. 그저 정신을 차리고서 세 가닥 해초를 매트리스로 누르고 그녀가 아직 파악하지 못한 오럴섹스의 기술을 이스칸드르가 아는 게 있는지 알아볼 생각이었다.

〈너보다 20년을 더 살았기 때문에 알 뿐이야, 마히트. 네 지금 기술에 누가 불평할 것 같지는 않아.〉

이스칸드르가 마히트에게 중얼거렸다.

그들의 정신이라는 사적 공간에서 이스칸드르가 얼마나 외설적으로 말을 하는지 정말 놀라웠다. 마히트는 뺨을 붉혔다. 얼굴이 뜨거워졌다. 세 가닥 해초가 아직 자고 있는지, 마히트와 똑같이 아무것도 설명하고 싶지 않아서 자는 척하고 있는 건지는 모르겠지만 그게 다행스러웠다.

그들이 바로 여기에 머물 수 있다면 정말 좋을 것이다. 그리고 아무것도 설명할 필요가 없다면. 혹은 이게 얼마나 나쁜 아이디어였는지 파악할 필요가 없다면.

마히트는 일부러 이스칸드르에게 향하도록 머릿속으로 생각했다.

리드, 이제까지 당신이 이 모든 병사들 눈에 아직 적에게 넘어가지 않은 걸로 보였다면, 이제는 넘어간 걸로 보일걸.

이스칸드르가 마히트에게 답했다.

〈너도 똑같이 적에게 넘어갔어, 마히트. 이걸 다지 타라츠에게 어떻게 설명할 생각이야?〉

그렇게 남은 모든 욕망의 흔적이 사라졌다. 얼음물 속에 푹 빠졌다가 다시 나온 것처럼 춥고 머릿속이 맑고 약간 속이 울렁거렸다. 마히트는 약 24시간 동안 다지 타라츠에게 뭘 약속했었는지 생각하지 않으려고 노력했었다. 문화 충격, 실망스러운 분노, 최초의 접촉 절차, 열사병, 그리고 진짜 끝내주는 섹스에 푹 빠진 덕분이었다. 딱 그 순서대로. 다지 타라츠에 대해, 이제 그녀의 눈이 타라츠의 눈임을 생각하지 않는 건 정말로 멋졌다. 그녀가 여기서 파편처럼 이 배에 박혀서 천천히 심장부를 향해서 다가가고 있는 스파이라는 것. 사보타주까지 하라는 명령을 받은 스파이라는 것. 뭘 사보타주해야 하는지 아직 알아내지 못했다고 해도……

〈모든 것. 그게 문제야. 타라츠가 원하는 건 테익스칼란을 보고, 잘 알게 되어서 스스로의 파괴를 향해 이끄는 것이니까……〉

그럼 타라츠는 이걸 좋아하겠네. 마히트는 고의적으로, 씁쓸하게 생각했다. 얼마나 많은 테익스칼란인이 나를 믿는지 좀 봐. 솔직히 세 가닥 해초는 황제가 아니니까 네가 아직 좀 앞서 있지.

마히트는 자신이 어떻게 이스칸드르에게 상처를 줬는지 느낄 수 있었다. 가슴속의 텅 빈 느낌, 눈물만큼 선명한 슬픔의 고통으로 느낄 수 있었다. 미안하게 여기지 않으려 애썼으나 미안했고, 그에게 상처를 줘서 미안한 건지 자신도 다쳤기 때문에 미안한 건지 알 수가 없었다. 부적절한 자기 질책 약간이 불러온 두 명 몫의 상심. 통합 전문 상담사가 절대로 경고해 주지 않는 또 하나였다.

〈난 평화의 대가로 우리 이마고 기술을 여섯 방향에게 주자고 흥정할 때 타라츠를 실망시켰어.〉 이스칸드르가 마침내 말했다. 〈그리고 결국에는 여섯 방향도 실망시켰지. 마히트, 내가 했던 것보다 더 잘해. 우리 라인은 뭔가 가치 있는 걸 얻어야만 해.〉

이스칸드르가 이렇게 명확하게 본인의 실패의 형태를, 자기혐오를 드러내는 건 들은 적이 없었다. 영원히 계속되는 거울을 들여다보거나 세상의 구멍이 갑자기 진짜가 되는 것만 같았다. 마히트는 그들의 정신이라는 조용한 금고 속에서 이스칸드르에게 물어볼 때 두려워서 망설였다. 다지 타라츠는 테익스칼란이 이 외계인을 상대로 둘 다 죽을 때까지 스스로를 부딪치기를 바라. 그에게 열여섯 번의 월출에 대해서 말할 수도 있었어. 그리고 펠로아2에서 우리 협상에 사보타주를 할 수도 있었지. 난 우리 모두를 죽일 수도 있었어. 안 그래?

〈아, 마히트. 난들 도대체 어떻게 알겠어?〉

그리고 이스칸드르가 그렇게 말했기 때문에, 세 가닥 해초가 마히트의 품에서 몸을 돌려 차가운 손가락을 뺨에 댔을 때 그녀의 눈은 눈물을 흘리고 있었다. **세 가닥 해초**가 젖은 자국을 따라 손을 움직였다.

"설마 나와의 일을 이렇게까지 후회하는 건 아니겠죠?"

대단히 충격 받은 말투였고, 그건 마히트가 바라던 바가 절대 아니었다. 마히트는 자신이 뭘 원하는지 확실히 몰랐지만, 이것만은 아니었다. 단지 울었을 뿐인데 **세 가닥 해초**는 마히트가 그녀를 때린 것 같은 얼굴을 했다.

"아뇨. 아니, 당신 때문이 아니에요, 리드. 절대 당신 때문이 아니고, 난……."

마히트는 자신의 목소리가 쉬고 목이 멘 투라는 게 정말 싫었다.

말은 너무 오래 걸렸고, 어차피 테익스칼란어는 전부 그랬다. 그래서 대신에 마히트는 **세 가닥 해초**에게 키스했다.

여전히 멋진 키스였고, **세 가닥 해초**는 여전히 키스를 아주 잘했다.(그녀의 황제가 제국 전역으로 방송되는 홀로캐스트에서 의례적 자살을 감행하는 걸 보며 존재론적 위기를 겪지만 않으면 말이다.) 서로 떨어진 다음에 **세 가닥 해초**는 그들이 서로에게 꼭 맞게 디자인된 것처럼 마히트의 어깨에 쉽게 달라붙었다.

그녀는 마히트에게 끔찍하게 **열아홉 개의 자귀**를(혹은 이스칸드르가 떠올렸던 **열아홉 개의 자귀**를. 그게 아마 진짜와 가장 비슷할 테니까.) 연상시키는 빠르고 밝고 약간의 상냥함이 담긴 어조로 말했다.

"자, 당신이 후회하는 게 내가 아니라면, 대체 뭐죠? 우린 어제 아주 잘했었잖아요."

"그랬죠. 그랬어요, 그리고 우린 아직 갈 길이 아주 머니까……."

"당신 자신의 능력을 의심한다는 말은 하지 말아요. 당신은 그들에게 어떻게 노래를 부를지를 알아냈어요. 우린 그들에게 적 말고 다른 이름을 좀 붙여야 해요, 그렇게 생각하지 않아요?"

"……아마도, 네, 그리고 아뇨, 난 내 능력을 의심하지 않아요. 나는……."

마히트가 말을 멈췄다. 입안에서 혀가 납처럼 느껴졌다. 모든 신경성 동통이 손으로 돌아와서 유리 조각으로 찌르는 것처럼, 계속해서 따끔거리는 불길처럼 느껴졌다. 마히트는 뭘 해야 할지 알 수가 없었고, 이스칸드르도 뭘 해야 할지 알 수가 없었고, **세 가닥 해초**는 어제 그랬던 것처럼 계속해서 상처를 줄 것 같고 몇 번을 키스하든 그녀를 마히트 디즈마르가 아니라 나의 영리한 야만인으로 생각할 것 같았고, 안전 같은 것이든 집으로 돌아간다는 선택지든 존재하지 않는 것 같았다.

"마히트?" **세 가닥 해초**가 가는 손바닥으로 마히트의 뺨을 감쌌다. "심문 기술을 내가 방금 같이 잔 멋진 사람에게 쓰고 싶지 않지만, 당신 때문에 걱정이 되고 또 내가 어떻게 할 만한 걸 당신이 주지 않다 보니까 결국에는 훈련받은 게 튀어나올 거예요."

거의 확실하게 끔찍하고 근사하며 전형적인 정보부식 유머일 것이다. 이건 웃겼다. 그리고 두 사람이 함께하는 건 모든 면에서, 그야말로 모든 면에서 잘못되었고 마히트는 질렸다. 질려 버렸다.

〈결국에 우리는 추락하지. 별로 아프지 않아. 추락하는 거 말이야.〉

이스칸드르가 작게 속삭였다.

마지막에 갑자기 멈추는 부분만 아프겠지.

전자적 웃음, 가슴에서 넘쳐나는 그 끔찍하고 슬픔 가득한 공허. 손이 정말 심하게 아팠다.

"만약에 내가." 마히트가 말을 하다가 눈을 감고 세 가닥 해초에게서 고개를 돌려서 그 부드러운 손길과 눈꺼풀 뒤의 뜨거운 어둠만을 남겨 놓았다. "만약에 내가 르셀의 요원 같은 거라면, 당신이 나를 빼앗아 오도록 내가 잘 조종한 거라면, 난 외계인과 이야기하는 게 잘되지 않도록 굉장히 노력해야 할 거예요."

세 가닥 해초가 혀로 쯧 소리를 냈다

"르셀 스테이션은 끝없는 전쟁을 더 선호하나요?"

마히트가 한숨을 쉬었다.

"아뇨. 다지 타라츠는 테익스칼란이 이들을 상대로 지치도록 모든 걸 허비하길 바라요⋯⋯ 이들이 누구든 간에. 르셀 스테이션 전체가 원하는 건 훨씬 더 복잡한 정치적 분석이 필요하고, 우리는 이 많은 아름다운 전함들이 계속해서 줄줄이 우리 머리 위로 지나가는 게 별로 기쁘지 않아요. 하지만 다지 타라츠는 내가 당신을 위해 일하지 않을 때에 모셔야 하는 인물로 되어 있어요."

솔직하니 끔찍한 동시에 강렬하고 온몸에서 기운을 빼는 안도감이 들었다. 긴장이 풀렸다. 이제 우리 둘 다, 영원히 훼손된 것 같아.

〈넌 세상의 가장자리에 나와 있어. 어쩌면 여긴, 어쩌면 여긴 적에게 넘어가기에 딱 알맞은 장소일지도 몰라.〉

세 가닥 해초는 마히트의 뺨에 빠르게, 날카롭게 입술을 스치며 키스했다.

"당신은 매혹적이에요, 마히트. 언젠가는 당신이 왜 나한테 이걸 말하기로 결심했는지 알아낼 거예요. 난 침대에서 뛰어나긴 하지만, 그 정도로 뛰어난 건 아니거든요."

영리한 모든 본능에도 불구하고 마히트는 웃고 말았다.

"왜냐하면, **세 가닥 해초**, 난 다지 타라츠가 나에게 원하는 일을 할 수 있을 것 같지가 않거든요. 그리고 누군가는 알아야만 돼요. 내가 처음에 그걸 생각했다는 걸."

"별로 이해가 가지 않지만, 한번 생각해 볼게요." **세 가닥 해초**는 몸을 좀 떼고서 일어나 앉았다. "어서 가요. 아침 식사 하고 펠로아2에 다시 내려갈 준비를 하죠. 당신이 사보타주를 저지르지 않기로 확실히 결심했으니까요."

"확실히요."

마히트는 그렇게 말하고 벗어 놨던 브라를 주웠다. 그것은 어제 저녁의 쟁탈전 속에서 2층 침대 스프링에 엉켜 있었다.

"멋져요. 그리고 당신은 벗으니까 정말로 예쁘군요. 알아 둬요. 속옷을 다시 입기 전에."

마히트는 **세 가닥 해초**가 믿음직스러운 르셀 스타일로 활짝 웃는 것을 멍하니 보았다. **세 가닥 해초**는 일어나서 머리 위로 손을 쭉 뻗고 등을 휘어 마히트에게 어깨 근육과 등뼈 곡선, 풀어 놓은 머리카락이 흘러내리는 장관을 아낌없이 보여 주었다. **세 가닥 해초**가 마히트의 옷을 벗길 때와 똑같은 열렬한 호기심을 갖고서 책을 집어들 때에도 마히트는 계속 쳐다보고 있었다. 마히트가 펠로아2로 첫 번째 여행을 떠나기 위해 서둘러 옷을 입느라 접이식 책상 위에 놔두었던 얇은 『위험한 변경!』이었다.

"……르셀 문학 작품이에요."

마히트는 자신이 사과조로 말하고 있는 게 정말 싫었다.

세 가닥 해초는 여전히 벌거벗은 채로 책상 앞에 앉아서 책장을 펼쳤다.

"누가 그린 거죠?"

"나도 몰라요." 마히트는 몸 위로 이불을 끌어당기고 팔로 무릎을 감쌌다. 꼭 맞을 준비를 하는 기분이었으나 왜 그런지조차 몰랐다. 그녀가 그린 것도 아닌데. "10대였어요. 우리 거주 갑판 한곳의 가판대에서 샀어요……."

"당신네는 가판대가 많더군요. 그중 한 곳에서 나한테 미역맥주를 팔려고 했어요. 끔찍했죠."

세 가닥 해초가 멍하니 책장을 넘기며 빠르게 읽었다.

미역맥주는 정말로 끔찍했다.

"어떤 사람들은 그걸 좋아해요."

마히트가 말했다. **세 가닥 해초**는 언제 미역맥주 판매원과 이야기할 시간이 있었을까? 아크넬 암나르트바트와 만나기 전이었을까, 후였을까?

"음. 차라리 이걸 사겠어요. 선 그림이 정말 아주 훌륭하고, 이 에샤라키르라는 캐릭터가……."

"그 캐릭터가 왜요?"

"당신을 조금 닮았어요. 내 생각에는. 나머지를 읽어 봐야 결론을 내릴 수 있겠지만요."

"우리에겐 시간이 있어요. 길진 않겠지만. 그거 읽을 거라면 이리 돌아와요. 의자보다 침대가 더 편안하니까."

✧ ✧ ✧

꿈은 전쟁부 장관의 뒤틀리고 녹아 버린 귀에서 시작되었다. 하지만 그건 전쟁부 장관이 아니었다. 정원에 있던 마히트 디즈마르였고, 얼굴 전체가 그랬다. 그녀의 얼굴 전체, 그리고 황궁 벌새들의 조그만 부리가 그 녹고 뒤틀린 잔해로 파고들어 그걸 마셨다. 광역 핵폭탄 공격에 노출되어 독극물이 되어 녹아내리는 사람처럼. 그녀가 건드리는 모든 것이 중독되었다.

꿈에서 디즈마르는 그 자신의 말을 그에게 했다. 그는 그 부분을 기억했다. 디즈마르가 말했다. 심지어는 몸에 닿을 필요도 없어. 그러고 나서 새들에게 둘러싸여 불타고 림프액으로 미끌미끌해졌고, 그러고 나니 그건 마히트 디즈마르가 아니라 그들의 적, 긴 목에 기묘한 점박이 피부와 포식자의 이빨을 지닌 외계 종족이 되었고, 불에 타지도 않았다. 전혀.

타지 않고 그저 아주 신중하게, 손톱만 빼면 섬세한 그 기다란 손가락이 달린 손으로 황궁 벌새 한 마리를 잡고 있었다. 꿈에서 여덟 가지 해독제는 그게 분명히 새를 잡아먹을 거라고 생각했던 게 기억났다. 죽을까 봐 두렵고, 공포에 질려 두려웠으며 녀석이 조그만 깃털을 크리스털로 만든 것 같은 검지 발톱 끝으로 다듬는 동안에는 먹지 말라고 말하려고 했던 게 기억났다.

그 후에는 더 끔찍한 것들이 있었으나 제대로 기억나지 않았다. 그저 자신이 끔찍한 일을 했다는 감각과 그게 꿈에서 한 일이었다는 걸 알 뿐이었다.

소년이 일어났다. 평소처럼 카메라로부터 몸을 돌리고 샤워를 하고 옷을 입었다. 회색에 회색, 그의 스파이 작업용 의상이었다. 그는 거의 평범한 아이처럼 보였다. 거의. 아이들은 색깔 있는 옷을 입을지도 모른다. 사실 잘 몰랐다. 머리카락을 뒤로 넘기고 똑바로 고르게 빗은 다음 은과 가죽으로 된 끈으로 묶었다. 아이처럼 보이지 않는다면, 어쩌면 그냥 스파이처럼 보여야 할지도 모르겠다. 목깃이 레이어드 된 긴 회색 재킷, 어른용 재킷을 입으니 적당히 잘 어울렸다.

그는 어딘가로 갈 것이다. 재킷을 입던 중에 그것을 깨닫고 떠나기 전에 앉아서 어디로 갈 건지 결정하기로 했다. 전쟁부 장관에게 가지는 않을 것이다. 다시 그렇게 하면 비명을 지를 것 같고, 그건 아기 같은 행동인 데다가 도움도 되지 않을 테니까.

그는 마히트 디즈마르에 대해 조금 알았다. 많이는 아니었다. 그래도 조금은 알았다. 그리고 선대-황제가 죽기 직전에 방송했던 뉴스피드에서 그녀의 연설을 보았다. 전쟁을 일으킨 방송. 그것을 여러 번 보았다. 그리고 그는…… 아, 혼란꾼이 머리 주위에서 재잘거리면서 기분을 이상하게 하고 약간 메스껍게 했다.(그가 혼란꾼일까? 혼란꾼이 되지 않고 황제가 될 수 있을까?)

하지만 마히트 디즈마르는 여기 시티에 있을 때 혼자가 아니었다. 최초의 접촉 협상을 하러 전함에 가 있는 지금도 혼자가 아니었다. 그녀는 양쪽 모두에서 같은 사람과 있었다. 그리고 그 사람은 정보부 3급 차관 **세 가닥 해초**였다. 아니면 특무대사 **세 가닥 해초**. 같은 사람. **여덟 가지 해독제**는 그녀에 대해서 거의 알지 못했다. 그리고 행성에 대한 첫 공격보다는 그녀를 생각하는 게 훨씬 쉬웠다.

소문에 따르면 그녀는 황위 찬탈 시도 때 **여섯 방향** 황제에게 여전히 충성스러웠던 폭도들이 불렀던 노래를 썼다. 풀어 달라, 나는 태양의 손에 있는 창이니라고 이어지는 그 시였다. **여덟 가지 해독제**의 머리에 항상 달라붙어 있고, 어쩌면 다른 많은 사람의 머리에도 달라붙어 있을 그 시.

시인이었다. **세 가닥 해초**는. 지금의 뭔지 모를 입장이 되기 전에.

여덟 가지 해독제는 클라우드후크의 공개 검색으로 그녀의 작품에 대해 찾았다. 결과는 많았다. 하지만 그녀는 지난 두 달 반 동안 최소한 공개된 기록상 아무것도 쓰지 않았고, 그는 아침 내내 앉아서 시를 읽고 있을 마음이 없었다. 나중에 그 주제로 에세이를 써서 선생 중 한 명에게 제출해야 할 거라는 기분이 들 테니까. 그리고 그건 그녀에 대해 별로 많은 걸 설명해 주지도 못할 터였다. 전부 다 그 전에 일어난 거니까.

검색해 볼 수 있는 다른 것들도 있었다. 그는 어쨌든 **여덟 가지 해독제**, 전하, 테익스칼란 태양-창 왕좌의 공동 후계자였다. 아직 열한 살이었지만 그 모든 거였고, 그의 클라우드후크는 많은 곳에 접속이 가능했다. 아마도 그가 아는 것 이상으로. 아마도 그가 쓰겠다고 생각한 것이나 존재를 아는 것 이상으로.

일반 기록 보관소에 지난 한 달 동안 **세 가닥 해초**가 한 모든 공개 활동의 기록을 요청했다. 일반 기록 보관소의 인터페이스는 굉장히 짜증 나는 것이었다. 거기는 그가 **세 가닥 해초**가 자유 시간에 뭘 했는지 알아도 되는 사람인지 아닌지 사법부 관할이거나 최소한 보관소의 AI가 결정하는 동안에 사법부 상형문자를 허공에 써야 했다. 선리트가 이런 인터페이스를 사용할까? 아마 아닐 것이다. 그들에게는 나름의 보는 방법이 있다.

알고 보니 **세 가닥 해초**는 별다른 활동을 하지 않았다. 최소한 지난달에는. 그녀는 레스토랑에서 돈을 썼다. 모든 사람이 하듯이 제복을 드라이클리닝했다. 기묘한 것이나 큰 것, 외계인과 관련된 것도 사지 않았고, 행성 바깥으로 보내는 메시지도 하나 쓰지 않았다

(최소한 개인적인 메시지는 쓰지 않았다. 일반 기록 보관소는 정보부가 뭘 보내고 받는지 그 기록은 갖고 있지 않다. 그게 아마 좋을 것이다. 아마도. 설령 여덟 가지 해독제가 세 가닥 해초가 누구와 이야기를 했는지 정보부 기록을 볼 수 있었으면 좋았을 거라고 생각한다 해도.) 그녀는 시티를 떠나기 전 열여덟 시간 동안만 활동을 했다. 특무대사로 재편되고, 저금 대부분을 빼내 확실하게 정보부 소유인 계좌로 옮기고, 새 제복 여러 벌을 주문하고, 중앙주 우주공항에서 의료품 수송을 맡은 예비 화물선 꽃무늬호를 타고 떠났다.

그다음에 사라졌다. 사라졌다, 즉 여기서부터 반대편의 모든 점프게이트 사이로 사라지고 그녀가 이야기하기로 결심한 외계 종족 앞에 나타났다.

여덟 가지 해독제는 이제 자신이 어디로 가야 하는지 알았다. 꽃무늬호는 '세계의 보석'으로 오는 근접 점프게이트들을 순환했다.(선장은 그 모든 것을 알아채기까지 정말로 이상하게 꼼꼼했었다.) 그리고 지금은 중앙주 우주공항으로 돌아온 상태였다.

의료품 수송 선장은 황궁이나 부서간 경쟁에 관한 계획 같은 건 없을 것이다. 의료품 수송 선장은 외계인에 대해서도, 혼란꾼들에 대해서도 전혀 모를 것이다. 그저 여덟 가지 해독제에게 특사에 관한 이미지를 이야기할 것이다. 그리고 그게 그에게 필요한 거였다. 그는 자신이 이 특사와 마히트 디즈마르가 세 개의 방위각이 야오틀렉의 여섯 군단 전부에 그냥 죽이라고 말한 외계 종족과 이야기를 나누는 게 좋은 생각이라고 여기는지를 알아내야 했다.

14장

전염병에 관한 격리 절차: 알아 둬야 하는 것들! 스테이션인에게 가장 중요한 것은 생명 유지 시스템 의회 직원들의 말을 잘 듣고 격리 상황에서 자신의 판단보다 그들의 판단을 신뢰하는 겁니다. 하지만 이런 일이 일어날 가능성은 아주 낮습니다! 르셀 스테이션에서 마지막 격리가 일어난 건 5세대 전이니까요. 그래도 스테이션의 거의 모든 시민을 안전하게 보호하는 걸 돕는 의료진 이마고 라인은 신중하게 보존되고 있고 지금도 우리들 사이에 살고 있습니다. 두려워하지 마시길! 보통의 감기나 백선 같은 진균 감염 등의 사소한 병은 전염성이라 해도 격리가 필요치 않고 모두에게 일어납니다…… 심지어는 생명 유지 시스템 의회 직원들에게도 말입니다. 더욱 심각한 질병이 발생할 경우에는 상세한 지시를 받게 될 겁니다. 샘플은 다음과 같습니다……

— 생명 유지 시스템 의회 후원으로 르셀 스테이션 의료 안전 및 건강 위원회가 나눠 준 팸플릿

여행 주의보: 현재 제국 내 테익스칼란 시민에게 여행 주의보는 없습니다. 점프게이트를 지날 때 군사 수송이 우선권을 갖고 있으므로 사소한 연착을 예상하고 계획을 세우시기 바랍니다.

— 중앙주 우주공항의 홀로프로젝터 방송 내용, 순환/반복

어렸을 때 여덟 가지 해독제에게는 여느 아이들과 마찬가지로 경호원들이 있었다. 연못정원에 빠지거나 인포피시 스틱을 먹거나 정말로 어린아이들이 항상 하는 아주 멍청한 일로부터 지켜 주는 사람들이었다. 하지만 지금은 한동안 경호원이 없었다. 물론 가정교사는 있다. 선대-황제가 죽은 이래로 가정교사들은 매일 그에게 일어나는 일 같은 거라기보다 그가 원할 때 찾아가는 상대에 더 가까웠다. 그리고 그에게는 시티의 모든 카메라-눈이 있었다.

카메라-눈은 그가 지하철을 타고 우주공항으로 가는 것을 막지 못했다. 그의 자취를 좇을 수는 있다. 이제 혼자 가고 있자니, 그게 좀 안심이 되었다. 왜냐하면 지하철을 타고 나면, '세계의 보석'에 있는 수많은 사람 모두가 목적지를 아는 데다가 자신들이 보는 어떤 것에도 정신이 팔리거나 압도되지 않을 듯했기 때문이었다. 그건 말도 안 되게 느껴졌다. 그는 산만해지고 압도되었다. 그냥 너무나 많았다. 황궁 복합건물을 자신의 무릎 형태만큼이나 잘 알고, 여섯 점프게이트 너머에 있는 섹터에서 전함의 궤도를 그릴 수 있는데도 여전히 시티는 아주 크고 아주…… 음. 아주 벅찼다.

하지만 그는 우주공항으로 갈 것이다. 그리고 시티의 눈은 그를 좇아올 것이다. 그게 오랜 세월 동안 처음으로 기뻤다.

지하철에는 표지판이 있고 여덟 가지 해독제는 지도를 볼 줄 알았다. 누가 지도를 못 본단 말이야? 그리고 설령 그가 못 본다 해도 클라우드후크가 볼 수 있었다. 지하철이 딱이라고 그는 결정했다. 시끄럽고, 빠르게 움직이고, 불편한 선택지이지만 이게 선택지다. 이쪽이나 저쪽 플랫폼에서 기다리면 시간표가 다음 열차가 언제 오는지, 어디로 가는지 보여 줄 테고, 열차는 그 시간에 딱 도착하고 가야 하는 곳으로 간다. 그게 제대로 작동하는 지하철 알고리즘이다. 그는 두 번 노선을 갈아 탔다. 처음에는 겁이 났고 두 번째에는 신이 났다. 그는 할 수 있었다. 확실하게 할 수 있었다. 이건 세 개의 방위각의 사무실에 있는 것보다 훨씬 쉬워서, 그는 심지어 앞을 지나가는 사람들이 너무 작은 그를 눈치채지 못하는 바람에 넘어질 뻔해도 신경 쓰지 않았다.

곧 중앙주 우주공항에 도착한 그는 이걸 정말로 할 수 있을까 불안해졌다. 지하철은 그렇다 치자. 우주공항은 전혀 다르다. 사람도 훨씬 더 많고, 그 사람들이 도착 및 출발 홀로를 보면서 짐가방을 들고, 또는 그의 키보다 더 큰 짐가방 카트를 밀면서 이쪽저쪽으로 돌아다녔다. 우주공항의 둥근 천장은 사람들의 대화를 전부 뭉뚱그려 소음으로 만들고, 덜그럭거리는 소리가 음식 가판대에서 나오는 유쾌한 홀로 광고 음악과 뒤섞였다. 음악은 전부 그에게 '스낵 케이크: 리치맛!'이나 '오징어 스틱: 갓 수입된 것!'을 사게 하려고 했다. 뱃속이 울렁거렸다. 그는 대체로 오징어 스틱을 좋아했지만 지금은 비명을 지르거나 울 것 같았다. 모든 게 너무 시끄러웠고 오징어 스틱을 포함해서 어떤 것도 다시는 먹고 싶지가 않았다. 이 난장판 속에서 꽃무늬호를 어떻게 찾는단 말인가?

좀 조용한 옆쪽 골목으로 들어섰다. 여기서는 사람들이 아무 패턴도 없이 돌아다니지 않고 이쪽 아니면 저쪽 방향으로 움직였다. 그는 벤치에 앉아서 무릎을 가슴으로 끌어당기고 그 뒤로 숨고 싶었다. 하지만 그건 진짜 어린 애들이 할 법한 일이다. 그는 생각을 하려고 했다. 그는 군인으로 시작한 황제 중에서 가장 지적인 황제로 손꼽히는 여섯 방향의 90퍼센트 클론이었다. 그러니까 그도 뭔가를 생각할 수 있어야 할 것이다.

생각해 보니 너무나 당연한 일이라 자신이 그 어느 때보다도 멍청하고 아주 바보 같은 기분이 들었다. 그는 클라우드후크의 길찾기 기능을 켜고 관료제에 순응하는 꽃무늬호 선장이 도착해서 제출한 정박지 번호를 교차 참조했다. 클라우드후크가 그에게만 들릴 만큼 낮게 벨소리를 냈고, 그의 위치에서(아마도 튤립 터미널 보조 우주공항 복도 B인 모양이었다) 꽃무늬호의 정박지까지 찾아가는 길에 불이 들어왔다. 클라우드후크가 '한련 터미널'이라고 부르는 곳을 지나가는 길이었다. 앞에 있는 길이 편안한 하얀색으로 빛나더니 모든 것이 흐린 날 새벽 직전의 빛으로 물들었다. 여덟 가지 해독제는 자신만만하고 편안하고 할 일이 있는 남자처럼 보이려고 노력하며 우주공항 바닥을 가로질러갔다.

한련 터미널은 점프게이트를 통해 행성계 바깥으로 나가는 배들을 위한 곳이 분명했다. 전체적인 분위기가 튤립 터미널과 전혀 달랐다. 튤립 터미널은 단거리와 장거리, 행성이나 위성으로, 또는 '세계의 보석'의 현지 행성계 주위를 도는 크루즈 등 온갖 곳에 가는 테익스칼란인들로 가득했다. 한련 터미널에도 여행자들은 물론 있지만, 테익스칼란 밖을 여행하려는 승객 명단과 비자를 아주 심각하게 쳐다보는 성인들도 많았고, 상품 상자를 가진 업자들, 완벽한 군복 차림의 함대 군인들과 첫 번째 부임지로 향하는 새 사관 후보생 무리도 있었다. 그들을 보고 있으니 여덟 가지 해독제도 걸어가며 등을 쭉 펴고 어깨에 힘을 주게 되었다. 그의 빛나는 클라우드후크 길은 함대 사관 후보생들보다 딱히 나이가 많지 않을 것 같은 아세크레타 두 명이 지키는 정보부의 우편 창구까지 안내해 주었다. 성간 점프게이트 우편 작업은 사람들이 다른 곳에 유용할 만큼의 훈련을 받지 않았을 때 배치되는 종류의 일일 것이다.

여덟 가지 해독제는 멈춰서 그들이 일하는 것을 보았다. 일이 그리 어려워 보이지는 않았다. 그들은 그의 욕실에 있는 쓰레기통 크기 정도의 통에 담겨서 전달된 인포피시 스틱들을 받아서 각기 다른 통으로 분류하고(아마도 목적지나 최소한 목적지까지 가는 도중에 첫 번째로 지나치는 점프게이트 별로), 크림색과 오렌지색으로 된 조종사 제복을 입은 정보부 직원들에게 넘겼다. 지루하다. 여덟 가지 해독제는 이런 직업을 가지는 건 질색이었다. 이 일이 흥미로워지는 유일한 때는 정보부가 아닌 사람, 사법부의 회색 완장을 빼면 완벽하게 평범한 옷을 입은 사람이 와서 사무소 옆쪽의 작은 창문 앞에 서서 굉장히 공식적으로 보이는 인포피시 스틱을 넘길 때였다. 그것은 통으로 가지 않았다. 그 특별한 인포피시를 손에 들고 아세크레타 한 명이 사무소를 떠나서 여덟 가지 해독제가 예상하기로는 아주 빠른 급송으로 직접 배송하러 사라졌다. 다른 아세크레타는 영수증을 썼다.

꽃무늬호를 잠깐 더 놔두고 영수증을 쓰는 아세크레타에게 가서 '세계의 보석'으로부터 나가는 점프게이트 이쪽 편에서 급송 메시지 요청은 누가 승인하는지 물어볼까 어쩔까 고민하고 있는데 우주공항 전체에 요란한 소리가 울렸다. 테익스칼란인들이 목소리 높여 이야기하는 게 아니라 대피 경보의 날카롭고 끊임없는 비명이었다.

✧ ✧ ✧

세 가닥 해초가 아세크레타 후보생으로 힘겹게 보내던 어느 학기에 읽은 오래된 윤리 지침서에서는 비非테익스칼란인과 광범위한 감정적 또는, 별들이 금지하시길, 육체적 접촉이 그 접촉을 경험한 테익스칼란인에게 구제할 수 없는 오염을 발생시킨다는 끈질긴 두려움이 있었다. '외계인 접촉에 관한 테익스칼란인의 철학적 변화'라고 불리는 선택 강좌를 듣는 건 등록 기간 중에 좋은 아이디어로 보였을 뿐만 아니라, 그 학기는 그녀가 문화적 몰입을 연습하던(문화적 몰입이 그녀가 좋아하지도 않는 음악 행사에 침투하는 데에 성공한 걸로 측정할 수 있다면) '세계의 보석' 남쪽 대륙의 정보부 사무소에서 술에 취해 새벽 4시에 등록했던 학기였다. 대체로 그녀가 기억하는 것은 어안이 벙벙했다는 거였다. 그 오래된 지침서의 저자들 중 몇 명은 우연히 밀접한 접촉을 하게 되면 항생제를 충분히 맞고, 태양신전에서 예배를 드리고, 사회적 고립을 시행할 것을 추천했다. 이제 굉장히 불만스럽고 더 이상 술에 취한 후보생이 아닌 세 가닥 해초는 그 저자들이 웃길 만큼 구식이라고 생각했다. 제국 시민이 비제국 문명의 보잘것없는 문화적 감염에 자기 위치를 고수하지 못한다고? 그리고 질병을 가진 사람과 섹스를 하는 게 돌이킬 수 없는 문화적 감염 따위보다 더 큰 문제가 있을 것이다. 제대로 된 공중보건이 없는 행성에서 온 사람과 섹스를 했다는 문제 같은 거.

현재, 마히트 디즈마르와 함께 바퀴의 무게호 의료 시설에 있는 오염 물질 제거 샤워장 안에서 불편하게 벌거벗고 서 있는 그녀는 함대가 그 오래된 지침서를 진심으로 받아들이는 걸까 생각하기 시작했다. 어쩌면 그들은 지난 500년 안에 그 주제로 쓰인 다른 글을 읽어 보지 않은 걸지도 모른다. 또한 선실에 외설적인 각도로 설치된 카메라-눈이 있는 게 아닐까 궁금했다.

염소가 든 물속에서 떨며 그녀가 말했다.

"이건 내가 생각했던 아침 시간이 아니었어요, 마히트."

그리고 마히트가 웃자 굉장히 기분이 나아졌다. 비록 그 웃음이 억지에 분노가 섞여 있다 해도.

"스테이션에서는 새 연인에게 이렇게까지 깨끗해지는 걸 요구하진 않아요."

"당신네 스테이션에서는 새로운 연인을 갖기 전에 확실히 전염성의 외계인과 몇 시간씩 이야기를 하지는 않겠죠. 내가 당신네 현지 문화에 대해 완전히 틀린 게 아니라면."

마히트는 고개를 흔들었다. 물이 뚝뚝 떨어지는 곱슬머리가 어깨 위까지 닿자 그걸 눈에서 뒤로 넘겼다.

"틀리지 않았어요. 거기에 대해서는. 그리고 우리가 외계인 균류로 가득하다면 오염 제거 샤워가 어떻게 도움이 될지 잘 모르겠군요."

세 가닥 해초도 전혀 모르겠다. 이건 『위험한 변경!』을 다 읽고 그게 아홉 권이 더 있으며 마히트에게 그걸 살 방법이 있다면 꼭 사달라고 약속을 시킨 다음에 함께 쓰는 방을 나올 때 예상했던 게 전혀 아니었다. 옷을 입고 나서 그들은 외계인과 예정된 두 번째 만남을 즉각 지키겠다는 일념으로, 끔찍한 펠로아2의 열기로 돌아가겠다고 생각하며 밖으로 나왔었다.

그러니까 **세 가닥 해초**는 격리용 장비를 완전히 차려입은 함대 병사들에게 붙잡혀 의료 구역으로 끌려와, 인정사정없이 옷이 벗겨지고 오염 물질 제거 절차를 거치면서 왜 이게 필요한지 대충 듣게 되는 이런 상황을 전혀 예상하지 못했다. 부검실에 있던 죽은 외계인이 균류를 침투시킨 모양이었다. 금방이라도 그녀와 마히트에게 같은 일이 일어날 수 있었다.

세 가닥 해초는 의심스러웠다. 전과 다름없이 아무 문제도 없게 느껴졌다. 최소한 균류에 대해서는.(차갑게 쏟아지는 화학적 소독약 때문에 완전히 정신이 분산되어 있지 않았다면, 자신이 마히트의 능숙한 손가락으로, 그리고 그래픽 스토리의 기묘한 서사 패턴으로 완전히 침투된 상태임을 확실히 알았을 것이다. 하지만 오염 물질 제거 샤워에 섹시한 구석이라고는 전혀 없었다. 솔직히 지금 이 순간은, 섹스했던 사람 곁에 벌거벗고 있던 시간 중에서 가장 마음이 움직이지 않는 때였다.)

게다가 그녀는 펠로아2에서 마히트와 미리 정해 둔 약속을 어기게 될까 봐 훨씬 더 걱정하고 있었다. 함대에서 걷잡을 수 없이 퍼지는 균류의 기생보다 더 나쁜 게 협상에 늦음으로써 적을 모욕하는 거였다. 그러니까 균류가 함대에 걷잡을 수 없이 퍼질 여유가 없었다. 대부분의 함대는 우주선을 먹는 외계 무기에 의해 녹아 버렸으니까.

샤워가 마침내 끝나고 폐쇄된 문이 열렸다. **세 가닥 해초**는 숨을 길게 내쉬었다. 그녀는 완전히 젖었고 완전히 춥고 완전히 깨끗했고, 지금 당장 셔틀을 타야만 했다. 샤워장 문 반대편에는 최상급 이칸틀로스 **스무 마리 매미**가 아무런 격리 장비도 입지 않은 채로 있었다. 하지만 옷은 입고 있었고, 그게 그들 둘에 비해서 상당한 우위를 점하게 해 주었다.

"부관님." 부드럽게 말한 마히트는 손이나 엉덩이 각도로 뭔가를 숨기려는 행동을 전혀 하지 않았다. **세 가닥 해초**는 벌거벗는 게 르셀 스테이션에서는 금기일까 궁금했으나 지금 이 순간에는 그걸 궁금해할 필요는 없을 거라고 결론 내렸다. 마히트가 필터 마스크나

플라스틱 전염병 장비들을 전혀 하지 않은 스무 마리 매미를 가리키며 이어서 물었다. "우리가, 그 뭐지, 포자들을 뿜어낼까 봐 더 걱정하지는 않는 건가요?"

"두 분이 뭔가를 뿜어낼 가능성은 대단히 낮다고 생각합니다, 대사님, 특사님. 하지만 만약 뿜어낸다 한들, 제가 이미 노출된 것 이상은 아니겠죠. 어쨌든 제가 의료 기술자의 시체를 발견한 사람이니까요. 피해라는 게 있다면 이미 입은 셈이에요."

마히트가 말했다.

"우리가 왜 갑자기 균류 감염을 걱정하게 된 거죠? 우리가 이야기한 외계인들은, 아니 얘기하려고 노력했던 외계인들은 완벽하게 건강했어요. 눈에 띄는 균류는 없었어요."

"눈에 띄지는 않죠. 내부에 있어요. 만약 있다면. 그리고 전 그들에게 균류가 있을 거라고 생각합니다. 두개골 공동에, 신경 구조에 휴면 상태로요."

스무 마리 매미는 이 주제로 길게 이야기할 마음이 있는 듯한 얼굴이었다. 조용히 겁에 질린 채 상당 기간 혼자 있었던 듯한 모습이었고, 허락만 해 준다면 무슨 얘기든 할 사람처럼 보였다. 세 가닥 해초는 그가 함선 심장부에 있는 수경재배 정원에서 얼마나 진짜 집에 돌아온 것 같은 모습이었는지를 기억하며 이렇게 생각했다. 격리 절차가 그를 두렵게 했을 거야. 잘린 꽃대에서 스며 나오는 수액처럼 감염인자로서 모든 것으로부터 접근권을 잃었다는 걸 생각해 보면.

그리고 생각했다. 난 아직 시인일지도 모르겠어.

그녀는 그가 마히트에게 확실히 적이 죽을 때까지 몸 안에서 비밀리에, 안전하게 들어 있던 균류에 대한 설명을 더 쏟아 내는 것을 중간에 잘랐다.

“최상급 이칸틀로스, 우린 펠로아2에 가야 해요. 거기 있겠다고 약속했거든요. 그리고 난 우리가 한 약속을 지키지 않으면 솔직하게 외계인들이 어떻게 생각할지, 뭘 할지 모르겠어요.”

“알아요. 제가 함께 갈 겁니다. 제가 셔틀을 조종하지요.”

스무 마리 매미가 말했다.

“부관님의 야오틀렉은 아직까지 노출되지 않은 사람은 누구든 노출되는 걸 바라지 않을 테지요.”

마히트가 차갑고 냉정하게, 손을 내밀듯이 말했다. 당신네 사람들이 당신한테 한 일은 미안해요.

“상당히요. 하지만 제가 고집하고 싶기도 합니다. 직접 질문을 하고 싶어요, 대사. 그들에게 이걸 보여 주고 어떤 의미인지 물어보고 싶군요.”

그는 한 손에 든 투명한 밀폐 플라스틱 통을 들어 올렸다. 그 안에는 하얀색 가지가 달린 프랙털 구조가 들어 있었다. 세 가닥 해초가 생각하기에 그의 손목에서 살짝 보이는 항상교 문신의 옅은 초록색 무늬와 상당히 비슷했다. 그가 통을 흔들자 그것이 덜그럭거렸다.

✧ ✧ ✧

경보는 영원히 울리는 것 같았다. 시끄럽고 높고 무시할 수 없고, 멈추지 않았고, 여덟 가지 해독제를 제외한 모두가 뭘 어떻게 해야 하는지 아는 것 같았다. 한편 터미널 전체가 비상구로 달려가는 사람들의 물결로 바뀌었고, 우주공항 전체가 끊임없이 소리를 지르는 것 같았다. 뭔가 잘못됐어. 뭔가 잘못됐고 당신들이 위험해. 사람들은 대피 중인 듯했다. 여덟 가지 해독제도 대피해야 했다. 하지만 발이 바닥에 달라붙은 것 같았다. 주위를 흘러가는 테익스칼란인의 물결 속에서 그는 작은 바위였다. 만약 그가 시티로 도망쳤기 때문에 경보가 울리는 거고, 시티가 그를 찾고 있기 때문에 모두가 비행기와 열차와 모든 것을 놓치게 된다면? 이 모든 게 그의 잘못이라면?

그렇지 않고 이게 진짜 문제 때문에 일어난 진짜 경보라면? 그리고 아무도 그가 어디 있는지, 안전한지 어떤지 모른다면? 그게 더 나빴다. 그건 그가 아주 이기적이었다는 거니까. 모든 사람이 너무 빠르게 움직였고, 그는 더 이상 바위가 아니라 사람들의 흐름 속에서 데굴데굴 굴러가는 돌멩이였다. 사람들이 소음으로부터 멀어져서 터미널의 비상구를 찾는 동안에 이리 밀리고 저리 밀리는 돌멩이. 누군가가 백팩으로 치는 바람에 그는 넘어졌다. 누군가가 배를 밟아서 진짜 아팠다. 열한 그루 월계수가 가르쳐 준 대로 몸을 공 모양으로 웅크렸다. 목 뒤를 손으로 감싸고 얼굴과 몸통을 보호했다. 울 만큼 숨을 쉴 수도 없었다. 그가 바닥의 일부인 것처럼 밟고 가는 사람 때문에 몸에서 공기가 쭉 빠져나갔다. 그리고 또 다른 사람이 그에게 걸려 바닥으로 쓰러졌다가 다시 다급하게 일어섰다.

이대로 있으면 짓밟힐 것이다.

전쟁부 전략실에서 갔던 그 차갑고 말끔한 장소를 떠올리려고 했다. 두려워한 다음에 나타난 장소. 그게 어디인지는 몰랐다. 너무나 두려웠다. 그 장소는 지금 진짜가 아니었다.

누군가의 손이 소년의 팔을 잡더니 그를 번쩍 일으켜 세웠다. 목소리가 들렸다.

"망할 놈의 어린애가, 그러고 있다가는 죽을 거야……."

그리고 그는 앞으로 밀려서 이제 장애물이 아니라 흘러가는 수천 개의 물방울 중 하나가 되어 사람들의 강물 속에 합류했다. 누가 붙잡아서 구해 주었는지도 모르겠다. 사람들은 그 자신처럼 흘러가 버렸다.

사람들은 한련 터미널에서 쏟아져 나와 튤립 터미널로 홍수처럼 들어갔다. 여덟 가지 해독제는 지하철로 가는 모든 출구가 우주공항 보안 요원들로 막혀 있는 것을 보았다. 그 옆으로는 점점 늘어나는 텅 빈 금색 면갑을 쓴 선리트들이 위협적이면서 동시에 안도감을 주었다. 튤립 터미널로 나오자 요란한 경보 속에서 말이 들렸다. 실외로 이동해 주시기 바랍니다. 생명이나 재산에 즉각적인 위험은 없습니다. 현재 지하철에 접근하려는 행동은 금해 주십시오라는 말이 높고 비명 같은 소음에 섞여서 들렸다.

그 지하철 입구 한 곳에서 하얀 연기가 몇 줄기 스며 나왔다. 멍이 들고 겁에 질리고 터미널 문으로 쓸려 나와 시티의 밝고 편안한 오후의 햇빛 속에 선 여덟 가지 해독제는 '터널에 폭탄이 있었나?'라고 생각했으나 그런 일을 어떻게 처리해야 할지는 알지 못했다. 그런 일은 일어나서는 안 된다. 지하철은 완벽한 알고리즘으로 되어 있었다. 폭탄이 있다면 알고리즘이 알아챘을 것이다, 안 그런가?

대피하는 사람들의 흐름은 선리트가 우주공항 주위로 세우기 시작한 경계 너머로 그를 밀어냈고, 곧 강물이 되었던 게 끝나고 다시 혼란이 시작되었다. 몇몇 테익스칼란인은 주위에 서 있고, 몇몇은 계속 돌아다니며 지상택시를 부르거나 서둘러 걸어갔다. 여덟 가지 해독제는 튤립이 가득한 정원과 맞닿아 있는 모퉁이에 앉았다. 튤립 터미널, 당연히 틀림이겠지. 그는 생각했다. 배가 아프고 어깨와 얼굴 옆쪽도 아팠다. 뺨을 건드렸다가 쏘는 듯한 아픔에 움찔했다. 손가락에 피가 묻었을 때 그는 놀라지 않았다.

집에 가고 싶었다.

지하철이 없으면 어떻게 집으로 가야 할지 알 수가 없었다. 황궁 중앙역에서 몇 킬로미터나 떨어져 있고, 걸어가기로 한다면 여기서 거기 사이에 어떤 동네가 있는지도 몰랐다. 클라우드후크가 길을 보여 주겠지만 대단히 긴 거리였다. 정말이지 시티로 나와 어른인 척하지 말았어야 했다. 그리고 그가 이걸 못 한다면 어떻게 황제가 될 거라고 생각할 수 있겠는가? 아니면 함대의 병사라도. 함대 병사라면 지하철을 이용하지 못한다고 공포에 사로잡히지 않을 것이다. 혹은 규칙을 이해하는 집 같은 장소로 돌아가고 싶어 하지 않을 것이다.

스스로에게 울지 않을 거라고 맹세한 직후에 그는 울음을 터뜨렸다. 그 말은 그가 울고 있고 동시에 우는 게 부끄럽다는 거였다.

간신히 눈물을 멈추고 소매로 코를 닦고(정말이지, 아기 같았다.) 고개를 들었더니 하얀 옷을 입은 사람이 눈앞에 웅크리고 앉아 있었다.

"안녕하세요, 전하." 황제의 에주아주아카트 다섯 개의 마노였다. "기분이 어떠신가요?"

여덟 가지 해독제가 두 살만 어렸어도, 2주만 어렸어도 그 품에 뛰어들어 꽉 껴안았을 것이다. 하지만 너무 부끄러웠다. 너무 수치스러웠다.

"좋아."

그가 콧물을 훌쩍이며 말했다.

"그렇군요." 다섯 개의 마노는 정원 모퉁이에, 그의 옆에 앉았다.

"선리트들이 이 장소에 보호 조치를 취할 동안 여기서 잠깐 쉬다가, 제가 전하를 동황궁으로 모셔 가면 어떨까요?"

굉장히 근사한 말처럼 들렸다. 아주 쉽게 들렸다. 여덟 가지 해독제는 믿지 않았다. 지금은 어떤 것도 믿을 수가 없을 것 같았다. 끔찍했다. 그는 황제에게 충성을 맹세한 오른팔을 믿고 싶었다. 전에는 항상 믿었는데.

"무슨 일이 있었어?"

"많은 일이 있었죠. 어떤 걸 듣고 싶으시죠?"

그는 침을 삼켰다. 그리고 비참하게 물었다.

"……내 잘못이야?"

다섯 개의 마노는 그의 등을 딱 한 번 두드렸다.

"아뇨. 음. 열아홉 개의 자귀님이 저에게 직접 가서 전하를 데려오라고 하셨고, 그때 제가 상당히 바빴다는 걸 제외하면 어떤 것도 전하의 탓은 아닙니다. 하지만 전하께서는 찾기에 아주 좋게 행동하셨어요. 카메라 시야에 머무르시고 가만히 계셨죠. 겨우 몇 분밖에 놓치지 않았어요."

여덟 가지 해독제는 결코 혼자 있지 않았던 것이다. 나중에, 거기에 신경이 쓰일지도 모르겠다. 하지만 지금은 아니었다. 시티가 지켜보다가 그에게 다섯 개의 마노를 보냈다. 아니, 열아홉 개의 자귀가 보냈다. 똑같은 걸지도 모르겠다. 가끔 어디서 시티가 시작되고 황제가 끝나는지 말하기가 어려웠다.

"미안해. 여기까지 오게 한 거."

"사과 받아들이죠."

"음. 또 무슨 일이 있었어? 지하철에서 연기가 나오는 거 봤어. 혹시…….”

폭탄이 있었어? 그렇게 묻고 싶지 않았다. 물으면 그걸 현실로 만들 것 같아서였다.

“열차가 탈선했어요. 아주 복잡한 문제죠. 놀라운 문제고요. 열차 탈선은 전하께서 태어나시기 이전부터 한 번도 없었거든요.”

“새로운 알고리즘이 도입된 이래로는 없었지?”

“맞아요.”

여덟 가지 해독제가 그걸 안다는 사실에 다섯 개의 마노는 놀라지 않았다. 그가 그 결론을 끌어냈다는 사실에. 그녀에게도 아이가 있다는 사실이 떠올랐다. 어린아이, 하지만 그 애는 영리하고 다섯 개의 마노는 아이들이 옳을 때에는 잘 믿어 주는지도 모르겠다. 그건 말이 된다.(그는 지금 뭔가가 말이 되는 걸 정말로 바랐다.)

“사람들이 죽었어?”

“아직은요.” 다섯 개의 마노가 클라우드후크를 통해서 데이터를 살핀 다음에 말했다. “몇 명이 병원으로 호송됐지만 아무도 죽지는 않았습니다.”

“다행이야. 내가, 내가 타려던 열차가 탈선한 거야?”

그가 깊게 숨을 들이켰다. 다섯 개의 마노는 생각에 잠긴 소리를 냈다.

“어쩌면요. 탈선이 정확히 어떻게 일어났는지를 알면 도움이 될 거예요. 그리고 또 여기 나와서 뭘 하실 계획이셨나요?”

스파이가 되려고. 나 혼자서 뭘 좀 알아내 보려고. 하지만 목 안에서 데굴거리는 그 생각이 너무 끔찍해서 목이 멨다. 그래서 여덟 가지 해독제는 진실을 말했다. 진실을 말하면 집에 가서 잠깐 동안 스파이 짓을 멈출 수 있을지도 모른다.

"정보부나 전쟁부에서 일하지 않는 누군가에게 특사 세 가닥 해초에 대해 물어보고 싶었어."

"……그리고 우주공항에서 찾을 수 있을 거라고 생각하셨나요?"

"음. 그 사람은 꽃무늬호를 타고 갔으니까……."

"아, 영리하시군요."

여덟 가지 해독제는 그가 뭔가를 올바르게 했다고 열한 그루 월계수나 세 개의 방위각이 말할 때처럼, 칭찬에 기분이 좋아지고 자부심이 들기를 기대했다. 하지만 그 대신에 그냥 피곤했다. 긴 침묵이, 조용하게 생각에 잠긴 분위기가 이어졌다. 그는 코를 훌쩍였다. 울어서 머리가 아팠고 그것 역시 부끄러웠다.

마침내 다섯 개의 마노가 일어섰다. 하얀 바지에 화단의 흙이 묻어 있었으나 상관하지 않는 것 같았다.

"집에 가시죠, 전하. 사법부와 선리트가 현장을 폐쇄했습니다. 신호 문제인지, 소이탄 때문인지 알아보려고 여기 남아서 기다리는 건 쓸모없는 짓이에요."

소이탄. 며칠이나 전에 왕좌의 방에서 익스플라나틀 한 명이 언급했던 것처럼. 폭탄. 지하철에서. 끔찍한 일이었다. 탈선보다 더 끔찍한 일일 것이다. 특히 그게 여덟 가지 해독제의 잘못이라면.

그는 목소리가 차분하게 나오도록 애를 쓰며 물었다.

"소이탄이었을 거라고 생각해?"

"제 생각에는, 전하와 저 둘 다 이 사건에 관한 사법부 보고서가 오기를 기다렸다가 걱정하는 게 좋을 것 같습니다. 진짜 문제가 보일 때까지 기다리세요, 전하. 전하께 오지도 않는 문제를 일부러 빌려오지 마시고요." 그녀는 말을 멈추고 미소를 지었다. 순식간에 사라지는 그런 표정이었다. "게다가 제가 꽃무늬호 선장보다 더 나은 걸 갖다 드릴 수 있을 것 같습니다. 특사 본인과 이야기해 보는 건 어떠신가요?"

✧ ✧ ✧

셔틀은 스웜도 태우고 펠로아 행성계로 내려갔다. 함교에서 아홉 송이 부용은 엔진으로 밝게 연료를 태우며 펠로아2의 대기 속으로 사라지는 셔틀을 바라보았다. 열여섯 번의 월출은 부관이 있어야 하는 바로 그 자리에 서 있었다. 스웜을 대체할 최악의 선택지일 것이다. 스웜, 특사, 대사, 그리고 지난번과 똑같은 호위병 네 명이 갔다. 갓 빤 군복에도 불구하고 그들 모두에게서 진한 염소와 항생제 냄새가 났다. 내려가서 적과 얼굴을 맞대고 나갈 의료갑판은 여전히 긴급 담당자를 제외하면 폐쇄되어 있었다. 열여섯 번의 월출은 자신이 꽤나 안도했다고 주장했다. 균류로 인한 과민증이 최소한 아직은 즉시 발발하지 않을 테지만, 당연히 함대 사령관은(야오틀렉은 말할 것도 없고) 어떤 기회도 만들지 말아야 한다. 그리고 당연히, 당연히 열여섯 번의 월출은 자신이 감염의 매개체가 될 가능성이 있는 상황에서 포물선 압축호로 돌아가기를 거부했다. 고귀하기도 해라. 그녀에게 얼마나 편리한지. 아홉 송이 부용이 가르쳐 줄 준비가 되기도 전에 적의 행성계에 관해서 알아내기가 얼마나 쉬울까.

아홉 송이 부용은 뭔가를 망가뜨리고 싶었다. 뭔가를 쏘고 싶었다. 바퀴의 무게호의 모든 에너지포를 목표물에 겨누고 대화재를 일으켜 버리고 싶었다. 더 이상 어떤 것도 말이 되지 않았다. 그녀는 카우란을 이해했다. 적이 어떻게 그녀를 믿도록 할지, 병사들에게 어떻게 충성심을 통한 힘을 줄지 이해했다. 그녀는 항상 그런 것들을 이해했다. 그리고 지금 그녀는 차가운 부검실에서 죽은 외계 종족 옆에 있는 죽은 후보생 옆에 마비된 채로 기다리고 있을 뿐이었다. 함대의 모든 힘, 그 뒤에 있는 테익스칼란의 모든 힘, 그녀 자신의 모든 기술과 힘겹게 얻은 인내심. 그럼에도 스웜은 그 별에 저주받은 셔틀을 타고 사막의 열기 속에서 외계 종족에게 질문을 하러 갔다. 이 모든 게 원래는 그녀의 아이디어였고, 그녀는 되돌릴 수 있었으면 싶었다. 만약 이걸 되돌려서 뭔가를 할 수 있다면 말이다. 부하들에게 기다리는 것 말고, 보이드의 어둠을 벗고 적함이 갑자기 나타나는 바람에 불시에 잡혀 불길 속에 죽어 가는 것 말고 뭔가 할 수 있는 일을 줄 수 있다면.

(그녀는 그들에게 행성계를 줄 수 있었다. 언제든지 그 명령을 내릴 수 있었고, 거기 도달하기 위해서 모든 군단의 절반을 허비하고, 그다음에 지성이 있는 생명체로 가득한 살아 있는 행성을 통째로 없애서 전쟁이 영원히 지속되도록 할 수도 있었다. 하지만 그것은 목표물이 있는 전쟁일 것이다. 그녀가 발발시킨 전쟁일 테고, 그녀가 끝내기도 전에 노래와 이야기가 될 것이다.)

그냥 실수로 **열여섯 번의 월출**을 쏴 버리고 무사히 벗어날 수 있을까 생각해 보았다. 아마 안 될 것이다. 변명거리가 있지 않은 한은.

“그들에게 얼마나 시간을 주실 거죠?”

열여섯 번의 월출의 질문이 군법회의와 처형의 충분한 이유가 못 된다고 **아홉 송이 부용**은 우울하게 결론지었다. 이것은 함교에 있는 다른 모든 사람들도 묻고 싶어 하는 질문이었다. 함대의 통신망이라는 클라우드후크의 홀로프로젝션으로 둘러싸인 버블스, 추진과 항해 인터페이스 위로 빠르게 손을 움직이며 그녀가 알려 줄 수 있는 뭐라도 듣고 싶어 하는 얼굴의 열여덟 개의 끌.

"……두 시간. 스웜이 다 괜찮다는 신호를 보낼 경우에는 좀 더. 그는 신호를 보낼 거야."

"야오틀렉께서는 그에게 굉장한 믿음을 갖고 계시는군요."

아홉 송이 부용은 열여섯 번의 월출이 여전히 적절한 각도를, 정보를, 그녀의 권위를 파괴하고 폄하할 만한 방법을 찾는다는 사실에 이제는 신경조차 쓰이지 않았다.

"우린 복무 기간 내내 함께 복무했지. 당연히 믿어. 자네라면 안 그러겠나?"

의료 구역 인터콤으로 들렸던 왜곡된 목소리가 영원히 기억에 남을 거라고 그녀는 전적으로 확신했다. 신중하게 고른 단어들. 그가 그녀를 맬로, 나의 소중한 친구라고 불렀던 것. 죽을 거라고 거의 확신하고 그때는 절차 따위에 상관하지 않았기 때문이었다. 평생 완벽한 테익스칼란인으로, 완벽한 함대 군인으로 살아왔다고 해도 실제로는 모든 면에서 완벽하지 않았으니까.

"……그러겠죠." 열여섯 번의 월출은 놀랍게도 그렇게 대답하고 한숨을 쉬었다. 부서진 샤드 지붕 안쪽, 진공이 자리한 곳에 낀 얼음처럼 나지막한 숨결 같은 소리. "놀라울 정도로 용감한 사람이군요. 그의 혈관에서 별빛이 떨어질지니, 희생 그릇의 반딧불이처럼 빛이 난다."

「개간의 노래 #1」이었다. 가장 오래된 것, 테익스칼란과 함께, 거의 함께 흙에서 나온 노래였다. 최초의 황제 아래, 우주에서 최초의 세대. 아무도 저자를 찾으려 하지 않는 개간의 노래. 왜냐하면 찾을 이유가 뭐 있겠는가? 그것은 테익스칼란인다움에 대한 노래이다. **아홉 송이 부용**은 말솜씨에 완전히 넘어가고 있었으니, 알 게 뭐람.

"정말 그래. 그래서 특사와 함께 내려보내기로 한 거야. 그 녀석은 놈들에게 왜 자기를 거의 죽일 뻔했는지, 뭘 위해서인지, 의도적으로 그랬던 건지 물어볼 자격이 있어."

열여섯 번의 월출이 낸 소리는 단어가 아니었다.

"그 사람은 그렇고, 우리의 나머지 사망자는 아니고요? 사망한 제 부하들은요? 펠로아2의 우리 국민 전부는?"

"그 녀석이 기회를 얻은 사람이야."

그게 행운인지 불운인지는 정확히 알 수 없었지만 말이다.

"저는 야오틀렉을 믿고 싶습니다. 정말로요. 하지만 여기엔 야오틀렉과 저를 넘어서는 세력들이 작용하고 있어요."

"그게 어떤 세력들일까, 함대 사령관?"

아홉 송이 부용이 물었다. 편집증은 이미 예상했다. **세 번째 손바닥** 요원들은, 심지어 은퇴해서 높은 자리에 올라간 사람도 다들 그런 식이었다. 편집증, 하지만 이런 솔직함이 동반되지는 않는다. 이런 요청, 도움을 받겠다는 허락을 구하는 것……

이번에 **열여섯 번의 월출**의 입에서 나온 소리는 한숨이었다. 마지못한 소리, 사실을 말할 준비가 된 사람이 내는 소리. 젠장, 하지만 그녀는 **세 번째 손바닥**이었다. 안 그런가. **아홉 송이 부용**은 그녀를 신뢰할 수 없었다. 설령 그녀가 옳다고 판명되더라도. 설령 그녀가 자신의 분석을 **아홉 송이 부용**이 이해하는 말, 사령관과 병사 사이에 존재해야 하는, 당신을 위해 죽겠습니다와 최후의 수단이 아닌 이상 그런 걸 절대로 자네에게 요구하지 않을 거야라는 상호 보호의 말로 썼다 해도.

"정보부에 최초의 접촉 휴전 협상에 외국 정부의 대리자를 데려가라고 설득시킨 세력이요. 황제 폐하께 **아홉 번의 추진** 장관을 조기 퇴직시키라고 몰아붙인 세력. 우리가 이 전쟁에서 이기는 대신에 여기 묶여 있기를 바라는 모든 세력."

아홉 송이 부용이 **열여섯 번의 월출**을 돌아보았다. 그녀는 일종의 결단을 내렸다. 그게 뭔지 아직은 모르겠고, 그저 결단을 내렸다는 것만 알 뿐이었다.

"이 대화를 개인적으로 하길 바라나, 함대 사령관?"

아홉 송이 부용은 자신의 병사에게 물어볼 때처럼(예컨대 **열여덟 개의 끌**이 적 행성계의 위치를 알았다는 소식을 들고 왔을 때 물은 것처럼) 목소리를 부드럽게 유지하려고 노력했다. 이건 제안이었다. 내가 자네를 믿기를 바라나? 자네를 보호해 주길 바라?

그리고 **열여섯 번의 월출**은 거절했다.

"아뇨, 야오틀렉. 전 여기, 야오틀렉의 함교에서 전부 다 말할 수 있습니다. 부서 내에는 파벌이 있어요. 이미 아시겠지만 말입니다. 사령관님이 우리가 이길 수 있는 전쟁을 시작하기보다 소모전에서 완전히 지쳐 버리는 걸 보고 싶은 파벌요. 그리고 그 파벌들에 우리 부의 권력이 커지기를 바라는 세력이 가담했습니다. **하나의 번개**라는 불운한 사건이 있기 전에 우리가 즐겼던 특권을 노리는 거죠. **세 개의 방위각** 장관님이 지금의 자리를 받아들이기 전에 어디 계셨는지 알고 계시죠?"

"나카."

아홉 송이 부용은 그저 그렇게만 말했다. 당연히 그녀도 나카를 알았다. 당연히 세 개의 방위각이 어떻게 그곳을 진압했는지, 그곳의 반란 세력에 어떻게 가장 신중하고 파괴적인 폭력을 가했는지, 그 세력 안에 어떻게 자기 사람들을 심고 그들이 서로를 배신해서 쓸모없도록 만들었는지 잘 알았다. 아홉 송이 부용 자신도 카우란 전투에서 비슷한 일을 했었으니까.

갑자기 새로운 전쟁부 장관이 열여섯 번의 월출과 세 번째 손바닥을 아홉 송이 부용 자신만큼이나 싫어할지도 모른다는 생각이 떠올랐다. 그리고 동시에 아홉 송이 부용도 똑같이 싫어할 수도 있었다. 그녀의 후원자 때문에. 같은 종류의 아이디어를 사용했지만 가장 깊이 맹세한 심장에 원한을 불러일으키는 자 같은 별칭을 쇠사슬처럼 두르고 다닐 필요가 없기 때문에.

"네, 나카죠. 그분의 치세가 천 번의 천 년에 이르기를, 열아홉 개의 자귀 황제 폐하께서는 나카인의 정신 도살자를 전쟁부 장관으로 만드셨죠. 그리고 사령관님의 후원자 아홉 번의 추진을 고향 조라이로 돌려보내셨습니다. 사령관님과 저는 여기에 있죠. 이것과 함께."

열여섯 번의 월출은 멀리, 여전히 돌아가고 있는 고리 세 개의 우주선을 가리켰다. 그것은 반사된 빛으로 반짝이는 펠로아2에 있었다.

아홉 송이 부용은 세 개의 방위각이 함대 술집 중 좀 더 불쾌한 곳, 형편없는 시에 너무 빠르게 말해서 말한 걸 깨닫기도 전에 속을 빼 가는 풍자시가 울리는 그런 곳에서 나카인의 정신 도살자라고 불린다는 얘기만 들었다.

"솔직하게 말해 줘서 고맙네, 함대 사령관. 내가 자네에게 뭐라고 말하길 바라지? 이 전쟁의 첫 번째 파도 때 우리 모두 여기서 천천히 죽어 가게 될 거라고 생각한다고? 별에 축복받은 빛나는 우리 황제께서 함대에서 하나의 번개를 지지했을 수 있는 마지막 요소들을 뽑아내기 위해서 이길 생각이 없는 전쟁을 시작하셨다고 믿는다고? 이게 사실이든 아니든 내가 이렇게 얘기하기를 바라나? 그래서 본토에 있는 자네의 차관에게 전하려고?"

열여섯 번의 월출이 움찔하는 것을 보는 건 즐거웠다. 그녀는 아홉 송이 부용이 그녀가 여전히 세 번째 손바닥이라는 걸 알아낼 줄 몰랐던 모양이다, 안 그런가? 그건 중요한 거였다. 사소하게 중요한 것.

"아뇨. 그건 제가 원하는 바가 아닙니다. 저는, 저는 이 전쟁에서 교전하고 싶습니다. 이 전쟁에서 우리가 이기고 싶습니다."

어쩌면 열여섯 번의 월출는 거짓말을 하는 게 아닐지도 모른다. 아홉 송이 부용은 그걸 알아낼 시간이 없었다. 두 개의 거품이 콘솔 앞에서 일어서서 말했기 때문이었다.

"야오틀렉, 방해해서 죄송합니다만, 황제 폐하로부터 긴급 메시지가 들어왔습니다. 폐하께서 특사와 이야기하고 싶어 하십니다. 특사와 마히트 디즈마르 대사와요. 우리가 답을 보낼 수 있는 가장 빠른 시간에 말입니다. 전령이 지금 기다리는 중입니다."

특사와 마히트 디즈마르. 펠로아2에 내려가서 적들과 논쟁을 하거나 균류 감염으로, 아니면 열사병으로 죽어 가고 있을지도 모르는 두 사람.

"……자, 그럼 그들을 여기로 다시 불러야겠군, 안 그래?"

아홉 송이 부용이 말했다. 열여섯 번의 월출이 어떤 방향으로 생각하게 만들려고 하고 어떤 의심을 품게 하려고 하든 간에 황제 폐하께서 특사를 원하시니 아홉 송이 부용은 응당 갖다 바칠 것이다.

사건 기록 검색— 광역핵폭탄 공격 (지상) (?숫자) (함대 필수 포함)
광역핵폭탄 기술이 개발된 이래로 행성계에 함대의 우주선이 광역핵폭탄 공격을 벌인 사례는 세 건이 기록되어 있습니다. 이 사례 전부 지난 400년 이전에 일어난 것이고, 2인딕션 이전 나카 행성계에 위협적 배치의 유용성에 관한 공개 논의가 있었습니다. 이 공개 논의는 이 아이디어에 대한 사회 일반적 혐오감을 드러내는……

— //접속//정보부, 접속-제한 데이터베이스 질문일자 96.1.1-19A, 질문자 함대 사령관 **열여섯 번의 월출, 포물선 압축**호에서 보안 접속한 개인 클라우드후크를 통해서

……중앙주의 모든 지하철 서비스는 과학부 조사에 따라 추가 안내가 있을 때까지 중단됩니다. 메시지를 반복합니다. 지연이 예상됩니다. 다른 교통 수단을 선택하십시오. 중앙주의 모든 지하철 서비스는……

— 공공서비스 고지문, '세계의 보석' 전국 방송, 96.1.1-19A

모래와 열기 속으로 다시 내려와서, 펠로아2는 목을 조이는 망토

처럼 그녀를 둘러쌌다. 열여덟 시간은 태양을 약하게 하지 못했다. 이 행성은 천천히 자전했다. 열여덟 시간은 시체 썩는 냄새를 더 진하게 했다. 마히트는 그걸 예상했었으나 어쨌든 숨이 콱 막혔다. 몸은 통증을 잊었다. 그게 기나긴 이마고 기억의 일부가 되면 어떤 기분이 드는지에 관해 생각할 만한 나이가 되었을 때 르셀 스테이션의 이마고 통합 상담사들이 가르쳐 주는 거였다. 몸은 통증을 잊지만, 또한 몸 자체에 그 패턴을 적어 놓는다. 내분비 반응과 화학적 촉발이다. 패턴을 기록하는 바이오피드백. 그게 기억이다. 지속성에 내분비 반응을 더한 것.

시체 냄새가 다시 풍기고 괴로운 열기가 덮쳤다. 반복적인 경험. 마히트는 구역질을 하고 싶었다. 이스칸드르, 대량 학살 현장에 가 본 적 있어?

답이 돌아왔다.

〈아니. 네게 들어오기 전까진 없어.〉

그러니까 이건 마히트가 그들의 이마고 라인에 더한 새로운 경험이라는 거다. 거기에 대해서 어떻게 느껴야 할지 잘 모르겠다.

그들의 고원 지대로 돌아가는 것은 첫 번째와는 느낌이 달랐다. 여전히 두려웠다. 여전히 겁이 났다. 다른 데서는 아니라도 마히트의 마음속에서는 그게 완벽하게 명백한 감정이었다. 그들이 대화할 외계인들이 두려웠다. 하지만 마히트는 그들에게 노래를 한 번 불러 주었고, 다시 할 수 있었다. 그리고 이번에는 작은 탐험대 구성이 달랐다. 충격봉을 든 똑같은 호위 네 명, 마히트가 상상할 수 있는 가장 질 좋은 테익스칼란 실크로 만들어진 똑같은 캐노피. 하지만 치명적인 균류가 담긴 조그만 상자와 물어볼 질문으로 무장한 스무 마리 매미도 함께였다. 그 질문을 물어볼 방법은 어떻게든 마히트가 찾아야 할 것이다. 언어가 아닌 언어로, 기절할 것처럼 아주 더운 행성에서.

세 가닥 해초는 걸어가면서 연신 마히트에게 스쳤다. 처음에 마히트는 그녀가 일종의 소유권을 주장하는 거라고 생각했다. 내 손이 당신의 안에 들어갔었으니 이제 당신은 내 거야. 그리고 마히트는 여섯 방향과 그의 침대에 관한 이스칸드르의 기억의 잔상으로부터 움찔할 정도의 동정심이 떠오르는 그 아이디어에 격하게 움츠러들었다. 하지만 곧 이게 거의 확실하게 무의식적이라는 걸 깨달았다. 그들은 그저 가까이 서 있을 뿐이었다. 일종의 벽이 사라졌다. 편안한 친밀감. 마히트가 사귀었던 다른 애인들과 마찬가지로. 전혀 다르지 않다. 그리고 내분비계 반응이 지속되는 건 스테이션인이든 테익스칼란인이든 혹은 다른 어떤 별 사람이든 모두에게 작용했다. 내분비계 반응은 육체의 노골적인 언어로 이렇게 말하는 거였다. 이 사람은 자기 손을 네 안에 넣었고, 넌 그걸 환영했어. 다시 해보자. 도움이 될 멋진 화학물질들을 줄게.

고원 꼭대기에서 외계인들이 기다리고 있었다. 같은 외계인들이 아니었다.

1호와 2호 대신에 마히트가 즉시 3호와 4호라고 부르기로 한 새 외계인들이 왔다. 같은 종의 둘이지만 확실하게 각기 다른 두 개체였다. 둘 다 키는 같았다.(귀를 빼고도 마히트보다 45센티미터 정도 더 컸다.) 그리고 하나는 짙은색과 밝은색으로 온통 얼룩빼기 무늬가 있었고, 다른 쪽은 거의 무늬가 없는 회색으로 얼굴의 절반이 넘게 커다란 검은색 자국 하나만이 있었다. 그들은 상당히 기다린 것 같았다. 마히트는 안녕이라는 인사조차 하기 전에 무례하다는 이유로 협상팀 전부가 잡아먹히는 걸까 궁금했다.

마히트는 언덕길에서 그 생각은 그만두기로 했다. 잡아먹히든지 안 잡아먹히든지 둘 중 하나다.(이건 피 안에 있는 엔도르핀과 옥시토신이라는 화학물질 칵테일의 간단한 체념일까, 아니면 그녀가 이전보다 더 이스칸드르화 되어 가는 걸까? 그 건방진 태도. 간단하게 내리는 결정.) 그녀는 3호와 4호에게 다가갔다. 그들의 손톱이 닿을 거리 가장자리까지 왔다. 햇빛이 내리비쳐서 두개골에 무겁게 느껴졌다. 마히트는 입을 열어 사막 공기를 한가득 들이켜고서 최대한 크고 정확하게 안녕이라고 노래했다.

지난번에 이걸 한 탓에 여전히 목이 쉬어 있었다. 이번에는 더 힘들 것이다. 하지만, 하지만 **세 가닥 해초**가 옆으로 와서 함께 노래를 불렀다. 심지어는 **스무 마리 매미**까지 함께하려고 노력했다. 가벼운 테너. 그렇게 낭랑하지는 않지만, 노래는 할 수 있다. 그리고 3호와 4호는 짧고 괴로운 침묵을 하다가 마주 노래했다. 안녕.

그들은 본론에 들어갔다.

호위팀은 캐노피와 오디오프로젝터를 설치했다. 그리고 그들의 새로운 장난감, 장착자의 주위로 파일과 피드를 띄워 주는 사무 업무 장치가 된 클라우드후크를. 하지만 이것은 근처에 있는 누구의 손으로든 조작이 가능했다. **세 가닥 해초**는 그걸 전략 계획 양식이라고 불렀다. **스무 마리 매미**는 그냥 전략 테이블일 뿐이라고 말했다. 함대에서 전쟁 전략을 세우는 그런 종류의 장치.

지금은 언어를 배울 시간이 없었다. 그들이 배우고 있는 게 언어인지 아닌지 결정할 시간조차도 없었다.

조건: 이 외계인은 소통하고 의사소통을 이해한다.

조건: 그들은 마히트에게, 다른 모든 인간에게 소리와 마찬가지로 보이지 않는 방식으로 소통한다.

조건: 그들은 기꺼이 행성 전체를 산 채 먹어 치우고 남은 것은 썩게 햇빛 아래 놔두려는 것 같다. 그 모든 시체들은 다 죽었다. 그 모든 사람들도 다 죽었다.

이 모든 걸 고려할 때, 홀로로 서툰 그림을 그릴 차례이다.

가장 오싹한 부분은 3호와 4호가 마히트와 세 가닥 해초가 하는 일을 아주 금방 알아채고 손톱으로 반짝이는 사막의 공기 속에 빛의 선을 그리는 게 아니었다. 그것은 바로 둘 다 1호와 2호가 전날에 했던 모든 것을 동시에 아는 것 같다는 부분이었다. 그리고 그들은 1호와 2호도 보여 주었던 그 끔찍하고 불안하고 묘한 관절 동작으로 움직였다. 3호가 4호가 시작했던 동작을 마무리했다. 4호가 그리기 시작했던 그림의 나머지 반을 그렸다. 그리고 그들은 정확하게 똑같은 그림 기술을 갖고 있었다. 똑같은 기술, 똑같은 스타일.

마치 이마고 체인의 두 개의 고리 같았다. 하지만 둘 다 동시에 포함되어 있는 것이다. 그 아이디어에 마히트는 당혹했다.(하지만 살아있는 기억의 기나긴 라인의 한 고리가 되는 것의 올바르고 틀린 방식에 관해 르셀 스테이션에서 배운 모든 기준에 따르면, 그녀 자신이 틀린 존재가 아니던가?)

그림과 단편적인 노래로 소통하는 건 느리고 열기 속에서 굉장히 힘들었다. 그들은 아이디어 주위에서 빙빙 돌고 있었다. 그나마 휴전 같은 확실한 아이디어도 아니었다. 그보다는 후퇴를 해 보자에 더 가까울 것이다. 왜 이 생물들이 그런 일을 했는지를 마히트가 알아내면, 다른 곳에서 그렇게 하라고 요청하는 길에 더 가까워질 수도 있을 것이다. 르셀 스테이션에서 멀리 떨어진 다른 곳.(……그리고 테익스칼란에서도. 그리고, 아, 다지 타라츠는 그녀를 쟁반에 받쳐서 아크넬 암나르트바트에게 내밀려고 하겠지.) 하지만 왜를 알아낼 수가 없었다. 분석해 볼 추상적인 개념조차 전혀 없었다. 그저……

다음 문장, 표현, 소통 단위를 내놓을 차례가 되자 마히트는 신중하게 인간의 형상을 그렸다. 인간의 형상에서 빛의 나선 속에 내장이 흘러나온 모습. 그리고 그 위로 긴 목과 육식동물의 발톱을 가진 외계인의 형상.

세 가닥 해초가 빠르게 말했다.

"별로 좋은 생각 같지 않아요, 마히트!"

하지만 마히트는 이미 입을 벌렸고, 그녀의 혀가 만들어 낸 노래이자 침 뱉기인 소리는 그만이라는 피진 단어였다. 안 돼, 또는 멈춰, 또는 물러나.

우리를 죽이지 마.

열기에 휩싸인 침묵이 흘렀다.

3호가 손톱을 들었다. 그 손은 손톱 아래로는 아주 섬세했다. 마히트는 그 손톱이 집어넣을 수 있어서 신중한 작업을 할 때에는 그렇게 할 거라고 생각했다. 그러나 마히트의 배를 가르지는 않았다. 그녀에게 뭔가 노래를 다시 부르지도 않았다. 그 대신에 내장이 나온 인간 옆에 또 다른 인간 형상을 그렸다. 그리고 또 하나. 또 하나. 또 하나. 마치 너희들은 너희를 더 많이 만들 수 있잖아라고 말하는 것처럼.

어쨌든 간에, '당신'이라는 개념이 얼마나 넓을까?

종족만큼 넓을 수도 있을까?

마히트의 반대편에서 햇빛에 대머리는 금빛에서 진한 분홍색으로 변하고 빰은 열기로 누런 회색이 된 **스무 마리 매미**가 부드럽게 한숨을 쉬었다.

"좋아요. 이제 됐어요."

"뭐라고요?"

마히트는 의아했다. 하지만 그는 이미 균류 상자를, 독일 수도 있는 것의 상자를 꺼내서 3호와 4호 모두 볼 수 있게 내밀었다. 그것을 상장처럼 혹은 도전하듯이 내밀었다.

그가 상자를 가리켰다. 외계인의 눈은 블랙홀 같은 인력이 작용하는 것처럼 거기에 고정되었다. **스무 마리 매미**는 마히트가 그린 것을 가리켰다. 배가 갈라지고 엉망이 된 죽은 인간. 그는 상자를 흔들었다. 완전히 말라 버린 안에 든 희끄무레한 균류가 덜그럭거렸다. 소리가 너무 컸다.(펠로아2에는 곤충이 없나? 정말로 여기에는 실리카 모래와 햇빛뿐인가?)

3호와 4호 사이에서 소리 없는 의사 교환이 이루어졌다. 또다시 그 파악할 수 없는 언어다. 그들은 입을 벌리고 함께 뼈까지 울릴 듯한 소음을, 구역질을 일으키는 파동을 노래했다. 마히트는 그녀와 **세 가닥 해초**가 승리라고 파악했던 소리 패턴 일부를 알아챘다. 하지만 좀 달랐다. 다른 방식이었다. 마히트는 완전히 갈피를 잃었다. 언어가 없이는 이것들과 말할 수가 없었다. 이 사람들, 이들은 사람들이다, 비록 뱃속에 있는 모든 걸 토하지 않으려 애를 쓰고 있다고 해도 그들을 사람이라고 계속해서 생각해야만 했다. 마히트가 시인이었더라면……

(당신은 테익스칼란인이어야 했어요. 얼마나 멋진 시인이 되었을까.)

……**세 가닥 해초** 같은 시인이었다면, 드넓은 테익스칼란은 여기에 잘못된 이야기꾼을 보낸 셈이었다. 지금 시가 무슨 소용이 있을까?

호위 중 한 명이 빠르고 낮게 **세 가닥 해초**에게 말을 하고 있었다. 테익스칼란어였고 두려운 한 순간, 마히트는 언어를 전혀 알아들을 수가 없었다. 모든 음절이 의미 없는 소리처럼 들렸다.

〈숨 쉬어.〉

이스칸드르가 전에 그랬듯이 머릿속에서 말했다. 하지만 이번에는 스테이션어로, 마히트가 최초로 산소를 들이켤 때부터 경험해 온 언어로 말했고, 그게 머릿속에서 의미를 제자리에 맞춰 넣었다. 소리는 의미를 갖는다. 단어는 상징이다. 마히트는 다시 언어로 생각할 수 있었다.

세 가닥 해초가 마히트를 건드렸다. 그녀의 손가락이 마히트의 손목 아래쪽에 닿았다.

"우리 가야 해요."

마히트는 그 말을 분석해야만 했다. 테익스칼란어로 단어를 듣는 건 서사가 아니라 전부 함축어였다. 우리는 자리를 비워야 해요, 우리는 우리 자신을 여기에서 삭제해야 해요.

"뭐라고요?"

마히트가 쓸모없는 의문사를 간신히 댔다.

"폐하요. 황제 폐하. **열아홉 개의 자귀**. 그분이 우리가 메시지를 보내길 바라세요. 우리 둘 다. 지금요. **바퀴의 무게**호에서. 전령이 기다리고 있어요."

"그럴 수 없어요. 우린, 그들은 아직……."

마히트의 뒤로 3호와 4호가 **스무 마리 매미** 쪽으로 다가갔다. 그를 둘러쌌다. 그는 완벽하게 꼼짝도 하지 않고 죽음의 균류 상자만 들고 서 있었다. 완벽하게 침착하게. 항상교도가 된다는 게 저런 걸까? 거대한 포식자 적을 통한 죽음에 전혀 신경 쓰지 않는 것.

손톱이 상자를 한 번 두드렸다. 플라스틱의 케라틴이 딱 소리를 냈다.

〈열아홉 개의 자귀는 우리가 꼭 필요한 게 아니라면 요청하지 않을 거야.〉

이스칸드르가 마히트의 머릿속에서 말했다. 그 말과 함께 **열아홉 개의 자귀**에게는 그가 살아 있던 시절에 그녀가 끌어들였던 수많은 말도 안 되고, 괴롭고, 죽을 정도의 문젯거리들을 감수할 가치가 있었다는 그의 확신이 느껴졌다. 그녀를 사랑했으며 결말에 상관없이 그럼에도 불구하고 그녀를 사랑한다는 그의 확신.

"가요."

스무 마리 매미가 기묘한 거리감을 두며 말했다.

"셔틀을 타고, 호위를 데리고 가요. 전 여기서 괜찮을 겁니다. 아마도."

"당신은 뭘 할 생각인데요?"

마히트가 물었다.

"저들의 죽은 동료의 일부분을 돌려줄 거예요. 그리고 내가 왜 이런 일을 하는지 조금이라도 이해하는지를 볼 겁니다. 가세요."

스무 마리 매미가 여전히 전혀 움직이지 않은 채로 말했다.

3호가 빛 속에서 다시 그림을 그렸다. 균류 같은 프랙털 모양. 마히트가 그린 배가 갈라진 인간의 몸 그림 위에 그 형태를 그렸다.

"난 뭐가 옳은지 모르겠어요. 하지만 **열아홉 개의 자귀**님이 나를 여기에 보내셨어요. 최소한 내가 오는 걸 막지 않으셨어요. 그리고 그분은 황제예요."

세 가닥 해초가 말했다. 그리고 이스칸드르도 따라했다.

〈열아홉 개의 자귀는 황제야. 그리고 이 부관은 여기서 자기 몸을 지킬 수 있어. 비록 노래는 못 해도 말이야.〉

"제발, 죽지 말아요."

마히트가 의미 없이 말했다. 그녀는 심지어 스무 마리 매미를 좋아하지도 않는데.

"모두가 결국엔 죽죠."

스무 마리 매미가 말했고, 4호의 입구멍이 그의 얼굴에서 몇 센티미터 앞까지 다가왔다.

마히트는 생각했다. 모두가 죽지, 기억은 아니지만. 그리고 돌아서서 세 가닥 해초를 따라 셔틀로, 함대로, 그리고 기다리고 있는 테익스칼란으로 돌아갔다.

✧ ✧ ✧

그들은 스무 마리 매미를 사막에 적과 함께 두고 왔다. 아홉 송이 부용은 그게 싫었다. 끔찍하게 싫었지만, 그 결정에 반박할 수는 없었다. 특히 특사와 디즈마르는(첩자와 그 애완동물, 아, 가끔은 머릿속에서 열여섯 번의 월출의 모든 표현을 다 삭제하고 싶었다.) 돌아와서 거기 남겠다고 한 게 스웜 본인이라고 맹세했다.

너무나도 스웜다운 행동이라 그녀는 그 말을 믿었다. 그건 폐쇄된 의료 구역 문 뒤에서 그가 했던 일, 균류 포자를 들이마셔서 자신이 죽을지 기다려 보던 것처럼 희생될 수 있는 상황에 자신을 고의적으로 내놓는 것과 똑같은 종류의 행동이었다.

그래도 어쨌든 싫었다. 그녀의 부관(소중한 친구, 가장 오래된 친구)이 전 세계(제국 전체, 우주)를 균형적으로 만드는 데 관심을 덜 갖고 이기적으로 자기 목숨을 구하는 데에 더 관심을 가지면 좋을 텐데. 최소한 그녀를 위해서라도.

특사와 디즈마르가 두 개의 거품의 감독하에 다급히 황실 통신을 하는 동안, 아홉 송이 부용은 함교에서 한 시간 동안 떠나 있었다.(그녀는 아홉 시간을 쓸 자격이 있었지만, 자는 데 누가 아홉 시간씩 필요로 하지?) 자신의 방으로 돌아가지 않았다. 곧장 스무 마리 매미의 방으로 갔고, 당연하게도 비밀번호는 그대로였다. 문이 열렸다.

스무 마리 매미가 대체로 구석에 넣어 두는 업무용 터미널 위로 홀로에서 자동 메시지가 돌아가고 있었다. 거기에는 쓴 완벽하게 깔끔한 상형문자 메시지가 있었다. 맬로, 내가 여기 없거든 화분에 물을 주고 별에 저주받을 카우란 고양이한테 밥을 줘요.

그녀는 울음을 터뜨리지 않을 것이다. 그것은 작별인사가 아니라 안전장치용 메시지였다.

어쨌든 화분에 물을 주었다. 그리고 화분에 물을 주다가 별에 저주받을 카우란 고양이도 발견했다. 녀석은 화분 한 군데에서 기묘한 칠흑의 뿌리채소처럼 잠자다가 우연히 그 위로 물이 떨어지자 야옹 소리를 질렀다. 그녀는 녀석에게도 밥을 주었다. 녀석을 위한 배양육 조각이 있었고, 녀석은 그걸 좋아하는 것 같았다.

그녀는 계속 고기를 주었다. 녀석은 무릎 위에 앉아서 가르랑거리며 그녀의 손에서 배양육을 받아먹었다. 치사하리만큼 귀여웠다. 그

때 클라우드후크에서 사령관 전용 방송대역을 통한 긴급 메시지가 전송되었다. 그녀는 아무 생각 없이 틀었다. 그 주파수의 모든 메시지는 들어야 했다.

이것은 **열여섯 번의 월출**이 보낸 메시지로, **아홉 송이 부용**의 시야 절반은 말끔한 상태였으나 나머지 절반은 그녀의 모습이 채워졌다. 그녀는 더 이상 **바퀴의 무게**호에 있지 않았다. **포물선 압축**호의 자기 함교에 있었다. **아홉 송이 부용**은 안도감을 느껴야 할 것 같았으나 그렇지 않았다. 조금도. 그녀는 카우란 고양이가 고기를 찾아 야옹거리는 걸 멈추기 위해서 토닥거리고(반밖에 성공하지 못했다.) 메시지를 들었다.

열여섯 번의 월출은 멀리 있는 자신의 기함에서 말했다.

야오틀렉, 이건 제가 해야만 하는 일인 것 같습니다. 아무리 서로 의견이 다르다 해도 야오틀렉께선 제 상사이시고, 또 적의 우주선과 놈들의 신체 양쪽 모두의 끔찍한 가능성을 잘 아신다는 점을 고려할 때, 야오틀렉께서 이미 아시리라 확신하는 것을 저도 알게 되었음을 고하는 바입니다. 우리 정찰선 하나가 적의 본진 행성계 한 곳을 찾아냈습니다. 그쪽 장교들을 비난하지 마십시오. 그들은 철저히 침묵했습니다. 하지만 제24군단도 제10 군단만큼 영리합니다. **중력장미**호가 그 궤적과 검색 패턴을 바꾸어 제 군단을 지나 곧장 본선으로 돌아오면서, 우리가 찾고 있던 걸 발견했다는 사실이 분명해졌습니다. 그래서 우리 정찰선으로 **중력장미**호가 발견한 것을 확인했습니다.

저는 공격 부대를 준비하고 있습니다. 명령만 내려 주시면 제가 기꺼이 그들을 이끌겠습니다. **포물선 압축**호가 **바퀴의 무게**호 옆에서 우리 적을 가르고 가까이 다가가 하늘에서 그놈들을 모두 불태우는 겁니다. 우리를 감염시킬 수 있고, 분명히 우리를 잡아먹을 것들을 깨끗이 없앱시다.

야오틀렉의 협상가들이 협상을 마치고 돌아올 때까지를 기다리고 싶어 하실 수 있다는 거 이해합니다. 저 역시 기다리겠습니다. 한동안은요.

야오틀렉, 기나긴 소모적 포위전을 하며 사는 것보다는 이 전쟁이 테익스칼란의 활력을 빨아먹기 전에 끝내고 죽는 편이 낫겠습니다. 게다가 야오틀렉께서는 카우란의 영웅이십니다. 우리 모두 살아서 승리하는 수도 있겠지요.

메시지가 끝났다. 아홉 송이 부용의 시야 절반이 스무 마리 매미의 선실 내 정원으로 바뀌었다.

"아, 빌어먹을 피의 별들이여."

그녀가 중얼거렸다. 카우란 고양이가 화가 나서 그녀를 쳐다보고는 무릎에서 뛰어내렸다.

✧ ✧ ✧

황제의 에주아주아카트가 급송편으로 메시지를 보내는 건 함대가 보내는 것보다도 훨씬 더 빨랐다. 다섯 개의 마노는 다섯 시간 반이라고 말했다. 요청과 여덟 가지 해독제의 질문 목록이 기함 바퀴의 무게호에 도착하기까지 다섯 시간 반, 그다음 답을 기록하는 데에 걸리는 시간, 그리고 돌아오는 데에 다섯 시간 반. 그녀는 기다리는 동안 소년을 잠자리로 보냈다. 그는 거기에 화가 났지만, 그럴 만도 하다고 생각했다. 그는 나가서 시티에 갔고, 구출을 받아야 했고, 신호 문제, 혹은 소이탄 문제에 대한 의문이 계속 머릿속을 채우고 있었다.

하지만 여덟 가지 해독제는 가서 잠을 잤고, 꿈을 꾸지 않아서 안심했다. 꿈을 꾼다면 열차 탈선 꿈을 꿀 거라고 생각했었기 때문이다.

특사에게 보낸 메시지는 다음 날 정오쯤 지상궁으로 돌아올 예정이었으나 오지 않았다. 저녁 식사 무렵에도 오지 않았고, **여덟 가지 해독제**는 평소 꽃튀김을 아주 좋아하는데도 양념한 간과 치즈 백합 꽃튀김을 뜨문뜨문 먹었다. 너무 긴장해서 먹을 수가 없었다. 모든 것이 그가 파악할 수 있는 것보다 조금 더 빠르게 도는 것 같았다. 아무도 지하철에 대해 이야기해 주지 않았고, 그는 자신의 클라우드 후크를 통해서 누구든 뉴스피드에서 찾을 수 있는 것보다 더 유용한 정보를 얻는 방법을 알지 못했다.

뉴스피드는 좀 보다가 그만두어야 했다. 지하철 터널에서 연기가 나오는 걸 보고 있으니 속이 울렁거렸다.

해가 진 직후에 **다섯 개의 마노**가 황궁 내 편지로 인포피시 스틱을 보내서 그가 물어봤던 질문에 대한 답을 보러 오라고 말했다. 특무대사 **세 가닥 해초**뿐만 아니라 마히트 디즈마르를 보러 오라는 거였다. 메시지에 두 사람이 다 들어 있다는 사실은 함대 사령관 **열여섯 번의 월출**의 경고 메시지가 옳았다는 신호일까? 정보부가 르셀 스테이션의 대사로 인해 훼손되었다는 것 말이다. 아니면 **세 개의 방위각**이 옳았던 걸까? 마히트 디즈마르가 어디를 가든, 본인이 의도했든 아니든 세계의 절차와 올바른 기능을 망가뜨린다는 거 말이다.

황제의 방에 도착하니, **다섯 개의 마노**가 하얀 벨벳 소파 한 군데에서 기다리고 있었다. 그녀는 혼자가 아니었다. 그녀는 옆자리를 두드렸고, 그 말은 **여덟 가지 해독제**가 황제 본인을 그의 왼쪽에 두고 **다섯 개의 마노**는 오른쪽에 둔 채로 이 홀로를 봐야 한다는 뜻이었다. **여덟 가지 해독제**에게 자신이 일곱 살이라고, 1인덕션이라고, 그러니까 자기가 원할 때에 잠자리에 들면 된다고 아주 명확하게 밝혔던 다섯 개의 마노의 자식 두 개의 지도는 황제의 타일 바닥에 엎드려서 수학 교과서를 읽고 있었다. 여덟 가지 해독제는 선대-황제가 여기에 살 때 그런 일을 해 본 적이 없었다. 그럴 만큼 편안하게 느낀 적이 없었다.

다섯 개의 마노가 그 아니면 황제에게 물었다. 어느 쪽인지 정확히 말하기가 어려웠다.

"세 가닥 해초가 뭐라고 할지 한번 들어 볼까요?"

그리고 어느 한쪽이 대답하기 전에 홀로를 틀었다.

거기에는 특사 세 가닥 해초만 있는 게 아니었다. 바로 옆에 마히트 디즈마르가 있었다.

홀로에서 두 사람은 굉장히 지쳐 보였고, 땀투성이에 별로 기뻐 보이지 않았다. 그들은 금속 벽에 창문이 하나 있는 작은 방에 있었다. 홀로는 그 창문 바깥으로 펼쳐져 있을 별의 평원은 별로 비춰 주지 않았으나 여덟 가지 해독제는 어떤 풍경일지 추측할 수 있었다. 거기에 그들의 이야기를 들으며 이 녹화를 하는 다른 사람이 있는지 보이지는 않았지만, 두 사람의 눈길로 보아(디즈마르는 계속해서 왼쪽을 힐끔거렸고 세 가닥 해초는 일부러 왼쪽을 전혀 쳐다보지 않았다.) 누군가가 있을 거라고 생각했다. 최소한 디즈마르를 긴장하게 하는 누군가가.

그가 함대에 보낸 메시지에서 물은 건 간단했다. 세 가닥 해초 특사, 왜 우리의 적과의 협상이 성공할 거라고 믿는가? 그리고 왜 정보부의 다른 사람 대신 본인이 가기로 했는가? 딱 그 두 질문이었다. 그저 그녀의 이유가 듣고 싶었다. 그녀를 이해하기 위해서, 그리고 그녀가 하는 일을 믿을 수 있을지 보기 위해서.

세 가닥 해초 특사는 깨끗한 알토 목소리였으나 지금은 거칠었다. 굉장히 시끄러운 콘서트에 가서 밴드의 노래를 전부 따라 부른 사람, 또는 전날 밤에 아말리츨리 게임을 아주 열정적으로 즐긴 사람 같은 목소리였다. 녹화하는 클라우드후크를 똑바로 쳐다보았기 때문에 이제 여덟 가지 해독제는 그녀가 그의 눈을 똑바로 보는 것 같은 기분이었다. 똑바로 눈을 마주치는 것. 그는 시선을 돌리고 싶었다. 그녀가 여기 있어서 시선을 돌려야 하는 것도 아닌데.

그녀가 대단히 격식을 갖춘 어조로 말했다.

"폐하. 에주아주아카트. 전하. '세계의 보석'에 있는 여러분께 제10군단 기함 바퀴의 무게호에서 대단한 경의를 표합니다. 이 메시지가 짧은 것이 참으로 송구스럽습니다만, 추측하시다시피 저희가 약간 바쁜 상황입니다."

잠깐 침묵이 흘렀다. 디즈마르의 홀로이미지 얼굴에 어떤 감정이 스쳤고, 여덟 가지 해독제는 그게 억누른 웃음 같다고 생각했다. 경악했다는 사실을 성인이 아이에게 알려 주고 싶지 않을 때 짓는 웃음.

"작고 간단한 문장으로 아주 복잡한 질문을 하셨더군요, 전하. 시간과 또…… 다른 요소들을 고려할 때 디즈마르 대사와 제가 전하께 드릴 만한 답을 드리기 어려울 것 같습니다만, 그녀는…… 여기, 마히트는……." 세 가닥 해초가 대사 쪽을 가리키며 말을 이었다. "……전하께서 물어보셨다면, 특히 이렇게 먼 곳까지 보내셨다면 답을 들으셔야 한다는 생각을 하더군요."

그의 옆에서 열아홉 개의 자귀가 중얼거렸다.

"……그녀라면 그렇게 생각하겠지, 안 그래?"

"폐하라면 안 그러시겠습니까?"

다섯 개의 마노가 마치 여덟 가지 해독제가 바로 여기 없는 듯이, 그들이 그에 대해 말하는 게 아닌 듯이 말했다.

"아, 여기에 대해서 대사와 나는 꽤 크게 동의할 것 같아."

열아홉 개의 자귀가 말했다. 여덟 가지 해독제는 차갑게, 갑작스럽게 그녀가 창촉을 주면서 했던 말을 떠올렸다. 넌 여섯 방향이 아니야. 아무리 둘의 얼굴이 닮았다 해도 말이야. 네가 그렇게 될 필요가 없도록 내가 확실히 해 뒀지. 그는 다시금 그녀가 정확히 뭘 했을까 생각했다. 그를 위해서, 아니면 그에 대해서. 하지만 특사가 다시 말을 시작했고, 홀로는 다섯 시간 반 후 미래에 벌어질 대화를 전혀 상관하지 않고 진행되었다.

"왜 제가 이 일을 받았는지 알고 싶으시다고 하셨죠. 정보부의 다른 사람들 대신에요. 그건 간단한 질문입니다, 전하. 제가 원했으니까요. 요청이 들어왔고, 저는⋯⋯ 원했습니다. 제 사무실에 앉아서 잠도 별로 못 자고 시도 못 쓰는 것보다 더 나은 일을 하고 싶다고 생각했죠."

그녀 옆에서 디즈마르가 중얼거렸다.

"리드⋯⋯."

부드럽고 동정심 가득한 어조였다. 아마 특사의 통칭인 모양이다. 대사가 안다는 게 신기했다. 그걸 사용한다는 건 더 신기했다. 세 가닥 해초는 그녀를 향해 손을 흔들었다. 아마 나중에라는 뜻으로 보이는 한 손을 살짝 떨어뜨리는 동작이었다.

"이해가 안 가신다면 폐하께 뭔가 하고 싶다는 것에 대해서 여쭤보세요. 그분도 전하와 함께 이걸 보고 계실 테니까요. 그래도 정보부의 다른 사람이 아니라 제가 온 이유가 여전히 이해가 안 가시면 폐하께 저를 막지 않으신 이유, 혹은 저와 함께 다른 사람을 보내지 않은 이유를 여쭤보세요."

특사가 그렇게 말하자 열아홉 개의 자귀가 웃음을 터뜨렸다. 웃고서 고개를 끄덕였다. 여덟 가지 해독제는 자신이 여섯 점프게이트와 다섯 시간 반 이상을 넘어서서 놀아나고 있다고 확신했지만, 진지하게 사실을 말함으로써 놀아난다는 건 굉장히 기묘하면서도 신선한 일이었다. 그도 이런 건 배워야 했다.

홀로에서 특사가 한숨을 쉬었다.

"전하의 다른 질문은 좀 더 어렵군요. 그래서 제가 여기에 디즈마르 대사와 함께 있는 겁니다. 대사는 저보다 언어를 더 잘 이해해요. 제가 대사보다 훨씬 나은 외교관이지만요. 그건 대사 탓이 아니에요. 대사는……." 세 가닥 해초가 말하려던 첫 번째 단어를 먹은 것처럼 재빨리 꿀꺽 삼키고서 말을 바꿨다. "……연습이 부족하거든요. 제가 왜 우리 적과의 협상이 성공할 거라고 생각하느냐고요? 왜냐하면 그들은 말을 하니까요, 전하. 왜냐하면 그들의 의사소통법임을 아는 소리를 내는 방법을 우리가 알아냈을 때, 그들이 대답을 했으니까요. 왜냐하면…… 오, 왜냐하면 제가 자라면서 열한 개의 선반의 책을 읽었으니까요. 다섯 개의 마노에게 『신비한 변경에서의 급보』를 한 부 달라고 하세요. 전하께서는 여섯 방향 폐하의 90퍼센트 클론이고, 그 책을 이해할 만큼 나이를 먹으셨으니까요."

디즈마르가 신중하게 그녀의 말에 끼어들었다. 물을 첨벙 튀기지 않고 뛰어드는 수영 선수처럼.

"왜냐하면, 전하, 특사는 외계인을 좋아하거든요. 최소한 인간형 외계인을요. 저를 처음 만났을 때 그렇게 말했죠. 그리고 몇몇 테익스칼란인과 달리 특사는 테익스칼란인이 아닌 인간을 일종의 인간이라고 생각하거든요. 거기서부터 외계인을 일종의 사람으로 생각하기까지는 그리 어렵지 않습니다. 설령 인간형이 아니더라도요."

"마히트."

세 가닥 해초는 충격을 받은 것처럼 말했다.

하지만 대사는 말을 이었다.

"전 그들이 어떻게 이야기하는지 모르겠습니다. 그들에게 우리가 어떻게 단어를 말하는지 알아낸 언어 말고 더 많은 언어가 있다는 걸 알아요. 그중 최소한 한 가지 언어는 인간이 들을 수 없는 거죠. 그들은 우리 같은 방식으로 죽음에 신경 쓰지는 않지만, 죽음을 이해합니다. 그들은 첫 번째 만남 이후에 협상 테이블로 돌아왔습니다. 그리고 협상을 하는 동안에도 함대에 대한 공격을 멈추지 않았죠. 전 이 모든 걸 알지만 그 이상은 모릅니다. 그러나 그들이 일종의 사람이라고 생각해요. 그리고 그들이 사람이라면……."

"전하, 그렇다면 너무 많은 함대 우주선을 잃기 전에 평화 협상을 맺을 가능성도 있습니다. 그게 전부예요."

세 가닥 해초가 말했다.

배경에서 낮은 목소리가 들렸다. 누가 그들과 함께 있든 간에 들리지 않게 뭔가를 말했다. 디즈마르는 겁에 질렸거나, 구역질이 나거나, 혹은 그저 짜증 난 얼굴이었다. 스테이션인들은 너무 많은 표정을 갖고 있고, 그게 어떤 의미인지 구분하기는 어려웠다. 특사는 따분해 보였다.

"그게 전부입니다. 녹화 끝."

그 말을 끝으로 홀로가 사라졌고 황제의 거실로 돌아왔다. 두 개의 지도가 바닥의 숙제에서 고개를 들고 말했다.

"엄마, 여덟 가지 해독제 전하도 행렬대수를 풀 수 있나요? 왜냐하면 전 할 수 있거든요. 다들 홀로를 보는 동안 문제를 다 풀었어요."

여덟 가지 해독제는 일곱 살이던 때가 그립다고 생각했다. 일곱 살 때에는 열한 살 때보다 훨씬 더 단순했었다.

그는 소파에서 일어났다. 방금 본 것들에 대해 생각하고 싶지만 이야기를 하고 싶지는 않았다. 황제 폐하와도, 다섯 개의 마노와도, 그 누구하고도.

"나도 행렬대수를 할 수 있어." 그가 그렇게 말하며 두 개의 지도의 옆에 앉았다. "나한테 한번 보여 줄래?"

✧✧✧

그들은 바퀴의 무게호의 통신장교 두 개의 거품의 평가하는 듯한, 관찰하는 듯한 눈이 여전히 고정된 상태로 녹화실에서 나왔다. 세 가닥 해초는 그들이 홀로를 찍는 내내 그녀를 아주 단호하게 무시했다. 의심스러운 함대 장교에게 관찰당하면서 동시에 기함으로 호출되어 황제 본인이 아니라 황위 후계자로부터 일종의 평가용 질문을 받고 대답하는 것보다는 그녀를 무시하는 편이 더 쉬웠다.(최소한 그들은 더 이상 격리용 장비를 입고 있지는 않았다.) 그것은 마치 열한 살짜리가 '당신은 우리 팀에 어울리는 적절한 문화적 적합성을 가졌습니까?'라고 묻는 취업 면접을 보는 것과 비슷했다. 여섯 방향 황제가 어린아이였을 때 찍은 모든 사진이랑 정확하게 똑같은 열한 살짜리로부터 말이다.

세 가닥 해초는 돌아서서 셔틀을 도로 타고 펠로아2로 가고, 어린애는 몇 시간쯤 알고 싶은 걸 갖고 속을 끓이게 놔두고 싶었다. 계속해서 협상을 할 수 있다면, 적에게 정말로 그들은 더 이상의 사상자를, 조금도 원치 않는다고 이해시키려고 노력하면 그녀의 대답도 어쨌든 더 완벽해질 것이다. 하지만 마히트가 고개를 흔들었다. 그리고 말했다. 왜 테익스칼란이 지금 하는 일을 하고 있는지 그 답을 들을 자격이 있는 사람이 있다면, 바로 그 아이야.

그제야 세 가닥 해초는 선명하게, 약간 부끄럽게도, 여덟 가지 해독제가 여섯 방향이 되기 위해 태어났었다는 걸 떠올렸다. 르셀 스테이션의 이마고 머신을 머리에 넣어서 여섯 방향이 영원히 황제가 될 수 있도록 만들어진 아이. 그녀는 마히트가 거기에 대해서 복잡한 죄책감을 느낀다고 추측했다.(그리고 마히트가 정말로 6개월 전보다 더 이스칸드르 아가븐이 되었다면 아마 좌절감도 느낄 것이다. 불충분함. 그리고 죄책감.)

(어젯밤에 그녀는 둘 중 어느 쪽과 섹스를 했을까? 둘 중 누가 그 기묘하고 근사한 그래픽 스토리를 가져왔을까? 그건 귀중하지만 기억은 아니에요, 난 당신이 필요로 하는 모든 것이에요 같은 대사가 있는 책을.)

(그녀는 정말로 알고 싶은 걸까? 아마 아닐 것이다.)

마히트가 그녀의 자리인 오른쪽에 있고 불만스러운 함대 장교가 구석에 서 있었다. 여기까지 이르러 홀로레코더 앞에서 세 가닥 해초는 아이에게 최대한 사실을 말하고 무슨 일이 벌어졌는지 보여주기로 결심했다. 그럴 가치가 있다, 충분히. 그녀가 무언가를 하게 된다면, 그걸 올바르게 할 것이기 때문이다. 그녀는 평생을 그렇게 살았다. 모든 것, 아니면 아예 안 한다.

아홉 송이 부용이 함교에서 그들을 기다리고 있었다.

세 가닥 해초는 손가락 위로 깊이 몸을 숙였고, 마히트도 똑같이 했다. 눈 가장자리로 황실의 급송 셔틀이 번쩍거리며 그들의 메시지를 싣고 함교의 창문 앞을 가로질러 점프게이트를 향해 가는 게 보였다. 거기서, 사라졌다. 그리고 다시 그들은 전쟁터에 홀로 남았다.

"최상급 이칸틀로스 **스무 마리 매미**에게서 연락이 있었나요?"

세 가닥 해초는 균류 상자를 들고 3호, 4호와 함께 혼자 남은 그를 계속 생각하고 있었다. 그녀와 마히트가 전쟁터에 단둘뿐인 것처럼, 열기 속에 혼자 남은 그를.

"아직. 당신들이 도착한 이래로는 없어. 그는…… 아, 30분 더 있어 보고 그를 데려오도록 두 사람을 다시 보낼 거야. 그가 데려올 수 있는 상태라면."

야오틀렉이 말했다.

세 가닥 해초는 그가 무전을 보내지 않았다면, 데려올 게 별로 남지 않았을 것 같다는 생각을 했다. 그녀도 거기에 대해 유감이었다. 아주 유감스러웠다. 그건 낭비일 것이다. **스무 마리 매미**가 수경재배 갑판에서 설명했던 방식으로써의 낭비. 우주가 작동해야 하는 방식에서의 결함. 심술. 자원을 최선의 방법으로, 심지어는 그냥 좋은 방법으로조차 사용하지 않는 행위.

전쟁에서 집으로 돌아가게 될 경우 어쩌면 항상교도가 되어야 할지도 모르겠다. 아니면 최소한 경전이라도 읽어 보든지.

"어쨌든 우린 돌아가야 합니다. 아직 끝내지 못했어요."

"상황이 바뀌었어."

야오틀렉의 말에 **세 가닥 해초**는 속으로 움찔했다. 그것은 협상

파트너가 말하는 경우에는 절대로 좋은 내용이 아니다. 그녀가 아는 어떤 시나 안내서, 사례 연구에서도 마찬가지였다.

"어떻게요?"

아홉 송이 부용의 얼굴은 읽을 수 없었다. 그녀의 모든 것이 닫혀 있고, 방어적이고, 성난 상태였다. 그녀는 **세 가닥 해초**에게 지금 말해야 하는 것을 말하고 싶지 않았으나 어쨌든 할 것이다. 왜냐하면 정보부 또는 르셀 스테이션이 그녀가 하려고 결정한 일을 망치는 건 바라지 않을 테니까. 이건 극도로 불쾌한 일일 것이다. **세 가닥 해초**는 마음의 준비를 단단히 했다. 하지만 대체로는 그냥 피곤했다.

"정찰선 **중력장미호**가 적의 거주 행성계 중 하나를 찾았어. 행성 하나와 그 위성이야."

아홉 송이 부용이 말했다.

"그래서요?"

마히트가 물었다.

"그래서 나는 **스웜이** 그들이 계속 대화하고 싶어 합니다**나** 그들은 균류가 가득 침투한 상태이고 우린 그들의 사망자를 믿을 수 없습니다 말고 좀 더 실행할 수 있는 뭔가를 갖고 돌아오기를 기다릴 거야. 그리고 그가 아무것도 못 가져온다면, 흠." 잠깐 동안 **아홉 송이 부용**은 **세 가닥 해초**가 그녀를 처음 봤을 때와 똑같아 보였다. 절대적으로 완벽한 야오틀렉의 이미지. 별에 걸터앉아 꼼짝하지 않을 듯한 모습. "자, 그러면 함대는 그들의 심장이 어디 있는지 알게 되겠지. 그리고 나는 내 손을 거기 박아 그걸 뜯어낼 준비를 할 거야. 그래야만 한다면."

이 몸들: 건조 기후의 몸, 내구성 강한 유전자의 몸. 몸 하나는 인간성을 얻기 전부터 도구로서 완고한 결의를 보여 주었다. 또 하나, 교활한 지성을 보여 주는 엉큼한 몸은 근처에 있는 우리가 비웃고 업신여기는 몸이며, 도구의 언어로 지껄이고 내내 요구만을 떠든다. 이 몸들은 우리의 노래를 부른다. 열기와 모래와 혼란 섞인 관심을 그들의 선례가 그랬듯이 적의 폐쇄적이지만 끈질긴 정신으로 노래한다. 노래하는 것은 또한 놀라운 일이고, 말을 더듬을 정도의 매혹/공포이며, 일관성 없는 화음을 부른다. 조용한 적의 몸 중 하나가 '사람 제조기'의 가닥을 가져왔다. '사람 제조기'를 삼키지 않고 마치 독인 것처럼 플라스틱 상자에 가뒀다.

마치 우리가 독인 것처럼.

모래와 열기 속의 몸들은 이것을 이해하려고 애를 썼다. 언어나 서사와 동등한 것으로 생각하지 않고(우리가 왜 그러겠는가?) 전에는 가능한 적이 없었던 개념들의 연결을 시도한다. 사람이 아니지만 또한 사람이 되는 방법을 알고, 또한 인간성을 원하지 않는다고 생각한다. 노래를, 프랙털을, 반사상을, 우주의 집을 가로지르는 반복을 원하지 않는다. 교차 확인: 조종의 반복만을 노래하는 그 몸들, 그들은 그 외에는 조용하다. 우리에 대한 두려움, 조용한 적의 형태로 두려움이 퍼진다. 부분적인 노래만을 원하는 것을 상상한다.

조용한 적의 몸이 무의미한 입의 언어를 말한다. 교활한/엉큼한 몸이 손톱 없는 손에서 '사람 제조기'를 뽑아내고, 짧게 울부짖은 다음 조용해진다. 그 몸은 아주 가만히 있고, 주의 깊게 관찰하고,

완고한/결의의 몸은 사람을 노래하고, 교활한/엉큼한 몸은 사람이 아니고 노래가 아닌 것을 노래하고, 이 멜로디 가락이 우리를 통해 끝없이 울린다.

✧ ✧ ✧

그리고 동시에 차가운 결단력으로 타오르는 함대 사령관 열여섯 번의 월출, 가장 사랑하는 선생이자 전적으로 신뢰할 수 있기를 바라는 선생으로부터(하지만 그러면 왜 그가 그녀를 이렇게 먼 곳에, 이 전쟁에, 그녀가 죽을 가능성이 높은 곳에 보냈겠는가?) 가끔 어센트Ascent라고도 불리는 그녀는 자신의 군단에 명령을 내린다. 제24군단은 그녀의 손, 그녀의 호흡의 연장인 것처럼 대답한다. 그들은 모이고, 공격 형태를 이루고, 조심스럽게 멈춰서 전진을 시작한다.

그리고 열여섯 번의 월출은 그들의 목줄을 차분하게 유지한다. 그녀는 조금만 더 기다릴 것이다. 왜 열한 그루 월계수가 그녀를 여기에 보냈는지 생각하면서, 야오틀렉이 끝없는 전쟁을 피하기 위해서는 펠로아2의 1000배는 되는 반박할 수 없는 잔혹 행위를 가하는 수밖에 없다는 불가피한 결론에 도달하기까지 조금만 더 기다릴 것이다.

✧ ✧ ✧

우리는 점프게이트 우주를 들락날락하는 것과 같은 방식으로 칠흑의 보이드의 집을 들락날락한다. 모든 장소가 어떤 면에서는 똑같다. 반복적인 노래가 울려 퍼지고, 별들 사이 어둠 속에 있는 흙의 집이나 피의 집, 우주선의 집. 생각한다: 변화가 있다. 모래와 열기 속의 몸들의 혼란을 알면서, 조용한 몸들이 사람-제조기에서 몸을 돌리고 우리의 제일 가까운 피의 집을 향해 함께 움직이고 있다는 것을 생각한다. 노래가 비명으로, 아, 아, 아, 거기에는 100만 개의 몸이, 10억 개의 몸이, 한꺼번에 읽기에는 너무 많은 몸이 있다: 수많은 침묵을 다시 조립하고……

그리고 그들이 옮기기로 결정했을 때 우리의 원래의 흙의 집에서 한 모든 일, 그들의 세 개의 고리형 우주선들이 별을 바탕으로 왜곡으로 반짝이고, 그들이 모두 함께 움직이고, 사방에 있는 하나의 집단이다. 그리고 이번에 그들은 적의 옆으로 움직여서 그들이 궁극적으로 귀중한 목적지에 도착하는 걸 생각조차 할 수 없게 몰아낸다. 단번에 다이빙을 하면 노래하는 배들은 갑자기 제17군단의 한가운데에서 살아나고, 제17군단은 흩어지고, 너무 늦고, 그들의 샤드 전부가 우리를 밀어내고……

……그리고 또 다른 집단이 조용한 적들이 온 곳에서, 그들의 거대한 창촉 모양 우주선들에서, 점프게이트를 향한다. 이 한 곳을 거쳐서 우리에게 속한 보이드의 집 일부분으로, 그들의 조그만 자원 추출 콜로니들과 함께 얼마 전에 왔고, 최근에 화력과 위협과 지능이 있는 사람에게만 속해야 할 영원한 호기심의 탐색을 하러 더욱 많이 왔다. 그 집단은 숨어서 점프게이트로 향하고, 그곳을 건너가기 시작한다. 하나가, 또 하나가, 또 하나가, 또 하나가……

✧✧✧

데카켈 온추는 경보에 깨어나 대단히 자주 꾸었던 악몽 속으로 들어선다. 너무 자주 꾸었던 꿈이라 이게 진짜라고 스스로를 납득시켜야만 한다. 외계인이 안하메마트 게이트를 건너오는 꿈이다. 그녀는 본능과 훈련에 따라, 과호흡이 되거나 공포에 사로잡히지 않고 숨쉴 공간을 주는 이마고 라인의 목소리에 따라 움직인다. 그녀는 조종사협회 의원이다. 그녀의 조상들은 다른 사람들에게 안전하게 르셀 스테이션을 가져다주었다. 꼭 해야 한다면 그녀는 스테이션의 시민 마지막 한 명까지 새로운 집으로 데리고 갈 것이다. 설령 빌어먹을 아크넬 암나르트바트가 있어도. 여전히 그 여자를 어떻게 해야 할지 결정 못 했으나 의원이 더 이상 의원이 아니게 하는 방법은 파악했고, 다지 타라츠의 도움을 받는 방법도 찾는 중이니까……

하지만 새로운 스테이션을 찾아야만 하는 건, 이마고 라인에 있는 첫 번째 조종사가 했듯이 그 모든 연약한 숫자들을 생각하고 세계를 다시 시작해야 하는 건 원치 않았다. 그래서 그녀는 르셀 스테이션과 바르츠라반드 섹터에 있는 다른 소규모 스테이션들의 모든 군용기를 모으고, 위협에 정면으로 맞설 준비를 한다.

그녀는 격납고에서 조종사들이 자기네 우주선에 올라타는 것을 보다가 키가 크고 시체 같은 사람, 다지 타라츠일 수밖에 없는 형상을 발견한다. 그를 멈춰 세운다. 그에게 왜 왔는지 묻는다. 이 모든 일을 해 놓고, 그가 한 일로 스테이션이 고통 받는 상황에 처하게 만들어 놓고서 지금 소형선을 타고 도망치겠다고? 혼자서? 오늘 얼마나 많은 의원이 르셀 스테이션에 대한 자신의 의무를 배신할까? 첫 번째는 암나르트바트. 그리고 이 대화재가 지난 후에 꼭 고려해야 하는 문젯거리인 암나르트바트를 어떻게 처리해야 할까? 문제를 고려할 나중이 존재한다면 말이지만. 그리고 이제 타라츠가 스테이션을 버리고 떠난다고?

다지 타라츠는 그녀에게 말한다.

"아니. 난 도망치는 게 아니에요. 난 마히트 디즈마르를 찾을 거고, 우린 이 전쟁의 방향을 다시 돌려놓을 겁니다."

온추는 왜 자신이 그가 가게 놔뒀는지 모른다. 앞으로도 잘 모를 것이다. 어쩌면 그가 파게이트를 건너가려 하다가 죽을 테고 그러면 이 모든 게 아무 문제도 되지 않을 거라고 생각했기 때문일지도 모른다. 어쩌면 그가 하겠다고 말한 일을 해낼지도 모른다고 생각했기 때문일 수도 있다. 그가 성공한다면 그녀에게는 치워야 하는 피가 적어질 테니까.

✧✧✧

열한 그루 월계수의 사무실 지도 테이블은 작다. 그것은 그의 책상 길이의 절반쯤 되는 협탁이다. 그는 그것을 항상 켜 둔다. 일종의 배경 음악, 해야 할 일을 하는 동안 그의 옆에서 반복되는 수천 개의 이미 푼 군사 퍼즐로서. 그는 이게 그의 역사를 기억하게 해준다고 생각하곤 한다. 그의 역사, 그의 부서의 역사, 그의 황제의 역사. 그는, **열한 그루 월계수**는 나이 든 병사다. 그리고 직접 풀어야만 했던 전장을 떠난 지 수십 년이 흘렀다. 나이 든 병사들은 끈질기게 버텨야 하고, **열한 그루 월계수**는 수 세기에 걸친 테익스칼란 전쟁이라는 울퉁불퉁한 살결로 자신의 발톱을 날카롭게 갈아 왔다. 그것을 아주 작은 불빛들로 다시 재생시켜 가면서 말이다.

그는 지금도 재생을 시키고 있다. 2세기 전의 이항성계에서 벌어진 어느 전투를 틀어 놓았고, 손 위로 빛이 어떻게 변화하는지를 볼 뿐 그것을 전혀 보지 않고 있다.

그의 부서의 역사, 그의 부서의 성공. 황제가 되는 편이 나았을 야오틀렉의 행동, 그리고 그 야오틀렉의 여파 속에서 황위를 차지한 황제의 대응 속에서 그것들은 얼마나 연약한 것이었던가. **열한 그루 월계수**는 늙은 병사다. 그는 샤드를, 과학부의 새로운 기술로 함께 묶이고, 변화하고 기묘해져서 별로 믿을 만하지 않은 그들을 생각한다. 이제 동료 병사들이라기보다 최악의 순간에는 선리트에 더 가깝다. 하지만 그 순간이 그들의 부인할 수 없는 전략적 최선이기도 하다. 그는 느린 독약에 대해, 신뢰에 대해 생각한다.

친애하는 아주 소중한 학생에게, 전혀 모르는 상태로, 그의 부서의 역사를, 그의 부서의 성공을 지키기 위해서 무엇을 요구했는지. 썩을 수도 있는 것, 혹은 썩었다는 의심이 가는 것을 잘라 낸다. **열여섯 번의 월출이 아홉 송이 부용**을 함께 데려가고 전쟁이 지속되는 한 새 황제의 평가와 관련될 전쟁을 유지해 줄 전쟁에서 승리를 거둔다면, 그녀는 감수할 만한 희생이다.

✧✧✧

제17군단에서: 모든 샤드는 샤드 시각과 바이오피드백과 다른 것으로 함께 연결되어 있다. 이 다른 것을 그들은 최상급장교나 비조종사 없이 그들끼리만 있을 때면 '샤드 트릭'이라고 부른다. 샤드 트릭은 가끔은 각 샤드들 사이에서 공유하는 그저 고유감각과 통증만이 아니라 본능(반응시간)과 극단적이거나 아름다운 순간에는 생각이기도 하다.

정확하게, 단어는 아니다. 하지만 소통이다. 그걸 좋아하는 사람들은 한계까지 몰아붙인다.(샤드 조종사 중에서 아주 적은 퍼센티지만이 샤드 트릭을 좋아한다.) 입을 열지 않고서 서로에게 시를 암송해 주는 것까지도 한다.

점프게이트 양쪽에서 서로에게 시를 암송하고 듣는 것. 왜곡된 반향, 뼛속의 진동. 점프게이트라는 바늘땀과 거대하게 호흡하는 샤드 감각을 제외하면 완전히 단절된 섹터로부터의 어떤 것.

제17군단의 모든 샤드는 샤드 트릭을 좋아하든 아니든 함께이다. 세 개의 고리로 된 외계인 적의 미끄럽고 우주선을 녹이는 침 속에서, 번쩍이는 에너지포의 불길 속에서 죽어 가면서. 죽어 가고, 아프다. 엄청나게 많은 인원이 죽어 간다.

멀리 떨어진 곳, '세계의 보석'이 있는 테익스칼란 우주 섹터에 있는 제3군단의 순양함 **베르디그리스 메사**호에서, 연습 훈련을 하던 샤드 조종사 네 명이 격납고로 돌아가다가 비명을 지르며 운다. 그들은 각자의 우주선 안에서 서로를 돕고 의지하고 혼자인 것을 견딜 수 없는 것처럼 서로를 연결한다. 그중 한 명이 흐느낌 속에서 아주 약간의 이성을 찾고 말한다. 솔직히 그게 누군지는 중요하지 않다.

"전쟁부 장관님과 이야기를 해야 합니다. 보안코드 히아신스입니다. 당장요."

16장

두 개의 교류발전기는 왼쪽 소매에서 엄지손가락 크기의 충격봉을, 오른쪽에서 교살용 줄을 꺼내고서 야만인처럼 씩 웃었다. 그녀의 모든 네모난 하얀 이가 드러났다.

"나 어떻게 보여? 르셀 원주민처럼 보일 것 같아?"

"정확히 20초 정도." 아홉 송이 디기탈리스는 전술용 캣슈트 지퍼를 올리면서 말했다. "별빛에 감사하게도, 너에겐 그거면 충분하지. 너 완전 웃겨 보여. 하지만 다섯 개의 필라멘트와 내가 배관으로 들어갈 동안 스테이션의 세관원들을 속이는 데 그 웃기는 행동으로 20초 정도는 버틸 수 있을 거야."

두 개의 교류발전기는 코를 찡그렸다.

"넌 전직 정보부 요원이잖아. 네가 설득 작업을 해야 하는 건데. 특히 나한테 잘못하고 있다고 말을 할 거라면 말이야!"

"나도 하려고 했어. 하지만 그쪽은 내 얼굴을 너무 잘 안단 말이야."

아홉 송이 디기탈리스가 말했다.

"내가 이 일의 계약서에 서명할 때 넌 네가 여기서 이미 들켰다는 이야기를 안 했잖아."

두 개의 교류발전기가 의심스럽게 말했다.

"그녀는 굉장히 독특한 얼굴이잖아." **다섯 개의 필라멘트**가 말했다. 그는 부츠 안에 나이프를 밀어넣었다. "난 전에 우주 스테이션에서 뭘 훔쳐 본 적이 한 번도 없어. 이건 아주 재미있을 거야."

— 서쪽 호 출신 작가 **다섯 개의 창**이 쓴 테익스칼란 인기 소설 『받침점』 1권 중에서

페이지의 세 칸 중 제일 위칸. 첫 번째 칸: 캐머런 함장의 배가 앞 페이지 전체 칸으로 본 테익스칼란 전함의 아래쪽으로 접근한다. 전함은 너무나 커서 진짜 같지가 않다.
두 번째 칸 : 항해 조종간에 있는 캐머런의 손 클로즈업. 방향을 잡는 그를 돕는 차드라 마브의 빛나는 잔상. 조종석 창문으로 전함이 지나치게 많은 장식으로 화려하게 꾸며진 금속 배경으로 변하고, 에너지포가 검은 눈처럼 보인다.
세 번째 칸 : 캐머런과 차드라 마브가 우주선을 지나 어둠 속으로 들어간다. 우주선이 멀리 떠나간다. 그들은 들키지 않았다.
캐머런(세 번째 칸에서 생각하는 말칸으로): 제국이 보거나 스테이션이 찾아볼 생각을 할 만한 별들보다 더 나은 별들이 여기 바깥에 있을 거야.

— 『위험한 변경!』 그래픽 스토리 대본 10권, 르셀 스테이션, 9층, 지역 소형 출판사 '모험/암울'에서 유통

여덟 가지 해독제는 꿈을 꾸지 않았고, 그래서 안도했다. 잠이 든 게 기억나지 않았다. 오로지 깬 것만 기억날 뿐이었다. 아직 새벽도 안 됐다. 그는 옷을 입은 채로 책상에 앉아서 손에 얼굴을 묻고 잠이 들었고, 한 시간 즈음 지나서 깨어났다. 잠이 들 때 그는 **다섯 개의 마노**와 황제 폐하에게 잘 자라고 인사를 하고 방으로 돌아와서 생각을 하고 있었다. 홀로프로젝션 드라마를 보려고 했지만 어느 것에도 집중할 수가 없었다. 그는 아이디어로, 개념으로, 공포로 가득

찬 기분이었다. 과포화액체가 되어서 금방이라도 고체화되며 갑자기 이해하게 될 것만 같았다. 거의 그랬다. 그는 계속해서 마히트 디즈마르의 목소리로 저는 그들이 일종의 사람이라고 생각합니다라는 말로 되돌아갔다. 그들은 우리 같은 방식으로 죽음에 신경 쓰지는 않지만, 죽음을 이해합니다.

세 가닥 해초가 했던 말. 그들은 말을 합니다.

그리고 그건 분명했다. 당연히 말을 하겠지. 그들에게는 우주선과 무기와 사회가 있었다. 당연히 말을 하겠지. 중요한 부분은 그들이 말을 한다는 부분이 아니라 대답을 한다는 부분일지도 몰랐다.

어쩌면 그들도 인간이 일종의 사람이라고 생각할지도 모른다.

그는 잠이 들 때 그 생각을 하고 있었던 것 같았다. 그리고 이제 여전히 어둠 속에서 완전히 잠에서 깼고, 방을 밝히는 유일한 건 카메라-눈뿐이었다. 그것들이 달빛 속에서 어떻게 빛나는지. 그를 보고 있는 시티. 자취를 따라온다. 선리트들이 자취를 따르는 것처럼. 시티 전체가 그가 어디 있는지를 안다. 설령 그가 있는 곳이 (절대로 일어나서는 안 되는 끔찍한 지하철 탈선 현장이라도.) (그건 그 자신의 잘못일 수도 있고, 그를 겨냥한 것일 수도 있고, 상처를 입히려던 것일 수도 있다. 그를.) 지상궁의 자기 방이라 해도.

그 생각은 이미 그를 온통 채우고 있었다. 그가 그걸로 가득 찬 자신을 꿈꾼 것처럼. 꿈을 알지도 못하고 기억도 못하지만. 그게 그가 잠에서 깨면서 함대 사령관 아홉 송이 부용이 카우란에서 전투에 이긴 방법을 이해했던 방식이었다.

중요한 아이디어는 그들은 일종의 사람일 수도 있다는 것이다. 중요한 아이디어는, 어떤 종류의 사람인지 여덟 가지 해독제가 알 것 같다고 생각한다는 거였다.

선리트와 그들이 시티의 모든 카메라-눈을 통해 볼 수 있다는 사실부터 시작해 보자. 선리트는 모두 합쳐서 복잡한 종류의 사람이다. 그들은 물론 당연히 테익스칼란인이고 여덟 가지 해독제만큼 인간이지만, 함께 움직이고 함께 반응하며, 인간의 눈이 아니라 기계의 눈으로, 같은 눈으로 보고, 그렇기 때문에 함께 움직이고 반응한다. 지하철과 같은 알고리즘 절차를 사용하지만, 일정을 정하는 AI가 아니라 사람이다. 그들은 과학부 장관 열 개의 진주하에서 테익스칼란 전역에 새로운 알고리즘 원리가 공개되었을 때 거기에 대단히 능숙해지게 되었다. 모두가 그걸 안다. 이제 선리트는 카메라-눈을 통해 볼 수 있고, 수천 개의 관찰자로 이루어진 하나의 정신처럼 모두 함께 움직였다.

그걸 할 수 있는 인간과 같은 부류의 사람이 있다면, 많은 눈이 있고 쉽사리 간단하게 함께 움직일 수 있는 사람이 있다면, 그건 다른 부류의 사람, 선리트보다 더욱 거기에 뛰어난 사람이라고 쉽게 상상할 수 있을 것이다.(여덟 가지 해독제는 사람이 어떻게 선리트가 되는지를 전혀 모른다는 생생하고 놀라운 깨달음에 정신이 산란해져서 아이디어의 형태를 놓칠 뻔했다. 하지만 스스로 그 생각을 하지 않기로 했다. 지금은 아니다.) 시각과 의도를 공유할 수 있는 인간과 같은 부류의 사람이 있다면, 거기에 더 뛰어나고 인간은 아닌 부류의 사람도 있을수 있다…… 그렇다면 그들은 거기에 훨씬 더 뛰어나서 한 명이 죽는 것에는 상관하지 않을 수도 있다. 세 가닥 해초 특사가 말했던 것처럼. 그들은 우리 같은 방식으로 죽음에 신경 쓰지는 않지만 죽음을 이해합니다.

만약 여덟 가지 해독제가 옳다면(카우란에 대해서 옳았던 만큼 여기에 관해서도 옳다면, 한 조각만 빠진 채로 거의 옳다면) 만약 그가 옳다면, 누군가에게 말을 해야 했다. 적은 그들이 했던 방식대로 움직이고, 그들이 하듯이 보급선을 망가뜨리고, 그 모든 전략실 시뮬레이션처럼 예상치 못한 장소에 너무 빠르게 나타날 것이다. 왜냐하면 그들은 오직 하나의 정신을 가졌으니까. 만약 그가 옳다면. 그리고 그는 자신이 옳다고 생각했다.

그가 이야기해야 할 사람은 전쟁부 장관이었다. 왜냐하면 하나의 거대하고 아주 강력한 선리트 무리처럼 거대한 하나의 적이 모두 함께 생각한다면, 그게 바로 세 개의 방위각과 함대의 모든 장군이 그들을 어떻게 상대해야 할지 모르는 이유일 것이다.

그러니까 새벽이 되기 몇 시간 전이라는 게 뭐 어때서? 전쟁부 장관이 지금 어떻게 하고 있을지는 잘 알았다. 그는 세 개의 방위각을 이틀 내내 따라다녔다. 그녀가 잠이 들었다면 그는 반사 연못reflecting pool 가득한 연꽃을 다 먹어 버릴 것이다.

✧ ✧ ✧

마히트와 세 가닥 해초는 함교에서 아홉 송이 부용 앞에 서서 여전히 노력 중이었다. 테익스칼란 함대의 야오틀렉이 나는 내 손을 그들의 심장에 박아 그걸 뜯어낼 준비를 할 거야라는 시적인 말을 하는 것을 들은 세 가닥 해초가 무엇을 생각할지 아는 마히트는 최소한 노력 중이었다. 정복 서사시에서 나온 것 같은 그 말을 아주 가볍게, 편안하게 말했으나 마히트에게는 테익스칼란의 서사의 무게가 절대로 떼어낼 수 없는 수의처럼 얹혔다. 뭐라고 말을 해야 할지 알 수가 없었다. 저 아래 펠로아2에서 귀중하고 어이없는 균류 상자를 들고 마히트와 세 가닥 해초가 외계인과의 사이에 성립시킨 우리를 죽이는 건 괜찮지 않을 수도 있어요, 최소한 무분별하게 죽이지는 말자고요를 이어받아 균류 침투에 관해서 설명하고 싶은 것과 연결시키려 하는 스무 마리 매미로부터 즉각적인 대답은 나오지 않았다. 메시지는 전혀 없었고, 마히트는 메시지가 없는 게 아홉 송이 부용을 얼마나 불안정하고 날카롭게 하는지, 행성계를 완전히 파괴하는 걸 기꺼이 고려할 정도라는 걸 알 수 있었다.

우린 누군가를 이렇게 사랑한 적이 있었나. 그녀가 생각했다. 질문은 아니었다. 그들을 위해 복수하려고 행성 하나를 없애고 싶을 정도로 말이야.

〈행성 전체는 아니지.〉

이스칸드르의 말에 마히트는 물어보지 말 걸 하고 생각했다. 행성 하나를 없애는 것과 뭐가 비견이 될까? 함대가 뿌리는 폭탄의 죽음의 불길일까, 아니면 르셀이 있어야 할 자리에 그 자신의 심장을 동여맨 상냥하고, 넓고, 다 죽일 만큼 강력한 테익스칼란의 턱일까?

"야오틀렉, 일종의 진전을 보이고 있다고 생각합니다. 몇 시간만, 아니면 며칠만 더 시간을 주시면, 아마도요."

"아, 당신을 의심하지는 않아, 대사. 하지만 당신들은 내 병사들 중 한 명이 아니야, 안 그런가? 당신이 이해할 거라고 기대하진 않아. 결국에 명령을 내리는 우리는 병사들에게 생명뿐만 아니라 결정권까지 우리를 믿고 맡기라고 말해야 하는 때가 오지. 제10군단은 그걸 오랫동안 기다려 왔어."

마히트는 그녀에게 말하고 싶었다. 인포피시 메시지를 갖고서 어린애와 이야기를 하라고 우리를 여기로 끌어올린 건 당신 아닙니까, 우리는 일을 하고 있었어요. 거의 그렇게 말하려던 참이었다. 혀 뒤쪽에서 이스칸드르가 그녀를 붙잡아 경고하고 있음에도 불구하고 말이다. 그때 통신장교 두 개의 거품이 두 사람 사이에 끼어들어 말했다.

"야오틀렉. 메시지입니다."

"스무 마리 매미인가?"

아홉 송이 부용의 목소리에 담긴 노골적인 희망에 마히트는 움찔했고, 세 가닥 해초가 움찔하는 것도 보았다.

"아뇨. 마흔 개의 산화물의 기함, 색채가 변하는 열풍호입니다, 제17군단이 직접 공격을 당하고 있습니다. 우리가 그들의 위치를 안다는 걸 적이 알아챈 것 같습니다. 제17군단이 샤드를 잃고 있습니다. 빠르게요."

✧ ✧ ✧

여덟 가지 해독제는 옷을 갈아입으려고도 하지 않았다. 누구에게 자신이 어디로 간다는 말도 하지 않았다. 그저 신발을 신고(스파이 바지와 튜닉에 어울리는 회색 스파이 신발이었다.) 머리를 빗고서 길게 다시 땋아 내리고 터널로 갔다. 이 모든 일이 실제로 시작되기 전에 열한 그루 월계수를 방문하러 가던 것처럼. 지상궁과 정무 부처 사이의 터널은 편안하고 친숙했지만 조그만 소리 하나하나, 먼지가 날리는 것들이 몸을 떨리게 하고 더 빨리 걷게 했다. 그는 이 시간에 여기에 와 본 적이 없었다. 설령 황궁 건축물의 걷기 행진의 노래를 부르려고 해도(하늘에 핀 꽃송이만큼 지상에는 많은 뿌리들이) 침대 밑에 있는 괴물을 상대로 한 어린애의 방어처럼 느껴졌다. 혹은 비밀 지하터널에 있는 괴물.(우스운 얘기였다. 모든 면에서 그렇지 않다는 걸 빼면. 여기 지하에서 소이탄이 터지면 어떤 일이 벌어질까? 생각하고 싶지도 않았다.)

사다리를 올라가서 지하실의 작은 바닥문을 통해 나왔다. 거기에는 맞아 주는 사람이 아무도 없었고 그는 갑자기 마음이 놓였다. 세 개의 방위각을 빼면 아무에게도 그가 여기 있다는 걸 알리고 싶지 않았다. 그는 그녀에게 직접 이 아이디어를 말하고 싶었다. 열한 그루 월계수가 그녀와 함께 있다면 그에게도. 그건 다른 누구보다도 여덟 가지 해독제가 얼마나 훌륭한 학생인지를 보여 줄 것이다. 여섯 개의 쭉 뻗은 손바닥이 거기에 대해서 어떻게 할지 결정할 때까지는 그게 새어 나가게 하지 말자. 하지만 자신이 왜 여기 있는지(심지어 이 시간에, 경비가 더 적은 때에, 하지만 더욱 의심스러울 때에) 설명하지 않고서 그녀의 사무실까지 그 먼 길을 다 가려면 진짜로 스파이가 되어야 했다. 말하고 기억하고 자신의 비밀을 지키는 것 말고도 숨을 줄 아는 스파이가.

카메라-눈이 그를 볼 것이다. 시티가 하는 것과 마찬가지 방식이었다. 하지만 선리트를 빼면 사람들은 카메라-눈이 아니었다. 그리고 그는 작았다. 구석에 숨을 수 있었다. 먼지 조각이, 바닥에 반사된 빛 한 줄기가 될 수 있었다. 아무것도 아닐 수도 있었다. 여기 있기로 되어 있는 사람, 그가 있는 자리에 있기로 되어 있는 사람. 중요하지 않은 사람. 복도 청소부나 검사 중인 야근하는 후보생. 그 둘 중 하나가 되기엔 너무 어렸지만, 자신을 그들 중 하나라고 생각하면 복도 청소부가 더 쉽다. 전쟁부 안에 있을 걸로 여겨지고, 아침 햇살이 비치면 복도를 빛이 나고 광이 나게 만들어 놓는 사람.

그는 똑바로 세 개의 방위각의 사무실로 걸어갔다. 카메라-눈과 전쟁부의 건물 보안 AI는 그가 이 여행을 하는 것을 몇 번이나 봤고, 어떤 것도 특이하다고 의심하지 않았다. 그는 알고리즘이 그에게 기대하는 대로의 패턴을 따랐다. 그가 자신이 여기 있으면 안 된다고 생각하는 사람, 선리트가 아닌 사람을 보면 설명을 하거나 그들을 지나쳐 도망을 가거나 복도 청소부인 척하려고 아주 애를 쓸 것이다. 복도 청소부인 것처럼 생각하자. 믿자. 이야기 속에서 스파이들은 그렇게 하니까.

그는 세 개의 방위각의 사무실 앞에 도착할 때까지 자신이 복도 청소부라고 믿는 연습을 했다. 아무하고도 이야기할 필요가 없었다. 전쟁부 직원들을 보았을 때에는 그림자 속에 숨어서 그들이 지나쳐 갈 때까지 기다렸다. 하지만 이제, 장관의 사무실 바로 앞, 여섯 개의 쭉 뻗은 손바닥의 한가운데였다. 거기서 복도를 따라 내려온 곳, 문 아래로 불빛이 보이고 전쟁부 장관이 오늘 밤에 자지 않을 거라는 예측이 맞았음을 알려 주는 곳에서 목소리가 들렸다. 높고 긴장된 목소리는 그 가는 빛에서부터 복도를 따라 흘러나왔다.

그는 그들을 방해할 수도 있었다. 세 개의 방위각에게 그가 예상한 것에 대해서 말해야만 했다. 정말, 정말로 그래야 했다.

하지만 그러는 대신에 꼼짝하지 않고 서서 거의 숨도 쉬지 않는 듯이 숨쉬며 소리나 그가 여기 있다는 사실을 드러낼 만한 어떤 방해도 하지 않았다. 그리고 그냥 들었다. 스파이가 되는 것에 익숙해지면, 스파이 짓을 그만두는 것도 굉장히 어려운 일이었다. 그리고 여덟 가지 해독제는 스파이가 되는 것에 아주 익숙해진 상태였다.

(그게 누구의 잘못인지는 잘 모르겠다. 그일까, 아니면 선대-황제일까? 유전적인 걸까, 아니면 그가 자란 방식 때문인 걸까? 아니면 창촉을 준 황제 폐

하의 잘못일까?)

"……기다릴 때가 아니야. 샤드 조종사들이 경고의 말도 제대로 하지 못할 만큼 비명을 거의 멈추지 못하는 판국에 하릴없이 서 있진 않을 거야. 저 바깥에서 무슨 일이 벌어지고 있든 간에 놈들은 함대 병사들을 죽이고 있고, 우리가 샤드를 고유감각 링크로부터 떼어내지 않는 이상 전 우주가 세밀하게 거기에 대해 알게 되겠지."

세 개의 방위각이었다. **여덟 가지 해독제**가 들었던 어떤 목소리보다도 더 사납고 열렬하게 말을 했다. **세 개의 방위각**, 전쟁부 장관이 그가 분명히 샤드 트릭이라고밖에는 생각할 수 없는 것에 대해 설명하고 있었다. 샤드 조종사들이 모두 연결되어 있어서 서로가 죽어 가는 걸 들을 수 있다고. 선리트이지만 좀 망가진 것처럼. 최소한 **여덟 가지 해독제**가 아는 한, 선리트는 서로가 죽는 것을 듣지 못한다. 어째서 전쟁부 장관은 **여덟 가지 해독제**가 내린 것과 같은 결론을 내리지 못한 걸까? 그들이 싸우고 있는 외계인 또한 서로 연결되어 있다고. 그는 문을 향해 한 걸음 다가서서 얘기를 가로막고 자신의 아이디어를 설명하려고 했다.

그때 **열한 그루 월계수**가 말하는 게 들렸다.

"그 행성에 우리 우주선들을 내리면 거기에 들끓는 균류 질병에 우리 사람들을 분명히 노출시키게 될 겁니다. 정말로요, 장관님?"

여덟 가지 해독제는 움직이지 않았다. 문을 열지도 않았다.(균류 질병에 관해서는 잘 모르겠다. 특사와 디즈마르는 그 비슷한 것에 대해서는 전혀 언급하지 않았었다.)

"대량의 광역핵폭탄이면 아주 꽉 달라붙은 균류까지 다 쓸어버릴 수 있을 거야. 난 공격을 지시하는 게 아니야, 차관. 핵심을 때리자는 거야. 우주 공간에서 그 콜로니 하나를 지워 버리고, 놈들이 우리가 그랬다는 걸 안 다음에 어떤 협상을 하게 될지 보자는 거라고."

조용하고 끔찍한 침묵. **여덟 가지 해독제**는 대기가 방사성 동위원소로 가득 차면 그 행성에 어떤 일이 일어날지 생각해 보았다. 한참을 거슬러 올라가 생각해야 했다. 테익스칼란은 더 이상 그런 일을 하지 않는다. 그건 너무…… 행성은 거기서 되돌아올 수 없다. 그는 2년 전에, 선생 중 한 명이 테익스칼란이 현명하게 이제는 그만둔 잔혹 행위에 대해서 배울 만큼 자랐다고 생각했을 때 거기에 관련된 책을 통째로 다 읽었다.

그 침묵 속에서 **열한 그루 월계수**가 말했다.

"장관님, **세 번째 손바닥**의 차관이자 명목상 장관님의 군사 정보 활용 전문가로서 말하자면, 함대에 인구가 많은 행성 정착지에 폭탄을 떨어뜨리라고 명령해서 방사능 겨울을 만든 다음에 얻게 되는 건 협상이 아닐 겁니다. 장관님이 얻게 되는 건…… 오, 아마도 항복이나 철수일 수도 있죠. 아니면 그 작고 흉측한 검은 점에서 수십 년 동안 이어지는 전쟁이 될 수도 있고요."

"이게 끔찍한 아이디어라고 이야기하는 건가, 차관?"

"……아뇨." **열한 그루 월계수**가 대답했다. **여덟 가지 해독제**는 그의 미소를 그려 볼 수 있었다. **여덟 가지 해독제**가 대부분의 전략 퍼즐을 옳게 풀었을 때 그가 보여 주던 것과 똑같은 미소일 것이다. 기쁘면서도 약간 잘난 척하는 미소. "전 그게 딱히 끔찍한 아이디어라고는 전혀 생각하지 않습니다. 그저 그 결과 중 하나가 협상일 가능성이 아주 낮다는 거죠. 하지만 어차피 장관님께서는 협상을 좋아하신 적이 없죠, 안 그런가요? 나카에서도요. 장관님께서는 능률을 더 좋아하시죠."

"내가 그렇다면?"

"그럼 그런 거죠."

여덟 가지 해독제는 뱃속이 울렁거려야 할 것 같은 기분이었으나 그렇지는 않았다. 뱃속이 아파질 것 같은 상황인지 잘 알 수가 없었다. 모든 것이 아주 멀고 아주 무시무시했다. 전쟁부 장관은 행성 전체를 죽이는 이야기를 하고, 열한 그루 월계수는 거기에 동의하고 있다. 함대에 속한다는 게 정말로 이런 식이라면, 그는 함대에 들어가고 싶었던 걸 후회했다. 시뮬레이션실에서 우주선들을 이리저리 조종하고 싶었던 걸 후회했다. 그 모든 전략 퍼즐을 풀고 싶었던 걸 후회했다. 샤드 조종사들이 동료가 죽었을 때 어떻게 비명을 질렀을지 생각하지 않은 걸 후회했다.

지금 울면 방 안에 들릴 것이다.

그래서 그는 울지 않았다.

"……이건 공정해야 합니다. 황제 폐하로부터 승인을 받아야 해요. 샤드 트릭이 절차보다 앞서 나가면 안 됩니다."

열한 그루 월계수가 말했다.

"황제는 아직도 고유감각 링크의 부작용에 대해서 모르시지. 그게 자네의 말뜻이지, 차관."

마른 웃음소리.

"네. 그게 제 말뜻이었던 것 같군요. 전 고유감각에 관한 지식은 가능한 한 전쟁부 안에 숨겨 두는 쪽을 선호합니다, 장관님. 하나의 번개가 저지른 일 이후로 줄어든 현재의 우리 입지에서는 위대한 폐하께 우리의 의사 결정권을 빼앗을 정보부나 과학부를 여기로 보낼 이유를 드리지 않는 편이 좋겠지요."

세 개의 방위각이 내쉰 한숨이 여덟 가지 해독제의 팔에 있는 모든 털이 곤두서게 했다.

"가끔 난 왜 아홉 송이 부용이 자네들 세 번째 손바닥보다 정보부를 선택했는지 이해할 것 같아. 자네가 추천한 대로 공정하게 하자고. 별문제는 없을 거야. 메시지는 이미 준비됐으니까."

"존경합니다, 장관님. 대단히요. 제 최고의 학생은 이 계획을 수행하기 위해서라면 기꺼이 목숨을 바칠 겁니다. 그렇게 해서 우리에게 필요한 걸 얻을 수 있다면……."

"열여섯 번의 월출?"

"네. 야오틀렉의 바로 옆에 있죠. 두 기함이면 필수적인 광역핵폭탄 투하자들을 보호하며 적 전선을 가로지르기에 충분할 겁니다, 안 그렇습니까?"

여덟 가지 해독제는 들을 만큼 들었다. 그는 행성 하나를 없애기 위해서 얼마나 많은 폭탄이 필요할지, 설령 그들이 그가 생각한 것처럼 모두 하나의 정신을 가졌다 해도 그 행성에 얼마나 많은 시체가 생길지를 상상했다. 그는 이런 일이 생기는 걸 바라지 않았다. 이건…… 샤드 조종사 몇 명을 잃고 다른 샤드 조종사들이 울게 되는 정도가 아니었다. 모든 죽음을 느낄 수 있는 상황에서 행성 전체가 죽는 건 과연 어떤 느낌일까?

그들은 죽음을 이해한다, 그저 우리와 같은 방식으로 신경 쓰지 않을 뿐이라고 디즈마르는 말했었다.

하지만 그렇다고 그들이 전혀 신경을 쓰지 않는다는 뜻은 아니었다.

여덟 가지 해독제는 돌아서서 복도를 도로 내려가서 터널로 향했다. 누군가에게 그의 아이디어를 말할 것이다. 정말로. 하지만 열 아홉 개의 자귀 황제에게 말하고서 그녀가 세 개의 방위각이 원하는 대로 그 명령을 보내지 않도록 할 것이다.

✧ ✧ ✧

"함대 사령관 마흔 개의 산화물이 뭘 원하지?"

아홉 송이 부용의 목소리는 굉장히 고르고 굉장히 차분했다. 공격 방법을 계산하는 사람의 목소리다. 마히트는 그녀가 질문을 이해했는지 확신이 가지 않았으나(공격을 받고 있는 함대 사령관이 자신과 함께 승리로 끝날 공격 말고 뭘 원할 수 있단 말인가?) 두 개의 거품은 이해하는 것 같았다.

"이건 모든 우주선의 고통에 관한 호출이 아닙니다, 야오틀렉. 정보 요청입니다. 그들의 게릴라 공격을 전면전으로 격화시킬 만한 일을 우리가 한 게 있는지, 좀 더 상세한 지시는 있는지 묻고 있습니다. 그쪽 통신장교 아홉 개의 바다얼음이 공개 채널로 우리 답을 기다리고 있습니다."

아홉 송이 부용이 대답하기 전에 세 가닥 해초가 낮고 다급하면서 야오틀렉과 똑같이 차분한 목소리로 말했다.

"야오틀렉, 대답을 하기 전에 여섯 군단 중에서 어딘가가 같은 공격을 받고 있거나 위치를 바꾸지 않았는지 확인해 보세요. 이건 단독 사건이 아니라는 생각이 들어요."

아홉 송이 부용은 평가하는 눈으로 그녀를 응시했고 마히트는 그 무거운 눈길에, 더 무거운 평가하는 감각에 주저앉고 싶었다.

하지만 세 가닥 해초는 움찔하지도 않았고, 아홉 송이 부용은 그 행동에 만족한 것처럼 말했다.

"두 개의 거품. 그렇게 해. 모든 사령관의 상황 보고."

오래 걸리지 않았다. 명령은 흔한 것인 모양이었다. 두 개의 거품은 머리 위로 손을 뻗어 함대의 홀로그래프 디스플레이에서 손을 움직였고, 들어오는 메시지가 빛의 패턴으로 변화하며 이 섹터에서 각 군단이 뭘 하고 있는지, 어떻게 움직이는지, 우주선이 몇 대나 공격을 받고 있는지를 나타내는 정형화된 모습이 되었다.

마히트의 눈에도 열여섯 번의 월출의 제24군단이 외계인의 행성계를 향해 천천히 멈추지 않고 움직이기 시작한 게 보였다. 그리고 동시에 혹은 조금 후에 외계인들이 그 행성계에서 가장 가까이 있는 군단에 공격을 두 배로 퍼부었다. 제17군단이었다. 원인과 결과, 햇빛처럼 확실하다.

"그들은 보복을 잘 이해하고 있군요." 마히트는 자신도 모르게 말하고서 야오틀렉을 향해 이야기했다. "야오틀렉. 큰 존경을 담아 말합니다만, 저는 테익스칼란인이나 당신의 병사 중 한 명이 아니라는 걸 알고 당신의 부하들이 죽어 간다는 것도 알지만, 이게 살짝 접근만 해도 외계인들이 대응하는 방식이라면, 실제로 공격 신호를 냈을 때 그들이 어떻게 할지 생각해 보십시오."

"그리고 야오틀렉께서 열여섯 번의 월출에게 우주선을 그렇게 가까이 움직이라고 명령하지는 않으셨을 것 같군요. 안 그런가요?"

세 가닥 해초가 덧붙였다.

마히트는 스테이션 근처에 살거나 스테이션인을 알지 못하면서 스테이션인처럼 미소를 짓는 테익스칼란인을 한 번도 본 적이 없었으나 아홉 송이 부용은 지금 그렇게 하고 있었다. 이를 드러내고 입술은 말려 올라가고.

〈미소가 아니야. 위협이지. 불쾌감이고, 아주 테익스칼란인다운 표정이야. 설령 이게 누군가에게 너에게 상처 주는 건 대단히 즐거울 거야, 라고 알려 주고 싶을 때 우리의 미소라고 해도 말이지.〉

꽤 비슷했어, 마히트가 이스칸드르에게 말했다.

"참으로 옳군, 특사." 아홉 송이 부용이 여전히 이를 드러낸 채로 말했다. "하지만 특사께서 내 함대 사령관을 불신하게 하려고 하는 이유가 있겠지, 안 그런가? 당신네 둘, 첩자와 그 애완동물 말이야."

"정보부의 서비스를 요청한 건 야오틀렉입니다. 함대 사령관에게 명령하듯이 제게 명령하는 것도 야오틀렉이고요."

"그리고 제17군단에 대한 이 공격이 함대 사령관 열여섯 번의 월출의 움직임 때문인지, 아니면 당신과 디즈마르 대사가 펠로아2에서 한 말 때문인지 내가 어떻게 알지?"

"모르죠. 그리고 우리도 마찬가지입니다."

마히트가 말했다.

세 가닥 해초는 마히트를 재빨리 힐끗 보았다. 그녀의 입이 마히트가 그녀의 안에서 손가락을 구부렸을 때처럼 놀라움과 찌푸림의 표정으로 바뀌었다. 그것은 그들이 함께 겪었던 첫 번째 사건, 과학부 장관 열 개의 진주에게 마히트가 야만적인 행동을 보였던 그때 그녀가 지었던 표정과 똑같았다. 똑같은 즐거움, 뒤틀린 놀람과 재미, 일종의 소유욕을 드러낸 갈망. 마히트는 거기에 대해 어떤 기분이 드는지 생각할 수가 없었다. 그렇게 강한 것을 느낄 여유가 없었다. 그건 세상의 패턴의 혼란이었다.

"대사가 옳아요. 제가 확실하게 야오틀렉께 보장할 수 있는 건 아무것도 없어요. 그건 저희 잘못일 수도 있어요. 제24군단의 잘못일 수도 있고요. 우리가 상상도 할 수 없는 다른 어떤 것 때문일 수도 있어요. 우리 적은 제가 아는 외계인과는 달라서요."

딱딱하고 공격적으로 아홉 송이 부용이 말했다.

"대체 내가 왜 당신을 여기로 불렀을까, 특사? 당신이 이 외계 종족들을 이해시키지 못한다면 말이야."

"시도해 보기 위해서죠."

세 가닥 해초가 말했다.

그때 철학과 협상, 야만인에 진력이 난 두 개의 거품이 말했다.

"색채가 변하는 열풍호가 여전히 답을 기다리고 있습니다."

마히트가 거의 움찔할 뻔할 정도로 큰 목소리였다.

재빨리 마히트가 말했다.

"황제께 물어보세요. 이게, 꼭 해야만 한다면, 테익스칼란의 심장에서 나온 파괴가 되게 하세요."

✧ ✧ ✧

여덟 가지 해독제는 있는 줄도 몰랐던 접촉 수단을 갖고 있었다. 그는 한 번도 그걸 쓸 생각을 해 본 적이 없었다. 오늘 아침 전까지는 단 한 번도(이제 대강 아침이긴 했다. 금방이라도 비가 올 것 같고, 해는 거의 가려져 있는 회색 아침이었다.) 지상궁으로 걸어가서 잠긴 문을 그를 위해 열어 달라고 말할 생각을 해 본 적이 없었다. 그가 황위 후계자 여덟 가지 해독제니까, 그리고 그의 클라우드후크가 테익스칼란 제국에서 두 번째로 강력한 열쇠니까, 그를 위해 문을 열어 달라고는.

그가 어린애라서 접속이 제한되어 있는 경우만 아니라면. 아마 어딘가는 분명히 그럴 것이다. 하지만 그는 그런 경계를 찾는 게 아니었다. 누군가 시티나 황실 보안 AI, 아니면 물리적 열쇠가 필요한 멍청한 방식으로 잠긴 문 등 그를 막을 만한 곳, 그런 경계는 계속해서 찾지 않을 것이다. 그는 바랐다. 끔찍하고 멍청하고 불공평하지만, 누군가가 자신을 막기를 바랐다. 더 이상은 그의 책임이 아니라는 뜻이 되니까. 다른 사람, 완전히 자란 성인이 이걸 할 책임을 맡게 된다는 뜻이니까. 행성 대학살을 막는 일 말이다. 다만 지금 책임을 맡고 있는 성인들은 지금까지 어떤 것도 막으려고 하지 않았다.

동황궁이 꽃이 피듯이 열렸다. 여덟 가지 해독제는 황실 아파트가 이어지는 곳 깊숙이 들어갔다. 황실 잉크스탠드 책임자 자리를 거쳐 그 자신의 방으로 이어지는 복도를 지나서, 문과 문을 지나 황제의 거주 공간으로 들어섰다. 마지막 문을 열기 위해 마음을 다잡았다. 그가 한 번도 통과해 본 적이 없는 문, 열아홉 개의 자귀의 침실, 그녀의 개인 공간으로 이어지는 문. 그때 누군가의 손이 어깨에 닿아서 비명을 지르고 말았다. 너무 놀라서 납치범과 어떻게 싸워야 하는지 전부 다 잊어버리고 그냥 가만히 선 채 불법 침입으로 혼이 날까 기다리기만 했다.

물론 납치범은 아니었다. 온통 하얀 옷에 맨발이라 바닥에서 소리가 나지 않는 상태의 황제 폐하였다.

"작은 스파이."

그건 비난이 아니었다. 그보다는 설명해 보라는 설득에 가까웠다.

"폐하." 그가 돌아섰다. 황제의 손이 어깨에 남아 있었다. 그는 움찔거리거나 물러서지 않으려고 노력했다. "이런 이른 시간에 방해해서 죄송해요."

"아니, 그렇지 않을걸. 넌 황궁의 보안 시스템 전부를 가로지르는 큰일을 벌였어. 넌 확실하게 날 방해하고 싶었던 거야. 자, 이제 그 이유를 말해 볼까?"

그녀의 관심이 중력장처럼 느껴졌다. 사람을 끌어당기는 그런 것.

"전 전쟁부에 있었어요." 이걸 한번에 전부 올바르게 말하고 싶었다. 머뭇거리거나 은근히 말하지 말고. "장관과 3급 차관 열한 그루 월계수가 우리 적이 가득 사는 행성에 광역핵폭탄을 사용할 논의를 하는 걸 엿들었어요. 그들은 그걸 할 거예요. 폐하께 승인을 요청할 생각이에요. 그들은 폐하께서 행성을 통째로 죽이고 유독하게 만들어 다시는 아무것도 자라지 못하게 만들라고 명령하기를 바라고 있어요."

"그래서 너는 여기에…… 뭘까, 내게 경고를 해 주러 온 것이냐?"

황제의 얼굴은 무표정했다. 여덟 가지 해독제는 완전히 갈피를 잃은 기분이었다. 왜 폐하는 반응을 안 하실까? 왜 그걸 막으려고 하지 않으실까?

"아마도요? 폐하께……. 전 그 외계인들이, 우리 적이, 어쩌면 선리트가 가끔 그러듯이 모두 하나의 정신을 갖고 있을지도 모른다고 생각해요. 너무 끔찍해서 그 일에 대해 생각조차 할 수가 없어요, 폐하."

"끔찍하지. 아침 식사는 했니? 이리 와서 같이 잠깐 앉자꾸나. 카사바와 새 치즈 빵이 있단다. 네 선대-황제가 좋아했던 거지. 너도 좋아하니?"

여덟 가지 해독제는 좋아했다. 오븐에서 갓 나와 따뜻한 맛있고 둥근 카사바 셀 안에 든 녹아서 진득진득한 치즈는 그가 제일 좋아하는 음식 중 하나였다. 하지만 지금은 먹는 걸 상상도 할 수가 없었다. 속이 울렁거렸다. 열아홉 개의 자귀가 이 일을 어떻게 감당하는 건지 알 수가 없었다. 하지만 그는 거대한 창문 옆에 있는 테이블에서 그녀의 옆자리에 앉아 쟁반에서 카사바 빵을 집었다. 그것을 손가락으로 잘게 나누었다.

"왜 그들을 막지 않으시는 거죠?"

그가 마침내 묻자 열아홉 개의 자귀가 한숨을 쉬었다. 아주 옅은 소리와 함께 그녀의 어깨가 살짝 내려앉았다. 그녀는 카사바 빵을 깨물었다. 여덟 가지 해독제가 보는 동안 그것을 씹고 삼켰다.

그런 다음에 말했다.

"그들을 막으려고 하지 않는 이유는, 나도 그게 옳은 생각이라고 믿기 때문이야."

여덟 가지 해독제는 빵을 또 한 조각 떼어 내서 손가락으로 꾹 눌렀다.

"왜요?" 그가 애처롭게 말했다. 애처로운 목소리를 내는 자신이 정말 싫었다. "그들은 사람들이에요. 인간은 아니지만 사람이에요. 전 정말로 그렇게 생각해요. 그리고 폐하께서도 행성을 죽이는 건 끔찍한 일이라고 말씀하셨잖아요. 방금 들었는데."

"끔찍하다고 내가 말을 했지. 그리고 그렇다고 믿어. 지독한 일이고, 지독한 결정이야. 하지만 그게 황제가 있는 이유란다, 여덟 가지 해독제. 지독한 결정을 내리기 위해서. 난 차라리…… 아, 진실을 이야기하마, 나의 작은 스파이. 넌 결국에 직접 이 일을 해야 할 테니까 진실이 더 낫겠지. 난 차라리 큰 희생을 치르는 승리를 택할 거야. 테익스칼란이 뭘 할 수 있는지를 보여 주기 위해서, 사람들로 가득한 살아 있는 아름다운 행성을 부숴서 먼지와 죽음의 비만 남게 할 거란다. 그리고 맞아, 그들은 사람일 수도 있지만 우리가 이해할 수 있는 종류의 사람은 아니야. 제국의 가장자리에서 영원히 곪는 상처처럼 끝없는 소모전과 우리와 그쪽 사람들의 희생을 계속해서 반복하느니, 난 한 번의 공포를 택하겠어."

그녀는 자신의 패스트리를 먹지 않았다. 그녀는 목이 여덟 가지 해독제만큼 마른 듯이 침을 삼켰다.

"가끔은 상처를 지져 버리는 편이 낫단다."

✧ ✧ ✧

아홉 송이 부용은 잇새로 숨을 내뱉었다. 마히트는 움찔하거나 세 가닥 해초 앞으로 나서고 싶었다. 황제에게 모든 전략을 그만두고 전면전을 시작할 허가를 요청하라는 제안이 예의에서 크게 벗어나는 행동이라서 야오틀렉이…… 잘 모르겠다. 세 가닥 해초를 쏠까? 군법회의에 처해? 저 반짝이는 샤드 전투기 한 대에 공격을 이끌라는 명령을 내려?

앞으로 펼쳐질 이야기를 더욱 끔찍하게 상상하는 걸 멈출 수 있었으면 좋겠다고 생각했다. 하지만 상상할 수 있는 더 나은 상황은 아주 적었고, 이스칸드르는 마히트의 손목에서 떨리는 조용한 통증이 되어 있었다. 인내를 발휘하고 있다기보다는 알 수 없는 최후의 행동이 준비되기를 간신히 억제하고 기다리는 거였다.

하지만 곧 아홉 송이 부용이 말했다.

"마흔 개의 산화물에게 대응 공격을 하라고 해. 하지만 추격은 하지 마."

두 개의 거품은 재빨리 알았다고 고개를 끄덕였다. 마히트는 야오틀렉의 문장 사이 틈새에서 숨을 쉬려고 노력했다. 하지만 그만큼 빠르게 숨을 내쉬고 들이쉬지 못했다.

"아직은 추격하지 말라는 거야. 내 명령에 움직일 수 있게 준비는 해 두라고 해. 그리고 시티에 급송을 보내. 이 명령에 나와 함께 황제의 말이 있길 바라니까." 그리고 그녀는 세 가닥 해초를 다시 쳐다보고 훨씬 부드럽게, 마히트에게 간신히 들릴 정도의 목소리로 말했다. "난 늘 함대 바깥의 방첩 활동이 필요할 땐 '손바닥' 놈들보다 정보부가 낫다고 말해 왔어. 왜냐하면 정보부는 이미 정신이 나갔거든. 야만인들과 처음으로 사랑에 빠져서 함대가 왜 있는 건지 잊어버릴 가능성이 없거든. 당신은 이미 부정직해. 하지만 당신네 중 한 명이 나에게 자기 말을 증명하려고 테익스칼란 황실 조례를 사용하는 야만인을 데려올 거라고는 상상도 못 했어."

"디즈마르 대사는…… 독특하죠."

세 가닥 해초가 말했다. 마히트는 누가 자신을 모욕한 건지, 거기에 신경을 써야 하는지 고민했다. 그녀는 이겼다, 그렇지 않은가? 잠깐은. 그녀는 그들에게 시간을 벌어 주었다. 스무 마리 매미가 계속 이야기할 수 있는 시간을. 혼란을, 몰이해를, 손실을 제거할 시간을. 테익스칼란 제국군이 솔직하게, 아름답게, 거침없는 완전한 파괴에 열중하는 대신 다른 것을 할 시간을.

〈누구에 대한 손실?〉

이스칸드르가 중얼거렸다. 마히트는 확신할 수가 없었거나 그에게 말할 수가 없었거나 혹은 그는 이미 알고 있었다.(그녀에 대한 손실. 그녀 같은 사람이 테익스칼란을 상상하면서 여전히 스테이션인으로 있을 수 있도록 해 주는 언어의 우주에 대한 손실. 누군가가 세계라는 단어를 말할 때, 테익스칼란 외에 뭔가 다른 것이 있을 수도 있다는 아이디어.)

함교의 다른 장교 한 명이 말했다.

"야오틀렉. 우주선 한 척이 점프게이트를 넘어왔습니다. 우리 뒤에서……."

"적함?"

아홉 송이 부용이 물었고 마히트는 갑자기, 아주 명료하게 생각했다. 이게 스테이션 쪽에서 안하메마트 게이트를 통과해서 오는 적이라면, 그들이 이미 르셀을 점령했다는 이야기고 난 언제 내 고향 사람들이 전부 죽었는지조차 알지 못해. 난 여기에 있고, 그들의 살인자들과 이야기를 하고 있고, 절대로 알지 못해.

숨을 쉬고 있다면 과호흡을 할 것 같았다. 움직이면 그 생각이 진실이, 진짜가 될 것 같았기에 숨은 조금 이따가 쉬어야 할 것 같았다.

"아뇨."

장교의 대답에 마히트는 갑작스럽고 이마고로 인해 두 배가 된 격한 안도감에 사로잡혀서 하도 세게 숨을 내쉬어 그가 다음에 하는 말을 거의 놓칠 뻔했다. 안도감은 충격을 준 만큼 빠르게 사라지고 몸이 떨렸다.

왜냐하면 장교가 다가오는 배의 광대역 채널 방송을 완전 무선으로 연결했고, 바퀴의 무게호 함교를 채우는 목소리가 르셀의 광부의회 의원, 여섯 명 중 첫 번째인 다지 타라츠의 것이었기 때문이었다. 그리고 그가 마히트 본인과 이야기하러 승선하고 싶다고 요구했기 때문에.

✧✧✧

지진다.

여덟 가지 해독제는 뭐라고 말해야 할지 몰랐다. 어떻게 말해야 할지 몰랐다. 황제 폐하가 틀렸다고 어떻게 말을 하지? 어떻게 이렇게까지 틀릴 수가 있지?

"……전 이해가 안 가요." 그가 간신히 말했다. "말씀하셨잖아요 제 선대-황제가 80년의 평화가 더 있었더라면 테익스칼란에 뭘 원했을지 그 모든 것을요. 그리고 폐하도 어쨌든 이걸 원하시잖아요. 이건……."

"계속해. 네가 생각하는 걸 말해."

"이건 행성 대학살이에요." **여덟 가지 해독제**는 성이 났지만 눈물을 터뜨리지는 않았다. 두려움을 넘어선 그 차갑고 명료한 곳이 그에게로 돌아왔다. "그걸 지지든 말든 전 신경 안 써요. 폐하께서 그게 지지는 거라고 생각하신다면요. 누군가가 내 고향을 살해한다면 전 영원히 그들과 싸울 거예요."

"너라면 그러겠지." **열아홉 개의 자귀**는 그에게 반응을 보이지 않았다. 그녀의 이렇게 차분한 태도를, 이미 마음을 정했다는 듯한 태도를 없애려면 그가 뭐라고 말을 해야 할지 모르겠다. "내가 열한 살이었다면 나도 그랬을 거야. 열한 살의 두 배쯤 나이 먹었어도 그랬을지도. 하지만 그건 내가 **여섯 방향**을 만나기 전이야. 우리는 평소보다 더 힘을 내서, 그리고 우리가 뭘 원하는지를 생각해야 해. 그게 내가 그에게서 배웠던 거야. 그가 통치하는 걸 보면서, 그의 통치가 끝나는 걸 보면서 배운 거지. 이건 끔찍한 결정이고, 마음이 아프지, 여덟 가지 해독제. 네가 몰래 그걸 알아내야 했던 건 유감이야. 내가 너와 함께 있었으면, 그래서 네 질문에 설명을 해 줄 수 있었다면 좋았을 텐데."

"말씀하셨잖아요. 전에 제 침실에서……." 그는 단어를 떠올리려고 노력했다. 정확한 단어를. 열아홉 개의 자귀가 시를 암송했다면 훨씬 쉬웠겠지만, 그녀는 그러지 않았었다. 그저 그에게 말했다. "……폐하께서 여섯 방향의 테익스칼란은 평화를 유지할 만큼 강한 제국이라고 하셨어요. 어떻게 우리가 행성을, 행성을 죽이는 데서부터 거기까지 가는 거죠?"

열아홉 개의 자귀는 한쪽 어깨를 으쓱 올렸다가 도로 내렸다.

"넌 정말로 그 사람 같지 않구나. 아니면 그가 어릴 때 모습을 닮았든지. 난 그가 어릴 때는 몰랐으니까. 그는 내게 이야기만을 해 줬었지. 네가 달라서 기쁘단다. 내가 네 침실에서 했던 말은 진심이었어. 난 멍청이보다는 영리하고 짜증 나는 후계자를 두는 편이 더 좋아. 설령 네가 내 거실에 서서, 우리 적을 난폭하게 살해해 그들이 우리를 그냥 놔두게 만들려는 걸 갖고서 내가 부끄러워하게 하려 애쓰고 있어도 말이야. 네 선대는 내가 하는 일을 그대로 했을 거야. 우린 함께 한 번 그런 적이 있어. 그 전쟁에서. 내가 너에게 준 홀로에 있던 그 전쟁."

"행성 하나를 죽였어요?"

"도시. 결국 똑같은 일이지, 작은 스파이. 결국에 똑같은 일이었어."

그는 상상할 수 있었다. 말에 올라탄 두 사람. 피 묻은 창. 그는 행성을 함께 죽이지 않고서 어떻게 도시를 죽이는지, 그가 자라면 어떻게 하는지 알게 될지 아닐지 궁금했다.

"폐하는 계속해서 제가 선대가 아니라고 하시죠. 저도 아닌 걸 알아요. 전 클론이에요. 대부분의 사람들이 클론이라고요! 그건 이상하지 않아요."

황제가 여덟 가지 해독제의 팔목에 손을 얹었다. 그녀의 피부는 피부처럼 느껴졌다. 딱 그의 피부처럼 따뜻하고 인간적이다.

"넌 정확히 너야. 하지만 다른 게 될 수도 있었어. 그리고 난 네가 그렇게 되는 걸 바라지 않았지."

여덟 가지 해독제는 주의가 어떤 끔찍한 특정 지식으로부터 다른 곳으로 유도되고 있다고, 심지어 지금도 인포피시 스틱에 담겨 가장 빠른 우편함으로, 점프게이트에서 점프게이트를 지나 여기서 대학살 사이에 겨우 다섯 시간 반이 걸리는 우주공항으로 가고 있는 메시지로부터 주의를 돌리게 만들고 있다는 걸 알았다. 하지만 물어보지 않을 수가 없었다. 물어보지 않으면 목이 막혀 죽을 것만 같았다.

"제가 뭐가 될 수도 있었는데요?"

그리고 기다렸다.

열아홉 개의 자귀는 눈을 감았다. 눈꺼풀은 색칠이 되어 있지 않았다. 그녀는 제대로 화장을 하는 일이 절대 없다. 여덟 가지 해독제는 하얀 정장과 태양-창 왕좌가 그녀를 위한 장식으로 충분하기 때문이 아닐까 늘 생각하곤 했다. 화장하지 않은 마른 몸. 그가 아는 모든 시에서 황제는 절대로 잠을 자지 않는다고 말한다. 그건 사실일 수도 있다. 말을 할 때 그녀는 마치 이야기를 시작하듯이, 서사시의 서두를 말하듯이 여전히 눈을 감고 있었다.

"네 선대-황제 여섯 방향은 당대에 많은 사람을 사랑했지. 나, 그의 공동보육원 형제이고 네 이름을 따라 지었으며 지금 너의 법적 보호자인 여덟 개의 고리, 그리고 수많은 다른 사람이 있었지. 하지만 한때 그는 르셀 스테이션에서 온 대사를 사랑했단다."

"마히트 디즈마르요?"

여덟 가지 해독제가 헷갈려서 물었다.

"아니. 별들이여, 아니야, 그는 디즈마르를 아마…… 세 번 만났을 거야. 내가 아는 한. 그는 디즈마르의 전임자를 사랑했어, 작은 스파이. 이스칸드르 아가븐. 그리고 난…… 아, 이스칸드르는 사랑하기 쉬운 사람이었지. 술을 너무 많이 마시고 취하는 것에 신경 쓰지 않는 것처럼. 타격 부대를 언덕 위로 데려가면서 반대편에 매복이 숨어 있을지 알지 못하는 것처럼."

"하지만 그 사람은 죽었죠."

여덟 가지 해독제는 유감의 말을 해야 하나 고민했다. 어른과 어른이 사랑하는 방식은 그에게 전혀 이해가 되지 않았다. 황제가 설명한 건 전혀 사랑처럼 들리지 않았다.

열아홉 개의 자귀가 고개를 끄덕였다. 여전히 눈을 감은 채였다.

"그래. 죽었어. 내가 그를 죽이는 걸 도왔지. 얼마나 의미가 있었는지 모르겠지만. 그건 도시를, 아니면 행성을 죽이는 거랑 비슷했어. 그때는 정말로 똑같은 일이었지. 이유를 알고 싶니?"

"……멍청한 질문이네요, 폐하."

그녀가 웃었다. 그 소리는 연약하고 기묘했다.

"당연히 그렇겠지. 내가 널 그렇게 키웠으니까. 하지만 넌 알고 싶을 거야, 그렇지?"

"네."

그는 알고 싶었다. 또한 알고 싶지 않기도 했으나 나중에 듣고 놀라는 게 더 나쁠 거라는 느낌이 들었다.

"왜냐하면 이스칸드르와 마히트의 출신지인 르셀 스테이션에는 전임자의 정신을 후계자의 정신 안으로 옮기는 데 사용되는 기술이 있어. '공유한다'고 마히트는 말했지. 기억이 영원히 남도록. 그리고 이스칸드르는 네 선대-황제를 사랑했어. 작은 스파이, 이스칸드르 같은 야만인이 여섯 방향의 테익스칼란을 믿을 수 있었던 건지 아닌지는 나도 잘 모르겠다만 그는 여섯 방향을 믿었지. 그래서 네 선대가 늙고 천천히 죽어 가자 이스칸드르는 그에게 그 기계를 주겠다고 했어. 그들은 그걸 '이마고 머신'이라고 불러. 자신을 녹화하고, 그걸 유령처럼 새로운 몸 안으로 집어넣지. 그렇게 80년의 평화를 80번 얻을 수 있는 거야."

뱃속에 돌덩어리가 있는 것 같았다. 아직 카사바와 치즈를 먹지도 않았는데.

"거기엔 친밀한 몸이 필요하겠군요, 그렇죠?" 그 목소리는 가늘었다. 아기 같았다. 하지만 그는 상관하지 않았다. "구할 수만 있다면 클론이 좋을 거고요."

"그래. 클론이 아주 효과가 좋겠지. 넌 그와 아주 비슷해. 그렇지 않은 모든 부분을 제외하면."

그는 마른입으로 침을 삼키다가 목에 걸릴 뻔했다.

"그랬다면 전 어떤 모습이었을까요?"

황제는 눈꺼풀 안쪽에 있던 것을 바라보던 것을 멈추고 대신에 그를 쳐다보았다. 그는 움찔 물러나고 싶었다. 그녀가 말했다.

"모르겠구나. 넌 아니겠지. 여섯 방향도 아니고. 뭔가 지지할 수 없는 것. 나도 지지할 수 없고, 테익스칼란도 그랬을 거야."

하지만 전쟁을 막아 줄지도 모른다는 사실만으로 행성 하나를 죽이는 것은 그녀가 지지할 수 있는 일이었다. 여덟 가지 해독제는 이해할 수 없었다. 이해하고 싶지 않았다. 그가 어떤 유령이, 반쪽짜리 존재가, 선대와 그 자신이 합쳐져 있는 것이 되지 않아서 정말 다행스러웠다. 왜냐하면 그는 그 자신이고, 열아홉 개의 자귀가 아이를 구하기 위해서 친구를 죽였으면서 이제는 행성을 죽이는 것밖에 되지 않는 일을 하기 위해 행성을 죽인다는 걸 이해하고 싶지 않았다.

"전 그분이 아니에요. 여섯 방향이 아니에요."

"아니지. 넌 황위 후계자인 여덟 가지 해독제야. 그 이상도, 그 이하도 아니야."

"폐하께서 제가 저 자신이 되도록 만들어 주셨어요."

그는 확실히 하기 위해서 말했다.

"난 너에게 기회를 줬지. 그 기회를 빼앗길 수도 있던 때에. 그러니까, 맞아."

"그러면 저는 저 자신이고, 저는 폐하께서 틀렸다고 생각해요. 세 개의 방위각의 아이디어를 따르시는 건 틀렸어요. 하지만 여긴 저의 테익스칼란이 아니에요. 폐하께서 만드신 테익스칼란이죠."

그는 간신히 설 힘을 긁어모아서 황제에게 등을 돌리고 몸을 곧게 펴고 그녀의 거처를 걸어 나갔다. 먹지 않은 아침 식사는 뒤에 남겨 두고서.

✧✧✧

“저 함에 포를 쏴.”

아홉 송이 부용은 아무런 선택을 안 하는 것보다는 어쨌든 기분을 좀 더 낫게 하는 현명하지 못한 선택과 함께하는 불안정한 침착함을 담아 말했다. 그녀는 이런 생각을 알았다. 야오틀렉은 고사하고 함대 사령관이 되기 한참 전에 이런 생각을 졸업했다고 생각했었는데. 이것은 사라진 가능성, 균형이 깨진 세상을 생각하는 것 같은 거였다. 스무 마리 매미는 실망할 것이다.

스무 마리 매미는 여기에 없었다.

“하지 마세요.” 마히트 디즈마르의 얼굴은 해석할 수 없는 어떤 표정으로 뒤틀린 상태였다. 슬픔이나 분노, 또 다른 말이 안 되는 야만인의 감정. “야오틀렉, 하지 마십시오. 그는, 그는 다지 타라츠예요. 우리 정부의 여섯 의원 중 한 명이죠. 제발요.”

참으로 간단한 요청이다. 아홉 송이 부용은 거부해야 했다. 열여섯 번의 월출이 경고했었다. 르셀 요원에 의한 정보부 요원의 타락, 함대의 문제로 남아 있어야 했던 것에 스테이션인이 끼어드는 것. 그 모든 것이 조그만 우주선을 탄 이 야만인이 디즈마르 대사를 요구하며 나타난 덕분에 분명하게 밝혀진 것 같았다. 하지만 여기에 그와 똑같은 디즈마르 대사가 그의 목숨을, 그녀의 정부의 어떤 일원의 목숨을 애걸하고 있었다.

“기다려.” 아홉 송이 부용이 다섯 송이 엉겅퀴에게 말했다. 그녀의 손은 이미 이 다지 타라츠라는 남자를 태운 조그만 우주선을 향해 조준을 마친 상태였다. “내가 왜 발포하지 말아야 하지, 대사? 저

배는 이 전쟁의 십자포화에 끼어든 첫 번째 스테이션 우주선도 아닌데."

대사는 아마 그건 몰랐을 것이다. 그녀가 움찔했다. 그 얼굴에서는 모든 것이 명확하게 드러났다. 하지만 그 표정은 아홉 송이 부용이 확실하게 알아봤다고 말할 수 있는 것이 아니었다.

"그는 저와 이야기하고 싶다고 했습니다. 전 그를 옹호할 의무가 있습니다. 동료 시민의 목숨을 지킬 의무가……."

"또한 그건 무례한 행동이에요. 자신이 우호적이라고 선언한 사람을 쏘는 건요."

특사 세 가닥 해초가 완벽하게 무심하게 말했다.

아홉 송이 부용은 정말 절실하게 그녀가 틀렸기를 바랐다. 두 사람 모두 틀렸기를 바랐다. 그들이 틀렸어도 상관하지 않는 종류의 함대 사령관이기를 바랐다.

하지만 그녀는 그렇지 않았다.

"승선시켜." 그녀가 다섯 송이 엉겅퀴에게 말했다. "승선시킨 다음에 나한테 데려와. 묶어서. 난 이 타이밍을 믿지 않아, 특사. 대사. 난 아무것도 믿지 않아."

17장

고향 행성계에서 자연 재해로 도망친 난민 인구를 받아들이고 의식주를 해결해 주는 것은 언제나 테익스칼란의 정책 중 하나였다. 그 행성계들이 제국에 적대적이든 우호적이든 상관없다. 자신들이 직접 일으킨 재해(전쟁이나 박해)로부터 도망친 사람들은 당연히 더욱 엄격한 통합 조건 및 평가의 대상이 된다.(사법 규칙 1842.A.9의 절차 설명에서 언급된다.) 이 정책에 기반하여 난민이라고 주장하는 '거대 우주선'을 마주한 서쪽 호 행성의 테익스칼란 총독에게 적절한 행동 방침을 설명하라. 이 이동식 우주 정거장에 2만 명의 사람들이 자발적으로 갇혀 있고, 군사적 능력과 위생 시설에 관해서는 알 수 없으며, 통치 중인 행성계에서 가장 큰 행성 주위의 궤도에 멈춰 있다. 행동 방침을 뒷받침하는 인용문을 제시하라.

— 정치적 진로로 향할 사람을 선발하기 위한 사법부의 후속 적성 훈련 프로그램 시험지 초안. 매년 한 번씩 시행됨

이마고 기억이 우리에게 해 주는 모든 일(기술의 보전, 르셀 스테이션과 그 주변의 부수적 스테이션들 같은 폐쇄적이고 신중하게 균형 잡힌 사회 체계가 우주 복사와 진공 상태에서 살아갈 때 일어나는 기본적인 사고로

인해 불가피하게 높은 인명 손실 비율을 뚫고 기능하는 데 꼭 필요한 규격화된 지식의 연속)에도 불구하고 이마고 기억은 우리 스테이션인이 바르츠라반드 섹터에 와서 머무른 이유가 계속 이어지게 하지는 못했다. 또 우리는 우리가 어디에서 왔는지, 어디로 가던 건지도 기억하지 못한다. 14세대를 내려가는 살아 있는 기억, 그리고 우리의 가장 오래된 라인들이 가진 것은 우리가 이것을 한번 해 봤으면 다시 할 수 있을 거라는 확신과 숫자의 꿈이다. 살아 있는 기억은 결정의 이유를 유지시키지 못한다. 이유를 만들 능력만 있을 뿐이다. 그럼에도 불구하고, 우리는 이걸 한번 해 봤다. 거꾸로 다시 한번 할 수 있을까? 르셀을 우리의 중력우물 지점에서 떼어내서 여행을 떠날 수 있을까?

—『조종사의 미래의 역사: 거대 우주선과 르셀 스테이션』의 도입부에서 발췌, 은퇴한 조종사 타칸 므날 작, 291.3.11-6D(테익스칼란력)에 출간

르셀 스테이션 의원 다지 타라츠가 일종의 구속으로 등 뒤로 손을 묶인 채 **바퀴의 무게**호의 함교에 와서 가장 먼저 말한 것은, **세 가닥 해초**가 대체로 군법회의나 다른 함대와의 악감정에서 사용되곤 한다고 생각하는 말이었다.

"내가 여기서 하라고 했던 일은 이게 아니었어, 디즈마르."

남자는 테익스칼란어로 말했고, 그것은 다른 모두에게 마히트가 다른 누구도 아닌 그의 부하라는 걸 확실히 알리고 싶다는 뜻이었다. **세 가닥 해초**는 다른 건 제쳐 두더라도(다른 것도 아주 많았다.) 그건 무례한 짓이라고 생각했다.

남자의 얼굴은 시체처럼 마르고 굉장히 잘 움직였다. 그는 테익스칼란 병사들에게 구속된 게 단지 위엄을 살짝 훼손시키는 정도라고 생각하는 듯한 모습이었다. 그는 예의를 갖추는 형식을 전혀 취하지

않았다. 아무에게도 인사하지 않고, 아무도 알은척하지 않고 마히트에게만 말을 걸었다. 세 가닥 해초 옆에 서서, 물이 사막의 모래 속으로 사라지는 것처럼 뺨에서 색깔이 빠져나가는 마히트. 마히트는 대답하지 않았다. 그건 도움이 되지 않았다. 타라츠가 계속 말을 했고, 세 가닥 해초는 바퀴의 무게호 함교의 모든 장교의 관심이 그들 사이의 이방인인 마히트에게 고정되어 있음을 느낄 수 있었다. 그리고 가까운 거리와 관계 때문에 세 가닥 해초 자신에게도 쏠렸다. 장교들은 연약한 물고기의 은빛 배가 보이길 기다리며 다이빙하는 한 무리의 새들 같았다.

그들 뒤에서 함대 위치를 보여 주는 두 개의 거품의 전략 홀로지도가 열여섯 번의 월출의 기함이 점점 더 외계인의 행성이라고 표시된 지점으로 다가가는 걸 보여 주었다. 멈추지 않았다. 고른 경로로 더 빨리 움직이는 그 함선 대신 이 함교 전체는 마히트 디즈마르를 응시하고 있었다.

당신 때문에 두려워요, 마히트. 세 가닥 해초는 그 생각에 기운이 나는 걸 느꼈다. 두려움과 욕망은 그녀의 가슴속에서 아주 친밀하게 엮여 있었다. 어쩌면 항상 그런 식이었는지도 모른다. 어쩌면 이건 마히트의 잘못일지도 모른다. 오, 하지만 그녀는 알아볼 시간을 원했다. 이 일을 견디고 살아남는 것, 이 일을 견뎌서 그녀의 부서와 제국에 인정받는 것 말고 다른 것을 원한다는 걸 알게 되다니, 참으로 별에 저주받게 불편한 일이다.

마히트가 타라츠의 첫 번째 의심스럽고 불쾌한 말에 대답하지 않자 그가 계속해서 말했다.

"난 이 전쟁을 안전하게 우리에게서 멀리 떼어 놓으라고 자네를 여기로 보냈어, 디즈마르. 그런데 자넨 뭘 해냈지? 아무것도 없어. 단 한 번의 통신도 하지 않았지. 내가 이 전선에서 처음으로 들은 건 자네가 테익스칼란과 얽히게 하기로 했던 공포가 파게이트를 통해서 우리 스테이션 쪽으로 몰려들었다는 거였어. 지금도 온추는 놈들을 르셀에 오지 못하게 막느라 우리 조종사들을 죽이고 있어. 그런데 자넨 뭘 하고 있었지?"

"협상요."

마히트가 가느다랗게 말할 때 무기장교인 **다섯 송이 엉겅퀴**가 펄스 권총을 그녀의 턱 아래 댔다.

세 가닥 해초는 마히트가 어둠 속에서 함께 웅크리고 있을 때 했던 말을 떠올렸다. 그녀가 스파이가 되기로 되어 있었다고. 아니, 스파이보다 더 나쁜 것, 이 전쟁이 영원히 계속되어 그 소모와 낭비로 테익스칼란을 파괴할 사보타주를 저지르기로 되어 있었다고 했다. 자신의 목숨을 위험에 내던지며 그의 목숨을 구해 준 친절에 이런 식으로 보답하는 이 남자를 위한 사보타주 공작원이 될 예정이었다고.

세 가닥 해초는 언제나 확실하게, 완전한 결정을 내렸다. 즉시 한꺼번에. 그녀의 적성에 맞는 정보부를 선택한 것. 르셀 대사를 위한 문화 담당자 자리를 선택한 것. 마히트를 믿기로 선택한 것. 이 임무를 받아 여기로 오기로 선택한 것. 완전히, 완벽하게, 뛰어들기로 한 곳의 물이 얼마나 깊은지 잠깐 멈춰 확인하지도 않은 채로.

"아, 빌어먹을 망할 놈의 별빛이여." 그녀는 그렇게 말하며 마히트와 타라츠 사이에 끼어들었다. 마히트와 타라츠와 **아홉 송이 부용**의 사이에서 그녀 자신이 삼각형의 중심점이 되도록. "다들 잠깐만 멈추고 물러서서 이 스테이션인이 가져온 타이밍 나쁜 다른 주장에서 쓸 만한 정보를 좀 뽑아내 보죠. 이 함선 바깥에서 상당한 총격이 벌어지고 있으니까 여기서까지 시작할 필요는 없다고 봐요."

타라츠가 **세 가닥 해초**에게는 여전히 대부분 발음 불가능한 일련의 자음들로 여겨지는 스테이션어로 뭔가를 말했다. 마히트는 그에게 대답하지 않았다. 그건 아주아주 영리한 행동이었다. **세 가닥 해초**가 저 펄스 권총을 목에서 치워 줄 때까지 마히트가 테익스칼란어 말고 다른 언어로 한 마디도 하지 않는 것이 더욱 영리한 행동일 것이다. 권총은 아주 바싹 누르고 있었다. 마치 입술처럼. 차갑고 인내심 있게 마히트의 턱선 아래를 올려붙이고 있다.

생각할 겨를이 없었다. 뭔가를 할 겨를이 없었다! 말하는 것 말고는 아무것도. 그리고 말하는 게 **세 가닥 해초**의 전문 분야였다.

"정확히 왜 내가 내 장교에게 디즈마르 대사를 쏘라고 하면 안 되는 거지, 특사? 상사의 고백으로 보아, 확실하게 스파이인데."

아홉 송이 부용이 부드럽고 차분하게 물었다. 안 좋은 어조였다. 거기에는 망설임이라곤 없었다. **세 가닥 해초**는 이 모든 걸 적절하게 정리할 수 있다는 희망을 갖기 전에 상황을 좀 더 불안정하게 만들 필요가 있었다.

"왜냐하면 그건 이 남자의 말만 믿는 거니까요……." 그녀는 다지 타라츠의 전체를 아우르는 것처럼 한 손으로 살짝 떨어지는 동작을 해 보였다. "……그의 계획이 뭔지 조사 하나 해 보지 않고서 말이죠. 혹은 디즈마르 대사의 계획이나 제 계획도요. 선택지를 없애는 일입니다, 야오틀렉. 그리고 전 펠로아2에서 우리 적과 지속적으로 협상을 하는 현 상황상, 우리가 방금 선택지를 열어 놓는 게 얼마나 유용한지 논의하고 있었다고 생각하는데요. 조그만 우주선을 타고 온 스테이션인 하나 때문에 마음을 바꾸신 게 아니라면."

종종 **세 가닥 해초**는 자신이 아주 젊어서 죽지 않을까 생각하곤 했다. 지금이 바로 그런 순간 중 하나일지도 모른다. 마히트의 목을 찌르던 펄스 권총은 이제 **세 가닥 해초**의 등을 가리키고 있었고, 그녀는 돌아서서 확인하고 싶지 않았다. 그녀는 두려움을 모르고 자신감 있어 보여야 했고, 그건 효과가 있어야만 했다. 효과가 있어, 있어, 있어.

"당신의 계획이라. 그런 게 있나, 특사? 당신만의 계획 말이야. 함대의 계획과는 따로 떨어진 계획이?"

아홉 송이 부용은 여전히 사납도록 차분하게 말했다.

더 낫다. 좋지는 않지만(그녀도 어쩌면 총에 맞을지도 모른다! 딱 페탈이 그랬듯이, 하지만 죽은 사람이 웃을 수 있다면 그는 웃지 않았을까.) 그래도 더 낫다. 야오틀렉이 그녀에게 집중하고 있는 게 마히트와 타라츠에게 싸움을 붙이려고 하는 것보다 훨씬 더 유용하다. 안전하다. **세 가닥 해초**는 어깨를 으쓱이고 말했다.

"전 테익스칼란 시민이에요, 야오틀렉. 그리고 아세크레타고요. 당연히 계획이 있죠. 하지만 그건 간단한 거예요. 함대가 협상가를 요청했고 제가 그 협상가예요. 제 계획은 계속 말하는 거고, 더 이상의 최종적이고 극단적인 수단을 밟지 않도록 하는 겁니다."

그녀는 자기비하적인 미소를, 눈을 커다랗게 뜨고 한 번 깜박여 미소를 지었다.

아홉 송이 부용은 그녀를 빤히 쳐다보았다. 야오틀렉은 기둥이나 석상, 자신만의 중력을 가진 부피가 있는 물건 같았다. 굉장히 인상적이었다. 그녀가 말했다.

"우리 적은 말하지 않아, 특사. 우리 적은 행동하지. 우리가 전혀 예측하지 못하는 방식으로, 그들이 제17군단에 하고 있는 일에 더해서 만약 파르츠라완틀락 섹터에서 그들의 수가 늘었다는 스테이션인의 말이 옳다면?"

두 개의 거품의 홀로지도에 있는 제17군단 샤드들의 흩어진 점 같은 불빛들이 떼를 지어 있다가 완전히 사라지고, 불빛이 나타나서 다시 모여들었다가 앞으로 나아갔다. 분명히 여러 번의 죽음을 경험했을 텐데도 아랑곳하지 않고 말이다. 섹터 전체라는 전장은 우리 적이 행동하고 있다는 증거였다. 설령 세 가닥 해초가 이게 열여섯 번의 월출의 행진 때문이라고 생각한다 해도, 어쨌든 여전히 사실이었다. 하지만 이것만이 사실인 건 아니었다.

"우리 적은 말을 할 수도 있어요. 야오틀렉의 부관에게 보고가 오기만을 기다리는 대신에 연락해서 알아보는 게 어떻습니까? 우리가 떠나올 때 스무 마리 매미는 확실하게 살아 있었어요. 그리고 그런 사람이 쉽게 죽을 거라는 생각은 들지 않거든요."

아홉 송이 부용의 얼굴에 스쳐 간 걱정과 좌절, 분노 같은 재빠른 감정들은 안도감을 주었다. 세 가닥 해초는 이제 야오틀렉의 관심을 붙잡았다. 이제 야오틀렉을 움직이고 이 현상을 불안정하게 만들어 개선할 레버를 가졌다. 그리고, 피투성이 별빛이여, 이 일을 잘 마치면 아무리 서두르다고 해도 그녀 자신에 관한 서사시를 쓸 것이다. 열한 개의 선반은 이런 협상은 절대로 못 했을 거다.

"권총 제자리에 넣어 둬. 그리고 저 스테이션인의 구속은 풀지 마."

아홉 송이 부용이 그렇게 말하고 두 개의 거품의 통신 콘솔로 걸어갔다. 두 개의 거품이 자리를 비켰다. 그녀는 구태여 앉지 않았다. 이건 그런 메시지가 절대 아닐 테니까. 그저 몸을 기울여 죽음과 용기의 홀로디스플레이를 통해 펠로아2로 특정 대상 전송을 쏜 다음 말했다.

“스웜, 가능하다면 상황을 보고해.”

세 가닥 해초는 스무 마리 매미가 곤충이라는 말도 안 되는 명사 이름을 쓴다는 건 알고 있었으나, 그 통칭에 여전히 놀랐다. 그건 그의 종교와 관련된 것이리라. 그녀는 멍하니 그를 이해할 수 있을 정도로 같이 시간을 더 보냈다면 좋았을 텐데, 하고 생각했다. 그가 낭비와 부도덕을 어떻게 파악하는지! 정말로, 그가 얼마나 영리하고 놀랍고 사람을 혼란스럽게 하는지를 제외하면, 그는 개개인의 삶과 공헌을 전혀 이해하지 않고 상대를 죽이는 외계인과 함께 펠로아2에 남겨 놓기에는 최악의 협상가일 것이다.

지직거리는 소음이 들렸다. 그리고 단어가 들렸다.

✧ ✧ ✧

여덟 가지 해독제는 선대-황제가 아니었고, 위대한 열아홉 개의 자귀 폐하도 아니었으며 한참 동안 벌로 자기 방으로 가라는 말을 들은 어린애처럼 자신의 아파트 문 바로 안쪽에 서 있으면서 모든 게 끝났다고 완전히 확신했다. 그는 노력했고, 실패했다. 아무도 그의 말을 들어주지 않았다. 그는 작은 스파이가 될 수 있었고, 열한 그루 월계수의 학생 큐어가 될 수 있었고, 심지어 세 개의 방위각 장관이 귀여워하는 새 정치적 연줄이 될 수도 있었으나 그 모든 게 의미가 없었다. 왜냐하면 그는 열한 살이고, 노력했으나 효과가 없었으니까. 전쟁은 이미 일어났다. 지금쯤 행성을 죽이는 파괴 명령을 담은 메시지가 어느 점프게이트를 지나는 우주선의 손에 들어갔을 것이다. 아마 샤드일 것이다. 제일 빠르고 함대 우주선은 다른 편지들보다 항상 점프게이트를 통과하는 우선권을 가지니까.

함대 우주선은 우선권을 가진다.

샤드는 우선권을 가진다.

세 개의 방위각과 열한 그루 월계수가 그가 생각하는 것 같은 의미로 말을 했다면, 샤드는 메시지가 점프게이트를 통과하는 것보다 더 빨리 서로에게 말을 할 수 있다.

그리고 위대한 황제 폐하는 그걸 전혀 모른다. 샤드 조종사가 아니고 전쟁부에 속하지 않은 사람 중에서 그걸 아는 유일한 사람은 그였다. **여덟 가지 해독제**, 황위 후계자.

그는 테익스칼란 제국 황제가 아니었다. 아직은, 앞으로도 아마 한참은. 하지만 거기에 가장 가까운 존재였다. 그의 말, 그의 명령은 지상궁 전체의 문을 열 수 있다. 시티 전체의 문을 열 수도 있다.

그의 명령을 앞서는 다른 명령, 실제 황제의 명령 같은 게 있지 않은 한, 그의 명령은 제국 전체에서 어떤 명령보다 강력했다.

그에게는 봉인된 황실 인포피시 스틱이 필요했다. 그리고 그에게는, 그에게는 샤드가 필요했다. 아니면 샤드 조종사. 하지만 그냥 샤드도 괜찮았다.

그는 여전히 자신의 거처 문 안쪽에 서 있었다. 그를 바로 비추는 시티의 카메라-눈이 있다는 걸 잘 알았다. 문 쪽에 하나, 창문 쪽에 하나, 욕실 창문 쪽에 하나. 시티는 항상 거기에 있고, 알고리즘은 항상 그를 보며 안전하게 지킨다. 그는 표정이 변하지 않도록 노력했다. 떨고 있고, 죽도록 피곤하고, 뭔가 할 수 있다는 가능성으로 가득 차서 터질 것 같은 상태라는 게 드러나지 않도록. 그는 전적으로 그 자신이 되어야 했다. 평범하게. 실망하고 화가 나고 확실하게, 확실하게 열아홉 개의 자귀가 며칠 전 이야기를 하기 위해 호출할 때 보냈던 열려 있고 텅 빈 동물 뼈 인포피시 스틱을 집어들지 않는 것처럼. 태양-창 왕좌 각인이 새겨진 인포피시 스틱. 절대로 그의 책상에서 그것을 집어 들지 않았고, 가열할 필요가 없는 자동 왁스 봉인도 집지 않았고, 욕실로 가서 옷을 다 벗고 샤워실에서(샤워기를 틀지는 않았다. 그는 멍청하지 않았으니까. 인포피시가 열린 채로 젖으면 내용물이 다 날아간다.) 타일이 붙은 구석 쪽으로, 그가 아는 카메라와 그가 모르는 다른 카메라들이 향하지 않는 쪽으로 돌아섰다.

영원히 안 보일 필요는 없었다. 적당히 오래 안 보이는 정도면 된다.

하지만 명령을 작성하는 데에는 원하던 것보다 오래 걸렸다. 그는 전에 이걸 써 본 적이 없었고, 그의 최초의 시도는 「구름이 다가오는 새벽」에 나오는 캐릭터인 척하는 느낌이었다. 심지어 황실 성명서를 쓸 때라 해도 아무도 더 이상 쓰지 않는 오래된 동사들. 두 번째 시도는 좀 더 단순했고, 좀 더 그 자신 같은 느낌이었다. 그 말은 어쩌면 어린애 같다는 뜻일 수도 있었다. 하지만 가짜 홀로드라마 황제보다는 어린애 같은 쪽을 택하겠다.

그는 빛 속에서 상형문자를 그렸다. 준황족이자 태양-창 왕좌의 후계자인 여덟 가지 해독제가 별이 에워싼 테익스칼란 제국 정부를 대신하여 야오틀렉 제10군단 함대 사령관 아홉 송이 부용에게 보낸다. 테익스칼란은 문명화된 곳이고, 이를 보호하는 것이 우리의 임무이다. 이 명령은 파르츠라완틀락 섹터 너머의 외계인의 위협에 대해 문명 파괴용 무기나 전법을 사용하는 것을 금한다. 여기에는 민간인이 사는 행성계에 대한 핵 공격이 포함된다. 다만 이러한 무기나 전법이 우리와 특정한 문명 전체의 죽음 사이를 갈라 놓는 유일한 것이라면 예외를 인정한다.

이거면 충분히 강력할 것이다. 자신이 앞으로의 황제들을 위한 정책을 세우고 있는 걸까? 할 수만 있으면 하고 싶다고 결론 내렸다. 그는 그 자신이고, 열아홉 개의 자귀는 그가 그 자신으로 있게 해 주었다. 이것이 그가 아는 진정하고 올바르고 테익스칼란적인 거였다.

스틱을 봉했다. 자동 봉인에는 그의 이름-글자가 새겨져 있었으나 괜찮았다. 그는 충분했다. 그걸 계속 믿어야 했다.

이제 스틱을 성간 편지에 넣고, 그리고 이야기를 할 수 있는 샤드나 샤드 조종사를 찾으면 된다.

그 말은 중앙주 우주공항으로 다시 돌아가야 한다는 뜻이었다. 즉시 뱃속의 텅 빈 곳이 끔찍하게 울렁거리기 시작했다. 그는 돌아가고 싶지 않았다. 중앙주 우주공항은 지하철이 탈선했을 때 그가 있던 곳이었다. 경보와 겁에 질린 사람들, 그를 제외하면 뭘 할지 아는 모든 사람들, 집에 갈 방법이 없고 소이탄이 설치되어 있던 곳. 그는 여전히 다섯 개의 마노로부터 그게 벨타운에서 그 여자를 죽인 것 같은 소이탄인지 아닌지 듣지 못했다. 또 그 일이 벌어진 게 그 자신의 잘못인지, 누군가가 그를 죽이려고 했던 건지도.

탈선 전부터 그는 이미 겁을 먹고 있었다.

겁을 먹고 멍청하고 너무나 많은 사람들 속에서 혼자 있고, 그리고 너무나 창피해서 죽을지도 모른다고 생각했다. 설령 아무도 그를 죽이려고 하지 않았다 해도, 이렇게 움찔거릴 정도의 한심함을 느끼는 바람에 혼자 죽을 수 있을 것만 같았다.

하지만 돌아가야 했다. 그를 위해 그런 일을 해 줄 사람은 아무도 없었다. 그리고 그는 중앙주 우주공항 말고 샤드 조종사나 성간 점프게이트 편지를 통해 황실 메시지를 보낼 수 있는 정보부 우편 창구를 찾을 수 있는 곳을 몰랐다. 뱃속이 목으로 기어나오려고 하는 것처럼 느껴졌다.

"아, 제기랄."

인생에서 처음으로, 어른들이 하는 것처럼 큰 소리로 그가 말했다. 그런 다음 인포피시 스틱을 더럽히지 않으려 고개를 돌리고서 토했다.

✧ ✧ ✧

"오, 난 살아 있어요, 맬로." 스무 마리 매미가 스스스 하고 펑 터지는 것 같은 잡음 속에서 간신히 들릴 정도로 말했다. 세 가닥 해초는 통신 콘솔 쪽으로 더 가까이 몸을 기울였다. 그런다고 아무 소용도 없다는 걸 알지만, 그래도 그렇게 하면 소리가 더 잘 들릴까 하는 생각에서였다. "잠깐만요. 열기와 이 손톱 중에서 어느 쪽이 먼저 나를 잡아 죽일까 알아내려고 하는 중이거든요. 걱정 말아요. 난 쫓기고 있지 않아요. 난…… 음, 최소한 말을 하고 그림을 그리는 포로 같은 거예요. 오래 이야기할 수는 없어요. 그들은 우리의 음악이 아닌 입에서 내는 소리에 별로 관심이 없거든요. 그리고 당신은 노래하는 사람들을 다 배로 불러들였죠."

"이야기하지 마. 나한테 이야기하지 마. 그들에게 이야기해. 그리고 죽지 마. 이 라인은 열어 놓을게. 너를 데리러 갈 샤드를 보낼 테니까…….”

“나한테 샤드가 필요하다면, 그들이 도착할 무렵에 난 이미 죽었을걸요. 쉿. 그들이 프랙털을 그리고 있는 것 같아요. 아니면 균사체 그림을……”

더 많은 잡음. 그리고 침묵.

침묵으로 들어서자 **세 가닥 해초**가 끌어 모을 수 있는 모든 사나운 밝음을 드러내며 말했다.

“보셨죠? 아직 말을 하잖아요. 그러니까 전 공격대를 보내기 전에 황제의 공식 명령을 기다려야 한다고 생각해요. 왜냐하면 그 행성계를 공격하자마자 부관이 저 아래 펠로아에서 죽으리라는 거 아시잖아요. 뭘 위해서죠, 야오틀렉? 어떤 희생을 치를 생각이세요?”

아홉 송이 부용이 천천히 그녀를 돌아보았다. 그것은 빠른 바퀴보다도 더욱 위협적이었다. 아, 무게, 바퀴의 무게, 이제 알겠어. **세 가닥 해초**는 그렇게 생각하고 자신이 히스테리를 일으키고 싶은 것을 아무에게도 드러내지 않으려 노력했다. 히스테리는 협상 이후에나 일으킬 수 있는 거다!

“이미 황제께는 확인을 요청드렸다, 특사. 그 논쟁을 다시 시작할 필요는 없을 거야.”

“물론이죠.” **세 가닥 해초**는 가볍게, 가볍게, 편안하게 그렇게 말했다. 그런 다음 사각형 내에서 몸을 획 돌려 다지 타라츠를 보았다. “말씀해 보시죠, 의원님.” 그녀는 격식의 레벨을 떨어뜨려 사나우면서도 지루한 것처럼, 법정에서 문맹인에게 이야기해야 하는 시인처럼 말했다.(이 협상 전체가 케케묵은 비유의 한 버전 같지 않은가? **아홉 송이 부용**은 황제를 대신하고 함교는 지상궁의 반짝이는 부채꼴 둥근 천장을 대신하고…… 아, 하지만 굉장히 오랜만에 시티가 강렬하게 그리웠다.) "디즈마르 대사가 당신이 주장하는 갑작스러운 침공에 어떤 식으로 책임이 있다고 생각하는 건가요? 전 당신이 대사가 고향에서 마땅한 휴가를 보내고 있는 와중에 친절하게도 그녀를 나에게 빌려준 이래로 내내 같이 있었습니다만, 제가 인식하는 바에 따르면 그녀는 사상자를 줄이고 의미 없는 충돌에서 의미를 알아내기 위한 보편적인 노력에 큰 공헌을 했지요. 그녀가 실패했다고 말한 게 뭐였죠? 당신과의 연락? 의원님, 그녀에게 언제 시간이 있었겠어요?"

세 가닥 해초가 자기 자신의 수사학적 능력을 판정해도 된다면, 그것은 작지만 능란한 연설이었다. 그녀는 의미 없는 충돌에서 의미를 알아내기 위한 보편적인 노력이라는 부분이 마음에 들었다. 열한 개의 선반의 훌륭한 변형이고 누군가는(아마 그녀뿐이겠지만, 혹시라도 누군가가 있다면) 그 언급에 감탄할 것이다.

하지만 다지 타라츠는 마음이 무거워질 정도로 전혀 감탄하지 않았다. 그는 세 가닥 해초에게 전혀 반응하지 않았다. 그는 모든 혐오감을 담아서 그녀를 쳐다보다가 마히트를 쳐다보고 스테이션어로 또 다른 딱딱한 말을, 자음의 집합으로 했다. 세 가닥 해초는 확실한 몇 단어를 알아들었다. '이스칸드르' 그리고 스테이션어로 '제국', 그것은 테익스칼란이라는 단어와 완전히 같지는 않았다. 권총이 여전히 목에 닿은 채로 마히트는 눈을 감았다. 속눈썹이 떨렸다. 다시 눈을 떴을 때 그녀는 달라져 있었다. 완전히 그녀 자신이 아니었다. 입술의 곡선은 더 넓었다. 손동작은 더 크고 느릿했다. 마치 뭔가에 홀린 것처럼. 마치 그녀가 이스칸드르 아가븐인 것처럼.

(그리고 그들 중 누가 그 아름다운 손으로 세 가닥 해초의 온몸을 어루만

졌을까? 지금 고민하기에는 완전히 타이밍 나쁜 의문이었다! 설령 그 답이 끔찍하게도 둘 다라고 해도 말이다. 그녀는 이마고 머신이라는 개념을 절대로 좋아할 수 없을 것이다, 안 그런가? 그게 중요한 건 아니다. 만약 마히트가 지금 죽는 일이 생기면……)

심지어 말투도 달랐다. 처음에는 스테이션어로 또다시 '제국'이라는 단어가 있었고, **세 가닥 해초**가 아는 또 다른 단어 '연관되다'가 나왔다. 그 동사가 수입·수출 서류에 온통 있기 때문이었다. 그러고 나서는 테익스칼란어였다. 누군가가 피의 희생을 바쳤던 모든 신에게 감사를! 마히트가 말했다.

"전 외계인들이 알아듣게 하라는 임무를 맡았습니다, 의원님. 그리고 우리 스테이션에 대한 그들의 행동에 영향을 미치라고요. 의원님이 항상 분부하던 대로 말이죠, 안 그런가요?"

아, 거기에는 분명히 과거가 연관되어 있었다. **세 가닥 해초**는 그걸 알고 싶었다. 거기에 입을 대고, 정신을 대고, 그것을 씹어서 다시 내뱉고 싶었다. 마히트가 사보타주를 하길 다지 타라츠가 바란다면, **여섯 방향** 황제가 총애하던 야만인 이스칸드르 아가븐에게는 뭘 요구했을까? 그의 요구 중 어느 정도를 아가븐이 거절했을까? 어느 정도를 아가븐이 했을까?

다섯 송이 엉겅퀴가 몸에 권총을 더욱 세게 들이밀기에 마히트는 다시 가만히 멈췄다. 침묵. 그녀가 침을 삼킬 때 턱 움직임은 억누른 채였다. 그가 말했다.

"이게 스파이 짓을 했다는 고백 아닙니까, 야오틀렉? 우리 비밀을 훔치고 우리 행동에 영향을 미치려고 한 거요."

그건 너무나도 '이제 쏴도 됩니까?'와 같은 의미라서 **세 가닥** 해초는 당장에 올바른 말을 해야만 했다.

하지만 **아홉 송이 부용**이 먼저 말했다.

"**다섯 송이 엉겅퀴**. 야만인이 동료 야만인을 최우선으로 생각하는 행동을 하는 게 당연하지 않나."

그야말로 맞는 말이다!(마히트는 그 말이 맞기 때문에 싫어할 것이다! **세 가닥 해초**는 그 부분은 나중에 감당하기로 했다.)

세 가닥 해초가 재빨리 끼어들었다.

"하지만 디즈마르 대사는 제가 요청할 때 기꺼이 와서 우리의 최초의 접촉에 자신의 기술을 빌려줬어요. 자신의 스테이션뿐만 아니라 테익스칼란 제국까지 섬긴 거죠. 야만인에 관련해서는 어떤 것도 그냥 단순한 건 없어요, 야오틀렉. 우리 황제께 황위를 가져오고, 우리 적에 대해 경고해 주고, 우리를 아주 잘 알면서도 어쨌든 저와 함께 온 마히트 디즈마르의 경우에도 마찬가지예요."

말을 하면서 그녀는 자신이 사과하고 있음을 깨달았다. 마히트의 재킷과 관련된 그 멍청한 일에 대해. 마히트에게 말을 하지 않았던 것에 대해. 마히트가 자신과 함께 올 거라고, 당연히 그럴 거라고 생각했던 것에 대해. 그리고 상대가 설령 친구라는 사람이라 해도, 미래의 연인이라 해도, 제국의 요구를 야만인이 거절할 수 없으며 제국이 사람으로 여기는 그런 야만인으로 있는 게 뭔지 생각해 보지 않았다는 것에 대해서.

그것은 함교에서 서로에게 에너지 무기를 겨누는 걸 그만두고 났을 때 좀 더 많이 생각해 봐야 할 끔찍한 깨달음이었다. 하지만 나중에.(그녀는 나중이 있길 바랐다. 지금 이 시점에서는 꽤나 절실하게 바랐다.)

"그리고 당신, **타라츠 의원**!" 그녀는 말을 이용해서 그 나중을 오게 하기 위해 애를 썼다. “디즈마르 대사가 이미 했기를 바라는 일이 뭔지 모르겠지만, 대사가 당신의 일종의 요원이라고 계속 믿게 하려고 하면, 장교가 대사를 제거할 거예요. 그게 얼마나 낭비일지. 우리는 전혀 이해하지 못하는 당신 언어를 말할 수 있는 목소리를 침묵시키다니.” 그녀는 억지로 가볍게, 자기비하적으로 웃었다. “흠, 조금은 이해하겠어요. 당신네는 자음이 정말로 많군요, 의원.”

잠깐 숨 막히고 끔찍한 침묵이 흘렀다. 그러다가 **아홉 송이 부용**이 말했다.

“대사를 놔줘, **다섯 송이 엉겅퀴**. 지금은 말이야. 그리고 우리 손님에게서 파르츠라완틀락 섹터에서 무슨 일이 벌어지고 있는지 제대로 얘기를 들어 볼까? 상세하게 얘기해 보시지, 타라츠 의원. 할 수 있다면 문명인의 언어로.”

권총이 물러났다. **세 가닥 해초**는 마히트가 빠르게 숨을 들이켜는 소리를 들을 수 있었다. 마히트를 껴안고 싶었다. 그녀를 붙잡고 싶은 걸지도 모르겠다. 그리고 확실하게, 그녀에게 키스하고 싶었다. 하지만 그랬다간 방금 이뤄 낸 신중한 균형을 전부 망가뜨릴 것이기에 오로지 눈으로만 똑바로 마히트를 쳐다보며 이가 드러나게 미소를 지었다. 이 웃음을 짓는 것에 점점 능숙해지는 것 같기도 했다.

✧ ✧ ✧

그는 샤워실에서 토해서 다행이라고 생각했다. 왜냐하면 이제 지하철이나 마지막으로 열려 있는 지하철역부터 우주공항까지 가는 지상 셔틀에서는 토할 게 없을 것이기 때문이었다. 시티의 탈선 사건 조사는 끝나지 않았다. 아니면 폭탄이 있었고 그 수리가 아직 끝나지 않았다. 어느 쪽이든 중앙주 우주공항까지 제대로 가는 지하철은 없었다. 대신 여덟 가지 해독제가 타 본 중에서 가장 큰 지상차가 있었다. 좌석은 없이 잡을 수 있는 기둥만 있고, 어른과 다른 아이들과 짐으로 꽉 찬 상태였다. 그는 딱 들어맞았다. 어쩌면 모두가 그가 다른 사람의 아이라고 생각했는지도 모른다. 수많은 사람이 셔틀 안에서 이미 토했거나 토하고 싶은 것처럼 보였다. 셔틀은 출발할 때와 멈출 때 앞뒤로 흔들렸고, 기둥을 잡고 있는 건 아주 어려웠으며 짐은 자꾸 사람들 다리 뒤쪽으로 굴러와서 비틀거리게 했다.

최악의 부분은 이걸 클라우드후크 없이 하고 있다는 거였다. 지난번에 중앙궁을 떠났을 때는 가이드가 있었고, 시티가 그를 내내 살피고 있었다. 하지만 지금은 빠르고 조용하게 움직여야 했다. 그는 계속 스파이 행동을 하게 폐하께서 놔두실지, 문제를 일으킬 자유를 갖고 그가 몰라야 할 정보를 아는 걸 놔두실지 알지 못했다. 혹은 그가 알기를 누군가가 원하지 않을 수도 있었다. 그는 폐하의 면전에서 폐하의 의견에 동의하지 않았다. 그리고 지금은 폐하의 명령을 철회시키는 작업을 하는 중이다. 시티와 시티의 모든 카메라-눈이 그의 클라우드후크 위치와 카메라로 찍은 이미지를 교차 참조하게 놔둔다면, 이런. 폐하께서 그를 막고 싶다면 아주 쉬운 일일 것이다.

그래서 그는 노선을 바꾸고 끔찍한 셔틀에 올라타기 직전에 클라우드후크를 지하철에 놔두고 왔다. 눈을 문지르기 위해서 벗었다가 옆자리에 놔두었다.(첫 번째 클라우드후크를 받아 쓰는 데 아직 익숙하지 않은 여덟 살짜리 어린애인 척했다.) 일어나서 중앙1광장역에 내릴 때 놔두고 내렸다.(역은 컸다. 클라우드후크를 끼고 한 번 다녀 봐서 정말 다행스러웠다. 왜냐하면 서로 엮인 일곱 개의 노선 속에서 절대 길을 찾을 수 없을 것 같기 때문이었다.) 아마 그건 여전히 거기서 지하철과 함께 빙빙 돌며 역에서 역으로, 앞에서 뒤로 가고 있을 것이다. 그리고 그는 아마도 몇몇 시티의 눈으로부터 가려 줄 수도 있는 키가 큰 군중 안쪽에 있었다. 노출되고 자유로운 상태였으며, 그리고 그게 정말 싫었다. 정말로 싫었다.

그의 대체 명령이 든 인포피시 스틱은 셔츠 안쪽에 넣어 놓았다. 그가 잃어버릴 수도, 떨어뜨릴 수도, 떨어져 나갈 수도 없는 곳에. 어떤 어른이 지상셔틀에서 그를 밀칠 때마다 스틱이 배를 따가운 사각형으로 짓눌렀다. 셔틀 문이 마침내 열리고 안에 있던 사람들이 중앙주 우주공항으로 쏟아져 나오자 여덟 가지 해독제는 가만히 있지 않으려고, 걸음을 멈추지 않으려고 노력했다. 만약에 멈추면 돌아설 것만 같았다. 여기 있고 싶지 않았다. 우주공항은 아주 시끄러웠고 지하철 입구에는 여전히 줄이 쳐져 있었다. 그는 선리트 1개 중대의 옆을 지나치며 그들의 특징 없는 금색 헬멧 얼굴이 전부 그를 쳐다보려고 움직이는지, 그를 알아보는지, 온 시티와 황제에게 그가 뭘 하려고 하는지 말하는 게 아닐까 확인하려고 돌아보지 말아야 했다.

(어쩌면 누군지 모르지만 지하철을 탈선시킨 사람에게 한 번 더 하라고 말해야 할지도. 끔찍한 아이디어였고 그는 다시는 그 생각을 하고 싶지 않았다.)

튤립 터미널과 한련 터미널. 최소한 그는 길을 기억했다. 전략 지도 테이블에 영사되는 조그만 우주선이 되어 다른 사람, 그를 황궁으로 돌려보낼 수도 있고 지금 그와 같은 겁먹은 아이와는 전혀 다른 사람이 정해 놓은 궤적을 따라서 움직이는 것 같았다.

한편 터미널의 정보부 우편 창구는 전에 있던 바로 그 자리에 있었고, 그 안에는 여전히 정보부 직원 두 명이 지루해 보이는 얼굴로 앉아 있었다. 여덟 가지 해독제는 셔츠에서 인포피시 스틱을 꺼내 바지에 문질러 광이 나게 닦았다. 그러고는 뼛속까지 두려워서가 아니라 최대한 빠르게 여기까지 오느라 숨이 가빠진 황실 심부름꾼처럼 보이려고 하면서 그들에게 다가갔다.

"실례합니다, 아세크레타. 황실 명령을 가져왔는데 가장 빠른 우선 전령을 통해서 점프게이트 편지로 보내야 해요."

두 명 중 한 명이 눈썹을 치켜올렸다.

"그러니?"

여덟 가지 해독제는 어린애라는 이유만으로 일하는 걸 믿어 주지 않아서 솟구친 정당한 아이의 분노를 끌어모은 다음 어깨에 힘을 주었다. 그리고 창구에 달칵 소리가 나게 스틱을 내려놓았다.

"네, 그래요. 지상궁에서요. 황제 폐하 본인의 인포피시 스틱이고, 황실 인장으로 봉인되어 있어요. 살펴보셔도 돼요. 인장 참조 자료 없어요?"

"……있어." 아세크레타는 여전히 그를 믿지 못하는 것처럼 말했다. "그리고 기꺼이 이걸 찾아보마. 하지만 너, 황실 인장을 부당하게 사용하는 게 아주 큰 죄라는 거 알지? 네가 원하지 않는다면 난 안 찾아볼 거야."

갑자기 여덟 가지 해독제는 웃고 싶었다. 여자는 그가 이걸 장난으로 하고 있다고 생각했다! 그녀는 확실하게 그가 누군지 몰랐다. 어쩌면 그의 클로즈업 사진을 한 번도 본 적이 없는 모양이다. 아니면 창구 직원들이 그냥 아주 멍청한지도. 정말이지 답답했다. 하지만 놀랍기도 했다. 그는 다시 반복했다.

"살펴봐요, 아세크레타. 이건 다음번 배달에, 다른 모든 것에 우선해서, 최대한 빠르게 가야 한다고요."

"스캔 좀 해 줄래, **서른한 번의 황혼**?" 이야기하던 아세크레타가 인포피시 스틱을 동료에게 넘기며 말했다. "한번 알아보자고. 이게 제대로 된 장소로 가도록 확실하게 해야지."

스틱이 창구로 사라지는 것을 보자 또 다른 구역질이 가슴을 타고 기어 올라왔다. 정말로 다시 토하고 싶지는 않았다. 그건 모든 걸 망가뜨릴 것이다.

"아이 말이 맞아요. 이건 폐하께서 개인적으로 사용하시는 인포피시 스틱이고, 올바르게 봉인되어 있군요. 얘, 꼬마야. 왜 그쪽에서 이걸 너한테 들려 보낸 거니?"

답은 이미 생각해 두었다. 필요할 줄 알았으니까.

"내가 제일 빠르거든요." **여덟 가지 해독제**는 눈을 크게 뜨고 잘난 척하며 씩 웃었다. "그리고 오늘 아침에 내가 당번이었는데 다들 전쟁 때문에 지상궁에서 엄청 바빴어요. 내가 배달할 수 있다고 했죠. 어른들 일을 하는 사람들은 지하철이 아직 중단 상태인 데다 여기까지 오는 데에 한세월 걸리다 보니까 아무도 셔틀에서 반나절을 낭비하고 싶어 하지 않더라고요."

이건 좋은 대답이었다. 아세크레타들도 최소한 이해하는 것 같았다. 아니면 **서른한 번의 황혼**만 그렇든지. 다른 한 명은 여전히 의심스러운 얼굴이었다.

"수신자는 누구지?"

여자가 물었다. 하지만 **여덟 가지 해독제**는 그 부분도 알고 있었다. 수신자는 인포피시 스틱 자체의 안에 든 메시지 안에 암호화되어 있었다. 그리고 심부름꾼이고 별로 중요하지 않은 사람이라면 그 봉인 아래 뭐가 있는지 모를 것이다.

"잘 모르겠어요, 아세크레타. 내가 알 수 있는 것을 넘어서는 내용 같아요. 황실 직원들이 그냥 제일 빠른 전령이라고 했고, 전쟁의 최전방에 있는 함대로 가는 거예요. 나머지는 아마 안에 있을 거고요."

그걸로 충분한 모양이었다. 아마도. 최소한 아세크레타는 그에게 스틱을 돌려주지 않았다. 대신에 그녀는 이렇게 말했다.

"출발지에서 목적지까지는 다섯 시간 반이 걸려. 네 감독관에게 가서 말해, 알겠니? 그게 우리가 할 수 있는 가장 빠른 시간이야."

"그럴게요." 여덟 가지 해독제는 히스테릭하게 웃지 않으려고 노력했다. 감독관은 이미 알고 있다. 왜냐하면 그가 그 자신의 감독관이니까. "고마워요! 제국도 당신들에게 고마워할 거예요!"

그는 해냈다고 생각했다. 그가 해냈다. 그의 명령이 함대로 향할 것이다. 하지만 정보부 직원들이 그걸 보내는 걸 남아서 보고 있을 수 없다는 것도 알았다. 의심스러운 행동일 것이다. 사기처럼 보일지도 모른다. 자신이 우편 사기를 치고 있는 걸까? 하지만 그런 것 같지는 않았다. 그에게는 이 명령을 보낼 권리가 있었다.

단지 그다음에 할 일, 그건 거의 확실하게 불법적인 거였다. 샤드 조종사를 제외하면 아무도 샤드 안에 들어가서는 안 되니까.

✧ ✧ ✧

르셀 스테이션 의원은 아홉 송이 부용의 좀 더 사적인 함교 바로 옆 회의실에 별로 잘 어울리지 않았다. 남자는 비옥한 땅에 세게 박힌 뒤틀린 금속 말뚝처럼 테이블 앞에 앉아 있었다. 키가 크고 마르고, 높은 이마에 나이 든 남자 특유의 가늘어진 곱슬머리가 특징인 남자. 테이블에 올려놓은 손은 옹이가 지고 신경통으로 튀어나왔고, 여전히 구속된 상태였다. 광대뼈는 마치 똑같이 옹이진 것처럼 보이고, 거기서 피부가 늘어져 날카롭고 좁은 부분에서 흘러내렸다. 르셀 스테이션의 광부협회 의원인 그는 아마도 한때는 소행성에서 광석을 채취할 정도로 건강했을 것이다. 아니면 언제나 교대근무 감독관이었든지. 더 못한 사람들에게 명령을 내리기 위해 태어난 사람. 여기 바퀴의 무게호에서 아홉 송이 부용은 그가 일탈이자 단절이라는 것을 발견했다. 하지만 인간이었다. 그러니까 그녀가 이야기를 할 수 있는 상대다. 특히나 스테이션인일 뿐만 아니라 언어를 말할 수 있으니까.

아홉 송이 부용은 남자의 맞은편에 앉았고, 그건 나름대로 그가 받아야 하는 존경의 표시였다. 그는 외국 정부의 일원이었다. 취조하는 동안 약간의 예의를 차릴 수도 있을 것이다. 그리고 그를 취조하면 스무 마리 매미의 목소리가 얼마나 기묘하게 들렸는지에 관해서, 샤드 시각에 하루가 넘게 들어가지 않았음에도 불구하고 이제 그녀의 눈 뒤쪽에 살고 있는 것 같은 타오르는 샤드 죽음의 잔상으로부터, 열여섯 번의 월출의 느리고 거의 그럴듯하게 부인할 수 있는 공격 경로의 점점 빨라지는 곡선으로부터 정신을 돌릴 수도 있을 것이다.

열아홉 개의 자귀 황제가 이 문제에 어떤 의견을 내놓든지 상관없이, 자신이 열여섯 번의 월출을 멈출 마음이 있는지 잘 모르겠다는 사실로부터도.

"타라츠 의원. 함대가 당신의 우주선을 잠시나마 적함으로 오인한 것에 대해 사과하지. 그 오해의 해결 과정에서 의원에게 피해가 없어서 다행이야. 바퀴의 무게호에 잘 왔네."

"참으로 테익스칼란인답군. 나를 환영한다면서 수갑으로 묶어 놓다니."

"참으로 야만인답군." 아홉 송이 부용은 더 깊이 생각하기 전에 말했다. 스무 마리 매미가 보고 싶었다. 끔찍하게 보고 싶었고, 겨우 한 사람이 말을 하면서 이성적인 목소리이자 위협의 도구 둘 다가 되는 건 굉장히 어려웠다. "환영 인사를 배은망덕한 태도를 드러낼 기회로 삼다니. 난 이 함대의 야오틀렉이야, 의원. 우리 위대한 황제 폐하의 멀리 뻗은 손으로서, 그분의 모든 힘을 내 영역에 위임받은 상태로 여기를 통치하지. 그리고 나는, 이 함선 함교에서 내 병사들로부터 오는 적절한 통신을 기다릴 수도 있는 상황에 시간을 내서 당신에게 우리 적이 당신네 스테이션으로 진군한 것에 관해서 아는 대로 말하라고 요구하는 거야. 이 배의 우리만큼이나 당신과 당신네 사람들을 위해서, 우리 둘 다 알아야 하는 것을 얼른 말하시지."

"함선과 무기가 아무런 쓸모가 없고 적이 뒤로 빠져나가 자기가 지키는 점프게이트를 줄줄이 통과하고 있다는 걸 아는 함대의 야오틀렉이 대체 뭘 원하지?"

의원의 테익스칼란어는 지나치게 예의 바르고, 조각조각을 이어 붙인 느낌이고, 동사의 오래된 형태가 가득했다. 그럼에도 상당히 정확했다. 아홉 송이 부용은 이 의원이 자신의 대사들과 얼마나 자주 얼마나 깊게 이야기를 나누었을지 궁금했다. 그리고 어떤 언어로 했을지도.

"얼마나 많이, 얼마나 빠르게. 이걸 알고 싶어, 의원. 그리고 당신의 스테이션을 보호하기 위해서 군단 한둘을 보낼 가치가 있는지, 아니면 그냥 다음 점프게이트 뒤에서 기다리며 당신네 3만 명의 목숨이 적을 만족시킬 정도가 되는지 그냥 지켜볼지 결정하는 거야. 여기에 관해서, 함대의 야오틀렉은 알고 싶군."

남자의 기묘한 문장 구조를 사용하는 게 그녀를 즐겁게 했다. 그녀는 그의 잘 움직이고, 표정이 풍부하고, 혼란스러운 야만인 얼굴을 지켜보았다. 그는 그녀가 지켜보는 걸 싫어했기 때문이다. 어쩌면 그녀가 그를 바보로 여긴다고 생각하는지도 모른다.

하지만 그렇지는 않았다. 그녀는 그를 뱀으로 여겼고, 마히트 디즈마르가 같은 종류인지, 아니면 뱀에게 물린 그냥 사람인지 고민하는 중이었다. 타라츠는 눈도 깜박이지 않고 그녀를 보다가 입을 열었다.

"얼마나 많냐고? 우리 조종사를 전부 모을 정도지. 우린 7세대 동안 이런 일을 한 적이 없었어. 얼마나 빠르냐고? 당신이 우리 불쌍한 야만인 스테이션인에게 투명한 걸 어떻게 보는지 말을 해 준다면, 그다음에 나도 당신에게 얘기하겠어."

아홉 송이 부용도 상상할 수 있었다. 사람들이 손실을 다 따지기도 전에 새카만 보이드의 물결이 배와 사람들을 삼켜 가는 것. 상상할 수 있었다. 왜냐하면 봤으니까. 그녀의 두 눈과 샤드 조종사들의 눈으로.

왜 이걸 부수지 말라는 특사의 설득에 넘어간 걸까. 이것들, 세계를 잡아먹고 그 이상을 먹으려고 하는 이것들, 부관을 훔쳐 가고 조종사들을 죽이고 그녀의 커리어를 말살하거나 그냥 그녀의 몸을 말살할 우주선 파괴 침을 뱉는 이것들, 왜 할 수 있다면 이 물결의 근원을 때려 부수려고 하는 것 말고 다른 일을 했을까?

"솔직함에 감사를 표하지, 의원." 그녀는 목과 가슴의 분노를, 타오르는 엔진을 숨기고, 매끄럽고 차갑게 말했다. "금방 당신에게 내 1등 항해장교를 보내지. 그자가 당신네 지도에서 알고 있는 급습 지점을 정확히 찾는 걸 도와줄 거야. 질문이 딱 하나 더 있어. 당신네 스테이션에는 빠른 배가 있나? 우린 얻을 수 있는 모든 도움이 필요해."

"우리 자원을 그렇게 쓰고 싶으면 조종사협회 의원 온추와 이야기를 해 봐야 할 거고, 그녀에게는 그들을 자기만의 것으로 해 두고 있을 이유가 아주 많지." 의원은 그렇게 말하고 처음으로 흥미를 드러내며 몸을 앞으로 기울이기 시작했다. "온추 의원은 내가 여기로 오는 사소한 노력도 못마땅해했어. 당신들이 이 괴물들을 우리의 집으로부터 떼어 놓았어야 했는데 말이지. 그 모든 위대한 힘으로 말이야, 오 위대한 테익스칼란이여. 그녀는 지금 당장은 좀 바빠."

아홉 송이 부용은 테익스칼란 제국을 모욕하는 게 그의 스테이션을 구해 주지는 않을 거라고 쏘아붙이려 했다. 하지만 그러기 전에 눈 한쪽을 덮은 클라우드후크가 초록, 초록, 하얀색으로 빛났다. 두 개의 거품이 함교에서 부른다는 뜻이었다. 스웜이 그들에게 다시 이야기하고 있었다. 그들에게 말을 하며, 그녀를 데려오라고 했다.

✧ ✧ ✧

펠로아2의 특정 대상 통신의 잡음 위로 들리는 스무 마리 매미의 목소리에는 아홉 송이 부용이 그들의 제일 처음 배치를 떠올리게 하는 특유의 날카로움이 있었다. 그가 잠이 부족할 때, 과로했을 때, 그리고 우주의 패턴을 봤기 때문에 우주의 모양이 어떤 건지 완전히 확신할 때 종종 들었던 빠르고 생생하고 갑작스럽게 장황한 말투였다. 최소한 그는 그녀를 맬로라고 부르진 않았다. 또는 나의 소중한 친구라고도. 또 한 번 그렇게 부르면 그녀는 다른 뭔가가 그녀의 심장을 깨는 특권을 갖기 전에 우선 그를 죽여 버릴 것이다.

그는 당연히 그녀가 없는 사이에 통신 콘솔을 장악한 디즈마르와 세 가닥 해초와 이야기를 하고 있었다. 두 개의 거품은 특사나 스테이션인이 적당한 배신 행위를 저질러서 통신선을 완전히 끊어 버릴 기회를 기다리듯이 그들 옆에 서서 날카롭게 관찰하고 있었다. 아홉 송이 부용이 들어왔을 때 문장의 끝부분이 들렸다.

"……전 그들이 어떻게 말하지 않고 소통하는지 이해했을 뿐만 아니라 그들이 어떻게 우리가 추적할 수 없을 만큼 빠르게 소통하는지도 알아냈다고 확신해요. 그건 아예 말이 아니에요. 네트워크식 집합성이에요."

"정신을 공유한다고요?"

"기억을 공유해요?"

디즈마르가 말하는 바로 그 순간에 세 가닥 해초도 말했다.

그녀와 디즈마르는 서로 깊은 비밀을 가진 것처럼 갑자기 서로를 쳐다보았다.

디즈마르가 말했다.

"정신 또는 기억. 당신이 구분할 수 있는지……."

"못 해요. 최소한 아직은 절대로요. 지금 우리는 여전히 그림을 그리는 상태이고, 그들은 저와 제가 네트워크식 집합성이 없는 것에 굉장히 당황한 것 같아요. 정신의 집합적 네트워크에서 기억은 과연 어떤 걸까요?"

"마히트?"

세 가닥 해초는 디즈마르가 전적으로 철학적인 질문에 답을 알 거라는 듯이 물었다.

아홉 송이 부용에게는 더욱 중대한 질문이 있었다.

"스웜." 그녀는 소리가 작아지는 그들 사이의 우주 보이드를 너머 최대한 따뜻하게 말했다. "즉시 오지 못해서 미안해. 이걸 어떻게 알아냈지?"

"야오틀렉." 스무 마리 매미는 그 직위를 마치 이름처럼, 그녀의 이름처럼 말했다. 거기에 만족하고 그녀에게 말을 들어서 기쁜 것 같았다. "균류요. 그게 그 방법이에요. 그들은 그걸 아기에게 주고, 그게 그들을 깨워요. 이게 제가 설명할 수 있는 최대한입니다. 그들은 저에게 그림을 그려 줬어요. 그들 중 작은 게 그걸 먹고, 그다음에 다른 모두와 이 프랙털 네트워크를 통해서 이어지는 겁니다. 이건 일종의 텔레파시 약이에요. 아니면 공생하는 기생생물이든지. 제가 익스플라나틀 팀과 연구소에 말해 줄 수 없는 건, 바퀴의 무게호에 기생 균류를 연구하는 게 취미인 사람이 혹시 있다면……."

"……난 그걸 묻지 않았어." 아홉 송이 부용은 그렇게 말하면서 함대 우주선에서 일부러 그런 취미를 가진 사람이 있는지, 우주선은 가능한 한 절대로 균류가 없도록 유지하고 있는데 가능한 일일까 생각했다. "난 잘 모르겠어. 의료 후보생을 죽인 바로 그 균류가, 네가 생각하기엔 그들을 집단적 정신으로 만들어 준다고?"

"바로 그래요. 여섯 개의 빗방울이 죽은 건 그의 잘못이 아니에요. 전 여전히 그가 강력한 아낙필라시스 반응을 일으켰다고 생각해요. 게다가 우리 적은 그걸 주사하지 않아요. 그걸 먹죠."

"기억을 보존하는 완전히 유기적인 방법이군요."

디즈마르가 낮고 완전히 홀린 듯한 어조로 이야기에 끼어들었다. 아홉 송이 부용은 그녀를 무시했다. 스무 마리 매미가 방금 외계 종족이 공유하는 게 기억이 아니라 정신이라고 말하지 않았나?

"그러면 그 균류가 우리 우주선에 실린 게, 사보타주가 아니었다고?"

그건 질문이 아니었다.

"일부러 그런 건 아니죠. 하지만 의미를 정확히 모르겠는데요, 맬로. 전 그림 보고 맞히기를 하는 중이고 그들은 서로에게 그 거대한 균류의 집단적 정신 속에서 이야기를, 아니면 노래를 해요. 저한테 아이디어가 있습니다. 그런데 좋아하시지 않을 거예요."

아홉 송이 부용은 웃고 싶었다. 그를 껴안고 싶고, 그를 그들의 우주선으로 되찾아오고 싶었다.

"내가 좋아하지 않을 아이디어가 뭔데?"

"이 균류를 먹을까 합니다." 20년 이상 그녀의 부관, 소중한 친구, 부사령관이던 사람이 말했다. "그렇게 하면 그들과 직접적으로 말을 할 수 있을 거예요."

그것은 아홉 송이 부용이 들어 본 중에서 최악의 생각이었다.

[……] 군사적 활용은 법집행기관에서 이미 사용 중인 알고리즘식 정보 공유 절차의 논리적 확장으로 보인다. 조종사를 위한 인터페이스가 선리트가 이용하는 것보다 더 한정적이긴 하지만(항상 알고리즘에 의존하는 대신에 사용 시간에 맞춰 유연하게 적용된다.) 공유된 고유감각의 초기 테스트는 유망해 보인다. 샤드 인터페이스의 처리 능력으로 보아 과학부에서는 샤드가 이 새로운 기술을 처음으로 널리 사용하는 장소가 될 것으로 강하게 믿는다. [……]

— 「인간-알고리즘 인터페이스 보고서: 군사적 활용」 중에서, **두 개의 남정석**(주된 연구자), **열다섯 톤, 열여섯 장의 펠트**로 이루어진 익스플라나틀 팀 작성, 과학부 장관 **열 개의 진주**에게 제출하여 승인됨

이마고 통합이 돌이킬 수 없는 정신적 또는 신경학적 손상을 입히는 통계적 가능성은 0.03%, 또는 1만 명당 3건이다. 혈통 및 생명 유지 양쪽 면에서 이 정도 위험은 감수할 수 있다고 본다.

— 「이마고 수술: 무엇을 기대해야 하는가」, 이마고 머신 이식 전 정기 의료 평가의 일부로 배부된 팸플릿

여덟 가지 해독제는 한련 터미널 어딘가에 정박하고 있는 샤드를 찾는 데에 20분을 소비했다. 전쟁부에서 본 설명서를 기반으로 할 때 그가 생각하는 샤드의 모습인 가장자리가 날카로운 유리가 굴러가는 것처럼 생긴 것은 전혀 없었고, 반짝이는 점 모양의 샤드 전투기 하나하나가 검은 지도 테이블 위에 있었다. 20분이 지나고서야 그는 거의 모든 샤드가 더 큰 전함 안에서 정박하고 있을 거라는 사실을 떠올렸다.

그에게 정확히는 샤드가 필요하지 않았다. 필요한 건 그를 샤드 안에 넣어 줄 조종사였다.

그게 더 나빴다. 왜냐하면 그가 어떻게 조종사를 찾는단 말인가. 바에 들어갈 수도 없고, 전쟁부에 연락해서 물어보는 것도 할 수 없었다. 그리고 매분매초 시간을 잃어 가고 있었다. 매분 그는 한련 터미널의 혼란 속에서 갈피를 잃은 채 서 있고, 함대에 행성을 통째로 파괴하라는 열아홉 개의 자귀의 명령은 야오틀렉에게 점점 더 가까워지고 있었다. 그 자신의 명령은 너무 멀리 뒤떨어져 있고.

결국에 그는 정보부 우편 창구 뒤쪽, 아세크레타들의 시야에서 벗어난 곳에서 다시 서성거리며 함대 우주선에 어떻게 들어갈지 상상해 보았다. 입대를 할까? 아직 어리지만 나이가 많은 척할 수도 있을 것이다…… 누군가가 유전자 지문을 찾아보고 그가 황위 후계자라는 걸 알아내서 길 잃은 새끼고양이처럼 지상궁으로 돌려보낼 때까지겠지만. 그건 통하지 않을 거다. 그러면 함대 우주선에 실리는 화물상자 속에 들어가? 밀항해?

그의 아이디어는 전부 다 그가 늘 꺼 버리는 홀로드라마의 가장 멍청한 에피소드에나 나오는 것들이었다.

그때, 상상 속에서 나온 것처럼 함대 군인 두 명이 정보부 우편 창구를 빙 돌아서 똑바로 그를 향해 걸어왔다. 둘 다 키가 크고 긴 검은 머리를 군대식으로 꽉꽉 땋았고, 왼쪽에 있는 여자는 소매의 제2군단 휘장(공통 궤도에 있는 두 개의 항성계는 알아보기 가장 쉬운 모양 중 하나였다.) 바로 아래에 움직이는 듯한 곡선으로 된 금속 삼각형을 달고 있었다. 샤드 조종사였다. 바로 여기에. 말도 안 되는 것만 같았다. 샤드 조종사가 필요할 때 바로 그 사람이 나타났다. 하나만 제외하면. 점프게이트 편지 체계를 통과해서 가장 빨리 우선적으로 편지를 배달하는 것은 샤드지만, 그 목적지가 함대일 경우에만이었다.

어떤 면에서는 그가 이 군인을 만들어 낸 셈이었다.

그가 이 군인이 그의 메시지를 함대로 가져가기 위해서 창구로 오게 했고 그녀가 막 그것을 집었다.

여덟 가지 해독제는 침을 삼켰다. 몸을 쭉 펴고 자신이 심부름꾼 여덟 가지 해독제가 아니라 황위 후계자 여덟 가지 해독제다운 옷을 입었으면 좋았을 텐데 하고 생각했다. 하지만 그에게는 자기 자신 말고는 아무것도 없었다. 그가 대각선으로 끼어들어 군인들 바로 앞에서 멈추는 바람에 그에게 걸려 넘어지고 싶지 않으면 멈춰야 하는 귀찮은 존재가 되었다.

"명예로운 조종사들이여." 명예롭다는 게 적절하게 존경을 표하는 경칭인지는 잘 모르겠지만, 그들에게 부탁을 해야 하는 입장이니까 괜찮을 거라고 생각했다. "난 준황족 여덟 가지 해독제이고, 그대들의 우주선에 잠깐 접속하게 해 주면 대단히 감사하게 여기겠네."

두 군인은 서로를 힐끗 보고 다시 그를 보았다. 그중 한 명, 조종사 말고 그녀의 친구가 말했다.

"네가 누구라고, 꼬마야?"

여덟 가지 해독제는 이를 악물었다.

"여덟 가지 해독제다. 태양-창 황위와 테익스칼란 제국 통치권의 후계자지. 원한다면 그대의 클라우드후크로 내 홀로를 찾아서 외모 비교를 해 볼 수도 있을 거야. 나는 그대의…… 음, 그녀의 우주선에 접속을 하고 싶어." 그는 샤드 조종사를 턱으로 가리키며 덧붙였다. "난 샤드가 필요해."

"이건 우리가 크셀카 스테이션의 그 정말로 끔찍한 바에서 쿰쾃을 마시고 취했던 이래로 나한테 일어난 확실하게 가장 이상한 일인걸."

군인이 말했다. 여덟 가지 해독제는 쿰쾃이 과일이라는 걸 제외하면 뭔지 전혀 알고 싶지 않았다. 혹은 그게 알코올성 과일인지 어떤지도.

"샤드가 왜 필요하죠?"

샤드 조종사가 물었다. 이건 술에 취한 일화보다 훨씬 나은 대답이었다. 여덟 가지 해독제는 그녀가 친구에게 샤드 트릭을 말한 적이 있기를 바랐다. 안 그러면 그녀의 친구는 지금, 중앙주 우주공항 한가운데에서 그걸 알게 될 테니까.

"난 샤드 조종사들이 우주선 안에 있을 때 서로를 느낄 수 있다는 걸 알아. 느끼고, 어쩌면 말도 할 수 있지. 불가능한 거리를 넘어서. 점프게이트를 넘어서."

조종사의 얼굴이 가면처럼 완전히 굳어졌다.

"이 정보를 어떻게 알게 됐습니까?"

여덟 가지 해독제는 사실대로 말했다. 그게 가장 효과적인 방법

같았다.

"전쟁부 장관 세 개의 방위각으로부터, 비공개 회의에서."

그와 함께 한 비공개 회의는 아니지만, 거의 비슷하니까.

"……당신이 정말로 그 여덟 가지 해독제님이라면……."

샤드 조종사가 천천히 생각에 잠겨서 말했으나 그녀의 친구가 말을 가로챘다.

"네 송이 크로커스, 확실하게 황위 후계자인 그 애는 아마 나이가 1인딕션일 거야. 만약 그렇다면 얘는 너무 나이가 많아."

"찾아봐." 여덟 가지 해독제가 애원조로 말했다. 그들이 믿지 않으면, 지금 그가 막힌다면, 이런 기회를 다시는 얻지 못할 테고 반박에 성공 못 한 성간 우편 사기는 성공한 성간 우편 사기보다 훨씬 더 나쁘다. "제발. 난 이걸 해야 돼. 필요하다면 테익스칼란 제국의 후계자로서 명령을 내릴 수도 있지만, 그렇게까지 하고 싶지는 않아, 명예로운 조종사들이여. 제발."

조종사 네 송이 크로커스가 클라우드후크로 뭔가를 했다. 그녀의 눈이 아주 빨리 움직여 눈구멍 안에서 파르르 떨렸다. 빠른 검색.

"……맞는 것 같아. 그리고, 열세 개의 뮤온, 지난 며칠 동안 샤드 시각이 어땠었는지 넌 모를 거야. 이분이 이걸 보고 싶다면, 장관님이 이걸 보시게 보낸 거라면, 난 이 메시지를 보내야 하지만 우선 샤드를 보여 드려야겠어."

"네가 책임질 일이야. 하지만 내가 널 막지 않을 거라는 건 알잖아. 난 절대로 널 막지 않아. 내가 널 막으면 우린 어떤 즐거움도 누리지 못할 테니까."

열세 개의 뮤온이 말했다.

"이쪽입니다, 전하."

네 송이 크로커스가 말했고, **여덟 가지 해독제**는 그녀와 동료 군인을 따라 한련 터미널의 우주선 미로 속으로 향했다.

✧ ✧ ✧

샤드는 상상했던 것보다 더 작았다. 그것은 함대 우주선 안에 있지 않았다. **네 송이 크로커스**는 우편 배달 임무를 맡고 있었다. 걸어가는 동안 그녀와 **열세 개의 뮤온**이 나눈 대화로 보아 **여덟 가지 해독제**가 이해할 수 없는 복잡한 처벌이거나 어떤 보상인 것 같았고, 그래서 그녀와 샤드는 평소 우주선의 샤드 정박지에 있지 않고 여기 우주공항에 있는 거였다. 평소 우주선은 제2군단의 엑설테이션급 중형 순양함 **지평선에 미치다**호였고, '세계의 보석'에서 세 점프게이트를 지난 곳에서 그녀를 기다리고 있었다. 말하는 투로 보아 그녀는 얼른 돌아가고 싶어 안달이 났으나 동시에 돌아가는 게 걱정되기도 하는 것 같았다.

하지만 지금 그녀의 샤드는 손바닥에 박힌 유리 조각처럼 한련 터미널에 자리하고서 우주공항의 스카이넷 하나에 실려 궤도로 발사되기를 기다리는 상태였다. 성인 한 명이 너무 많이 움직이지 않는다면 딱 들어맞을 정도의 크기였다. **여덟 가지 해독제**는 그 옆부분을 건드렸다. 차갑고 매끄러운 금속이었다. 그는 이 작은 우주선이 어떤 방향, 어떤 축으로든 향할 수 있고, 조종사가 캡슐의 중심에서 무중력 상태로 자유롭게 머문다는 걸 잘 알았다.

"이분과 함께 기다려. 최대 10분이야. 난 우편 임무를 맡은 다른 사람한테 부탁을 좀 하고 와야겠어. 이 메시지는 정말로 급하고, 전하께서 얼마나 오랫동안 샤드 시각을 경험하고 싶으신지 모르니까. 그러니까 다음 우주선이 이걸 갖고 점프게이트를 통과하면 될 것 같아."

여덟 가지 해독제는 네 송이 크로커스가 자기 임무를 아주 진지하게 받아들여서 기뻤다. 칭찬을 한다든지 뭐 그런 걸 할 수 있으면 좋을 텐데. 어쩌면 할 수 있을지도 모른다. 그가 황제가 된 다음에, 그녀가 그를 기억한다면. 그 메시지는, 그의 명령은 당장 보내야 했다. 설령 그래서 본인이 어렸을 때 이후로 어린애를 만나 본 적이 절대 없고, 모름지기 모든 아이는 대체로 스타 핸드볼 선수들(여덟 가지 해독제는 관심 없었다.)이나 거대한 콘서트장 표를 매진시키고 아이들이 비명을 지르게 만드는 스타 음악가들(여덟 가지 해독제는 정말로 관심이 없었다.)에 관심이 있다고 생각하는 열세 개의 뮤온의 감독하에 고통스러운 10분을 보내야 한다 해도.

결국 기다림이라는 괴로운 좌절감 속에서, 언제라도 누군가가 소이탄을 터뜨리거나 그를 데리러 와서 황궁의 그의 방이 감옥이라도 되는 것처럼 던져 넣을 거라는 믿음 속에서, 그는 열세 개의 뮤온이 제2군단에서 뭘 하는지 물었다. 이것은 둘 모두를 안도시켰다. 열세 개의 뮤온은 우주선 선체를 수리하는 더 좋은 방법을 찾는 데에 대부분의 시간을 쓰는 전문 엔지니어였고, 여덟 가지 해독제는 무중력 상태에서 근접항법에 쓰는 소형 마이크로추진기에 대해 아무것도 모르기에 초조함에 온몸을 떨지 않고서 실제로 집중할 수 있었다. 왜냐하면 열세 개의 뮤온의 말을 조금이라도 이해하고 싶으면 집중해야 하기 때문이었다.

그렇다고는 해도 마침내 **네 송이 크로커스**가 돌아오자 그는 **열세 개의 뮤온**의 말을 바로 잘랐다.

"안으로 들어가야 돼. 난 샤드 시각으로 들어가야 돼, **네 송이 크로커스** 조종사." 그러고 나서, 모든 걸 다 요청해야 한다는 사실에 좌절감으로 얼굴이 붉어지는 걸 느끼며 말을 이었다. "나한테 어떻게 하는지 보여 줘."

네 송이 크로커스는 **열세 개의 뮤온**을 힐끗 보고서 다시 그를 보았다.

"정말 괜찮으시겠어요? 생각하시는 것보다는 훨씬 쉽습니다. 그리고 생각하시는 것보다 훨씬 끔찍하죠."

"어린애잖아, **네 송이 크로커스**. 설령 정말로 자기가 말하는 대로의 사람이라 해도……. 휴가를 내고 '세계의 보석'으로 와서 나한테 퍼마시러 가자고 연락한 건 너잖아. 지난번에 샤드 시각에 들어가 있을 때 일어났다던 일 때문에. 어린애한테 그걸 겪게 할 거야?"

열세 개의 뮤온이 물었다. **여덟 가지 해독제**는 정말, 정말로 이게 그에게 좋을까 나쁠까를 따지는 어른들의 논쟁에, 혹은 뭐가 됐든 그들의 논쟁에 들일 시간이 없었다. 그는 이해하지 못했고, 이해할 마음도 없었다.

"보여 줘. 당장. 이건 명령이야, 조종사."

그가 반복했다. **네 송이 크로커스**가 대답했다.

"제 클라우드후크가 필요하실 겁니다, 전하. 그리고 샤드 안으로 들어가셔야 합니다. 샤드 시각은 프로그램이 든 어떤 클라우드후크에서든 작동하지만, 샤드 트릭은…… 사람들이 이렇게 부른다는 걸 믿을 수가 없어요. 우리가 그걸 일부러 하는 것처럼 들리잖아요. 샤드 트릭은 클라우드후크 같은 작은 걸로 하기에는 너무 많은 처리 능력이 필요하거든요. 아니면 정신이. 우주선이 있어야 해요." 샤드 동체에 닿은 그녀의 손이 조용히 시켜야 하는 애완동물을 대하듯 쓰다듬었다. "얘는 좋은 우주선이에요. 제 샤드요."

"그대를 믿어."

아주 진지하게 **여덟 가지 해독제**가 대답했다. 왜냐하면 **네 송이 크로커스**가 그 말을 들어야 할 것 같았기 때문이다.

그녀는 황궁에서 시를 읊기 시작하려는 낭독가처럼 깊게 숨을 들이켰다.

"좋아요. 한번 해치우죠. 젠장, 하지만 정말로 말씀하신 분이 맞길 바랍니다. 안 그러면 이 일로 확실하게 전 샤드 부대에서 쫓겨날 테니까……."

안에는 두 명은 고사하고 간신히 한 명 공간 정도밖에 없었다. **네 송이 크로커스**는 어디에 앉아야 할지 가르쳐 주었다. 샤드 엔진을 점화하고 실제로 이륙 시퀀스를 발동하지 않고 목적한 AI를 작동시키기 위해 어디에 손을 올려야 하는지도. 그런 다음에 자신의 클라우드후크를 그의 왼쪽 눈앞에 걸어 주었다. 당연히 너무 컸다. 그걸 그 자리에 유지하기 위해서 고개를 기울여야만 했을 정도였다. 하지만 그것은 그 자신의 것처럼 작동했다. 인터페이스는 똑같았으나 그가 본 적 없는 수백 개의 명령어와 프로그램들이 겹쳐 있었다. 함대 하드웨어와 함대 프로그램이었다. 무시무시했다. 이 모든 게 그랬다. 하지만 그는 두려움은 샤드 바깥 어딘가에, **네 송이 크로커스**가 돌아오기를 기다리던 그 지루함 속에서 어딘가에 남겨 두고 왔다. 그에게 남은 건 냉기뿐이었다. 몸이 떨리는지도 모른다고 그는 생각했다.

"이건 만화경과 같아요. 처음에는 토할 수도 있어요. 사람들은 종종 그래요. 저도 그랬고요. 하지만 곧 보시게 될 거예요. 우리에게 무슨 일이 일어나고 있는지 보시게 될 거예요. 준비되셨어요?"

여덟 가지 해독제는 고개를 끄덕였다. 그는 평생 처음으로 자신에게 무슨 일이 일어나게 될지 전혀 모른다는 사실을 깨달았다.

"그러면 우주선을 깨우세요. 그리고 프로그램이 뜨면 모든 것에 '네'라고 답하세요."

네 송이 크로커스가 샤드 밖으로 나갔고 조종실의 우주선용 유리 뚜껑이 그녀의 뒤에서 닫혔다. 여덟 가지 해독제는 혼자 남았다. 그의 손이 조종장치 위에서……

그가 시퀀스를 수행했다. 우주선이 그의 아래서 쿵쿵거리고 초조하게 깨어나는 것을 느꼈다. 시야 절반이 별들의 평원으로 까매지고(클라우드후크가 온라인에 연결되며 나타나는 일종의 샤드 시각 버전) 그 시야 구석에 반짝거리는 프롬프트가 '네?'라고 묻고 있었다. 그는 '네'라고 말하고 눈을 한 번 깜박이자……

보이드로 떨어지고, 쿵쿵 구르고, 자기 자신에서 가장 먼 곳으로 내던져졌다. 보이드 안으로, 비명 속으로.

✧ ✧ ✧

"그게 뭐가 좋겠어? 네가 견디고 살아남는다 해도, 그걸 빌어먹을 누가 알겠냐만은……."

아홉 송이 부용이 물었고, 잡음으로 왜곡된 스무 마리 매미 목소리가 들렸다.

"이건 시스템이에요. 분배 시스템이고, 그게 균형을 잃고 있어요. 왜냐하면 그들은 우리가 어떻게 사람이면서 그 일부가 아닌지 이해를 못 하거든요. 이건 될 거예요. 좋은 게 아주 많을 거예요, 맬로. 이 낯선 걸 이식하는 건."

마히트는 정신의 인공적 확대에 대한 테익스칼란인의 기본적인 공포를 생각하면서 야오틀렉의 얼굴을 쳐다보았다. 그건 그녀가 잘 이해할 수 없는 것이었다. 그들의 문화적 금기의 깊이, 왜 사람인 이스칸드르가 죽었는지에 깔린 핵심 이유. 그는 여섯 방향 황제에게 이마고 기술을 제안했고, 과학부 장관도, 열아홉 개의 자귀도 그들이 근본적인 자신의 오염이라고 이해하는 것을 지지하지 못했다.

〈이마고는 저 남자가 자기 자신에게 하려는 일하고 전혀 달라.〉 이스칸드르가 정신 안쪽에서 말했다. 〈살아남는다면, 저 남자는 인간이 아닐 거야. 다른 무언가의 일부가 되겠지.〉

그게 그들이 우리에 대해서 말하는 거 아닌가? 우리가 사실은 인간이 아니라는 거. 정신 공유 기술을 가진 우리 야만인들 말이야.

〈몇몇은 그러지.〉 그는 나이 든 이스칸드르, 기억의 연속성이라는 약속으로 황제를 유혹했던 인물이었다. 〈하지만 오직 몇몇뿐이야.〉

아홉 송이 부용이 말했다.

"스웜. 네 종교는 너 혼자서 망할 놈의 우주 전체의 균형을 맞추라고 하지는 않아."

"달리 누가 해 보겠어요?"

스무 마리 매미가 말했다. 마히트는 등에서 근육이 격렬하게 떨리는 바람에 몸을 떨었다.

“그가 옳다고 생각해요?” **세 가닥 해초**가 거의 안 들릴 정도로 낮게 마히트에게 말했다. “그들이 집합체일까요? 말하자면, 당신 같은 건가요?”

“스테이션인은 사슬이에요. 라인이죠. 그가 설명한 건 정신의 프랙털망網 구조고, 그건 전혀 달라요. 네, 난 그가 옳을 수도 있다고 생각해요. 그들이 자기네 다른 우주선들이 어디 있는지 전혀 지체 시간 없이 항상 아는 것 같았던 게 이해가 되니까요. 그가 옳을 수도 있어요.”

세 가닥 해초가 마히트의 손으로 손을 뻗어 꼭 잡았다. 마히트는 예상하지 못했었다. **세 가닥 해초**가 공개적으로 만질 거라고는 전혀 예상 못 했다. 하지만 손을 빼지는 않았다. 지금은 아무도 그들에게 주의를 집중하지 않았다. 야오틀렉과 그 부관이 전쟁을 막을 수 있다는 희망하에 그가 기능적으로, 생화학적으로, 정신적으로, 전체적으로 적 세력에 가담할 것인가 하는 논쟁을 벌이는 걸 듣는 동안은. 그리고 **세 가닥 해초**의 손가락은 빙빙 도는 세상에서 닻처럼 그녀의 손에서 따뜻하고 꼭 조였다.

“그가 그걸 한다면, 그리고 그가 옳다면, 그리고 살아남는다면, 그러면 그는 어떤 테익스칼란인도 해낼 수 없었던 최초의 접촉 협상을 해내게 될 거예요.”

세 가닥 해초가 말했다.

“……질투 나요?”

마히트가 그녀에게 물었다.

“난 질투를 할 정도로 용감하지 못해요.”

세 가닥 해초는 그렇게 말하고 시선을 돌렸다.

✧✧✧

그는 말하는 법을 배우기 전에 두 번 죽었다. 최악의 경험들은 가장 시끄럽고, 가장 강했다. 그들은 샤드 조종사의 정신을 블랙홀이 질량을 끌어당기듯이 끌어당겼다. 샤드는 바깥부터 녹아내리고, 우주선 유리는 전부 검은색의 꿈틀거리는 기름으로, 액체로 두텁게 코팅되고, 우주선 AI 경보는 전부 한꺼번에 울렸다가 조용해지고, 그러고 나면 조종사 본인이 비명을 지르고 또 지르고 조용해졌다. 그리고 여덟 가지 해독제가 생각할 수 있기 전부터, 빙글빙글 구르는 걸 멈추기 전부터, 천 개의 정신과 이천 개의 눈이 빙빙 돌고 계속 변화한다.

(어떻게 여기서 살아남았을까, 어떻게 이런 조종사가 되는 걸 배웠을까, 근처에 있는 모두를 느끼며……)

불협화음의 한가운데에서 자신을 찾기 전에, 그는 두려움의 일그러진 미소 속에서 빙빙 돌았다. 엔진이 멈추고 다른 몇몇 샤드 조종사의 텅 빈 공포가 그의 목을 메웠다. 그녀의 샤드는 세 개의 고리로 된 매끄러운 회색의 빙빙 도는 바퀴 같은 우주선 가장자리에 끼였고, 그녀는 평평하고 울퉁불퉁 팬 소행성의 옆면을 바라보며 그것이 빠르게, 더 빠르게, 더 빠르게 다가오고, 너희를 사랑해 항상 너희를 사랑했어 날 기억해 그리고 없다. 불길의 잔상.

두 번의 죽음, 그리고 거의 세 번째(나선형으로 잡아당기는 공포, 아슬아슬하게 스쳐 가는 에너지포, 그의 얼굴 앞에서 아군의 사격이라는 그 모든 파란 죽음)가 닥쳤지만 그건 죽음이 아니었고, 여덟 가지 해독제는 어떻게든 자기 자신을 조금 찾아서 말로 소리를 지른다.

울면서 소리치고 말한다. 그만, 그만, 누가 세 개의 방위각의 배달 메시지를 나르고 있든 그만, 제발, 기다려.

그리고 천 개의 정신과 이천 개의 눈이 말한다. 뭐? 누구……? 어디야? 약간의 관심, 분산. 그들 모두가 부서진 것은 아니다. 그들 모두가 죽어 가는 것은 아니다. 몇몇은 그저 날고, 싸우고, 함께 있고, 그의 주위에 존재한다.그 자신의 우주 섹터에서. 그는 생각한다. 약간의 이성을 찾아서. 우연히 끝까지 가는 것은 최악의 것들뿐이다. 그들은 그의 말을 듣고, 그가 네 송이 크로커스가 아니라는 걸 알고, 이유를 알고 싶어 한다.

제발. 그는 자신이 소리 내서 말하는지 아니면 생각하는 건지 알지 못한다. 난 여덟 가지 해독제야. 예전 황제의 90퍼센트 클론이지. 난 그 메시지를 멈춰야 해. 그건 잘못됐어. 그건 가짜야.

하지만 넌 죽어 가고 있고, 그건 끔찍하고, 세 개의 방위각과 열아홉 개의 자귀가 옳아서 그 대학살 명령이 유일하게 전쟁을 끝내는 방법이라면 어쩔 거야? 그는 할 수 있는 한 가장 열심히 이것을 생각하지 않으려고 노력한다.

왜냐하면 그가 그것을 생각하면, 그들은 절대로 그를 믿지 않을 테니까.

✧✧✧

아홉 송이 부용은 함교를 앞뒤로 왔다 갔다 했다. 거대한 그녀의 곡선 안에 있는 내부 메커니즘이 가만히 있지 못하고 동시에 그녀의 부관에게 이야기하는 것처럼. 마히트는 그들이 나누는 대화가 얼마나 공개적인지, 그녀와 세 가닥 해초와 함교에 있는 장교 절반이 오랜 우정과 신뢰, 그들이 분명히 전에 백 번은 해 봤겠지만 더 이상 이론적이지도 않고 더 이상 추상적이지도 않은 논쟁으로 이루어진 대화가 오가는 것을 들을 수 있다는 게 믿어지지 않았다. 하지만 스무 마리 매미가 죽음의 사막에 내려가 있고 아홉 송이 부용은 자신이 속한 곳, 그가 그녀를 위해서 관리하던 우주선 함교에 있는데 어떻게 이 대화가 비밀이 될 수 있겠는가? 마히트는 플라스틱 상자에 담긴 하얀 균류의 덩굴손을 손바닥에 올린 그의 모습을 떠올렸다. 지금쯤이면 마침내 펠로아2에서 해가 지기 시작했을 것이다. 그녀는 외계인들이 그의 목에 손톱을 대고 있는지, 아니면 자기들의 우주선으로 돌아가서 기다리고 있는지, 퇴각했는지, 혹은 테릭스칼란인에게 자진해서 독을 섭취하도록 설득한 것에 잘난 척하고 있는지(잘난 척할 줄 안다면) 궁금했다.

그녀는 그가 상자를 열고, 균류를 혀 위에 올려놓고, 죽을 준비를 하거나 문제 풀 준비를 하는 것을 상상했다. 바퀴의 무게호 의료 구역에서 딱 그랬던 것처럼. 그걸 상상하고, 이스칸드르가 열에 들뜨고, 나이와 질병으로 뼈와 눈이 지친 여섯 방향을 떠올리고 있는 것을(아니면 그녀가 여섯 방향을 떠올리고 있는 것을) 깨달았다. 죽을 준비를 하거나 문제를 풀 준비를 하면서. 설령 그게 르셀의 이마고 머신을 사용해서 더 이상 그가 그 자신이 아니게 되는 것이라 해도 말이다.

그가 이런 시도를 하려던 유일한 테익스칼란인이 아니라는 걸 알아서 기뻐? 마히트는 그들 마음속의 텅 빈 거울의 방에 일부러 그 질문을 띄웠다.

〈난 그가 보고 싶어.〉

그건 약간 어긋난 대답이었다. 슬픔과 갈망과 자부심이 명확하게 솟구쳤다. 그래, 하지만 그는 이런 상황에 있었던 적은 한 번도 없으니까, 누가 알겠어?

아홉 송이 부용은 전방 우주선 유리 앞을 지나가는 그림자였다. 그녀의 실루엣이 협상가들을 펠로아2로 내려 보냈고 여전히 그 자리에 있는 외계 우주선의 형체를 가렸다 드러냈다 했다. 그것은 그 자리에서 빙빙 돌고 있고 그녀는 서성거렸다. 말다툼을 했다.

다지 타라츠가 다른 함교 장교 한 명과 함께 들어갔던 작은 방에서 나왔다. 마히트는 그게 항해장교라고 생각했지만, 이름이나 정확히 뭘 하는 사람인지는 기억하지 못했다. 그녀는 그의 존재에 거의 이전만큼이나 놀랐다. 그에 관해서는 생각하지 않는 편이 훨씬 쉬웠다. 이스칸드르가 움츠러드는 것을 느끼지 않는 편이, 그녀가 부끄럽고 화가 나고 두려워서 움츠러드는 편이 더 쉬웠다.

"의원님."

마히트는 모두에게 타라츠가 있다는 걸 알리기 위해서 말했다. 함교의 모든 테익스칼란인이 고개를 돌려 타라츠를 보고, 마히트를 보았다. 아홉 송이 부용만 빼고. 그녀는 확실히 더 중요한 걸 생각하는 중인 모양이었다.

"디즈마르." 타라츠가 부르며 다가왔다. 마히트는 물러나려는 것처럼 자신이 몸을 세우고 있음을 깨달았다. 그녀의 손이 여전히 세 가닥 해초의 손을 잡고 있다는 걸 깨달았고, 타라츠의 눈이 그 두 손을 향했다. 근본적으로 만족하는 듯한 눈길이었다. 타라츠의 입이 불쾌하고 사나운 미소를 지었다. 그들의 언어로 그가 말했다. "이제야 자네가 뭘 하고 있었는지 알겠군. 왜 이 여자와 기꺼이 떠나려고 했던 건지. 이 여자는 자네에게 아크넬 암나르트바트와 이마고 머신에 대한 탐욕을 유예시키는 것 말고도 더 많은 걸 제공했어, 안 그래? 훨씬 근사한걸."

〈내가 할게.〉

그 말에 마히트는 이스칸드르에게 주도권을 넘겼다. 입을 다무는 것 말고는 아무것도 할 수 없을 정도로 화가 났기 때문이었다. 자기 자신 속으로 가라앉는 느낌이었다. 그녀의 중력 중심이 바뀌고, 머리 각도가 달라졌다. 하지만 아주 조금. 전보다 좀 더 적게. 그들은 이제 더 가까워졌다. 결국에 이스칸드르 아가븐이나 마히트 디즈마르로 왔다 갔다 하는 트릭은 쓸모가 없어질 것이다. 그들은 그 선을 넘게 될 것이다.

"그리고 몇 번이나……." 그녀가, 이스칸드르가 말했다. 그의 희미하게 느린 말투, 완전한 자신감과 너무 오랫동안 테익스칼란어를 써 온 탓에 생긴 평평한 스테이션어 발음. "……제 전임자에게 제국의 유혹은 양쪽으로 작용할 수 있다고 말을 했었죠?"

아, 마히트는 이 우주선의 다른 누구도 그녀가 타라츠와 게임을 하고 있는 걸 알아챌 정도로 스테이션어를 할 수 없기를 바랐다. 타라츠와 이스칸드르 사이의 긴 서신 교환의 역사 전부를 타라츠에게 내던지고, 그가 움찔하는지 보는 게임. 그리고 그녀 자신이 스파이 짓을 하는 동안 르셀에도, 테익스칼란에도, 누구에게도 충성심이 없는 스파이처럼 보이게 하는 거다.(마히트는 세 가닥 해초가 자기 주장대로 스테이션어를 조금만 알기만을 바랐다. 그게 이것의 핵심이었다. 마히트는 그들 사이에서 간신히 구해 낸 이것이 뭔지는 몰라도 부수고 싶지 않았다. 그것도 다지 타라츠 때문에는.)

"그래서 그가 어떻게 됐는지 보라고." 타라츠가 내뱉고서 마히트가 그의 모든 감성을 모욕하기라도 했다는 듯이 손짓했다. "그래서 자네가 어떻게 됐는지를 보라고."

이스칸드르가 마히트의 입으로 말했다.

"어떻게 됐는데요? 우리가 정확히 당신이 되지 않은 뭐가 됐다는 겁니까? 우리를 구하거나 파괴하는 게 테익스칼란의 행동에 달려 있죠. 어디가 달라졌습니까?"

마히트는 전에는 자신이 그 자리에 없는 상태로 논쟁을 계속해 본 적이 없었다. 손이 욱신거리고 따끔거렸다. 타는 것 같았다. 조심해. 마히트는 그렇게 생각했지만, 사실 이스칸드르가 조심하기를 바라지는 않았다. 마히트 자신도 조심하고 싶지 않았다. 그저 이기고 싶었다. 이기는 게 어떤 느낌인지 제발 알고 싶었다.

"자네 라인 전부가 의지할 만한 충성심이라는 게 없어. 자네들 중 한 명에게라도 충성심이 있었다면, 라인의 나머지들이 그걸 진공 속에 내버리고 말라 죽게 했겠지. 어쩌면 암나르트바트가 올바른 아이디어를 갖고 있었던 걸지도 모르겠어."

타라츠가 사납게 말했다.

마히트는(이스칸드르가 아니라 그녀가. 이스칸드르는 공포와 매혹의 희미한 빛이었다.) 타는 것 같고 무감각한 손을 들어 올려 타라츠의 얼굴을 철썩 때렸다.

✧✧✧

샤드 시각은 불협화음이었다. 중앙주 우주공항의 혼란과 움직임과 소음을 수십 배로 확대한 것이었고, 여덟 가지 해독제는 그 거대한 흐름 속에서 자신이 존재하는 느낌을 거의 느낄 수가 없었다. 그라는 단일점(그가 어디 있는지, 그의 몸, 그의 인생, 그가 아는 것들)을. 그는 계속해서 길을 잃었다. 그는 빙빙 도는 우주선과 다른 사람의 총격전에 휘말려 다시 죽었다. 그 조종사가 적을 향해서 자신을 내던질 때의 흉포한 승리감. 창이 되고, 그 빙빙 도는 고리의 중앙에 박힌 파편 조각이 되고, 폭발한다. 아팠다. 매번 아팠다.

그리고 그는 계속해서 말했다. 제발, 내 말을 들어. 당신들이 그 메시지를 막아 줘야 해. 당신들 중 한 명이 갖고 있어. 당신들 중 한 명이 점프게이트를 통해서 그걸 나르고 있고, 당신들 중 한 명이 그걸 실을 거야. 그러면 더 악화돼. 이것보다 더 악화될 거야. 그건 가짜고 틀렸고 나는 테익스칼란의 후계자이고 그 메시지를 전선에 도달시키면 이 모든 죽음은 전주에 불과하다고 내가 말하고 있다고……

그건 정확히 말은 아니었다. 감각이었다. 눈의 빠른 움직임으로, 또는 그 움직임을 통해서 생각하는 것.

그리고 마침내 그에게 다시 돌아온다. 한 명의 목소리, 사람, 그의 샤드는 점프게이트 불연속을 향해 똑바로 이어져 있고, 동료 조종사들이 죽어 가는 곳에서 한참(아주 한참! 아직 꽤나 멀 정도다!) 떨어져 있다. 머뭇거리는 데 익숙하지 않지만, 지금은 머뭇거리는 목소리가 그에게 묻는다. 당신이 여덟 가지 해독제라면, 당신이 홀로비드와 뉴스피드에 나온 그 아이라면, 당신이 우리의 황제가 우리를 위해서 죽을 때 그 피를 뒤집어쓴 아이라면, 당신 말이 정말이라고 맹세해 줘요. 내가 이 메시지를 없앤다면 우리들의 죽음이 멈출 거라고 맹세해 줘요.

만화경 속에서, 침묵. 또 다른 억눌린 비명. 여덟 가지 해독제는 자신의 눈이 어디에 있는지, 눈이라는 게 뭔지, 만약 그들이 모든 걸 한꺼번에 느끼지 않는다면, 그런 것들을 생각할 수가 없다. 기다림의 침묵.

맹세해. 그는 진심이었고, 그의 맹세가 거짓말인지는 알지 못한다.

✧✧✧

마히트가 후려친 타라츠의 뺨은 얼얼한 빨간색이었다. 타라츠가 여전히 손목은 뒤에 묶인 채로 이를 드러내고 돌진하듯이 달려들었다. 마히트는 재빨리 뒤로 물러섰다. 놀라고 겁에 질리고 대단히 즐거운 기분이 다 합쳐진 상태로 **세 가닥 해초**가 그 앞으로 나섰다. 마히트가 하는 일은 거의 항상 그녀에게 그런 기분을 느끼게 했다. 르셀 의원은 **세 가닥 해초**보다 45센티미터 정도 더 컸다. 그의 가슴은 굉장히 좁았다. **세 가닥 해초**도 몸이 가늘었지만, 그녀는 다지 타라츠보다 족히 40년은 젊었고, 필요하다면 아마 그를 쓰러뜨릴 수도 있을 거라고 결론 내렸다. 어마어마한 외교적 실례 행위가 되겠지만, 현재로선 뭐가 실례가 안 되겠는가? 지금 현재 이 함교에 있는 모든 것이 완전히 엉망이었다. 모든 외교 의례가 사라졌다! 함대기함 함교에서 벌어지고 있는 3자 협상을 다룰 수 있는 정보부 훈련은 눈곱만큼도 없었다. 협상단 중 하나는 아예 인간이 아니고, 나머지 중 하나는 테익스칼란인이 아니고, 그 어느 집단도 정보부 요원이 아니었다. 협상가를 제외하면. 그녀는 진행 지침서를 써야 할 것이다.

그런 걸 할 만큼 지루해질 때까지 살 수 있다면.

타라츠가 물러났다. 아, 그러니까 기꺼이 마히트를 공격하겠지만 테익스칼란인은 아니라는 거다. 유용한 지식이었다.

"야오틀렉."

두 개의 거품이 말했다. 통신장교는 사령관을 다시금 방해해야 하는 게 괴로운 것 같은 목소리였다. 특히 그녀가 여전히 펠로아2에 있는 스무 마리 매미와 이야기하고 있는 상황이니까. 세 가닥 해초는 뭐가 지금 두 개의 거품의 관심을 끌었는지 보기 위해 고개를 돌렸고, 함교로 들어온 사람을 보고 깜짝 놀랐다. 샤드 조종사의 밝은 삼각형이 소매에 달린 병사는 대놓고 울고 있었다.

그녀도 물론 운다. 남들 앞에서도 가끔은 운다. 그리고 그걸 부끄러워하고 끔찍해했다. 아니면 그녀가 애도하고 있기 때문에 얼마든지 적절하다고 느꼈다. 하지만 그녀는 한 번도 이 남자가 우는 것처럼 끝없이, 계속해서 운 적도 없고, 울면서 상사에게 보고하러 온 적도 없었다.

아홉 송이 부용이 병사를 돌아보았고, 세 가닥 해초는 우주가 입맞춘 듯한 청동색 뺨 아래가 회색빛으로 변하는 걸 볼 수 있었다.

"기다려. 내가 주의를 못 기울이는 동안에 아무것도 하지 마, 스웜. 이건 명령이야. 조종사. 조종사, 자네 이름이 뭐지? 무슨 일이야?"

그녀가 다가가자 남자는 그늘 속 깊이 심어져 있다가 햇빛을 향해 손을 뻗는 꽃처럼 고개를 들어 올렸다.

"샤드 조종사 열다섯 개의 방해석입니다, 야오틀렉."

남자는 울음을 그치지 못한 채로 말했다. 무언가가 그에게 일어나고 있는 것 같았다. 상사에게 보고하려는 걸 막지 못하는 어떤 자동적인 과정 같았다. 아홉 송이 부용이 장악한 충성심의 정도는 대단히 강했다. 빛이 날 정도였다.

그가 계속 말했다.

"샤드 시각이 손상됐습니다. 아니면 너무 강렬하거나, 아니면 우리도 우리에게 무슨 일이 일어나고 있는지 정확히 모르겠습니다, 야오틀렉. 하지만 샤드 시각이 야오틀렉께서 조종사이던 시절과는 달리 새로운 프로그램, 집단적 고유감각이 됐습니다. 우리는 계속해서 서로가 죽는 걸 느끼고, 너무 많이 죽고 있어요. 제 모든 프로그램을 껐지만 거기에 대해 생각을 멈출 수가 없어요. 야오틀렉께서도 한계점이 있다는 걸 아셔야 합니다. 트라우마 경험의 한계점이랄까요. 고유감각이 피드백 루프를 시작하는 지점요. 울음을 그칠 수 없는 건 저뿐만이 아니에요, 야오틀렉. 정말 죄송합니다. 이런 식으로 야오틀렉을 모욕할 마음은 없습니다."

아홉 송이 부용은 고개를 흔들었다.

"난 조금도 모욕받은 기분이 아니야, 열다섯 개의 방해석 조종사. 가능하다면 조금 더 말을 해 봐. 나도 그…… 샤드 시각의 잔상은 알아. 나도 자네들 일원이었던 게 그리 오래되지 않았어. 하지만 이건, 언제부터 시작된 거지? 샤드는 여전히 가동하고 있나?"

"……우리 중 서너 명 이상이 서로의 근처에서 죽고, 사상자 전부가 샤드 트릭을 쓰고 있다면…… 제 말은, 고유감각 업그레이드 버전요."

세 가닥 해초는 여기서 끼어들면 안 된다는 걸 알았다. 하지만 그녀는 조약에 묶여 있는 함대가 아니었고, 이 기술에 대해서 들어 본 적이 없었다.

"샤드 트릭?"

세 가닥 해초가 아홉 송이 부용와 병사, 함교의 나머지 사람들을 둘러싼 무거운 침묵을 뚫을 정도의 목소리로 물었다. 펠로아2로 열린 채널의 잡음과 스무 마리 매미가 듣고 있는 소리만이 들렸다.

모두의 고개가 세 가닥 해초 쪽으로 돌아갔다. 그녀가 반복했다.

"샤드 트릭이요?"

세 가닥 해초의 왼쪽 뒤에 있던 두 개의 거품이 그녀의 입을 다물게 하고 싶은 희망에서인지 속삭였다.

"과학부에서 만든 새로운 기술이에요. 샤드 조종사들이 우주에서 서로를 느끼게 해서 많은 운항 지연을 제거해 주죠. 이건 선리트 알고리즘을 기반으로 해서……."

세 가닥 해초는 그녀 그리고 정보부 전체가 모르도록 이 특정 기술이 은폐되어 있다고 백 퍼센트 확신했다. 또다시 전쟁부와 과학부가 협력하고 정보부는 게임에 끼워 주지 않았다. 황제와 그 부하들은 둘째 치고. 두 달 전 성공할 뻔했던 반란 때와 마찬가지였다. 똑같은 영향력 패턴이다. 그녀는 두 개의 거품보다 훨씬 큰 소리로 말했다.

"함대가 운항을 목적으로 정신 공유 기술을 쓴다는 건가요?"

그 말을 듣고 마히트가 거슬리는 소리로 요란하게 웃었다.

"……봤죠, 세 가닥 해초? 테익스칼란이 이미 하고 있는 일과 우리 스테이션인이 몇 세대째 이마고 라인으로 하는 일은 그렇게 거리가 멀지 않아요. 우리는 이 조종사들처럼 누구도 준비 없이 거기 들어가게 하지 않을 뿐이죠……."

그리고 자신이 무슨 말을 했는지 깨닫고 말을 뚝 끊었다.

자신이 이스칸드르 아가븐의 신중한 비밀 보호를 다 날리고 이마고 머신의 존재를 거의 확실하게 인정했다는 걸 깨달았다.

하지만 이미 늦었다. 이를 몽땅 드러낸 타라츠 의원이(세 가닥 해초는 어떻게 스테이션인이 웃는지, 웃음을 넘어선 표정은 뭐가 있는지, 날카로움은 어디에 있는지 결코 이해할 수 없을 것이다.) 세 가닥 해초 너머로 몸을 뻗어 스테이션어로 험악하고 빠르게 뭔가를 쏘아붙였다. 세 가닥 해초는 이마고 머신이라는 단어를 알아들었고 나머지는 추측할 수 있었다. 배신자, 배반자, 우리의 전매특허인 비밀스럽고 대단히 부도덕한 기술을 노출시키다니, 너도, 네가 대변하는 모든 것도 전부 나가 뒈져. 뻔하다. 마히트의 반응을 봐서도 뻔했다. 마히트가 얼마나 창백한지, 그리고 세 가닥 해초를 부드럽게 밀어내고 타라츠에게 정면으로 맞서는 걸 보면.(함교에 있는 모두가 이제 그들을 쳐다보고 있었다. 심지어 울음이 이제 대체로 코를 훌쩍이는 정도로 잦아든 샤드 조종사도 마찬가지였다.)

마히트는 스테이션어로 말을 시작했다.(하나의 긴 문장이고, 자음이 그르렁거리는 소리였다.) 그런 다음 매끄럽고 손쉽게 테익스칼란어로 말을 바꿨다.

"그리고 말이죠, 의원님. 정말로 우리가 계속 존재하기 위해서 우리 기술을 거래하려 한 게 내가 처음일 거라고 생각하나요? 20년 전 당신은 이스칸드르에게 편지를 썼고, 그는 내내 당신을 속이고 있었어요."

그 목소리는 실크 같고, 매끄럽고, 세 가닥 해초가 친숙해진 음조를 들락날락했다. 그래서 그녀는 일부가 이스칸드르 아가븐인 대화를 듣고 있다는 걸 알았다.(그는 매우 마히트 같지만, 전혀 그녀가 아니었고…… 오, 그중 누가 그녀와 잤고 그녀가 믿었는지에 관해서 충격을 받거나 다른 어떤 걸 할 시간은 없을 것이다. 그러니까 지금은 신경 쓸 필요가 없다.)

타라츠가 말했다. 완벽하게 알아들을 수 있는 언어로. 그도 말할 능력은 확실히 있었던 모양이다.

"아가븐이 일종의 집단 정신을 만들었다고 말하는 거라면, 그건 이마고 기술이 아니야, 디즈마르. 그건 일탈이야. 그런 게 만에 하나 존재한다면 테익스칼란인들의 오염이지."

마히트는 고개를 뒤로 젖히고 웃음을 터뜨렸다.

"타라츠. 오, 내 친구, 내 전임자의 친구, 내 후원자이자 날 돋보이게 하는 자여. 아니, 우리가 왜 그런 걸 하지요? 우리가 할 일은 당신이 요청한 것들, 그리고 테익스칼란이 우리와 사랑에 빠지게 하는 거, 그리고 우리의 자유와 교환해서 제국의 기억이 영원할 것을 약속하는 것뿐인데?"

"자네가 한 일은 역겨워. 이마고 통합의 왜곡이야. 자넨 이스칸드르가 아니야. 그런 척하는 건 상스러워."

"아니, 난 이스칸드르가 아니죠. 나는 여섯 방향 황제에게 절대로 이마고 머신을 권유하지 않았을 거고, 그랬으면 그것 때문에 죽을 일도 없었을 거예요. 당신이 경멸하는 다른 어떤 일을 했겠죠. 테익스칼란은 우리가 깨끗하게 남도록 놔두지 않을 거예요. 당신도, 나도, 이스칸드르도. 난 그걸 확신할 정도로 그가 됐어요. 난 내가 뭔지 알아요. 당신이 그를 만드는 데에 어떻게 도왔는지, 그가 나를 뭘로 만들었는지도."

스무 마리 매미가 듣고 있던 열린 채널의 낮은 잡음이 지직거렸다. 쉬쉭거렸다. 그것은 차분하고 기묘한 그의 목소리로 변화했다.

"아, 맬로." 그의 말에 아홉 송이 부용이 날카로운 것에 찔린 것처럼 홱 돌아서서 함교 바깥의 별들의 세계에 부관의 얼굴이 나타날 것처럼 쳐다보았다. "아무래도 내가 첫 번째도 아닐 모양인데요. 르셀이 우리보다 훨씬 앞서 있어요, 그렇죠? 하지만 우리도 따라잡을 거예요."

"하지 마."

하지만 아홉 송이 부용은 하지 말라고 명령하겠어라고 하지 않았다. 제발이라고도 말하지 않았다. 세 가닥 해초는 두 개가 동등한 것일지도 모른다고 생각했다.

"당신을 섬긴 것은 내 인생에서 가장 큰 영광이었습니다, 나의 소중한 친구. 행운을 빌어 줘요."

스무 마리 매미가 말했다.

그리고 공개 채널의 잡음이 뚝 끊기고 침묵이 흘렀다. 회로가 닫혔다.

저 아래 펠로아2에서, 낭비야말로 사회에 일어날 수 있는 최악의 것이라고 믿는 남자가 자기 몸이 잡아먹히게 내놓고 있었다.

✧ ✧ ✧

그가 맹세한 다음에도, 그가 성공했다는 걸 안 다음에도(성공이 그가 가 본 그 어느 곳보다도 먼 거리에 있는 어느 샤드 조종사가 전쟁부가 봉인한 인포피시 스틱을 꺼내서 조종실 옆쪽에 대고 발뒤꿈치로 짓밟고, 쾅쾅 부수는 것을 느끼는 거라면. 전투깃발 도장, 전부 창으로 변하는 태양, 금빛 봉랍을 제외하면 빛나는 게 아무것도 남지 않게 박살내고, 부서진 조각이 그의 부츠 주위에 무중력 상태로 떠올라 빛난다.) 그 모든 것들 이후에도 여덟 가지 해독제는 샤드 시각에 있는 걸 멈출 수가 없었다. 너무 멀리까지 뻗어 나갔다. 너무나 많은 샤드가 있었고, 그는 어느 쪽이 위인지, 혹은 위에 의미가 있는지, 그에게 의미가 있는지조차 알 수 없었다. 그는 그저 그 자신이었고, 죽음과 좌절과 끊임없이 변화하는 압도적인 별들과 보이드의 아름다움과 새 떼처럼 함께 움직이는 것과 비교하면 그 자신은 대단치 않았다.

그는 겁이 나고, 자랑스러웠다. 그것들은 그의 것이라고 확신했다. 하지만 그것들은 샤드 조종사들의 것이기도 했고, 겁이 나고 자랑스러운 것만으로는 부족했다. 그는 자신이 녹아 가는 것을 느꼈다. 물속으로 소금이 떨어진다.

죽음과 고통이 샤드 시각을 끌어당겼으나 다수의 샤드가 모여 있는 곳도 마찬가지였다. 지금 그런 곳이 한 군데 있었다. 떼 지은 우주선들의 중심점. 샤드 트릭이 불가능한 경계, 불가능한 거리를 넘어 작동하게 만드는 집단적 감각이 없이도 서로를 아는 집단. 그 집단이 흩어진 별들처럼 기함 주위에 온통 떠 있고, 모두 함께 움직이며 거대한 그들의 기함이자 집을 잘 보이는 곳, 쉬운 이해 능력으로부터 감추는 움직이는 방패가 된다. 이름의 가장 끝부분을 확인했다. 그 우주선은 **포물선 압축호**였다. 제24군단의 자부심이었다.

그리고 그것, 그것의 샤드들은 이미(이미, 명령을 받지 않고도, **여덟 가지 해독제**가 한 일이나 배운 것이나 맹세한 그 어떤 것에도 상관하지 않고) 외계의 적이 살고 있는 행성계에 접근 중이었고, 승리감과 사나운 기대감으로 타오르고 있었다. 그들이 이 모든 것을 지금, 다 함께, 마침내 끝낼 것이다.

안 돼. **여덟 가지 해독제**가 생각했으나 단어는 사라졌다. 넓게 퍼진 연결된 정신들 속으로 사라졌다. 너무 부드러워 들리지 않았다.

그는 그렇게 멀리까지 닿을 만한 것이, 더 이상은, 부족했다.

제발, 안 돼! 불협화음, 다른 반대들, 더 끔찍한 목소리들의 합창 속의 목소리 하나. 안 돼, 날 죽이지 마. 안 돼, 난 할 수 없어, 난 무서워. 안 돼, 안 돼, 안 돼, 이런 일이 일어날 리 없어.

그리고 제24군단의 샤드들은 두려움 없이 앞으로 전진했다. 만약 그의 말을 들었다 해도 전혀 넘어가지 않고서.

19장

균형의 수행에는 확실하게 금지하거나 확실하게 준수하라는 설명이 없다. 누군가가 테익스칼란의 태양과 별을 위해 피를 흘리기를 선택한다면, 거기에는 아무런 해도 없다. 그들이 각 행성의 땅과 물을 위해서도 기꺼이 피를 흘리고, 낯선 사람의 눈물과 침을 위해서, 또는 정원의 헐벗은 땅돼기처럼 아주 작고 중요치 않을 것을 위해서도 그렇게 한다면.

—『균형의 수행에 대한 주석집』, 57권 중 3권, 익명의 해설가 G(파란색 글씨, 왼손잡이, 정복 후 대략 100넬톡년), 익명의 해설가 G는 테익스칼란어로 썼고, 이는 넬톡어로 쓴 익명의 해설가 F(파란색 글씨, 왼손잡이)와 구분을 하는 데에 쓰였을 수 있다. F와 G가 각기 다른 사람인지 그 타당성에 대한 논의는『균형의 수행에 대한 주석집』57권 중 39권을 볼 것

전쟁은 아홉 송이 부용의 주위에서 물에 넣은 솜사탕처럼, 슬퍼할 겨를도 없이 빠르게 사라졌다. 그녀는 이 여섯 군단의 야오틀렉이었고, 자신의 기함 함교에 있고, 적의 갑작스러운 망설임과 사라진 공격대, 멈춰서 떠 있기만 하는 죽음의 침을 뱉는 세 개의 고리 우주선이 이제 테익스칼란 기체들을 때려 부수는 대신에 주위를 돌

며 천천히 관찰하고 있는 것을 보았다. 모든 보고들이 그녀에게 들어왔다. 그녀는 그 모든 것을 멈춰 놓았다. 지도 전략 테이블을 돌리고서 자신의 함대 위치, 함대의 적의 위치를 표시하고 가능한 한 실시간으로 그것을 계속 업데이트시켰다. 한편 일촉즉발의 위기인 전투들도 전부 그냥 멈춘 것 같았다. 그 자체로 일시적으로 유예되었다. 유일하게 움직이는 것은 제24군단, 열여섯 번의 월출의 포물선 압축호뿐이지만 그녀마저도 강력한 적이 갑자기 사라진 것에 놀라서 느려진 듯했다. 여전히 움직이고는 있지만 그건 괜찮았다. 이 기묘한 긴장 완화가 끝난다면, 만약 스웜이 한 일로는 부족하다면, 제24군단이 그 자리에 있는 편이 나았다.

스웜이 뭘 하는 것이든, 그는 최소한 그들에게 시간을 벌어 주었다. 그녀는 소리쳤다. 아니, 특정 대상 통신에 대고서 비명을 질렀다. 그가 통신을 끊고 나서까지도 말도 안 되고 부끄러울 정도의 반대의 말을 비명처럼 질렀고, 아팠다. 한가운데에 구멍이 뚫린 것처럼, 외계인의 산성 침이 그녀가 우주선의 금속이라도 되는 듯이 녹인 것처럼 아팠다. 그가 죽었거나, 떠났거나, 아니면 그 자신이 아닐 테니까. 그녀의 친구. 그녀의 소중한 친구. 그의 모든 식물들을 어떻게 해야 할까? 수경재배 갑판을 올바르게 유지하는 건? 그가 먹이를 주던 그 망할 카우란 새끼고양이는 또 어쩌고? 그녀가 뭘 해야 하는 걸까? 그녀가 맡았던 일, 즉 필요한 어떤 방법으로든 가능한 모든 방법으로 전쟁을 진행하는 것이 불필요해지고, 빛의 점으로 표시되는 것을 그저 보고 있는 것 말고는.

그에게 묻고 싶었다. 스웜. 스웜, 넌 뭘 하는 거야? 하지만 그는 그녀가 보낸 어떤 메시지에도 대답하지 않았다. 그가 그냥 균류를 먹고 죽어 버렸고 적들이 이것을 일종의 적절한 희생으로 이해하고 있을 가능성도 있었다.

✧✧✧

아무도 그의 말을 듣지 않고 들으려고도 하지 않았다. 모든 샤드 시각은 슬픔이나 이 슬픔을 차단하고 섬광 속에 죽겠다는 단호한 결심뿐이었다. 여덟 가지 해독제는 포물선 압축호를 지키는 샤드들의 형태를 잃었다. 다시 죽었다. 그저 흉측한 죽음이었다. 누군가가 빠르게 움직이는 잔해의 일부가 샤드 옆구리에 부딪쳐 망가뜨리고, 우주선 유리의 밀폐된 부분에 금이 가게 하자 아주 명확하게 생각했다. 아, 젠장. 차갑고, 충격적으로 차갑고, 그리고 분노, 그리고 침묵.

그는 멈추고 싶었다. 빠져나가고 싶었다. 나갈 곳은 없다. 멈추는 것도 없다.

이걸 제외하면.

샤드, 또 다른 샤드의 눈이 우주선을 녹이는 산과 에너지포의 포격이 갑자기 멈추는 것을 보았다. 적이 모두 다 함께, 전체로서 생각을 하고 있는 것 같은 멈춤이다. 샤드 자체보다 별로 크지 않은 세 개의 고리로 된 우주선은 움직임 없이 떠 있다가 천천히, 느릿하게 두 대의 샤드 주위를 전혀 공격하지 않고서 빙 돈다. 마치 그들의 모서리 형태를 파악하려는 것처럼. 외계인 목표물이 사라지고, 그들이 있던 자리에 꿈틀거리는 시각적 불연속만이 남았다. 테익스칼란인의 손이 샤드 조종간 위에서 떨린다. 너무나 꽉 쥐고 있어서 힘을 빼니 손이 아파 온다. 참고 있던 숨을 길게 내뱉고, 천 대의 샤드들과 이천 개의 눈이 그들이 더 이상 죽지 않는다는 것을 느끼고, 이해하고, 깨달으려고 노력한다.

모두가 그러지만, 예외는 포물선 압축호를 둘러싼 샤드들이다. 그들은 듣지 않거나, 귀 기울이지 않거나, 신경 쓰지 않았다. 그들은 목적과 계획을 가졌다. 그들에게는 불연속이(심지어는 유리한 불연속조차) 마치 존재한 적이 없었던 것처럼 없애야 할 것이다. 그들은 잠깐 믿을 수가 없어서 멈춘다. 저항이 사라지면서 충격적으로 멈춘다. 그러다가 어떤 목소리, 어떤 명령, 아니면 마음속의 사나운 스스로의 욕망을 듣고서 다시 속도를 높인다. 더 빠르게. 더 빠르게.

경련이 일었다. 떨림. 여덟 가지 해독제는 자신이 다시 죽어 가는 건지, 아니면 제24군단이 죽음의 비 폭탄을 떨어뜨리기 시작했고 이게 바로 그 느낌인 건지 궁금하다. 갑작스러운 빛……손……

그리고 그는 작은 하나의 몸으로 돌아온 것에 충격을 받아 멍하니 올려다보았다. 금색에 형체가 없는 면갑을 쓴 선리트가 네 송이 크로커스의 클라우드후크를 여덟 가지 해독제의 얼굴에서 떼어내고 그를 복숭아 속의 씨앗처럼 샤드에서 끄집어냈다.

✧✧✧

황실의 급송 우주선으로 열아홉 개의 자귀 폐하 자신의 하얀색에 하얀색을 얹은 봉랍으로 밀봉된 명령(또는 그것의 복사본. 아홉 송이 부용은 항상 열아홉 개의 자귀가 자신의 것으로 동물의 뼈를 사용한다고 들었지만, 그것은 점프게이트 사이의 전송 스테이션들을 통과하지 못한다. 이것은 그 플라스틱 복제본이었다)이 도착했을 때, 안에 있는 명령은 거의 필요가 없었다.

준황족, 태양-창 황위 후계자인 여덟 가지 해독제가 별들이 둘러싼 테익스칼란 제국 정부를 대신하여 제10군단 야오틀렉 함대 사령관 아홉 송이 부용에게 보낸다. '테익스칼란은 문명 국가이고, 우리의 임무는 그것을 지키는 것이다.'

이것이 황제 본인이 아니라 황위 후계자에게서 왔다는 건 흥미로웠다. 복잡한 정치적 술수일 것이다. 황제가 전쟁을 지휘하고, 그 후계자가 자비를 나타낸다. 아홉 송이 부용의 생각에 이것은 굉장히 의도적이었다. 아니면 그녀가 그냥 지쳤고 모든 것이 지금 당장은 여기, 그녀의 우주선에서 중요한 것보다 조금 지나치게 느껴졌다.

이 명령은 파르츠라완틀락 섹터 너머 외계인의 위협에 대해 문명 파괴용 무기나 전법을 사용하는 것을 금한다. 여기에는 민간인이 사는 행성계에 대한 핵 공격이 포함된다. 다만 이러한 무기나 전법이 우리와 특정한 문명 전체의 죽음 사이를 갈라 놓는 유일한 것이라면 예외를 인정한다.

특정 문명 전체의 죽음은 없었다. 지금은. 더 이상은. 스웜이 그가 하려고 한 일을 해낸 이후로는.

그녀는 전략 테이블에서 고개를 들고 말했다.

"두 개의 거품. 함대 사령관 열여섯 번의 월출에게 멈추라는 명령을 보내, 잠깐 동안은."

✧ ✧ ✧

당연히 한 명 이상이, 언제나 한 명 이상이 있는 선리트는 여덟 가지 해독제의 다리가 그를 받쳐 주지 못하자 팔 윗부분을 잡았다. 세상이 계속 빙빙 돌았다. 한련 터미널에서 폐소공포증이 느껴졌다. 하지만 이번에는 사람이 많이 있어서가 아니었다. 지금, 우주의 섹터와 그 너머 섹터까지 쭉 늘어나고 아주 가늘게 늘어나서 자기 자신으로 다시 돌아오는 건 끔찍하게 강렬한 감각이었고, 그에 비하면 터미널은 아주 조그맣게 느껴졌다. 여덟 가지 해독제는 눈을 질끈 감았다. 하지만 도움이 되지 않았다. 심지어 눈꺼풀 안쪽의 불그스름한 어둠도 대단히 지금 여기다웠다.

선리트 한 명이 말했다.

"전하. 저희는 전하를 호위하여 다시 황궁으로 모셔 오라는 명령을 받았습니다."

당연히 그랬겠지. 황제는 그를 죽일 것이다. 아니면 세 개의 방위각이 죽이게 놔두든지. 그는 아마도 확실하게 이제는 혼란꾼일 것이다.

"……허가하겠어."

그가 간신히 말했다. 목소리가 술에 취한 사람 목소리처럼 불안정하고, 발음이 서로 뭉개졌다. 게다가 선리트들에게는 허가가 필요하지 않았다. 그들은 어쨌든 그를 데려갈 것이다.

멀리서 네 송이 크로커스가 묻는 게 들렸다.

"필요로 하던 걸 얻으셨습니까, 전하?"

그는 뭐라고 해야 할지 알 수가 없었다. '아마도'로는 부족했다. 그래, 그는 자신이 하려던 것을 이뤘고, 아무도 세 개의 방위각으로부터 온 행성을 죽이라는 명령을 받지 않게 될 것이다. 그리고 아니, 그가 어떤 차이를 만들었다고 생각하지는 않았다.

"그러길 바라."

대신 그는 이렇게 말하고서 선리트의 시원한 금색 장갑을 낀 손에 이끌려 갔다.

✧✧✧

그들 중 누구도 **스무 마리 매미**에게서 다시 말을 들을 거라고 예상하지 못했다. 특히 **세 가닥 해초**는 더 그랬다. 그 작별인사는 그야말로 마지막이었다. 더없이 절묘했다. 그녀는 그걸 녹음했더라면 좋았을 거라고 생각했다. 그를 위해 대단한 시를 쓸 수 있었을 것이다. 아마도. 아마도 그를 위해 쓸 수도 있었으리라. 아무래도 그들 모두, 최소한 시 한 편은 쓸 수 있을 정도로 살아남을 것 같으니까.

(서사시나 어떤 복잡한 중간 휴지가 있는 압운 형식 시를 쓸 만큼 오래는 아닐 수도 있다. 게다가 여전히 다지 타라츠의 문제도 있고, **스무 마리 매미**가 그들에게 벌어 준 이 긴장 완화가 얼마나 오래갈지 누가 알겠는가?)

그래서 채널이 잡음으로 지직거리며 **아홉 송이 부용**이 고함을 질렀던 일방향 주파수 대신에 쌍방향 통신이 열리자 **세 가닥 해초**는 놀랄 뿐만 아니라 충격을 받았다. **스무 마리 매미**가 죽었다고 거의 확신했기 때문이다. 아니면 너무 많이 변화해서 기능상으로는 똑같아졌다든지.

하지만 그의 목소리가 들렸다. 잡음으로 왜곡되었어도 여전히, 하지만 조금 기묘했다. 그의 문장에서 운율이 당김음으로 변해 버렸다. 마치 말하는 법을 기억하고 첫 번째 원칙으로부터 그것을 조합하려고 노력하는 것처럼 말이다. 그의 목소리가 함교에 넘쳐났다. **아홉**

송이 부용은 그 통신 피드에서 볼륨을 전혀 조절하지 않았었다.

"노래해." 그가 말했고, 침묵이 흘렀다. 그리고 다시 말했다. "노래해, 오, 우리는……."

"스웜?"

아홉 송이 부용이 말했다.

일종의 깨진 희망에 세 가닥 해초는 움찔했다.

"네. 대체로는 맞아요. 우리는, 그게 적절해요, 그 이름. 안녕. 맬로. 안녕, 우리. 우리의…… 바퀴의 무게호, 맬로, 우리를 위해 그녀를 사랑해 줘요. 나……를 위해서. 우리……우리와 다른 사람들, 우리는…… 수립하고 싶어요. 특사가 거기 있습니까?"

"네, 여기 있어요."

세 가닥 해초가 말했다.

"그리고 다른 한 명은? 그…… 기억의 사람. 그. 간첩과 그 애완동물. 스테이션인."

그는 말을 기억 속 어딘가에서 찾아낸 것처럼, 문장을 하나씩 통째로 떠올려야 하는 것처럼 말했다.

"나도 있어요."

마히트가 말했다. 아홉 송이 부용은 두 사람을 응시했다. 그녀의 눈은 절대로 흘릴 마음이 없는 눈물로 축축하게 반짝였다.

"우리…… 우리는 수립하고 싶어요. 외교 절차. 휴전 기간."

세 가닥 해초는 말없이 아홉 송이 부용을 쳐다보며 허가를 구했다. 아홉 송이 부용은 거의 움직임을 알아볼 수 없을 만큼 작게 고개를 끄덕였다.

"우리는 휴전을 받아들입니다. 어떤 외교 절차를 염두에 두고 있지요, 스무 마리 매미?"

그 이름이 뭔가 의미가 있을 정도로 그가 꽤 남아 있을 경우를 생각해서 그녀는 이름을 불렀다.

"사람, 사람을 보내요. 우리가 사람이라는 걸 증명할 수 있는 사람. 기억 공유자. 이야기할 사람."

"스테이션인 말이군요."

마히트가 말했다.

긴 침묵.

"맞아요?" 스무 마리 매미가 말했다. 아니면 스무 마리 매미였던 자가. 그가 말을 이었다. "스테이션인. 조종사. 선리트. 전부. 전부. 그리고 우리는 사람이에요. 만약. 우리가 노래한다면, 만약."

전부. 모두. 모든 사람. 테익스칼란인이든 아니든, 일종의 정신 공유의 일부가 되어 본 사람들. 세 가닥 해초는 이게 무슨 의미인지 자신이 얼마나 이해를 못 하는지를 떠올리며 무력하게 마히트를 쳐다보았다. 여기서 필요한 사람이니까.

"네. 외교관은 집합성을 이해하는 인간들로 하죠."

마히트가 세 가닥 해초를 향해 고개를 끄덕이며 말했다.

스무 마리 매미가 합류한 집합성의 종류를 누군가가 이해할 수 있다면 말이지만. 세 가닥 해초는 별로 확신이 생기지 않았다.

그때 두 개의 거품이 말했다.

"야오틀렉, 열여섯 번의 월출이 우리 통신에 대답하지 않습니다. 여전히 외계 행성계로 목표물을 향해 접근하고 있습니다. 빠르게 접근하는 중입니다."

아홉 송이 부용이 남은 부관의 일부와 이야기하는 데에서 함대 사령관 열여섯 번의 월출이 하는 행동을 처리하기 위해서 집중력을 돌리려 하는 것은 전함이 역추진을 하려 하는 것을 보는 것 같았다. 비틀고, 당기고, 별로 효율적이지 못하다. 그래서 세 가닥 해초는 움찔했다.

"그 사람이 뭐라고?"

야오틀렉이 물었다.

"여전히 공격 경로에 있습니다. 광역핵폭탄을 준비한 채로요. 사령관은 야오틀렉께서 보낸 멈추라는 명령을 전혀 인지하지 않았습니다……."

두 개의 거품이 반복했다.

아홉 송이 부용의 얼굴은 가면 같았다.

"그건 내 명령이 아니야. 황제의 명령이야. 다시 보내. 이 행동을 계속하면 테익스칼란 제국 황제께 대놓고 불복종하는 거라고 말을 해."

두 개의 거품이 다시 콘솔을 향해 몸을 돌렸다. 그녀의 눈이 클라우드후크 뒤에서 빠르게 깜박였다. 손은 함대의 영사된 통신용 공간 위를 날아다녔다. 목이 졸린 듯 끔찍한 침묵이 흘렀다. 심지어 라인 반대편에 있는 생물, 스웜조차도 조용했다.(세 가닥 해초는 그를 스무 마리 매미가 아니라 스웜이라고 생각하는 게 더 쉬웠다. 그렇게 좀 분리하는 거였다.)

"응답이 없습니다." 두 개의 거품이 마침내 말했다. "제24군단이 속도를 높이고 있습니다. 사령관은 우리 말을 안 듣는…… 듣고 싶지 않은 모양입니다, 야오틀렉."

세 가닥 해초는 생각했다. 그녀는 우리에게, 혹은 외계인에게, 혹은 누구에게서도 말을 듣고 싶지 않고 자신이 정한 행동만 하고 싶은 거야. 그러자 밝고, 선명하고, 구역질이 났다. 이건 제국 역사상 가장 짧은 휴전이 될 거야.

세 가닥 해초는 **아홉 송이 부용**의 가면에 금이 가며 그녀가 내적으로 결정을 내린 것을 알아챘다. 야만인처럼 보일 만큼 노출되며 그녀의 모든 표정이 확신과 슬픔, 둘 모두로 일그러졌다. 그녀는 이제 누군가의 행동의 방향을 바꿀 만한 말을 전혀 떠올릴 수가 없었다. 그러고도 그녀는 자신이 협상가라고 생각했다!

✧ ✧ ✧

아홉 송이 부용이 펠로아2에 연결된 통신 링크의 반대편에 있는 잡음 섞인 목소리를 이미 유령이 된 누군가라고 생각한다면 더 편했을 것이다. 아니면 똑같이 심장에서 생살이 드러나듯 아프고, 똑같이 말도 안 되지만, 그녀가 전혀 알지 못하고, 2인딕션이 넘도록 함께 복무했던 부관이자 소중한 친구와 우연히 같은 이름을 가진 사람이라고 생각했다면 좋았을 것이다.

그게 더 편하고, 목소리가 울먹이지 않고, 울지 않고 그에게…… 그것, 그들, 펠로아에 있는 것, 뭐가 됐든 간에 상대에게 질문을 하는 게 가능했을 것이다.

"스웜, 부탁 하나만 들어주면 좋겠어. 너, 그리고 지금 네가 뭐가 됐든 나머지들도. 이건 부탁하는 거고, 네가 중개하는 휴전을 우리가 굳게 믿는다는 징표야. 내 말 알겠어?"

스웜이라고 부르지 말았어야 했다. 그건 너무 친밀하고 지금은 너무 적절하기도 했다.

"우린 듣고 있어요."

그가 말했고, 잡음과 복수형 대명사를 제외하면 그는 언제나와 정확히 똑같이 말했다. 태연하고 편안하게. 자신의 자원을 전부 완벽하게 통제하고, 그녀의 명령에 따라 기꺼이 이용할 준비가 된 군인.

아홉 송이 부용은 어깨를 뒤로 돌렸다. 마음의 준비를 하고 지도 테이블에 손을 평평하게 얹어 그녀의 우주선에 몸을 단단히 받쳤다.

"너에게 **열여섯 번의 월출**과 **포물선 압축호**가 목표로 하고 있는 거주자가 있는 행성으로 향하는 접근 경로와 좌표를 주겠어. 정확한 좌표를."

"우리는 그녀가 오는 걸 볼 수 있겠군요." **스무 마리 매미**의 남은 부분이 말했다. "우리는 그녀가 왔을 때 대비하고 있을 거예요. 그녀를 잡을 거예요. 우리를 길게 늘일 거예요. 휘감고 쪼개고 열어서 그녀를 보이드의 집으로 보내요……."

함교를 채운 소리는 한숨, 거의 멜로디였다. 하강조로.

함교를 채운 소리는 그녀 자신의 겁에 질린 장교들의 음울한 침묵이었다. **아홉 송이 부용**은 이걸 딱 한 번, 그리 오래되지 않은 과거에 해 보았다. 하지만 그 병사는…… 그녀는 외계인의 산성 침에 녹느니 함대 사령관의 손에 죽게 해 달라고 애걸했었다. 그리고 이 명령은 완전히 달랐다. **아홉 송이 부용**은 흔들리지 않아야 했다. 흔들리지 않고, 확신하고, 그리고 이 사람들을 잃게 될 것이었다. 최소한 그들이 그녀에게 품은 소극적인 신뢰를 잃을 것이다. 그녀는 자신의 부관과 그를 집어삼키고 행성을 죽이고 그녀의 수많은 우주선을 파괴한 외계인들에게 또 다른 것을 죽이게 할 것이다. 함대 사령관과 그녀의 기함을 죽이게 할 것이다. **포물선 압축호**의 그 모든 생명, 그들이 외계 행성의 생명들만큼 가치가 있을까? 그들이 이 불확실한 휴전의 보존만큼 가치가 있을까?

그녀가 기함 한 대가 전쟁을 끝내는 것보다 더 중요한 척해서 스무 마리 매미의 희생을 더럽힐 수 있을까?

아니. 그럴 수는 없었다.

어떻게든 저 폭탄이 떨어지는 것을 막아야 했다. 만약 황제의 명령이 열여섯 번의 월출에게 부족하다면, 외계인들이 그녀의 일을 대신해 주도록 해야 한다면, 다만……

"부관." 그녀가 날카롭게 명령했다. 스무 마리 매미의 남은 부분에 그 자신으로 돌아오도록 불렀다. 그들이 함께할 때 늘 어땠었는지를. 계획과 명령. "너에게 이 좌표를 주고 외계인들이 포물선 압축호를 공격하는 걸 허가하겠어. 함교, 오로지 함교만 공격하는 게 가능하다고 네가 믿는 경우에만 말이야. 그 우주선에는 3000명의 테익스칼란인이 있어. 그들은 우리 사람들이야. 그들이 열여섯 번의 월출 때문에 낭비되게 하지 마."

숨을 들이켜는 듯한 침묵. 공개 채널. 그리고 나서 유령처럼 부드럽게 스무 마리 매미가 그녀에게 말한다.

"절대로 그러지 않겠어요, 맬로. 알잖아요. 그리고 우리도 그걸 알아요."

그녀는 그에게 좌표를 주었다.

✧ ✧ ✧

"정말로 제국이 방금 얽힌 일에 관해서 야만인 스테이션인이 제국의 협상자 중 한 명이 되길 바랄 거라고 생각하나, 디즈마르?"

다지 타라츠가 물었다. 그는 마음에 안 들 만큼 마히트의 옆 가까이에 서 있었다. 마히트 옆에 서서 테익스칼란 함대의 야오틀렉이 자신의 공격대에 정밀한 공격을 요청하는 것을 보며 스테이션어로 속삭였다. 마히트는 이런 일이 가능할 거라고 상상조차 한 적이 없었다. 그녀가 아는 테익스칼란(이스칸드르가 아는 테익스칼란, 타라츠가 믿고, 제국의 언제나 잡아먹는 우아한 위장, 모든 비테익스칼란 행성계의 목덜미에서 빛나는 이, 그들이 물고, 등뼈를 부수고, 문화를 싹 없앨 때까지만 존재하는 빛), 그 테익스칼란이 아직 명백하지 않은 평화를 위해서 자신의 일부를 잘라 낼 리가 없었다.

마히트도 함대 사령관 열여섯 번의 월출이, 그녀가 배치된 지역의 어둠 속에서 호박색으로 빛나는 불빛 속에서 협상하거나 경고하러 올 거라고 생각했었다. 마히트는 어느 쪽일지 결정할 수는 없었으나 이제는 절대로 알 수 없을 거고, 어차피 상관없었다. 세 개의 고리로 된 우주선이 열여섯 번의 월출이 갖고 있었을지도 모르는 모든 협상과 모든 경고를 잘라 내 선택지에서 삭제할 테니까. 그들 자신과 행성을 보존하기 위해서.

〈그들 자신, 그들의 행성, 그리고 나머지 포물선 압축호의 사람들.〉 이스칸드르가 중얼거렸다. 〈그건 이 동맹이 좋은 생각이라는 사실에 좀 더 무게를 실어 주지. 그들은 이제 인간이 죽고 대체되지 않는다는 걸 이해할 수 있어.〉

쉽게 대체될 수는 없을 거야. 마히트는 생각했고 자신의 이마고가 웃는 걸 느꼈다. 온몸을 따라 전기 자극의 떨림이 흘렀다. 엄청나게 어렵고 복잡하게 대체되겠지.

다지 타라츠는 이 뒤쪽으로 혀를 찼다.

"그렇군." 그는 마히트가 뭔가 말이라도 한 것처럼 말했다. "자넨 그걸 믿고 있거나 그게 사실이든 아니든 신경 쓰지 않는 거야."

마히트가 타라츠를 향해 돌아섰다. 그녀는 원했다. 그녀와 이스칸드르는 사나운 불길처럼 밝아지며, 그에게 그가 싫어하고 그녀는 사랑하는 언어로, 적의 언어로, 그녀의 입에서 시를 읊고 싶었다. 하지만 그건 그녀의 언어가 아니었다. 결코 그녀의 언어가 될 수 없을 것이다. 그녀는 그것을 다른 모든 것과 마찬가지로 분명하게 알았다. 스테이션어로 그녀가 말했다.

"그들은 나에게 최초의 접촉을 하게 해 줬어요, 타라츠. 그들 바로 옆에서. 왜 스테이션인이 외교적 협약의 일부가 될 수 없겠어요? 그들도 우리가 그들보다 훨씬 나은 집단적 기억을 가졌다는 걸 아는데."

"그들은 이마고 기술에 대해서 아예 몰라야 했어."

타라츠가 말했다.

마히트는 숨을 내쉬었다. 한 번 더. 천천히.

"네. 아마 그렇겠죠." 척골신경을 따라서 다시금 통증이 날카롭게 찔렀다. 이스칸드르가 마히트의 거부에 사납게 불쾌감을 표현하는 거였다. "하지만 이미 끝났어요, 의원님. 오래전에 끝이 났어요. 제국은 알아요. 그리고 우리는…… 르셀이 이 외교 대표단을 이끌고 싶다면, 우린 수 세대에 걸친 것보다 더 큰 협상 능력을 갖게 된 것일 수도 있어요……."

"하지만 대가는, 디즈마르? 우리의 이마고 라인 중 하나를 자기를 우리라고 부르는 저 복합체에게 집어넣는 대가는? 테익스칼란이 우리 자신의 소유물과 우리 언어와 우리의 경제적 독립보다 우리를 더욱 원하게 되는 대가는?"

마히트가 더 크게 말했다.

"스테이션 전체가 저 고리 세 개로 된 우주선에게 부서질 때의 대가가 더 높다는 거 의원님도 알잖습니까."

그녀는 소리 지를 생각이 아니었다. 포물선 압축호와 수백 대의 빙빙 도는 고리형 우주선들이 지도 테이블에서 합쳐지는 모습을 보지 않는 함교의 사람들 절반의 관심을 끌 생각도 아니었다.

"나는 폐허에서 내 평생을 보낸 거야."

다지 타라츠는 함교와 그 너머의 펠로아2뿐만 아니라 테익스칼란 제국과 테익스칼란의 적까지 다 아우르는 것처럼 손짓을 했다. 테익스칼란을 그 경계 너머로 끌어들여 이길 수 없는 전쟁을 하게 하려는 그의 기나긴 프로젝트가 실패했다. 테익스칼란은 난공불락의 국가를 상대로 무너질 때까지 공격하지 않을 것이다. 여기서는 아니다. 이런 식으로는 아니다.

마히트의 혀로 말을 한 건 이스칸드르였다.

"폐허는 평시에는 재건할 수 있습니다."

그리고 타라츠의 말에 마히트가 꼿꼿이 서서 얼굴을 여전히 무표정하게 유지할 수 있도록 도와준 것도 이스칸드르였다.

"자넨 실수야. 자네 이마고 라인 전체도 마찬가지고. 난 암나르트바트 의원에게 내가 동의한다고 확실하게 알릴 거야. 르셀에 자넬 위한 장소는 없어. 절대 집으로 돌아오지 말게, 디즈마르."

20장

칼새의 움직임은 이해가 불가능한 언어이다. 기억이나 정신이 없는 채로 새벽에 꽃잎을 여는 꽃의 생각을 내가 이해하지 못하는 것과 같다. 일관성 있는 논리와 춤, 하지만 내가 내 안에서 형태를 잡을 수 있는 종류는 아니다. 나의 모든 시도는 근사치일 뿐이다. 의미가 없다고 결론지은 언어에서 의미를 제시하지는 못한다. 어쨌든 나는 거기에 의도가. 언어가, 그림자의 바로 반대편에 세상이 손댈 수 없지만 어쨌든 실제로 있다는 것을 안다. 에브레크트에서 집으로 온 이래로 3년, 나는 여전히 날아가는 칼새들의 꿈을 꾼다. 꿈에서 가끔 나는 그들을 이해한다.

— 열한 개의 선반의 에세이 모음집 『점근선/분할』 중에서

아홉 송이 부용은 갑판에 발을 들이지 않고서도 포물선 압축호의 형태를 잘 알았다. 자신의 우주선을 아는 것만큼 잘 알았다. 이터널급 기함들은 똑같은 구조로 만들어지고, 강철과 우주선 유리의 거대하고 아주 섬세하게 균형 잡힌 골조로 이루어졌다. 같은 설계. 그

녀는 포물선 압축호의 함교에 서서 지금 보는 호 모양 시야를 보고 있을 수도 있었다. 같은 위치에 있는 콘솔들, 그저 군복만 제10군단에서 제24군단으로 바뀔 뿐, 한 함대의 사령관에서 다른 함대의 사령관으로……

거의, 거의 그녀는 그렇게 바꿀 수 있었으면 좋았을 거라고 생각할 뻔했다. 열여섯 번의 월출의 자리를 빼앗고, 그녀의 손이 항해 조종장치에 올라가 있고, 그녀의 우주선을 외계인 우주에서 잔혹하게 빠른 궤도로 날리고, 그녀의 입이 불복종하는 말을 내뱉고 있다면. 듣지 마. 황제라 해도 실수할 수 있다. 이 적들에게 이야기할 만한 가치는 아무것도 없어. 그들이 하는 건 우리를 독에 중독시키는 것뿐이고 우리가 그들을 불태우지 않는다면 그들은 우리를 영원히 독에 빠뜨릴 거다.

아홉 송이 부용은 그것을 아주 쉽게 상상할 수 있었다. 그녀도 스웜에게 그가(그들이) 가능하다면 열여섯 번의 월출을 부숴 버리라고 명령을(승인을) 내렸을 때 뱃속이 죄책감으로 가득했기 때문만은 아니었다. 죄책감은 병사 중 한 명을 대신해서 죽고 싶다는 마음이 생길 정도의 원동력은 아니다.

그 병사가 결국에 옳았다면 어쩌지 하는 생각, 이제 그것은 멀리 있는 기함에 자기 자신이 있길 바랄 만한 원동력이 되었다. 설령 그 기함이 외계인의 에너지포 포격으로 박살났다 해도. 죽음의 파란 불빛, 정확한 사격(스웜은 언제나 정확했다. 빌어먹을 피투성이 별들이여, 이 아픔은 절대로 멈추지 않을 거야, 안 그런가.), 그러고는 반짝이는 구름, 유리와 금속의 반짝임, 보이드 속으로 천천히 퍼져 가는 파편들.

포물선 압축호의 남은 부분이 앞쪽으로 호를 그리며 느려졌다. 그 반짝임 어딘가에 열여섯 번의 월출의 남은 부분이 있을 것이다.

외계 우주선들은 나타났던 것만큼 빠르게 물러났다. 그들이 어떤 휴전을 생각하고 있든 간에 그것은 지켜졌다. 지금은.

아홉 송이 부용은 그러지 않았더라면 하고 생각했다. 원하는 만큼 격렬하게, 비참하게 바랐다. 그녀는 군인이고, 군인들의 지도자이고, 이런 식으로 전쟁을 끝낼 생각은 없었다. 하지만 느린 독을 스스로 삼키는 것처럼 그 바람을 마음속 깊은 곳에 넣고 잠갔다.

✧ ✧ ✧

열아홉 개의 자귀는 그에게 차 한 잔을 주었다. 여덟 가지 해독제로서는 그녀가 하는 일을 본 중에서 두 번째로 놀라운 일이었다. 첫 번째는 그녀가 아무 말 없이 그를 껴안았을 때였다. 지상궁 바로 앞의 정원에서, 공개적으로 선리트의 이끄는 손으로부터 그를 잡아당기고 자신의 품에 끌어안았다. 그녀는 굉장히 마르고, 그보다 더 컸고, 팔은 근육질이었다. 그는 그녀가 자신을 감옥에 던지거나 그의 방에 영원히 가둬 놓을 거라고 생각했었다. 둘 다 정치적인 버전에서 똑같은 일이다. 하지만 이건 뭘까. 빠르고 격렬한 포옹. 누군가가 마지막으로 그를 끌어안은 게 언제였는지 기억나지 않았다. 포옹은 어린애들을 위한 거였다. 그는 놀이가 끝나면 다섯 개의 마노의 아들인 두 개의 지도를 껴안았지만, 그건 똑같은 일이 전혀 아니었다.

황제는 그를 감옥에 넣지도 않고, 가두지도 않았다. 그녀는 그를 자신의 방으로 데려갔다. 길을 안내하듯 그의 어깨에 한 손을 단단히 얹었다. 세상이 옆으로 빠져나가고, 복도의 그림자가 샤드 시야로 본 세 개의 고리의 죽음의 그림자 속으로 녹아들어도. 기억이야.

그는 스스로에게 말했다. 진짜가 아니야, 더 이상은. 그를 자신의 방으로 데려와서 잠시 후에 돌아오겠다고 말하고 황제는 하루 일을 마무리하러 갔다. 그리고 그를 거기 남겨 두었다. 경비도 없이. 클라우드후크도 없이.(아마도 그의 클라우드후크는 여전히 지하철에서 빙글빙글 돌고 있을 것이다.) 그는 떠나거나, 창문으로 나가거나, 혹은 뭐든지 할 수 있었다.

대신에 그는 길고 하얀 터프트 천 소파 뒤의 창가 자리에 앉아서 아래 있는 수경정원에 비치는 이른 오후의 해를 바라보며 자신이 어디 있는지 기억하려고 노력했다. 그의 경계가 어디에 있는지. 예전으로 되돌아가서 한 곳에만 있을 수 있을지, 자신이 누구고 어디에 있고 무엇인지 정말 확신할 수 있을지 알 수가 없었다. 그것은 아찔하고 끔찍한 일이었고, 그는 그런 일을 당할 만하다고 생각했다. 오후가 이어져 저녁이 되었다. 그는 조금 잤다. 아마도. 자는 동안 꿈을 꾸었거나 상상을 했거나 다른 사람의 잠을 기억했던 걸지도 모른다. 하지만 그게 다시 완전히 깨어났을 때, 창밖 세상은 일몰의 마지막으로 파란색과 푸크시아 꽃 색으로 넘쳐났다.

그때 황제 폐하가 돌아 함께 창턱에 앉아서 그에게 투명한 초록색에 달콤한 수렴성의 차가 든 잔을 내밀었다. 그는 그녀가 직접 만들었는지 궁금했다. 그녀가 하기에는 대단히 말도 안 되는 종류의 일처럼 느껴졌다. 그는 차를 조금 마셨다. 그의 손은 아직 작동했고, 목도 마찬가지였다. 그는 확실하게, 분명하게 자신의 것인 미뢰로 차를 맛보았고, 그건 도움이 됐다. 정말로.

"전 죄송하지 않아요."

왜냐하면 정말로 그러니까. 그리고 황제가 벌을 주려 한다면, 그는 그 벌을 받을 만하기를 바랐다.

열아홉 개의 자귀는 그를 아주 오랫동안 쳐다보았다. 그가 얼굴을 붉히고, 움찔거리고, 도망치고 싶은 마음이 들 때까지. 물론 그는 그런 일은 아무것도 하지 않았다. 잠시 후 황제가 어떤 만족스러운 결론에 도달한 것처럼 고개를 끄덕이며 말했다.

"좋아."

여덟 가지 해독제는 놀라서 눈을 깜박였다.

"좋다고요?"

"좋아. 넌 네가 한 일이 옳다고 확신하고 있어. 너에게는 그걸 할 너만의 이유가 있었고, 계획을 세웠고, 그 계획을 실행했어. 그 와중에 다른 사람에게 해를 입히지도 않았지. 그 샤드 조종사가 황위 후계자를 죽게 했거나 뇌 손상을 입혔다고 생각해서 죽도록 겁을 먹은 걸 제외하면 말이야. 그래도 그녀는 괜찮아질 거야. 그러니까, 좋아. 내가 후계자에 대해서 뭐라고 했었지?"

"폐하께서는 차라리…… 음. 멍청이보다 귀찮은 쪽이 낫다고요."

열아홉 개의 자귀는 미소를 지으면 그러지 않을 때보다 훨씬 위험해 보였다.

"너는 확실하게 귀찮은 후계자야, 작은 스파이. 하지만 절대 멍청하지는 않아."

"그게…… 제가 한 일이 효과가 있었나요?"

그가 갑자기 무력하게 물었다.

황제는 한 손을 내밀고서 이쪽으로 기울였다가 다시 저쪽으로 기울였다. 그럴 수도 있고, 아닐 수도 있고.

"넌 어떤 일이 일어나길 바랐니?"

여덟 가지 해독제는 스파이가 되는 것에 대해 생각했다. 모든 욕망들을 가능한 한 품에 껴안고 드러내지 않는 것. 설령 누가 직접적으로 묻는다 해도. 말을 할 생각이라면 항상 고르는 것을. 그는 계속 그렇게 할 수 있었다. 어쩌면 그렇게 해야만 하는지도 모르겠다. 그는 황제 자리가 남아 있으면 황제가 될 거고, 사람들에게 그가 어떤 일이 일어나길 바라는지에 관해 말할 수 없을 것이다. 그에게 불리하게 쓰일 수도 있으니까……

하지만 열아홉 개의 자귀는 그에게 선대-황제에 대해서, 르셀 스테이션의 기계에 관해서 말을 했다. 그가 뭐가 될 뻔했는지에 대해서. 그녀는 그에게 그 이야기를 했고, 그는 그것을 그녀에게 불리하게 사용하겠지만 그들은 둘 다 여전히 여기에 있었다.

"전 폐하께서 말씀해 주셨던 테익스칼란을 원했어요. 80년의 평화가 80번. 그리고 아무도 그걸 증명하기 위해서 행성 하나를 통째로 죽이겠다는 결심을 할 필요가 없는 곳이요. 전 원했어요. 전 세 개의 방위각의 명령을 막길 원했고, 그래서 대신에 제 명령을 보냈어요. 그래도 어쨌든 우리가 전쟁에서 이기길 바랐어요."

"전쟁은 지금 끝나 가고 있고, 그 행성계는 멀쩡하게 남을 거야. 나는 네가 그 일부였다고 예상하고 있어. 네가 샤드 안에서 했던 건……."

전쟁이 끝나 가고 있어. 그녀는 그렇게 말했지만 어떻게인지, 왜인지는 말하지 않았다. 여덟 가지 해독제는 차가 넘쳐서 손가락 관절을 적실 정도로 자신이 격하게 몸을 떨고 있다는 것을 깨달았다. 황제는 그에게서 찻잔을 받아 잡아 주고 있었다.

"그건 샤드 트릭이라고 해요. 그들은 모두 그걸 할 수 있어요. 저뿐만이 아니고요."

"네 송이 크로커스 조종사가 자세하게 설명했어."

열아홉 개의 자귀가 말했다. 별로 기쁜 목소리가 아니었다. 그것은 사실로 사람이 기뻐할 만한 이야기가 아닐 거라고 여덟 가지 해독제는 추측했다. 그런 식의 기술. 선리트 같지만 그보다 더한 것.(그게 여전히 그의 머릿속에서 지속되고 있다고 말하지 않을 것이다. 절대로. 그녀가 뭘 할지 모르니까. 그에게든, 전반적으로든.)

"열한 그루 월계수는 폐하가 모르시길 바랐어요."

대신에 그는 그렇게 말했다.

"……아." 열아홉 개의 자귀는 그가 그녀에게 필요로 하던 걸 준 것 같은 말투였다. 패턴의 마지막 조각, 제자리에 꼭 맞아 들어가는 것. "그거 유용하구나, 여덟 가지 해독제. 고마워. 장관과 차관 중에서 어느 쪽이 그렇게 한 건지 확실히 알 수가 없었거든."

"혹시 그를……."

그는 그 질문을 어떻게 물어봐야 할지조차 몰랐다.

황제는 고개를 흔들었다.

"아니야. 감독의 눈길을 벗어나 함대에 있을 때보다 전쟁부 안에서 훨씬 더 면밀하게 지켜볼 수 있어."

"그리고 저는요?"

"너에게 뭔가를 해야 하나?"

그는 고개를 끄덕였다.

그녀는 한숨을 쉬었다.

"정말이지, 네가 날 믿을 수 있으면 좋겠구나. 하지만 그러면 넌 네가 아니게 되겠지. 아니, 여덟 가지 해독제. 아니야, 난 너에게 아무것도 하지 않을 거야. 네가 자라서 얼른 이 일을 넘겨 주기를 기다리는 것 말고는."

나중에 조용한 곳에서, 그의 방으로 돌아온 다음에, 침대 속으로 기어 들어가서, 그다음에야 그는 **열아홉 개의 자귀**가 함대 사령관 **아홉 송이 부용**과 그녀가 카우란에서 한 일이 있는데 왜 그녀를 야오틀렉으로 삼았는지 물어봤을 때 뭐라고 했었는지가 기억났다. 그녀를 살려 두는 게 너무 위험해서 그런 건 아니야, 작은 스파이. 살아서 버틸 정도로 위험할 거라고 생각했기 때문이지.

✧ ✧ ✧

바퀴의 무게호의 수경재배 갑판은 모든 것이 초록색이었다. 공기는 사치스럽고, 마히트에게는 숨 쉬기에 지나치게 밀도가 높게 느껴질 정도였다. 쌀과 야채밭 전역에 연꽃과 백합들이 피어서 그것들이 칼로리에 꼭 필요한 야채인 것처럼 섞여 있었다. **스무 마리 매미**에게는 정말로 그랬을 수도 있다. 여기는 그의 왕국이었다. **세 가닥 해초**는 그녀에게 그렇게 말했고, 그들이 여기서 나누었던 대화에 대해서 전부 이야기했다. 그건 테익스칼란에게 외계인들의 겉으로 드러난 행동처럼 방자하고 비정할 정도로 파괴적인 종족이 존재하는 걸 받아들이게 하는 건 **스무 마리 매미**가 절대로 원할 리 없는 일이라고 그녀가 생각했던 때였다.

두 사람은 장식용 난간에 기대고 있었다. 마히트는 누가 어디에서 있는 걸까 궁금했다. 그녀가 **스무 마리 매미**가 있던 자리에 섰을까, 아니면 **세 가닥 해초**일까? 누구 이야기가 다시금 나오는 걸까?

〈원환 구조야.〉

이스칸드르의 말에 마히트는 오버하지 마라고 대답했다. 문답.

세 가닥 해초는 자극하거나 또 다른 이야기를 꺼내지 않고서, 마치 그녀가 함교에서 했던 협상들만큼이나 마히트가 단호한 결단력이 필요한 문제라도 되는 것처럼 그저 그녀가 어깨에 힘을 주고 턱을 들어 올릴 만큼만 기다린 후에 물었다.

"나랑 같이 돌아가고 싶어요?"

최소한 그녀는 나랑 같이 집으로 가고 싶어요?라고 말하지는 않았다.

"아뇨." 마히트는 말을 하는 동안 그녀를 쳐다볼 수가 없었다. "아뇨, 하지만 어디로 돌아가요?"

"'세계의 보석'이요." 세 가닥 해초의 대답은 당연했다. 테익스칼란인에게는 달리 진짜 장소라는 게 없었다, 안 그런가? "내 말은 말이죠, 난 아파트가 있어요. 그리고 설거지도 해야 돼요. 아마 황제 폐하와 이야기도 나눠야겠죠. 하지만…… 당신이 원치 않는 게 시티라면, 괜찮아요. 내 말은, 저 바깥에 자격이 과한 아세크레타를 필요로 하고 그럭저럭인 시 살롱이 있는 행성계가 분명히 있을 거예요. 난 거기로 옮길 수 있어요. 그게 그 말이에요. 내가 하려던 말이요."

"리드."

마히트가 부드럽게 부르자 세 가닥 해초는 말을 멈추고, 그녀 쪽으로 돌아서서 고개를 들어 올렸다. 눈이 굉장히 검고 굉장히 컸다. 그녀는 여전히 아주 작았다. 마히트는 대부분의 시간 동안 그것을 잊었다.

마히트는 몸을 구부려 세 가닥 해초의 입술에 키스했다. 너무 오래는 말고. 좋다는 말로 해석하기에는 좀 짧게.

"나 때문에 그렇게 하지 말아요. 시티를 떠나지 말아요. 집으로 가요. 설거지를 해요. 황제와 이야기를 해요. 설거지를 한 후에 시간이 있다면요."

세 가닥 해초가 킥킥 웃었다. 그것은 축축한 소리였다. 사람들이 웃고 있지만 실은 울고 싶을 때 내는 소리.

"설거지, 그다음에 칼날의 빛 폐하, 그 순서란 말이죠. 좋아요, 알겠어요. 그럼 당신은 어디로 갈 거죠?"

"모르겠어요."

마히트가 대답했다. 그건 진실이었다. 남은 곳이 아무 데도 없었다. 집 같은 건, 그녀에게는 더 이상 존재하지 않았다. 다지 타라츠는 자신의 소형 우주선을 타고 다시 안하메마트 게이트로 가 버렸다. 스무 마리 매미가 중개한 휴전은 테익스칼란 전함을 먹이로 삼고 있었든 르셀 자체를 먹이로 삼고 있었든 외계인 함대 전체에게 영향을 미쳤다. 모든 인간은 그들에게 하나의 존재였다. 지금으로서는 하나의 희생이 집단적 평화를 샀다. 르셀은 그들의 손이 닿지도 않았다. 지나가던 테익스칼란 보급선으로부터 들어온 통신이 그것을 입증해 주었다. 하지만 마히트는 타라츠가 함교에서 그녀에게 말한 것들을 믿었다. 그와 아크넬 암나르트바트가 권력을 잡고 있는 동안에 르셀 스테이션으로 돌아간다면, 마히트는 그들의 손에 죽을 것이다. 이쪽 사람이든 저쪽 사람이든. 유산협회 아니면 광부협회. 모든 안전은 뜯겨 나가고 찢겨 나갔다. 그런데 그게 뭘 위해서였지?

이제 우린 진짜로 추방됐어. 마히트는 마음속으로 비난하는 말투조차 만들어 낼 수가 없었다. 마히트가 내내 옳았었고 이스칸드르는 틀렸다. 하지만 이스칸드르는 설거지 안 한 그릇과 시 살롱이라는 약속이 담겨 있는 **세 가닥 해초**의 아파트로 따라갈 것이다. 이스칸드르는 **세 가닥 해초**가 그 제안을 처음 했을 때, 석 달과 전쟁 이전에 받아들였을 것이다.

"꼭 나랑 같이 있을 필요는 없어요. 그게 시티로 돌아갈 때의 당신 문제라면…… 그럼 난, 난 여전히 당신이 왜 내가 당신을 아주 좋아하는 것을 두고 그런 식으로 느끼는지 반도 이해가 안 돼요. 하지만 난 우리가 서로를 전혀 모르거나 다시는 키스하지 않을 것처럼 연기할 능력이 충분하다고 약속하죠. 그리고 황제가 당신이 여전히 대사라고 하면 대사인 거니까 일할 것도 있을 거예요……."

마히트는 한 손을 그녀의 어깨에 최대한 부드럽게 얹어 그녀의 말을 잘랐다.

"아뇨. 당신 때문이 아니에요. 난…… 리드, 나도 왜 내가 당신을 얼마나 좋아하는지에 대해 이렇게 느끼는지 잘 모르겠어. 하지만 난 당신을 아주 많이 좋아해요."

〈계속해서 설명할 수도 있어. 가끔은 테익스칼란인조차도 우리를 이해하게 되지.〉

이스칸드르가 중얼거렸다.

나도 그러고 싶어. 마히트가 생각했다. 그 말과 함께 무작정 추락하고, 완전히 감싸이고 싶은 성급한 욕망이 요동쳤다. 아, 그 오래전에 언어 수업에서 그녀가 자신을 '아홉 송이 난초'라고 부르며 시를 생각하던 때에 상상했던 자신이 테익스칼란인이 된 모습은 테인스칼란인들이 자동적으로 사람으로 생각할 만한 종류의 사람이었을 것이다.

"나 때문이 아니라면, 그럼 뭐죠? 당신이 균류 집단 정신에 합류할 생각이라면 난 화가 나는 동시에 당신을 믿지 않을 거예요. 당신은 이미 충분한 숫자의 사람이고, 당신은 한 명의 사람인 걸 좋아하잖아요. 그거 말고요."

세 가닥 해초가 말했다. 마히트는 약간 찡그린 채 말했다.

"난 그저 마히트 디즈마르예요. 이마고랑 전부 합쳐서. 그저 한 사람이에요."

나도 그러고 싶어. 마히트는 다시금 생각했고 이스칸드르가 대신 마무리했다.

〈집으로 가고 싶어.〉

그런 장소는 없어.

그녀가 다시 시도했다.

"세 가닥 해초, 난 일을 원하고, 내가 가질 수 없는 것, 존재하지 않거나 존재한 적 없는 걸 원하고, 난…… 난 만약에 당신이 세 번째로 함께 시티로 가자고 말하면 진심으로 그러겠다고 할 수 있기를 원해요."

세 가닥 해초는 조용했다. 이야기를 듣고 있었다. 마히트가 말한 걸 머릿속으로 생각했다. 마히트는 문제가 그녀의 입안에서 자갈처럼 명확한 시문을 쓰는 데에 방해가 되는 것을 상상했다. 잠시 후 그녀가 초록이 묻은 공기를 깊게 들이켜고 어깨에 힘을 주었다.

"난 내가 리드라고 불리는 걸 좋아한다는 사실을 기억해 주는 사람을 원해요. 그리고 지루한 건 싫어요. 당신은 절대 지루하지 않아요. 난 당신의 그래픽 스토리가 좋아요. 그런 식의 이야기는 모르니까 알고 싶어요. 당신은 나를 생각해야만 하게 만들어요, 마히트. 그리고 그건 공정하지 않아요. 아무도 나를 이렇게 열심히 일하게 하면서 동시에 그걸 이렇게 좋아하게 할 수는 없어요."

마히트는 자신이 부드럽게, 한 손으로 입을 가린 채 웃고 있는 것을 깨달았다.

"나를 칭찬하는 거예요, 욕하는 거예요?"

세 가닥 해초는 이 말을 마히트가 생각했던 정도보다 훨씬 진지하게 고민했다.

"잘 모르겠어요. 둘 다요, 아마도. 마히트……."

"네?"

그녀는 **세 가닥 해초**가 몸을 빳빳이 세우고, 어깨를 뒤로 당기고, 횡격막으로부터 숨을 내쉬는 것을 보았다. 마히트가 이기고 싶은 낭독 콘테스트에서 하는 것처럼 말이다.

"만약에, 내가 말했던 다른 행성계요. 만약에 당신이 거기로 간다면요?" **세 가닥 해초**가 말했다. 마히트는 대답하려고 입을 벌렸지만 **세 가닥 해초**가 한 손을 흔들어 그녀의 입을 다물게 했다. "당신은 거기 가요. 난 안 갈 거고요. 폐하께선 당신이 원하는 곳 어디로든 보내 주실 거예요. '세계의 보석'이 아니더라도. 어딘가 새로운 곳이라도. 그리고 내가 지루하지 않길 바라면 나한테 편지를 쓸 수도 있어요. 나도 당신에게 편지를 쓸게요. 나한테 더 많은 『위험한 변경!』을 보내 줄 수도 있고, 난 당신에게 새 시를 보내고, 달리 당신이 듣고 싶은 게 있으면, 나한테……."

"그렇게 해 줄 건가요?"

이 많은 일이 있었던 후에도 마히트에게는 여전히 상냥함에 충격을 받을 능력이 남아 있었던 모양이었다.

"그럼요. 그리고 당신이 당신 편지를 직접 해독할 수도 있을 거예요. 약속해요."

세 가닥 해초는 스테이션인처럼 웃는 데에 형편없었다. 그녀는 새하얀 이를 전부 다 드러냈다. 별빛과 위협 같은 미소. 마히트는 그녀에게 똑바로 하는 법을 갑자기 가르쳐 주고 싶었다.

마히트는 마주 웃었다. 불안정하고 연약하고 울기 직전 같은 느낌이었지만, 그래도 미소를 짓고 싶었다. 그건……

〈이건 좋은 제안이야, 마히트. 내가 받아 본 어떤 제안보다도 상냥해.〉

이스칸드르가 마히트에게 말했다.

배신을 대가로 평화를 약속했던 여섯 방향 황제. 누군가를 사랑하는 것과 그들이 해를 끼치기 전에 죽여야 한다는 생각 사이에서 빛을 보지 못했던 열아홉 개의 자귀. 그런 것들과 비교하면 편지와 머나먼 테익스칼란 지방 행성에서의 임시 근무는 마히트가 동의할 수 있는 일인 것 같았다.

"나도 답장 쓸게요. 언제든지."

사람으로서 생각하고, 언어로 생각하지 않는다. 프랙털이 흩어진 노래로, 익숙하지 않은 몸의 형태로, 적층된 돌 속 가넷처럼 포함된 상태로 생각한다. 돌이지만 그 한편 결정형結晶形으로 완성된 언어. 그 결정 속에서 언어가(비非사람의 입술을 갖지만 노래할 수는 있다.) 머물며 반향하고, 필요할 때까지 고립한다. 우리 전체는 노래한다, 조화로운 변화를 노래한다. 거의 방해하는 주파수에서 진동한다. 이 몸, 저 몸. 이 몸은 사람이 아닐 때에 콜사인이 있었고, 그건 다른 몸도 마찬가지다. 이 몸은 '도약!'이라고 불리고 저 몸은 회색 패턴이고, 이 몸은 '소중한 사람'이고 저 몸은 '한배의 새끼들보다 더 영리하다'이고, 그래서 이 새로운 몸은 우리 안에서 노래한다. 스윔이라고 불리고, 이것은 이제 웃을 만한 이름이다. 어떤 호출 신호는 딱 우리라는 사람 같고, 그것은 반짝이고 날카로운 기쁨이다. 육체 '도약!'은 건물 설계 육체, 구조 작성자로 그의 구조물은 펄쩍 뛰어넘을 수 있는 거미줄 같은 공간이다. 육체 스윔도 그렇다. 이 몸이 사람이기 전에 사람이라고 생각하고, 그 자체를 적절하게 그렇게 불렀다!

우리는 이 몸에 이름을 붙이지 않는다. 낯선 육체가 노래한다. 우리는 이름을 가졌다. 우리는 알려졌다. 낯선 육체는 테익스칼란 우주선의 안쪽에 노래하고, 이미지와 온기가 흩어진다. 또 다른 몸, 사령관 몸, 천 개의 기억 지점을 가진 사람이지만 사람 아닌 자가 재조립된다. 테익스칼란일 때 우리는 노래하지 않아도 이해한다. 스윔이 우리에게 말한다. 테익스칼란인일 때 우리는 오로지 언어로만 이해하고, 그래도 명확하다.

우리의 범위 안에서, 약간의 불신이 있다. 언어가 지식을 전달할 만큼 투명하다고 생각하다니!

언어는 그렇게 투명하지 않아. 스무 마리 매미는 생각한다. 바깥을 향해 생각한다. 그의 전부를 아우르는 멀리까지 뻗는 반짝임. 그것은 우리 모두이고 여전히 그 자신이고 우리 자신이다. 언어는 그렇게 투명하지 않지만, 우리는 가끔 그래도 알게 되지. 우리가 운이 좋다면.

미끄러지며 반짝이는 질문, 끝없는 호기심과 갈망을 품은 우리가 언어 없이 생각한다. 그럼 우리에게 보여 줘!

그리고 펠로아2에서, 사막의 밤에 그의 몸을 좀 더 쾌적한 환경으로 데려가 줄 셔틀을 기다리면서, 스무 마리 매미의 남은 부분은 모래 위에 책상다리를 하고 앉아서 노력하기 시작한다.

사람, 장소, 물건에 관한 용어사전

가짜-열세 개의 강 Pseudo-Thirteen River: 『영토확장사』를 쓴 신원미상의 저자. 열세 개의 강이라는 이름을 사용했으나 테익스칼란 로스쿨에서 여전히 가르치는 인과응보의 논문을 쓴 그 이름의 사법부 장관은 아니었다.

건국의 노래 Foundation Song: 최초의 황제의 업적을 기념하는 테익스칼란 노래 사이클. 구전을 통해서 내려왔다. 1000개 이상의 버전이 알려져 있다.

건물(서사시) The Buildings(epic poem): 시티의 유명한 건축 업적을 묘사하는 에크프라시스 시. 보통 테익스칼란에서 교과서에서 배운다.

겔라크 르란츠 Gelak Lerants: 인정기관인 르셀 유산협회의 회원.

골라에트Gorlaeth: 다바에서 테익스칼란으로 파견된 대사.

구름이 다가오는 새벽 Dawn With Encroaching Clouds: 두 개의 흑점 황제와 황위 찬탈을 시도하는 열한 개의 구름에 관한 역사를 이야기하는 테익스칼란 홀로드라마 시리즈.

귀족(1급, 2급, 3급)patrician(first-, second-, third-class): 테익스칼란 황실의 계급. 주로 황실 금고에서 받는 개인의 급료를 알려 주는 지표다.

그을린 자기 조각 Porcelain Fragment Scorched: 제24군단의 스텔스 순양함, 파이

로클래스트 급.

기에나9 Gienah-9: 대부분이 사막인 행성. 테익스칼란의 대군과 상당한 개인의 희생을 통해서 합병되었고, 곧 반란이 일어났다. 재합병되었다. 예속되었다. 군사 드라마의 인기 있는 배경.

꽃무늬Flower Weave: 중앙주 우주공항을 본부로 하는 테익스칼란 의료물자 수송기.

꿈꾸는 성채 Dreaming Citadel: 제10군단의 전함.

나카Nakhar: 테익스칼란이 지배하는 행성계, 최근까지 주기적인 반란, 내란, 소요가 일어나곤 했다.

네 개의 레버 Four Lever: 검시관 역할로 사법부에 고용된 익스플라나틀.

네 가닥 알로에 Four Aloe: 현재 정보부 장관.

네 그루 플라타너스 Four Sycamore: 채널8!에 고용된 뉴스캐스터.

네 송이 크로커스 Four Crocus: 샤드 조종사. 제2군단의 일원.

넬톡 행성계 Neltoc System: 세 개의 생명체 거주 천체가 있는 테익스칼란 항성계. 넬톡과 포존 행성, 그리고 위성인 세피리가 있다. 넬톡인들은 '항상성 명상'이라고 알려진 공식 전통 종교 관습을 실천하고 있다.

다바Dava: 테익스칼란 제국에 가장 최근에 통합된 행성. 수학 전문학교로 유명하다.

다섯 개의 마노 Five Agate: 에주아주아카트 열아홉 개의 자귀에게 고용된 보좌관이자 분석가.

다섯 개의 바늘 Five Needle: 테익스칼란의 역사상 인물. 「기함 열두 송이의 피어나는 연꽃의 전몰을 기리는 찬가」로 기념되고 있다. 수 차례 전장에서의 승진으로 최상급장교가 된 후 전함을 방어하다가 사망했다.

다섯 개의 왕관 Five Diadem: 유명한 테익스칼란 역사가 겸 시인 다섯 개의 모자의 필명.

다섯 개의 포르티코 Five Portico: 벨타운 6지구에 사는 기계공.

다섯 번째 손바닥 Fifth Palm: 전쟁부의 한 부서. 연구 및 개발 담당.

다섯 송이 난초 Five Orchid: 테익스칼란 역사의 가공의 인물. 어린이 소설의 주인공. 거기서 그녀는 미래의 열두 번의 솔라플레어 황제의 보육원 형제다.

다섯 송이 엉겅퀴 Five Thistle: 바퀴의 무게호의 1등 무기장교

다지 타라츠 Darj Tarats: 광부협회 의원. 르셀 통치 의회의 여섯 회원 중 한 명. 그의 권한은 추출, 교역, 노동이다.

데카켈 온추 Dekakel Onchu: 조종사협회 의원. 르셀 통치 의회의 여섯 회원 중 한 명. 그의 권한은 군사 방어, 탐험, 운항이다.

두 개의 거품 Two Foam: 바퀴의 무게호의 통신장교. 제10군단 소속. 종종 버블스라고 불리지만, 그녀의 앞에서 부르지는 않는다.

두 개의 남정석 Two Kyanite: 「인간-알고리즘 인터페이스 보고서: 군사적 활용」 연구의 주요 연구원이자 익스플라나틀.

두 개의 달력 Two Calendar: 위대한 여섯 방향 황제의 황실에서 중요한 황실 시인.

두 개의 레몬 Two Lemo: 테익스칼란 시민.

두 개의 운하 Two Canal: 제6군단의 함대 사령관. 안하메마트 게이트 너머로 정체불명의 외계인들과 전쟁을 벌이러 파견된 테익스칼란 군 소속.

두 개의 지도 Two Cartograph: 다섯 개의 마노의 아들. 일곱 살.

두 개의 현수선 Two Catenary: 열두 번의 솔라플레어 기념 의대병원 의료윤리팀장. 열한 개의 선반의 『신비한 변경에서의 급보』에 대한 학술적 논평의 저자

두 개의 흑점 Two Sunspot: 에브레크트와 평화협상을 했던 역사상의 테익스칼

란 황제.

두 그루 자단목 Two Rosewood: 전 정보부 장관.

두 그루 초야 Two Cholla: 제10군단 제복을 입고서 죽은 첫 번째 테익스칼란인.

두 번째 손바닥 Second Palm: 전쟁부의 부서 중 하나. 공급망 및 물류.

두 송이 아마란스 Two Amaranth: 역사상의 에주아주아카트. 열두 번의 솔라플레어 황제를 모셨다.

드조 안자트 Dzoh Anjat: 르셀 스테이션의 조종사.

로스트 가든 Lost Garden: 북4광장의 레스토랑. 겨울 기후 음식들로 유명하다.

르셀 기원의 기록 Lsel Record of Origin: 르셀 스테이션의 가장 초기 활동에 관한 서류 및 기록 모음. 미완이고 상충되는 내용이 많다. 대단히 가치 있다.

르셀 스테이션/스테이션인 Lsel Station/Stationers: 바르츠라반드 섹터에 있는 주로 광업에 종사하는 스테이션의 사람들. 행성은 없다.

마흔 개의 산화물 Forty Oxide: 제17군단 함대 사령관. 기함 색채가 변하는 열풍호에 타고 있다. 안하메마트 게이트 너머로 정체불명의 적들과 전쟁을 벌이러 파견된 테익스칼란 군의 일원.

마흔다섯 번의 일몰 Forty-Five Sunset: 에주아주아카트 열아홉 개의 자귀 각하의 부보좌관.

마히트 디즈마르 Mahit Dzmare: 르셀 스테이션에서 파견된 현재의 테익스칼란 대사.

미스트Mist: 사법부의 조사 및 집행관들.

바르츠라반드 섹터 Bardzravand Sector: 르셀 스테이션과 다른 스테이션들이 위치한 알려진 우주의 일부분(스테이션어 발음).

바퀴의 무게 Weight for the Wheel: 제10사단 기함, 이터널급.

받침점Fulcrum: 도둑, 사기꾼, 다른 범죄자들 무리가 제국과 제국민들을 위해서 부패한 관료들을 끌어내리는 내용의 테익스칼란 인기 소설.

버라쉬크-탈레이 Verashk-Talay: 여러 행성계와 섹터의 정치적 연합, 안하메마트 게이트 너머 소규모로 존재한다. 두 개의 각기 다른 인종 버라쉬크와 탈레이로 이루어져 있고, 각각은 서로 다른 언어를 사용하며 대의민주제도를 도입해서 자원 싸움을 해결한 것으로 보인다.

베르디그리스 메사 Verdigris Mesa: 테익스칼란 제3군단의 전함.

벨타운Belltown: 시티의 한 주. 여러 개의 지구로 나뉘어 있다. 예를 들어 벨타운 1지구는 중앙주 내의 지구에 살 수 없거나 살고 싶지 않은 테익스칼란 시민들을 위한 "베드타운 지역"이지만, 벨타운 6지구는 악명 높은 범죄활동, 도시 혼잡, 저소득층 주민들의 온상이다.

변경 개척의 노래 Opening Frontier Poems: 여러 작가의 테익스칼란 시집, 함대에서 인기가 있다.

별빛starshine: "황제의 음료", 함대의 전통 식사에 나오는 밀 증류주.

북틀라치틀리North Tlachtli: 중앙주의 이웃.

비문의 유리열쇠 Inscription's Glass Key: 테익스칼란 황제 두 개의 흑점의 기함.

비추는 프리즘 Reflective Prism: 제10군단의 테익스칼란 전함, 사령관은 열두 개의 중간 휴지.

샤드Shard: 1인 조종사용 테익스칼란 전투기, 바이오피드백 인터페이스와 클라우드후크를 통해 조작된다.

색채가 변하는 열풍 Chatoyant Sirocco: 제17군단의 기함, 이터널급.

서른 개의 리본을 위한 붉은 꽃봉오리들 Red Flowerbuds for Thirty Ribbon: 테익스칼란 로맨스 소설.

서른 개의 밀랍도장 Thirty Wax-Seal: 정찰용 포함 칼끝의 아홉 번째 개화호의 함장. 제10군단 소속.

서른 송이 미나리아재비 Thirty Larkspur: 세상을 활짝 핀 꽃으로 채우는 자. 전 여섯 방향의 에주아주아카트 중 한 명. 서부 호에서 온 주요 상업 가문의 자손. 실패한 황위 찬탈자.

서른여섯 개의 전천후 툰드라 차량 Thirty-Six All-Terrain Tundra Vehicle: 테익스칼란 시민.

서른한 번의 황혼 Thirty-One Twilight: 정보부 서간과 직원.

서쪽 호 Western Arc: 테익스칼란의 중요하고 부유한 섹터로 주요 상인들의 고향.

선리트Sunlit: 시티의 경찰 병력.

세 가닥 해초 Three Seagrass: 정보부 3급 차관. 르셀 대사 마히트 디즈마르의 전 문화 담당자. 종종 리드라고 불린다.

세 개의 근지점 Three Three Perigee: 역사상 테익스칼란의 황제.

세 개의 등불 Three Lamplight: 정보부 직원.

세 개의 방위각 Three Azimuth: 전쟁부 장관. 통칭, 나카인의 정신 도살자. 가장 강한 서약자들의 마음에 복수의 불을 지핀 자.

세계의 보석 Jewel of the World: 시티-행성의 구어적(그리고 시적) 이름.

세 번째 손바닥 Third Palm: 전쟁부의 부서 중 하나. 정보보안, 정치장교, 내부 조사.

세 송이 한련 Three Nasturtium: 테익스칼란 시민. 중앙주 우주공항의 중앙 교통 통제국 감독관.

수선화의 익사 Asphodel Drowning: 테익스칼란 홀로드라마. 현재 5시즌 방영 중.

쉬르자 토렐 Shrja Torel: 르셀 시민. 마히트 디즈마르의 친구.

스무 마리 매미 Twenty Cicada: 제10군단 기함 바퀴의 무게호의 최상급 이칸틀로스. 항상성교-신도. 종종 스윔이라고 불린다.

스물네 송이 장미 Twenty-Four Rose: 테일스칼란의 여행 가이드북 저자.

스물두 가닥의 실 Twenty-Two Thread: 전쟁부 5급 차관. 다섯 번째 손바닥 소속.

스물두 개의 흑연 Twenty-Two Graphite: 위대한 황제 열아홉 개의 자귀 각하의 보좌관.

스물아홉 개의 다리 Twenty-Nine Bridge: 현재 황실 잉크스탠드 책임자로 위대한 황제 열아홉 개의 자귀를 모신다.

스물아홉 개의 인포그래프 Twenty-Nine Infograph: 사법부 직원.

승천의 붉은 수확 Ascension's Red Harvest: 테익스칼란 전함. 엥걸퍼Engulfer급.

시티City: 테익스칼란의 행성 수도.

아라그 치텔 Aragh Chtel: 섹터 정찰을 맡은 스테이션의 조종사.

아말리츨리amalitzli: 테익스칼란 스포츠. 클레이코트에서 고무공을 갖고 양 팀이 던지거나 튀기거나 되튀게 해서 작은 골대에 넣는 게임. 저중력이나 무중력 환경에서 하는 버전의 아말리츨리 경기 또한 인기이다.

아세크레타asekreta: 테익스칼란의 직위. 정보부의 현역 요원들을 칭한다.

아작츠 케라켈 Ajakts Kerakel: 르셀 스테이션의 생명지원 분석가 3급.

아크넬 암나르드바트 Aknel Amnardbat: 유산협회 의원. 르셀 통치 의회의 여섯 회원 중 한 명. 그녀의 권한은 이마고 머신, 기억, 문화 홍보이다.

아하초티아ahachotiya: 발효과일에서 추출한 알코올 음료. 시티에서 인기.

아홉 가지 진홍 Nine Crimson: 약 500년 전 테익스칼란의 역사상 인물. 함대 제3, 9, 18군단의 야오틀렉.

아홉 개의 바다얼음 Nine Sea-Ice: 색채가 변하는 열풍호의 통신장교. 제17군단 소속.

아홉 개의 아치 Nine Arch: 세 가닥 해초의 전 여자친구.

아홉 개의 옥수수 Nine Maize: 여섯 방향 황제의 황실에서 주로 활동하는 황실 시인.

아홉 대의 셔틀 Nine Shuttle: 오딜1의 행성 총독. 최근 반란 이후 복직했다.

아홉 번의 추진 Nine Propulsion: 전 전쟁부 장관. 현재는 은퇴.

아홉 번의 홍수 Nine Flood: 테익스칼란의 역사상 인물. 테익스칼란이 아직 우주여행 능력을 갖기 전의 황제.

아홉 송이 부용 Nine Hibiscus: 제10군단 함대 사령관, 기함은 바퀴의 무게호. 카우란의 영웅으로도 알려져 있다. 안하메마트 게이트 너머로 정체불명의 외계인들과 전쟁을 벌이러 파견된 테익스칼란 군의 야오틀렉. 종종 맬로라고도 불린다.

아흔 개의 합금 Ninety Alloy: 테익스칼란 홀로드라마, 에피소드 타입. 군사 로맨스.

안하메마트 게이트 Anhamemat Gate: 바르츠라반드 섹터에 위치한 두 개의 점프게이트 중 하나. 스테이션 우주에서 현재 알려진 정치적 세력의 통제하에 있지 않은 자원 부족 지역으로 이어진다. 흔히 '파게이트'라고 한다.

야오틀렉yaotlek: 테익스칼란 함대에서의 군사 계급. 최소한 한 개 군단의 사령관.

에브레크트Ebrekt/Ebrekti: 사족보행 완전 육식종으로 사회구조('스위프트'라고 한다.)가 사자 무리를 닮았다. 400년 전(테익스칼란력)에 테익스칼란 황제 두 개의 흑점이 에브라크트와 상호 비경쟁 구역을 확실하게 규정하여 영구적인 평화 조약을 이뤄 냈다.

여덟 가지 해독제 Eight Antidote: 위대한 여섯 방향 황제의 90퍼센트 클론. 테익스칼란의 태양-창 왕좌를 이어받을 계승자. 열한 살. 가끔 큐어라고 불린다.

여덟 개의 고리 Eight Loop: 테익스칼란 사법부 장관. 위대한 여섯 방향 황제의 보육원 형제.

여덟 개의 펜나이프 Eight Penknife: 정보부 요원.

여든네 번의 황혼 Eighty-Four Twilight: 정찰선 중력장미호의 함장. 제10군단 소속.

여섯 개의 쭉 뻗은 손바닥 Six Outreaching Palms: 전쟁부의 통칭(혹은 시적 명칭). 모든 방향으로(북, 남, 동, 서, 위, 아래) 손바닥이 뻗은 모양으로 테익스칼란 정복 이론의 특징이기 때문에 이 이름이 붙었다.

여섯 개의 빗방울 Six Rainfall: 바퀴의 무게호의 의료 후보생. 제10군단 소속.

여섯 대의 헬리콥터 Six Helicopter: 전 테익스칼란의 관료.

여섯 방향 Six Direction: 테익스칼란 제국의 황제 폐하. 승하.

여섯 번째 손바닥 Sixth Palm: 전쟁부의 부서. 엔지니어링 및 선박건조.

여섯 캡사이신 Six Capsaicin: 재스민의 목호의 함장. 또한 익스플라나틀.

열 개의 진주 Ten Pearl: 현재 과학부 장관.

열네 개의 메스 Fourteen Scalpel: 「기함 열두 송이의 피어나는 연꽃의 전몰을 기리는 찬가」라는 시의 저자.

열네 개의 못 Fourteen Spike: 정찰용 포함 칼끝의 아홉 번째 개화호의 선원. 쿠에쿠엘리후이 계급의 제10군단 통역가 및 심문 전문가.

열네 개의 첨탑 Fourteen Spire: 당대의 별로 대단치 않은 시인. 여섯 방향의 황궁에서 활동한다.

열다섯 개의 방해석 Fifteen Calcite: 샤드 조종사. 제10군단 소속.

열다섯 개의 엔진 Fifteen Engine: 이스칸드르 아가븐 대사의 전 문화 담당자. 열아홉 개의 자귀 황제의 즉위를 둘러싼 찬탈 과정에서 국내 테러 사건으로 사망했다.

열다섯 톤 Fifteen Ton: 「인간-알고리즘 인터페이스 보고서: 군사적 활용」 연구의 연구원이자 익스플라나틀.

열두 번의 솔라플레어 Twelve Solar-Flare: 역사상 테익스칼란의 황제. 파르츠라완틀락 섹터, 이에 따라 르셀 스테이션을 처음으로 발견했다.

열두 번의 융합 Twelve Fusion: 기함 포물선 압축호의 최상급 이칸틀로스. 제24군단 소속. 함대 사령관 열여섯 번의 월출의 부관.

열두 개의 중간 휴지 Twelve Caesura: 테익스칼란 전함 비추는 프리즘의 사령관. 제10군단 소속.

열두 송이 진달래 Twelve Azalea: 정보부 직원. 세 가닥 해초의 친구. 종종 페탈이라고 불린다. 사망.

열세 개의 뮤온 Thirteen Muon: 엔지니어링 전문가. 제2군단 소속.

열아홉 개의 자귀 Nineteen Adze: 그 자애로운 존재로 칼날이 빛나듯 방을 구석구석 비춰 주는 자, 황제 폐하.

열여덟 개의 끌 Eighteen Chisel: 바퀴의 무게호의 1등 항해장교.

열여덟 개의 산호 Eighteen Coral: 모자이크를 주로 작업하는 테익스칼란 예술가.

열여덟 개의 터빈 Eighteen Turbine: 테익스칼란 함대의 이칸틀로스로 현재 오딜 행성계로 파견되어 제26군단 전투 그룹 제9단을 지휘하고 있다.

열여덟 중력 Eighteen Gravity: 꽃무늬호의 함장

열여섯 번의 월출 Sixteen Moonrise: 제24군단 함대 사령관, 기함은 포물선 압축호. 안하메마트 게이트 너머로 정체불명의 외계인들과 전쟁을 벌이러 파견된 테익스칼란 군 소속. 종종 애퍼지라고 불린다.

열여섯 장의 펠트 Sixteen Felt: '인간-알고리즘 인터페이스 보고서: 군사적 활용' 연구의 연구원이자 익스플라나틀.

열한 개의 구름 Eleven Cloud: 실패한 찬탈자. 400년 전(테익스칼란력) 두 개의 흑점 황제를 몰아내려고 했었다.

열한 개의 선반 Eleven Lathe: 테익스칼란인 시인이자 철학자. 작품 『신비한 변경에서의 급보』로 유명하다.

열한 그루 월계수 Eleven Laurel: 전쟁부 3급 차관. 세 번째 손바닥 소속. 가끔 리스라고 불린다.

열한 그루 침엽수 Eleven Conifer: 3급 귀족, 테익스칼란 함대에서 3등 부이칸틀로스 계급으로 명예롭게 전역했다. 사망.

에샤라키르 르루트 Esharakir Lrut: 르셀 그래픽 스토리『위험한 변경!』의 가공의 캐릭터.

에스커1 Esker-1: 합창으로 유명한 테익스칼란 서쪽 호의 행성

에주아주아카트ezuazuacat: 황제의 사적인 고문위원회의 회원에게 주는 직위. 각하라고 불린다. 테익스칼란이 아직 우주를 쪼개기 전 시절에 전사들로 이루어진 황제의 충성집단의 이름에서 가져왔다.

영토확장사The Expansion History: 테익스칼란 영토 확장의 역사. 열세 개의 강이 지었다고 하지만 이는 틀린 걸로 밝혀졌다. 현재 테익스칼란의 문학연구자들은『영토확장사』가 가짜-열세 개의 강, 즉 무명인이 지었다고 이야기한다.

오딜Odile: 테익스칼란 행성계로 최근에 반란과 소요를 일으킨 지역.

오스뮴osmium: 귀중한 금속. 종종 소행성에서 발견된다. 르셀 스테이션의 수출품 중 하나.

올포인츠컬랩스All Points Collapse: 섀터하모닉스 음악 스타일로 연주하는 테익스칼란 밴드

우리의 별빛에 뒤얽히다: 테익스칼란 내 혼합주의 종교 형태에 대한 안내서 Intertwined with Our Starlight: a Handbook of Syncretic Religious Forms Within Teixcalaan: 테익스칼란 역사가 열여덟 개의 연기가 쓴 학술 논문.

위험한 변경!The Perilous Frontier!: 10권짜리 그래픽 스토리, 르셀 스테이션의 소규모 지역 출판사 '모험/암울'에서 유통.

유리열쇠Glass Key: 두 개의 흑점 황제와 황위 찬탈을 시도하는 열한 개의 구름에 관한 역사를 이야기하는 테익스칼란 홀로드라마 시리즈.

응우옌Nguyen: 스테이션 우주 근처의 다행성계 연합. 스테이션과 교역 합의를 맺고 있다.

이마고imago: 조상의 살아 있는 기억.

이스칸드르 아가븐 Yskandr Aghavn: 르셀 스테이션에서 파견된 전 테익스칼란 대사.

이칸틀로스ikantlos: 테익스칼란 함대 내의 군 계급. 대체로 군단 내 전투집단을 지휘하는 임무를 맡는다.

익스후이ixhui: 고기 만두

익스플라나틀ixplanatl: 승인받은 테익스칼란의 과학자(물리, 사회, 생물, 화학).

인포시트infosheet: 인포피시로 만들어진 뉴스시트.

인포피시infofiche: 이미지와 텍스트를 보여 주는, 변화시킬 수 있고 접을 수 있고 투명한 플라스틱. 재사용 가능.

인포피시 스틱infofiche stick: 엄지손가락 크기의 용기. 대체로 개인맞춤형이고, 스틱을 부숴서 열면 나타나는 메시지의 홀로그래프를 담고 있다. 또한 실제 인포피시를 담고 있기도 하다.

일곱 개의 녹옥수 Seven Chrysoprase: 채널8!에 고용된 뉴스캐스터.

일곱 개의 저울 Seven Scale: 에주아주아카트 열아홉 개의 자귀 각하의 부보좌관.

일곱 송이 과꽃 Seven Aster: 전쟁부 2급 차관. 두 번째 손바닥 소속.

일곱 편의 논문 Seven Monograph: 정보부 4급 차관.

자우이틀xauitl: 꽃.

재스민의 목 Jasmine Throat: 테익스칼란 보급선, 수코르급

제국 검열소 Imperial Censor Office: 어떤 미디어가 제국의 어떤 지역에 퍼질지

를 결정하는 테익스칼란 정부 내 한 부서.

제2고리 Ring Two: 시티의 주들 중에서 황궁으로부터 480킬로미터 이상, 960킬로미터 이하로 떨어진 지역. 정보부가 쓰는 속어.

조라이Zorai: 전 전쟁부 장관 아홉 번의 추진의 고향 행성.

조종사의 미래의 역사: 거대 우주선과 르셀 스테이션 Pilot's History of the Future: Worldships and Lsel Station, A: 은퇴한 스테이션인 조종사 타칸 므날이 쓴 인기 있는 역사서.

중력장미Gravity Rose: 제10군단의 정찰선, 함장은 여든네 번의 황혼.

중앙주Inmost Province: 시티의 중앙에 위치한 주. 행정건물들과 주요 문화센터들이 자리하고 있다.

중앙주 우주공항 Inmost Province Spaceport: 시티의 주요 우주공항으로 57퍼센트의 도착선들이 여기를 이용한다.

지르파츠Jirpardz: 르셀 스테이션의 조종사.

지평선에 미치다 Mad With Horizons: 테익스칼란 중형 순양함, 엘설테이션급. 제2군단에 소속.

차그켈 암바크 Tsagkel Ambak: 르셀 스테이션의 협상가 겸 외교관. 테익스칼란 제국과 스테이션의 현재의 조약을 공식화했다.

충격봉shocksticks: 전기로 작동하는 무기. 테익스칼란에서 주로 군중 통제에 사용된다.

카우란Kauraan: 카우란 행성계에 있는 거주 가능한 행성. 테익스칼란 식민지이고 최근에 무산된 반란 지역이다.

칼끝의 아홉 번째 개화 Knifepoint's Ninth Blooming: 제10군단의 정찰용 포함.

캄차트 기템 Kamchat Gitem: 르셀 스테이션의 조종사.

캐머런 함장 Captain Cameron: 르셸의 그래픽 스토리 『위험한 변경!』의 가공의 주인공.

쿠에쿠엘리후이cuecuelihui: 비장교 전문가 병사의 테익스칼란 군 계급.

쿰쾃Kumquat: 음료. 권할 수 없음.(과일과 헷갈리지 말 것. 과일은 권할 만함.)

크셀카 스테이션 Xelka Station: 테익스칼란 군용 전초기지.

클라우드후크cloudhook: 이동식 장치로 눈에 쓴다. 테익스칼란 시민들이 전자 미디어, 뉴스, 통신, 기타 등등에 접속하게 만들어주며, 문을 열거나 접속을 허용하는 보안장치나 열쇠 기능도 한다. 또한 위치를 위성 네트워크와 통신하여 지역 위치 시스템 기능도 한다.

테익스칼란Teixcalaan: 제국, 세계, 알려진 우주와 동일한 규모.

테익스칼란어Teixcalaanli: 테익스칼란에서 쓰는 언어.

틀락슬라우임tlaxlauim: 테익스칼란의 자격증 있는 회계사나 경제 전문가.

파르츠라완틀락 섹터 Parzrawantlak Sector: 바르츠라반드 섹터의 테익스칼란식 발음.

펠로아2 Peloa-2: 규산염을 수출하는 테익스칼란의 자원추출 콜로니.

포물선 압축 Parabolic Compression: 제24군단의 기함, 이터널급.

포플러주Poplar Province: 중앙주에서 좀 더 먼 주 중 하나. 바다를 가로질러 떨어져 있다.

하나의 번개 One Lightning: 테익스칼란 함대의 전 야오틀렉. 병사들에게 대단한 칭송을 받고 있다. 실패한 황위 찬탈자.

한 개의 라피스 One Lapis: 역사적인 테익스칼란 황제, 열두 번의 솔라플레어 황제가 그 뒤를 이었다.

한 개의 망원경 One Telescope: 약 200년 전의 에주아주아카트. 업적을 기리기 위해서 중앙주의 중앙 교통중심지에 그녀의 동상이 세워져 있다.

한 개의 스카이후크 One Skyhook: 테익스칼란의 유명한 시인. 종종 학교에서 가르친다.

한 개의 화강암 One Granite: 최초의 황제에게 있었던 전설적인 최초의 에주아주아카트.

한 그루 침엽수 One Conifer: 테익스칼란 시민. 중앙 여행부 북동지부에서 일한다.

한 송이 시클라멘 One Cyclamen: 정보부 서간과 2급 부차관.

항상교, 항상교도homeostat-cult, homeostat-cultist: 넬톡 유래 항상성 명상을 하는 종교 활동, 혹은 종교인들을 부르는 경멸적인 이름.

황실 잉크스탠드 책임자 Keeper of the Imperial Inkstand: 테익스칼란 황제의 일정 관리인 겸 시종의 직위.

황제들의 비사 The Secret History of the Emperors: 많은 테익스칼란 황제들의 삶에 관한 유명한(음란한) 익명의 기록. 종종 업데이트된다. 절대로 가짜가 아니다.

휘차후이틀림huitzahuitlim: 꽃의 꿀을 먹는 새의 일종으로 '황궁의 콧노래꾼'이라고 불린다.

테익스칼란어의 문자 체계와 발음에 대해서

테익스칼란어는 '상형문자'로 쓰인 상징음절식이다. 이 개개의 상형문자가 독립 혹은 결합 형태소를 나타낸다. 테익스칼란 상형문자는 또한 대체로 의미를 잃어서 순수하게 소리만 남은 첫 번째 형태소의 발음에서 파생된 발음으로 표현된다. 테익스칼란어의 상징음절식 특성 때문에 구어와 문어 양쪽 모두에서 쉽게 이중, 삼중 의미가 생긴다. 개개의 상형문자는 시각적 유희로 사용될 수도 있고 정확한 형태소의 사용과 관계없는 의미를 암시하기도 한다. 이런 말장난은 시각적인 것이든 청각적인 것이든 간에 제국의 문학예술의 중심에 있다.

테익스칼란어는 한정된 수의 자음을 가진 모음 위주의 언어이다. 아래에 간략한 발음 가이드를 실어 둔다.(IPA 기호와 미국 영어의 예시를 사용했다.)

a—ɑː—**fa**ther

e—ɛ—**be**d

o—oʊ—**no**, **toe**, **soap**

i—i—**city**, **see**, **meat**

u—u—**loop**

aa—ɑ—테익스칼란어의 'aa'는 소리의 기본단위chroneme이다: 이것은 a의 소리를 좀 더 길게 늘이지만, 그 특성을 바꾸지는 않는다.

au—aʊ—**loud**

ei—eɪ—**say**

ua—ʷɑ—**wa**ter, **qua**ntity

ui—ʷi—**wee**d

y—j—**y**es, **y**ell

c—k^h—**c**at, **c**loak(certain 같은 소리는 절대로 나지 않는다.)

h—h—**h**arm, **h**ope

k—k—**c**rater나 **c**risp처럼 거의 항상 r 앞에서 찾을 수 있지만, 종종 강한 기식음으로 단어 끝에서 볼 수도 있다.

l—ɣ—be**ll**, ba**ll**

m—m—**m**other, **m**utable

n—n—**n**ine, **n**orth

p—p—**p**aper, **p**roof

r—ɾ—**r**ed, fathe**r**

s—S—**s**able, **s**ong

t—t^h—aspirated, as in **t**op

x—ks—sti**cks**, si**x**

z—Z—**z**ebra

ch—tʃ—**ch**air

하지만 테익스칼란어가 선호하는 자음군에서, t는 대부분의 경우에 stop에서처럼 기음氣音이 없는 치음성 자음이다. l은 대체로 line 이나 lucid처럼 치음과 비슷하다. 테익스칼란어에는 많은 차용어들이 있다. 더 자음이 많은 언어에서 유래한 단어를 발음할 때 테익스칼란어는 낯선 자음을 피하는 경향이 있다. 예를 들어 “b”는 “p”처럼, “d”는 “t”처럼 발음한다.

바르츠라반드 섹터의 르셀 스테이션과 다른 스테이션들에서 쓰는 언어에 대해서

반면에 바르츠라반드 섹터의 스테이션들에서 쓰는 언어는 알파벳이고 자음이 많다. 스테이션어가 모국어인 사람이 테익스칼란어를 발음하는 것이 그 반대보다 더 쉽다.(스테이션어 단어를 혼자서 발음해 보고 싶다면, 그런데 의거할 기준이 지구 언어밖에 없다면, 현대 동아르메니아어의 발음이 좋은 가이드가 될 것이다.)

감사의 말

두 번째 책은 일반적으로 첫 번째보다 훨씬 어렵다. 『평화란 이름의 폐허』는, 나의 허세와 여러 사람(나의 대리인, 나의 편집자, 내가 친구라고 부르는 영광을 얻은 수많은 동료 작가, 그리고 나의 아내를 포함하고 이들뿐만이 아니었다.)에게 단호하게 확언했음에도 불구하고 예외가 아니었다. 허세와 단호함은 15만 단어와 마감, 그걸 안다는 무게 앞에서 한계를 맞이하게 될 것이고, 한 번은 이 트릭을 성공시켰다 해도 각각의 소설에 있어서 소설을 어떻게 쓰는지를 다시 배울 필요가 있다.

나는 여전히 소설을 어떻게 쓰는지 배우는 중이다.

나는 글을 쓸 특권이 있는 한은 절대로 소설을 쓰는 방법을 배우는 걸 멈추지 않을 것이다. 체념해서 이 말을 하는 게 아니라 내가 얻은 신나는 만족감 속에서 말하고 있다. 15년 후에 이 감사의 말을 돌이켜 보고서 내가 아는 게 얼마나 적었는지, 그리고 얼마나 더 능숙한 작가가 되었는지 생각하며 웃을 수 있기를 바란다. 읽고 있는 여러분도 똑같이 생각하기를 바란다. 내가 처음으로 감사의 말을 하고 싶은 상대는 여러분이다. 『제국이란 이름의 기억』을 집어들고, 사랑하고, 성공하게 해 준 모든 사람들. 당신들이 없었다면 나는 마히트의 이야기를 다시 집어들고 좀 더 먼 곳까지 끌고 갈 이유가 없었을 것이다. 정말로 감사한다.

영원한 감사 인사를 내가 허세와 확언을 떠안겼던 사람들 목록에 보낸다.

친애하는 나의 친구들, 고마워. 지금보다 더 나은 작가가 되고 싶고, 더 나은 윤리와 캐릭터 작업의 학생이 되고 싶게 만들어 주었고, 내가 영광으로 생각할 정도의 우정을 나누어 준 엘리자베스 베어. 내가 꼭 들어야 할 때 나에게 내가 잘하고 있다고 말해 주었던 데빈 싱어. '내 동무 스웜'이라고 문자를 보내서 내가 전하고 싶었던 감정적 가치를 담아서 책을 잘 썼다는 걸 증명해 준 마리사 린겐, 한때 나에게 불교 윤리에 대해서 길게 이야기해서 잠깐 동안 내가 왜를 이해했고, 책을 쓰게 해서('영원의 여제', 감사의 말까지 쭉 나를 따라온 독자들에게 진심으로 추천한다.) 극적인 우주 전투 동안 내가 그걸 믿게 하기까지 했다. 그리고 너무 많아서 중요한 사람을 빼먹을까 봐 여기 다 쓰지는 못하겠지만 동물원의 나머지 친구들과 나의 대리인 형제들. 당신들이 내가 항상 찾고 싶었던 커뮤니티예요.

('함께 읽어요' 팟캐스트의 스콧과 애니타에게도 잠깐 크게 감사의 말을 외치고 싶다. 그들은 부끄럽게 계속되던 실수로부터 우연히 나를 구해 주었다. 나후아틀에 관해 이야기하고 가르쳐 준 데이빗 볼스, 이 책을 읽기도 전부터 이 책의 확실한 치어리더가 되어 주었던 리베카 로언호스에게도 감사한다.)

그리고 나의 환상적인 대리인 송동원에게도 감사의 말을 전한다. 그는 내가 이 책을 통해 내 길을 찾을 거라고 믿어 주었고, 첫 번째 책이 출간되는 동안 다 괜찮은지 확인해 주었다. 탁월한 편집자 데비 필라이는 내가 쓰는 속도가 알맞다고 말해 주고, 좌절스럽고 놀랍게도 내가 책에 해야 하는 일에 관해 항상 옳았다.(이번에는 겨우 1만 5000단어 덜 썼어요, 데비. 나도 배우고 있다고요.) 뛰어난 표지 아티스트 제이미 존스는 분명히 내 머릿속을 볼 수 있는 것 같다. 그리고 나를 잘 보살펴 준 토르 북스의 마케팅팀 및 홍보팀 전원.

가장 중요하게도, 나의 눈부시게 아름다운 아내 비비언 쇼가 없었다면 나는 글쓰기, 이 책, 어떤 책이든, 뭐든 간에 해낼 수 없었을 거다. 우주선 컨설턴트, 세계의 통역자, 첫 번째이자 최고의 독자. 당신은 모든 별 지도의 중심이야. 이건 영원할 거야, 내 사랑.

2020년 4월

산타페, NM.

옮긴이 | 김지원

서울대학교 화학생물공학부와 동 대학원을 졸업하고 서울대학교 언어교육원 강사로 재직했으며, 현재 전문 번역가로 활동하고 있다. 옮긴 책으로 『전쟁 연대기』, 『루미너리스』, 『오버스토리』, 『모든 것에 화학이 있다』 『잘못은 우리 별에 있어』, 『할렘 셔플』, 『마음을 바꾸는 방법』, 『동물의 운동능력에 관한 거의 모든 것』, 『벨 그린』, 『토끼 귀 살인사건』, 『우주의 알』, 『우리가 동물의 꿈을 볼 수 있다면』 등이 있다.

테익스칼란 제국 시리즈 2

평화란 이름의 폐허

1판 1쇄 찍음 2025년 6월 30일
1판 1쇄 펴냄 2025년 7월 10일

지은이 | 아케이디 마틴
옮긴이 | 김지원
발행인 | 박근섭
편집인 | 김준혁
책임편집 | 장은진
펴낸곳 | 황금가지

출판등록 | 2009. 10. 8 (제2009-000273호)
주소 | 06027 서울 강남구 도산대로 1길 62 강남출판문화센터 5층
전화 | **영업부** 515-2000 **편집부** 3446-8774 **팩시밀리** 515-2007
홈페이지 | www.goldenbough.co.kr

도서 파본 등의 이유로 반송이 필요할 경우에는 구매처에서 교환하시고
출판사 교환이 필요할 경우에는 아래 주소로 반송 사유를 적어 도서와 함께 보내주세요.
06027 서울 강남구 도산대로 1길 62 강남출판문화센터 6층 민음인 마케팅부

ISBN 979-11-7052-601-8 04840(2권)
ISBN 979-11-7052-602-5 04840(세트)

㈜민음인은 민음사 출판 그룹의 자회사입니다.
황금가지는 ㈜민음인의 픽션 전문 출간 브랜드입니다.